DANIELLE STEEL

NIE MEHR ALLEIN

Roman

Aus dem Amerikanischen
von Willy Thaler

GOLDMANN

Titel der Originalausgabe: Passion's Promise
Originalverlag: Dell Publishing, New York

*Für Dan,
der mich so endlos glücklich
gemacht hat.*

D.

Umwelthinweis:
Alle bedruckten Materialien dieses Taschenbuches
sind chlorfrei und umweltschonend.
Das Papier enthält Recycling-Anteile.

Der Goldmann Verlag
ist ein Unternehmen der Verlagsgruppe Bertelsmann

Genehmigte Taschenbuchausgabe 7/84

Umschlaggestaltung: Design Team München
Satz: Fotosatz Glücker, Würzburg
Druck: Elsnerdruck, Berlin
Verlagsnummer: 6716
Lektorat: Ursula Walther/AK/MV
Herstellung: Sebastian Strohmaier/sc
Made in Germany
ISBN 3-442-06716-2

17 19 20 18

Ich werde die Verwundeten begraben wie Puppen von Käfern,
Ich werde die Toten zählen und sie begraben.
Mögen ihre Seelen zucken in einem Tau,
Weihrauch auf meiner Bahnspur.
Die Waggons schaukeln hin und her, sie sind Wiegen.
Und ich, ich steige aus aus dieser Haut von
Alten Verbänden, Langeweilen, alten Gesichtern,

Steige zu dir aus dem schwarzen Wagen des Lethe,
Rein wie ein Säugling.

Aus: »Hinkommen«
von Sylvia Plath, Ariel

1

Edward Hascomb Rawlings saß in seinem Büro und betrachtete schmunzelnd die Morgenzeitung auf seinem Schreibtisch. Auf Seite fünf prangte ein großes Foto einer lächelnden jungen Frau, die über die Gangway eines Flugzeugs herunterschritt. Die Ehrenwerte Kezia Saint Martin. Ein zweites, kleineres Foto zeigte sie am Arm eines hochgewachsenen, gutaussehenden Mannes, als sie das Flughafengebäude verließ, um in eine wartende Limousine einzusteigen. Der Mann war, wie Edward wußte, Whitney Hayworth III., der jüngste Teilhaber der Rechtsanwaltsfirma Benton, Thatcher, Powers und Frye. Edward kannte Whit, seit der Junge das Jurastudium beendet hatte. Das war zehn Jahre her. Aber Whit interessierte ihn nicht. Ihn interessierte die auffallend kleine Frau an seinem Arm. Edward kannte ihr fast kohlschwarzes Haar, ihre dunkelblauen Augen und ihren weichen, englischen Teint so gut.

Sie sah jetzt gut aus, sogar auf dem Zeitungsfoto. Sie lächelte. Sie war sonnengebräunt. Und sie war endlich wieder im Lande. Ihre Reisen kamen Edward immer endlos vor. In der Zeitung stand, daß sie eben aus Marbella gekommen war, wo sie das Wochenende auf dem spanischen Sommersitz ihrer Tante, der Contessa di San Ricamini, geborene Hilary Saint Martin, verbracht hatte. Vorher hatte Kezia den Sommer »in fast vollkommener Abgeschiedenheit« in Südfrankreich verbracht. Edward lachte darüber. Sie hatte in ihrer Kolumne den ganzen Sommer über regelmäßig Berichte aus London, Paris, Barcelona, Nizza und Rom gebracht. Sie hatte also einen arbeitsreichen Sommer »in der Abgeschiedenheit« verbracht.

In einem Absatz weiter unten auf derselben Seite wurden drei weitere Personen erwähnt, die mit demselben Flug wie Kezia eingetroffen waren. Die plötzlich so mächtig gewordene Tochter des griechischen Reeders, der ihr, als seiner einzigen Erbin, sein gewaltiges Vermögen hinterlassen hatte. Außerdem wurde die belgische Prinzessin erwähnt, die, von den Pariser Modenschauen kommend, eine Vergnügungsreise nach New York unternommen hatte. Kezia hatte sich während des Flugs in guter Gesellschaft befunden, und Edward hätte gern gewußt, wieviel Geld sie den Mitreisenden beim Backgammon abgenommen hatte. Kezia war eine äußerst erfolgreiche Spielerin. Es war auffallend, daß Kezia wieder den Löwenanteil der Presseberichte erhielt. So war es immer. Immer stand sie im Mittelpunkt der Aufmerksamkeit, als Glanzstück, im Blitzlicht der Kameras, wenn sie Restaurants betrat oder Theater verließ. Den grausamsten Höhepunkt der Reporterjagd auf sie hatte sie erlebt, als sie noch ein Teenager war; die Fotografen und Reporter waren damals immer sensationshungrig, neugierig, indiskret gewesen. Jahrelang schienen sie Kezia wie eine Schar von Pirañas überallhin zu verfolgen, aber das war damals, als sie das Vermögen ihres Vaters geerbt hatte. Jetzt hatten sie sich an sie gewöhnt, und ihr Interesse an ihr hatte etwas nachgelassen.

Zuerst hatte Edward versucht, sie vor der Presse abzuschirmen – im ersten Jahr. In dem ersten, furchtbaren, unerträglichen, qualvollen Jahr, als sie neun gewesen war. Aber die Aasgeier hatten nur gewartet. Sie hatten sich nicht lang Zeit gelassen. Für Kezia war es ein Schock, daß ihr, als sie dreizehn war, eine übereifrige Reporterin zu Elisabeth Arden folgte. Kezia hatte es nicht verstanden. Wohl aber die Reporterin. Die hatte genau kapiert. Edwards Gesicht verhärtete sich, wenn er daran dachte. Dieses Miststück. Wie konnte sie einem Kind das antun? Sie hatte sie dort vor allen zufällig anwesenden Kunden über Liane ausgefragt. »Was haben Sie empfunden, als Ihre Mutter...« Die Reporterin war mit ihrer Story um vier Jahre zu spät gekommen – und hatte am nächsten Tag zu Mittag ihren Job verloren. Edward war enttäuscht: er hatte gehofft, daß sie noch am selben Abend gefeuert würde. Das war Kezias erste Bekanntschaft mit der Presse. Prestige. Macht. Reichtum. Ein berühmter Name. Eltern mit Vergangenheit. Und Großeltern mit Vergangenheit, Macht und Geld. Neun Generationen mütterlicherseits. Nur drei erwähnenswerte väterlicherseits. Vergangenheit. Macht. Geld. Dinge, die man nicht einfach aus dem Hut zaubern, erfinden oder stehlen kann. Mit diesen Voraussetzungen muß man geboren sein, sie müssen einem in die Wiege gelegt worden sein. Alle drei. Und Schönheit dazu. Und Gefühl für Stil. Wenn man dann noch über andere magische, blitzschnelle Kräfte verfügte, dann... und nur dann war man Kezia Saint Martin. Und es gab nur diese einzige.

Edward rührte den Kaffee in der weiß-goldenen Limoge-Tasse

auf seinem Tisch um und lehnte sich zurück, um die Aussicht zu betrachten. Der von kleinen Booten und Schleppkähnen wimmelnde East River lag als schmales graues Band rechts tief unter ihm. Im Norden schwenkte sein Blick über das dicht bebaute Manhattan hinweg, vorbei an Wolkenkratzern hin zu den massiven Wohnfestungen der Park- und Fifth Avenue, die sich unweit der braungrünen Masse des Central-Parks zusammendrängten, und Harlem, dem undeutlichen Fleck in der Ferne. Es gehörte nur zu seinem Blickfeld, interessierte ihn aber nicht sonderlich. Edward war ein sehr beschäftigter Mann.

Er schlürfte den Kaffee und wandte seine Aufmerksamkeit der Klatschspalte »Martin Hallam's« zu, um zu sehen, wer von seinen Bekannten angeblich mit wem eine Affäre hatte, wer wo eine Dinnerparty gab, wer daran teilnehmen würde und wer wegen der letzten Gesellschaftsfehde vermutlich nicht erscheinen würde. Er wußte nur allzugut, daß er ein oder zwei Nachrichten aus Marbella finden würde. Er kannte Kezias Art gut genug, um zu wissen, daß sie über sich selbst berichten würde. Sie war genau und vorsichtig. Er hatte recht. »Auf der Liste der von einem Sommer in Übersee zurückkehrenden Flüchtlinge: Scooter Hollingsworth, Bibi Adams-Jones, Melissa Sentry, Jean-Claude Reims, Kezia Saint Martin und Julian Bodley. Willkommen, willkommen, die ganze Bande ist wieder hier! Alle kommen heim!«

Es war September, und er hörte noch, was Kezia im September vor sieben Jahren gesagt hatte...

»... Also gut, Edward, ich habe es geschafft. Ich habe Vassar absolviert und die Sorbonne, und ich habe eben einen Sommer in Tante Hils Haus verbracht. Ich bin einundzwanzig Jahre alt, und nun werde ich zur Abwechslung einmal das tun, was mir Spaß macht. Keine Reisen aus Schuldbewußtsein mehr, weil es mein Vater gewollt hätte oder es meiner Mutter lieber gewesen wäre oder du es für ›vernünftig‹ hältst. Ich habe alles auf mich genommen, für sie und für dich. Und jetzt werde ich zur Abwechslung etwas für mich tun...«

Sie war mit aufrührerischem Blick in seinem Büro auf und ab gegangen, während er sich Sorgen darüber machte, was sie mit »etwas« bezeichnete.

»Und was genau gedenkst du zu tun?« Innerlich schmolz er. Sie war schrecklich jung und sehr schön.

»Ich weiß es nicht genau. Aber ich habe einige Ideen.«

»Verrate sie mir.«

»Diese Absicht habe ich, aber sei nicht eklig, Edward!« Ihre strahlend blauen Augen hatten violett geschimmert, als sie sich ihm zuwandte. Sie war ein beeindruckendes Mädchen, um so mehr, wenn sie böse war. Dann wurden ihre Augen fast purpurn, ihr Elfenbeinteint bekam auf den Wangen einen rötlichen Hauch, und durch den Kontrast glänzte ihr dunkles Haar wie Onyx. Darüber vergaß man beinahe, wie klein sie war. Sie war kaum mehr als einsfünfzig groß, aber gut proportioniert, und wenn ihr Gesicht zornig war, zog es einen an wie ein Magnet, und ihre Augen ließen die ihres Opfers nicht mehr los. Edward war für sie verantwortlich, und zwar seit dem Tod ihrer Eltern. Seit damals war die Verantwortung für dieses Mädchen mit den leidenschaftlichen blauen Augen ihm, ihrer Erzieherin, Mrs. Townsend, und ihrer Tante Hilary, der Contessa di San Ricamini, zugefallen.

Natürlich wollte Hilary nicht belästigt werden. Sie war durchaus bereit, derzeit sogar entzückt, das Mädchen zu Weihnachten bei sich in London zu haben und sie im Sommer in ihr Haus nach Marbella einzuladen. Aber sie wollte sich nicht mit Dingen behelligen lassen, die sie als »Bagatellen« bezeichnete. Kezias Begeisterung für das Friedenskorps war zum Beispiel so eine Bagatelle gewesen, ebenso Kezias viel besprochene Liebesaffäre vor drei Jahren mit dem Sohn des argentinischen Botschafters. Auch ihre Enttäuschung, als der Junge schließlich seine Kusine geheiratet hatte, war eine Bagatelle gewesen, ebenso wie Kezias übrige vorübergehende Schwärmerei für Leute, Orte und Dinge. Vielleicht hatte Hilary recht: Schließlich und endlich würde Kezia von allem genug bekommen. Doch bis dahin war Edward zwangsläufig mit diesem Problem befaßt. Als sie einundzwanzig wurde, hatte sie schon zwölf lange Jahre als eine Last auf seinen Schultern gelegen. Aber es war eine Last, die er gern trug.

»Kezia, du hast jetzt den Teppich in meinem Büro abgenützt, hast mir aber noch immer nicht verraten, welche geheimnisvollen Pläne du hast. Was ist mit dem Kurs für Journalistik an der Columbia Universität? Hast du kein Interesse daran, ihn zu besuchen?«

»Du hast es erraten. Ich will arbeiten, Edward.«

»Oh?« Ein Schauer hatte ihn fast merklich überlaufen. Mein

Gott, laß es dabei bewenden, daß sie für eine wohltätige Organisation tätig sein will. Bitte. »Für wen?«

»Ich will für eine Zeitung arbeiten und am Abend Journalistik studieren.« In ihren Augen lag leidenschaftliche Herausforderung. Sie wußte, was er erwidern würde. Und aus welchem Grund.

»Ich glaube, es wäre viel klüger, wenn du den Kurs an der Columbia machst, einen Hochschulgrad erwirbst und dann erst in Erwägung ziehst zu arbeiten. Geh doch vernünftig vor.«

»Und wenn ich meinen Hochschulgrad habe, was für eine Zeitung würdest du dann vorschlagen, Edward? Vielleicht *Women's Wear Daily*?« Er glaubte, Tränen des Zorns und der Enttäuschung in ihren Augen glitzern zu sehen. O Gott, sie würde wieder Schwierigkeiten machen. Sie wurde von Jahr zu Jahr dickköpfiger. Sie war genau wie ihr Vater.

»An welche Zeitung hast du gedacht, Kezia? *The Village Voice* oder der *Berkeley Barb*?«

»Nein. Die *New York Times*.« Das Mädchen besaß wenigstens Stil. Daran hatte es ihr nie gefehlt.

»Ich pflichte dir vollkommen bei, ich halte es für eine wundervolle Idee. Aber wenn du darauf aus bist, wäre es viel klüger, Columbia zu besuchen, einen akademischen Grad anzustreben und...« Sie unterbrach ihn, erhob sich von der Armlehne des Stuhls, auf der sie gesessen hatte, und starrte ihn zornig über den Schreibtisch hinweg an.

»Und einen schrecklich ›netten‹ Jungen aus der Geschäftswelt zu heiraten. Nicht wahr?«

»Nicht unbedingt, außer wenn du es willst.« Ermüdend, ermüdend, ermüdend. Und gefährlich. Das war sie auch. Wie ihre Mutter.

»Das habe ich keinesfalls vor.« Damit war sie aus seinem Büro stolziert, und er hatte später erfahren, daß sie damals schon den Job bei der *Times* hatte. Sie hielt es genau dreieinhalb Wochen dort aus.

Alles hatte sich genauso abgespielt, wie er befürchtet hatte. Als eine der fünfzig reichsten Frauen der Welt wurde sie wieder das Lieblingsthema der Zeitungsschmierer. Jeden Tag gab es in einer Zeitung eine Notiz oder ein Foto, eine Anspielung, ein Zitat von ihr oder einen Witz über sie. Andere Zeitungen schickten ihre Gesellschaftsreporter zu ihr, um Äußerungen von ihr aufzuschnappen. *Women's Wear* erlebte herrliche Zeiten. Es war die Fortsetzung des Alptraumes, der sie bisher verfolgt hatte: die Party zu ihrem vierzehnten Geburtstag, in die Journalisten eingedrungen waren. Der Abend in der Oper mit Edward in den Weihnachtsfeiertagen, als sie erst fünfzehn war, der so entsetzliche Folgen gehabt hatte. Unverschämte Andeutungen über Edward und Kezia. Danach war er jahrelang nicht mehr mit ihr in der Öffentlichkeit erschienen ... und noch Jahre danach gab es Fotos von ihr, die unterdrückt, und jene, die veröffentlicht wurden. Die Verabredungen, vor denen sie Angst hatte, die sie dann doch einhielt und natürlich bedauerte, bis sie mit siebzehn von ihrer Bekanntheit genug hatte. Mit achtzehn hatte sie sie gehaßt. Die Zurückgezogenheit gehaßt, die sie ihr aufzwang, die Vorsicht, die ständige Heimlichtuerei und die Diskretion, die sie an den Tag legen mußte. Es war ein absurder und ungesunder Zustand für ein Mädchen ihres Alters, doch Edward konnte nichts tun, um ihr das Leben leichter zu machen. Sie mußte einer strengen Tradition gemäß leben. Es war für die Tochter von Lady Liane Holmes-Aubrey Saint Martin und Keenan Saint Martin unmöglich, anonym zu bleiben. Kezia war, primitiv ausgedrückt, »etliche Millionen schwer«, und sie war dazu schön. Sie war jung, sie war interessant. Und sie machte in der Öffentlichkeit von sich reden. Das ließ sich nicht vermeiden, wie sehr Kezia sich auch einreden wollte, daß sie es ändern könne. Sie war dazu nicht imstande. Sie würde es nie sein. Zumindest war das Edwards Ansicht, doch er war erstaunt über die Geschicklichkeit, mit der sie den Fotografen aus dem Weg ging, wenn sie es darauf abgesehen hatte (jetzt besuchte er mit ihr sogar wieder die Oper), und über die unnachahmliche Art, mit der sie Reporter mit strahlendem Lächeln und ein paar Worten zum Schweigen brachte, wobei diese sich nicht sicher waren, ob sie über sie oder mit ihnen lachte, oder im Begriff war, die Polizei zu holen. Das war ihre persönliche Note. Etwas Drohendes, der harte Zugriff der Macht. Aber sie hatte auch etwas Liebenswürdiges an sich. Das verwirrte alle. Sie vereinte eine besondere Mischung der Eigenschaften ihrer Eltern in sich.

Kezia besaß das seidenweiche Zartgefühl ihrer Mutter und die gebändigte Kraft ihres Vaters. Die beiden waren immer ein ungewöhnliches Paar gewesen. Ein erstaunliches Paar. Und Kezia war beiden ähnlich, wenn auch etwas mehr ihrem Vater. Das konnte

Edward unaufhörlich feststellen. Was ihn aber erschreckte, war die Ähnlichkeit mit Liane. Jahrhunderte britischer Tradition, ein Urgroßvater mütterlicherseits war ein Herzog gewesen – obwohl Lianes Großvater väterlicherseits nur ein Graf gewesen war –, aber Kezias Mutter verfügte über so viel Lebensart, so viel Stil, so viel geistige Eleganz, so viel Haltung. Edward hatte sich Hals über Kopf in sie verliebt. Und sie hatte es nie gemerkt. Niemals. Edward wußte, daß er nicht konnte ... nicht konnte ... aber Liane hatte etwas viel Schlimmeres getan. Wahnsinn ... Erpressung ... Alptraum. Sie hatten wenigstens einen öffentlichen Skandal vermieden. Niemand hatte es gewußt. Außer ihrem Mann, Edward ... und ... ihm. Edward hatte es nie verstanden. Was hatte Liane an dem Jungen gefunden? Er war viel unmännlicher als Keenan. Und so ... so derb. Fast unfein. Sie hatte eine schlechte Wahl getroffen. Eine sehr schlechte Wahl. Liane hatte sich Kezias Französischlehrer zum Liebhaber genommen. Es war beinahe grotesk, und dazu war es noch so kostspielig gewesen. Schließlich hatte es Liane das Leben gekostet. Und Keenan hatte Tausende ausgegeben, um den Skandal zu vertuschen.

Keenan hatte den jungen Mann aus dem Haushalt »entfernen« und nach Frankreich befördern lassen. Danach brauchte Liane kaum ein Jahr, um sich mit Cognac, Champagner und, insgeheim, auch Rauschgift umzubringen. Sie hatte für ihren Treuebruch einen hohen Preis bezahlt. Keenan starb zehn Monate später bei einem Unfall. Es war zweifellos ein Unfall, aber er war so unnötig. Nach Lianes Tod hatte Keenan auf alles gepfiffen, und Edward hatte immer den Verdacht gehabt, daß er es einfach geschehen, den Mercedes einfach an der Leitplanke entlang in den Gegenverkehr auf dem Highway hatte gleiten lassen. Wahrscheinlich war er betrunken gewesen oder vielleicht nur übermüdet. Kein wirklicher Selbstmord, nur das Ende.

Nein, in diesen letzten Monaten hatte sich Keenan um nichts gekümmert, nicht einmal um seine Tochter. Das hatte er Edward gegenüber sogar zugegeben, aber nur Edward gegenüber. Edward war der Vertraute der Familie gewesen. Liane hatte ihm sogar eines Tages beim Tee ihre häßlichen Geschichten erzählt, er hatte ernst genickt und gehofft, daß ihm in ihrem Salon nicht übel würde. Sie hatte ihn so traurig angeblickt, am liebsten hätte er geweint.

Edward hatte sich immer viel zuviel um die anderen gekümmert – um Liane, die zu vollkommen gewesen war, als daß man sie berühren konnte (das hatte er jedenfalls geglaubt), um ihr Kind. Edward hatte sich immer gefragt, ob es Liane vielleicht erregte, jemanden zum Liebhaber zu haben, der so weit unter ihr stand, oder vielleicht beeindruckte sie nur, daß der Mann so jung oder ein Franzose war.

Edward konnte Kezia wenigstens vor dieser Art von Wahnsinn beschützen, und er hatte sich schon vor langer Zeit gelobt, sich dieser Aufgabe zu widmen. Sie war jetzt seine Pflicht, seine Verantwortung, und er würde dafür sorgen, daß sie ihrer Erziehung gemäß leben würde. Er hatte sich geschworen, daß es in Kezias Leben keine Katastrophe geben würde, keine erpresserischen französischen Hauslehrer mit dem Gesicht eines unschuldigen Jungen. Kezias Leben würde anders verlaufen. Ihr Lebensstil würde ihrer adligen Abstammung mütterlicherseits und den einflußreichen Männern väterlicherseits entsprechen. Edward war der Ansicht, daß er das Keenan und Liane schuldig war. Und auch Kezia. Er wußte, was ihm dieses Vorhaben auferlegen würde. Daß er ihr Pflichtbewußtsein anerziehen mußte, Gefühl für die Tradition, in der sie lebte. Als Kezia heranwuchs, hatte sie die Tradition scherzhaft als ihr eisernes Hemd bezeichnet, aber sie verstand. Edward sorgte immer dafür, daß sie begriff, worum es ging. Es war das einzige, was er ihr sachlich geben konnte: das Gefühl dafür, wer und was sie war. Sie war Kezia Saint Martin. Die Ehrenwerte Kezia Holmes-Aubrey Saint Martin, Sproß des britischen Adels und der amerikanischen Aristokratie, deren Vater seine Millionen genutzt hatte, um weitere Millionen in Stahl, Kupfer, Gummi, Petroleum und Öl zu machen. Wo man Geld in unvorstellbarem Maßstab machen konnte, war Keenan Saint Martin zur Stelle. Dadurch war er zu einer internationalen Legende geworden, zu einer Art amerikanischem Fürsten. Diese Legende hatte Kezia mit dem Vermögen geerbt. Natürlich hatte Keenan sich dabei die Hände gewissermaßen ein wenig schmutzig machen müssen, aber nicht sehr. Er war immer so erfolgreich und ein solcher Gentleman, einer jener Männer, denen die Leute alles verzeihen, sogar die Tatsache, daß sie ihr Geld vermehren.

Andererseits bedeutete die Erinnerung an Liane eine Warnung für Kezia... sie mahnte sie ständig daran, daß sie, wenn sie die unsichtbare Grenze in das verbotene Land überschritt, enden würde wie ihre Mutter. Edward wollte, daß Kezia ihrem Vater nachgeriet. Dann wäre seine Aufgabe wesentlich leichter gewesen. Aber sie war so oft... zu oft... das Abbild Lianes, nur stärker, und besser, klüger und so viel schöner als Liane.

Kezia stammte von außergewöhnlichen Menschen ab. Sie war das letzte überlebende Glied in einer langen Reihe von fast mythischer Schönheit und Grazie. Und nun mußte Edward dafür sorgen, daß die Kette nicht unterbrochen wurde. Liane hatte die Kontinuität gefährdet. Aber die Kette war noch intakt, und wie alle einsamen Menschen, die nie ein volles Risiko eingehen, die nie vollkommen schön sind, die nie sehr stark sind – war Edward von ihr beeindruckt. Seine eigene, bescheiden vornehme Familie in Philadelphia war viel weniger beeindruckend als diese wunderbaren Menschen, denen er sein Dasein geweiht hatte. Er war jetzt ihr Hüter. Der Bewahrer des Heiligen Grals: Kezia. Des Schatzes. Seines Schatzes. Deshalb war er so froh gewesen, als ihr Plan, für die *Times* zu arbeiten, so schmählich gescheitert war. Alles würde sich wieder beruhigen, zumindest für eine Weile. Er hatte sie zu beschützen, und sie hatte ihm zu gebieten. Noch erteilte sie ihm keine Befehle, aber er fürchtete, daß es eines Tages soweit sein würde. Wie ihre Eltern es gehalten hatten. Man hatte ihm Vertrauen geschenkt und Befehle erteilt, aber ihn nie geliebt.

Im Fall der *Times* hatte er nicht einschreiten müssen. Sie hatte die Arbeit aufgegeben. Sie war für einige Zeit ans College zurückgekehrt, im Sommer nach Europa geflohen, aber im Herbst hatte sich alles wieder geändert. Am meisten Kezia selbst. Für Edward war diese Entdeckung geradezu erschreckend gewesen.

Als sie nach New York zurückkehrte, war sie etwas entschiedener, etwas weiblicher geworden. Diesmal hatte sie sich nicht einmal im nachhinein mit Edward beraten, und sie erhob gar nicht Anspruch darauf, erwachsen zu sein. Mit zweiundzwanzig hatte sie die Wohnung an der Park Avenue verkauft, in der sie dreizehn sehr angenehme Jahre mit Mrs. Townsend – Totie – verbracht hatte, und hatte zwei kleinere Wohnungen gemietet, eine für sich, die andere für Totie, die freundlich, aber entschieden, trotz Edwards Protesten und Toties Tränen, in den Ruhestand versetzt wurde. Dann hatte sie sich ebenso energisch mit dem Problem eines Jobs befaßt wie mit dem ihrer Wohnung. Die Lösung, die sie wählte, war erstaunlich erfolgreich gewesen.

Sie hatte Edward die Neuigkeit beim Abendessen in ihrer neuen Wohnung beigebracht, während sie ihm eine köstliche Flasche Pouilly Fumé 54 serviert hatte, um den Schock zu lindern.

Kezia hatte sich einen literarischen Agenten zugelegt und Edward durch die Mitteilung verblüfft, daß sie in diesem Sommer schon drei Artikel veröffentlicht hatte, die sie aus Europa herübergeschickt hatte. Und das Erstaunlichste war, daß er alle drei gelesen hatte, und sie ihm eigentlich gefallen hatten. Er erinnerte sich an sie – ein politischer Essay, den sie in Italien verfaßt hatte, ein beeindruckender Bericht über einen Nomadenstamm, auf den sie im Mittleren Osten gestoßen war, und eine sehr komische Parodie über den Poloklub in Paris. Alle drei waren unter dem Pseudonym K. S. Miller in amerikanischen Zeitungen erschienen. Der letzte Artikel hatte eine Kettenreaktion ausgelöst.

Sie hatten eine zweite Flasche Wein entkorkt, und plötzlich hatte Kezia übermütig versucht, ihm ein Versprechen zu entlokken. Mit einemmal hatte er wieder das flaue Gefühl im Magen verspürt. Es steckte mehr dahinter, das merkte er. Er bekam dieses Gefühl jedesmal, wenn in ihren Augen der gewisse Ausdruck lag. Der Ausdruck, der ihn bedenklich an ihren Vater erinnerte. Der Blick, der besagte, daß die Pläne bereits gemacht, die Entscheidungen getroffen worden waren und daß gar nichts mehr dagegen unternommen werden konnte. Also was?

Sie hatte ein Exemplar der Morgenzeitung herausgenommen und eine Seite im zweiten Teil aufgeschlagen. Er konnte sich nicht vorstellen, was ihm entgangen sein sollte. Er studierte die Zeitung jeden Morgen gründlich. Sie wies auf die Gesellschaftsspalte von Martin Hallam – an diesem Morgen hatte er sie doch tatsächlich überblättert.

Es war wirklich eine merkwürdige Spalte, die seit etwa einem Monat erschien. Es war ein gut informierter, ein wenig zynischer und höchst raffinierter Bericht über die Aktivitäten des Jet-sets in seinen privaten Schlupfwinkeln. Niemand hatte eine Ahnung, wer Martin Hallam war, und alle versuchten noch zu erraten, wer der Verräter in ihren Reihen sein mochte. Wer immer er war, er schrieb ohne Bosheit – aber sicherlich aufgrund von viel Informationen aus erster Hand. Und nun zeigte Kezia auf eine Zeile am Beginn der Spalte.

Er las sie durch, Kezia wurde jedoch nicht erwähnt.

»Na und?«

»Ich möchte dir einen Freund von mir vorstellen. Martin Hallam.« Sie lachte frei heraus, und Edward kam sich komisch vor. Dann streckte sie die Hand aus, schüttelte die seine, lachte schallend, und ihre Augen glänzten amethystfarben. »Hallo, Edward. Ich bin Martin. Wie geht's?«

»Was? Du machst einen Witz, Kezia!«

»Keinesfalls. Niemand wird es je erfahren. Nicht einmal der Herausgeber weiß, wer der Verfasser ist. Alles geht über meinen literarischen Agenten, und der ist überaus verschwiegen. Ich mußte ihnen Probeartikel für einen Monat liefern, um zu beweisen, daß ich weiß, wovon ich schreibe, aber heute haben wir den endgültigen Bescheid erhalten. Die Kolumne wird nun regelmäßig dreimal pro Woche erscheinen. Ist das nicht phantastisch?«

»Phantastisch? Es ist abscheulich, Kezia, wie konntest du nur?«

»Warum nicht? Ich sage nichts, wofür man mich gerichtlich belangen könnte, und ich verrate keine Geheimnisse, die das Leben eines Menschen zerstören könnten. Ich halte nur alle ... nun ja, sagen wir ›auf dem laufenden‹ und unterhalte sie.«

Das war typisch Kezia. Die Ehrenwerte Kezia Saint Martin, K. S. Miller und Martin Hallam. Und nun war sie, nachdem sie wieder einen Sommer durch Abwesenheit geglänzt hatte, endlich zu Hause. Sieben Sommer waren vergangen, seit ihre Karriere als Journalistin begonnen hatte. Sie war jetzt erfolgreich, und das erhöhte nur ihren Charme. Edward schien es, als verliehe es ihr einen geheimnisvollen Glanz, einen fast unerträglichen Reiz. Wer außer Kezia vermochte so etwas zustande zu bringen? Und so lange Zeit? Edward und ihr Agent waren die einzigen Menschen, denen sie das Geheimnis anvertraut hatte, daß die Ehrenwerte Kezia Saint Martin ein Doppelleben führte, ein zweites Leben neben dem, das in *WWD, Town and Country* und gelegentlich in der »Leute«-Spalte von *Time* so genüßlich beschrieben wurde.

Edward blickte wieder auf die Uhr. Jetzt konnte er sie anrufen, es war zehn vorbei. Er griff nach dem Telefon. Diese Nummer wählte er immer selbst. Es klingelte zweimal, und sie meldete sich. Die Stimme klang heiser, wie immer am Morgen. So besaß sie für ihn den größten Reiz. Diese Stimme hatte etwas sehr Persönliches in sich. Er fragte sich oft, was sie im Bett trug, dann rügte er sich wegen des unkeuschen Gedankens.

»Willkommen daheim, Kezia.« Er lächelte dem Zeitungsfoto zu, das noch auf seinem Schreibtisch lag.

»Edward!« Bei der Freude in ihrer Stimme wurde ihm warm ums Herz. »Du hast mir so gefehlt!«

»Aber nicht genug, um mir auch nur eine Ansichtskarte zu schicken, du kleine Range! Ich habe letzten Sonnabend mit Totie geluncht, die erhält wenigstens gelegentlich einen Brief von dir.«

»Das ist etwas anderes. Sie würde dahinsiechen, wenn ich ihr nicht mitunter mitteile, daß ich noch am Leben bin.« Sie lachte, und er hörte, wie eine Tasse an das Telefon stieß. Tee. Ohne Zucker. Ein Tropfen Sahne.

»Und du glaubst nicht, daß ich dahinsiechen würde?«

»Natürlich nicht. Dazu bist du viel zu unerschütterlich. Es gehört sich nicht. *Noblesse oblige, et cetera, et cetera.*«

»Schon gut.« Ihre Unverblümtheit brachte ihn oft in Verlegenheit. Sie hatte außerdem recht. Er besaß ein ausgesprochenes Gefühl für »Schicklichkeit«. Deshalb hatte er ihr nie gestanden, daß er sie liebte. Er hatte ja auch ihrer Mutter nie gesagt, daß er sie liebte.

»Wie war Marbella?«

»Schrecklich. Anscheinend werde ich alt. Tante Hils Haus wimmelte geradezu von allen möglichen achtzehnjährigen Kindern. Du lieber Gott, Edward, sie sind elf Jahre nach mir zur Welt gekommen! Warum sind sie nicht zu Hause bei ihren Kindermädchen?« Er lachte beim Klang ihrer Stimme. Sie sah noch immer aus wie zwanzig. Aber eine sehr weltkluge Zwanzigerin. »Ich war, Gott sei Dank, nur über ein Wochenende dort.«

»Und vorher?«

»Hast du heute morgen die Kolumne nicht gelesen? Dort steht, daß ich den Großteil des Sommers zurückgezogen in Südfrankreich verbracht habe.« Sie lachte wieder. Es war so erfrischend, ihre Stimme zu hören.

»Ich war wirklich eine Weile dort. Auf einem Boot, das ich gemietet hatte, und es war sehr angenehm. Und friedlich. Ich habe eine Menge geschrieben.«

»Ich habe deinen Artikel über die drei in der Türkei eingesperrten Amerikaner gelesen. Ziemlich deprimierend, aber ausgezeichnet. Warst du dort?«

»Natürlich war ich dort. Und es war wirklich verdammt deprimierend.«

»Wo warst du noch?« Er wollte sie von dem Thema ablenken. Unangenehme Probleme waren unnötig.

»Ach, ich war auf einer Party in Rom, bei den Modeschauen in Paris, in London, um die Königin zu sehen...«

»Du bist einfach unmöglich, Kezia.« Aber bezaubernd unmöglich.

»Ja.« Sie trank Tee und schluckte laut. »Aber du hast mir gefehlt. Es ist verdammt eklig, niemandem erzählen zu können, was man wirklich tut.«

»Also komm und erzähle mir, was du wirklich getrieben hast. Heute beim Lunch im La Grenouille?«

»Ausgezeichnet. Ich muß mit Simpson sprechen, kann mich aber danach mit dir treffen. Bist du mit ein Uhr einverstanden?«

»Ausgezeichnet. Und, Kezia...«

»Ja?« Ihre Stimme klang leise und freundlich, plötzlich nicht ganz so lebhaft. Auf ihre Art liebte sie ihn auch. Seit fast zwanzig Jahren hatte er die Tatsache, daß sie keinen Vater mehr hatte, erträglich gemacht.

»Es ist wirklich schön zu wissen, daß du wieder hier bist.«

»Und es ist wirklich gut zu wissen, daß sich wenigstens ein Mensch darüber freut.«

»Dummes Kind, du sagst das so, als würde sich sonst niemand um dich kümmern.«

»Das nennt man das Arme-kleine-reiche-Mädchen-Syndrom, Edward. Berufsrisiko bei einer Erbin.« Sie lachte, doch in ihrer Stimme schwang ein Unterton mit, der ihm Sorgen machte. »Auf Wiedersehen, um eins.«

Sie legte auf, und Edward starrte aus dem Fenster.

Zweiundzwanzig Blocks von dem Zimmer entfernt, in dem er saß, lag Kezia im Bett und trank ihren Tee aus. Auf dem Bett lag ein Stoß Zeitungen, auf dem Tisch neben ihr ein Berg Post. Die Vorhänge waren zurückgezogen, und sie genoß die friedliche Aussicht auf den Garten hinter der benachbarten Stadtvilla. Ein Vogel gurrte auf dem Gitter der Klimaanlage. An der Eingangstür klingelte jemand.

»Verdammt.« Sie nahm einen weißen Satin-Morgenrock vom

Fußende des Bettes und fragte sich, wer es sein mochte, doch sie erriet es gleich. Sie hatte recht. Als sie die Tür öffnete, hielt ihr ein schlanker, nervöser Puertoricaner-Junge eine lange, weiße Schachtel hin.

Noch bevor sie dem Jungen einen Dollar als Trinkgeld gegeben hatte, wußte sie, was sich in der Schachtel befand. Sie wußte auch, von wem die Schachtel kam. Sie wußte sogar, von welchem Blumenhändler. Und sie wußte auch, daß sie die Handschrift seiner Sekretärin auf der Karte erkennen würde. Nach vier Jahren läßt man die Billets-doux von seiner Sekretärin schreiben: »Ach, wissen Sie, Effy, so etwas wie ›Du kannst dir nicht vorstellen, wie sehr du mir gefehlt hast‹ et cetera.« Effy erledigte es ausgezeichnet. Sie schrieb genau die Worte darauf, die jede romantisch veranlagte vierundfünfzigjährige Jungfrau auf die Grußkarte zu einem Dutzend roter Rosen schreiben würde. Kezia machte es im Grunde nichts aus, ob die Karte von Effy oder von Whit geschrieben war. Es spielte keine große Rolle mehr, eigentlich überhaupt keine.

Diesmal hatte Effy zu dem üblichen Blumengruß »Dinner heute abend?« hinzugefügt, und Kezia blieb mit der Karte in der Hand stehen. Sie setzte sich in einen blauen Samtfauteuil, der ihrer Mutter gehört hatte, und spielte mit der Karte. Sie hatte Whit eigentlich seit einem Monat nicht mehr gesehen, seit er geschäftlich nach London gekommen war, und sie hatten einander bei Annabellas Party getroffen, bevor er am nächsten Tag zurückgeflogen war. Natürlich hatte er sie gestern abend auf dem Flughafen abgeholt, aber sie hatten nicht wirklich miteinander gesprochen. Das taten sie eigentlich nie recht.

Sie beugte sich nachdenklich zu dem Telefon auf dem kleinen Kirschholztisch und hielt immer noch die Karte in der Hand. Sie warf einen Blick auf die beachtlichen Stöße von Einladungen, die ihre Sekretärin, die zweimal die Woche kam, für sie geordnet hatte – erster Stoß die bereits versäumten, ein zweiter mit Terminen in der nächsten und ferneren Zukunft. Abendessen, Cocktails, Vernissagen, Modeschauen, Wohltätigkeitsveranstaltungen. Zwei Hochzeitsanzeigen und eine Geburtsanzeige.

Sie wählte die Nummer von Whits Büro und wartete.

»Schon auf, Kezia, mein Schatz? Du mußt todmüde sein.«

»Ein bißchen, aber ich werde es überleben. Und die Rosen sind herrlich.«

»Sind sie hübsch? Das freut mich. Kezia, du hast gestern abend wunderbar ausgesehen.« Sie blickte auf den Baum im Nachbargarten. Der Baum hatte sich in vier Jahren weiter entwickelt als Whit.

»Es war lieb von dir, mich vom Flughafen abzuholen. Und die Rosen waren der richtige Auftakt für meinen Tag. Als ich an das Auspacken meiner Koffer dachte, sank meine Laune bedenklich.«

Sie hatte den Fehler begangen, an einem Tag anzukommen, an dem die Reinemachefrau ihren freien Tag hatte. Aber die Koffer konnten warten.

»Und was ist mit meiner Einladung zum Abendessen? Die Orniers haben zum Dinner eingeladen, und wenn du nicht zu müde bist, hat Xavier vorgeschlagen, daß wir alle nachher noch zu Raffles gehen.« Die Orniers bewohnten eine riesige Suite im Turm des Hotel Pierre, die sie für ihre alljährlichen Besuche in New York gemietet hatten. Es »lohnte sich« sogar für die paar Wochen: »Sie wissen ja, wie gräßlich es ist, jedesmal in einem anderen Zimmer zu wohnen.« Sie bezahlten einen hohen Preis, um die vertraute Umgebung zu haben, aber das war für Kezia keine Neuigkeit. Und ihre Party lieferte den richtigen Stoff für die Gesellschaftsspalte. Sie mußte wieder ins Gesellschaftsleben hineinkommen, und der Lunch im La Grenouille mit Edward war ein guter Anfang, aber ... verdammt. Sie wollte lieber in die City. Dort gab es Vergnügungen, von denen Whit nicht einmal im Traum annahm, daß sie sie kannte. Plötzlich fiel ihr Whit wieder ein.

»Tut mir leid, Liebster. Ich wäre gern gekommen, bin aber so schrecklich müde. Der Zeitunterschied durch den Flug und wahrscheinlich das hektische Treiben bei Hilary an diesem Wochenende. Kannst du vielleicht den Orniers sagen, ich wäre gestorben, und ich werde versuchen, bei ihnen auf einen Sprung vorbeizukommen, bevor sie abreisen. Für dich werde ich morgen wieder auferstehen. Aber heute bin ich einfach erledigt.« Sie gähnte ein wenig, dann kicherte sie. »Gütiger Gott, ich hatte nicht die Absicht, dir ins Ohr zu gähnen. Tut mir leid.«

»Schon gut. Wegen des heutigen Abends hast du recht. Wahrscheinlich werden sie das Abendessen erst um neun servieren lassen. Du weißt ja, wie sie sind, und es wird zwei Uhr früh werden, bis man nach Raffles ins Bett kommt ...« Tanzen in diesem überfüllten Kellerlokal, dachte Kezia, genau das, was mir fehlt...

»Ich bin froh, daß du mich verstehst, mein Lieber. Ich werde das Telefon auf Anrufbeantworter schalten und um sieben oder acht ins Bett hüpfen. Dann werde ich morgen taufrisch sein.«

»Gut. Also dann morgen zum Abendessen?« Klar, Liebster. Klar.

»Ja. Ich habe ein Billet auf meinem Schreibtisch für eine Gala im St. Regis. Möchtest du es nicht versuchen? Ich glaube, die Marshes übernehmen die Maisonette zu ihrem achtundneunzigsten Hochzeitstag oder so etwas.«

»Du boshaftes, scharfzüngiges Mädchen. Es ist erst ihr fünfundzwanzigster. Ich werde einen Tisch im Côte Basque reservieren lassen, wir können dann später das Lokal wechseln.«

»Ausgezeichnet, mein Goldschatz. Also dann bis morgen.«

»Ich hole dich um sieben ab?«

»Lieber um acht.« Noch lieber gar nicht.

»Wunderbar, Liebste. Bis dann.«

Nachdem sie aufgelegt hatte, schlug sie die Beine übereinander und wippte mit dem Fuß. Sie mußte wirklich netter zu Whit sein. Was hatte es für einen Sinn, so mit ihm umzuspringen? Bei allen Bekannten galten sie als Paar, er war nett zu ihr und ihr in gewissem Sinn auch nützlich. Ihr ständiger Begleiter. Der liebe Whitney... der arme Whitney. So leicht durchschaubar und so vollkommen, so schön und so untadelig nach Maß gekleidet. Es war wirklich unerträglich. Genau einsvierundachtzig, eisblaue Augen, kurzes, dichtes, blondes Haar, fünfunddreißig Jahre alt, Gucci-Schuhe, Dior-Schlipse, Eau de Cologne von Givenchy, Uhr von Piaget, Apartment Ecke Park und Dreiundsechzigste, ausgezeichneter Ruf als Anwalt und bei allen Freunden beliebt. Die logische Ergänzung zu Kezia, und das an sich genügte schon, damit sie ihn haßte, ohne daß sie ihn natürlich wirklich haßte. Sie ärgerte sich nur über ihn, und auch darüber, daß sie ihn brauchte. Trotz des Geliebten auf dem Sutton Place, von dessen Existenz sie wußte, ohne daß er etwas ahnte.

Das Whit-und-Kezia-Spiel war eine Farce, aber diskret. Und nützlich. Er war der ideale ständige Begleiter, und somit vollkommen ungefährlich. Sie erschrak jetzt noch, wenn sie sich daran erinnerte, daß sie vor ein oder zwei Jahren sogar erwogen hatte, ihn zu heiraten. Damals schien nichts dagegen zu sprechen. Sie würden weiterhin das gleiche Leben führen, nur Kezia würde ihm von ihrer Kolumne erzählen. Sie würden weiterhin die gleichen Parties besuchen, die gleichen Leute treffen und jeder sein eigenes Leben führen. Er würde ihr Rosen bringen, statt sie zu schicken. Sie würden getrennte Schlafzimmer haben, und wenn Kezia jemanden im Haus herumführte, würde Whits Zimmer als »das Gästezimmer« bezeichnet werden. Sie würde in die City fahren, und er zum Sutton Place, und niemand würde etwas davon erfahren. Sie würden es dem Partner gegenüber natürlich nie erwähnen; sie würde »Bridge spielen« und er würde »einen Klienten aufsuchen«, und sie würden einander am nächsten Morgen beim Frühstück gegenübersitzen, zufrieden, beruhigt, beschwichtigt und im Bewußtsein, geliebt zu werden, jeder allerdings von seinem jeweiligen Partner. Was für ein verrücktes Hirngespinst. Sie lachte jetzt, wenn sie sich daran erinnerte. Sie erhoffte sich noch immer etwas Besonderes. Sie betrachtete Whit jetzt als alten Freund, dem sie auf eine etwas seltsame Art zugetan war. Sie war an ihn gewöhnt, was in mancher Hinsicht schlimm war.

Kezia ging langsam in ihr Schlafzimmer zurück. Es war angenehm, daheim zu sein, die Gemütlichkeit ihrer eigenen Wohnung zu genießen, in dem großen Bett mit der Silberfuchsdecke zu liegen, die so entsetzlich extravagant gewesen war, ihr aber immer noch gut gefiel. Die entzückenden, zierlichen Möbel stammten von ihrer Mutter. Das Ölbild, das sie im vergangenen Jahr in Lissabon gekauft hatte, hing über dem Bett, eine Sonne wie eine Wassermelone über einer üppigen Landschaft und einem auf dem Feld arbeitenden Bauern. Ihr Schlafzimmer hatte etwas Warmes, Freundliches an sich, das sie sonst nirgends auf der Welt fand. Weder in Hilarys Palazzo in Marbella noch in dem entzückenden Haus in Kensington, in dem sie ein eigenes Zimmer hatte – Hilarys Londoner Haus hatte so viele Räume, daß sie es sich leisten konnte, sie auswärtigen Freunden und Familienmitgliedern zu schenken wie Spitzentaschentücher. Doch nirgends fühlte sich Kezia so wohl wie in der eigenen Wohnung. Im Schlafzimmer gab es auch einen Kamin, und das Messingbett hatte sie vor Jahren in London aufgestöbert; vor dem Kamin stand ein weicher, brauner Samtfauteuil, und auf dem weißen Pelzteppich hätte man am liebsten barfuß getanzt. In den Ecken standen Blattpflanzen, andere hingen neben den Fenstern, und Kerzen auf dem Kaminsims tauchten den Raum spät nachts in mildes Licht. Es tat gut, zu Hause zu sein.

Sie lachte leise, ein Ausdruck reinsten Vergnügens, während sie Mahler auf den Plattenteller des Stereogeräts legte und das Wasser für ihr Bad einließ. Und heute abend ... in die City. Zu Mark. Zuerst ihr Agent, dann Lunch mit Edward. Und schließlich Mark. Das Beste zum Schluß ... solange sich nichts ändert.

»Kezia«, sagte sie sich, während sie nackt vor dem Badezimmerspiegel stand und die Musik mitsummte, die durch das Haus hallte, »du bist ein sehr schlimmes Mädchen.« Sie drohte ihrem Spiegelbild mit dem Zeigefinger, warf den Kopf zurück und lachte, ihr langes schwarzes Haar hing bis zur Taille hinunter. Dann stand sie ganz still und blickte sich tief in die Augen. »Ja, ich weiß. Ich bin ein kleines Luder. Aber was kann ich schon tun? Ein Mädchen muß leben, und es gibt dafür viele verschiedene Möglichkeiten.« Sie legte sich in die Badewanne und dachte darüber nach. Der innere Zwiespalt, das Gegensätzliche in ihr, die Geheimnisse ... aber wenigstens keine Lügen. Sie verschwieg vieles, aber sie log nie. Oder beinahe nie. Es war zu schwierig, mit Lügen zu leben. Seine kleinen Geheimnisse zu haben war besser.

Sie tauchte in das warme Wasser und dachte an Mark. Der herrliche Marcus. Das wilde, widerspenstige Haar, das unglaubliche Lächeln, der Geruch seiner Mansarde, die Schachpartien, das Lachen, die Musik, sein Körper, seine Leidenschaft. Mark Wooly. Sie schloß die Augen und zeichnete im Geist mit der Fingerspitze eine Linie seinen Rücken entlang und dann sanft über seine Lippen. Tief in ihrem Inneren regte sich leises Verlangen, sie drehte sich langsam in der Wanne, so daß sich winzige Wellen bildeten.

Zwanzig Minuten später stieg sie aus dem Bad, bürstete ihre Haare zu einem glatten Knoten und zog über die neue, champagnerfarbene Spitzenunterwäsche, die sie in Florenz gekauft hatte, ein einfaches, weißes Wollkleid von Dior an.

»Hältst du mich für schizophren?« fragte sie ihr Spiegelbild, während sie sorgfältig den Hut aufsetzte und ihn langsam schräg ins Gesicht zog. Aber sie sah durchaus nicht schizophren aus. Sie war voll und ganz »die« Kezia Saint Martin, unterwegs zum Lunch im La Grenouille in New York oder zu Fouquet's in Paris.

»Taxi!« Kezia lief am Portier vorbei und hob einen Arm, während ein Taxi am Randstein hielt. Sie stieg ein, damit hatte ihre New Yorker Saison also begonnen. Was würde sie bringen? Einen Bucherfolg? Einen Mann? Mark Wooly? Ein Dutzend gepfefferter Artikel für eine große Illustrierte? Eine Anzahl kleiner wertvoller Augenblicke? Einsamkeit, heimliches Glück und Glanz. Das alles lag vor ihr. Und eine weitere »Saison«, die sie genießen konnte.

Edward stolzierte in seinem Büro vor dem Aussichtsfenster auf und ab. Zum elften Mal in einer Stunde blickte er auf die Uhr. In wenigen Minuten würde sie eintreten, sie würde lachen, die Hand ausstrecken und damit sein Gesicht berühren ... »Ach, Edward, es ist so schön, dich wiederzusehen!« Sie würde ihn umarmen und kichern, sich neben ihn setzen – während »Martin Hallam« im Geist notierte, wer mit wem an welchem Tisch saß, und K. S. Miller über ein Buch nachdachte.

2

Kezia kämpfte sich durch das dichte Knäuel von Männern durch, das sich zwischen der Garderobe und der Bar des La Grenouille gebildet hatte. Die zahlreichen Mittagsgäste drängten sich in dichten Scharen, die Bar war überfüllt, alle Tische besetzt, die Kellner hasteten umher, und die Ausstattung war unverändert. Rote Lederstühle, rosa Tischdecken, helle Ölbilder an den Wänden und Blumen auf jedem Tisch. Der Raum war mit unzähligen roten Anemonen dekoriert und voll lächelnder Gesichter, auf fast allen Tischen standen Flaschen mit Weißwein in silbernen Eiskübeln, während da und dort diskret Champagnerpfropfen knallten.

Die Frauen waren schön oder hatten sich sehr bemüht, so zu wirken. Cartiers Erzeugnisse wurden in Hülle und Fülle zur Schau gestellt. Die gemurmelten Gespräche im Raum klangen deutlich französisch. Die Männer trugen dunkle Anzüge und weiße Hemden, hatten graue Schläfen und verfügten über teure Romanoff-Zigarren aus Kuba via Schweiz in nicht gekennzeichneten braunen Schachteln.

La Grenouille war die Tränke für die ganz Reichen und die ganz Eleganten. Es genügte nicht, daß man über ein stattliches

Spesenkonto verfügte, um die Rechnung zu bezahlen, um hier Einlaß zu finden. Man mußte dazugehören. Man mußte Teil des Stils sein, der hier durch alle Poren drang.

»Kezia?« Eine Hand berührte ihren Ellbogen, und sie blickte in das sonnengebräunte Gesicht von Amory Strongwell.

»Nein, Schatz. Es ist mein Geist.« Er erhielt ein spöttisches Lächeln als Antwort.

»Du siehst wunderbar aus.«

»Und du siehst blaß aus. Armer Amory.« Sie starrte in geheucheltem Mitgefühl auf die dunkle Bronzetönung, die er sich in Griechenland geholt hatte, während er vorsichtig ihre Schulter drückte und sie auf die Wange küßte.

»Wo ist Whit?«

Vermutlich auf dem Sutton Place, Liebster. »Er arbeitet wahrscheinlich wie verrückt. Werden wir dich morgen abend bei der Marsh-Party sehen?« Es war eine rhetorische Frage, und er nickte geistesabwesend. »Ich bin mit Edward hier verabredet.«

»Der Glückliche.« Mit einem letzten Lächeln schob sie sich durch die Menge nach vorne, wo der Oberkellner sie an Edwards Tisch geleiten würde. Zufällig fand sie Edward auch ohne seine Hilfe; er saß an seinem Stammtisch, neben ihm stand eine Flasche Champagner auf Eis. Wie immer Louis Roederer 1959.

Er erblickte sie ebenfalls und stand auf, während sie leichtfüßig zwischen den anderen Tischen hindurch auf ihn zuging. Sie fühlte die Blicke in ihrem Rücken, erwiderte angedeutete Begrüßungen, wenn sie an Tischen von Bekannten vorbeikam. Sie war vor Jahren in das gesellschaftliche Treiben hineingewachsen. Kennsignale. Mit sechzehn war es für sie eine Qual gewesen, mit achtzehn eine Gewohnheit, mit zweiundzwanzig hatte sie dagegen revoltiert, und jetzt mit neunundzwanzig gefiel es ihr. Es amüsierte sie. Es war ihr ganz persönlicher Spaß. Die Frauen sagten »wunderbares Kleid«, die Männer grübelten über Whit; die Frauen kamen zu dem Schluß, daß sie sich mit dem gleichen Vermögen ungestraft den gleichen Hut leisten könnten, und die Kellner stießen einander an und murmelten auf französisch »Saint Martin«. Wenn sie das Lokal verließ, wartete vielleicht ein Fotograf von *Women's Wear* auf sie oder auch nicht, um ein Foto von ihr zu schießen, wenn sie durch die Tür ins Freie trat. Es amüsierte sie. Sie spielte ihre Rolle gut.

»Edward, du siehst fabelhaft aus!« Sie sah ihn prüfend an, umarmte ihn und sank neben ihm auf die Sitzbank.

»Mein Gott, Kind, wie blendend du aussiehst.« Sie küßte ihn sanft auf die Wange, dann strich sie zärtlich mit der Hand darüber.

»Du auch.«

»Und wie war es am Vormittag bei Simpson?«

»Angenehm und ergiebig. Wir haben einige Ideen durchgesprochen, die ich für ein Buch habe. Er gibt mir gute Ratschläge, aber wir wollen doch hier... lieber nicht...« Sie wußten beide, daß der Lärm zu groß war, als daß jemand Unbefugter ein Wort zuviel aufschnappen konnte. Aber sie sprachen selten in der Öffentlichkeit über ihre Karriere. »Verschwiegenheit ist der bessere Teil der Tapferkeit«, pflegte Edward zu sagen.

»Richtig. Champagner?«

»Da habe ich niemals nein gesagt.« Er winkte dem Kellner, und das Ritual des Louis Roederer begann. »Ich liebe dieses göttliche Getränk.« Sie blickte sich langsam in dem Raum um, während er lachte.

»Ich weiß, was du tust, Kezia, und du bist unmöglich.« Sie prüfte den Schauplatz für ihre Kolumne. Er hob sein Glas. »Auf dein Wohl, Mademoiselle, willkommen daheim.« Sie stießen an und nippten genießerisch an dem Champagner. Er war genauso, wie sie ihn liebten, ein guter Jahrgang und die richtige Temperatur.

»Übrigens, wie geht es Whit? Triffst du ihn heute abend zum Dinner?«

»Erste Frage: gut. Und zweite Frage: Nein, ich gehe zu Bett, um mich von den Strapazen der Reise zu erholen.«

»Ich fürchte, ich kann dir nicht ganz glauben, akzeptiere aber deine Erklärung.«

»Was für ein welterfahrener Mann du bist, Edward. Wahrscheinlich liebe ich dich deshalb.«

Er sah sie einen Augenblick an, dann ergriff er ihre Hand. »Bitte, Kezia, sei vorsichtig.«

»Ja, Edward, ich weiß. Ich bin vorsichtig.«

Der Lunch war ein Genuß, wie alle ihre Lunches. Sie erkundigte sich nach seinen wichtigsten Klienten, kannte noch alle mit Namen und wollte wissen, was er bezüglich der Couch in seiner Wohnung unternommen hatte, die so dringend neu bezogen werden mußte. Sie begrüßten alle, die sie kannten, und zwei seiner Firmenpartner kamen für ein paar Augenblicke an ihren Tisch. Sie berichtete ihm ein wenig von ihrer Reise, während sie das Kommen und Gehen sowie die Paarbildungen im Auge behielt.

Sie verließ ihn um drei vor dem Lokal. Der »Überraschungs«-fotograf von *Women's Wear* machte pflichtgemäß einen Schnappschuß von den beiden, und Edward rief ein Taxi für sie, bevor er in sein Büro zurückging. Er fühlte sich immer besser, wenn er wußte, daß sie wieder im Land war. Er konnte zur Stelle sein, wenn sie ihn brauchte, und er war ihrem Leben näher. Er war sich nicht sicher, hatte aber eine Ahnung, daß es in ihrem Leben mehr gab als Raffles und die Parties bei Marsh. Und mehr Männer in ihrem Leben als Whit. Aber sie weihte Edward nicht ein, und er fragte nicht danach. Er wollte es eigentlich gar nicht wissen, solange bei ihr alles in Ordnung war – solange sie »vorsichtig« war, wie er es nannte. Aber sie hatte zu viel vom Wesen ihres Vaters an sich, um mit einem Mann wie Whit zufrieden zu sein. Das wußte Edward nur allzu gut. Es hatte mehr als zwei Jahre erfordert, um das Testament ihres Vaters diskret zu regeln und die Übereinkommen mit den beiden Frauen zu treffen, von denen bis zu diesem Zeitpunkt niemand etwas gewußt hatte.

Das Taxi brachte Kezia nach Hause und setzte sie unter quietschenden Bremsen und aufwirbelndem Staub am Trottoir ab; Kezia ging hinauf und hängte das weiße Dior-Kleid in den Schrank. Eine halbe Stunde später steckte sie in Jeans, ihr Haar hing offen herab, der automatische Anrufbeantworter war eingeschaltet, um Anrufe entgegenzunehmen. Sie »ruhte sich aus« und wollte bis zwölf Uhr am nächsten Tag nicht gestört werden. Kurz darauf war sie fort.

Sie verließ das Haus und verschwand Ecke 77. Straße und Lexington Avenue unauffällig in die U-Bahn. Ohne Make-up, ohne Handtasche, nur eine Börse mit ein wenig Kleingeld in der Tasche und ein Lächeln in den Augen.

Die U-Bahn wirkte wie eine Konzentration von New York, jedes Geräusch, jeder Geruch wurde hier intensiver, jede Gestalt war auffallender. Komische alte Damen mit maskenartig geschminkten Gesichtern, schwule Jungen in so engen Hosen, daß man beinahe die Haare an ihren Beinen sehen konnte, großartige Mädchen mit modischen Handtaschen unterwegs zu Modellsitzungen, Männer, die nach Schweiß und Zigarren rochen, um die man lieber einen Bogen machte, und gelegentlich ein Geschäftsmann, unterwegs zur Wall Street, in gestreiftem Anzug, mit kurzem Haar und Hornbrille. Es war eine Symphonie von Bildern, Gerüchen und Geräuschen, mit dem Gekreisch von Metall, klopfenden Zügen, quietschenden Bremsen, ratternden Rädern als akustischem Background. Kezia hielt den Atem an und schloß die Augen vor dem heißen Luftzug und den von den Zügen aufgewirbeltem Schmutz, dann stieg sie rasch ein und trat von den sich schließenden Türen zurück.

Sie fand einen Sitzplatz neben einer alten Frau, die eine Einkaufstasche auf den Knien hielt. Ein junges Paar setzte sich bei der nächsten Haltestelle zu ihr und teilte verstohlen einen Joint, unbemerkt von dem kontrollierenden Polizisten, der durch den Wagen ging, ohne nach links und rechts zu sehen. Kezia war neugierig, ob die alte Frau neben ihr durch den Geruch ›high‹ werden würde. Dann hielt der Zug mit kreischenden Bremsen bei der Canal Street, und es war Zeit für sie auszusteigen. Kezia hüpfte leichtfüßig die Treppe empor und sah sich um.

Sie war wieder zu Hause. Ein anderes Zuhause. Lagerhäuser und abgewohnte Mietshäuser, Feuerleitern und Delikatessenläden und ein paar Blocks weiter die Kunstgalerien, Kaffeehäuser und Atelierwohnungen von Malern und Schriftstellern, Bildhauern und Dichtern, die Bärte und Halstücher trugen. Ein Ort, an dem Camus und Sartre noch verehrt wurden, an dem de Koonig und Pollock als Götter galten. Sie ging mit raschen Schritten und leichtem Herzklopfen weiter. Es sollte ihr nicht so viel bedeuten ... nicht in ihrem Alter ... nicht, wie sie zueinander standen ... es sollte ihr nicht solche Freude machen, daß sie wieder zurück war ... vielleicht war jetzt alles anders ... Aber es war schön, wieder zu Hause zu sein, und sie wollte, daß alles unverändert war.

»He, Mädchen. Wo hast du dich so lange herumgetrieben?« Ein hochgewachsener Schwarzer mit geschmeidigen Bewegungen, der in hautengen Jeans steckte, begrüßte sie überrascht und erfreut.

»George!« Er hob sie vom Boden hoch, drückte sie an sich und wirbelte sie herum. Er gehörte zum Corps de ballet der Metropolitan Opera. »Ach, wie schön, dich wiederzusehen!« Er stellte sie atemlos und lächelnd neben sich auf das Pflaster und legte ihr den Arm um die Schultern.

»Du warst mächtig lang fort, Lady.« Seine Augen strahlten, und wenn er grinste, zeigte er eine lange Reihe von elfenbeinfarbenen Zähnen in dem bärtigen Mitternachtsgesicht.

»Das Gefühl hatte ich auch. Ich habe schon befürchtet, daß dieses Viertel vielleicht nicht mehr da ist.«

»Niemals! Soho ist unantastbar.« Sie lachten, und er paßte sich ihrem Schritt an.

»Wohin gehst du?«

»Was hältst du von einem Kaffee im The Partridge?« Sie hatte plötzlich Angst davor, Mark zu begegnen. Angst davor, daß sich vielleicht alles geändert hatte. George würde es wissen, aber sie wollte ihn nicht danach fragen.

»Spendier mir statt dessen Wein, und ich gehöre dir für eine Stunde. Um sechs haben wir Probe.«

Sie tranken in The Partridge zusammen eine Karaffe Wein, George trank den Großteil, während Kezia nur mit ihrem Glas herumspielte.

»Weißt du was, Baby?«

»Was, George?«

»Du bringst mich zum Lachen.«

»Phantastisch. Wieso?«

»Weil ich weiß, weshalb du so nervös bist, und du hast so verdammt viel Angst, daß du mich nicht einmal fragst. Wirst du fragen, oder muß ich von mir aus erzählen?«

»Gibt es etwas, was ich vielleicht nicht erfahren will?«

»Scheiße, Kezia. Warum gehst du nicht einfach hinauf in sein Studio und findest es selbst heraus? Das ist die bessere Methode.« Er stand auf, steckte eine Hand in die Tasche und zog drei Dollar heraus. »Ich habe dich eingeladen. Du gehst einfach nach Hause.« Nach Hause? Zu Mark? Ja, gewissermaßen ... das wußte sogar sie.

Er schob sie lachend aus der Tür, und sie stand in dem vertrauten Eingang auf der anderen Straßenseite. Sie hatte nicht einmal zum Fenster hinaufgeblickt, sondern forschte nervös in fremden Gesichtern.

Ihr Herz klopfte, während sie die fünf Stockwerke nach oben lief. Sie erreichte den Treppenabsatz völlig außer Atem und benommen und hob die Hand, um an die Tür zu klopfen. Beinahe bevor sie sie berührte, wurde sie aufgerissen, und Kezia wurde plötzlich von den Armen eines endlos langen, hoffnungslos mageren Mannes mit zerzaustem Haar umschlungen, der sie küßte, sie hochhob und sie jubelnd und lachend hineinzog.

»He, Jungs! Es ist Kezia. Wie, zum Teufel, geht es dir, Baby?«

»Ich bin glücklich.« Er stellte sie nieder, und sie sah sich um. Dieselben Gesichter, dieselbe Mansarde, derselbe Mark. Nichts hatte sich verändert. Es war eine triumphale Rückkehr. »O Gott, ich habe das Gefühl, daß ich ein Jahr lang fort gewesen bin.« Jemand reichte ihr ein Glas Rotwein.

»Das mußt du mir nicht erst sagen. Und nun, meine Damen und Herren...« Der endlos lange junge Mann verbeugte sich tief und wies seinen Freunden mit dem Arm die Tür. »Die Dame meines Herzens ist zurückgekehrt. Mit anderen Worten, Jungs, haut ab!« Die anderen lachten gutmütig und murmelten Hallo und Lebwohl, während sie sich trollten. Kaum hatte sich die Tür hinter ihnen geschlossen, zog Mark Kezia wieder in seine Arme.

»O Baby, ich bin froh, daß du zu Hause bist.«

»Ich auch.« Sie schob eine Hand unter sein zerrissenes, farbbekleckstes Hemd und lächelte ihm in die Augen.

»Laß dich einmal begutachten.« Er zog ihr langsam die Bluse über den Kopf, sie bewegte sich nicht, ihr Haar fiel über eine Schulter, ihre tiefblauen Augen strahlten warm, ein lebendiges Spiegelbild der Aktskizze, die hinter ihr an der Wand hing. Er hatte sie im letzten Winter gezeichnet, bald nachdem sie einander kennengelernt hatten. Sie streckte ihm langsam die Arme entgegen, und er umschlang sie, doch im selben Moment wurde an die Tür geklopft.

»Verschwinde!«

»Nein, das tue ich nicht.« Es war George.

»Verdammter Scheißkerl, was willst du?« Mark riß die Tür auf, während Kezia mit nacktem Busen ins Schlafzimmer rannte. George füllte breit und lächelnd den Türrahmen aus und hielt ein Fläschchen Champagner in der Hand.

»Für deine Hochzeitsnacht, Marcus.«

»Du bist der Beste, George!« George winkte, tänzelte die Treppe hinunter, und Mark schloß mit lautem Lachen die Tür. »He, Kezia! Kannst du ein Glas Champagner vertragen?« Sie kam nackt ins Zimmer zurück, das Haar hing ihr offen über den Rücken, die Vision von Champagner im La Grenouille im Dior-Kleid brachte ihre Augen zum Leuchten. Der Vergleich war absurd.

Sie stand im Türrahmen, hatte den Kopf zur Seite geneigt und sah ihm zu, wie er den Champagner entkorkte. Plötzlich hatte sie das Gefühl, ihn zu lieben, und das war ebenfalls absurd. Sie wußten beide, daß dies nicht der Fall war. So war es nicht. Das verstanden sie... aber es wäre nett gewesen, es nur für einen Augenblick anzunehmen. Nicht vernünftig oder besonnen zu sein. Es wäre reizend gewesen, ihn zu lieben, jemanden zu lieben – irgend jemanden – und warum nicht Mark?

»Ich habe dich vermißt, Kezia.«

»Ich dich auch, Schatz. Ich dich auch. Und ich habe mich auch gefragt, ob du schon eine andere Herzensdame hast.« Sie trank einen Schluck von dem allzu süßen sprudelnden Wein. »Ich habe mich überwinden müssen, hierherzukommen. Ich habe sogar im The Partridge ein Glas Wein mit George getrunken.«

»Dummerchen! Du hättest zuerst hierherkommen können.«

»Davor hatte ich Angst.« Sie trat zu ihm und strich mit einem Finger über seine Brust, während er auf sie hinuntersah.

»Weißt du, was sonderbar ist, Kezia?«

»Was?« Ihre Augen blickten verträumt.

»Ich habe Syphilis.«

»Was!« Sie starrte ihn entsetzt an, und er schmunzelte.

»Ich wollte nur wissen, was du dazu sagen würdest. Es stimmt gar nicht.« Aber er schien sich über seinen Scherz königlich zu amüsieren.

»O Gott.« Sie schmiegte sich wieder in seine Arme und schüttelte den Kopf. »Du hast schon einen merkwürdigen Sinn für Humor, Kleiner.« Aber es war der alte Mark.

Er folgte ihr ins Schlafzimmer, und seine Stimme klang rauh, als er hinter ihr sagte: »Ich habe neulich in der Zeitung das Foto eines Mädchens gesehen. Sie sah dir irgendwie ähnlich, war nur älter und gab sich sehr konventionell.« In seiner Stimme lag eine Frage, die sie aber nicht zu beantworten gedachte.

»Und?«

»Sie hatte einen französischen Familiennamen. Nicht ›Miller‹, aber ihr Vorname war verdruckt. Ich konnte ihn nicht herauskriegen. Bist du mit so jemandem verwandt? Sie sah sehr fein aus.«

»Nein, ich bin nicht mit so jemandem verwandt. Warum?« Nun hatte sie sogar begonnen, Mark zu belügen. Keine Unterlassungssünde; jetzt waren es schwerwiegendere Sünden. Verdammt.

»Ich weiß nicht. Ich war nur neugierig. Sie sah interessant aus, zugleich leidenschaftlich und unglücklich.«

»Du hast dich in sie verliebt und beschlossen, daß du sie finden und retten mußt, damit ihr beide für immer glücklich zusammenleben könnt. Stimmt's?« Ihre Stimme war unbeteiligt, aber nicht so unbeteiligt, wie sie es sich gewünscht hätte. Seine Antwort ging in seinen Küssen unter, während er sie sanft auf das Bett legte. Dann folgte eine Stunde der Wahrheit inmitten eines Lebens voll Lügen. Körper sind meist ehrlich.

3

»Fertig?«

»Fertig.« Whit lächelte ihr nach dem letzten Schluck Kaffee und Löffel Schokoladencreme zu. Sie kamen zur Party der Marshes im St. Regis schon zwei Stunden zu spät, aber das würde niemand bemerken. Die Marshes hatten schließlich über fünfhundert Gäste eingeladen.

Kezia sah in einem blaugrauen Satinkleid strahlend aus. Es wurde von einem Träger um den Hals gehalten, so daß man die tiefe Sommerbräune ihres nackten Rückens bewundern konnte. An ihren Ohren glitzerten kleine Diamantohrringe, und ihr Haar war zu einem glatten Knoten hochgekämmt. Whits makelloser Abendanzug brachte seine klassische Schönheit gut zur Geltung. Sie bildeten ein auffallendes Paar. Aber das war für sie schon eine Selbstverständlichkeit.

Die Menschenmenge am Eingang der Maisonette im St. Regis war gewaltig. Elegante Herren im Frack, deren Namen regelmäßig in *Fortune* aufschienen, diamantengeschmückte Damen in Kleidern von Balenciaga, Givenchy und Dior, deren Gesichter und Salons regelmäßig in *Vogue* abgebildet waren. Europäische Aristokraten, amerikanische Gesellschaftslöwen, Freunde aus Palm Beach, Grosse Pointe, Scottsdale und Beverly Hills. Die Marshes hatten sich wieder einmal übertroffen. Durch das immer dichter werdende Gedränge wanderten Kellner, die Moët et Chandon Champagner und kleine Tabletts mit Kaviar- und Pastetentoasts anboten.

Auf einem Büffett im Hintergrund des Raumes stand ein kalter Hummer, und später würde als Hauptgericht eine riesige Hochzeitstorte erscheinen, eine Kopie des vor einem Vierteljahrhundert angeschnittenen Originals. Jeder Gast würde eine kleine Schachtel mit einer Schnitte Traumtorte erhalten, auf deren Verpackung der Name des Paares und das Datum standen. »Beinahe armselig«, wie Martin Hallam am nächsten Tag in seinem Feuilleton schreiben würde. Whit reichte Kezia ein Glas Champagner vom Tablett eines vorbeikommenden Kellners und ergriff sanft ihren Arm.

»Möchtest du tanzen oder ein wenig herumgehen?«

»Herumgehen, denke ich, falls es menschenmöglich ist.«

Ein von den Gastgebern engagierter Fotograf machte einen Schnappschuß von ihnen, als sie einander liebevoll in die Augen blickten, und Whit legte ihr den Arm um die Taille. Sie fühlte sich an seiner Seite wohl. Nach der Nacht mit Mark hegte sie sogar für Whit wohlwollende und freundliche Gefühle. Der Gedanke war seltsam, daß sie bei Morgengrauen mit Mark durch die Straßen von Soho gegangen war, ihn dann um drei am Nachmittag widerstrebend verlassen hatte, um ihrem Agenten ihre Kolumne telefonisch durchzugeben, Ordnung auf ihrem Schreibtisch zu machen und vor der anstrengenden Galanacht auszuruhen. Edward hatte angerufen und gefragt, wie es ihr ginge, und sie hatten sich darüber amüsiert, daß sie ihren Lunch in der morgendlichen Gesellschaftsspalte erwähnt hatte.

»Wie kannst du mich um Himmels willen ›gut aussehend‹ nennen, Kezia? Ich bin über sechzig.«

»Du bist kaum einundsechzig. Und du siehst gut aus, Edward. Sieh dich nur an.«

»Ich bemühe mich sehr, es zu vermeiden.«

»Wie unvernünftig.« Sie waren zu anderen Themen übergegangen, wobei beide sorgfältig vermieden, von der vergangenen Nacht zu sprechen...

»Noch etwas Champagner, Kezia?«

»Mmmm?« Sie hatte das erste Glas ausgetrunken, ohne es zu merken. Sie war mit ihren Gedanken abgeschweift: Edward, der neue Artikel, mit dem sie eben beauftragt worden war, einen Bericht über die prominenten weiblichen Kandidaten für die bevorstehenden Bundeswahlen. Sie hatte Whit und die Party der

Marshes vollkommen vergessen. »Du meine Güte, habe ich das Glas schon ausgetrunken?« Whit sah sie spöttisch an.

»Noch immer abgespannt von der Reise?«

»Nein, nur ein bißchen verträumt. Zerstreut, nehme ich an.«

»Kein übler Trick bei einem solchen Betrieb.« Sie tauschte ihr leeres Glas gegen ein volles ein, und sie fanden eine stille Ecke, von der aus sie die Tanzfläche beobachten konnten. Sie musterte alle Paare und notierte sich rasch im Geist, wer mit wem tanzte und wer was trug. Operndivas, Bankiers, berühmte Schönheiten, gefeierte Playboys und ein Überangebot an Rubinen, Saphiren, Diamanten und Smaragden.

»Du siehst schöner aus denn je, Kezia.«

»Du schmeichelst mir, Whit.«

»Nein. Ich liebe dich.«

Das war ein Unsinn. Sie wußten beide, daß es nicht wahr war. Aber sie neigte sittsam den Kopf. Vielleicht liebte er sie wirklich auf seine Weise. Vielleicht liebte auch sie ihn, wie einen Lieblingsbruder oder einen Jugendfreund. Er war ein netter Mensch; es war keinesfalls schwer, ihn gernzuhaben. Aber ihn lieben? Das stand auf einem anderen Blatt.

»Anscheinend hat dir der Sommer gutgetan.«

»Europa hat immer diese Wirkung. O nein!«

»Was?« Er drehte sich in die Richtung, in die sie mit entsetztem Blick starrte, doch es war schon zu spät. Baron von Schnellingen kam auf sie zu, er hatte Schweißtropfen an den Schläfen und war sichtlich entzückt, weil er die beiden entdeckt hatte.

»O Gott, sag ihm, daß du deine Regel hast und nicht tanzen kannst«, flüsterte Whit.

Kezia begann zu lachen, was der rundliche, kleine deutsche Baron irrtümlich für Begeisterung hielt.

»Ich bin so glücklich, Sie zu sehen, meine Liebe. Guten Abend, Whitney. Kezia, Sie sind heute abend wieder ganz bezaubernd.«

»Danke, Manfred. Sie sehen aber auch blendend aus.« Und erhitzt und verschwitzt, fett und widerlich. Und geil, wie gewöhnlich.

»Es ist ein Walzer. Wie für uns bestellt. Ja?« Nein, aber warum, zum Teufel, nicht? Sie konnte nicht nein sagen. Er erinnerte sie bestimmt daran, wie sehr er ihren lieben, verstorbenen Vater geschätzt hatte. Es war einfacher, ihm einen Walzer zuzugestehen, um »ihres Vaters willen«. Er war wenigstens ein geübter Tänzer. Jedenfalls beim Walzer. Sie nickte freundlich und hielt ihm die Hand hin, um sich zur Tanzfläche führen zu lassen. Der Baron tätschelte entzückt ihre Hand und führte sie weg, während Whit ihr noch rasch ins Ohr flüsterte: »Nach dem Walzer werde ich dich erlösen.«

»Das will ich hoffen, Liebster«, sagte sie durch zusammengebissene Zähne mit routiniertem Lächeln.

Wie hätte sie jemals Mark so etwas erklären können? Sie lachte verstohlen, als sie daran dachte, daß sie jemandem hier von Mark und ihren anonymen Streifzügen nach Soho erzählte. Der Baron würde es sicherlich verstehen. Wahrscheinlich trieb er sich in noch weit verrufeneren Vierteln als Soho herum, nahm aber nicht an, daß Kezia es tat. Niemand nahm es an. Nicht Kezia, eine Dame, *die* Kezia Saint-Martin ... und das war ein ganz anderer Fall. Wie bei den meisten Männern, die sie kannte, waren die Abenteuer des Barons anderer Art, und anders motiviert ... oder war es gar nicht so viel anders? War sie einfach ein armes, kleines reiches Mädchen, das davonlief, um mit ihren Freunden aus der Boheme zu schlafen und zu spielen? Empfand sie auch nur einen von ihnen als real, fragte sie sich manchmal. Der Baron war real. So real, daß sie mitunter ihre Situation als hoffnungslos empfand. Ein vergoldeter Käfig, aus dem man nie entfliehen konnte. Seinem Namen und seinem Gesicht, seinen Vorfahren und seinen Eltern entkommt man nicht, ganz gleich, wie viele Jahre sie schon tot sind. Dem Zwang von *noblesse oblige* entkommt man nie. Oder doch? Steigt man einfach mit einem Andenken und einem Lächeln in die U-Bahn, um nie zurückzukommen? Das geheimnisvolle Verschwinden der Ehrenwerten Kezia Saint Martin. Nein, wenn man schon weggeht, dann elegant und offen. Mit Stil. Man flieht nicht in aller Heimlichkeit mit der U-Bahn. Wenn ihr Soho wirklich etwas bedeutete, mußte sie es auch sagen, und wenn auch nur um ihrer selbst willen. Das wußte sie. Aber wollte sie es? War Soho wirklich besser als ihr jetziges Leben? Es bedeutete Zabaglione statt Soufflé Grand Marnier. Aber keines von beiden war sehr nahrhaft. Was sie brauchte, war ein gutes, ordentliches Steak. Wenn sie sich auf Mark bezüglich des Lebensunterhalts verließ, war es so, als würde sie sich mit einem Sechs-Monate-Vorrat an Keksen und sonst nichts verstecken. Sie mußte einfach eine Welt mit der anderen aufwiegen, einen Mann mit dem anderen ergänzen, und das Schlimmste daran war, daß sie es wußte. Nichts war vollkommen... »Bin ich es denn?« Sie merkte gar nicht, daß sie die Worte laut ausgesprochen hatte.

»Sind Sie was?« säuselte ihr der Baron ins Ohr.

»Ach, verzeihen Sie. Bin ich Ihnen auf den Fuß getreten?«

»Nein, meine Schöne. Nur auf mein Herz. Und Sie tanzen wie ein Engel.«

Zum Kotzen. Sie lächelte freundlich und drehte sich in seinen Armen. »Danke, Manfred.«

Sie schwebten noch einmal graziös um das Parkett herum, endlich, als der Walzer zu Ende ging, begegnete ihr Blick dem Whitneys. Sie trat ein wenig von dem Baron zurück und dankte ihm noch einmal.

»Vielleicht spielen sie noch einen Walzer?« Seine Enttäuschung war beinahe kindlich.

»Sie tanzen sehr gut Walzer, Sir.« Whitney stand neben ihnen und verneigte sich leicht vor dem schwitzenden Deutschen.

»Und Sie sind ein sehr glücklicher Mann, Whitney.« Kezia und Whit tauschten einen glückstrahlenden Blick, während sich der Baron entfernte.

»Noch am Leben?«

»Durchaus. Ich war bisher wirklich hoffnungslos faul. Ich habe heute abend noch mit keinem Menschen gesprochen.« Sie mußte arbeiten, und der Abend hatte kaum begonnen.

»Willst du jetzt mit einigen deiner Busenfreundinnen plaudern?«

»Warum nicht? Ich habe keine von ihnen zu Gesicht bekommen, seit ich zurück bin.«

»Dann nur zu, meine Dame. Werfen wir uns den Löwen zum Fraß vor und sehen wir, wer hier ist.«

Alle waren anwesend, wie Kezia beim Eintreten bemerkt hatte. Nachdem sie bei einem Dutzend Tischen und sechs oder sieben kleinen Gruppen, die in der Nähe des Tanzparketts standen, die Runde gemacht hatten, war sie dem Schicksal dankbar, als sie zwei ihrer Freundinnen entdeckte. Whitney ließ sie bei ihnen zurück und begab sich zu seinem Seniorpartner, um eine Zigarre zu rauchen. Ein kleiner Plausch bei einer guten Monte Christo konnte nie schaden. Er winkte ihr beim Weggehen zu und verschwand in einer dichten schwarzweißen Gruppe, die von beißenden Rauchwolken feinster Havannas überlagert war.

»Hallo, ihr beiden.« Kezia gesellte sich zu zwei hochgewachsenen, schlanken jungen Frauen, die sie verwundert ansahen.

»Ich wußte nicht, daß du schon zurück bist!« Wangen berührten einander beinahe, während Küsse durch die Luft flogen und die drei einander erfreut musterten. Tiffany Benjamin war mehr als ein bißchen beschwipst, aber Marina Walters sah frisch und munter aus. Tiffany war mit William Patterson Benjamin IV. verheiratet, der Nummer Zwei der größten Maklerfirma in der Wall Street. Marina war geschieden. Dieser Zustand gefiel ihr, behauptete sie zumindest. Kezia wußte es besser.

»Wann bist du aus Europa zurückgekommen?« fragte Marina und taxierte ihr Kleid. »Verdammt schönes Modell übrigens. Yves Saint Laurent?«

Kezia nickte.

»Das dachte ich mir.«

»Und deines auch, großes Falkenauge.« Marina nickte zustimmend, doch Kezia wußte, daß es eine Kopie war. »Mein Gott, ich kam vor zwei Tagen zurück und frage mich allmählich, ob ich jemals fort war«, stellte Kezia fest, die unauffällig den Raum im Auge behielt.

»Das Gefühl kenne ich. Ich kam letzte Woche zurück, gerade rechtzeitig, um die Kinder wieder in die Schule zu bringen. Als wir dann die Zahnspangen, Schuhe, Schuluniformen besorgt und an drei Geburtstagsparties teilgenommen hatten, vergaß ich, daß ich je weggewesen war. Ich bin schon wieder reif für einen Sommerurlaub. Wo warst du dieses Jahr?«

»In Südfrankreich, und die letzten Tage verbrachte ich in Hilarys Haus in Marbella. Und du, Marina?«

»Den ganzen Sommer bei den Hamptons. Tödlich langweilig. Es war nicht mein amüsantester Sommer.«

Kezia zog eine Braue hoch. »Wieso?«

»Keine Männer oder so etwas.« Sie näherte sich ihrem sechsunddreißigsten Geburtstag und dachte daran, etwas gegen die Tränensäcke unter ihren Augen zu unternehmen. Im vergangenen Sommer hatte sie ihre Brüste von dem »wunderbarsten Arzt« in Zürich straffen lassen. Kezia hatte es in ihrer Kolumne angedeutet, und Marina war darüber außer sich gewesen.

Tiffany hatte den Sommer in Griechenland verbracht und sich auch ein paar Tage in Rom bei entfernten Verwandten aufgehalten. Bill hatte früher nach Hause fahren müssen. Bei Bullock und Benjamin schien man auf die ständige Anwesenheit des Direktors Wert zu legen. Doch er genoß seine Arbeit. Er aß mit ihr, schlief mit ihr und liebte sie. Sein Pulsschlag stieg und fiel mit den Börsenkursen, so formulierte es Martin Hallam in seiner Kolumne. Aber Tiffany hatte dafür Verständnis; ihr Vater war genauso. Er war Börsenpräsident gewesen, bevor er endlich in Pension ging und einen Monat lang Golf spielte, dann erlag er einem Herzinfarkt. Was für eine Art zu sterben, mit einem Fuß in der Börse und dem anderen auf dem Golfplatz! Das Leben von Tiffanys Mutter verlief weniger dramatisch. Sie trank wie Tiffany. Nur weniger.

Tiffany war stolz auf Bill. Er war ein bedeutender Mann. Sogar bedeutender als ihr Vater oder ihr Bruder. Und verdammt, ihr Bruder arbeitete ebenso hart wie Bill. Das behauptete zumindest Gloria. Tiffanys Bruder war Mitglied der Anwaltsfirma Wheeler, Spaulding und Frobes, eines der ältesten Unternehmen in der Wall Street. Aber die Maklerfirma Bullock und Benjamin war das bedeutendste in der Straße. Durch die Tätigkeit ihres Mannes stellte Tiffany etwas dar – Mrs. William Patterson Benjamin IV. Es machte ihr nichts aus, allein in Urlaub zu fahren. Sie nahm die Kinder zu Weihnachten nach Gstaad mit, im Februar nach Palm Beach, zum Frühlingsurlaub nach Acapulco. Im Sommer verbrachten sie einen Monat im Vineyard bei Bills Mutter, und dann ging es ab nach Europa; Monte Carlo, Paris, Cannes, St. Tropez, Cap d'Antibes, Marbella, Skorpios, Athen, Rom. Es war himmlisch. Wenn man Tiffany glauben wollte, war alles himmlisch. So himmlisch, daß sie sich zu Tode trank.

»Ist das nicht die himmlischste Party, die ihr je erlebt habt?« Tiffany schwankte leicht und beobachtete ihre Freundinnen. Marina und Kezia wechselten einen schnellen Blick, und Kezia nickte. Sie und Tiffany hatten gemeinsam die Schule besucht. Sie *war* ein nettes Mädchen, wenn sie nicht betrunken war. Ihre Trunksucht würde Kezia in ihrer Klatschspalte nie erwähnen. Alle wußten, daß sie trank, und es schmerzte, es mitansehen zu müssen. Zum Unterschied von Marinas Busenstraffung war Tiffanys Laster keine amüsante Frühstückslektüre. Das war etwas anderes,

Schmerzliches. Selbstmord mit Champagner.

»Was steht als nächstes auf deinem Terminkalender, Kezia?« Marina zündete sich eine Zigarette an, und Tiffany tauchte wieder in ihr Glas.

»Ich weiß nicht. Vielleicht gebe ich eine Party.« Nachdem ich den Artikel geschrieben habe, für den ich mir heute den Stoff geholt habe.

»Mein Gott, du hast aber Mut. Wenn ich mir das hier anschaue, graut mir davor. Meg hat acht Monate für die Planung gebraucht. Arbeitest du heuer wieder beim Arthritiskomitee mit?«

Kezia nickte. »Man hat mich auch ersucht, den Ball zugunsten körperbehinderter Kinder zu arrangieren.« Bei dieser Erwähnung wachte Tiffany auf.

»Körperbehinderte Kinder? Wie gräßlich!« Sie hatte es wenigstens nicht »himmlisch« gefunden.

»Was ist daran denn gräßlich? Der Ball ist genauso gut wie alle anderen.« Marina verteidigte sofort das Fest.

»Aber körperbehinderte Kinder? Ich meine wirklich, wer kann es ertragen, sie anzusehen?« Marina blickte sie ärgerlich an.

»Tiffany, Liebste, hast du jemals einen Arthritiker auf dem Arthritisball gesehen?«

»Nein ... ich glaube nicht ...«

»Dann wirst du auch keine körperbehinderten Kinder beim Ball für Körperbehinderte sehen«, schloß Marina sachlich, und Tiffany schien wieder beruhigt zu sein, während sich Kezia der Magen umdrehte.

»Du hast vermutlich recht, Marina. Wirst du den Ball organisieren, Kezia?«

»Ich weiß nicht, ich habe mich noch nicht entschlossen. Ich bin offen gestanden von dem Wohltätigkeitsrummel ein wenig ermüdet. Ich mache das Zeug schon verdammt lange mit.«

»Wie wir alle«, meinte Marina bedauernd und schnippte Zigarettenasche in ein Abfallgefäß.

»Du solltest heiraten, Kezia. Es ist himmlisch.« Tiffany lächelte entzückt und nahm noch ein Glas Champagner vom Tablett eines vorbeikommenden Kellners. Es war ihr drittes, seit Kezia zu ihnen gestoßen war. Am anderen Ende des Raumes begann wieder ein Walzer.

»Und dieser Tanz, liebe Freundinnen, bringt mir immer Pech.«

Kezia sah sich um und stöhnte innerlich. Wo, zum Teufel, blieb Whit?

»Pech? Wieso denn?«

»So ist es eben.« Kezia nickte in Richtung des herbeieilenden Barons. Er hatte den Tanz bei der Kapelle bestellt und seit einer halben Stunde überall nach Kezia gesucht.

»Du Glückliche.« Marina grinste boshaft, und Tiffany bemühte sich, den Ankömmling zu erkennen.

»Und deshalb, liebste Tiffany, heirate ich nicht.«

»Kezia! Unser Walzer!« Es war zwecklos, Einwände zu erheben. Kezia nickte ihren Freundinnen herablassend zu und entfernte sich am Arm des Barons.

»Du meinst, sie mag ihn?« fragte Tiffany verdutzt. Er war wirklich sehr häßlich. Das merkte sie sogar in betrunkenem Zustand.

»Nein, du Einfaltspinsel. Sie meint, wenn solche Widerlinge sie verfolgen, wer hat da Zeit, einen netten Mann zu finden?« Marina kannte das Problem aus eigener Erfahrung. Sie suchte seit über zwei Jahren einen Nachfolger für ihren ersten Ehemann, und wenn ihr nicht ganz bald jemand halbwegs Annehmbarer in die Quere kam, würde ihr gestraffter Busen wieder schlaff hinunterhängen und ihr Po würde einem Waschbrett gleichen. Sie nahm an, daß sie noch knapp ein Jahr Zeit hatte, fündig zu werden, bevor es zu spät war.

»Ich weiß nicht, Marina. Vielleicht mag sie ihn. Kezia ist ein bißchen extravagant, weißt du. Manchmal frage ich mich, ob das viele Geld, das sie so früh geerbt hat, ihr geschadet hat. Ich meine, es würde schließlich fast jedem schaden. Du kannst ja kein normales Leben mehr führen, wenn du eine der Reichsten bist...«

»Um Himmels willen, Tiffany, halt den Mund. Warum fährst du nicht zur Abwechslung nach Hause, um dich auszunüchtern?«

»Wie kannst du nur so etwas Gemeines sagen!« In Tiffanys Augen traten Tränen.

»Nein, Tiffany. Es ist gemein, wenn man dir zusehen muß.« Marina drehte sich auf dem Absatz herum und verschwand in Richtung Halpern Medley. Sie hatte gehört, daß er und Lucille sich kürzlich getrennt hatten. Das war der beste Moment, sich einen Mann anzulachen. Wenn er eingeschüchtert und verletzt war, eine Todesangst davor hatte, mit dem Leben allein fertigwerden zu müssen, sich nach den Kindern sehnte, nachts einsam war. Sie hatte drei Kinder und würde überglücklich sein, wenn sie Halpern auf Trab halten durfte. Er war ein ausgezeichneter Fang.

Auf dem Parkett drehte sich Kezia langsam in den Armen des Barons. Whitney war in ein ernstes Gespräch mit einem jungen Makler mit langen, eleganten Händen verwickelt. Die Uhr an der Wand schlug drei.

Tiffany setzte sich benommen auf eine rote Samtbank im Hintergrund des Raumes. Wo war Bill geblieben? Er hatte erwähnt, daß er Frankfurt anrufen müsse. Frankfurt? Warum Frankfurt? Sie konnte sich nicht erinnern. Aber er war in die Halle hinausgegangen ... war es schon Stunden her? ... und alles begann sich um sie zu drehen. Bill? Sie konnte sich nicht erinnern, ob er sie heute abend hierher gebracht hatte, oder war er nicht in New York und war sie mit Mark und Gloria gekommen? Hatte sie ... verdammt, warum konnte sie sich nicht entsinnen? Mal sehen, sie hatte mit Bill und den Kindern zu Abend gegessen ... allein mit den Kindern? ... waren die Kinder noch mit Mutter Benjamin im Vineyard? ... war ... Ihr Magen begann sich zusammen mit dem Raum langsam mitzudrehen, und sie wußte, daß sie sich übergeben würde.

»Tiffany?« Es war ihr Bruder Mark, mit dem gewissen Gesichtsausdruck, und Gloria unmittelbar hinter ihm. Eine Mauer des Vorwurfs zwischen ihr und dem Waschraum, wo immer zum Teufel er auch liegen mochte, in welchem gottverdammten Hotel sie sich auch befanden, oder war es das Haus von irgendwem Bekannten? Verdammt noch mal, sie konnte sich an nichts mehr erinnern.

»Mark ... ich ...«

»Gloria, geh mit Tiffany auf die Toilette.« Er vergeudete keine Zeit damit, mit seiner Schwester zu sprechen. Er wandte sich einfach an seine Frau. Er kannte die Anzeichen nur allzu gut. Das letzte Mal, als sie sie nach Hause gefahren hatten, hatte sie die Sitzbank des neuen Lincoln beschmutzt. Tiffany verkrampfte sich innerlich noch mehr. Sie wußte es. Das war ihr Problem. Ganz gleich, wieviel sie trank, sie wußte es immer. Sie hörte den Ton in den Stimmen der anderen so überdeutlich. Das war immer so.

»Ich ... es tut mir leid ... Mark, Bill ist nicht in New York, und wenn ihr mich nur mitnehmen ...« Sie rülpste laut, und Gloria trat nervös vor, während Mark mit angeekeltem Blick zurückwich.

»Tiffany?« Es war Bill mit seinem üblichen vagen Lächeln.

»Ich dachte ... du bist ...« Mark und Gloria verschwanden in den Hintergrund, und Tiffanys Mann ergriff ihren Arm und führte sie so schnell wie möglich aus den Räumen, in denen sich die letzten Partygäste langsam verabschiedeten. Sie fiel in der sich lichtenden Gesellschaft zu sehr auf. »Ich dachte ...« Sie gingen jetzt durch das Vestibül, und Tiffany hatte ihre Handtasche auf der Sitzbank liegenlassen. Jemand würde sie an sich nehmen. »Meine Handtasche, Bill, meine ...«

»In Ordnung, meine Liebe. Wir werden uns schon darum kümmern.«

»Ich ... o Gott, ich fühle mich so schlecht. Ich muß mich setzen.« Ihre Stimme war kaum mehr als ein Flüstern, und sie vergaß ihre Handtasche. Er ging zu schnell. Ihre Übelkeit nahm zu.

»Du brauchst nur etwas frische Luft.« Er hielt ihren Arm fest und lächelte den Vorübergehenden zu, der Direktor auf dem Weg ins Büro ... guten Morgen ... Morgen ... hallo ... nett, Sie zu sehen ... Das Lächeln verschwand nie von seinen Lippen, und seine Augen wurden nie wärmer.

»Ich muß nur ... ich ... oh.« Die kühle nächtliche Brise traf ihr Gesicht, und sie fühlte sich klarer, doch ihr Mageninhalt stieg bedrohlich zur Kehle empor. »Bill ...« Sie sah ihn an, aber nur einen Augenblick. Sie wollte ihm eine schreckliche Frage stellen. Etwas zwang sie, es auszusprechen. Zu fragen. Wie gräßlich. O Gott, sie betete, daß sie es nicht tun würde. Manchmal, wenn sie sehr betrunken war, wollte sie ihrem Bruder die gleiche Frage stellen. Einmal hatte sie sogar ihre Mutter gefragt, und ihre Mutter hatte sie dafür geohrfeigt. Kräftig. Die Frage brannte immer in ihr, wenn sie so betrunken war. Champagner wirkte sich immer so aus, und manchmal auch Gin.

»Wir setzen dich nur in ein nettes, behagliches Taxi, da fühlst du dich wohl, nicht wahr, meine Liebe?« Er drückte wieder sanft ihren Arm wie ein übereifriger Oberkellner und winkte dem Portier. Gleich darauf stand ein Taxi mit geöffnetem Schlag vor ihnen.

»Ein Taxi? Bist du nicht ... Bill?« O Gott, und da war die Frage wieder, die sich aus ihrem Mund, ihrem Magen, ihrer Seele einen

Weg ins Freie bahnen wollte.

»Richtig, meine Liebe.« Bill beugte sich vor und sprach mit dem Chauffeur. Er hörte ihr nicht zu. Alle sprachen über sie hinweg, um sie herum, an ihr vorbei, niemals zu ihr. Sie hörte, wie er dem Fahrer ihre Adresse angab, und wurde dadurch noch verwirrter. Aber Bill sah so selbstsicher aus. »Wiedersehen morgen früh, Schatz.« Er drückte ihr einen Kuß auf die Wange, die Tür wurde zugeschlagen, und sie konnte nur das Gesicht des Portiers sehen, der ihr zulächelte, als das Taxi abfuhr. Sie griff nach dem Griff, um das Fenster zu öffnen, kurbelte es fieberhaft hinunter ... und die Frage ... die Frage erkämpfte sich den Weg ins Freie. Sie konnte sie nicht länger zurückhalten. Sie mußte Bill fragen ... William ... Billy ... sie mußten zurückfahren, damit sie ihn fragen konnte, doch das Taxi entfernte sich mehr und mehr vom Randstein, und die Frage segelte aus ihrem Mund, zusammen mit einem Strom von Erbrochenem, während sie sich aus dem Fenster lehnte. »Liebst du mich? ...«

Der Fahrer hatte zwanzig Dollar bekommen, um sie nach Hause zu bringen, und das besorgte er wortlos. Er beantwortete die Frage nicht, sowenig wie Bill. Bill war nach oben in das Zimmer gegangen, das er im St. Regis reserviert hatte. Beide Mädchen warteten noch. Eine kleine Peruanerin und eine üppige Blondine aus Frankfurt. Und am Morgen würde Tiffany nicht einmal mehr wissen, daß sie allein nach Hause gefahren war. Davon war Bill überzeugt.

»Abmarschbereit?«

»Ja, Sir.« Kezia unterdrückte ein Gähnen und nickte Whit schläfrig zu.

»Das war vielleicht eine Party. Hast du eine Ahnung, wie spät es ist?«

Sie nickte und warf einen Blick auf die Uhr. »Fast vier. Du wirst morgen im Büro todmüde sein.« Aber er war daran gewöhnt. Er ging fast jeden Abend aus. Aus oder auf den Sutton Place.

»Ich kann nicht bis Mittag im Bett liegen bleiben wie all die trägen Damen.«

Alle? »Armer, armer Whit. Wie du mir leid tust.« Sie tätschelte seine Wange, während sie auf die verlassene Straße hinaustraten. Sie konnte am Morgen ebenfalls nicht im Bett liegenbleiben. Sie mußte anfangen, für den neuen Artikel zu recherchieren, und wollte um neun aufstehen.

»Haben wir morgen abend etwas Ähnliches auf dem Programm, Kezia?« Er winkte einem vorbeifahrenden Taxi und hielt ihr den Schlag auf, während sie ihren blauen Satinrock zusammenraffte und sich auf den Sitz fallen ließ.

»O Gott, ich hoffe, nicht. Nach dem Sommer bin ich nicht in Form.« In Wirklichkeit war ihr Sommer ebenso turbulent verlaufen wie ihr Leben zu Hause. Aber wenigstens hatte es dort keinen Baron gegeben.

»Da fällt mir ein, ich habe morgen ein Abendessen mit den Firmenpartnern. Aber ich glaube, Freitag ist im El Morocco etwas los. Wirst du in der Stadt sein?« Sie rasten die Park Avenue hinauf.

»Eigentlich bezweifle ich es. Edward versucht mir ein tödlich langweiliges Wochenende mit einigen seiner alten Freunde einzureden. Sie kannten meinen Vater.« Das klang immer unverfänglich.

»Also dann Montag. Wir essen bei Raffles zu Abend.« Sie lehnte sich an seine Schulter. Sie hatte Whit also doch belogen. Sie hatte keine Pläne mit Edward, der nicht so dumm war, sie in ein Wochenende einzuplanen, wie sie es Whit beschrieben hatte. Sie würde nach Soho fahren. Nach der heutigen Nacht hatte sie es sich verdient... und was machte eine kleine Lüge mehr Whitney gegenüber aus? Es geschah für einen guten Zweck. Ihre Gesundheit.

»Raffles am Montag klingt interessant.« Sie würde dann sowieso wieder neues Material für ihre Kolumne brauchen. Und inzwischen konnte sie sich genügend Informationen beschaffen, indem sie ein paar Freundinnen für einen »Gedankenaustausch« anrief. Marina war immer eine erstklassige Quelle. Und nun würde sie auch noch ein ausgezeichnetes Thema abgeben. Ihr Interesse für Halpern Medley in der Maisonette war Kezia nicht entgangen. Auch Halpern schien von Marina angetan zu sein. Kezia wußte, warum Halpern für ihre Freundin so interessant war, und das konnte man ihr nicht übelnehmen. Es war kein Spaß, kaputt zu gehen, und Halpern war ein höchst attraktives Heilmittel für ihren Kummer.

»Ich werde dich morgen oder übermorgen anrufen, Kezia. Vielleicht können wir einen raschen Lunch einschieben. Im Lutèce oder im ›21‹, wir werden uns schon ein nettes Lokal einfallen lassen.«

»Sicherlich. Willst du noch auf ein Gläschen Brandy raufkommen oder Kaffee, Eier oder sonst etwas?« Sie hatte überhaupt keine Lust dazu, aber sie hatte das Gefühl, daß sie ihm etwas schuldig war. Eier, wenn schon nicht Sex.

»Ich kann wirklich nicht, mein Schatz. Ich werde ohnehin morgen im Büro halb blind herumtappen. Ich sollte lieber ein wenig schlafen. Und du auch!«

Er drohte ihr mit dem Zeigefinger, als das Taxi vor ihrer Tür hielt, dann küßte er sie ganz sanft auf die Lippen, die er dabei kaum berührte.

»Gute Nacht, Whit. Es war ein reizender Abend.« Diese Durchsage kam vom Tonband aus Television City, Hollywood...

»Mit dir ist es immer ein reizender Abend, Kezia.« Er begleitete sie langsam zur Tür und wartete, bis der Portier sie aufschloß. »Wirf morgen einen Blick in die Zeitungen. Ich bin sicher, daß eine Menge über uns drinnenstehen wird. Sogar Martin Hallam wird sich zweifellos über dieses Kleid lobend äußern.« Er sah sie wieder bewundernd an und küßte sie leicht auf die Stirn, während der Portier geduldig wartete. Es war faszinierend, wie sie schon vor Jahren aufgehört hatten, einander etwas vorzumachen. Hie und da ein Küßchen, ein Betasten, ein Befühlen, aber sie hatte auf Wahrung ihrer Jungfräulichkeit bestanden, und er hatte die Geschichte bereitwillig geschluckt.

Sie winkte, als er wegging, dann fuhr sie schläfrig im Fahrstuhl hinauf. Es war angenehm, wieder daheim zu sein. Sie öffnete den Reißverschluß des blauen Satinkleides, während sie durch das Wohnzimmer ging, und legte es auf die Couch, wo es bis Montag bleiben konnte. Bis zum Jüngsten Tag, wenn es nach ihr ging. Was für eine verrückte Art, seinen Lebensunterhalt zu verdienen. Es war wie ewiges Halloween... sich in Gala werfen für den täglichen Maskenball, um seine Freunde auszuspionieren. Es war die erste »Saison«, in der es gleich zu Anfang unangenehm gewesen war. Für gewöhnlich dauerte es einige Monate, bis sie soweit war. In diesem Jahr hatte die Ruhelosigkeit früh eingesetzt.

Sie rauchte eine letzte Zigarette, löschte das Licht und hatte den Eindruck, als läutete der Wecker ein paar Augenblicke später. Es war acht Uhr morgens.

4

Kezia arbeitete drei Stunden an dem neuen Artikel, entwarf, skizzierte, was sie über die Frauen zu wissen glaubte, über die sie schreiben wollte, und faßte Briefe an Schlüsselpersonen ab, die ihr mehr über sie verraten konnten. Es würde eine nette, solide K. S. Miller-Arbeit werden, das freute sie. Dann öffnete sie ihre Post und sah sie durch. Die übliche Flut von Einladungen, ein paar Fan-Briefe, die ihr von einer Illustrierten über ihren Agenten zugeschickt worden waren, und eine Notiz von Edward über gewisse Steuerabzugsposten, die er sich mit ihr ansehen wollte. Nichts davon war wirklich interessant, und sie war unzufrieden. Sie hatte einen weiteren Artikel vor; vielleicht würde das nützlich sein. Eine Arbeit über Kindermißhandlung im Mittelstandsmilieu. Es würde ein sensationeller, ernster Artikel sein, wenn Simpson einen Abnehmer dafür finden konnte. Sie hätte gern gewußt, ob die Marshes mit ihren Parties für tausend Gäste jemals an andere Menschen dachten – Kindermißhandlung, oder die Slums oder die Todesstrafe in Kalifornien. Nichts davon war derzeit »in«. Wäre es der Fall gewesen, so hätte es sicherlich für mißhandelte Kinder eine Wohltätigkeitsveranstaltung gegeben, einen »phantastischen Ball« oder eine »wunderbare kleine Vernissage«, etwas, das absolut »super« war, veranstaltet von einem Komitee von Schönheiten ... während Marina auf einen Ausverkauf bei Bendel's wartete oder bei Ohrbach's einen günstigen Gelegenheitskauf erstand, und Tiffany das Ganze als »himmlisch« bezeichnete. Was war mit Kezia los, verdammt noch mal? Was machte es aus, wenn Marina ihre Kopien als Originalmodelle auszugeben versuchte? Wenn Tiffany jeden Tag lange vor zwölf Uhr mittags betrunken war, na und? Aber es ärgerte sie. O Gott, wie es sie ärgerte. Vielleicht würde ein leidenschaftliches Schäferstündchen ihre strapazierten Nerven beruhigen. Sie war um halb eins in Marks Studio.

»Hoho, Lady, was ist mit dir los?«

»Nichts. Warum?« Sie sah ihm bei der Arbeit an einer Gouache zu. Sie gefiel ihr. Sie hätte sie ihm gern abgekauft, aber das konnte sie nicht tun, und sie konnte sie sich nicht schenken lassen. Sie wußte, daß er das Geld brauchte, und das war ein Artikel, den sie klugerweise nicht mit ihm tauschen wollte.

»Du hast die Tür zugeschlagen, also nehme ich an, daß dir etwas auf die Nerven geht.« Er hatte ihr ihre Schlüssel zurückgegeben.

»Nein, ich bin nur verdrossen, nehme ich an. Mit dem linken Fuß aufgestanden oder so was Ähnliches.« Ein Lächeln brach durch den Zorn in ihren Augen, und sie ließ sich in einen Stuhl fallen. »Du hast mir gestern abend gefehlt. Manchmal wünsche ich mir, du würdest mir verbieten, irgendwohin zu gehen.«

»Hätte ich das Recht dazu?« fragte er erstaunt, sie lachte und schleuderte ihre Schuhe mit einer schnellen Fußbewegung weg.

»Nein.«

»Das habe ich mir gedacht.« Es schien ihn nicht weiter zu stören, und Kezia fühlte sich schon wieder besser.

»Die Gouache gefällt mir.« Sie blickte ihm über die Schulter, während er zurücktrat, um seine Vormittagsarbeit zu begutachten.

»Ja. Vielleicht wird sie gut.« Er riß eine Schachtel Schokoladenplätzchen auf. Plötzlich wandte er sich ihr zu und umarmte sie. »Und was hast du seit gestern so getrieben?«

»Warte mal. Ich habe acht Bücher gelesen, bin eine Meile gelaufen, war auf einem Ball und habe für die Präsidentschaft kandidiert. Das Übliche.«

»Und irgendwo in all diesem Unsinn liegt ein Körnchen Wahrheit, nicht wahr?« Sie zuckte die Schultern, und sie lächelten einander zu, während sie Küsse tauschten. Es war ihm eigentlich nicht wichtig, was sie tat, wenn sie nicht mit ihm beisammen war. Er hatte sein eigenes Leben, seine Arbeit, seine Mansarde, seine Freunde. Ihr Leben gehörte ihr. »Ich persönlich habe den Verdacht, daß du für die Präsidentschaft kandidiert hast.«

»Ich kann einfach nichts vor dir geheim halten, Marcus.«

»Nein«, antwortete er, während er bedächtig ihre Bluse aufknöpfte. »Nein, keinerlei Geheimnisse ... Also da ist das Geheimnis, das ich gesucht habe.« Er entblößte zärtlich eine Brust und beugte sich nieder, um sie zu küssen, während sie unter sein Hemd auf seinen Rücken griff. »Du hast mir gefehlt, Kezia.«

»Nicht halb so sehr wie du mir.« Der vergangene Abend tauchte kurz vor ihrem geistigen Auge auf – der tanzende Baron. Sie löste sich von Mark. »Du bist der schönste Mann auf der Welt, Mark Wooly.«

»Und dein ergebener Sklave.« Sie lachte über ihn, denn Mark

war nie ein Sklave, das wußten sie beide, dann lief sie barfuß zur Staffelei und holte die Schachtel mit den Schokoladekeksen.

»He!«

»Okay, Mark, jetzt wird die Wahrheit ans Licht kommen. Was liebst du mehr? Mich oder deine Schokoladekekse?«

»Bist du verrückt, oder was?« Er lief ihr hinter die Staffelei nach, doch sie floh zur Schlafzimmertür. »Ich liebe nur meine Schokoladekekse! Was glaubst du denn?«

»Haha! Aber ich habe sie!« Sie rannte ins Schlafzimmer, sprang auf das Bett und tanzte lachend von einem Fuß auf den anderen, ihr Haar flog um ihren Kopf wie eine Schar seidener Raben.

»Gib mir meine Schokoladekekse, Weib! Ich bin süchtig!«

»Satan!«

»Ja!« Er sprang mit blitzenden Augen zu ihr auf das Bett, entriß ihr die Kekse und warf sie auf den mit Schaffell bezogenen Stuhl, dann riß er sie in eine feste Umarmung.

»Du bist nicht nur ein hoffnungsloser Schokoholiker, Mark Wooly, sondern auch noch ein Sexbesessener!« Sie lachte wie ein Kind, während sie sich seinen Armen überließ.

»Weißt du, vielleicht bin ich auch nach dir süchtig.«

»Das bezweifle ich.« Aber er zog sie neben sich nieder, und eingehüllt von ihrem Lachen und ihrem rabenschwarzen Haar liebten sie einander.

»Was willst du zum Abendessen?« Sie gähnte und kuschelte sich in dem behaglichen Bett dichter an ihn.

»Dich.«

»Das war der Lunch.«

»So? Gibt es ein Gesetz, das besagt, daß ich zum Abendessen nicht das gleiche bekommen kann wie zum Lunch?« Er raufte ihr Haar, und sein Mund suchte ihre Lippen.

»Komm schon, Mark, sei doch einen Augenblick ernst. Was willst du noch? Außer Schokoladekeksen?«

»Ach... ein Steak... Hummer... Kaviar... das Übliche.« Er wußte gar nicht, wie üblich das für sie war. »Ach, Scheiße, ich weiß nicht. Sagen wir, *pasta*. Vielleicht *fettucine*. Mit Kräutern. Kannst du Basilikum bekommen? Frisches?«

»Du bist vier Monate zu spät dran. Es ist die falsche Jahreszeit. Wie wäre es mit Muschelsoße?«

»Einverstanden.«

»Dann auf bald.« Sie glitt mit der Zunge über seinen Rücken, streckte sich noch einmal und sprang aus dem Bett, gerade noch aus dem Bereich der Hand, die er nach ihr ausstreckte. »Schluß damit, Marcus. Sonst bekommen wir unser Abendessen nie.«

»Bums das Abendessen.« Seine Augen blitzten wieder.

»Bums dich selbst.«

»Genau das hatte ich vor. Jetzt hast du das richtige Bild von mir.« Er grinste breit, blieb auf dem Rücken liegen und sah zu, wie sie sich anzog. »Du bist ein Spaßverderber, Kezia, aber du bist erfreulich anzusehen.«

»Das bist du auch.« Seine lange Gestalt war träge auf den Laken ausgestreckt. Als sie ihn ansah, fiel ihr auf, daß es nichts annähernd so Schönes gab wie einen gutaussehenden, sehr jungen Mann, einen sehr hübschen jungen Mann...

Sie verließ das Schlafzimmer und kam mit ihrem Einkaufsnetz in der Hand zurück, hatte eines seiner Hemden unter ihren Brüsten zusammengeknotet, trug gut geschnittene Jeans und hatte das Haar mit einem roten Band zusammengebunden.

»Ich sollte dich so malen.«

»Hör doch mit dem Unsinn auf. Ich werde noch eingebildet. Irgendwelche Sonderwünsche?« Er lächelte, schüttelte den Kopf, und weg war sie, unterwegs zum Markt.

In der Umgebung gab es italienische Märkte, und sie kaufte immer gern für ihn ein. Hier waren die Nahrungsmittel unverfälscht. Hausgemachte *pasta*, frisches Gemüse, besonders große Früchte, harte Tomaten, ein Riesenangebot an Würsten und Käse wartete darauf, befühlt, beschnüffelt und für eine fürstliche Mahlzeit nach Hause getragen zu werden. Lange Laibe italienischen Weißbrots, die man unter dem Arm heimtrug wie in Europa. Chiantiflaschen hingen an Haken von der Decke.

Es war ein kurzer Weg, und es war genau die Tageszeit, zu der junge Künstler aus ihren Schlupfwinkeln kamen, und diejenigen zum Leben erwachten, die nachts arbeiteten, und die, die tagsüber arbeiteten und nun das Bedürfnis hatten, sich zu strecken und ein paar Schritte zu machen. Später würden mehr Menschen auf der Straße sein, plaudern, Gras rauchen, herumschlendern, auf dem Weg zu den Studios von Freunden oder zur neuesten Ausstellung in Cafés vorbeischauen; es war angenehm, in Soho zu leben; alle arbeiteten fleißig. Gefährten auf einer gemeinsamen Seelenreise, Pioniere in der Welt der Kunst. Tänzer, Schriftsteller, Dichter, Maler kamen hier an der Südspitze New Yorks zusammen, eingeschlossen zwischen dem Schmutz und Abfall von Greenwich Village und dem Beton und Glas der Wall Street. Das hier war ein freundlicher Ort. Eine Welt von Freunden.

Die Frau in dem Lebensmittelladen kannte sie gut.

»Ah, signora, come sta?«

»Bene, grazie, e lei?«

»Così, così. Un po' stanca. Che cosa vorebbe oggi?«

Kezia wanderte zwischen den köstlichen Gerüchen umher und wählte Salami, Käse, Brot, Zwiebel, Tomaten. Fiorella billigte ihre Wahl. Das war ein Mädchen, das einzukaufen verstand. Sie wußte, welches die richtige Salami war, was man einer Soße beigeben mußte, wie sich ein guter Bel Paese anfühlte. Ein nettes Mädchen. Wahrscheinlich mit einem Italiener verheiratet. Aber Fiorella fragte nie danach.

Kezia bezahlte und entfernte sich mit vollem Einkaufsnetz. Nebenan kaufte sie noch Eier und betrat weiter unten in der Straße den Delikatessenladen, um drei Schachteln Schokoladekekse von der Sorte zu kaufen, die Mark bevorzugte. Auf dem Rückweg schlenderte sie durch die immer dichter werdenden Gruppen auf der Straße. Das Aroma von frischem Brot und Salami umschwebte ihren Kopf, der Geruch von Marihuana vermischte sich mit ihm, und der schwere Duft von Espresso quoll aus den Cafés, während sich der farbenprächtige Himmel der Dämmerung über ihr wölbte. Es war ein schöner September, noch warm, und die Luft wirkte sauberer als gewöhnlich, die Wolken am Himmel schimmerten rosig wie auf einem von Marks frühen Aquarellen, die in satten Pastellfarben gehalten waren. Tauben gurrten und trippelten über die Straße, Fahrräder lehnten an Hausmauern, da und dort gab es Kinder mit Hupfseilen.

»Was hast du mitgebracht?« Mark lag auf dem Fußboden und rauchte einen Joint.

»Was du bestellt hast. Steak, Hummer, Kaviar. Das Übliche.« Sie warf ihm eine Kußhand zu und ließ die Pakete auf den schmalen Küchentisch fallen.

»Ja? Du hast Steak gekauft?« Er sah eher enttäuscht als erwartungsvoll aus.

»Nein. Aber Fiorella meint, daß wir zu wenig Salami essen. Deshalb habe ich eine Tonne davon gekauft.«

»Gut. Sie muß ein wahrer Schatz sein.« Bevor Kezia in sein Leben getreten war, hatte er ausschließlich von weißen Bohnen und Schokoladekeksen gelebt. Fiorella gehörte ebenfalls zu Kezias Geheimnissen, sie war eines ihrer vielen Geschenke an ihn.

»Sie ist ein Schatz. Ein wahrer Schatz.«

»So wie du. So wie du.« Sie stand in der Küchentür, ihre Augen leuchteten, Dämmerlicht erfüllte den Raum, und sie blickte auf den auf dem Boden liegenden Mark.

»Weißt du, mitunter glaube ich, daß ich dich wirklich liebe, Marcus.«

»Mitunter glaube ich auch, daß ich dich liebe.«

Der Blick, den sie wechselten, sprach Bände. Es gab keine Unstimmigkeiten, keinen Zwang, keine lästige Bindung. Keine tiefgehenden Gefühle, aber auch keinen Streit. Daraus bestand der Wert ihrer Beziehung.

»Möchtest du einen Spaziergang machen, Kezia?«

»La passegiata.«

Er lachte leise. Sie nannte es immer so. »Das habe ich nicht mehr gehört, seit du fortgingst.«

»Das ist es immer für mich hier im Viertel. Oben in der Stadt hasten die Menschen. Sie laufen. Hier verstehen sie noch zu leben. Wie in Europa. *La passegiata*, die Spaziergänge, die die Italiener jeden Abend bei Sonnenuntergang und am Sonntag zu Mittag machen, in komischen altertümlichen Städtchen, wo die meisten Frauen Schwarz tragen, und die Männer Hüte und weiße Hemden, weite Anzüge und keine Schlipse. Stolze Bauern, anständige Menschen. Sie inspizieren ihre Umgebung, begrüßen ihre Freunde. Sie machen es richtig, für sie ist es ein Zeremoniell. Ein Ritual, eine Tradition, die ich liebe.« Sie sah zufrieden aus.

»Dann also los.« Mark stand langsam auf, streckte sich und legte ihr den Arm um die Schultern. »Wir können essen, wenn wir zurückkommen.«

Kezia wußte, was das bedeutete. Elf, vielleicht zwölf Uhr. Zuerst würden sie herumflanieren, dann würden sie Freunde treffen und sich eine Weile mit ihnen auf der Straße unterhalten. Es würde dunkel werden, und sie würden in irgendeinem Studio Zuflucht suchen, damit Mark begutachten konnte, welche Fortschritte die neueste Arbeit eines Freundes machte, und schließlich würde das Studio zum Bersten voll sein, und sie würden auf ein Glas Wein ins The Partridge gehen. Dann plötzlich, Stunden später, würden sie alle hungrig werden, und Kezia würde *fettucine* für neun Personen kochen. Es würde Kerzen und Musik geben, Gelächter und Gitarren, man würde Joints herumreichen, bis nur noch winzige Papierfetzen von ihnen übrig blieben. Klee und Rousseau, Cassatt und Pollock würden im Raum lebendig werden, während ihre Namen zwischen ihnen hin und her flogen. Paris mußte in den Tagen des Impressionismus so ähnlich gewesen sein, wenn sich erfolglose Geächtete des Kunstestablishments zusammenschlossen und ihre eigene Welt formten, um einander Fröhlichkeit, Mut und Hoffnung zu geben ... bis sie eines Tages jemand entdeckte, sie berühmt machte, und sie von Schokoladekeksen zu Kaviar wechselten. Es war wirklich eine Schande. Den Künstlern und ihrer unkomplizierten Lebensweise zuliebe hoffte Kezia fast, daß sie die *fettucine*, die staubigen Fußböden ihrer Studios und ihre zauberhaften Nächte niemals hinter sich lassen würden, denn dann würden sie sich mit sprödem Lächeln und traurigen Augen in Dinnerjacketts langweilen. Sie würden im »21« dinieren, im El Morocco tanzen und Parties in der Maisonette besuchen.

Aber die Park Avenue war weit von SoHo entfernt. Wie ein fremdes Universum. Die Luft duftete noch nach dem Altweibersommer, und die Nacht war voll Lächeln.

»Wohin gehst du, mein Schatz?«

»Ich muß in der Stadt einiges besorgen.«

»Bis später also.« Er schenkte ihr keine Aufmerksamkeit, denn er war mit einer Gouache beschäftigt.

Sie drückte ihm einen Kuß auf den Nacken, als sie an ihm vorbeiging, und überflog den Raum mit einem kurzen Blick. Sie ging ungern »in die Stadt«. Als hätte sie immer Angst, daß sie den Weg zurück nicht mehr finden würde. Als könnte jemand in ihrer Welt ahnen, was sie getan hatte, wo sie gewesen war, und sie vielleicht daran hindern, jemals hierher zurückzukommen. Der Gedanke erschreckte sie. Sie mußte zurückkommen, sie brauchte SoHo, Mark und alles, was damit zusammenhing. Eigentlich albern. Wer konnte sie daran hindern zurückzukommen? Edward? Der Geist ihres Vaters? Wie lächerlich. Sie war neunundzwanzig

Jahre alt. Dennoch, wenn sie SoHo verließ, war es, als überquerte sie eine Grenze in feindliches Gebiet, hinter den Eisernen Vorhang. Es amüsierte sie, ihrer Phantasie die Zügel schießen zu lassen. Und Marks gleichgültige Reaktion auf ihr Kommen und Gehen machte es ihr leichter, zwischen den beiden Welten hin und her zu wechseln.

Es war ein strahlend sonniger Morgen, die U-Bahn setzte sie drei Blocks von ihrer Wohnung entfernt ab; als sie über die Lexington Avenue durch die Vierundsiebzigste Straße ging, war es kühl. Krankenschwestern eilten aus dem Lenox Hill Krankenhaus zum Lunch, Einkäufer sahen gequält drein, und der Verkehr lärmte wie wild. Hier war alles um so viel schneller. Lauter, dunkler, schmutziger und mehr.

Der Portier riß die Tür auf und tippte an seine Mütze. In dem von der Hausverwaltung für solche Fälle bereitgestellten Kühlschrank warteten Blumen auf sie. Gott behüte, daß die Rosen welkten, während Madame beim Coiffeur war – oder in SoHo. Es war die übliche weiße Schachtel von Whit.

Kezia warf einen Blick auf die Uhr und überschlug schnell ihre Zeiteinteilung. Sie hatte die täglichen Anrufe für »Martin Hallams Spalte« zu erledigen, um heimlich Leckerbissen auszukundschaften. Sie mußte auch ihrem Agenten den Artikel, den sie schon beendet hatte, telefonisch durchgeben. Schnell ein Bad, dann mußte sie zu dem Treffen des Komitees für den Arthritis-Ball. Es war das erste Treffen im heurigen Jahr und eine wahre Fundgrube für Martin Hallam. Gegen fünf konnte sie wieder in SoHo sein, zu Fiorella hineinschauen, um einzukaufen, und dann den abendlichen Spaziergang mit Mark genießen. Ausgezeichnet.

Sie rief den Auftragsdienst an und nahm die Nachrichten entgegen. Ein Anruf von Edward. Zwei von Marina und einer von Whit, der sie an ihren gemeinsamen Lunch im »21« am nächsten Tag erinnerte. Sie rief ihn zurück, versprach ihm ihre volle Aufmerksamkeit beim Lunch, dankte ihm für die Rosen und hörte geduldig zu, während er beteuerte, wie sehr sie ihm gefehlt hatte. Fünf Minuten später lag sie in der Badewanne, ihre Gedanken waren weit weg von Whit, und bald darauf trocknete sie sich mit den großen Porthault-Handtüchern mit dem rosa Monogramm KHStM.

Das Treffen fand im Haus Elizabeth Morgans statt. Mrs. Angier Whimple Morgan. Die dritte. Sie war in Kezias Alter, sah aber zehn Jahre älter aus, und ihr Mann war doppelt so alt. Sie war seine dritte Frau, die beiden ersten waren, wie es sich gehört, gestorben, was sein Vermögen beträchtlich vermehrt hatte. Elizabeth richtete noch immer das Haus neu ein. Es dauerte einfach »eine Ewigkeit, die richtigen Möbel zu finden«.

Kezia kam zehn Minuten zu spät, und als sie eintraf, drängten sich Scharen von Frauen in der Halle. Zwei Stubenmädchen in steifer schwarzer Dienstkleidung boten Teesandwiches an, und auf einem langen Silbertablett stand Limonade bereit. Der Butler nahm diskret Bestellungen für Getränke entgegen. Und er wurde beträchtlich mehr in Anspruch genommen als das lange Silbertablett.

Die Couch und die Louis XV. Fauteuils (»Stell dir nur vor, Liebste, acht an einem einzigen Tag bei Christie! Aus dem Richley-Nachlaß, weißt du, und sie sind sogar signiert!«) waren von den älteren Frauen des Komitees besetzt, die dort wie Staatsoberhäupter thronten, mit Goldarmbändern klirrten und mit Perlen übersät waren, »schöne« Kleider und »wunderbare« Hüte trugen, ein Balenciaga- und Chanel-Aufmarsch. Sie musterten die jüngeren Frauen genau und kritisierten sie eifrig in Gedanken.

Der Raum war zwei Stockwerke hoch, der Kamin französischer Marmor, »wundervoller« Louis XVI., und der entsetzliche Kronleuchter war ein Hochzeitsgeschenk von Elizabeths Mutter gewesen. Kirschholztische, ein eingelegter Schreibtisch, eine Ormolu-Kommode, Chippendale. Sheraton, Hepplewhite – alles vermittelte Kezia den Eindruck einer Ausstellung bei Sotheby am Tag vor einer Auktion.

Die »Mädchen« erhielten eine halbe Stunde Galgenfrist, bevor man zur Tagesordnung überging, dann wurde vorn im Raum um ihre Aufmerksamkeit gebeten. Courtney St. James hatte den Vorsitz inne.

»Meine Damen, ich begrüße Sie nach dem Sommer wieder daheim. Und Sie sehen alle wunderbar aus!« Sie hatte sich in ein marineblaues Kleid gezwängt, das ihren mächtigen Busen zusammenpreßte und über ihren Hüften spannte. Eine Saphirbrosche von beträchtlicher Größe schmückte ihr Revers, ihre Perlen waren gut sichtbar, der Hut paßte zum Kleid, und mit drei oder vier schweren Ringen, die sie vermutlich seit ihrer Geburt an der Hand trug, fuchtelte sie vor den Augen der Mädchen herum, während sie sprach. »Und jetzt wollen wir uns auf unser wunderbares, herrliches Fest vorbereiten! Es wird dieses Jahr im Plaza stattfinden.« Hört, hört! Eine Überraschung! Im Plaza, nicht im Pierre. Wie schrecklich, entsetzlich aufregend!

Unter den Frauen entstand Gemurmel, und der Butler reichte sein Tablett unauffällig am Rand der Menge herum. Tiffany war die erste in der Reihe, sie schien ein wenig zu schwanken, während sie ihren Freundinnen liebenswürdig zulächelte. Kezia schaute weg und ließ ihren Blick über die Menge schweifen. Sie waren alle da, die gleichen Gesichter und ein oder zwei neue, aber auch die Neuankömmlinge waren keine Fremden. Sie hatten nur dieses Komitee zu ihren unzähligen anderen Verpflichtungen hinzugefügt. Es gab keine Außenseiter, niemanden, der nicht dazugehörte. Man konnte doch nicht einfach irgend jemanden in der Organisation des Arthritis-Balls mitarbeiten lassen, nicht wahr? »Aber meine Liebe, du mußt verstehen, du weißt doch, wer ihre Mutter war, nicht wahr?« Im vergangenen Jahr hatte Tippy Walgreen versucht, eine ihrer merkwürdigen kleinen Freundinnen in die Gruppe einzuführen. »Ich meine, schließlich weiß doch jeder, daß ihre Mutter Halbjüdin war! Ich meine, wirklich, Tippy, du bringst das Mädchen damit in Verlegenheit!«

Das Treffen verlief weiterhin eintönig. Aufgaben wurden verteilt, Termine für Zusammenkünfte festgelegt. Sieben lange Monate hindurch zweimal pro Woche. Es würde den Frauen eine Lebensberechtigung und einen Anlaß zum Trinken liefern – mindestens vier Martinis pro Treffen, wenn sie oft genug den Blick des Butlers einfangen konnten. Er setzte seine Runden fort, immer gleich diskret, während der Krug mit Limonade fast voll blieb.

Kezia übernahm wie gewöhnlich die Rolle als Vorsitzende des Juniorenkomitees. Solange sie in der Stadt war, war dieses Amt für die Kolumne nur von Nutzen. Sie mußte nur dafür sorgen, daß alle richtigen Debütantinnen den Ball besuchten und daß ein paar Auserwählte unter ihnen Briefmarken ablecken durften. Eine Ehre, die ihre Mütter begeistern würde. »Der Arthritis-Ball, Peggy! Wie schick!« Schick... schick... schick...

Um fünf war das Treffen zu Ende; mindestens die Hälfte der Frauen war angenehm beschwipst, aber doch nicht so, daß sie nicht nach Hause fahren und ihren Ehemännern mit dem üblichen »Du weißt ja, wie Elizabeth ist, sie zwingt es einem einfach auf« gegenübertreten konnten. Tiffany würde Bill berichten, daß alles himmlisch gewesen war. Falls er nach Hause kam. Der Klatsch, den Kezia in letzter Zeit über Tiffany hörte, wurde schon unangenehm.

Was sie hörte, rief ihr andere Erinnerungen ins Gedächtnis, die lange zurücklagen, die sie aber nie vergessen würde. Erinnerungen an Vorwürfe, die sie hinter verschlossenen Türen gehört hatte, Warnungen und das Geräusch des Erbrechens. Ihre Mutter. Wie Tiffany. Sie beobachtete Tiffany jetzt ungern. Sie las viel Schmerz in ihren Augen, den sie zu überspielen versuchte, indem sie alles »himmlisch« fand, schlechte Scherze machte und den verschwommenen, glasigen Blick hatte, der anzeigte, daß sie nicht genau wußte, wo sie sich befand oder warum sie hier war.

Kezia sah verärgert auf die Uhr. Es war fast halb sechs, und sie wollte sich nicht die Mühe machen, zu Hause vorbeizufahren, um das kleine Chanelkleid auszuziehen, das sie getragen hatte. Mark würde es überleben. Und mit etwas Glück würde er zu sehr mit seiner Malerei beschäftigt sein, um es zu bemerken. Falls er überhaupt dazu kam, es zu bemerken; um die Zeit war es fast unmöglich, ein Taxi zu bekommen. Sie blickte verzweifelt auf die Straße. Kein freies Taxi weit und breit.

»Kann ich dich mitnehmen?« Die Stimme kam aus wenigen Schritten Entfernung, und Kezia wandte sich verwundert um. Es war Tiffany, die neben einem marineblauen Bentley mit einem Chauffeur in Livree stand. Kezia wußte, daß es der Wagen ihrer Schwiegermutter war.

»Mutter Benjamin hat mir den Wagen geliehen«, sagte Tiffany entschuldigend. Im Sonnenschein des Spätnachmittags, fern von der Welt der Parties und Make-ups, sah Kezia eine um vieles ältere Vision ihrer Schulfreundin vor sich, mit Falten der Traurigkeit und der Enttäuschung um die Augen und fahler Haut. Sie war in der Schule so hübsch gewesen und könnte es noch immer sein, doch nun ging es damit zu Ende. Sie erinnerte Kezia wieder an ihre Mutter. Sie konnte es kaum ertragen, Tiffany in die Augen zu sehen.

»Danke, meine Liebe, aber ich will dir keinen Umweg zumuten.«

»Zum Teufel, du wohnst doch nicht sehr weit weg... oder?« Ihr müdes Lächeln ließ sie fast wieder jung aussehen. Als ob das Ausgehen mit den Erwachsenen sie überfordert hätte, und es nun Zeit für sie war, nach Hause zu fahren. Sie hatte gerade so viel getrunken, daß sie ihre Probleme wieder zu vergessen begann. Kezia hatte das jahrelang mitangesehen.

»Nein, ich wohne nicht sehr weit von hier, Tiffie, aber ich fahre nicht nach Hause.«

»Das ist schon in Ordnung.« Sie sah so einsam aus, brauchte so sichtlich eine Freundin. Kezia konnte nicht nein sagen. In ihrer Kehle stiegen Tränen hoch.

»Okay, danke.« Kezia trat zu dem Wagen und zwang sich, an etwas anderes zu denken. Sie durfte um Himmels willen nicht vor dem Mädchen weinen. Worüber weinen? Über den Tod ihrer Mutter, zwanzig Jahre danach... oder über dieses Mädchen, das schon halb hinüber war? Kezia wollte nicht darüber nachdenken, als sie sich in die weiche Polsterung des Rücksitzes fallen ließ. Die Bar im Bentley war schon offen. »Mutter Benjamin« sorgte für einen ansehnlichen Vorrat.

»Harley, der Bourbon ist wieder ausgegangen.«

»Ja, Madam.« Harleys Gesicht blieb ausdruckslos, und Tiffany wandte sich lächelnd Kezia zu.

»Möchtest du etwas trinken?«

Kezia schüttelte den Kopf. »Warum wartest du damit nicht, bis du zu Hause bist?«

Tiffany nickte, hielt ihr Glas in der Hand und starrte aus dem Fenster. Sie versuchte sich zu erinnern, ob Bill zum Abendessen nach Hause kam. Vielleicht war er für drei Tage in London, sie war aber nicht sicher, ob es nicht nächste Woche war... oder vergangene Woche.

»Kezia?«

»Ja?« Kezia rührte sich nicht, während Tiffany versuchte, sich auf einen Gedanken zu konzentrieren.

»Liebst du mich?« Kezia war verdutzt, und Tiffany sah entsetzt drein. Sie war geistesabwesend gewesen, und die Worte waren ihr entschlüpft. Wieder die alte Frage. Der Dämon, der sie verfolgte. »Es... es tut mir leid... ich... ich dachte an jemand anderen...« Jetzt traten Kezia Tränen in die Augen, während Tiffanys Blick vom Fenster zu Kezias Gesicht schwenkte.

»Schon gut, Tiffie. Es ist alles okay.« Sie legte den Arm um ihre Freundin, und es herrschte lange Stille zwischen ihnen. Der Chauffeur blickte in den Rückspiegel, dann wandte er die Augen hastig ab und saß steif am Lenkrad, geduldig, gelassen und wie immer sehr diskret. Keine der beiden jungen Frauen bemerkte seine Anwesenheit. Sie waren dazu erzogen worden, Personal als nicht anwesend zu betrachten. Er wartete volle fünf Minuten, während die Frauen auf dem Rücksitz einander wortlos umschlungen hielten und er sie leise weinen hörte. Es war nicht herauszuhören, welche Frau weinte.

»Madam?«

»Ja, Harley?« Tiffanys Stimme klang sehr jung und ziemlich heiser.

»Wohin bringen wir Miß Saint Martin?«

»Oh... ich weiß es nicht.« Sie trocknete sich die Augen mit der behandschuhten Hand und sah Kezia an. »Wohin willst du fahren?«

»Ich... zum Sherry-Netherland. Kannst du mich dort absetzen?«

»Natürlich.« Der Wagen war schon angefahren, die beiden lehnten sich zurück, sie hielten einander an der Hand, ein eleganter beigefarbener Glacé – und ein eleganter schwarzer Wildlederhandschuh, und schwiegen. Keine von ihnen konnte etwas sagen; zu viel müßte ausgesprochen werden, wenn eine von ihnen mit Geständnissen anfing. Schweigen war leichter. Tiffany wollte Kezia zum Abendessen zu sich einladen, konnte sich aber nicht erinnern, ob Bill in der Stadt war, und er mochte ihre Freundin nicht. Er wollte nach dem Essen in Ruhe die Arbeit durchgehen, die er nach Hause mitgenommen hatte, oder zu seinen Zusammenkünften ausgehen, ohne das Gefühl zu haben, er müsse bei Tisch bleiben und plaudern. Tiffany kannte die Spielregeln. Niemanden zum Abendessen, außer wenn Bill Besuch mitbrachte. Es war Jahre her, seit sie es versucht hatte... das war, warum... das war, wie... anfangs war sie so einsam gewesen. Daddy war tot, und Mutter... also Mutter... und sie hatte gedacht, daß die eigenen Kinder... aber die wollte Bill auch nicht um sich haben. Jetzt aßen die Kinder um halb sechs mit Nanny Singleton in der Küche; Nanny hielt es für »unklug«, wenn Tiffany mit ihnen aß. Die Kinder fühlten sich dann »unbehaglich«. Also aß sie um halb acht allein im Speisezimmer. Sie hätte gern gewußt, ob Bill heute abend zum Essen kommen oder wie böse er sein würde, wenn ...

»Kezia?«

»Hm?« Kezia war in ihre eigenen schmerzlichen Erinnerungen versunken gewesen und spürte seit zwanzig Minuten einen dumpfen Schmerz im Magen. »Ja?«

»Warum kommst du nicht heute abend zu mir zum Abendessen?« Sie sah aus wie ein kleines Mädchen mit einer glänzenden Idee.

»Tiffie ... es ... ich ... es tut mir leid, Liebste, aber ich kann einfach nicht.« Das konnte sie sich selbst nicht antun. Und sie mußte Mark sehen. Sie mußte. Brauchte es. Ihr Überleben hatte Vorrang, und der Tag war schon unangenehm genug gewesen. »Es tut mir leid.«

»Schon gut. Mach dir nichts draus.« Sie küßte Kezia leicht auf die Wange, während Harley beim Sherry-Netherland vorfuhr, und die Umarmung, die sie tauschten, war heftig, eine Folge von Sehnsucht nach Anteilnahme bei der einen und von Gewissensbissen bei der anderen.

»Paß gut auf dich auf, ja?«

»Klar.«

»Ruf mich doch bald einmal an.«

Tiffany nickte.

»Versprochen?«

»Versprochen.«

Tiffany sah wieder alt aus, und Kezia winkte noch einmal, während sie im Vestibül verschwand. Sie wartete fünf Minuten, dann kam sie heraus, winkte einem Taxi, fuhr nach SoHo und versuchte, die Qual in Tiffanys Augen zu vergessen. Während Tiffany nach Norden fuhr, schenkte sie sich schnell noch einen Scotch ein.

»Meine Güte, es ist Aschenbrödel! Was ist mit meinem Hemd passiert?«

»Ich dachte, du würdest es nicht bemerken. Tut mir leid, Liebster, ich habe es in meiner Wohnung vergessen.«

»Ich brauche es nicht. Du bist doch Aschenbrödel, nicht wahr? Oder kandidierst du vielleicht wieder für die Präsidentschaft?« Er lehnte an der Wand, betrachtete das Werk seines Arbeitstages, aber sein Lächeln verriet ihr, daß er sich freute, sie wieder bei sich zu sehen.

»Eigentlich mehr für den Senator. Als Präsident steht man zu sehr im Blickfeld der Öffentlichkeit.« Sie sah ihn schmunzelnd an, und er zuckte die Schultern. »Ich ziehe mir das da aus und hole etwas zu essen.«

»Aber vorher, Madam Senator...« Er ging mit einem mutwilligen Grinsen zielbewußt auf sie zu.

»Oh?« Sie hatte die Kostümjacke schon ausgezogen, die Haare gelöst und ihre Bluse halb aufgeknöpft.

»Ja, ›oh‹, du hast mir heute sehr gefehlt.«

»Ich habe nicht angenommen, daß dir meine Abwesenheit auffallen würde. Du hast so fleißig gewirkt, als ich ging.«

»Aber jetzt bin ich nicht mehr fleißig.« Er hob sie hoch, ihre bestrumpften Füße baumelten über seinem Arm, ihr schwarzes Haar strich über sein Gesicht. »Du siehst hübsch aus, wenn du so herausstaffiert bist. So ähnlich wie das Mädchen, das ich in der Zeitung sah, während du fort warst, nur hübscher. Viel, viel hübscher. Sie sah aus wie ein Luder.« Kezia ließ ihren Kopf an seine Brust sinken und begann zu lachen.

»Und ich sehe nicht aus wie ein Luder?«

»Niemals, Aschenbrödel, niemals.«

»Was für Illusionen du dir machst.«

»Nur über dich.«

»Du Narr. Süßer, süßer Narr...« Sie küßte ihn sanft auf den Mund, und gleich darauf lagen ihre übrigen Kleidungsstücke auf dem Weg zum Bett verstreut. Als sie aufstanden, war es dunkel.

»Wie spät ist es?«

»Es muß gegen zehn sein.« Sie streckte sich und gähnte. In der Wohnung war es dunkel. Mark beugte sich aus dem Bett, zündete eine Kerze an und nahm Kezia dann wieder in die Arme. »Willst du zum Essen ausgehen?«

»Nein.«

»Ich auch nicht, aber ich bin hungrig, und du hast nichts zum Essen eingekauft, oder?« Sie schüttelte den Kopf. »Ich hatte es zu eilig, zu dir zu kommen. Irgendwie lag mir mehr daran, dich zu sehen, als bei Fiorella einzukaufen.«

»Kein großes Problem. Wir können von Erdnußbutter und Keks leben.«

Sie antwortete mit einem Würgegeräusch und griff sich an die Kehle. Dann lachte sie, sie küßten einander und gingen ins Badezimmer, wo sie einander gründlich bespritzten, bevor sie sich mit seinem einzigen purpurroten Handtuch abtrockneten. Ohne Monogramm. Aus einem Kaufhaus.

Während sie sich abrieb, dachte sie, daß SoHo für sie zu spät gekommen war. Mit zwanzig wäre es ihr vielleicht realer vorgekommen, vielleicht hätte sie damals daran geglaubt. Jetzt war es lustig ... eine Abwechslung ... reizend ... es gehörte Mark, nicht ihr. Andere Orte gehörten ihr, all die Orte, die sie nicht wollte, die ihr aber ohne ihr Zutun zur Verfügung standen.

»Kapierst du, was du tust, Kezia?« Sie dachte lange nach, ehe sie antwortete, dann zuckte sie die Schultern.

»Vielleicht ja, vielleicht auch nicht. Ich weiß es nicht einmal.«

»Vielleicht solltest du es herausfinden.«

»Ja. Vielleicht sollte ich es noch vor morgen mittag herausfinden.« Sie hatte sich an die Mittagsverabredung mit Whit erinnert.

»Hast du morgen was Großes vor?« Er sah sie fragend an, sie schüttelte den Kopf, während sie eine Handvoll Keks und den Rest des Weines untereinander aufteilten.

»Nein. Morgen gibt es für mich nichts Wichtiges.«

»Es hat aber so geklungen.«

»Nein. Eigentlich kam ich eben zu dem Schluß, mein Schatz, daß es sehr wenig ›Wichtiges‹ auf der Welt gibt, wenn man einmal mein Alter erreicht hat. Nicht einmal dein Liebesspiel, dein reizvoller junger Körper, mein verdammtes Leben ...«

»Darf ich dich zitieren, Methusalem?«

»Und ob. Ich werde seit Jahren zitiert.« Dann lachte sie.

»Was ist denn so komisch?«

»Alles. Einfach alles.«

»Ich glaube, du bist beschwipst.« Der Gedanke belustigte ihn, und einen Moment lang wünschte sie, es wäre so.

»Nur ein bißchen trunken vom Leben vielleicht ... von deiner Art Leben.«

»Warum meine Art Leben? Kann es nicht auch deine Art Leben sein? Um Himmels willen, was unterscheidet dein Leben so sehr von meinem?«

Du meine Güte. Das war nicht der geeignete Augenblick dafür.

»Natürlich die Tatsache, daß ich als Senatorin kandidiere.«

Er drehte sie zu sich herum, als sie sich so aus der Affäre ziehen wollte.

»Warum kannst du nicht offen zu mir sein, Kezia? Manchmal habe ich das Gefühl, daß ich nicht einmal weiß, wer du bist.« Er hielt ihren Arm fest, und das verwirrte sie beinahe ebensosehr wie die Frage in seinen Augen. Doch sie zuckte nur die Schultern. »Ich sage dir etwas, Aschenbrödel, wer immer du bist, ich glaube, bei dir steckt der Wurm drin.« Sie folgte ihm ins Schlafzimmer und wischte sich zwei stumme, heimliche Tränen von den Wangen. Er war ein netter Junge, kannte sie aber nicht. Wie sollte er auch? Sie ließ nicht zu, daß er sie kennenlernte. Er war nur ein Junge.

5

»Miß Saint Martin, wie nett, Sie wieder einmal zu sehen!«

»Danke, Bill. Ist Mr. Hayworth schon anwesend?«

»Nein, aber wir haben einen Tisch für ihn reserviert. Darf ich Sie hinführen?«

»Nein, danke. Ich werde beim Kamin warten.«

Der Klub »21« war voller hungriger Gäste. Leitende Geschäftsleute, Top-Mannequins, bekannte Schauspieler, Produzenten, die Götter aus der Welt der Verlage und eine Handvoll würdevolle ältere Damen. Das Restaurant strotzte vor Erfolg. Der Kamin war eine friedliche Ecke, in der Kezia warten konnte, bevor sie sich mit Whit in den Wirbel um die Tische wagte. Der »21« machte Spaß, aber sie war nicht in der richtigen Laune.

Sie hatte nicht zum Lunch kommen wollen. Es war merkwürdig, wie alles ein klein wenig schwieriger wurde. Vielleicht wurde sie zu alt für ihr Doppelleben. Ihre Gedanken wandten sich Edward zu. Vielleicht würde sie ihn im »21« beim Lunch treffen, aber es war wahrscheinlicher, daß er ins Lutèce oder Mistral ging. Er bevorzugte zum Lunch für gewöhnlich französische Küche.

»Wie glaubst du, würden die Kinder darauf reagieren, wenn wir sie nach Palm Beach mitnehmen? Sie sollen nicht das Gefühl haben, daß ich ihren Vater mit Beschlag belegen will.« Der Gesprächsfetzen veranlaßte Kezia, den Kopf zu drehen. Sieh da, sieh da, Marina Walters und Halpern Medley. Die beiden machten sicherlich Fortschritte. Thema Eins für den morgigen Artikel. Sie hatten sie nicht bemerkt, weil sie unauffällig in einem der großen roten Lederfauteuils vergraben war. Der Vorteil, wenn man klein ist. Und leise.

Dann erblickte sie den eleganten, jugendlichen, braungebrannten Whit in einem dunkelgrauen Anzug und blauem Wedgewoodhemd. Sie winkte ihm zu, und er kam zu ihrem Stuhl.

»Du siehst heute ungeheuer gut aus, Mr. Hayworth.« Sie streckte ihm von ihrem bequemen Sitz aus die Hand hin, er küßte ihr Handgelenk leicht, dann umfingen seine Finger lose ihre Hand.

»Ich fühle mich bedeutend besser als letzthin mit einer Riesenflasche Champagner im Magen. Wie hast du das überstanden?«

»Sehr gut, Danke. Ich habe den ganzen Tag geschlafen«, log sie. »Und du?« Sie machten sich auf den Weg zum Speisesaal.

»Mach mich nicht neidisch. Deine Schlaftage sind eine wahre Schande!«

»Ah, Mr. Hayworth! Miß Saint Martin...« Der Oberkellner führte sie zu Whitneys Stammtisch, Kezia nahm Platz und sah sich um. Die gleichen alten Gesichter, der gleiche alte Haufen. Sogar die Mannequins wirkten irgendwie vertraut. Warren Beatty saß am Ecktisch, und Babe Paley war soeben hereingekommen.

»Was hast du gestern abend unternommen, Kezia?« Er konnte ihr Lächeln nicht enträtseln.

»Ich habe Bridge gespielt.«

»Du siehst aus, als hättest du gewonnen.«

»Stimmt. Seit meiner Rückkehr habe ich eine Glückssträhne.«

»Das freut mich für dich. Ich habe in den letzten vier Wochen beim Backgammon durchwegs verloren. Verdammtes Pech.«

Er wirkte aber nicht allzu bekümmert, tätschelte leicht ihre Hand und winkte dem Kellner. Zwei Bloody Marys und zwei doppelte Steak Tartare. Das Übliche. »Möchtest du Wein, Liebling?« Sie schüttelte den Kopf. Die Bloody Marys würden genügen.

Es war ein rascher Lunch, denn er mußte um zwei wieder im Büro sein. Da der Sommer vorbei war, lief das Geschäft wie gewöhnlich: neue Testamente, neue Stiftungen, neue Babies, neue Scheidungen, eine neue Saison. Es war beinahe wie ein ganz neues Jahr. Wie für Kinder, die wieder zur Schule gehen, begann das

Jahr für die oberen Zehntausend mit »der Saison«, und die Saison hatte soeben angefangen.

»Wirst du dieses Wochenende in der Stadt verbringen, Kezia?« fragte er anscheinend zerstreut, während er ein Taxi für sie heranwinkte.

»Nein. Hast du vergessen? Ich habe diese Wochenendgeschichte mit Edward.«

»Ach, richtig. Gut. Dann werde ich mir nicht so egoistisch vorkommen. Ich fahre nämlich mit einigen Geschäftsfreunden nach Quogue. Aber ich rufe dich Montag an. Bist du einverstanden?« Die Frage amüsierte sie.

»Natürlich.« Sie glitt graziös in das Taxi und sah ihm in die Augen. Geschäftsfreunde, mein Lieber? »Danke für den Lunch.«

»Auf Wiedersehen, Montag.«

Er winkte ihr, als das Taxi losfuhr, und sie seufzte zufrieden. Finito. Bis Montag war sie ihn los. Aber plötzlich nahmen die Lügen überhand.

Das Wochenende war herrlich. Strahlend sonniger Himmel, es wehte eine leichte Brise, und die Luft roch frisch; sie und Mark hatten das Schlafzimmer in hellem Kornblumenblau ausgemalt. »Zu Ehren deiner Augen«, sagte er, während sie eifrig rund um das Fenster herumpinselte.

Es war eine Hundearbeit, aber als sie fertig waren, freuten sich beide.

»Was hältst du von einem Picknick zur Feier?« Er war strahlender Laune, und sie ebenfalls.

Sie lief hinunter zu Fiorella, um einzukaufen, während er Freunde anrief, um sich einen Wagen auszuleihen. Ein Freund von George bot ihm seinen Lieferwagen an.

»Wohin fahren wir, Sir?«

»Zur Schatzinsel. Meine ganz private Schatzinsel.« Er begann Stücke aus absurden Liedern über Inseln zu singen, gackerte und lachte immer wieder.

»Mark Wooly, du bist verrückt.«

»Das ist in Ordnung, Aschenbrödel. Solange du es kapierst.« In dem Spitznamen »Aschenbrödel« lag keine Bosheit. Sie waren zu glücklich, und es war ein zu herrlicher Tag. Und Mark war nie boshaft.

Er brachte sie zu einer kleinen Insel im East River, ein namenloses Juwel in der Nähe von Randall's Island. Sie bogen von der Autobahn ab und fuhren durch Abfallberge auf einer holprigen kleinen Straße, die ins Nichts zu führen schien, über eine kleine Brücke und plötzlich... o Wunder! Ein Leuchtturm und ein verfallenes Schloß, ganz für sie allein.

»Es sieht aus wie der ›Untergang des Hauses Usher‹.«

»Ja, und es gehört mir ganz allein. Und nun gehört es auch dir. Hierher kommt nie jemand.« New York starrte sie finster über den Fluß hinweg an, das Chrysler- und das Empire State Building sahen glatt und höflich aus, als sich das glückliche Paar auf dem Gras niederließ und einer Flasche von Fiorellas bestem Chianti den Hals brach. Schlepper und Fährboote zogen vorbei, sie winkten den Kapitänen und der Mannschaft zu und lachten zum Himmel.

»Was für ein herrlicher Tag!«

»Ja, wirklich.« Er legte den Kopf in ihren Schoß, sie beugte sich nieder und küßte ihn.

»Möchten Sie noch etwas Wein, Mr. Wooly?«

»Nein, nur ein Stück vom Himmel.«

»Wie Sie wünschen, Sir.«

Wolken zogen auf, und um vier Uhr nachmittag zuckte der erste Blitz über den Himmel.

»Ich glaube, du wirst das Stück Himmel bekommen, das du bestellt hast. In ungefähr fünf Minuten. Siehst du, wie gut ich zu dir bin? Dein Wunsch ist mir Befehl.«

»Du bist wirklich phantastisch, Baby.« Er sprang auf, streckte die Arme aus, und fünf Minuten später goß es in Strömen, Blitze zuckten und Donner grollte; sie liefen Hand in Hand über die Insel, lachend und bis auf die Haut durchnäßt.

Als sie nach Hause kamen, duschten sie gemeinsam, und das heiße Wasser prickelte auf ihren kühlen Körpern. Sie übersiedelten nackt in das neue blaue Schlafzimmer und schlossen einander in die Arme.

Sie verließ ihn um sechs Uhr am nächsten Morgen. Er schlief noch wie ein Kind, den Kopf auf die Arme gelegt, das Haar verdeckte seine Augen, seine Lippen fühlten sich weich an, als sie sie berührte.

»Leb wohl, mein Schatz, schlaf gut.« Sie küßte ihn sanft auf eine Schläfe und flüsterte in sein Haar. Es würde Mittag sein, wenn er aufwachte, und sie würde dann schon fern von ihm sein. Würde in einer anderen Welt Drachen jagen, Entscheidungen treffen.

6

»Guten Morgen, Miß Saint Martin. Ich werde Mr. Simpson melden, daß Sie hier sind.«

»Danke, Pat. Wie geht es Ihnen?«

»Irrsinnig viel zu tun. Nach dem Sommer hat anscheinend jeder eine neue Idee für ein Buch. Oder ein neues Manuskript, oder ein Tantiemenscheck ist verlorengegangen.«

»Ja, ich weiß, was Sie meinen.« Kezia lächelte bedauernd, wenn sie an ihre eigenen Buchpläne dachte.

Die Sekretärin warf rasch einen Blick auf ihren Schreibtisch, ergriff einige Papiere und verschwand hinter einer schweren Eichentür. Die literarische Agentur Simpson, Wells und Jones sah nicht viel anders aus als Edwards Anwaltsfirma oder Whits Büro oder die Maklerfirma, die den Großteil ihrer Konten betreute. Überall ging es um bedeutende Geschäfte. Lange Bücherregale, Holztäfelung, Türklinken aus Bronze und ein dicker Teppich in der Farbe von Burgunderwein. Nüchtern. Eindrucksvoll. Respektabel. Ihre Interessen wurden von einer höchst angesehenen Firma vertreten. Deshalb hatte sie sich entschlossen, Jack Simpson ihr Geheimnis anzuvertrauen. Er wußte, wer sie war, und nur er und Edward kannten ihre verschiedenen Pseudonyme. Und natürlich Simpsons Mitarbeiter, aber die waren verschwiegen wie das Grab. Das Geheimnis wurde gut gewahrt.

»Mr. Simpson erwartet Sie, Miß Saint Martin.«

»Danke, Pat.«

Er war aufgestanden und erwartete sie hinter seinem Schreibtisch, ein freundlicher Mann, etwa in Edwards Alter, mit beginnender Glatze und angegrauten Schläfen, mit einem breiten, väterlichen Lächeln und vertrauenerweckenden Händen. Sie schüttelten einander wie immer die Hände, sie setzte sich ihm gegenüber und rührte den von Pat bereitgestellten Tee um. Heute war es Pfefferminztee. Manchmal war es ein englisches Frühstück und am Nachmittag immer Earl Grey. Jack Simpsons Büro war ein sicherer Hafen für sie, ein Ort, an dem sie sich entspannte und locker wurde. Ein Ort, an dem sie über die Woche sprach, die sie hinter sich hatte. Sie war dort immer glücklich.

»Ich habe eine neue Aufgabe für Sie, meine Liebe.«

»Wunderbar. Was denn?« Sie sah ihn über den Goldrand der Tasse hinweg erwartungsvoll an.

»Wir wollen uns vorerst ein wenig unterhalten.« Heute lag etwas Fremdartiges in seinem Blick. Kezia fragte sich, was es wohl sein könnte. »Es unterscheidet sich von Ihrer üblichen Arbeit.«

»Pornographie?« Sie trank den Tee und unterdrückte halb ein Lächeln. Simpson schmunzelte.

»Darüber würden Sie also gern schreiben, nicht wahr?« Sie stimmte in sein Lachen ein, und er zündete sich eine Zigarre an. Sie war von Dunhill, nicht aus Kuba. Sie schickte ihm jeden Monat ein Kistchen. »Ich muß Sie leider enttäuschen. Es ist entschieden nicht Pornographie. Es handelt sich um ein Interview.« Er beobachtete ihre Augen scharf. Sie bekam so leicht den Blick eines gejagten Rehs. Es gab in ihrem Leben Gebiete, die er nicht zu berühren wagte.

»Ein Interview?« Ihr Gesicht wirkte verschlossen. »Das wäre es also. Sonst etwas auf dem Programm?«

»Nein, aber ich glaube, wir sollten etwas mehr darüber sprechen. Haben Sie jemals von Lucas Johns gehört?«

»Ich bin nicht sicher. Der Name sagt mir etwas, aber ich kann ihn nicht einordnen.«

»Er ist ein sehr interessanter Mann. Mitte dreißig, verbrachte sechs Jahre im Gefängnis in Kalifornien wegen bewaffneten Raubüberfalls und verbüßte seine Strafe in Folsom, San Quentin – in allen legendären Horrorlöchern, von denen man so hört. Er hat es überlebt. Er gehörte zu den ersten, die innerhalb der Gefängnisse Gewerkschaften organisierten und eine Menge Staub um die Rechte von Gefangenen aufwirbelten. Er hat jetzt, obwohl er wieder in Freiheit ist, immer noch damit zu tun. Ich nehme an, er sieht darin seine Lebensaufgabe; er lebt für sein Anliegen, die Gefängnisse abzuschaffen und bis dahin das Los der Gefangenen zu erleichtern. Er lehnte sogar seine erste bedingte Haftentlassung ab, weil er seinen Feldzug noch nicht zu Ende geführt hatte. Als sie ihm das zweite Mal bedingte Haftentlassung anboten, ließen sie ihm keine Wahl. Sie wollten ihn loswerden, also verließ er das Gefängnis und organisierte den Widerstand von außen. Er hatte einen ungeheuren Einfluß auf die Aufklärung der Öffentlichkeit über die Vorgänge in unseren Gefängnissen. Er hat sogar ein sehr eindringliches Buch über das Thema geschrieben, als er vor ein oder zwei Jahren entlassen wurde, ich erinnere mich nicht genau, wann das war. Es brachte ihm eine Menge von Einladungen zu Vorträgen, Fernsehauftritten und dergleichen ein. Und es ist um so erstaunlicher, daß er das tut, da seine Haft immer noch nur bedingt ausgesetzt ist. Ich nehme an, daß es sehr riskant für ihn ist, so polemisch zu agieren.«

»Das glaube ich auch.«

»Er hat sechs Jahre seiner Strafe abgesessen, ist jedoch noch kein freier Mann. Soviel ich weiß, gibt es in Kalifornien ein Rechtssystem, das sie Rahmenstrafe nennen; das bedeutet, daß man eine zeitlich unbestimmte Strafe erhält. Ich glaube, in seinem Fall geht das Strafausmaß von fünf Jahren bis lebenslänglich. Er hat sechs Jahre hinter Gittern verbracht. Ich nehme an, es hätten zehn oder zwanzig werden können, je nach Gutdünken der Gefängnisbehörden, aber wahrscheinlich hatten sie genug von ihm. Gelinde ausgedrückt.«

Kezia nickte interessiert. Damit hatte Simpson gerechnet.

»Hat er bei dem Raubüberfall jemanden getötet?«

»Nein, ich bin ziemlich sicher, daß es nicht der Fall war. Ich glaube, er hat nur einen Mordswirbel verursacht. Er hat eine ziemlich stürmische Jugend hinter sich, soviel ich seinem Buch entnehme. Erhielt den Großteil seiner Erziehung im Gefängnis, absolvierte die Mittelschule, erwarb einen Collegegrad sowie einen akademischen Titel in Psychologie.«

»Auf jeden Fall ein eifriger Bursche. Hat er Schwierigkeiten gehabt, seit er entlassen wurde?«

»Nicht die üblichen. Das scheint er überwunden zu haben. Die einzige Komplikation, von der ich weiß, besteht darin, daß er mit der Publicity, die er durch seine Propaganda für die Gefangenen bekommt, auf einem dünnen Seil tanzt. Und die Ursache für dieses Interview ist sein neues Buch, das demnächst herauskommt, eine sehr deutliche Enthüllung der derzeitigen Zustände, und seine Ansichten darüber sind gewissermaßen eine Fortsetzung des ersten

Buches, aber bedeutend brutaler. Soweit ich das beurteilen kann, wird es für beträchtliches Aufsehen sorgen. Das ist ein guter Zeitpunkt für einen Artikel über ihn, Kezia. Und Sie sind diejenige, die ihn am besten schreiben kann. Sie haben ja auch die beiden Artikel über die Gefängnisrevolten voriges Jahr in Mississippi verfaßt. Für Sie ist es kein ganz unbekanntes Thema.«

»Es ist aber auch kein dokumentarischer Artikel über ein aktuelles Ereignis. Es ist ein Interview, Jack. Und Sie wissen, daß ich keine Interviews mache. Außerdem berichtet er nicht über Mississippi. Er berichtet über Gefängnisse in Kalifornien. Und darüber weiß ich nicht mehr als das, was ich in der Zeitung lese, so wie alle anderen.« Es war eine schwache Ausrede, das wußten sie beide.

»Grundsätzlich ist es das gleiche, Kezia. Das wissen Sie. Und in dem Artikel, der uns angeboten wurde, geht es um Lucas Johns, nicht um den Strafvollzug in den Gefängnissen Kaliforniens. Darüber kann er Ihnen eine Menge erzählen. Sie sollten sein erstes Buch lesen. Das wird Ihnen alle wissenswerten Fakten liefern, wenn Sie es ertragen können.«

»Was für ein Mensch ist er?«

Bei der Frage unterdrückte Simpson ein Lächeln. Vielleicht ... vielleicht ... Er zog die Stirn in Falten und legte die Zigarre wieder auf den Aschenbecher. »Eigenartig, interessant, kraftvoll, sehr verschlossen und sehr offen. Ich war bei einem seiner Vorträge, habe ihn aber nie persönlich kennengelernt. Man bekommt den Eindruck, daß er bereit ist, jedem Menschen alles über Gefängnisse zu erzählen, aber nichts über sich selbst. Ein Interview mit ihm wäre eine Herausforderung. Ich würde sagen, daß er sehr zurückhaltend, aber merkwürdig anziehend ist. Er sieht aus wie ein Mann, der vor nichts Angst hat, weil er nichts zu verlieren hat.«

»Jeder Mensch hat etwas zu verlieren, Jack.«

»Sie denken an sich selbst, meine Liebe, aber manche tun das nicht. So mancher hat alles verloren, was ihm am Herzen lag. Er hatte eine Frau und ein Kind, bevor er ins Gefängnis kam. Das Kind starb bei einem Verkehrsunfall, die Frau beging Selbstmord, zwei Jahre bevor er entlassen wurde. Vielleicht ist er einer von denen, die alles verloren haben ... So etwas kann einen Menschen zerbrechen. Oder ihm eine merkwürdige Art von Freiheitsgefühl geben. Ich glaube, das trifft auf ihn zu. Er ist für alle, die ihn gut kennen, eine Art Gott. Sie werden alle möglichen widersprechenden Schilderungen von ihm hören – daß er warmherzig, liebevoll, freundlich oder rücksichtslos, brutal, kalt ist. Es hängt davon ab, mit wem Sie sprechen. In seiner Art ist er so etwas wie eine Legende und ein Rätsel. Den Menschen, der dahinter steht, scheint niemand zu kennen.«

»Anscheinend wissen Sie eine Menge über ihn.«

»Er interessiert mich. Ich habe sein Buch gelesen, ihn sprechen gehört, und ich habe auch ein wenig recherchiert, bevor ich Sie bat, mit mir das Thema zu besprechen, Kezia. Es ist genau die Art von Artikel, die Ihnen sehr liegen müßte. Vielleicht werden Sie dabei etwas lernen. Und der Artikel wird Aufsehen erregen.«

»Das ist genau der Grund, weshalb ich ihn nicht schreiben kann«, lehnte sie plötzlich wieder entschieden ab, aber sie hatte einige Zeit geschwankt. Simpson gab die Hoffnung noch nicht auf.

»Ach? Jetzt wollen Sie also im Dunkel bleiben?«

»Nicht Dunkel, Verschwiegenheit, Anonymität, Seelenfrieden. Das alles ist für Sie nichts Neues. Darüber haben wir schon gesprochen.«

»In der Theorie, nicht in der Praxis. Und im Augenblick haben Sie die Möglichkeit, einen Artikel zu schreiben, der Sie nicht nur interessieren, sondern auch beruflich eine einmalige Chance für Sie darstellen würde, Kezia. Ich kann nicht zulassen, daß Sie sich so eine Gelegenheit entgehen lassen. Ich muß Ihnen erklären, warum Sie den Artikel meiner Meinung nach auf jeden Fall schreiben sollten. Ich glaube, es wäre ein Fehler von Ihnen, es nicht zu tun.«

»Und ein noch größerer Fehler, wenn ich mich darauf einließe. Ich kann nicht. Für mich steht zu viel auf dem Spiel. Wie könnte ich ihn interviewen, ohne selbst ein gewisses ›Aufsehen‹ zu erregen, wie Sie es nennen. Aus dem, was Sie gesagt haben, geht hervor, daß er kein unauffälliger Mann ist. Und wie lange glauben Sie, würde es dauern, bis ich jemand anderem auffalle? Oder schließlich Johns selbst. Er würde wahrscheinlich herausbekommen, wer ich bin.« Nun schüttelte sie ganz entschieden den Kopf.

»Das ist nicht seine Art, Kezia. Ihm sind die prominenten Mitglieder der Gesellschaft, die Debütantinnenkotillons und alles, was sich in Ihrer Welt ereignet, verdammt gleichgültig. Er ist in seinem Milieu viel zu engagiert. Ich könnte wetten, daß er Ihren Namen niemals gehört hat. Er kommt aus Kalifornien, hat sich jetzt im Mittelwesten niedergelassen, war vermutlich nie in Europa, und Sie können verdammt sicher sein, daß er die Gesellschaftsspalten nie liest.«

»Das können Sie nicht mit Sicherheit behaupten.«

»Ich könnte fast darauf schwören. Ich spüre, was er ist, und ich weiß bereits, was ihm am Herzen liegt. Ausschließlich. Er ist ein Rebell, Kezia. Ein vollkommen seinem Anliegen verschworener Rebell, ein Autodidakt, intelligent, Kezia. Kein Playboy. Um Himmels willen, Mädchen, seien Sie doch vernünftig. Sie spielen mit Ihrer Karriere. Er hält nächste Woche in Chicago einen Vortrag, über den Sie mit Leichtigkeit in aller Stille berichten könnten. Ein Interview mit ihm am nächsten Tag in seinem Büro, und damit hat es sich. Bei dem Vortrag wird Sie niemand kennen, und ich bin sicher, er auch nicht. Es gibt keinen Grund, weshalb Ihr Pseudonym K. S. Miller Sie nicht hinlänglich decken sollte. Und das ist alles, was er wissen oder worum er sich kümmern wird. Ihn wird viel mehr interessieren, in welcher Weise Sie über ihn berichten, als was Sie in Ihrem Privatleben tun. Darüber denkt er bestimmt nicht nach.«

»Ist er homosexuell?«

»Möglich, ich weiß es nicht. Ich weiß nicht, wie ein Mann sechs Jahre Gefängnis übersteht. Es spielt auch keine Rolle. Es kommt nur darauf an, wofür er eintritt und wie er dafür eintritt. Das ist der springende Punkt. Und wenn ich auch nur einen Augenblick dächte, daß dieser Artikel Sie in Schwierigkeiten bringen könnte, würde ich es nicht vorschlagen. Soweit sollten Sie mich schon kennen. Ich kann Ihnen nur versichern, daß er bestimmt nicht die leiseste Ahnung von Ihrem Privatleben oder auch nur das geringste Interesse dafür haben wird.«

»Sie können mir aber keine hundertprozentige Sicherheit bieten. Was ist, wenn er ein Abenteurer ist, ein gerissener Betrüger, der herausbekommt, wer ich bin, und sich ausrechnet, wie ich ihm nützlich sein könnte? Er könnte das Heft umdrehen und in allen Zeitungen verkünden, daß ich ihn interviewt habe.«

Allmählich wurde Simpson ungeduldig. Er drückte die Zigarre aus.

»Hören Sie, Sie haben über Ereignisse, Orte, politische Begebenheiten, psychologische Analysen geschrieben. Sie haben einige ausgezeichnete Artikel verfaßt, aber so etwas noch nie. Ich glaube,

Sie könnten das Thema bewältigen. Und zwar gut. Und ich glaube, Sie sollten es tun. Es ist eine große Chance für Sie, Kezia. Die Frage ist: Können Sie das Interview übernehmen oder nicht?«

»Offensichtlich. Aber ich halte es für schrecklich unvernünftig. Als würde ich die Regeln durchbrechen, die ich mir selbst auferlegt habe. Sieben Jahre lang konnte ich in Ruhe arbeiten, weil ich strikt und durch und durch vorsichtig war. Wenn ich jetzt mit Interviews beginne und vor allem wenn ich dieses mache..., wird es weitere geben... nein, ich kann einfach nicht.«

»Warum denken Sie nicht wenigstens in Ruhe darüber nach? Ich habe sein letztes Buch hier, falls Sie es lesen wollen. Ich glaube nämlich, Sie sollten sich wenigstens damit beschäftigen, bevor Sie einen Entschluß fassen.«

Sie zögerte eine Weile, dann nickte sie langsam. Es war das einzige Zugeständnis, das sie machte; sie war noch immer davon überzeugt, daß sie den Artikel nicht schreiben würde. Sie konnte es sich nicht leisten. Vielleicht hatte Lucas Johns nichts mehr zu verlieren, sie aber hatte alles zu verlieren. Ihren Seelenfrieden und das sorgfältig gehütete Doppelleben, das sie so mühsam errichtet hatte. Dieses Leben war für sie unentbehrlich. Sie würde nichts tun, was es gefährden konnte, für niemanden. Nicht für Mark Wooly, nicht für Jack Simpson und nicht für einen Ex-Sträfling mit einem »heißen Eisen«, den sie nicht einmal kannte. Zum Teufel mit ihm. Niemand war das Risiko wert.

»Also gut, ich werde das Buch lesen.« Sie lächelte zum erstenmal seit einer halben Stunde, dann schüttelte sie bedauernd den Kopf. »Sie verstehen es wirklich, Ihre Argumente zu verkaufen, Sie alter Halunke.«

Simpson wußte, daß er sie noch nicht überzeugt hatte. Er konnte nur auf ihre Neugierde hoffen, und daß Lucas Johns' schriftliche Ausführungen den Ausschlag geben würden. Er fühlte in seinen alten Knochen, daß sie diesen Artikel schreiben mußte, und er hatte fast immer recht behalten.

»Sie sind wirklich ein gerissener Halunke, Simpson! Bei Ihnen klingt es so, als würde meine ganze Karriere davon abhängen... oder gar mein Leben.«

»Könnte möglich sein. Und Sie sind eine Journalistin ersten Ranges, meine Liebe. Aber ich glaube, Sie sind an einem Punkt angelangt, wo Sie Entschlüsse fassen müssen. Sie werden Ihnen nicht leichtfallen, ob es sich um diesen bestimmten Artikel handelt oder später um etwas anderes. Meine Hauptsorge ist, daß Sie diese Entscheidungen treffen und nicht ihr Leben und die Chance für Ihre Karriere an sich vorbeigehen lassen.«

»Ich hatte nicht den Eindruck, daß das ›Leben‹ oder meine Karriere an mir vorbeigingen.« Sie zog zynisch, belustigt eine Braue hoch. Es war für ihn ungewöhnlich, daß er sich so besorgt oder so freimütig zeigte.

»Nein, es ist Ihnen bis jetzt gutgegangen. Sie haben gehörige Fortschritte gemacht, sich gut entwickelt, doch nur bis zu einem gewissen Punkt. Aber irgendwann muß unweigerlich der kritische Augenblick kommen, wenn Sie damit nicht mehr ›durchkommen‹, nicht mehr ihr Leben ›organisieren‹ können, damit es Ihren Bedürfnissen entspricht. Sie werden zu entscheiden haben, was Sie wirklich wollen, und dann dementsprechend handeln müssen.«

»Sie glauben nicht, daß ich schon auf dem Weg bin?« Sie war überrascht, als er den Kopf schüttelte.

»Sie waren nicht dazu gezwungen. Aber ich glaube, es ist jetzt Zeit dafür.«

»Zum Beispiel?«

»Zum Beispiel ihre Identität. K. S. Miller, der ernste Artikel schreibt, die Ihre Karriere wirklich vorantreiben könnten, oder Martin Hallam, der unter einem Pseudonym über seine Freunde klatscht, oder die Ehrenwerte Kezia Saint Martin, die bei den Debütantinnenbällen und im Tour d'Argent in Paris ein und aus geht? Sie können nicht alles gleichzeitig haben, Kezia. Nicht einmal Sie.«

»Machen Sie sich doch nicht lächerlich, Simpson.« Er beunruhigte sie wirklich, und all das wegen eines Artikels über einen Ex-Sträfling, der für eine Gewerkschaft agitierte. Unsinn. »Sie wissen ganz genau, daß die Hallam-Spalte für mich nur ein Scherz ist«, ärgerte sie sich. »Ich habe sie nie wirklich ernst genommen, und sicherlich nicht in den letzten fünf Jahren. Sie wissen auch, daß ich das Hauptgewicht auf meine Karriere als K. S. Miller lege, weil es mir wirklich darauf ankommt. Die Debütantenparties und die Diners in der Tour d'Argent, wie Sie es nennen«, sie funkelte ihn anzüglich an, »sind ein Zeitvertreib für mich, aus Gewohnheit und um die Hallam-Spalte lebendiger zu gestalten. Ich verkaufe meine Seele nicht für diese Art von Leben.« Aber sie wußte nur allzugut, daß das eine Lüge war.

»Ich bin nicht sicher, daß das stimmt, und wenn es der Fall sein sollte, werden Sie früher oder später feststellen, daß der Preis, den Sie zu bezahlen haben, Ihre Seele oder Ihre Karriere sein wird.«

»Seien Sie doch nicht so melodramatisch.«

»Nicht melodramatisch. Ehrlich. Und besorgt.«

»Seien Sie nicht ›besorgt‹, nicht deswegen. Sie wissen, was ich zu tun habe, was von mir erwartet wird. Man schüttelt nicht hundert Jahre Tradition in ein paar Jährchen an der Schreibmaschine ab. Außerdem schreiben viele Autoren unter einem Pseudonym.«

»Ja, aber sie leben nicht unter einem Pseudonym. Und ich bin bezüglich ihrer Theorie über Traditionen nicht Ihrer Meinung. In einem Punkt haben Sie recht, man ändert Traditionen nicht innerhalb von ein paar Jahren. Man ändert sie plötzlich, brutal, mit einer blutigen Revolution.«

»Das halte ich nicht für notwendig.«

»Oder ›zivilisiert‹, nicht wahr? Nein, Sie haben recht, zivilisiert ist es nicht. Das sind Revolutionen nie, und eine Wesensänderung ist nie angenehm. Ich glaube allmählich, Sie sollten Johns' Buch um Ihrer selbst willen lesen. Auf Ihre Weise befinden Sie sich seit beinahe dreißig Jahren in einer Art Gefängnis.« Seine Stimme wurde sanft, er sah ihr in die Augen. »Kezia, wollen Sie weiter so leben? Auf Kosten Ihres persönlichen Glücks?«

»Darum geht es nicht. Und manchmal hat man gar keine Wahl.« Sie wandte ihren Blick halb verärgert, halb verletzt von ihm ab.

»Das ist ja genau der Kernpunkt des Problems. Es steht immer eine Wahl offen.« Oder begriff sie das nicht? »Werden Sie Ihr Leben einer absurden ›Pflicht‹ opfern, um zehn Jahre, nach Ihrer Volljährigkeit, Ihrem Kurator als Unschuldsengel gegenüberzutreten? Wollen Sie Eltern zufriedenstellen, die seit zwanzig Jahren tot sind? Wie können Sie das nur von sich selbst erwarten? Warum? Weil sie starben? Um Himmels willen, das war nicht Ihre Schuld, und die Zeiten haben sich geändert; Sie haben sich ebenfalls verändert. Oder erwartet es der junge Mann von Ihnen, mit dem Sie verlobt sind? Wenn das der Fall ist, wird vielleicht die Zeit kommen, zu der Sie zwischen ihm und Ihrem Beruf wählen müssen, und Sie sollten sich lieber jetzt schon darüber klarwerden.«

Welcher Mann? Whit? Wie lächerlich. Und warum brachte Simpson ihr ganzes Leben jetzt aufs Tapet? Er hatte sich nie zuvor dazu geäußert. Warum also jetzt? »Falls Sie Whitney Hayworth meinen, ich bin nicht mit ihm verlobt und hatte nie die Absicht, mich an ihn zu binden. Er kann höchstens dann und wann einen sehr langweiligen Abend bereiten. Sie machen sich also in dieser Beziehung ganz unnötig Sorgen.«

»Es freut mich, das zu hören. Aber was ist dann der Grund, Kezia? Warum das Doppelleben?« Sie seufzte tief und blickte auf ihre im Schoß gefaltenen Hände hinunter.

»Weil man Ihnen einmal auf Ihrem Lebensweg die Überzeugung einimpft, daß die ganze Welt zusammenbricht, wenn Sie auch nur für einen Moment den Heiligen Gral fallenlassen oder ihn für einen Tag achtlos beiseite stellen, und alles wird allein Ihre Schuld sein.«

»Nun, ich verrate Ihnen ein wohlbehütetes Geheimnis, sie wird nicht zusammenbrechen. Die Welt wird weiterbestehen. Ihre Eltern werden Ihnen nicht als Gespenster erscheinen; nicht einmal Ihr Kurator wird sich umbringen. Leben Sie doch für sich selbst, Kezia. Das müssen Sie wirklich. Wie lange können Sie Ihr Leben auf einer Lüge aufbauen?«

»Ist ein Pseudonym eine Lüge?« Es war eine zugegebenermaßen schwache Verteidigung.

»Nein, aber die Art, wie Sie damit umspringen. Sie benützen Ihre Pseudonyme, um Ihre beiden Leben vollkommen voneinander zu trennen. Zwei Seiten von Ihnen. Die Pflicht und die Liebe. Sie sind wie eine verheiratete Frau mit einem Liebhaber, die darauf eingestellt ist, nichts aufzugeben. Ich finde, Sie tragen eine sehr schwere Last. Unnötigerweise.« Er warf einen Blick auf seine Uhr. »Und jetzt muß ich mich entschuldigen. Ich habe fast eine Stunde lang mit Ihnen geschimpft. Aber das sind Anliegen, über die ich schon seit langem mit Ihnen sprechen wollte. Entscheiden Sie sich bezüglich des Artikels über Johns, wie Sie wollen, aber denken Sie ein wenig über meine Worte nach. Ich glaube, es ist für Sie wichtig.«

»Ich fürchte fast, daß Sie recht haben.« Sie fühlte sich plötzlich erschöpft. Der Vormittag hatte sie überfordert. Sie hatte den Eindruck, daß ihr ganzes Leben vor ihren Augen vorbeizog. Und wie unbedeutend sah es in dieser Retrospektive aus. Simpson hatte recht. Sie wußte nicht, ob sie den Johns-Artikel schreiben sollte, aber das war nicht das Hauptproblem. Das Hauptproblem lag viel tiefer. »Ich werde das Buch von Johns heute abend lesen.«

»Sie tun gut daran, und rufen Sie mich morgen an. Bis dahin kann ich das Magazin hinhalten. Sie werden mir doch meine Moralpredigt verzeihen?«

Jetzt war ihr Lächeln freundlicher. »Nur wenn Sie dafür meinen Dank entgegennehmen. Sie haben lauter Dinge gesagt, die ich nicht hören wollte, aber ich glaube, es war notwendig, daß ich mein Leben einmal aus anderer Sicht beleuchtete. Meine Gedanken haben sich in letzter Zeit in diese Richtung bewegt, und der Disput mit Ihnen heute morgen war so, als hätte ich ein Selbstgespräch geführt. Meine goldige Schizophrenie.«

»So exotisch ist es gar nicht. Sie sind übrigens kein Einzelfall; schon andere haben den gleichen Kampf durchstehen müssen wie Sie. Leider hat keiner von ihnen ein Buch darüber geschrieben, wie man es heil übersteht.«

»Sie meinen, andere haben es geschafft?« Sie lachte und nahm einen letzten Schluck Tee.

»Sogar sehr gut.«

»Und was taten sie dann? Sind sie mit dem Liftboy durchgegangen, um ein Exempel zu statuieren?«

»Manche. Die Dummen. Die anderen finden bessere Lösungen.«

Sie versuchte, nicht an ihre Mutter zu denken.

»Wie Lucas Johns?« Sie wußte nicht, warum, aber es war ihr entschlüpft. Der Gedanke war absurd. Beinahe komisch.

»Kaum. Ich habe nicht vorgeschlagen, daß Sie ihn heiraten, meine Liebe. Sie sollen ihn nur interviewen. Kein Wunder, daß Sie so viel Aufhebens davon gemacht haben.« Jack Simpson kannte die wahren Gründe für ihre Aufregung. Sie hatte Angst. Und er hatte auf seine Art versucht, ihr die Ängste zu nehmen. Nur ein Interview. Ein Einzelfall. Er konnte aber so viel in ihrem Leben verändern – ihren Horizont erweitern, sie der Öffentlichkeit präsentieren, eine Schriftstellerin aus ihr machen. Wenn nur alles gut ging. Nur weil er wußte, daß die Chancen, daß man ihre Identität »lüftete«, so gering waren, hatte er sie dazu ermutigt. Sie würde für immer in die Anonymität zurückkehren, wenn sie sich dabei die Finger verbrannte, das war ihm klar. Das konnte sich keiner von ihnen leisten. Er hatte sehr sorgfältig darüber nachgedacht, bevor er ihr den Artikel vorgeschlagen hatte.

»Wissen Sie, Jack, Sie haben heute viel Vernünftiges gesagt. Ich muß zugeben, daß das ›Geheimnis‹ in letzter Zeit fadenscheinig geworden ist. Nach einiger Zeit verliert es seinen Reiz.« Was er gesagt hatte, hatte gestimmt. Sie war wie eine verheiratete Frau mit einem Liebhaber. Sie hatte es nur nie so gesehen ... Edward, Whit, die Parties, die Komitees; und dann Mark, SoHo und die Picknicks auf Zauberinseln; und getrennt von all dem ihre Arbeit. Nichts paßte zusammen. Jede Episode stand für sich und blieb verborgen, und es hatte schon lange ein Zerreißprozeß eingesetzt. Wem hatte sie den Vorrang zu geben? Natürlich sich selbst vor allem, aber das vergaß man so leicht. Bis einen jemand daran erinnerte, wie eben Jack Simpson. »Werden Sie sich eine Umarmung gefallen lassen, menschenfreundlicher Sir?«

»Nicht gefallen lassen – zu schätzen wissen, meine Liebe. Sie würde mir ausgesprochen Vergnügen bereiten.« Sie umarmte ihn kurz und machte sich zum Gehen bereit.

»Es ist verdammt schade, daß Sie mir nicht schon vor zehn Jahren diese Rede gehalten haben. Jetzt ist es beinahe ein bißchen spät.«

»Mit neunundzwanzig? Reden Sie keinen Unsinn. Gehen Sie jetzt nach Hause, lesen Sie das Buch und rufen Sie mich morgen vormittag an.« Ihre Hand in dem braunen Glacéhandschuh winkte ein letztes Mal, und sie verschwand mit wehendem Wildledermantel.

Der Buchumschlag in ihrer Hand machte keinen sonderlichen Eindruck auf sie, als sie ihn im Fahrstuhl betrachtete. Es gab kein Foto von Lucas Johns auf der Rückseite, nur eine kurze Biographie, die weniger über ihn aussagte, als Simpson erzählt hatte. Aber es war merkwürdig; nach allem, was sie an diesem Morgen gehört hatte, machte sie sich schon ein ziemlich klares Bild von dem Mann. Sie erwartete etwas wie Gemeinheit in seinem Gesicht, war sicher, daß er klein, stämmig, hart und vielleicht übergewichtig war – und verdammt unverschämt. Sechs Jahre im Gefängnis mußten bei einem Mann sonderbare Veränderungen bewirken und waren sicherlich nicht dazu angetan, seine Schönheit zu verstärken. Dazu noch der bewaffnete Raubüberfall ... ein kleiner dicker Mann mit einem Revolver in einem Schnapsladen. Und nun war er geachtet, und sie erhielt die Chance, ihn zu interviewen. Doch sie wußte, trotz ihres Gesprächs mit Simpson, daß sie es nicht machen konnte. Simpson hatte in mancher Hinsicht ihr Leben richtig gesehen ... aber ein Interview mit Lucas Johns oder sonst jemandem lag noch immer außerhalb des Möglichen oder Vernünftigen.

Dann beging sie eine Dummheit. Sie ging mit Edward zum Lunch.

»Ich glaube nicht, daß du es tun solltest«, meinte er nachdrücklich.

»Warum nicht?« Es war beinahe, als wollte sie ihm eine Falle stellen; sie kannte seine Antwort im voraus, aber sie konnte der Versuchung nicht widerstehen, ihn zu ködern.

»Du weißt, aus welchen Gründen. Wenn du anfängst, Interviews zu machen, braucht es nur einen kleinen Schritt, und jemand kommt dir auf die Schliche. Vielleicht kommst du bei diesem einen Interview ungeschoren davon, Kezia. Aber früher oder später ...«

»Du meinst, ich sollte mich immerfort hinter einem Pseudonym verstecken?«

»Du nennst das verstecken?« Er wies mit einer Hand demonstrativ auf die geheiligten Säle von La Caravelle.

»In gewissem Sinn, sicherlich.«

»Und in genau diesem Sinn halte ich es für klug.«

»Und wie steht es mit meinem Leben, Edward? Was ist damit?«

»Was damit ist? Du hast alles, was du dir wünschen kannst. Deine Freunde, dein Wohlergehen, und du hast die Freiheit zu schreiben. Könntest du dir noch mehr wünschen, außer einem Ehemann?«

»Das steht nicht mehr auf meiner Wunschliste für den Weihnachtsmann, mein Lieber. Und ich könnte mir noch etwas wünschen, ja. Ehrlichkeit.«

»Du treibst Haarspalterei. Für diese Art von Ehrlichkeit würdest du dein Privatleben riskieren. Erinnerst du dich noch an den Job bei der *Times*, den du dir vor ein paar Jahren so sehr gewünscht hast?«

»Das war etwas anderes.«

»Wieso?«

»Ich war damals jünger. Und es war keine Karriere, sondern ein Job zu meiner Selbstbestätigung.«

»Ist das nicht das gleiche?«

»Vielleicht nicht. Vielleicht geht es um meine Zurechnungsfähigkeit.«

»Du meine Güte, Kezia, mach dich doch nicht lächerlich. Du bist von dem Unsinn aufgeputscht, den Simpson dir heute vormittag eingeredet hat. Sei doch vernünftig, der Mann hat ein geschäftliches Interesse an dir. Er sieht alles von seinem Standpunkt aus, nicht von dem deinen. Zu seinem Nutzen, nicht zu dem deinen.«

Aber sie wußte, daß er nicht recht hatte. Und nun wußte sie auch, daß Edward Angst hatte. Noch mehr Angst als sie. Aber wovor? Und warum? »Ganz gleich, Edward, wie du es betrachtest, ich werde mich demnächst entscheiden müssen.«

»Wegen eines Interviews für ein Magazin? Ein Interview mit einem Knastbruder?« Er hatte keine Angst, er war entsetzt. Fast tat er Kezia leid, als ihr klar wurde, was er so sehr befürchtete. Daß sie ihm gänzlich entgleiten würde.

»Dieses Interview ist nicht das eigentliche Problem, Edward. Das wissen wir beide. Das weiß sogar Simpson.«

»Worin besteht dann um Himmels willen das Problem? Warum redest du so merkwürdig über Zurechnungsfähigkeit, Freiheit und Ehrlichkeit? Nichts davon ergibt einen Sinn. Setzt dich jemand unter Druck?«

»Nein. Nur ich selbst.«

»Aber es gibt jemanden in deinem Leben, von dem ich nichts weiß, nicht wahr?«

»Ja.« Die Aufrichtigkeit tat gut. »Ich wußte nicht, daß du über mein gesamtes Tun und Lassen unterrichtet werden willst.«

Edward blickte verlegen zur Seite. »Ich möchte sicher sein, daß es dir gutgeht. Sonst nichts. Ich habe angenommen, daß es noch jemanden außer Whit gibt.«

Ja, mein Lieber, aber hast du dir auch Gedanken über den Grund dafür gemacht? Sicherlich nicht. »Du hast recht, es gibt jemanden.«

»Ist er verheiratet?« Er war vollkommen sachlich.

»Nein.«

»Wirklich nicht? Ich war ziemlich sicher, daß er gebunden ist.«

»Warum?«

»Weil du so ... nun ja, weil du so ein Geheimnis um ihn machst. Ich nahm an, daß er verheiratet oder anderweitig liiert ist.«

»Nichts dergleichen. Er ist ledig, dreiundzwanzig Jahre alt und Künstler in SoHo.« Edward würde einige Zeit brauchen, um das zu verdauen. »Und um es klar zu machen, ich halte ihn nicht aus. Er bezieht Arbeitslosenunterstützung, und das gefällt ihm.« Es machte ihr beinahe Spaß, und Edward sah aus, als bekäme er einen Anfall.

»Kezia!«

»Ja, Edward?« Ihre Stimme klang zuckersüß.

»Er weiß, wer du bist?«

»Nein, und es ist ihm auch vollkommen egal.« Sie wußte, daß das nicht ganz der Wahrheit entsprach, aber sie wußte auch, daß er sich nie die Mühe machen würde, in ihrem zweiten Leben herumzuschnüffeln. Er war einfach auf jungenhafte Art neugierig.

»Weiß Whit etwas davon?«

»Nein. Warum sollte er? Ich erzähle ihm nicht von meinen Liebhabern und er erzählt mir nichts über seine Gespielen. Gleiches Recht für beide. Außerdem, mein Lieber, interessiert sich Whitney mehr für Jungen.« Sie hatte Edwards Gesichtsausdruck nicht erwartet; er war keineswegs verblüfft.

»Ja ... ich ... ich habe davon gehört. Ich habe mich gefragt, ob du es weißt.«

»Ja, ich weiß es.« Ihre Stimmen klangen jetzt ganz ruhig.

»Hat er es dir erzählt?«

»Nein, jemand anders.«

»Tut mir leid.« Er blickte weg und tätschelte ihre Hand.

»Das ist nicht notwendig, Edward. Mir hat es nichts ausgemacht. Das klingt vielleicht unschön, aber ich war nie in Whit verliebt. Jeder ist für den anderen von Nutzen. Das ist nicht sehr anständig, aber es ist Tatsache.«

»Und dieser andere Mann – der Künstler – ist es eine ernste Bindung?«

»Nein, er ist angenehm, nett, lustig und hilft mir, den Druck in meinem Leben zu vergessen. Sonst nichts, Edward. Mach dir keine Sorgen, niemand wird mit dem Sparschweinchen durchgehen.«

»Das ist nicht meine einzige Sorge.«

»Das freut mich.« Warum wollte sie ihn plötzlich verletzen? Was für einen Sinn hatte das? Aber er appellierte an sie, redete ihr zu wie ein übereifriger Agent, der es darauf angelegt hatte, sie wieder zu einer Sommerfrische zu überreden, die ihr schon einmal mißfallen hatte. Sie würde sich auf keinen Fall überraschen lassen.

Er erwähnte den Artikel erst wieder, als sie vor dem Restaurant auf ein Taxi warteten. Es war eines der seltenen Male gewesen, bei denen sie über Berufsprobleme in aller Öffentlichkeit gesprochen hatten.

»Du wirst es machen?«

»Was?«

»Das Interview, das Simpson dir vorgeschlagen hat.«

»Ich weiß nicht. Ich will es mir noch überlegen.«

»Überlege es dir aber sehr gründlich. Denk darüber nach, wieviel es dir bedeutet und ob du bereit bist, einen so hohen Preis dafür zu bezahlen. Vielleicht wirst du den Preis nicht bezahlen müssen, aber es könnte auch anders kommen. Aber sei wenigstens darauf vorbereitet, sei dir klar über die Risiken, auf die du dich einläßt.«

»Ist es wirklich ein so schreckliches Risiko, Edward?« Ihr Blick war wieder freundlich.

»Ich weiß es nicht, Kezia. Ich weiß es wirklich nicht. Aber irgendwie werde ich den Verdacht nicht los, daß du es auf jeden Fall tun wirst, trotz meines Einspruchs. Oder vielleicht habe ich durch meinen Widerstand die Dinge nur noch verschlimmert.«

»Nein. Aber vielleicht werde ich es tun müssen.« Nicht Simpsons, sondern ihrer selbst wegen.

»Das dachte ich mir.«

7

Das Flugzeug landete um fünf Uhr nachmittag in Chicago, kaum eine Stunde vor Lucas Johns' Rede. Simpson hatte dafür gesorgt, daß ihr die Wohnung einer Freundin auf dem Lake Shore Drive zur Verfügung stand. Die Freundin, eine ältere Witwe, deren Mann ein Klassenkollege Simpsons gewesen war, verbrachte den Winter in Portugal.

Nun fuhr das Taxi das Seeufer entlang, und Kezia verspürte zunehmende Erregung. Sie hatte sich schließlich doch entschlossen, einen ersten Schritt zu wagen. Aber wenn sich herausstellte, daß es mehr war, als sie verkraften konnte, was dann? Sie verfaßte ihre Artikel an ihrer Schreibmaschine und nannte sich K. S. Miller, aber es war eine ganz andere Situation, wenn sie einem anderen gegenübersaß. Natürlich wußte Mark auch nicht, wer sie war. Aber das konnte man nicht miteinander vergleichen. Sein Horizont reichte bis zu seiner Staffelei, und sogar wenn er ihre wahre Identität erfuhr, würde es ihm nichts ausmachen. Er würde darüber lachen, aber es würde keine Rolle spielen. Vielleicht war Lucas Johns anders. Vielleicht würde er ihren großen Bekanntheitsgrad zu seinem Vorteil nutzen wollen.

Sie versuchte, ihre Befürchtungen mit einem Achselzucken abzutun, als das Taxi vor der ihr von Simpson angegebenen Adresse hielt. Die geliehene Wohnung lag im neunzehnten Stockwerk eines staatlichen Gebäudes jenseits des Sees. Der Parkettboden im Vestibül hallte unter ihren Füßen. Über ihrem Kopf hing ein kunstvoller Kristalluster. Am Fuß der Treppe stand geisterhaft ein mit einem schützenden Laken bedeckter Konzertflügel. Ein langer Korridor mit Spiegeln führte zu dem angrenzenden Wohnzimmer. Dort gab es weitere Schutzüberzüge, noch zwei Kronleuchter, und der rosa Marmor eines Louis XV-Kamins schimmerte sanft im Lichtschein aus dem Korridor. Die Möbel unter den Leintüchern wirkten massiv, und sie ging neugierig von einem Raum zum anderen. Eine gewundene Treppe führte in das nächste Stockwerk; sie zog oben im Hauptschlafzimmer die Vorhänge zurück und die cremefarbenen Seidenrouleaus in die Höhe. Vor ihr erstreckte sich der See, der im Glanz des Sonnenuntergangs strahlte, Segelboote glitten träge zum Hafen. Es hätte Spaß gemacht, ein wenig spazierenzugehen und den See zu betrachten, aber sie hatte andere Dinge im Kopf. Lucas Johns, und als was für eine Sorte Mann er sich erweisen würde.

Sie hatte sein Buch gelesen und war angenehm überrascht, da es ihr gefallen hatte. Sie war darauf eingestellt gewesen, ihn abzulehnen, und sei es nur aus dem Grund, weil das Interview zu so einem Problem zwischen ihr und Simpson und auch Edward angewachsen war. Aber das Problem lag bei ihr selbst, und sie vergaß ihre Vorbehalte, als sie das Buch las. Er wählte seine Worte sorgfältig aus, seine Ausdrucksweise war kraftvoll, und es gab in dem ganzen Buch immer wieder Ansätze von Humor; er weigerte sich, sich selbst ernst zu nehmen, obwohl er leidenschaftlich für seine Sache eintrat. Der Stil paßte seltsamerweise fast gar nicht zu seiner Vergangenheit, und es war schwer zu glauben, daß jemand, der einen großen Teil seiner Jugend in Heimen und Gefängnissen verbracht hatte, jetzt so gebildet sein konnte. Aber da und dort verfiel er bewußt in den Gefängnisjargon und den kalifornischen Slang. Sein Buch zeigte ihn als eine ungewöhnliche Kombination von Thesen und Überzeugungen, Hoffnungen und Zynismus, mit einem eigenen Sinn für Humor – und einer ganz schönen Portion Hochmut. Er schien ziemlich weit von dem entfernt zu sein, was er einmal war, und war entschieden eine Persönlichkeit. Kezia hatte ihn beneidet, als sie sein Buch gelesen hatte. Simpson hatte recht. Indirekt paßte der Inhalt auch auf sie. Ein Gefängnis kann jede Art von gesellschaftlichen Zwängen sein – auch der Lunch im La Grenouille.

Das Bild, das sie sich von Johns machte, war jetzt wesentlich deutlicher. Kleine, glänzende Augen, nervöse Hände, hängende Schultern, vorstehender Bauch und dünne Haarsträhnen, die in eine glänzende Stirnglatze gekämmt waren. Sie wußte nicht wieso, aber sie wußte, daß sie ihn kannte. Während sie das Buch las, hörte sie ihn beinahe sprechen.

Ein massiv gebauter Mann sprach die einführenden Worte zu Lucas Johns' Rede, er skizzierte in groben Umrissen die Gewerkschaftsprobleme in den Gefängnissen, die ungefähre Lohnskala (von fünf Cent die Stunde bis zu einem Vierteldollar in besseren Anstalten), die nutzlosen Fertigkeiten, die man den Häftlingen beibrachte, die unmenschlichen Lebensbedingungen. Er behandelte das Thema lässig, ohne Erregung. Kezia beobachtete das Gesicht des Mannes. Er bereitete das Publikum auf das Kommende vor. Mit tiefer, leiser Stimme, aber äußerst wirkungsvoll. Was sie am meisten beeindruckte, war die sachliche Art, mit der er über die Mißstände in den Gefängnissen sprach. Es war beinahe sonderbar, daß sie diesen Mann vor Johns angesetzt hatten; es würde schwierig sein, nach ihm zu sprechen. Oder vielleicht auch nicht. Vielleicht würde Johns' nervöser, dynamischer Stil einen Kontrapunkt zu der ruhigeren Art des ersten Sprechers bilden – ruhig, aber sehr kontrolliert. Der Charakter dieses Mannes interessierte sie so sehr, daß sie vergaß, sich in dem Raum umzusehen, um sich zu vergewissern, daß niemand anwesend war, der sie erkennen konnte. Sie vergaß ganz ihr Sicherheitsbedürfnis und wurde von der Suggestivkraft der Rede gefangengenommen.

Sie zog ihr Notizbuch hervor und warf ein paar flüchtige Notizen über den Redner auf das Papier, dann begann sie die Zuhörer im Saal zu beobachten. Sie erkannte drei wohlbekannte schwarze Radikale und zwei konservative Gewerkschaftsführer, die Johns in seinen Anfängen ihre Kenntnisse vermittelt hatten. Es waren auch ein paar Frauen anwesend, und in der ersten Reihe saß ein bekannter Strafverteidiger, der oft in der Presse genannt wurde. Es war eine Gruppe, die größtenteils die vorliegenden Probleme kannte und sich bereits aktiv mit einer Gefängnisreform beschäftigte. Sie wunderte sich über die große Besucherzahl, während sie die Gesichter der Zuhörer betrachtete und dem Ende der Einführungsrede lauschte. In dem Raum herrschte überraschende Stille. Es gab kein Rascheln, kein Herumrutschen auf den Sitzen, kein geräuschvolles Suchen nach Zigaretten und Feuerzeugen. Niemand schien sich zu rühren.

Alle Augen waren auf den Mann an der Vorderfront des Saales gerichtet. Sie hatte recht gehabt; es würde für Lucas Johns schwer sein, nach diesem Mann ans Pult zu treten.

Sie betrachtete den Redner noch einmal genauer. Er sah ihrem Vater ähnlich. Fast kohlschwarzes Haar und feurige grüne Augen, die die Leute auf ihren Plätzen festzunageln schienen. Er suchte Augen von Bekannten, hielt sie mit seinem Blick fest, sprach zu ihnen, dann wanderte sein Blick weiter durch den Raum, seine Stimme war leise, die Hände bewegungslos, das Gesicht angespannt. Doch ein Zug um seinen Mund ließ auf ein unterdrücktes Lachen schließen. Etwas an seinen Händen verriet Brutalität. Er hatte interessante Hände und ein unglaubliches Lächeln. Er sah auf kraftvolle, fast beunruhigende Art gut aus, und er gefiel Kezia. Sie stellte überrascht fest, daß sie ihn betrachtete, taxierte, beobachtete, Einzelheiten wahrnahm – die in die alte Tweedjacke eingekeilten Schultern, die langen Beine, die er lässig vor sich ausstreckte. Das dichte Haar, die Augen, die umherschweiften und innehielten, sich wieder in Bewegung setzten, bis sie schließlich auf sie gerichtet waren.

Sie sah, daß er sie ebenso musterte wie sie ihn. Er hielt sie lange mit der Kraft seines Blickes fest, dann gab er sie frei und wandte sich anderen Zielen zu. Es war ein merkwürdiges Gefühl gewesen, als hielte sie eine Hand an der Kehle fest und drückte sie gegen eine Wand, während die andere ihr über das Haar streichelte; einerseits zuckte sie ängstlich zurück, andererseits zerschmolz sie vor Freude. Plötzlich wurde ihr in dem überfüllten Raum warm, sie sah sich unauffällig um und fragte sich, warum dieser Vorredner so lange brauchte. Seine Rede war kaum noch als Einführung zu bezeichnen. Er sprach seit gut einer halben Stunde. Beinahe als hätte er die Absicht, Lucas Johns in den Hintergrund zu drängen. Dann begriff sie, so daß sie dagegen ankämpfen mußte, in der herrschenden Stille nicht laut aufzulachen: es war keine Einführung gewesen. Der Mann, dessen Blick sie so kurz gestreift hatte, war Johns.

8

»Kaffee?«

»Tee, wenn es möglich ist.« Kezia lächelte Lucas Johns zu, während er eine Tasse heißes Wasser einschenkte und ihr dann einen Teebeutel reichte.

Die Suite wies Spuren von häufigen Besuchern auf – halbvolle Pappbecher mit Kaffee oder Tee, Reste von Keksen, Aschenbecher, die von Erdnußschalen und Zigarettenstummeln überliefen, und eine häufig frequentierte Bar in der Ecke. Es war ein anspruchsloses Hotel, und die Suite war nicht groß, aber bequem und gemütlich. Sie fragte sich, wie lange er schon dort wohnte. Nichts wies darauf hin, ob er seit einem Jahr dort wohnte oder erst am selben Tag eingezogen war. Es gab reichlich zu essen und zu trinken, aber nichts trug seinen persönlichen Stempel, nichts schien ihm zu gehören, nur die Kleider, die er trug, der Glanz in seinen Augen, der Teebeutel, den er ihr gereicht hatte, und sonst nichts.

»Wir werden unten ein Frühstück bestellen.«

Sie betrachtete ihn ruhig über ihre Teetasse hinweg. »Um die Wahrheit zu sagen, ich bin eigentlich nicht sehr hungrig. Es hat keine Eile. Übrigens, ich war von Ihrem gestrigen Vortrag sehr beeindruckt. Sie wirken auf der Bühne so ungezwungen. Sie verstehen es gut, ein schwieriges Thema auf menschliche Proportionen zu reduzieren, ohne bei den Tatsachen, die Sie aus eigener Erfahrung kennen und die die meisten Ihrer Zuhörer nicht selbst erlebt haten, überheblich zu wirken. Das ist schon eine Kunst.«

»Danke. Es ist sehr freundlich von Ihnen, das zu sagen. Es ist nur eine Frage der Routine. Ich habe schon viele Reden vor den verschiedensten Gruppen gehalten. Ist Ihnen das Thema Gefängnisreform neu?«

»Nicht ganz. Ich habe im letzten Jahr zwei Artikel über Revolten in zwei Gefängnissen in Mississippi geschrieben. Es war eine scheußliche Schweinerei.«

»Ja, ich erinnere mich. Das Wesentliche an dem ganzen Thema ›Reform‹ ist nicht das reformieren. Ich halte die Abschaffung von Gefängnissen, wie wir sie heute kennen, für die einzig praktikable Lösung. So erfüllen sie jedenfalls nicht ihren Zweck. Ich bereite derzeit einen Plan für den Baustop von Gefängnissen vor, zusammen mit einer Menge erstklassiger Leute, die ihn in Gang gebracht haben. Demnächst werde ich nach Washington reisen.«

»Leben Sie schon lange in Chicago?«

»Sieben Monate, dies ist eine Art Zentralbüro. Ich arbeite von dem Hotel aus, wenn ich hier bin, stelle meine Vortragsreisen zusammen und einiges mehr. Ich habe hier mein neuestes Buch geschrieben, verkroch mich hier für einen Monat und machte mich an die Arbeit. Dann schleppte ich das Manuskript mit mir herum und schrieb den Rest in Flugzeugen.«

»Reisen Sie viel?«

»Die meiste Zeit. Ich komme aber immer hierher zurück, wenn es mir möglich ist. Hier kann ich mich abkapseln und mich entspannen.«

Nichts an ihm ließ darauf schließen, daß er das sehr oft tat. Er war eindeutig nicht der Mann, der wußte, wie man aufhört und wann. Trotz seiner Ruhe spürte man die treibende Kraft in ihm. Er saß beinahe regungslos da, seine Augen auf die Person gerichtet, mit der er gerade sprach. Aber es war eher wie die vorsichtige Haltung eines Tieres, das die Luft auf ein Anzeichen für einen Angriff oder eine Annäherung prüft und jeden Augenblick sprungbereit ist. Kezia spürte auch, daß er ihr gegenüber ein gewisses Mißtrauen bewahrte und sich nicht ganz behaglich fühlte. Der Humor, den sie am Abend zuvor bei ihm festgestellt hatte, war jetzt sorgfältig zurückgedrängt.

»Wissen Sie, ich bin erstaunt, daß man eine Frau mit diesem Artikel beauftragt.«

»Chauvinismus, Mr. Johns?« Der Gedanke belustigte sie.

»Nein, nur Neugierde. Sie müssen tüchtig sein, sonst hätte man Sie nicht hergeschickt.« Da war wieder die Spur von Arroganz, die sie aus seinem Buch herausgelesen hatte.

»Ich glaube, es ist vor allem der Umstand, daß die beiden Artikel gefallen haben, die ich im vergangenen Jahr geschrieben habe. Man könnte sagen, daß ich mich mit dem Thema Gefängnisse schon befaßt habe. Nennen Sie es ›eine Betrachtung von der Seitenlinie aus‹.«

»Ich bin nicht sicher, daß das ein Vorteil ist. Man kann von den Seitenlinien aus nie gut sehen ... oder vielleicht etwas deutlicher? Aber weniger lebensecht. Ich fühle mich im Zentrum des Sturms immer besser. Entweder dringt man ein oder man bleibt draußen. Die Seitenlinien ... das ist so ungefährlich, aber eine Sackgasse, wenn man sich an etwas heranarbeiten will.« Seine Augen blitzten, und sein Mund lächelte, aber es war eine deutliche Abfuhr gewesen. »Übrigens, ich habe einige Ihrer Artikel gelesen. Ich glaube ... könnte es im *Playboy* gewesen sein?« Er war einen Moment verwirrt, sie sah nicht nach *Playboy* aus, aber er war sicher, daß er sich an einen Artikel aus der letzten Zeit erinnerte.

Sie nickte. »Es war ein Artikel über Vergewaltigung. Zur Abwechslung hatte ich Mitgefühl mit den Männern. Eigentlich ging es um falsche Beschuldigungen durch neurotische Frauen, die nichts Besseres zu tun haben, als sich einen Mann nach Hause mitzunehmen, es dann mit der Angst zu tun bekommen und ›Vergewaltigung‹ schreien.«

»Richtig. Das ist der Artikel, an den ich mich erinnere. Er hat mir gefallen.«

»Natürlich.« Sie versuchte, nicht zu lachen.

»Aber, aber. Das Komische ist, daß ich der Meinung war, ein Mann hätte ihn geschrieben. Klang wie vom Standpunkt eines Mannes aus. Wahrscheinlich habe ich deshalb erwartet, daß ein Mann das Interview durchführen würde. Ich bin wirklich nicht die Sorte Mann, die man von einer Frau interviewen läßt.«

»Warum nicht?«

»Weil ich mich manchmal ganz daneben benehme, liebe Dame.« Er stieß ein tiefes, melodisches Lachen aus, und sie stimmte ein.

»Das machen Sie also. Macht es Ihnen wenigstens Spaß?«

Er sah plötzlich jungenhaft verlegen aus und nahm einen Schluck von seinem Kaffee. »Ja, schon möglich. Jedenfalls gelegentlich. Macht das Schreiben Spaß?«

»Ja. Ich liebe es. Aber die Bezeichnung ›Spaß‹ läßt an Oberflächliches denken. Wie eine Tätigkeit, die man als Hobby betreibt. So sehe ich meine Aufgabe nicht. Für mich ist das Schreiben wichtig. Sogar sehr. Es ist real, mehr als vieles andere.« Sein stummer Blick drängte sie seltsam in die Defensive. Als hätte er in aller Stille den Spieß umgedreht und würde jetzt sie interviewen.

»Was ich tue, ist auch für mich wichtig. Und real.«

»Das konnte ich an Ihrem Buch feststellen.«

»Sie haben es gelesen?« Er schien überrascht, und sie nickte.

»Es hat mir gefallen.«

»Das neue ist besser.«

Und so bescheiden, Mr. Johns, so bescheiden. Er war schon ein komischer Kauz.

»Das jetzige ist weniger gefühlsbetont, vom Sachlichen her besser. Das ist mir klar.«

»Erste Bücher sind immer gefühlsbetont.«

»Haben Sie schon eines geschrieben?« Wieder hatte er den Spieß umgedreht.

»Noch nicht. Ich hoffe, es ist bald soweit.« Plötzlich ärgerte sie sich. Sie war die Professionelle, hatte in den letzten sieben Jahren hart an ihrer Weiterentwicklung gearbeitet, und dennoch hatte er nicht eines, sondern sogar schon zwei Bücher geschrieben. Sie beneidete ihn darum. Darum und um eine Menge anderer Dinge. Um seinen Stil, seinen Mut, seine Bereitschaft, seinem Gefühl zu folgen und sich wild für alles zu engagieren, woran er glaubte... aber er hatte ja auch nichts zu verlieren. Dann dachte sie an seine tote Frau und das Kind und ahnte die Zärtlichkeit, die irgendwo tief in ihm verborgen liegen mußte.

»Ich habe noch eine Frage, dann können Sie auf den Artikel eingehen. Wofür steht das ›K‹? Irgendwie klingt K. S. Miller nicht wie ein Name.«

Sie lachte, und für einen ganz kurzen Moment war sie nahe daran, ihm die Wahrheit zu gestehen: Kezia. Das »K« steht für Kezia, und das Miller ist eine Tarnung. Er war die Art Mann, dem man nur die Wahrheit sagte. Mit weniger konnte man ihm nicht entwischen, und man hätte es auch nicht gewollt. Aber sie mußte vernünftig denken. Es wäre unklug, ihre Zukunft für einen Augenblick Ehrlichkeit aufs Spiel zu setzen. Schließlich war Kezia ein ungewöhnlicher Name, und vielleicht würde er irgendwo, irgendwann ein Foto von ihr sehen, und das nächste wäre dann...

»Das ›K‹ steht für Kate.« Der Vorname ihrer Lieblingstante.

»Kate. Ein vernünftiger Name. Kate Miller. Kate. Die vernünftige Millerin.« Er zündete sich eine Zigarette an, und sie hatte das Gefühl, daß er sich über sie lustig machte, aber er war dabei nicht unfreundlich. Sein Blick erinnerte sie wieder an ihren Vater. Sie waren einander auf merkwürdige Weise ähnlich... etwa die Art, wie er lachte... wie er sie fixierte, als würde er alle ihre Geheimnisse kennen und warte nur darauf, daß sie sie preisgab, um zu sehen, ob sie darauf eingehen würde, als ob sie ein Kind wäre, das spielte, und er sie durchschaute. Aber was konnte dieser Mann eigentlich von ihr wissen? Nichts. Außer daß sie gekommen war, um ihn zu interviewen, und daß ihr Vorname Kate war.

»Also gut, Lady, bestellen wir ein Frühstück und machen wir uns an die Arbeit.« Spaß und Spiele waren vorbei.

»In Ordnung. Mr. Johns, ich bin bereit, wenn Sie es sind.« Sie nahm den Block mit den gekritzelten Notizen vom vergangenen Abend heraus, einen Kugelschreiber aus ihrer Handtasche und lehnte sich erwartungsvoll zurück.

Er redete zwei Stunden lang mit erstaunlicher Offenheit über seine sechs Gefängnisjahre. Darüber, wie es war, mit einer Rahmenstrafe als Damoklesschwert zu leben, was er ihr so erklärte: eine typisch kalifornische Eigenart, Menschen zu Strafen von »fünf Jahren bis lebenslänglich« oder »drei bis lebenslänglich« zu verurteilen, wobei die Kommission für bedingte Haftentlassungen oder die Gefängnisbehörden die zu verbüßende Strafzeit zu bestimmen hatten. Sogar der Richter, der die Strafe verhängte, war nicht Herr über die Zeit, die ein Mensch im Gefängnis verbrachte. Wenn man einmal zu einer Rahmenstrafe verdonnert worden war, konnte man buchstäblich sein Leben lang im Gefängnis schmachten, und das traf auch auf viele Häftlinge zu, die vergessen, verloren, längst über Rehabilitation oder die Hoffnung auf Befreiung hinaus waren, bis es ihnen gleichgültig war, wann und ob sie freikommen würden. Es kam eine Zeit, da spielte es keine Rolle mehr.

»Aber sie konnten es kaum erwarten, mich loszuwerden«, sagte er mit einem schiefen Grinsen. »Ich fiel ihnen fürchterlich auf den Wecker. Einen Organisator kann niemand leiden.« Er hatte mit anderen Gefangenen Komitees für bessere Arbeitsbedingungen, objektivere Verhöre, anständige Besuchsbedingungen für ihre Ehefrauen, erweiterte Studienmöglichkeiten organisiert. Er hatte sich zum Wortführer für sie alle aufgeschwungen.

Er erzählte ihr auch, wofür er ins Gefängnis gekommen war, und sprach erstaunlich emotionslos darüber. »Ich war achtundzwanzig Jahre alt und noch sehr dumm. Ich wollte das Schicksal herausfordern und war von dem Leben, das ich führte, gelangweilt. Es war Silvester, ich war stockbesoffen, nun ja ... den Rest kennen Sie. Bewaffneter Überfall, nicht allzu kaltblütig, gelinde ausgedrückt. Ich überfiel einen Schnapsladen mit einem Revolver, der gar nicht gebrauchsfähig war, und erbeutete zwei Kisten Bourbon, eine Kiste Champagner und ganze hundert Dollar. Die hundert Eier wollte ich gar nicht, aber die Besitzer gaben sie mir, also nahm ich sie. Ich wollte nur den Alkohol, um mit meinen Kumpeln zu feiern. Ich fuhr nach Hause und schmiß eine Bombenparty. Bis ich kurz nach Mitternacht ins Gefängnis abgeführt wurde ... Glückliches Neues Jahr!« Er grinste hilflos, dann wurde sein Gesicht ernst. »Jetzt klingt es komisch, aber damals war es das nicht. Man bricht so manchem das Herz, wenn man sich so etwas zuschulden kommen läßt.«

Die Folgen erschienen Kezia unangemessen. Zugegeben, die Tat war ein Verbrechen. Aber sechs Jahre Gefängnis und der Tod seiner Frau für drei Kisten Alkohol? Ihr drehte sich langsam der Magen um, während sie an das Leben im La Grenouille und Maxims und Annabels dachte. Lunches für hundert Dollar und Vermögen, die für Ströme von Wein und Champagner ausgegeben wurden. In diesen piekfeinen Schlemmerlokalen bestellte allerdings niemand seinen Champagner mit einer Schußwaffe.

Seine Jugend in Kansas überging Lucas taktvoll mit Schweigen. Eine ereignislose Periode, in der seine brennendsten Probleme seine Größe und sein Erlebnishunger waren, die sich beide in keinem Verhältnis zu seinem Alter und zu seiner gesellschaftlichen Stellung befanden. Trotz Simpsons Warnung, daß Luke sich persönlichen Fragen gegenüber verschlossen zeigen könnte, fand Kezia in ihm einen offenen, ungezwungenen Gesprächspartner. Am

Ende des Vormittags hatte sie das Gefühl, alles über ihn zu wissen, und sie machte schon lange keine Notizen mehr. Es war leichter, dem Mann einfach zuzuhören und so seine Psyche zu erforschen – die politischen Ansichten, die speziellen Interessen, die Ziele, die Erfahrungen, die Männer, die er schätzte, und jene, die er ablehnte. Sie würde sich das alles später konzentrierter ins Gedächtnis zurückrufen.

Was sie am meisten überraschte, war das Fehlen von Verbitterung. Er war entschlossen, zornig, zielbewußt, arrogant und zäh. Aber er verfocht auch leidenschaftlich seine Überzeugungen und zeigte Menschen gegenüber, an denen ihm etwas gelegen war, Mitgefühl. Und er lachte gern. Sein tiefes Lachen erklang oft in dem kleinen Wohnzimmer seiner Suite, während sie ihm Fragen stellte und er sie mit Episoden aus längst vergangenen Tagen unterhielt. Es war lang nach elf, als er sich streckte und aufstand.

»Ich sage es ungern, Kate, aber wir müssen jetzt Schluß machen. Ich halte zu Mittag noch eine Rede vor einer Gruppe und muß vorher noch einiges erledigen. Würde Sie ein weiterer Vortrag von mir interessieren? Sie sind eine gute Zuhörerin. Oder müssen Sie schon zurück nach New York?« Er ging in dem Raum herum, steckte Papiere und Kugelschreiber in die Taschen und sah sich mit einem Blick, den man nur für Freunde übrig hat, nach ihr um.

»Beides. Ich sollte zurückfliegen, möchte Sie aber gern noch einmal sprechen hören. Um was für eine Gruppe handelt es sich?«

»Psychiater. Das Thema ist ein Bericht aus erster Hand über die psychologischen Folgen des Aufenthalts im Gefängnis. Und sie werden vermutlich hören wollen, wie real die Bedrohung durch Psychochirurgie im Gefängnis ist. Sie fragen immer danach.«

»Sie meinen zum Beispiel Lobotomien?«

Er nickte.

»Kommt es oft vor?« Sie war verblüfft.

»Sogar ›selten‹ ist zu viel. Ich glaube aber nicht, daß es oft passiert. Vielleicht gelegentlich. Lobotomien, Schocktherapie, eine Menge übler Praktiken.«

Sie nickte beeindruckt und warf einen Blick auf die Uhr.

»Ich werde meine Sachen holen und Sie dort treffen.«

»Sind Sie in einem Hotel hier in der Gegend abgestiegen?«

»Nein, mein Agent hat mir die Wohnung einer Bekannten von ihm besorgt.«

»Das ist angenehm.«

»Sehr.«

»Soll ich Sie hinbringen?« Er fragte es leichthin, während sie zur Tür gingen.

»Ich... nein... danke, Luke. Ich muß unterwegs noch etwas besorgen. Ich treffe Sie also bei Ihrem Vortrag.«

Er ließ es dabei bewenden, nickte jedoch zerstreut, während sie auf den Fahrstuhl warteten. »Es wird mich interessieren, Ihren Artikel zu lesen, wenn er erscheint.«

»Ich werde Ihnen von meinem Agenten Belegseiten schicken lassen, sobald wir sie bekommen.«

Er verabschiedete sich von ihr vor dem Hotel, sie ging zur Kreuzung und winkte einem Taxi. Es war ein schöner Tag, um spazierenzugehen, und wenn sie mehr Zeit gehabt hätte, wäre sie zu Fuß zu ihrer Wohnung auf dem Lake Shore Drive gegangen. Es war ein warmer Herbsttag mit klarem Himmel, und als sie das Apartmenthaus erreichte, sah sie Segelboote über den See gleiten.

In der geisterhaften Wohnung hallten ihre Schritte, als sie über die Treppe hinauflief, um ihre Reisetasche zu holen; sie zog die Schutzdecke über das ordentlich gemachte Bett und ließ das Rouleau herunter. Sie hätte gern gewußt, was Luke dazu sagen würde. Es paßte nicht zu Kates Image. Unbewußt dachte sie sich, daß er nicht einverstanden wäre. Oder vielleicht hätte er es belustigend gefunden, und sie hätten gemeinsam die Schutzhüllen von den Möbeln gezogen, im Kamin Feuer angezündet, und sie hätte unten auf dem Konzertpiano einen Honky-tonk-Blues gespielt – um ein wenig Leben in die Bude zu bringen. Ein komischer Gedanke, so etwas mit Luke aufzuführen. Aber er sah aus, als könne man mit ihm lustig sein, mit ihm lachen, ihn necken und mit ihm herumalbern. Er gefiel ihr, und er hatte keine Ahnung, wer sie war. Es war ein sicheres, glückliches Gefühl, und sie hatte schon etliche gute Ideen für ihren Artikel.

Lukes Vortrag war interessant, und die Gruppe zeigte sich aufgeschlossen. Kezia machte sich einige Notizen und schnipselte zerstreut an dem Steak auf ihrem Teller herum. Luke saß an einem langen, mit Blumen bestreuten Tisch an der Frontseite des Raumes, und man hatte ihr einen Platz in seiner Nähe zugewiesen. Er blickte gelegentlich mit einem mutwilligen Lachen in den smaragdgrünen Augen zu ihr hinüber. Einmal hob er stumm sein Glas in ihre Richtung und zwinkerte. Sie hätte am liebsten inmitten der nüchtern geschäftsmäßigen Psychiater gelacht. Sie hatte das Gefühl, Luke besser zu kennen als jeder der Anwesenden, vielleicht sogar besser als jeder andere. Er hatte ihr an diesem Vormittag so viel von seiner Lebensgeschichte erzählt; er hatte ihr einen Blick in seine Intimsphäre gewährt, obwohl Simpson prophezeit hatte, daß er es ihr nie gestatten würde. Schade, daß sie Vertrauen nicht mit Vertrauen vergelten konnte.

Ihr Flugzeug ging um drei Uhr, und sie mußte das Lokal daher um zwei verlassen. Er hatte seinen Vortrag soeben beendet, als sie aufstand. Er hatte auf dem Podium Platz genommen und wurde von der üblichen Schar von Bewunderern umringt. Sie wollte zuerst in aller Stille verschwinden, ohne ihn mit Dankesworten und Lebewohl zu belästigen, hatte aber das Gefühl, daß es nicht richtig war. Sie wollte ihm wenigstens noch ein paar Worte sagen, bevor sie ging. Es schien ihr ungehörig, vier Stunden lang die Nase in die Angelegenheiten eines Mannes zu stecken und dann sang- und klanglos zu verschwinden. Aber es war fast unmöglich, sich durch die Menge um seinen Tisch zu ihm durchzukämpfen, und als es ihr schließlich gelang, stand sie unmittelbar hinter ihm, während er sich von seinem Platz aus angeregt mit jemandem unterhielt. Sie legte ihm leicht die Hand auf die Schulter und war erstaunt, als er zusammenzuckte. Sie hatte in ihm keinen Mann gesehen, der leicht erschrak.

»Es ist äußerst riskant, so etwas bei einem Mann zu versuchen, der sechs Jahre im Knast verbracht hat.« Sein Mund lächelte, aber seine Augen waren ernst, fast ängstlich. »Ich werde nervös, wenn jemand hinter mir steht. Das ist schon ein unbewußter Reflex geworden.«

»Es tut mir leid, Luke. Ich wollte mich nur verabschieden. Ich muß mein Flugzeug erreichen.«

»Okay, nur einen Moment.« Er stand auf, um sie ins Vestibül zu begleiten, und sie ging zu ihrem Tisch und holte ihren Mantel. Luke wurde unterwegs aufgehalten und von einer Gruppe von Männern umringt, während sie unruhig in der Nähe der Tür stand, bis sie nicht länger warten konnte. Unhöflich oder nicht, jetzt mußte sie gehen. Sie wollte das Flugzeug nicht versäumen. Mit einem letzten Blick in seine Richtung verließ sie unauffällig den Raum, durchquerte das Vestibül und holte ihre Reisetasche vom Portier, während er die Tür eines Taxis öffnete.

Sie lehnte sich zurück und lächelte zufrieden. Es war eine lohnende Reise gewesen, und es würde ein interessanter Artikel werden.

Sie sah Luke nicht, der mit umwölkter Stirn und enttäuschtem Gesicht in der Eingangstür stand.

»Verdammt!« Also gut, Miß Kate Miller. Wir werden ja sehen. Er ging wieder hinein. Sie hatte ihm gefallen. Sie war so verwundbar, so drollig... die Art kleiner Frauen, die man am liebsten in die Luft werfen und mit den Armen auffangen würde.

»Haben Sie die junge Dame noch eingeholt, Sir?« Der Portier hatte gesehen, wie er lief.

»Nein.« Er grinste breit, fast lachte er. »Aber das kommt noch.«

9

»Mich angerufen? Was meinen Sie damit, er hat mich angerufen? Ich bin soeben zur Tür hereingekommen. Und wieso konnte er Sie erreichen?« Kezia war blaß vor Zorn über Simpson.

»Beruhigen Sie sich, Kezia. Er hat vor mehr als einer Stunde angerufen, ich nehme an, daß das Magazin ihn an mich verwiesen hat. Es ist nichts dabei, und er war außerdem überaus höflich.«

»Was wollte er?« Während sie sprach, zog sie sich aus, und das Wasser floß schon in die Badewanne. Es war fünf Minuten vor sieben, und Whit hatte gesagt, daß er sie um acht abholen würde. Sie sollten um neun auf einer Party erscheinen.

»Er meinte, daß der Artikel nicht vollständig ist, wenn Sie nicht über die morgige Besprechung in Washington über den Baustopp von Gefängnissen berichten. Und er wäre Ihnen dankbar, wenn Sie den Artikel erst absenden, sobald Sie das neue Material hinzugefügt haben. Es klingt durchaus plausibel, Kezia. Wenn Sie nach Chicago geflogen sind, können Sie sicherlich auch noch auf einen Nachmittag einen Abstecher nach Washington machen.«

»Wann findet die Veranstaltung statt, zu der ich kommen soll?« Verdammter Lucas Johns. Er war eine Plage oder zumindest äußerst egozentrisch. Sie hatte den Entwurf des Artikels im Flugzeug skizziert, und das reichte. Ihr Triumphgefühl verflüchtigte sich jetzt rasch. Einem Mann, der anrief, kaum daß sie aus dem Flugzeug gestiegen war, konnte man zutrauen, daß er sie ausfindig machen würde.

»Das Treffen findet morgen nachmittag statt.«

»Verdammt. Wenn ich das Flugzeug nehme, wird mich wahrscheinlich irgendein Gesellschaftsreporter erkennen, der glaubt, ich fliege zu einer Party hinüber, und er wird dann versuchen, auf die schnelle Tour eine Neuigkeit zu ergattern. Dann kann es mir passieren, daß ich die *paparazzi* auf dem Hals habe.«

»Das ist doch auf dem Flug nach Chicago auch nicht passiert, oder?«

»Nein, aber Sie wissen, daß Washington bedeutend näher bei meinem Wohnsitz ist. Nach Chicago fliege ich nie. Vielleicht sollte ich morgen mit dem Wagen hinfahren und ... o Gott, die Badewanne! Bleiben Sie am Apparat!«

Simpson wartete, während sie den Wasserhahn abdrehte. Sie klang nervös, und er nahm an, daß die Reise hektisch verlaufen war. Aber es hatte ihr gutgetan, daran bestand kein Zweifel. Sie hatte es mutig durchgestanden, das Interview gemacht, und Gott sei Dank hatte sie niemand erkannt. Wäre es der Fall gewesen, hätte er sich endlose Vorwürfe anhören können. Nun wußte er schon jede Menge Interviews, die sie durchführen konnte. Und Johns hatte ihre Arbeitsweise offensichtlich zugesagt. Er hatte erwähnt, daß er ihr vier Stunden Rede und Antwort gestanden hatte. Sie mußte es gut hingekriegt haben, und da Johns »Miß Miller« beiläufig erwähnte, hatte er offenkundig nicht die leiseste Ahnung, wer seine Interviewerin war. Wo lag also ihr Problem? Warum war sie so nervös? Sie kam seufzend wieder zum Apparat. »Ertrinken Sie dort drüben?«

»Nein.« Dann lachte sie müde. »Ich weiß nicht, Jack, es tut mir leid, daß ich Sie angefahren habe, aber es macht mich wirklich nervös, dieses Interview so nahe bei New York zu machen.«

»Aber beim heutigen ging doch alles gut, oder?«

»Ja. Sehr gut. Aber halten Sie das Treffen wirklich für so wesentlich für den Artikel, oder befindet sich Luke Johns auf einem Startrip und verlangt mehr Aufmerksamkeit?«

»Er hat bei seinem Anruf ein stichhaltiges Argument vorgebracht. Es handelt sich um eine andere Seite seiner Tätigkeit und könnte dem Artikel eine Menge zusätzlicher Aussagen verleihen. Atmosphäre, wenn sonst nichts. Es hängt von Ihnen ab, aber meiner Ansicht nach könnte es nicht schaden, wenn Sie hinüberfliegen. Ich weiß, weswegen Sie sich Sorgen machen, aber Sie haben ja in Chicago selbst gesehen, daß es keine Probleme gibt. Keine *paparazzi*, und er hat nicht die leiseste Ahnung, daß Sie nicht K. S. Miller heißen.«

»Kate.«

»Was?«

»Nichts. Ach, ich weiß nicht. Vielleicht haben Sie recht. Um wieviel Uhr beginnt das Treffen? Hat er es gesagt?«

»Um zwölf Uhr mittags. Er fliegt am Morgen von Chicago ab.« Sie dachte einen Moment nach, dann nickte sie.

»In Ordnung. Ich mache es. Ich könnte mit dem Pendelverkehr fliegen. Das ist unauffälliger. Und ich könnte mit Leichtigkeit morgen abend wieder zurück sein.«

»Ausgezeichnet. Wollen Sie Johns selbst anrufen, um Ihr Kommen anzukündigen, oder soll ich es tun? Er hat um einen Rückruf gebeten.«

»Warum? Damit er noch zeitgerecht einen anderen Biographen heranholen kann, wenn ich nicht komme?«

»Aber, aber, seien Sie doch nicht bissig.« Simpson kicherte unwillkürlich. Mitunter brauchte sie einen kräftigen Tritt in die Kehrseite. »Nein, er erwähnte, daß er Sie vom Flugplatz abholen wollte.«

»Scheiße.«

»Was?« Simpson klang leicht schockiert. Er war diesen Ton von ihr viel weniger gewohnt als Edward, der zwar vom selben Jahrgang, aber etwas weniger etepetete war.

»Tut mir leid. Nein, ich werde ihn selbst anrufen. Und ich will nicht abgeholt werden.«

»Diesen Entschluß halte ich für sehr vernünftig. Soll ich ein Zimmer für Sie bestellen, in dem Sie übernachten können? Wenn es ein Hotel sein soll, könnten wir es mit den Kosten des Flugtikkets dem Magazin in Rechnung stellen.«

»Nein, ich komme lieber nach Hause. Übrigens, die Wohnung, die Sie mir in Chicago besorgt haben, war phantastisch. Das muß ein herrliches Heim sein, wenn es nicht eingemottet ist.«

»Das war es früher ... das war es früher. Es freut mich, daß es

Ihnen gefallen hat. Vor vielen Jahren habe ich dort schöne Stunden verbracht.« Er verlor sich einen Moment in Erinnerungen, dann hatte seine Stimme wieder den nüchternen Ton. »Sie kommen also morgen abend wieder nach Hause?«

»Genau.« Sie wollte nach SoHo, zu Mark. Seit ihrem letzten Besuch waren mehrere Tage vergangen! Und heute hatte sie noch diese verdammte Party im El Morocco mit Whit hinter sich zu bringen. Hunter Forbishe und Juliana Watson-Smythe gaben ihre Verlobung bekannt, als ob sich das nicht schon überall herumgesprochen hätte. Zwei von den langweiligsten, reichsten Leuten in der Stadt, und zu Kezias Pech war Hunter ihr Vetter zweiten Grades. Die Party würde sicherlich stinklangweilig werden, aber El Morocco war wenigstens unterhaltsam. Sie war seit dem Frühsommer nicht mehr dort gewesen.

Und diese verdammten Langweiler verlobten sich nicht nur, sondern sie hatten für ihre Party auch noch eine Devise ausgegeben. Schwarz und Weiß. Was für ein Spaß wäre es doch gewesen, dort mit ihrem Freund und Tänzer George aus Soho aufzukreuzen. Schwarz und Weiß... oder auch mit Lucas, dessen Haare genauso schwarz waren wie Kezias, dessen Haut genauso weiß war wie die ihre. Was für eine absurde Idee – damit hätten die anderen Gesprächsstoff für ein Jahr. Nein, sie mußte sich mit Whitney bescheiden, aber es war jammerschade. Bei so einer Party wäre es mit Luke lustig gewesen, lustig und skandalös. Sie lachte laut, während sie in ihr Schaumbad versank. Sie würde ihn anrufen, sobald sie angezogen war, um ihm zu sagen, daß sie ihn morgen in Washington treffen würde. Aber zuerst mußte sie sich ankleiden, und für eine solche Party benötigte das seine Zeit. Sie hatte sich schon längst entschlossen, was sie zu der reizenden Soiree in Schwarz und Weiß tragen würde. Das cremefarbene Spitzenkleid im Empirestil mit dem großen Dekolleté lag schon auf ihrem Bett, dazu ein schwarzes Moiré-Cape, das neue enge Halsband von David Wegg und Ohrringe, die sie sich selbst letzte Weihnachten geschenkt hatte; ein Onyxset mit zahlreichen prachtvollen Steinen, natürlich Brillanten. Mit neunundzwanzig hatte sie aufgehört, darauf zu warten, daß ihr ein Kavalier so ein Geschenk machte. Sie kaufte es sich selbst.

»Lucas Johns, bitte.« Sie wartete, während man in seinem Zimmer anrief. Er klang schläfrig, als er sich meldete. »Luke? Ke... Kate.« Beinahe hätte sie Kezia gesagt.

»Ich wußte nicht, daß Sie stottern.«

Sie lachte, und er erwiderte es.

»Ich stottere nicht. Ich bin nur sehr in Eile. Jack Simpson hat mich angerufen. Ich werde morgen hinüberfliegen, um über dieses Treffen zu berichten. Warum haben Sie heute vormittag nicht erwähnt, daß Sie der Ansicht sind, ich sollte kommen?«

»Ich dachte erst daran, als Sie schon gegangen waren. Ich glaube aber, Sie brauchen diese Besprechung, um das Ganze abzurunden. Soll ich Sie vom Flughafen abholen?«

»Nein, danke. Ich komme schon zurecht. Sagen Sie mir nur, wo ich Sie treffen kann.« Er gab seine Adresse an, und sie notierte sie, während sie in dem Spitzenkleid und dem schwarzen Moiré-Cape an ihrem Schreibtisch stand, zarte schwarze Seidensandalen an den Füßen und an jedem Arm ein Brillantarmband ihrer Mutter trug. Dann fing sie zu lachen an.

»Was ist denn so komisch?«

»Ach, eigentlich nichts. Nur das Zeug, das ich anhabe.«

»Was tragen Sie denn, Miß Miller?« Er amüsierte sich offenbar.

»Etwas schrecklich Albernes.«

»Klingt sehr geheimnisvoll für mich. Ich bin nicht sicher, ob Sie damit Lederstiefel bis zur Hüfte und eine Peitsche meinen oder einen mit Talmi besetzten Bademantel.«

»Ein wenig von beidem. Auf Wiedersehen bis morgen, Luke.« Sie legte auf, und im gleichen Augenblick läutete es an der Tür; Whitney erschien, frisch und elegant wie immer. Für ihn war Schwarz und Weiß natürlich kein Problem gewesen. Er trug ein Dinnerjackett und eines von den Hemden, die er sich in Paris anfertigen ließ.

»Wo warst du den ganzen Tag? Du meine Güte... siehst du blendend aus!«

Sie tauschten ihr übliches angedeutetes Küßchen, und er ergriff ihre Hände und hob ihre Arme hoch. »Ist das etwas Neues? Ich glaube nicht, daß ich dieses Kleid schon gesehen habe.«

»Beinahe neu. Ich trage es nicht oft. Und ich habe den ganzen Tag bei Edward verbracht. Wir haben ein neues Testament aufgesetzt.« Sie griff nach ihrer Handtasche. Lügen, Lügen, Lügen. Es war noch nie so gewesen. Aber als sie rasch ins Vestibül ging, wußte sie, daß es noch schlimmer kommen würde. Whit anlügen, Mark anlügen, Luke anlügen. »Macht das Schreiben Spaß?« Ihr fiel Lukes Frage ein, während der Fahrstuhl sie hinunter ins Vestibül brachte, und als sie an den Ausdruck seiner Augen dachte, runzelte sie die Stirn. Es war nicht anklagend gewesen, nur neugierig. Aber nein, verdammt noch mal! Sie schrieb nicht bloß zum Spaß. Es war real. Aber wie real konnte etwas sein, wenn man alles, was man tat, in Lügen hüllte?

»Bist du soweit, Schatz?« Whit wartete vor dem Fahrstuhl auf sie, sie hatte ihn einen Moment regungslos angesehen, während sie Lukes Augen gesehen, seine Stimme gehört hatte.

»Tut mir leid, Whit. Ich muß müde sein.« Sie drückte seinen Arm, während sie zu der wartenden Limousine hinausgingen.

Um zehn war sie betrunken.

»Mein Gott, Kezia, bist du sicher, daß du gehen kannst?« Marina sah zu, wie sie in der Damentoilette im El Morocco die Strümpfe hinauf und das Kleid hinunter zog.

»Natürlich kann ich gehen!« Aber sie schwankte sehr und mußte unaufhörlich lachen.

»Was ist mit dir los?«

»Nichts, seit Luke, ich meine Duke... verdammt, ich meine seit dem Frühstück.« Sie hatte kaum Zeit gefunden, den Lunch anzurühren, bevor sie das Flugzeug in O'Hare bestiegen hatte, und sie hatte sich nicht die Mühe gemacht, zu Abend zu essen.

»Kezia, du bist verrückt. Möchtest du Kaffee?«

»Nein, Tee. Nein... Kaffee. Nein! Chaaampaaagner.« Sie dehnte das Wort, und Marina lachte.

»Du bist wenigstens eine freundliche Betrunkene. Vanessa Billingsley ist vollkommen blau und hat soeben Mia Hargreaves ein verrücktes Luder genannt.« Kezia kicherte, und Marina zündete sich eine Zigarette an und setzte sich, während Kezia verzweifelt versuchte, sich ins Gedächtnis zu rufen, was Marina eben gesagt hatte. Mia hatte Vanessa ein... nein, Vanessa hatte Mia... wenn es ihr nur wieder einfiel, wäre es ein guter Gag für die Kolumne. Und hatte sie nicht früher gehört, daß Patricia Morbang schwanger war? War das richtig? Oder war jemand anderer schwanger? Es fiel ihr so schwer, sich zu erinnern.

»Ach, Marina, es ist so schwer, sich an alles zu erinnern.«
Marina deutete ein Lächeln an und schüttelte den Kopf.

»Kezia, mein Schatz, du bist blau. Verdammt noch mal, wer ist es nicht? Es muß nach drei sein.«

»Meine Güte, ist das wahr? Und ich muß morgen früh aufstehen. Verflixt.« Marina lachte wieder, als Kezia sich auf dem weißen Sofa der Damentoilette räkelte und aussah wie ein Kind, das soeben von der Schule nach Hause gekommen ist, das weiße Spitzenkleid war zerknittert wie ein Nachthemd, die Brillanten glitzerten an ihren Handgelenken wie ein von ihrer Mutter ausgeliehenes Spielzeug, mit dem sie sich die Langeweile eines Regentages vertreiben wollte.

»Whit wird sehr böse sein, wenn ich betrunken bin.«

»Sag ihm, es ist die Grippe. Ich glaube nicht, daß der arme Bastard den Unterschied kennt.« Beide lachten, und Marina half ihr auf die Füße. »Du solltest wirklich nach Hause fahren.«

»Ich möchte viel lieber tanzen. Whit tanzt sehr gut, weißt du.«

»Muß er ja wohl.« Marina sah sie scharf und lange an, aber die Andeutung war an Kezia verschwendet. Sie war zu betrunken, um sie zu bemerken oder sich darum zu scheren.

»Marina?« Kezia sah noch kindlicher aus, als sie die Freundin ansah.

»Was denn, Schatz?«

»Liebst du Halpern wirklich?«

»Nein, Kind, ich liebe ihn nicht. Aber ich liebe die Seelenruhe, die er mir geben könnte. Ich habe genug von dem Versuch, es mit den Kindern allein zu schaffen. Und in sechs Monaten müßte ich mein Haus verkaufen.«

»Liebst du ihn kein kleines bißchen?«

»Nein. Aber ich mag ihn sehr«, meinte Marina zynisch und belustigt.

»Liebst du denn niemanden? Hast du vielleicht einen heimlichen Liebhaber? Du mußt doch jemanden lieben.« Oder nicht?

»Und du? Denk einmal nach. Liebst du Whit?«

»Natürlich nicht.« Ein kleiner Wecker klingelte in ihrem Kopf. Sie redete zuviel.

»Wen liebst du denn, Kezia?«

»Dich, Marina. Ich liebe dich sehr, sehr, sehr!« Sie legte ihrer Freundin kichernd die Arme um den Hals. Marina erwiderte das

Lachen und löste Kezias Hände sanft von ihrem Hals.

»Kezia, mein Schatz, du liebst Whit zwar nicht, aber an deiner Stelle würde ich mich von ihm nach Hause bringen lassen. Du hast so ziemlich genug.« Sie verließen Arm in Arm die Damentoilette. Whitney wartete vor der Tür. Er hatte bemerkt, daß Kezia verdächtig schwankte, als sie den Raum vor einer halben Stunde verlassen hatte.

»Fühlst du dich gut?«

»Wunderbar.« Whit und Marina sahen einander an, und Whitney zwinkerte.

»Natürlich geht es dir wunderbar. Aber hör mal, Liebling, ich bin auch wunderbar müde. Wir sollten mit der Nacht Schluß machen.«

»Nein, nein! Ich bin gar nicht müde. Machen wir erst mit dem Morgen Schluß!« Kezia fand plötzlich alles schrecklich komisch.

»Sehen wir lieber zu, daß du hier verschwindest, Kezia, bevor du morgen in Martin Hallams Klatschspalte stehst: ›Kezia Saint Martin war sternhagelvoll, als sie gestern das El Morocco mit... wäre das nicht reizend?« Kezia lachte schallend über Marinas Warnung.

»Das kann mir nicht passieren!« Whitney und Marina lachten wieder, und Kezia liefen vor Lachen Tränen über die Wangen.

»Wirklich nicht? Es kann jedem von uns passieren.«

»Aber mir nicht. Ich bin... ich kenne ihn gut.«

»Genauso gut wie Jesus Christus, nehme ich an.« Marina klopfte ihr auf die Schulter und kehrte zu der Party zurück, während Whitney den Arm um Kezia legte und sie zur Tür führte. Er hatte ihr schwarzes Cape über den Arm genommen und trug ihre kleine schwarze Perlenhandtasche.

»Ich bin schuld daran, Liebste. Ich hätte dich zum Dinner ausführen sollen, bevor wir hierher kamen.«

»Das konntest du nicht.«

»Natürlich konnte ich. Ich habe mein Büro heute früher verlassen, um im Raquet Club eine Partie Squash zu spielen.«

»Nein, du konntest nicht. Ich war in Chicago.« Er verdrehte die Augen und legte ihr das Cape um die Schultern.

»Schon gut, Liebling, schon gut. Natürlich warst du dort.« Sie begann von neuem zu kichern, während er sie hinausführte. Dann tätschelte sie ihm liebevoll die Wange und sah ihn merkwürdig an.

»Armer Whitney.« Er beachtete es nicht, er war viel zu sehr damit beschäftigt, sie in ein Taxi zu setzen.

Er setzte sie in ihrem Wohnzimmer ab und verabreichte ihr einen leichten Klaps auf den Po, damit sie sich ins Schlafzimmer begab. Allein.

»Geh schlafen, Mademoiselle. Ich rufe dich morgen an.«

»Aber spät! Sehr spät.« Eben war ihr eingefallen, daß sie den ganzen Tag in Washington sein würde. Mit einem fürchterlichen Katzenjammer.

»Darauf kannst du dich verlassen! Ich würde es nicht wagen, dich vor drei anzurufen.«

»Lieber um sechs!«

Sie schloß hinter ihm die Tür und sank in einen der blauen Fauteuils im Wohnzimmer. Sie war betrunken. Hoffnungslos, total, wundervoll betrunken. Und nur wegen eines Fremden namens Luke. Den sie morgen sehen würde.

10

Das Bild war verschwommen und die Züge waren undeutlich, aber es war eindeutig Kate. Ihre Haltung war unverkennbar, wie sie den Kopf neigte, ihre Größe. Die Ehrenwerte Kezia Saint Martin in irgendeiner Schwarz-Weiß-Aufmachung. Von Givenchy, hieß es in der Zeitung, und sie trug die berühmten Brillantarmbänder ihrer Mutter. Erbin von mehreren Vermögen, in Stahl, Öl usw. Kein Wunder, daß sie am Telefon gelacht hatte, als sie sagte, sie trage »etwas Komisches«. Auch Luke fand es recht komisch. Aber sie sah schön aus. Sogar in der Zeitung. Er hatte sie schon früher in Zeitungen gesehen, aber jetzt betrachtete er sie aufmerksam. Er kannte sie nun, und deshalb war es für ihn wichtig. Was für ein merkwürdiges Leben sie doch führte!

Er hatte die Unruhe unter ihrer Sicherheit und Vollkommenheit gespürt. Er wußte, daß der Vogel im goldenen Käfig innerlich starb. Er fragte sich, ob es ihr auch bewußt war. Und er wußte genau, daß er sie erreichen wollte, ehe es zu spät war.

Stattdessen mußten sie dieses verdammte Treffen aufsuchen, und er mußte weiterhin auf ihr Spiel eingehen. Sie mußte diejenige sein, die die Komödie »K. S. Miller« beendete. Das konnte nur sie tun. Er konnte ihr nur die Gelegenheit dazu bieten. Aber wie viele Gelegenheiten würde es noch geben? Wie viele Ausreden würden ihm noch einfallen? Wie viele Städte noch? Wie viele Treffen? Er wußte nur, daß er sie bekommen mußte, ganz gleich, wie lange es dauerte. Das Problem war, daß er nicht viel Zeit hatte. Das machte das Ganze noch verrückter.

Als Kezia eintraf, fand sie Luke inmitten von unbekannten Gesichtern in einem Büro. Telefone klingelten, Leute schrien, Nachrichten flogen durch die Luft, der Rauch war dicht, und er schien kaum zu bemerken, daß sie da war. Er winkte ihr einmal zu und sah sie dann den ganzen Nachmittag über nicht wieder an. Die Pressekonferenz war auf zwei Uhr vorverlegt worden, und in den Räumen herrschte den ganzen Tag das Chaos. Erst um sechs fand sie einen Platz, auf den sie sich setzte, steckte ihr Notizbuch in ihre Handtasche und akzeptierte gern von einem Fremden die Hälfte seines Schinkensandwiches. Das war genau der richtige Tag für einen Katzenjammer! Ihre Kopfschmerzen waren stündlich schlimmer geworden. Telefone, Leute, Reden, Statistiken, Fotos. Es war zuviel. Aktivität, Aufregung, Druck. Sie hätte gern gewußt, wie er das alles auf die Dauer aushielt, mit oder ohne Katzenjammer.

»Wollen Sie hier raus?«

»Das ist der beste Vorschlag, den ich heute gehört habe.« Sie lächelte ihm zu, und sein Gesicht wurde zum ersten Mal seit Stunden weich.

»Kommen Sie, wir gehen etwas Anständiges essen.«

»Ich müßte eigentlich zum Flughafen fahren.«

»Später. Vorher brauchen Sie eine Ruhepause. Sie sehen aus, als hätte Sie ein Lastwagen überfahren.« So fühlte sie sich auch. Zerknittert, müde, zerzaust. Lucas ging es nicht viel besser. Er wirkte müde, und fast den ganzen Nachmittag über hatte er ärgerlich gewirkt. Er hatte eine Zigarre in einer Hand, und er schien sich stundenlang die Haare gerauft zu haben.

Aber er hatte recht gehabt. Der Tag war das genaue Gegenteil der beiden Treffen gewesen, die sie in Chicago erlebt hatte. Das hier war der Kern, das Herz, wie er es nannte. Leidenschaftlich, erregt, fieberhaft. Hier waren die Aktivitäten intensiver, weniger höflich und viel realer. Hier schien Luke das Kommando zu führen, er war beinahe eine Art Gott. Er trug eine Heftigkeit zur Schau, die sie in Chicago nur flüchtig bemerkt hatte. Die Luft knisterte vor seiner speziellen Art von Energie, und seine Härte brach voll durch. Doch sein Gesicht wurde ein wenig freundlicher, als sie hinausgingen.

»Sie sehen müde aus, Kate. War es für Sie zuviel?« Es war keine Geringschätzigkeit, er sah besorgt aus.

»Nein, ich bin in Ordnung. Und Sie hatten recht. Es war ein interessanter Tag. Ich bin froh, daß ich hierhergekommen bin.«

»Ich auch.« Sie gingen einen langen Korridor voller Leute entlang, die unterwegs nach Hause waren. »Ich kenne ein ruhiges Lokal, in dem wir jetzt schon das Abendessen bekommen können. Haben Sie so viel Zeit?« Sein Ton verriet ihr, daß er es erwartete.

»Natürlich. Gerne.« Warum sollte sie schleunigst heimkehren? Zu wem? Zu Whitney? ... oder zu Mark? Doch plötzlich war nicht einmal er mehr wichtig. Sie traten auf die Straße, und er ergriff ihren Arm.

»Übrigens, was haben Sie gestern abend gemacht?« Er war neugierig, ob sie es ihm erzählen würde.

»Ich habe zuviel getrunken. Das habe ich seit Jahren nicht mehr getan.« Das Bedürfnis, ihm alles zu erzählen, ohne es wirklich zu tun, war verrückt. Sie hätte ihm das Ganze erzählen können, wußte aber, daß sie es nicht tun würde.

»Sie haben zuviel getrunken?« Er blickte sie belustigt an. Sie hatte sich also in dieser schwarzweißen Aufmachung mit den Brillantarmbändern ihrer Mutter betrunken ... und mit dem schwul aussehenden Kerl, mit dem sie beisammen war, und der zweifellos mißbilligend die Stirn gerunzelt hatte. Er sah sie deutlich vor sich. Ein Champagnerrausch. Gab es denn eine andere Möglichkeit?

Sie gingen Seite an Seite, und sie blickte nach kurzem Schweigen nachdenklich zu ihm empor.

»Diese Gefängnissache ist wirklich wichtig für Sie, nicht wahr? Ich meine, sie liegt Ihnen am Herzen?«

Er nickte bedächtig. »Merken Sie das nicht?«

»O doch. Ich bin nur ein bißchen überrascht, wieviel Sie von sich selbst in die Sache investieren. Sie konzentrieren Ihre ganze Energie auf dieses einzige Anliegen.«

»Mir ist es das wert.«

»Das muß es wohl sein. Aber gehen Sie nicht ein verdammt großes Risiko ein, indem Sie sich mit diesen Problemen befassen und so offen darüber sprechen? Soviel ich gehört habe, können sie eine bedingte Haftentlassung aus geringeren Gründen widerrufen.«

»Und was habe ich verloren, wenn sie es tun?«

»Ihre Freiheit. Oder ist sie Ihnen gleichgültig?« Vielleicht machte es ihm nach sechs Jahren Gefängnis nichts mehr aus, obwohl sie fand, daß die Haft die Freiheit noch kostbarer machen mußte.

»Das ist nicht das Wesentliche. Ich habe meine Freiheit nie verloren, auch nicht, als ich im Knast saß. Ja, für eine Weile, aber sobald ich sie wiedergefunden hatte, blieb sie mir erhalten. Es klingt abgedroschen, aber niemand kann einem Menschen seine Freiheit rauben. Man kann seine Bewegungsfreiheit einschränken, aber das ist auch schon alles.«

»Also gut, nehmen wir an, sie schränken Ihre Bewegungsfreiheit wieder ein. Gehen Sie mit Ihrer öffentlichen Agitation – Reden, Konferenzen, Ihre Bücher, die Probleme der Gewerkschaften im Gefängnis – nicht ein großes Risiko ein? Ich habe den Eindruck, daß Sie einen Drahtseilakt abziehen.« Unbewußt wiederholte sie den Vortrag, den ihr Simpson gestern gehalten hatte.

»Das tun viele Leute. Im Gefängnis und außerhalb. Vielleicht ist auch Ihr Leben ein Drahtseilakt, Miß Miller. Na und? Es ist großartig, solange Sie nicht runterfallen.«

»Und niemand Sie hinunterstößt.«

»Lady, ich weiß nur, wie beschissen das ganze System ist. Ich kann dazu nicht den Mund halten. Wenn ich es täte, wäre mir mein Leben verdammt unwichtig. So einfach ist das. Und wenn ich am Ende einen Preis bezahle, war es mein eigener Entschluß. Ich bin bereit, dieses Risiko einzugehen. Außerdem glaube ich, daß die kalifornische Gefängnisbehörde nicht gerade scharf darauf ist, mich wieder unter ihre Fittiche zu nehmen. Ich habe ihnen ungeheure, mordsmäßige, erstklassige Unannehmlichkeiten bereitet.«

»Sie haben wirklich keine Angst davor, daß Ihr Straferlaß widerrufen wird?«

»Nein. Das geschieht nie.« Aber er sah sie dabei nicht an und wirkte plötzlich verkrampft. »Mögen Sie italienische Küche?«

»Klingt wunderbar. Ich bin nicht sicher, aber ich glaube, ich bin am Verhungern.«

»Da hilft nur *pasta*. Kommen Sie, nehmen wir dieses Taxi.« Er faßte sie an der Hand, lief über die Straße, öffnete ihr pflichtschuldig den Schlag, dann folgte er ihr in den Wagen und zwängte seine Beine in den engen Fond. »Mann, die müssen das für Zwerge bauen. Und Sie sitzen so bequem. Sie sollten Gott danken, daß Sie ein Pygmäe sind.« Er nannte dem Fahrer die Adresse des Restaurants, während sie beleidigt protestierte.

»Nur weil Sie eine Laune der Natur sind, Lucas Johns, bedeutet das noch lange nicht, daß Sie Ihre Probleme an...«

»Aber, aber. Es ist doch ganz in Ordnung, wenn man ein Pygmäe ist.«

Sie sah ihn hochmütig an und schnaubte. »Eigentlich sollte ich Ihnen eine Ohrfeige geben, Mr. Johns, aber ich fürchte, daß ich Sie dabei verletzen könnte.«

Sie setzten diesen Ton den ganzen Abend fort. Locker, spielerisch, kameradschaftlich. Es war angenehm, mit ihm beisammen zu sein. Erst als der Espresso serviert wurde, wurden die beiden nachdenklicher.

»Mir gefällt diese Stadt. Kommen Sie oft hierher, Kate? Ich würde es, wenn ich in New York lebte.«

»Ich komme manchmal hierher.«

»Wozu?« Er wollte, daß sie ihm die Wahrheit sagte. Sie konnten erst beginnen, wenn sie es getan hatte.

Sie wollte ihm erzählen, daß sie zu Parties, zu Bällen, zu Diners im Weißen Haus hierherkam. Zu Einweihungen, zu Hochzeiten. Aber sie konnte nicht darüber sprechen. Nicht einmal andeutungsweise.

»Ich komme gelegentlich hierher, um Material für einen Artikel zu sammeln wie diesmal. Oder einfach, um Freunde zu besuchen.« Sie hatte den Eindruck, daß er enttäuscht war, aber nur flüchtig. »Haben Sie nicht genug davon, soviel zu reisen, Luke?« Sie war wieder die selbstsichere Miß Saint Martin. Allmählich hielt er den Fall für hoffnungslos.

»Nein, Reisen ist für mich jetzt schon eine Lebensweise, und es geschieht für eine gute Sache. Wie wäre es mit einem Gläschen Brandy?«

»O Gott, nicht heute abend!« Sie wand sich in Erinnerung an

die Kopfschmerzen, die sie endlich beim Dinner losgeworden war.

»Das hängt mit der gestrigen schlechten Nacht zusammen, wie?«

»Schlimmer.« Sie trank noch einen Schluck Kaffee.

»Was war es denn? Haben Sie sich gut unterhalten?«

»Nein, schlecht. Ich versuchte mich zu betäuben, und ich hatte auch eine Menge Probleme. Irgendwie entglitt mir alles.«

»Was für Probleme hatten Sie?«

»Sie, Mr. Johns...« Die Vorstellung kam ihr selbst komisch vor. »Kann ich es auf Sie schieben und behaupten, daß das Interview schuld war?« In ihren Augen lag echt weibliche Herausforderung.

»Sicherlich, wenn Sie wollen, können Sie mir die Schuld geben. Mir wurde schon viel Schlimmeres vorgeworfen.« Sie mußte sich also »betäuben«, um die Party durchzustehen. Interessant. Sehr interessant. Sie war wenigstens nicht in diesen Knaben verliebt. »Wissen Sie was, Kate? Ich mag Sie. Sie sind eine sehr nette Frau.« Er lehnte sich lächelnd zurück und blickte ihr tief in die Augen.

»Danke. Ich habe die letzten zwei Tage sehr genossen. Und soll ich Ihnen ein schreckliches Geständnis machen?«

»Und zwar? Daß Sie Ihr Notizbuch im Büro in die Toilette geworfen haben? Das würde ich Ihnen keineswegs übelnehmen, denn dann könnten wir noch mal von vorn beginnen. Das würde ich gern tun.«

»Gott behüte. Nein, mein ›schreckliches Geständnis‹ lautet, daß dies mein erstes Interview war. Ich habe bis jetzt mehr allgemeine Artikel geschrieben. Aber das war eine neue Erfahrung für mich.« Sie fragte sich, ob alle Journalisten sich ein wenig in die erste Person verliebten, die sie interviewten. Es war peinlich, wenn diese erste Person zufällig die tätowierte Dame im Zirkus war.

»Wieso haben Sie nie zuvor ein Interview gemacht?« fragte er interessiert.

»Ich hatte Angst davor.«

»Warum sollten Sie Angst haben? Sie sind eine gute Journalistin, also müssen Sie sich nicht fürchten. Und Sie sind nicht schüchtern.«

»Doch, das bin ich. Mitunter. Aber bei Ihnen ist es schwierig, schüchtern zu sein.«

»Sollte ich mich ändern?«

Sie schüttelte lachend den Kopf. »Nein, so, wie Sie sind, sind Sie genau richtig.«

»Und was ist an Interviews so schrecklich?«

»Das ist eine lange Geschichte, die Sie nicht interessieren würde. Wie steht es mit Ihnen? Wovor haben Sie Angst, Luke?«

Verdammt. Sie wollte einfach nicht nachgeben. Am liebsten wäre er aufgestanden und hätte sie geschüttelt. Aber er mußte kühl wirken. »Gehört das zum Interview? Wovor ich Angst habe?«

Sie schüttelte den Kopf und hätte gern gewußt, was er dachte.

»Es gibt viele Dinge, vor denen ich Angst habe. Angst kann eine Menge Verwirrung stiften. Ich fürchte Feigheit, sie kann das Leben kosten... für gewöhnlich das eines anderen. Ich fürchte Vergeudung, weil die Zeit so kurz ist. Ansonsten nicht viel. Außer Frauen. Ach ja, vor Frauen fürchte ich mich zu Tode.«

Nach einem Augenblick der Spannung lachten seine Augen wieder, und Kezia war erleichtert. Einen Augenblick lang hatte sie den Eindruck gehabt, daß er sie frontal angriff, kam aber zu dem Schluß, daß es nur ihre eigene Lage war. Er wußte nicht, daß sie log. Er konnte es unmöglich wissen, sonst hätte er sich schon verraten. Er war kein Mann, der Spielchen trieb. Dessen war sie sicher.

»Sie fürchten sich vor Frauen?« fragte sie, wieder lächelnd.

»Sie jagen mir Angst ein.« Er versuchte, sich auf seinem Stuhl zu ducken.

»Wer soll Ihnen das abnehmen?« Sie begann zu lachen.

»Ja, okay, Sie haben recht.« Sie lachten und plauderten noch eine Stunde, in der die kurze Spannung zwischen ihnen wieder nachließ. Schließlich gab sie nach und trank ein Glas Brandy, darauf noch einen Espresso. Sie hätte endlos mit ihm dort sitzen können.

»Es gibt ein Lokal in SoHo in New York. Die Atmosphäre hier erinnert mich daran. Es heißt The Partridge und ist ein komischer, kleiner Treffpunkt für Dichter und Künstler und einfach nette Leute.« Ihr Gesicht leuchtete, als sie ihm davon erzählte, und er beobachtete sie.

»Ist es ein Lokal, das ›in‹ ist?«

Sie lachte laut auf. »Ach nein, das Lokal ist richtig ›out‹. Ganz ›out‹. Deshalb liebe ich es.«

Die Dame hatte also ihre Schlupfwinkel, was? Die Lokale, die sie aufsuchte, um zu entwischen, in denen keiner wußte, wer sie war, in denen ... »Dann wird es mir wahrscheinlich gefallen, Kate. Sie müssen mich einmal dorthin mitnehmen.« Er machte den Vorschlag nebenbei, während er sich eine Zigarre anzündete. »Was treiben Sie eigentlich so in New York?«

»Schreiben. Freunde besuchen. Manchmal gehe ich auf Parties oder ins Theater. Ich reise auch ein bißchen. Aber zumeist schreibe ich. Ich kenne eine Menge Künstler in SoHo und manchmal treibe ich mich mit ihnen herum.«

»Und in der übrigen Zeit?«

»Treffe ich andere Leute ... es hängt von meiner Laune ab.«

»Sie sind nicht verheiratet, nicht wahr?«

»Nein.« Sie schüttelte entschieden den Kopf.

»Ich habe es auch nicht angenommen.«

»Wieso?«

»Weil Sie vorsichtig sind, wie eben Frauen, die daran gewöhnt sind, auf eigenen Beinen zu stehen. Sie überlegen, bevor Sie etwas tun oder sagen. Die meisten verheirateten Frauen haben jemand anderen, der das Nachdenken für sie besorgt, und das merkt man. Wie gefällt Ihnen diese klassische männlich-chauvinistische Bemerkung?«

»Nicht schlecht. Aber es ist eine sehr scharfsichtige Feststellung; ich habe es noch nie so gesehen, aber Sie könnten recht haben.«

»Okay. Zurück zu Ihnen. Jetzt bin ich mit dem Interview an der Reihe.« Es schien ihm Spaß zu machen. »Verlobt?«

»Nein. Nicht einmal verliebt. Meine Seele ist jungfräulich.«

»Ich bin überwältigt. Wenn ich einen Hut hätte, würde ich ihn abnehmen.« Wieder lachten sie beide. »Aber ich weiß nicht, ob ich Ihnen glaube. Wollen Sie mir einreden, daß Sie keinen ›Alten‹ haben?« Und was ist mit dem Schwulen auf dem Zeitungsfoto, Baby? Aber das konnte er sie kaum fragen.

»Nein. Kein ›Alter‹.«

»Ist das wahr?«

Sie sah beinahe verletzt aus. »Ja, es ist wahr. Es gibt jemanden, der mir viel Vergnügen macht, aber ich ... ich besuche ihn gewissermaßen nur ... wenn ich Zeit habe.«

»Ist er verheiratet?«

»Nein ... er lebt in einer anderen Welt.«

»In SoHo?«

Lucas bekam schnell Dinge mit, die ungesagt blieben. Sie nickte wieder. »Ja, in SoHo.«

»Der Junge hat Glück.« Lukes Stimme war merkwürdig ruhig.

»Nein, er ist eigentlich ein drolliger Kerl. Ein netter Kerl. Ich mag ihn, manchmal bilde ich mir sogar ein, daß ich ihn liebe. Das stimmt aber nicht. Es ist nicht sehr ernst zwischen uns und wird es nie sein. Aus einer Menge Gründen.«

»Zum Beispiel?«

»Wir sind eben sehr verschieden, das ist alles. Verschiedene Ziele, verschiedene Ansichten. Er ist um einiges jünger als ich und steuert in eine andere Richtung. Es spielt wirklich keine Rolle. Vor allem sind wir zu verschieden.«

»Ist das schlimm, verschieden zu sein?«

»Nein, aber es gibt verschiedene Arten ›verschieden zu sein‹.« Sie schmunzelte über ihre Formulierung. »In diesem Fall verschiedene Backgrounds, verschiedene Interessen ... gerade verschieden genug, damit es zu verschieden ist, aber ich mag ihn dennoch. Und wie steht es mit Ihnen? Haben Sie eine ›Alte‹?« Die Bezeichnung kam ihr immer komisch vor, als beziehe sie sich auf die Großmutter und nicht auf die Freundin eines Mannes.

»Nein, keine ›Alte‹. Ich reise zuviel herum. Ein paar nette Frauen da und dort. Aber ich widme meine Energie unserer Sache, nicht meinen Beziehungen. Ich habe in dieser Richtung schon lange nichts mehr unternommen. Für mich ist diese Zeit vorbei. Und man bezahlt dafür, daß man Dreck aufwirbelt. Man kann nicht alles haben. Man muß sich entscheiden.« Er sagte viele solche Dinge. Auf seine Art war er Purist. Und seine Sache kam an erster Stelle. »Wenn ich herumfahre, lerne ich eine Menge guter Leute kennen, mit denen ich spreche. Das bedeutet mir viel.«

»Auch mir bedeutet es viel. Menschen, mit denen man ernsthaft sprechen kann, sind eine Seltenheit.« Er war einer von diesen seltenen Menschen.

»Sie haben recht. Das wirft eine Frage auf. Ich möchte bei Ihnen vorbeikommen, Kate, wenn ich einmal in New York bin. Wäre es Ihnen recht? Wir könnten ins Patridge gehen.« Es würde nett sein, ihn zu sehen. Sie hatte das Gefühl, daß sie einen neuen Freund gefunden hatte, und es war unglaublich, wie sehr sie ihm beim Abendessen ihre Seele offenbart hatte. Sie hatte es nicht vorgehabt, sondern eigentlich zurückhaltend sein wollen. Aber bei Luke vergaß man seine Zurückhaltung. Das konnte für sie gefährlich werden, fiel ihr ein.

»Es würde mir Spaß machen, Sie einmal wiederzusehen«, meinte sie absichtlich unbestimmt.

»Würden Sie mir Ihre Telefonnummer geben?« Er hielt ihr einen Kugelschreiber und die Rückseite eines Briefumschlags hin. Er wollte ihr keine Zeit lassen, sich zu drücken. Aber das wollte sie gar nicht. Er hatte sie in gewissem Sinn in die Enge getrieben, das wußte sie. Sie ergriff den Kugelschreiber und schrieb ihre Nummer auf, aber nicht ihre Adresse. Es spielte keine Rolle, wenn er ihre Telefonnummer hatte.

Er steckte den Briefumschlag ein, bezahlte die Rechnung und half ihr in ihre Jacke.

»Kann ich Sie zum Flughafen bringen, Kate?« Sie brauchte lange, um die Jacke zuzuknöpfen, obwohl sie nicht aufblickte, doch dann sah sie ihm beinahe schüchtern in die Augen.

»Wenn es Ihnen nicht zuviel Mühe macht?«

Er zupfte sie leicht an einer losen Haarsträhne und schüttelte den Kopf. »Ich würde es gern tun.«

»Das ist wirklich sehr nett.«

»Seien Sie nicht kindisch, es ist nett, mit Ihnen beisammen zu sein.«

Er sah ihr nach, als sie durch das Gate ging, und sie wandte sich zu ihm um und winkte ihm noch ein letztes Mal. Sie hob die Hand hoch über den Kopf, dann warf sie ihm impulsiv eine Kußhand zu. Es war ein schöner Abend gewesen, ein gutes Interview, ein herrlicher Tag. Der Erfolg stimmte sie sentimental, und sie wußte nicht recht, was sie für Luke empfand.

Sie bestieg die Maschine, setzte sich in eine der vorderen Reihen und nahm sich die New Yorker und Washingtoner Zeitungen von einem Tablett, das vorbeigetragen wurde. Sie lehnte sich zurück und machte die Lampe an. Neben ihr saß niemand, den sie dadurch stören konnte.

Es war der letzte Flug nach New York, sie würde nach ein Uhr ankommen. Am nächsten Tag hatte sie nichts zu tun. Vielleicht würde sie an dem Artikel über Lucas Johns arbeiten, das war alles. Sie hatte nach SoHo fahren wollen, um Mark wiederzusehen, aber nun hatte sie keine Lust dazu. Es war nicht zu spät, Mark würde noch auf sein. Aber sie wollte ihn nicht sehen. Sie wollte allein sein.

Sie spürte, wie sie sanfte Trauer überkam. Das ungewohnte, bittersüße Gefühl, jemanden kennengelernt zu haben, der weitergegangen war. Sie wußte, daß sie Lucas Johns nicht wiedersehen würde. Er hatte die Nummer, würde aber wahrscheinlich keine Zeit haben, und wenn er jemals nach New York kam, würde sie in Zermatt oder Mailand oder Marbella sein. Er würde für die nächsten hundert Jahre mit seinen Gewerkschaften und seinem Anliegen, mit Gefängnisinsassen und Plänen beschäftigt sein... und diese Augen... er war ein so guter, ein so liebenswerter Mann... so freundlich... man konnte sich ihn nur schwer im Gefängnis vorstellen. Schwer vorstellen, daß er böse oder gemein gewesen war, vielleicht einen Mann bei einem Streit im Gefängnishof erstochen hatte. Sie hatte einen anderen Mann kennengelernt. Einen anderen Luke. Einen Luke, der ihr während des Heimflugs nicht aus dem Kopf ging. Er war für immer fort, sie konnte sich also den Luxus erlauben, an ihn zu denken... nur heute abend.

Der Flug war zu kurz, sie stieg beinahe ungern aus der Maschine und bahnte sich den Weg durch das Flughafengebäude zu einem Taxi. Sogar zu dieser Stunde herrschte im La Guardia Betrieb. So viel Betrieb, daß sie den hochgewachsenen, schwarzhaarigen Mann nicht sah, der ihr beinahe bis zum Taxi folgte. Er sah aus wenigen Metern Entfernung zu, als sie in das Taxi stieg. Dann wandte er sich ab, um sein Gesicht zu verbergen, und warf einen Blick auf die Uhr. Er hatte Zeit. Sie würde eine halbe Stunde brauchen, um nach Hause zu kommen.

Dann würde er sie anrufen.

11

»Hallo?«

»Hallo, Kate.« Als sie seine Stimme hörte, wurde ihr plötzlich warm.

»Hallo, Lucas.« Ihr Tonfall klang müde und rauchig. »Ich freue mich, daß Sie anrufen.«

»Sind Sie gut nach Hause gekommen?«

»Ja, es war ein ruhiger Flug. Ich wollte die Zeitung lesen, aber dann ließ ich es bleiben.« Er wollte sagen, »Ich weiß«, schluckte es aber hinunter und verbiß sich das Lachen.

»Was haben Sie jetzt vor, Miß Miller?« fragte er übermütig.

»Nicht viel. Ich wollte gerade ein heißes Bad nehmen und zu Bett gehen.«

»Kann ich Sie zu einem Drink im Partridge überreden? Oder bei P. J. Clarkes?«

»Eine etwas lange Fahrt von Ihrem Hotel in Washington, meinen Sie nicht? Oder hatten Sie die Absicht, zu Fuß zu gehen?« Sie war amüsiert.

»Ja, das könnte ich. Aber vom La Guardia ist es doch besser, wenn ich fahre.«

»Machen Sie keine Witze, ich kam mit dem letzten Flug hierher.« So ein Verrückter, er wollte auf einen Drink nach New York fliegen.

»Ich weiß, daß Sie den letzten Flug genommen haben. Aber zufällig tat ich das auch.«

»Was?« Dann begriff sie. »Sie Schurke! Und ich habe Sie nicht gesehen!«

»Das will ich hoffen. Ich hätte mir einmal beinahe die Schulter gebrochen, als ich mich zusammenduckte.«

»Sie sind übergeschnappt, Lucas.« Sie lachte ihm ins Ohr und lehnte den Kopf an die Rücklehne des Stuhles. »So etwas Verrücktes!«

»Warum nicht? Morgen habe ich einen freien Tag, und wollte es mir ohnehin gutgehen lassen. Außerdem fühlte ich mich scheußlich, als Sie fortgingen.«

»Mir ging es genauso. Ich weiß nicht warum, aber so war es.«

»Jetzt sind wir beide hier und haben keinen Grund mehr, uns scheußlich zu fühlen. Stimmt's? Was unternehmen wir also? P. J.'s oder The Partridge oder etwas anderes? Ich kenne New York nicht sehr gut.«

Sie schüttelte immer noch den Kopf und lachte. »Es ist halb zwei Uhr morgens, Luke. Wir können nicht mehr sehr viel unternehmen.«

»In New York?« So leicht ließ er sich nicht abschütteln.

»Sogar in New York. Sie sind einmalig. Wissen Sie was, ich treffe Sie in einer halben Stunde bei P. J.'s. Sie werden so lange brauchen, um in die Stadt zu kommen, und ich will zumindest rasch duschen und mich umziehen. Wissen Sie was?«

»Was?«

»Sie sind verrückt.«

»Ist das ein Kompliment?«

»Möglicherweise.«

»Gut. Also in einer halben Stunde im P. J.'s.« Er war mit sich zufrieden, weil er es geschafft hatte. Es würde eine schöne Nacht werden. Es machte ihm nichts aus, wenn sie nur einen Händedruck für ihn übrig hatte. Es würde die großartigste Nacht seines Lebens werden. Kezia Saint Martin. Es war unmöglich, nicht beeindruckt zu sein. Aber trotz des hochvornehmen Namens mochte er sie. Sie faszinierte ihn. Sie war keineswegs so, wie er sich diese Frauen vorgestellt hatte. Sie war nicht hochmütig und im Grunde häßlich. Sie war warmherzig, freundlich und verdammt einsam. Er las es ihr von der Nasenspitze ab.

Eine halbe Stunde später stand sie in Jeans im Türrahmen von P. J.'s. Nicht einmal maßgeschneiderte, einfach gute, alte gewöhnliche Levis, und sie hatte ihr seidiges schwarzes Haar zu zwei langen Jungmädchenzöpfchen geflochten. Sie wirkte mehr denn je wie ein ganz junges Mädchen.

Die Bar war überfüllt, das Licht grell, Sägespäne lagen dicht auf dem Boden, und der Musikautomat plärrte. Das richtige Lokal für ihn. Er trank ein Bier, und sie kam mit glänzenden Augen auf ihn zu.

»Mein Gott, sind Sie heimtückisch! Noch nie in meinem Leben ist mir jemand an Bord eines Flugzeugs gefolgt. Aber Sie haben es ausgezeichnet gemacht!« Es war zwar nicht ganz wahr, doch sie lachte wieder.

Sie bestellte ein Pimm's Cup, und sie standen eine halbe Stunde an der Theke, während Kezia über seine Schulter hinweg zur Tür blickte. Es bestand immer die Möglichkeit, daß jemand, den sie kannte, hereinkam oder daß eine Gruppe von Unermüdlichen nach einem kurzen Stop im Le Club oder El Morocco auftauchte und die »Kate Miller«-Tarnung auffliegen ließ.

»Erwarten Sie jemanden oder sind Sie nur nervös?«

Sie schüttelte den Kopf. »Keines von beiden. Nur verblüfft. Vor wenigen Stunden haben wir in Washington zu Abend gegessen, uns auf dem Flugplatz voneinander verabschiedet, und nun sind

Sie hier. Ist doch ein gewisser Schock.« Aber ein angenehmer.

»Zuviel Schock, Kate?« Vielleicht war er zu weit gegangen, aber zumindest sah sie nicht verärgert aus.

»Nein«, antwortete sie vorsichtig. »Was wollen Sie jetzt unternehmen?«

»Was halten Sie von einem Spaziergang?«

»Das ist komisch, ich dachte auf dem Flug daran. Ich wollte einen Spaziergang am East River machen. Das tue ich mitunter spät nachts. Es ist eine gute Gelegenheit nachzudenken.«

»Und umgebracht zu werden. Sind Sie darauf aus?« Die Vorstellung, daß sie ohne Schutz am Fluß entlangging, machte ihn nervös.

»Reden Sie keinen Unsinn, Lucas. Sie sollten nicht alle Märchen glauben, die man Ihnen über diese Stadt erzählt. Sie ist so sicher wie jede andere.« Er sah sie finster an und trank sein Bier aus.

Sie gingen langsam die Third Avenue hinauf, vorbei an Restaurants, Bars und an den vereinzelt dahinratternden Fahrzeugen auf der 57. Straße. New York war in keiner Beziehung so wie jede andere Stadt. Nicht so wie eine amerikanische Stadt. Es war eher wie ein riesiges Rom mit seiner Lebensgier, sobald es dunkel wurde. Aber es war größer, wilder, grausamer und viel weniger romantisch. New York besaß seine eigene Romantik, sein eigenes Feuer. Wie ein gebändigter Vulkan, der darauf wartet, auszubrechen. Beide spürten, wie die Stadt vibrierte, während sie durch die Straßen wanderten, sich nicht von ihrer Stimmung anstecken, sich nicht stoßen und schieben ließen; sie fühlten sich seltsam friedlich. Sie gingen an kleinen Menschengruppen vorbei, an Strichjungen, die Möpse und französische Pudel bei sich hatten, knappe Pullover und hautenge Jeans trugen. Frauen führten Schoßhunde an der Leine, und Männer taumelten betrunken zu Taxis. Es war die Stadt, die rund um die Uhr lebendig blieb.

Sie bogen nach Osten in die 58. Straße ab und gingen durch die schlummernde Eleganz des Sutton Place, der wie eine würdevolle alte Dame am Fluß saß. Kezia fragte sich einen Augenblick, ob sie Whit treffen würden, der aus der Wohnung seines Geliebten kam – falls er sie heute noch verließ.

»Worüber denken Sie nach, Kate? Sie sehen ganz verträumt aus.«

»Das bin ich auch. Ich ließ nur meine Gedanken treiben... dachte an Leute, die ich kenne... an wirklich nichts Besonderes.«

Er nahm ihre Hand, und sie wanderten ruhig am Ufer entlang, nach Norden, bis sie jäh aus ihren Gedanken erwachte. »Mir fällt etwas ein. Wo werden Sie heute nacht schlafen?«

»Ich werde schon etwas finden. Machen Sie sich deswegen keine Sorgen. Ich bin es gewohnt, mitten in der Nacht in Städten anzukommen.« Er wirkte unbekümmert.

»Sie könnten auf meiner Couch schlafen. Sie sind zwar ziemlich groß, aber sie ist bequem. Ich habe selbst schon auf ihr geschlafen.«

»Das ist eine ausgezeichnete Idee.« Besser als ausgezeichnet, aber er konnte ihr nicht zeigen, wie sehr er sich freute oder wie überrascht er war. Alles ging viel leichter als selbst in seinen wildesten Träumen.

Sie fühlte sich bei ihm geborgen und war seit Jahren nicht mehr in so friedlicher Stimmung gewesen. Es machte nichts aus, wenn sie ihn auf der Couch schlafen ließ. Er würde erfahren, wo sie wohnte, na und? Was spielte es schließlich für eine Rolle? Wie lange konnte sie sich verstecken – vor ihm, vor sich selbst, vor Fremden und vor Freunden? Die Vorsichtsmaßnahmen wurden zu einer unerträglichen Last. Wenigstens für eine Nacht wollte sie die Last loswerden. Luke war ihr Freund; er würde ihr keinen Schaden zufügen, auch wenn er ihre Adresse kannte.

»Wollen Sie jetzt nach Hause gehen?« Sie waren an der Ecke der Zweiundsiebzigsten und York.

»Wohnen Sie hier in der Nähe?« Die Gegend überraschte ihn. Sie war häßlicher Mittelstand.

»Nicht allzu weit von hier. Ein paar Blocks weiter drüben und zwei Blocks weiter oben.« Sie gingen auf der 72. Straße nach Westen, und die Gegend wurde besser.

»Müde, Kate?«

»Eigentlich sollte ich es sein, aber ich spüre es nicht.«

»Wahrscheinlich hält die Betäubung durch den Alkohol von gestern nacht noch immer an.« Er grinste.

»Es ist niederträchtig, daß Sie das aufs Tapet bringen! Nur weil ich einmal im Jahr beschwipst bin ...«

»Ist das alles?«

»Klar.«

Er zog sie an einem Zopf, und sie überquerten die leere Straße. Im Zentrum der Stadt toste der Verkehr noch, aber hier war niemand in Sicht. Nun kamen sie zur Park Avenue, deren Fahrbahnen durch Blumenbeete und Hecken getrennt sind.

»Man kann nicht gerade behaupten, daß Sie in den Slums leben, Katie Miller.« Während sie die York entlanggingen, fragte er sich, ob sie ihn in eine andere Wohnung bringen würde, um ihre wirkliche Adresse geheimzuhalten. So ängstlich war sie, Gott sei Dank, nicht. »Sie müssen von Ihren Artikeln ganz gut leben können.« Sie sahen einander übermütig an und lachten.

»Ich kann mich wirklich nicht beklagen.«

Sie hielt es bis zum Schluß durch und gab nicht das Geringste zu. Er war überrascht. So verschwiegen und, verdammt noch mal, wozu? Sie tat ihm leid, weil ihr Doppelleben eine Qual sein mußte. Vielleicht verbrachte sie aber nicht so viel Zeit auf seiner Seite der Fahrbahn, daß es zum Streß wurde. Aber es gab SoHo, das sie aufsuchte, um »loszukommen«. Wovon? Von sich selbst? Von ihren Freunden? Er wußte, daß ihre Eltern nicht mehr lebten. Wovon mußte sie loskommen? Sicherlich nicht von dem Mann, mit dem er sie in der Zeitung gesehen hatte.

Sie bogen um die Ecke in eine baumbestandene Straße ein, und sie blieb an der ersten Tür stehen. Eine Markise, ein Portier, eine beeindruckende Adresse.

»Hier ist es.« Sie drückte auf den Klingelknopf, und der Portier kämpfte mit dem Schloß. Er sah verschlafen aus, hatte die Mütze schief aufgesetzt. Es war ein Ersatzmann, bemerkte sie, der nur ein undeutliches »Guten Abend« herausbrachte. Zum Glück fiel ihm ihr Name nicht ein.

Im Fahrstuhl lächelte Luke verstohlen. Sie sperrte die Tür zu ihrer Wohnung auf und ließ ihn ein. Auf dem Tisch im Vorzimmer lag sauber geordnete Post, die Reinemachefrau war dagewesen, die Wohnung war peinlich sauber und roch nach frischem Wachs.

»Kann ich Ihnen ein Glas Wein anbieten?«

»Champagner, nehme ich an.«

Sie wandte sich ihm zu, und er sah sie neckend an. »Das ist vielleicht eine Bude. Allerhand Klasse.« Aber er sagte es nicht scharf, es klang eher wie eine Frage.

»Ich könnte vorgeben, daß es die Wohnung meiner Eltern ist ... aber das will ich nicht tun.«

»Ist sie es ... oder war sie es?«

Sie zog eine Braue hoch. »Nein, es ist meine. Ich bin jetzt alt genug, um mir so etwas selbst zu leisten.«

»Sie müssen mit Ihrer Arbeit wirklich ganz schön verdienen.«

Sie zuckte die Schultern. Sie wollte keine Ausrede gebrauchen. »Was ist mit dem Wein? Oder wollen Sie lieber ein Bier?«

»Ja. Oder eine Tasse Kaffee. Das wäre mir am liebsten.« Sie verließ ihn, um den Kessel aufzusetzen, er ging ihr nach, seine Stimme erreichte sie vom Türrahmen, während sie in der Küche mit Tassen klapperte. »Hören Sie, wohnen Sie mit jemandem zusammen?«

»Ob ich was?« Sie war unaufmerksam; sie wäre blaß geworden, wenn sie es verstanden hätte.

»Ob Sie eine Mitbewohnerin haben?«

»Nein. Warum? Nehmen Sie Sahne und Zucker?«

»Nein, danke. Schwarz. Keine Mitbewohnerin?«

»Nein. Wie kommen Sie darauf?«

»Ihre Post.« Sie blieb mit dem Kessel in der Hand stehen und sah ihn an.

»Was ist mit meiner Post?« Daran hatte sie nicht gedacht.

»Sie ist an eine Miß Kezia Saint Martin adressiert.« Die Zeit schien stillzustehen. Keiner von beiden rührte sich.

»Ja, ich weiß.«

»Jemand, den Sie kennen?«

»Ja.« Eine ungeheure Last glitt mit dem nächsten Wort von ihren Schultern. »Ich.«

»Ha?«

»Ich bin Kezia Saint Martin.« Sie versuchte zu lächeln, sah jedoch fast verzweifelt aus, und er tat, als wäre er verblüfft. Wenn sie ihn ein bißchen besser gekannt hätte, hätte sie über den Ausdruck in seinen Augen gelacht.

»Heißt das, daß Sie nicht Kate S. Miller sind?«

»Doch, ich bin auch K. S. Miller. Wenn ich schreibe.«

»Ihr Pseudonym. Ich verstehe.«

»Eines von mehreren. Martin Hallam ist auch eines.«

»Sie sammeln falsche Namen, mein Schatz?« Er ging langsam auf sie zu.

Sie stellte den Wasserkessel auf den Herd und wandte sich absichtlich ab. Er konnte nur ihr schwarzes Haar und ihre schmalen, vorgebeugten Schultern sehen.

»Ja, falsche Namen. Und falsche Leben. Es gibt mich dreimal, Luke. Eigentlich viermal. Nein, jetzt fünfmal, wenn man ›Kate‹

mitzählt. K. S. Miller brauchte früher nie einen Vornamen. Das Ganze ist ganz schön schizophren.«

»Wirklich?« Er stand jetzt unmittelbar hinter ihr, streckte aber nicht die Hand aus, um sie zu berühren. »Warum setzen wir uns nicht hin und reden eine Weile miteinander?«

Er sprach leise, und sie wandte sich mit einem kaum merklichen Nicken zu ihm um. Sie hatte das Bedürfnis zu reden, und er war ein guter Zuhörer. Sie mußte mit jemandem sprechen, sonst wurde sie verrückt. Aber er wußte jetzt, daß sie eine Lügnerin war... oder vielleicht machte so etwas Luke nichts aus. Vielleicht würde er Verständnis für sie haben.

»Okay.« Sie folgte ihm ins Wohnzimmer, setzte sich steif auf einen der blauen Samtstühle ihrer Mutter und sah zu, wie er sich auf der Couch zurücklehnte.

»Zigarette?«

»Danke.« Er zündete sie für sie an, und sie nahm einen langen, tiefen Zug von der filterlosen Zigarette, während sie ihre Gedanken sammelte.

»Es klingt ein bißchen verrückt, wenn man es jemandem erzählt. Und ich habe noch nie versucht, es jemandem zu erklären.«

»Wieso wissen Sie dann, daß es verrückt klingt?« Seine Augen blieben ausdruckslos.

»Weil es verrückt ist. Es ist eine unmögliche Art zu leben. Ich weiß es, ich habe es versucht. ›Mein geheimes Leben‹ von Kezia Saint Martin.« Sie versuchte zu lachen, aber in der Stille klang es hohl.

»Das hört sich an, als müßten Sie es sich von der Seele reden, und da komme ich gelegen. Ich sitze hier, muß nirgendwo hingehen und nirgends sein. Ich weiß nur, daß Sie anscheinend ein unnatürliches Leben führen, Kezia. Sie verdienen etwas Besseres.« Aus seinem Mund klang ihr Name fremd. »Ihr Leben ist nicht nur unnatürlich, es muß unerhört einsam sein.«

»Das stimmt.« Sie spürte, wie Tränen in ihrer Kehle aufstiegen. Sie wollte Luke jetzt alles erzählen. K. S. Miller, Martin Hallam, Kezia Saint Martin. Von der Einsamkeit, der Qual und Häßlichkeit ihrer in Goldbrokat gehüllten Welt, als könnten sie sie verbergen, indem sie sie äußerlich verschönten... und von den unerträglichen Verpflichtungen und Verantwortungen, den sinnlosen Parties und den langweiligen Männern. Sie wollte erzählen, wie sie mit ihrem ersten, nebenher geschriebenen Artikel triumphiert hatte und wie sie diesen Triumph nur mit einem Rechtsanwalt mittleren Alters und einem noch älteren Agenten teilen konnte. Sie mußte ihm ein ganzes Leben zeigen, ein Leben, das sie bis jetzt tief in ihrem Herzen verborgen hatte.

»Ich weiß nicht, wo ich beginnen soll.«

»Sie sagten, es gibt Sie fünfmal. Wählen Sie eine Ihrer Persönlichkeiten, und gehen Sie davon aus.«

Zwei einsame Tränen glitten über ihr Gesicht, und er streckte ihr die Hand hin. Sie ergriff sie, und sie blieben so sitzen, hielten einander über den Tisch hinweg an den Händen, während ihr langsam Tränen über das Gesicht liefen.

»Mein erstes Ich ist Kezia Saint Martin. Der Name, den Sie auf den Briefen sahen. Erbin, Waise ... ist das nicht eine romantische Vorstellung?« Sie lächelte unter Tränen. »Jedenfalls starben meine Eltern, als ich noch ein Kind war, und hinterließen mir ein großes Vermögen und ein riesiges Haus, das mein Treuhänder verkaufte und für das Geld ein Apartmenthaus Ecke Einundachtzigste und Park Avenue erstand, das ich schließlich verkaufte, um diese Wohnung zu kaufen. Meine Tante ist mit einem italienischen Grafen verheiratet, und ich wurde von meinem Treuhänder und meiner Erzieherin erzogen. Totie. Natürlich hinterließen mir meine Eltern auch einen Namen. Nicht nur einen Namen, sondern einen *Namen*. Bereits vor ihrem Tod und noch mehr nachher, wurde mir nachdrücklich eingeprägt, daß ich nicht nur ›jemand‹ war. Ich war Kezia Saint Martin ... zum Teufel, Luke, lesen Sie denn keine Zeitungen?«

Sie wischte die Tränen weg und schneuzte sich in ein lila Leinentaschentuch mit grauem Spitzenrand.

»Was, um Himmels willen, ist das?«

»Was?«

»Das Ding, mit dem Sie sich die Nase putzen?« Sie sah das blaßpurpurne Ding in ihrer Hand an und lachte.

»Ein Taschentuch. Wofür halten Sie es denn?«

»Es sieht aus wie das Gewand eines winzigen Priesters, verdammt noch mal. Von wegen Luxus. Jetzt weiß ich, daß Sie eine Erbin sind!«

Sie lachte und fühlte sich ein wenig besser.

»Übrigens lese ich Zeitung. Aber ich möchte diese Geschichte lieber von Ihnen hören. Wenn mir an jemandem liegt, genügt es mir nicht, über ihn zu lesen.«

Kezia war einen Moment verwirrt. Jemand, an dem ihm lag? Er kannte sie doch gar nicht ... allerdings, er war von Washington hierher geflogen, um sie zu sehen. Er war da. Und machte den Eindruck, als nehme er das, was sie zu sagen hatte, wichtig.

»Jedesmal, wenn ich irgendwo auftauche, werde ich fotografiert.«

»Heute abend ist das nicht passiert.« Er versuchte ihr zu zeigen, daß sie freier war, als sie annahm.

»Nein, aber es wäre möglich gewesen. Es war reines Glück. Deshalb behielt ich die Türen im Auge – deshalb und weil ich Angst hatte, jemand, den ich kenne, würde hereinkommen und mich nicht Kate, sondern Kezia nennen.«

»Hätte das so viel ausgemacht, Kezia? Wenn jemand Ihr Geheimnis verraten hätte? Na und?«

»Dann ... wäre ich mir wie ein Idiot vorgekommen. Ich hätte mich ...«

»Gefürchtet?« Er beendete den Satz für sie, und sie blickte zur Seite.

»Vielleicht.« Ihre Stimme war jetzt ganz leise.

»Warum, mein Schatz? Warum hätten Sie Angst, wenn ich erfahre, wer Sie wirklich sind?« Er wollte es von ihr hören. »Befürchten Sie, daß ich Ihnen dann weh tun würde? Wegen Ihres Geldes hinter Ihnen hersein würde? Wegen Ihres Namens? Was?«

»Nein ... es ist ... nun ja, möglich. Andere Leute könnten es wegen dieser Dinge auf mich abgesehen haben, Lucas, aber bei Ihnen mache ich mir deswegen keine Sorgen.« Ihr Blick suchte seine Augen, und sie vergewisserte sich, daß er sie verstand. Sie vertraute ihm und wollte, daß er es wußte. »Aber das Schlimmste daran ist etwas anderes. Kezia Saint Martin ist nicht nur ich. Sie ist ›jemand‹. Sie muß bestimmte Erwartungen erfüllen. Als ich zwanzig war, galt ich als beste Partie auf dem Markt. Eine Art Xerox-Aktie. Wenn man mich kaufte, war es eine gute Investition.« Er blickte ihr in die Augen und las in ihnen den jahrelangen Kummer. Er schwieg, seine Hand hielt noch immer die ihre fest. »Es ging nicht nur darum, daß man mich zur Kenntnis nahm. Es ging um die Vergangenheit ... gute Vergangenheit, schlechte Vergangenheit, Großeltern, meine Mutter ...« Sie machte eine Pause und vergaß weiterzusprechen. Schließlich rüttelte Lucas' Stimme sie auf.

»Ihre Mutter? Was war mit Ihrer Mutter?«

»Ach ... nur ... gewisse Dinge ...« Ihre Stimme zitterte und ihre Augen wichen seinem Blick aus. Anscheinend fiel es ihr schwer, fortzufahren.

»Was für Dinge, Kezia? Wie alt waren Sie, als sie starb?«

»Ich war acht. Und sie ... sie trank sich zu Tode.«

»Ich nehme an, auch ihr machten die ›Dinge‹ zu schaffen?« Er lehnte sich einen Moment zurück und betrachtete Kezia, deren Blick sich nun langsam voll unergründlichem Schmerz und voller Angst auf ihn richtete.

»Ja, auch ihr machten die Dinge zu schaffen. Sie war Lady Liane Holmes-Aubrey, bevor sie meinen Vater heiratete. Dann war sie Mrs. Keenan Saint Martin. Ich weiß nicht, was für sie schlimmer war. Wahrscheinlich, daß sie Daddys Frau war. In England wußte sie wenigstens, wie die Dinge liefen. Hier war alles anders. Rascher, schärfer, härter. Manchmal sprach sie darüber. Sie hatte den Eindruck, daß sie hier mehr ›im Licht der Öffentlichkeit‹ stand als zu Hause als junges Mädchen. Sie fielen nicht so über sie her wie über mich. Aber sie besaß ja auch nicht Daddys Vermögen.«

»War sie selbst auch reich?«

»Sehr. Nicht so reich wie mein Vater, aber immerhin, und außerdem direkt verwandt mit der Königin. Komisch, nicht wahr?« Kezia blickte einen Moment bitter zur Seite.

»Ich weiß nicht, ist es komisch? Vorläufig klingt es nicht so.«

»Es kommt noch besser. Mein Vater war sehr reich und sehr mächtig, wurde sehr beneidet und sehr gehaßt, und gelegentlich sehr geliebt. Er machte verrückte Dinge, reiste viel, er ... er tat, was immer er tat. Und Mammi war einsam. Sie wurde unaufhörlich bespitzelt, man schrieb über sie, sprach über sie, verfolgte sie überallhin. Wenn sie Parties besuchte, berichtete man, was sie trug. Wenn Daddy fort war und sie bei einem Wohltätigkeitsball mit einem Freund tanzte, bauschten es die Zeitungen auf. Schließlich hatte sie das Gefühl, ein gehetztes Wild zu sein. Amerikaner können in dieser Beziehung brutal sein.« Sie verstummte kurz.

»Nur Amerikaner, Kezia?«

Sie schüttelte den Kopf. »Nein. Sie sind alle so arg. Aber sie können hier direkter sein. Sie sind frecher oder weniger gehemmt.

Sie beweisen weniger ›Ehrerbietung‹. Ich weiß nicht... vielleicht war sie nur zu zart. Und zu einsam. Sie sah immer so aus, als verstünde sie nicht ganz, ›warum‹.«

»Sie hat Ihren Vater verlassen?« Nun war er interessiert. Sehr. Er fühlte allmählich mit der Frau, die Kezias Mutter gewesen war. Die zarte britische Adelige.

»Nein. Sie verliebte sich in meinen Französischlehrer.«

»Machen Sie Witze?« Er wirkte fast belustigt.

»Nein.«

»Und es kam zu einem Riesenskandal?«

»Das nehme ich an. Es muß so gewesen sein. Es brachte sie um.«

»Direkt?«

»Nein... wer weiß? Das und eine Menge anderer Dinge. Mein Vater fand es heraus, und der junge Mann wurde entlassen. Wahrscheinlich wurde sie damit nicht fertig. Sie war eine Verräterin und verurteilte sich selbst zum Tod. Sie trank immer mehr, aß immer weniger, und schließlich erreichte sie, was sie wollte. Es war aus.«

»Wußten Sie es? Ich meine, das mit dem Lehrer?«

»Nein, damals nicht. Edward, mein Treuhänder, erzählte es mir später. Um sicher zu sein, daß die ›Sünden‹ der Mutter niemals die Tochter heimsuchen würden.«

»Warum nennen Sie es ›Verrat‹? Weil sie Ihren Vater betrogen hat?«

»Nein, das hätte man ihr verziehen. Unverzeihlich war, daß sie ihre Ahnen, ihr Erbe, ihren Stand und ihre Erziehung verraten hatte, indem sie sich in einen ›Bauern‹ verliebte und ein Verhältnis mit ihm hatte.« Sie versuchte zu lachen, aber es klang zu brüchig.

»Und das ist eine Sünde?« fragte Lucas verwirrt.

»Das, mein Lieber, ist die Todsünde! Du sollst mit den unteren Schichten nicht schlafen! Das gilt jedenfalls für die Frauen meines Standes. Bei den Männern ist es anders.«

»Bei ihnen ist es okay, wenn sie mit jemanden aus den ›unteren Schichten‹ schlafen?«

»Natürlich. Seit Hunderten Jahren vergnügen sich die Gentlemen mit Dienstmädchen. Nur die Dame des Hauses hat nicht mit dem Chauffeur ins Bett zu gehen.«

»Ich verstehe.« Er versuchte, amüsiert zu wirken, doch es gelang ihm nicht.

»Fein. Meine Mutter verstand es nicht. Sie beging ein noch schlimmeres Verbrechen. Sie verliebte sich. Sie sprach sogar davon, daß sie mit ihm durchbrennen wollte.«

»Wie, zum Teufel, hat Ihr Vater es herausgefunden? Ließ er sie beschatten?«

»Natürlich nicht. Er ahnte gar nichts. Nein, Jean-Louis erzählte es ihm. Er verlangte von meinem Vater fünfzigtausend Dollar, um einen Skandal zu vermeiden, nicht sehr viel, wenn man alles in Betracht zieht. Mein Vater bezahlte ihm fünfundzwanzig und ließ ihn ausweisen.«

»Das alles hat Ihnen Ihr Treuhänder erzählt?« fragte Lucas wütend.

»Natürlich. Zur Sicherheit. Damit ich nicht aus der Reihe tanze.«

»Hat er es geschafft?«

»In gewissem Sinn.«

»Warum?«

»Weil ich auf perverse Art Angst vor meinem Schicksal habe. Sehen Sie es so: ›Du bist verdammt, wenn du es tust, und verdammt, wenn du es nicht tust.‹ Wenn ich mein Leben so geführt hätte, wie ich sollte, würde ich es so sehr hassen, daß ich mich zu Tode trinken würde wie meine Mutter. Aber wenn ich mein ›Erbe‹ verrate, dann werde ich vielleicht so enden wie sie. Eine verratene Verräterin, die sich in einen billigen Lumpen aus der unteren Schicht verliebt hat, der ihren Mann erpreßte. Hübsch, nicht?«

»Nein, erschütternd. Glauben Sie wirklich diesen Quatsch über Verrat?«

Sie nickte. »Ich muß wohl. Ich habe zu viele derartige Geschichten erlebt. Ich habe ... in kleinem Maßstab ist es auch mir passiert. Wenn die Leute wissen, wer Sie sind ... behandeln sie Sie anders, Lucas. Sie sind für sie kein Mensch mehr. Sie sind eine Legende, eine Herausforderung, ein Gegenstand, den sie haben müssen. Die einzigen, die Sie verstehen, sind Menschen Ihres Standes.«

»Wollen Sie mir einreden, daß die Sie verstehen?« fragte er erstaunt.

»Nein. Darin besteht ja das Problem. Auf mich trifft nichts davon zu. Ich bin eine Mißgeburt. Ich ertrage es nicht, so zu sein, wie man es von mir erwartet. Und ich kann nicht bekommen, was ich will ... jedenfalls befürchte ich es. Ich ... ach, zum Teufel,

Lucas, ich weiß es nicht.« Sie zerknüllte verzweifelt einen Streichholzbrief.

»Was ist aus Ihrem Vater geworden?«

»Er hatte einen Unfall, nicht weil er wegen meiner Mutter unglücklich war. Nach ihrem Tod hatte er reichlich Frauen. Trotzdem bin ich sicher, daß Mammi ihm fehlte. Aber er war damals sehr verbittert. Er schien an nichts mehr zu glauben. Er trank. Er fuhr zu schnell. Und er starb. Wirklich ganz einfach.«

»Nein, sehr kompliziert. Sie behaupten, daß ein ›Verrat‹, wie Sie es nennen, an Ihrem ›Erbe‹, Ihrer Welt, zu Selbstmord, Tod, Unfällen, Erpressung und gebrochenem Herzen führt. Aber wozu führt es, wenn man sich an die Regeln hält? Was geschieht, Kezia, wenn Sie brav sind und nie ›Ihren Stand verraten‹, wie Sie es nennen? Was geschieht, wenn Sie die von den anderen aufgestellten Regeln befolgen... ich meine Sie, Kezia. Was würde aus Ihnen werden?«

»Es würde mich langsam umbringen.« Ihre Stimme war leise, aber sehr bestimmt.

»Und ist es der Fall?«

»Ja. Irgendwie schon. Ich habe noch Auswege, Freiheiten. Sie helfen mir. Daß ich schreibe, ist meine Rettung.«

»Gestohlene Augenblicke. Nehmen Sie sich diese Freiheiten jemals offen?«

»Seien Sie nicht lächerlich, Lucas. Wie denn?«

»Indem Sie einfach tun, was Sie wollen, zur Abwechslung unverhohlen.«

»Das könnte ich nicht.«

»Warum nicht?«

»Edward. Die Presse. Wenn ich nur im geringsten aus der Reihe tanze, würde es sofort in allen Zeitungen stehen. Ich meine damit etwas Einfaches; daß ich mit jemand ›anderem‹ ausgehe«, sie sah ihn vielsagend an, »daß ich irgendwohin gehe, daß das Lokal ›sich nicht schickt‹, etwas Unvorsichtiges sage, auffallend angezogen bin.«

»Schön, Sie bekommen also eine schlechte Presse. Na und? Angsthäschen, deshalb würde der Himmel nicht einstürzen.«

»Sie verstehen mich nicht, Lucas. Er würde einstürzen.«

»Weil Edward einen Höllenkrach schlagen würde? Na wenn schon!«

»Aber wenn er recht hat, was dann ... und was ... wenn ich so ende wie ...«

Sie brachte es nicht über die Lippen, also tat er es für sie.

»Wie Ihre Mutter?«

Sie sah ihn an, ihre Augen schwammen in Tränen, und sie nickte.

»Das würden Sie nicht, Kleines. Sie könnten es gar nicht. Sie sind anders. Sie sind freier, davon bin ich überzeugt. Wahrscheinlich sind Sie weltklüger und vielleicht sogar intelligenter als sie. Verdammt noch mal, Kezia, wenn Sie sich in den Lehrer oder den Butler oder den Chauffeur verliebten oder vielleicht sogar in mich, was dann? Verdammt, was dann?«

Sie beantwortete die Frage nicht. Sie wußte nicht, was sie sagen sollte. »Es ist eine besondere Welt, Lucas«, meinte sie schließlich, »mit ihren eigenen besonderen Regeln.«

»Ja, wie der Knast.« Plötzlich sah er verbittert aus.

»Sie meinen das Gefängnis?«

Er nickte. »Vielleicht haben Sie recht. Ein ruhiges, unsichtbares Gefängnis mit Mauern aus Regeln und Heuchelei, Lüge und Einschränkungen, mit Zellen, die mit Vorurteil und Angst ausgepolstert sind, und alles gespickt mit Diamanten.«

Plötzlich sah er sie an und lachte.

»Was ist daran so komisch?«

»Nichts, außer daß neun Zehntel der Menschheit einander die Köpfe einschlagen, um in Ihre kleine Elitewelt hineinzukommen, und es hört sich so an, als würden sie aus allen Wolken fallen, wenn sie es endlich geschafft haben.«

»Nicht alle. Manchen gefällt es.«

»Und was geschieht mit denen, die es nicht schaffen, Kezia? Was geschieht mit denen, die in diesem Dreck nicht leben können?« Er hielt ihre Hand fest, während er sprach.

»Manche von ihnen sterben, Lucas.«

»Und die anderen? Die nicht sterben?«

»Sie leben damit. Sie finden sich damit ab. Edward ist so. Er akzeptiert die Regeln, weil er muß. Er kennt keinen anderen Weg, aber es hat auch sein Leben zerstört.«

»Er hätte es ändern können«, meinte Lucas schroff, und Kezia schüttelte den Kopf.

»Nein, Lucas, das konnte er nicht. Manche Menschen können es nicht.«

»Warum nicht? Keinen Mumm?«

»Wenn Sie es so nennen wollen. Manche Menschen können das Unbekannte nicht ertragen. Sie gehen lieber mit einem vertrauten Schiff unter, als in unbekannten Meeren zu ertrinken.«

»Oder gerettet zu werden. Es besteht immer die Chance, daß sie ein Rettungsboot finden oder an ein Inselparadies geschwemmt werden. Wie wäre es zur Abwechslung damit?«

Doch Kezia dachte an etwas anderes. Es dauerte Minuten, ehe sie wieder sprach; sie hatte die Augen geschlossen, ihr Kopf ruhte an der Rücklehne des Stuhles. Sie klang sehr müde, beinahe alt. Sie war nicht ganz sicher, ob Luke sie verstand. Vielleicht war es ihm nicht möglich. Vielleicht konnte kein Außenstehender sie verstehen. »Als ich einundzwanzig war, wollte ich ein eigenes Leben führen. Also versuchte ich, einen Posten bei der *Times* zu bekommen. Ich versicherte Edward, daß ich es schaffen würde, daß mir niemand Schwierigkeiten machen würde, daß ich meinem Namen nicht Schande machen würde, den ganzen Quatsch. Ich behielt den Job siebzehn Werktage und bekam beinahe einen Nervenzusammenbruch. Ich bekam alle möglichen Witze zu hören, erlebte Feindseligkeit, Neugierde, Neid und Zoten. Sie hatten sogar in der Damentoilette *paparazzi*, wenn ich pinkelte. Sie fanden es lustig, mich anzustellen und sich dann über mich schiefzulachen. Und ich bemühte mich, Luke, ich bemühte mich wirklich, aber ich konnte nicht dort bleiben. Sie wollten mich nicht. Sie wollten meinen Namen ausschlachten und mich dann abschießen, nur spaßeshalber, um zu sehen, ob ich auch ein Mensch war. Ich wagte mich nie wieder ins Freie. Es war der letzte Job, von dem Außenstehende erfuhren, der letzte Blick auf mein wirkliches Ich, den die Welt draußen erhaschte. Von da an war alles Untergrund, mit Pseudonymen, Agenten als Strohmännern und ... kurz, Sie haben es ja erlebt, als ich Sie kennenlernte. Es ist das erste Mal, daß ich das Risiko einging, mich erwischen zu lassen.«

»Warum taten Sie es?«

»Vielleicht mußte ich. Aber es ist allgemein bekannt, daß ich alle richtigen Parties besuche, an den richtigen Orten Urlaub mache, an allen richtigen Komitees teilnehme, alle richtigen Leute kenne, und jeder glaubt, daß ich stinkfaul bin. Ich stehe im Ruf, die ganze Nacht auf Parties zu verbringen und bis drei Uhr mittags zu schlafen.«

»Stimmt das vielleicht nicht?«

»Natürlich nicht!« Sie fand es nicht komisch, sie war wütend. »Ich arbeite mir nämlich die Finger wund. Ich übernehme jeden ordentlichen Artikel, den ich bekommen kann, und ich habe mir einen guten Namen in meiner Branche gemacht. Das schafft man nicht, indem man bis drei schläft.«

»Und das paßt nicht zu den ›richtigen‹ Leuten? Schreiben ist auch nicht ›richtig‹?«

»Natürlich nicht. Es ist nicht ehrbar. Nicht für mich. Ich soll nach einem Ehemann Ausschau halten und zum Friseur gehen, nicht in Gefängnissen in Mississippi herumschnüffeln.«

»Oder bei Ex-Sträflingen in Chicago.« In seinen Augen lag eine Andeutung von Traurigkeit. Sie hatte alles so klar ausgedrückt.

»Es ginge den anderen nicht darum, über wen ich schreibe, sondern darum, daß ich mein Erbe verrate.«

»Schon wieder das Erbe. Mein Gott, Kezia, ist diese Ansicht nicht ein wenig überholt? Eine Menge Leute Ihrer Art arbeiten.«

»Ja, aber nicht so. Nicht wirklich. Und ... es gibt noch etwas.«

»Das habe ich mir gedacht.« Er zündete sich noch eine Zigarette an und wartete.

»Abgesehen von allem anderen, bin ich eine Verräterin. Haben Sie je die Klatschspalte von Martin Hallam gelesen? Sie erscheint in mehreren Zeitungen zugleich, Sie könnten sie also gesehen haben.«

Er nickte.

»Die schreibe ich nämlich auch. Ich begann sie als eine Art Spaß, aber sie hatte Erfolg, und ...« Sie zuckte die Schultern und hob die Hände, als er zu lachen anfing.

»Heißt das, daß Sie diese verrückte, verdammte Spalte schreiben?«

Sie nickte verlegen grinsend.

»Und Sie plaudern alles über Ihre feinen Freundinnen aus?«

Sie nickte wieder. »Sie stürzen sich darauf. Sie wissen nur nicht, daß ich die Kolumne schreibe. Und um Ihnen die Wahrheit zu sagen, in den letzten Jahren ist sie zu einer Belastung geworden.«

»Sie sind ja wirklich eine Verräterin. Und niemand hat den Verdacht, daß Sie es sind?«

»Nein. Noch nie. Sie wissen nicht einmal, daß die Spalte von einer Frau geschrieben wird. Sie akzeptieren sie einfach. Nicht einmal mein Chefredakteur weiß, wer sie schreibt. Alles läuft über meinen Agenten, und ich stehe natürlich als K. S. Miller auf der Liste der Agentur.«

»Lady, ich bin verblüfft.« Jetzt sah er verdutzt aus.

»Manchmal bin ich selbst verblüfft.« Das Gespräch, dessen Beginn so schwierig gewesen war, endete in fröhlichem Gelächter.

»Eines muß ich Ihnen lassen, Sie sind ganz schön fleißig. Die K. S. Miller-Artikel, die Hallam-Spalte und Ihr ›Luxusleben‹. Ohne daß es jemand auch nur ahnt?« Er bezweifelte es anscheinend.

»Nein, niemand. Und das war nicht leicht. Deshalb geriet ich in Panik, als man mir vorschlug, Sie zu interviewen. Es war ja möglich, daß Sie irgendwo mein Foto gesehen hatten, und mich erkennen, nicht als ›Kate Miller‹, sondern als Kezia. Wenn mich ein einziger Mensch am falschen Ort zur falschen Zeit sieht, würde das ganze Kartenhaus zusammenfallen. Und dabei ist das Schreiben, die ernste Arbeit der einzige Teil meines Lebens, den ich achte. Den werde ich niemandem und nichts zuliebe gefährden.«

»Aber Sie haben es getan. Sie haben mich interviewt. Warum?«

»Ich habe es Ihnen erklärt. Ich mußte es tun. Außerdem war ich neugierig. Ihr Buch gefiel mir. Und mein Agent redete mir zu. Er hatte natürlich recht. Ich kann mich nicht ewig verstecken, wenn ich eine ernsthafte literarische Laufbahn anstrebe. Es gibt Zeiten, da muß man etwas riskieren.«

»Sie haben viel riskiert.«

»Ja.«

»Tut es Ihnen leid?« Er wollte eine ehrliche Antwort hören.

»Nein, ich bin froh.«

»Kezia, was wäre, wenn Sie zur Abwechslung der Welt, dieser Welt, sagten, sie soll Sie mal, und einfach täten, was Sie wollen? Könnten Sie nicht offiziell zumindest K. S. Miller sein?«

»Unmöglich. Denken Sie nur an den Stunk, den es geben würde, was die Zeitungen schreiben würden. Außerdem würde es Schmutz aufrühren. Die Leute würden meine Artikel haben wollen, nicht, weil ich K. S. Miller, sondern weil ich Kezia Saint Martin bin. Ich wäre wieder dort, wo ich vor Jahren war, als Anfängerin bei der *Times*. Meine Tante würde Anfälle bekommen, meinem Treuhänder würde das Herz brechen, und ich würde das Gefühl haben, daß ich alle meine Vorfahren verraten habe.«

»Um Himmels willen, Kezia, all diese Leute sind tot oder beinahe tot.«

»Die Tradition nicht. Die lebt weiter.«

»Und alles liegt auf Ihren Schultern, nicht wahr? Sie sind allein dafür verantwortlich, daß die Welt sich weiterdreht? Begreifen Sie denn nicht, wie unsinnig diese Einstellung ist? Wir befinden uns nicht mehr im victorianischen England, und mein Gott, es ist Ihr Leben, das Sie im Abstellraum verstecken. Ehe Sie sich versehen, ist es vorbei. Wenn Sie Ihre Arbeit achten, warum nehmen Sie dann nicht das Risiko auf sich, holen Ihr Leben aus dem Versteck heraus und bekennen sich stolz dazu? Oder haben Sie zu große Angst davor?« Sein brennender Blick ließ sie nicht los.

»Vielleicht, ich weiß es nicht. Ich hatte nie das Gefühl, ich könnte es mir aussuchen.«

»Genau da irren Sie. Man kann es sich immer aussuchen. Alles, was man tut. Vielleicht wollten Sie es nicht. Vielleicht verstecken Sie sich lieber wie eine Neurotikerin und führen zehn verschiedene, verpatzte Leben. Nur finde ich, daß es schade darum ist, Lady, glauben Sie mir.«

»Vielleicht irren Sie jetzt. Im Augenblick halte auch ich nicht viel von meiner Lebensweise. Sie verstehen jedoch nicht, daß es um Pflicht, Verantwortung, Tradition geht.«

»Pflicht wem gegenüber? Was ist denn mit Ihnen selbst, verdammt noch mal? Daran denken Sie nie? Wollen Sie für den Rest Ihres Lebens hier allein herumsitzen, heimlich schreiben und dann mit diesem schwulen Jungen auf diese vertrottelten Parties gehen?« Er unterbrach sich, und sie runzelte die Stirn.

»Was für ein schwuler Junge?«

»Der von dem Zeitungsfoto.«

»Sie wollen sagen, daß Sie es gewußt haben?«

Er blickte sie offen an. »Ja.«

»Warum haben Sie es mir nicht gesagt?« Ihre Augen glühten einen Moment. Sie hatte ihn so weit ins innere Heiligtum ihres Lebens eingelassen, und er war ein Verräter?

»Wie sollte ich es Ihnen beibringen? ›He, Lady, bevor Sie das nächste Interview machen, möchte ich Ihnen verraten, daß ich Ihren wahren Namen kenne, weil ich etwas über Sie in der Zeitung gelesen habe?‹ Na und? Ich nahm an, daß Sie es mir erzählen würden, wenn Sie so weit sind, oder vielleicht nie. Aber wenn ich es Ihnen ins Gesicht geschleudert hätte, wären Sie davongerannt, als wenn der Teufel hinter Ihnen her wäre, und das wollte ich nicht.«

»Warum? Hatten Sie Angst, ich würde den Artikel nicht schreiben? Keine Sorge, sie hätten jemand anderen geschickt. Sie wären nicht um Ihre Story gekommen.« Sie zischte es beinahe, und er griff so plötzlich nach ihrem Arm, daß sie sprachlos war.

»Nein, aber vielleicht hätte ich Sie verloren.«

Sie wartete lange, bevor sie sprach, und er hielt ihren Arm noch immer fest. »Hätte es Ihnen etwas ausgemacht?«

»Sehr viel. Und jetzt müssen Sie sich entscheiden, ob Sie bis ans Ende Ihres Lebens lügen wollen oder nicht. Kommt mir idiotisch vor... Angst davor, wer Sie wann, wo, mit wem und wobei sieht. Wen kümmert das schon? Sie sollen Sie sehen! Zeigen Sie ihnen, wer Sie wirklich sind, oder wissen Sie das gar nicht, Kezia? Ich glaube, das ist das Kernproblem. Vielleicht ist K. S. Miller ebenso unecht wie Martin Hallam oder Kezia Saint Martin.«

»Ach, zum Teufel mit Ihnen, verdammt noch mal!« schrie sie und riß sich los. »Es ist so verdammt leicht für Sie, Reden zu halten. Sie haben absolut nichts zu verlieren. Niemand erwartet auch nur das Geringste von Ihnen, wie können Sie also wissen, wie es mir geht? Sie können einfach alles tun, was Ihnen verdammt gefällt.«

»Wirklich?« Seine Stimme klang wieder ruhig und seidenweich. »Dann will ich Ihnen etwas sagen, Miß Saint Martin. Ich weiß über Pflicht verdammt mehr als Sie. Allerdings beziehen sich meine Pflichten nicht auf die Mumien der Oberklasse. Ich habe wirklichen Menschen gegenüber Pflichten, mit denen ich gesessen habe, die niemanden haben, der sich für sie einsetzt, keine Familien, die Anwälte anheuern, oder solche, die vergessen, sich um sie zu kümmern. Ich sehe sie vor mir, wie sie auf ihren Hintern sitzen und auf die Freiheit warten, eingesperrt, nach Jahren im Knast vergessen sind, manche schon so lang, wie Sie auf der Welt sind, Kezia. Und wenn ich nicht den verdammten Mumm habe, etwas für sie zu unternehmen, dann wird es vielleicht niemand anderer tun. Sie sind meine ›Pflicht‹. Aber sie sind wenigstens wirklich, und wahrscheinlich ist es mein Glück, daß ich mich um sie kümmere. Ich tue es nicht nur, weil ich muß oder weil ich es für feige halte, es nicht zu tun. Ich tue es, weil ich will. Ich setze meine eigene Freiheit für die ihre aufs Spiel, weil ich jedesmal, wenn ich den Mund aufmache, Gefahr laufe, wieder bei ihnen zu landen. Und Sie erklären mir, was Pflichten sind, und daß man etwas zu verlieren hat? Aber etwas sollen Sie noch wissen. Wenn Sie mir gleichgültig wären, wenn ich Sie nicht gern hätte oder Sie sogar liebte, würde ich sagen, ›Goodbye, Charlie‹, und Sie zum Teufel schicken. Ich würde wieder heiraten, einen Haufen Kinder haben und auf dem Land leben.

Kezia, wenn Sie nicht an das Leben glauben, das Sie führen, dann leben Sie nicht so. So einfach ist das. Denn um den Preis, den Sie nicht bezahlen wollen, kommen Sie auf keinen Fall herum. Sie werden sich schließlich selbst hassen, weil Sie die Jahre vergeudet und Spielchen getrieben haben, über die Sie längst hinausgewachsen sein sollten. Wenn Ihnen dieses Leben gefiele, wäre es in Ordnung. Aber es gefällt Ihnen nicht, was tun Sie also noch hier?«

»Ich weiß es wirklich nicht. Außer daß ich nicht so mutig bin wie Sie.«

»Sie sind so mutig, wie Sie sein wollen. Das ist Unsinn. Sie warten nur darauf, daß sich Ihnen ein müheloser Ausweg bietet. Eine Bittschrift, die Ihnen Ihre Freiheit gibt, einen Mann, der Sie bei der Hand nimmt und Sie wegführt. Vielleicht wird es so kommen, aber wahrscheinlich nicht. Wahrscheinlich werden Sie es selbst tun müssen, genau wie jeder andere.«

Sie schwieg, und er merkte, daß er sie am liebsten in die Arme genommen hätte. Er hatte ihr eine Menge auf einmal zu schlucken gegeben, konnte aber nicht anders. Nun, da sie die Türen geöffnet hatte, mußte er ihr sagen, was er sah. Um ihrer beider willen, vor allem aber um ihretwillen.

»Ich hatte nicht die Absicht, auf Ihnen herumzutrampeln, Kleine.«

»Es mußte einmal ausgesprochen werden.«

»Sie könnten mir wahrscheinlich manches an den Kopf werfen, das auch ausgesprochen werden müßte. Ich verstehe, was Sie durchmachen, und Sie haben in einer Hinsicht recht, für mich ist es um vieles leichter. Ein Heer von Leuten wartet in den Kulissen auf mich und erzählt mir, wie großartig ich bin. Ich meine nicht die Kommission für bedingte Haftentlassungen, sondern Menschen, Freunde. Das macht einen großen Unterschied aus, dadurch wird es eine Art von Ego-Trip. Was Sie tun wollen, ist viel schwieriger. Wenn man für eine Sache kämpft, erntet man Ruhm, wenn man sich von seinem Zuhause löst, nicht ... erst später. Viel später. Aber Sie werden es schaffen. Sie haben schon mehr als den halben Weg hinter sich, Sie wissen es nur noch nicht.«

»Finden Sie?«

»Ich weiß es. Sie werden es schaffen. Aber wir alle wissen, daß es ein schwerer Weg ist.« Während er sie beobachtete, war er wieder über alles, was er gehört hatte, verblüfft. Die Geheimnisse aus der Tiefe ihrer Seele, die Bekenntnisse über ihre Familie und die unsinnigen Theorien über Tradition und Verrat. All das war ganz neu für ihn, aber nichtsdestoweniger interessant. Sie war das Produkt einer fremden, anderen Welt, doch auf ihre Art ein Zwitter. »Wohin wird Sie übrigens dieser Weg zur Freiheit führen – nach SoHo?« Er wollte es wissen, aber sie lachte ihn aus.

»Machen Sie sich nicht lächerlich. Ich fühle mich dort wohl, aber es ist nicht das Wahre. Das weiß sogar ich. Es hilft mir nur, den übrigen Dreck zu ertragen. Einzig K. S. Miller ist kein Dreck.«

»K. S. Miller ist ein Nebenprodukt, kein menschliches Wesen. Das menschliche Wesen sind Sie, Kezia. Ich glaube, das vergessen Sie. Vielleicht absichtlich.«

»Vielleicht mußte ich es tun. Sehen Sie sich doch mein Leben an, Luke. Es hängt im luftleeren Raum, und die Spiele werden immer schwieriger. Das Ganze ist ein großes, endloses Spiel. Das Spiel der Parties, der Komitees, der Bälle und des Drecks, das Spiel der ›Künstlermuse in SoHo‹, das Spiel der Klatschspalte. Es ist alles Spiel. Ich habe genug davon, in einer Welt zu leben, die so begrenzt ist, daß sie nur etwa achthundert Menschen einschließen kann. Außerdem passe ich nicht in eine Umgebung wie SoHo.«

»Warum nicht? Nicht Ihre Klasse?«

»Nein. Einfach nicht meine Welt.«

»Dann hören Sie doch auf, die Welten anderer Menschen zu plündern. Schaffen Sie sich Ihre eigene. Eine verrückte, eine gute, eine schlechte Welt, was immer Sie wollen, nur schaffen Sie sich zur Abwechslung eine, die Ihnen zusagt. Sie stellen die Regeln auf. Schweigen Sie darüber, wenn Sie es für notwendig halten, aber versuchen Sie zumindest, Ihren eigenen Trip zu achten. Geben Sie nicht auf, Kezia. Dazu sind Sie zu klug. Ihnen ist ja selbst klar, daß Sie zu einem Punkt gelangt sind, an dem Sie sich entscheiden müssen.«

»Das weiß ich. Ich glaube, daß ich deshalb den Mut hatte, Sie hierher einzuladen. Ich mußte es tun. Sie sind ein anständiger Mann. Ich achte Sie. Ich konnte Sie nicht mit weiteren Lügen und Ausflüchten beleidigen. Ich konnte mich selbst nicht so beleidigen. Nicht mehr. Es ist eine Frage des Vertrauens.«

»Ich fühle mich geehrt.« Sie blickte zu ihm auf, um zu sehen, ob er sich über sie lustig machte, und war gerührt, als sie feststellte, daß er es nicht tat. »Und damit sind es vier«, verkündete er.

»Vier was?«

»Sie sagten, Sie hätten fünf Ichs. Sie haben vier besprochen. Die Erbin, die Autorin, die Klatschkolumnistin und die Touristin in SoHo. Wer ist Nummer fünf? Das Spiel beginnt mir zu gefallen.« Er lächelte wieder lässig und streckte die Beine aus.

»Mir auch. Übrigens bin ich keine Klatschkolumnistin. Es ist ein ›Gesellschafts-Leitartikel‹.« Sie grinste geziert.

»Verzeihen Sie mir, Mr. Hallam.«

»Schön. Das fünfte Ich ist Ihr Werk. ›Kate.‹ Ich habe all das noch nie jemandem erzählt. Vielleicht weist es auf den Beginn eines weiteren Ichs hin.«

»Oder auf das Ende aller alten Egos. Setzen Sie nicht einfach eine neue Rolle, ein neues Spiel auf die Liste. Spielen Sie mit offenen Karten.«

»Das tue ich.« In ihrem Blick lag Zärtlichkeit.

»Ich weiß. Und ich bin froh. Für uns beide. Nein ... für Sie.«

»Sie haben mir heute nacht eine Art Freiheit geschenkt, Luke. Das ist etwas ganz Besonderes.«

»Das stimmt, aber es stimmt nicht, daß ich sie Ihnen geschenkt habe. Ich habe Ihnen vorhin erklärt, daß Ihnen niemand Ihre Freiheit rauben kann ... und genauso kann sie Ihnen niemand zurückgeben. Sie schaffen es ganz allein. Bewahren Sie es sich.« Er beugte sich vor und küßte sie auf die Stirn, dann flüsterte er ihr ins Ohr: »Wo befindet sich Ihre Toilette?«

Sie lachte und sah ihn an. Er war ein so schöner Mann. »Die Toilette ist am Ende des Korridors links. Sie können sie nicht verfehlen, sie ist rosa.«

»Ich wäre enttäuscht gewesen, wenn sie es nicht wäre.« Er lachte dröhnend, während er im Korridor verschwand; sie ging wieder in die Küche, um nach dem Kaffee zu sehen. Drei Stunden waren vergangen.

»Wollen Sie noch den Kaffee, Luke?« Er war wieder da und streckte sich träge im Türrahmen.

»Könnte ich ihn gegen ein Bier eintauschen?«

»Sicherlich.«

»Phantastisch, und ich trinke aus der Dose. Keine Manieren. Überhaupt keine. Sie wissen ja, wie es bei den Bauern ist.« Er öffnete die Dose und nahm einen langen Schluck. »Mensch, schmeckt das gut.«

»Es war eine lange Nacht. Tut mir leid, daß ich Ihnen so in den Ohren gelegen habe, Luke.«

»Es tut Ihnen nicht leid, und mir auch nicht.« Sie nippte an einem Glas Weißwein.

»Ich werde Ihnen die Couch zurechtmachen.« Er nickte und nahm wieder einen großen Schluck aus der Dose, während sie geschickt unter dem Arm, den er an den Türrahmen gestützt hatte, hindurchschlüpfte.

Mit wenigen Handgriffen hatte sie die Couch in ein Bett verwandelt.

»Damit sollten Sie auskommen. Brauchen Sie noch etwas, bevor ich zu Bett gehe?«

Was er brauchte, hätte sie schockiert. Sie war jetzt wieder frisch und sachlich. Die Dame des Hauses. Die Ehrenwerte Kezia Saint Martin.

»Ja, ich brauche wirklich noch etwas, bevor Sie zu Bett gehen. Ich muß noch einmal die Frau sehen, mit der ich hier gesessen und die ganze Nacht geplaudert habe. Sie haben wieder Ihr Pokergesicht aufgesetzt, meine Liebe. Das ist eine scheußliche Angewohnheit. Ich werde Sie weder verletzen noch Sie vergewaltigen oder Ihre Gedanken plündern. Ich werde Sie nicht einmal erpressen.«

Sie wirkte erstaunt und ein wenig beleidigt. »Ich hatte nicht das Gefühl, daß Sie meine Gedanken geplündert haben. Ich wollte mit Ihnen sprechen, Lucas.«

»Was ist also jetzt anders?«

»Ich habe einfach nichts gedacht.«

»Sie haben sich also abgekapselt.«

»Gewohnheit, nehme ich an.«

»Eine scheußliche Gewohnheit, wie schon erwähnt. Sind wir denn nicht Freunde?«

Sie nickte ihm zu, wieder glänzten Tränen in ihren Augen. Es war eine sehr emotionelle Nacht gewesen. »Natürlich sind wir Freunde.«

»Das ist gut, denn ich halte Sie für etwas Besonderes.« Er durchquerte den Raum mit drei langen Schritten, umarmte sie und küßte sie auf die Wange. »Gute Nacht, Kleine. Schlafen Sie gut.« Sie stellte sich auf die Zehenspitzen und küßte ihn ebenfalls auf die Wange.

»Danke, Sie auch, Luke. Schlafen Sie gut.«

Er hörte irgendwo in dem dunklen Haus eine Uhr ticken, aus ihrem Zimmer kam kein Geräusch. Er hatte sich vor ungefähr zehn Minuten hingelegt und war zu aufgekratzt, um zu schlafen. Er hatte das Gefühl, daß sie tagelang miteinander gesprochen hatten, und er hatte solche Angst gehabt, daß er sie verscheuchen, daß er etwas tun könnte, worauf sie die Mauer wieder aufbauen würde. Deshalb lag er auf der Couch und hatte sich mit einem Kuß auf die Wange begnügt. Sie war keine Frau, die man überrumpeln durfte – wenn man sie nicht verlieren wollte, ehe es begonnen hatte. Aber sie waren in einer einzigen Nacht sehr weit gekommen. Damit war er schon zufrieden. Er ging im Geist die Stunden ihres Gesprächs durch... den Ausdruck ihres Gesichtes... die Worte... die Tränen... die Art, wie sie nach seiner Hand gegriffen hatte.

»Luke? Schlafen Sie?« Er war so sehr in Gedanken versunken gewesen, daß er nicht gehört hatte, wie sie barfuß über den teppichbelegten Fußboden gegangen war.

»Nein. Ich bin wach.« Er stützte sich auf den Ellbogen und blickte sie an. Sie trug ein zartrosa Nachthemd, und die Haare hingen ihr lose auf die Schultern herab. »Ist etwas nicht in Ordnung?«

»Nein, ich kann nur nicht schlafen.«

»Ich auch nicht.«

Sie setzte sich lächelnd neben der Couch auf den Boden. Er wußte nicht, was er davon halten sollte, daß sie wieder aufgetaucht war. Sie war nicht immer leicht zu durchschauen. Luke zündete eine Zigarette an und reichte sie ihr. Sie nahm sie, inhalierte und gab sie zurück.

»Sie waren heute nacht nett zu mir, Lucas.«

»Wieso denn?« Er streckte sich wieder aus und starrte zur Decke.

»Sie haben mich über eine Menge Dinge reden lassen, die mich seit Jahren bedrücken. Das habe ich dringend gebraucht.«

Es war nicht alles, was sie brauchte, aber er hatte beinahe Angst davor, weiterzugehen. Er wollte ihr Leben nicht durcheinanderbringen; sie hatte genug Schwierigkeiten.

»Luke?«

»Ja?«

»Wie war Ihre Frau?« Ein langes Schweigen folgte, und sie begann ihre Frage zu bedauern.

»Hübsch, jung, verrückt, so wie ich damals... und sie hatte Angst. Angst davor, sich allein durchzuschlagen. Ich weiß nicht, Kezia... sie war ein nettes Mädchen, ich liebte sie... aber es ist so lange her. Damals war es anders. Wir taten etwas, wir sagten nie etwas. Das Ganze ging in Brüche, als ich ins Gefängnis kam. Man muß mit jemandem sprechen können, wenn so etwas passiert, und das konnte ich nicht. Sie konnte nicht einmal mit mir reden, als unsere kleine Tochter ums Leben kam. Ich glaube, das war schuld an ihrem Tod. In ihrem Körper verkrampfte sich alles, bis sie daran erstickte und starb. In gewissem Sinn war sie schon tot, bevor sie Selbstmord verübte. Vielleicht so wie Ihre Mutter.«

Kezia nickte und beobachtete sein Gesicht. Sein Blick war abwesend, aber seine Stimme verriet kein anderes Gefühl als Ehrfurcht vor der Vergänglichkeit der Zeit.

»Warum haben Sie danach gefragt?«

»Neugierde, nehme ich an. Wir haben in dieser Nacht viel über mich gesprochen.«

»Wir sprachen gestern bei dem Interview viel über mich. Ich würde sagen, daß wir quitt sind. Warum versuchen Sie nicht, ein wenig zu schlafen?«

Sie nickte, und während sie aufstand, drückte er die Zigarette aus, die sie gemeinsam geraucht hatten.

»Gute Nacht, Luke.«

»Nacht, Kleine. Wiedersehen morgen.«

»Heute.«

Er grinste über die Richtigstellung, dann schlug er mit seiner großen Pranke träge in Richtung ihres Pos. »Sie müssen immer widersprechen. Verfrachten Sie Ihren Po jetzt ins Bett, sonst sind

Sie morgen zu müde, um mir die Stadt zu zeigen.«

»Können Sie den Tag hier verbringen?«

»Das habe ich vor, es sei denn, Sie schlagen etwas Besseres vor.« Er hatte nie daran gedacht, sie danach zu fragen.

»Nein, ich bin vogelfrei. Gute Nacht, Lucas.« Sie wandte sich rasch um, die rosa Seide wehte, er blickte ihr nach und hätte sie am liebsten zurückgehalten. Dann mußte er es loswerden, bevor er die Worte hinunterschlucken konnte.

»Kezia!« Seine Stimme war leise, aber eindringlich.

»Ja?« Sie drehte sich erstaunt um.

»Ich liebe dich.«

Keiner von beiden rührte sich. Er lag verkrampft auf der Couch und beobachtete ihr Gesicht. Seine Worte hatten sie sichtlich beeindruckt.

»Ich ... du bist für mich etwas Besonderes, Luke. Ich ...«

»Hast du Angst?«

Sie nickte und sah zu Boden. »Ein bißchen.«

»Das ist unnötig, Kezia. Ich liebe dich. Ich werde dir nicht weh tun. Ich habe noch nie eine Frau wie dich gekannt.«

Sie wollte ihm sagen, daß ihr noch nie ein Mann wie er begegnet war, doch irgendwie brachte sie es nicht über die Lippen. Sie konnte nichts sagen. Sie konnte sich nur nach seinen Armen sehnen, ohne zu wissen, wie sie sie finden sollte.

Lucas hüllte sich in das Laken, das sie für sein Bett verwendet hatte, und ging ruhig auf sie zu. Er legte seine Arme um sie und drückte sie an sich.

»Es ist alles okay, Baby. Alles klappt wunderbar.«

»Wirklich, nicht wahr?« Sie blickte verklärt zu ihm empor. Dieser Augenblick war anders als alles, was sie bis jetzt erlebt hatte. Er war wichtig, er war ernst, und sie erkannte, was zutiefst in ihrer Seele vorging.

»Lucas ...«

»Ja, Liebes?«

»Ich liebe dich. Ich ... liebe ... dich ...« Er hob sie mühelos hoch und trug sie in ihr dunkles Zimmer zurück. Während er sie hinlegte, blickte sie zu ihm auf und lächelte. Es war das Lächeln einer Frau, mutwillig, rätselhaft, zärtlich. »Soll ich dir etwas Komisches sagen, Luke? Ich habe noch nie jemanden in meinem Schlafzimmer geliebt.«

»Darüber bin ich froh.«

»Ich auch.« Ihre Stimmen waren zu einem Flüstern herabgesunken.

Ihre Schüchternheit verflog, als sie ihm die Arme entgegenstreckte und er vorsichtig das rosa Seidennachthemd von ihren Schultern zog. Sie wickelte das Laken von seinen Hüften. Seine Hände verbrachten die Dämmerstunde damit, ihren Körper kennenzulernen, und schließlich schlief sie in seinen Armen ein, während der Himmel sich blaßgrau färbte.

12

»Guten Morgen, mein Schatz. Was möchtest du heute tun?« Sie hatte ihr Kinn auf seine Brust gestützt und grinste ihn an.

»Ach, weißt du, das Übliche ... Tennis, Bridge, was immer man auf der Park Avenue so tut.«

»Heb die Nase.«

»Meine Nase? Warum meine Nase?«

»Ich liebe deine Nase. Sie ist überwältigend.«

»Du bist verrückt. Total, vollkommen plemplem, Miß Saint Martin. Vielleicht liebe ich dich deshalb.«

»Bist du sicher, daß du mich liebst?« Sie trieb ein Spiel, das nur Frauen einfällt, die ihrer Sache sicher sind.

»Vollkommen sicher.«

»Woher weißt du es?« Sie strich mit einem Finger nachdenklich über seinen Hals und dann über seine Brust hinunter.

»Weil meine linke Ferse juckt. Meine Mutter hat mir erzählt, daß ich die wahre Liebe daran erkennen würde, daß meine linke Ferse juckt. Sie juckt. Also mußt du die Richtige sein.«

»Verrückter Narr.« Er brachte sie mit einem Kuß zum Schweigen, sie kuschelte sich in seine Arme, und sie lagen nebeneinander und genossen den Vormittag.

»Du bist schön, Kezia.«

»Du auch.« Er hatte einen schlanken, kräftigen Körper, gesunde Muskeln und eine besonders glatte Haut. Sie knabberte sanft an seiner Brustwarze, und er gab ihr einen Klaps auf ihren weißen, kleinen Po.

»Woher hast du die teure Sonnenbräune?«

»Natürlich aus Marbella. Und Südfrankreich. ›Zurückgezogen‹.«

»Du nimmst mich auf den Arm.«

»Tu' ich nicht. In den Zeitungen stand, daß ich mich ›zurückgezogen habe‹. In Wirklichkeit fuhr ich auf eigene Faust auf einem Boot, das ich gemietet hatte, durch die Adria und machte kurz vor Marbella in Nordafrika Recherchen für eine Story. Es war phantastisch.«

Ihre Augen glänzten bei der Erinnerung.

»Du kommst ganz schön herum.«

»Ja. Ich habe diesen Sommer auch viel gearbeitet. Hör mal, Luke, wäre es nicht herrlich, wenn wir irgendwann zusammen verreisen könnten? Ich meine schöne Orte wie Dakar und Marrakesch in Nordafrika, die Camargue in Frankreich, die Bretagne und Jugoslawien. Vielleicht auch Schottland.« Sie sah ihn verträumt an und knabberte an seinem Ohr.

»Klingt köstlich, aber leider wird es nie dazu kommen. Jedenfalls nicht in der nächsten Zeit.«

»Warum nicht?«

»Ich kann nicht. Meine bedingte Haftentlassung.«

»Ist das lästig!«

Er warf den Kopf zurück und lachte, zog sie vorsichtig von seinem Ohr weg und suchte mit seinem Mund ihre Lippen. Sie küßten einander gierig und lang, und als es vorbei war, kicherte er wieder.

»Du hast recht, mein bedingter Strafaufschub ist lästig. Was sie wohl sagen würden, wenn ich ihnen das erkläre.«

»Sagen wir es ihnen, dann wissen wir es.«

»Ich habe den leisen Verdacht, daß du es tun würdest.«

Sie grinste ihn mutwillig an, und er zog das Laken von ihrem Körper, um sie wieder anzusehen.

»Weißt du, was ich liebe?«

»Meinen Nabel?«

»Jedenfalls mehr als deinen großen Mund. Er schweigt wenigstens. Nein, sei einen Augenblick ernst...«

»Ich will's versuchen.«

»Halt den Mund.«

»Ich liebe dich.«

»Ach, Weib, hörst du nie auf zu reden?« Er küßte sie leidenschaftlich und zupfte sie an einer Haarsträhne.

»Ich hatte so lange niemanden, mit dem ich reden konnte, niemals so... es ist ein so angenehmes Gefühl, daß ich nicht aufhören kann.«

»Ich weiß, was du meinst.« Er fuhr mit einer Hand sanft die Innenseite ihres Oberschenkels hinauf und sah sie verlangend an.

»Was wolltest du mir erklären?« Sie beobachtete ihn nüchtern.

»Liebste, deine Zeiteinteilung ist miserabel. Ich war im Begriff, deinen Körper wieder zu schänden.«

»O nein. Du wolltest mir etwas erklären.« Sie sah beinahe engelhaft aus.

»Verulk mich nicht. Ich wollte dir etwas erklären, bevor du mich unterbrochen hast. Es ist nämlich unglaublich, daß ich dich vorige Woche nicht einmal kannte, daß du vor drei Tagen bei einem meiner Vorträge aufgetaucht bist und daß ich dir vor zwei Tagen meine Lebensgeschichte erzählt habe. Gestern war ich schon in dich verliebt. Und jetzt sind wir hier. Ich habe nicht geglaubt, daß es so etwas gibt.«

»Das gibt es auch nicht. Aber ich weiß, was du meinst. Ich habe das Gefühl, daß ich dich immer schon gekannt habe.«

»Genau das meine ich. Ein Gefühl, als wären wir seit Jahren beisammen. Genau das liebe ich.«

»Hast du jemals zuvor dieses Gefühl gehabt?«

»Weiber! So eine unverschämte Frage! Aber zu deiner Information, nein, noch nie. Eines ist verdammt sicher, ich habe mich noch nie innerhalb von drei Tagen Hals über Kopf verliebt... und noch nie in eine Erbin.«

Er zündete sich eine Zigarre an. Kezia dachte fröhlich daran, daß ihre Mutter gestorben wäre. Eine Zigarre im Schlafzimmer? Vor dem Frühstück? Du lieber Gott!

»Weißt du, was du hast, Lucas?«

»Mundgeruch?«

»Das auch. Du hast Stil.«

»Was für einen Stil?«

»Einen phantastischen, mutigen, unternehmungslustigen Stil... ich glaube, ich bin verrückt nach dir.«

»Verrückt auf jeden Fall. Wenn nach mir, dann habe ich verdammtes Glück.«

»Ich auch. Ach, Lucas, ich bin so froh, daß du hier bist. Stell dir nur vor, daß ich dir vielleicht meine Telefonnummer nicht gegeben hätte!« Der Gedanke erschreckte sie.

»Ich hätte dich trotzdem gefunden.« Es klang vollkommen selbstsicher.

»Wie?«

»Ich hätte eine Möglichkeit gefunden. Nötigenfalls Bluthunde. Ich war nicht bereit, dich nach einem Atemzug aus meinem Leben verschwinden zu lassen. Bei dem ersten Vortrag konnte ich den ganzen Abend lang nicht von dir wegsehen. Ich konnte nicht herausfinden, ob du die Journalistin warst, die mich interviewen sollte.« Es war köstlich, einander die Geheimnisse ihrer ersten Gefühle zu verraten.

»Am ersten Vormittag hast du mir Angst gemacht.«

»Wirklich? Ich habe mich so bemüht, es nicht zu tun. Wahrscheinlich hatte ich zehnmal soviel Angst wie du.«

»Du sahst aber nicht so aus. Und du hast mich so scharf angeblickt, ich glaubte immerfort, du könntest meine Gedanken lesen.«

»Wenn ich das nur gekonnt hätte! Ich brauchte meine ganze Selbstbeherrschung, um nicht aufzuspringen und dich zu schnappen.«

»Du Weiberheld.« Sie rückte näher zu ihm, und sie küßten einander wieder. »Du schmeckst nach Zigarre.«

»Soll ich mir die Zähne putzen?«

»Später.« Er lächelte und rollte sich auf den Bauch, das rosa Nachthemd lag noch immer zusammengeballt bei seinen Füßen. Er küßte sie wieder, drückte sie an sich, langsam nahm sein Körper sie in Besitz und seine Füße drückten ihre Beine auseinander.

»Okay, Lady, du hast gesagt, du willst mir die Stadt zeigen.« Er saß nackt in einem der Samtfauteuils, rauchte seine zweite Zigarre und trank sein erstes Bier. Sie waren soeben mit dem Frühstück fertig. Sie sah ihn an und begann zu lachen.

»Lucas, du siehst unmöglich aus.«

»Keineswegs. Ich sehe äußerst möglich aus. Und ich fühle mich einmalig. Ich habe dir ja gesagt, Baby, keine Klasse.«

»Du hast unrecht.«

»Womit?«

»Daß du keine Klasse hast. Klasse ist eine Frage von Würde,

Stolz und Pflichtbewußtsein, und zufällig besitzt du von allen dreien eine Menge. Ich bin mit einer Horde von Leuten verwandt, die über absolut keine Klasse verfügen. Und ich habe in SoHo Leute kennengelernt, die ganze Tonnen haben. Es ist eine sehr merkwürdige Sache.«

»Sieht so aus.« Es war ihm offensichtlich gleichgültig. »Was machen wir also heute? Außer Liebe?«

»Hmm. Also gut, ich werde dir die Stadt zeigen.«

Das tat sie. Sie ließ eine Limousine kommen, sie fuhren durch die Wallstreet und Greenwich Village, den East River Drive hinauf und überquerten die 42. Straße zum Broadway, wo sie im Stage Delikatessenladen Weichkäse und Hörnchen kauften. Dann setzten sie die Fahrt nach Norden zum Central Park fort, vorbei am Plaza, wo sie einen Drink im Oak Room nahmen. Zurück über die Fifth Avenue, an allen Boutiquen vorbei zum Madison Square Garden, und dann wieder in die Stadt, wo sie den Chauffeur vor dem Metropolitan Museum halten ließen, ausstiegen und in den Park gingen. Um sechs Uhr beendeten sie den Ausflug im Stanhope mit Drinks, während die Tauben vor dem Café auf dem Gehsteig um Erdnüsse kämpften.

»Du hast eine gute Tour zusammengestellt, Kezia. Da fällt mir etwas ein. Willst du einen meiner Freunde kennenlernen?«

»Hier?« fragte sie erstaunt.

»Nein, nicht hier, Dummerchen. Oben in Harlem.«

»Klingt interessant.« Die Idee reizte sie.

»Er ist ein schöner Kerl. Der netteste Bursche, den ich kenne. Er wird dir bestimmt gefallen.«

»Wahrscheinlich.« Sie wechselten einen liebevollen, innigen Blick, der die Wärme des Tages widerspiegelte.

»Es wäre aber nicht allzu klug, in der Limousine hinzufahren, oder?«

Er schüttelte den Kopf und nahm die Rechnung. »Wir können Jeeves nach Hause schicken und mit einem Taxi hinfahren.«

»Das ist Unsinn.«

»Du willst mit der Limousine fahren?« Damit hatte er nicht gerechnet, nicht bei einem Besuch in Harlem, aber vielleicht kannte sie nichts anderes.

»Natürlich nicht, Dummer. Wir können mit der U-Bahn fahren. Das ist schneller und klüger. Wesentlich unauffälliger.«

»Hör sie dir mal an! ›Unauffällig.‹ Du willst wirklich die U-Bahn nehmen?« Er stand auf und sah auf sie hinunter. Sie steckte voller Überraschungen.

»Was glaubst du, wie ich nach SoHo gekommen bin? Mit dem Düsenflugzeug?«

»Vermutlich mit einem privaten Luxuskreuzer.«

»Aber natürlich. Komm schon, Romeo, schicken wir Jeeves fort und machen wir uns zu Fuß auf den Weg.« Der Chauffeur berührte seine Mütze und war sofort verschwunden; sie gingen gemächlich zur U-Bahnstation, wo sie in die Eingeweide der Stadt hinabstiegen, Münzen für die Sperren kauften und gemeinsam Brezeln und ein Coca zu sich nahmen.

Sie erreichten die Station bei der 125. Straße, und Luke hielt Kezia an der Hand, während sie die Treppe zur Straße emporstiegen.

»Es sind nur ein paar Blocks.«

»Bist du überhaupt sicher, Luke, daß er zu Hause ist?«

»Nein, wir gehen dorthin, wo er arbeitet, und dort finden wir ihn bestimmt. Man kann ihn kaum aus dem verdammten Lokal schleppen, um ihn zum Essen mitzunehmen.«

Luke wirkte plötzlich größer, als sie weitergingen, und selbstsicherer als während des ganzen Tages. Seine Schultern wurden kräftiger, sein Gang beinahe wiegend, während seine Augen sorgfältig die Vorbeigehenden betrachteten. Er trug seine vertraute Tweedjacke und sie Jeans. Aber sie waren in Harlem. Weit fort von zu Hause. Für sie. Für ihn schien es etwas zu sein, das er kannte. Er nahm sich in acht, doch nur er wußte, wovor.

»Weißt du was, Lucas? Hier gehst du anders.«

»Ist doch klar. Hier erinnere ich mich an Q.«

»San Quentin?« Er nickte, sie bogen um eine Ecke, und Lucas blickte zu einem Haus empor und blieb stehen.

»Das ist es, Baby.« Sie standen vor einem heruntergekommenen, braunen Sandsteingebäude mit einem halbverbrannten Schild: Waffenstillstandshaus. Kezia hatte jedoch nicht den Eindruck, daß der Waffenstillstand von Dauer gewesen war.

Er ließ ihre Hand los und legte ihr den Arm um die Schultern, während sie die Treppe hochstiegen. Zwei übermütige schwarze Jungen und ein puertoricanisches Mädchen schossen lachend und quietschend aus der Tür. Das Mädchen lief vor den Jungen davon, aber nicht sehr rasch. Kezia blickte Luke lächelnd an.

»Und was ist hier so anders?«

Luke erwiderte das Lächeln nicht. »Rauschgiftsüchtige, Pusher, Prostituierte, Zuhälter, Straßenkämpfe, Messerstechereien. Das Gleiche spielt sich derzeit überall in der Stadt, in jeder Stadt der Welt ab... außer in der Gegend, in der du wohnst. Und komm nicht auf verrückte Ideen. Wenn du feststellst, daß du Alejandro magst, besuche ihn nicht hier, wenn ich weg bin. Ruf ihn an, und er kann dich besuchen. Das hier ist nicht deine Welt.«

»Aber es ist die deine?« Sie ärgerte sich beinahe über seinen Vortrag. Sie war erwachsen. Sie hatte schon vor Luke überlebt, wenn auch zugegebenermaßen nicht mitten in Harlem. »Und es ist wohl deine Welt?« wiederholte sie. Er sah nicht aus, als paßte er besser hierher als sie. Jedenfalls nicht viel besser.

»War es einmal. Ist es aber nicht mehr. Doch ich kann mit ihr fertigwerden. Du nicht. So einfach ist das.« Er öffnete ihr die Tür, und sein Ton verriet ihr, daß er es ernst meinte.

Der mit verblaßten Postern verzierte Korridor roch nach abgestandenem Urin und frischem Marihuana. Zwischen den Postern ersetzten Wandkritzeleien Kunstwerke, die Glasschirme um die Glühlampen waren zerbrochen und Papierblumen hingen schlaff von Feuerlöschern. Auf einem abgenutzten Schild stand »Willkommen im Waffenstillstand! Wir lieben dich!« Jemand hatte das »lieben« ausgestrichen und darüber »scheißen auf« hingeschrieben.

Luke stieg eine schmale Treppe hinauf, ohne Kezias Hand loszulassen, aber seine Gespanntheit ließ nach. Der einstige Straßenkämpfer kam zu Besuch. Eine Anstandsvisite. Kezia mußte plötzlich an die Legenden aus dem alten Westen denken.

»Was ist so komisch, Kleines?« Er sah aus seiner großen Höhe auf sie hinunter, während sie leichtfüßig hinter ihm die Treppe hinaufstieg.

»Du, Marshall Dillon. Manchmal bist du absolut umwerfend.«

»Ach, wirklich?«

»Ja, wirklich.« Sie streckte ihm ihr Gesicht entgegen, er beugte sich zu ihr und küßte sie.

»Das gefällt mir. Es gefällt mir sehr.« Als sie den Treppenabsatz erreichte, strich er ihr mit der Hand über den Po und stieß sie sanft zu einer arg zerkratzten Tür.

»Bist du sicher, daß er hier ist?« fragte Kezia plötzlich schüchtern.

»Ich bin sicher, Kleine. Der blöde Kerl ist immer hier. Er gibt in diesem Dreckhaus sein Äußerstes. Sein Äußerstes, sein Herz und seine Seele. Du wirst schon sehen.« An der Tür war ein Schild befestigt. »Alejandro Vidal.« Keine Versprechen, keine Schlagworte, und diesmal auch keine Kritzeleien. Nur ein Name.

Kezia erwartete, daß Luke anklopfen würde, aber er tat es nicht. Er stieß die Tür brutal mit dem Fuß auf, dann trat er blitzschnell ein.

»Qué ...«

Ein schmächtiger Lateinamerikaner, der hinter einem Schreibtisch saß, stand überrascht auf und begann dann zu lachen.

»Luke, du Bastard, wie geht es dir? Ich hätte wissen müssen, daß du es bist. Einen Augenblick dachte ich, sie wollten mich holen.«

Der bärtige kleine Mexikaner mit den blauen Augen strahlte vor Freude, als Luke durch das Zimmer ging und seinen Freund umarmte.

Es dauerte etliche Minuten, bis Luke sich an Kezia erinnerte oder Alejandro sie auch nur zur Kenntnis nahm, und ebenso lange dauerte es, bis Kezia etwas mehr von dem Mann zu sehen bekam, den Luke noch immer umarmt hielt. Es hatte unzählige *»Qué pasa, hombre?«* und eine rasche Folge von mexikanischen Flüchen gegeben. Alejandros reines Spanisch und das Kauderwelsch, das Luke im Knast aufgeschnappt hatte. Späße, unverständliche Ausdrücke, die teils Mexikanisch, teils Gefängnisjargon und reines Kalifornisch waren. Das Wirrwarr war für Kezia unverständlich. Dann verstummte es plötzlich, ein freundliches Lächeln und ein sanfter Blick wandten sich Kezia zu. Das Lächeln breitete sich langsam von den Augen zum Mund aus, und die Augen waren weicher blauer Samt. Alejandros Gesicht vermittelte sofort das Gefühl, daß er ein Mensch war, an den man sich mit seinen Sorgen und Herzensnöten wendet. Fast wie Christus oder ein Priester. Er blickte Kezia schüchtern an.

»Hallo. Dieser unhöfliche Hurensohn wird wahrscheinlich nie daran denken, uns einander vorzustellen. Ich bin Alejandro.« Er streckte die Hand aus, und sie reichte ihm die ihre.

»Ich bin Kezia.« Sie schüttelten einander feierlich die Hände, dann lachten sie, und Alejandro bot ihnen die einzigen zwei Stühle des Raumes an, während er sich auf den Schreibtisch setzte.

Er war mittelgroß, aber schmächtig und wirkte neben Luke wie ein Zwerg. Aber das Auffallende an ihm war nicht seine Gestalt, sondern seine Augen. Sie waren gütig und verständnisvoll. Sie griffen nicht nach einem und packten nicht zu; man schaute sie gern an. Alles an ihm war herzlich. Sein Lachen, sein Lächeln, seine Augen, die Art, wie er sie beide ansah. Er war ein Mann, der sehr viel erlebt hatte, hatte aber keine Spur von Zynismus an sich. Nur das Verständnis eines schwer geprüften Menschen und das Mitgefühl eines gütigen Mannes. Sein Sinn für Humor ermöglichte ihm das Überleben trotz allem, was er sah. Während er und Luke eine Stunde lang Späße machten, beobachtete ihn Kezia. Er bildete einen seltsamen Gegensatz zu Luke, aber er gefiel ihr vom ersten Augenblick an, und sie begriff, warum er Lukes engster Freund war. Sie hatten einander vor langer Zeit in L. A. kennengelernt.

»Wie lange sind Sie schon in New York?« Sie wandte sich zum erstenmal an Alejandro. Er hatte ihr Tee eingeschenkt und dann mit Luke Klatsch ausgetauscht und Unsinn getrieben. Sie hatten einander ein Jahr lang nicht gesehen, und es gab so viel nachzuholen.

»Ich bin seit etwa drei Jahren hier, Kezia.«

»Das scheint mir lang genug«, mischte sich Luke ein. »Was willst du dir in diesem Dreckloch noch alles gefallen lassen, Al, bevor du Vernunft annimmst und nach Hause fährst? Warum kehrst du nicht nach L. A. zurück?«

»Weil ich hier an etwas arbeite. Das einzige Problem besteht darin, daß die jungen Leute, die wir behandeln, ambulante Patienten sind. Mann, wenn wir eine Möglichkeit hätten, sie im Haus wohnen zu lassen, könnte ich es mit dieser schäbigen Tätigkeit sehr, sehr weit bringen.« Seine Augen leuchteten.

»Sie behandeln junge Leute mit Rauschgiftproblemen?« Kezia interessierte sich für seine Ausführungen. Sie konnten einen guten Artikel ergeben, wenn nicht überhaupt mehr dabei herauskam. Der Mann interessierte sie jedoch mehr als die Story. Er gefiel ihr. Er gehörte zu der Art von Menschen, die man umarmen will, und sie hatte ihn doch eben erst kennengelernt.

»Ja, Drogen und kleinere Verbrechen. Beides steht fast immer in Verbindung.« Er lebte auf, während er die Möglichkeiten schilderte, die die Einrichtung bot, zeigte ihr Krankenblätter, graphische Darstellungen, Krankengeschichten und Entwürfe für zukünftige Pläne. Aber das wirkliche Problem blieb bestehen: Mangel an Kontrolle. Solange die jungen Leute wieder nachts auf die Straße gingen, zurück in die verwahrlosten Wohnungen, in denen die Mutter auf dem einzigen Bett der Wohnung Geld verdiente oder der Vater seine Frau prügelte, in denen Brüder sich im Klo Rauschgift spritzten und Schwestern Narkotika nahmen oder Drogen verkauften, gab es nicht viel, was man tun konnte. »Es kommt nur darauf an, sie aus ihrer Umgebung herauszubringen. Ihre ganze Lebensweise zu verändern. Das wissen wir jetzt, aber hier ist es nicht leicht zu schaffen.« Er wies düster auf abblätternde Wände, was als Erklärung genügte. Das Zimmer befand sich in einem jämmerlichen Zustand.

»Ich halte dich noch immer für verrückt.« Aber Luke war, wie immer, von der Entschlossenheit, der Unternehmungslust seines Freundes beeindruckt. Er hatte gesehen, wie er geschlagen, überfallen, mit Füßen getreten, ausgelacht, bespuckt und verachtet worden war. Doch niemand hatte Alejandro jemals abschrekken können. Er glaubte an seine Träume. Wie Luke an die seinen.

»Glaubst du wirklich, Luke, daß du vernünftiger bist? Daß du die Welt daran hindern wirst, Gefängnisse zu bauen? Bevor du das erlebst, *hombre*, bist du tot.« Er verdrehte die Augen und zuckte mit den Schultern, aber die Hochachtung war durchaus gegenseitig. Es amüsierte Kezia, den beiden zuzuhören. Mit Kezia unterhielt sich Alejandro in perfektem Englisch, aber Luke gegenüber verfiel er in den Straßenslang. Sie war nicht ganz sicher, ob er damit angeben wollte, ob er es aus Gewohnheit tat, ob es ein Scherz war oder ob es ihre Verbundenheit ausdrücken sollte. Vielleicht eine Kombination von alldem.

»Okay, Klugscheißer, du wirst schon sehen. In dreißig Jahren wird weder in diesem Staat noch in einem anderen ein Gefängnis funktionieren.« In der Antwort verstand sie »verrückt« und »Kopf«, dann hob Luke einen Finger.

»Bitte, Al, eine Dame ist anwesend.« Aber alles war nur Spaß, und Alejandro hatte sie anscheinend akzeptiert. Er war ihr gegenüber nur eine Spur zurückhaltender. Dennoch scherzte er mit ihr, beinahe so wie mit Luke. »Und Sie, Kezia? Was treiben Sie?« Seine wachen Augen sahen sie an.

»Ich schreibe.«

»Und sie ist gut.«

Kezia lachte und versetzte Luke einen Stoß. »Warte, bis du das Interview siehst, bevor du ein Urteil abgibst. Du bist jedenfalls voreingenommen.« Alejandro freute sich sichtlich für seinen Freund. Er hatte sofort gewußt, daß es sich um keine oberflächliche Beziehung, um kein einmaliges Gastspiel und um keine zufällige Freundin handelte. Es war das erste Mal, daß er Luke mit einer Frau sah. Luke behielt seine Frauen im Bett und fuhr nach Hause, wenn er neue wollte. Diese mußte etwas Besonderes sein. Sie wirkte auch anders als die anderen. Welten unterschieden sie von den anderen. Sie war intelligent, und sie hatte einen gewissen Stil. Klasse. Er fragte sich, wo Luke sie kennengelernt hatte.

»Willst du mit uns zum Dinner in die Stadt kommen?« Luke zündete sich eine Zigarre an und bot seinem Freund eine an. Alejandro nahm sie eifrig und machte ein erstauntes Gesicht, als er sie anzündete.

»Aus Kuba?«

Luke nickte. Kezia lachte.

»Die Dame verfügt über ausgezeichnete Vorräte.«

Alejandro stieß einen Pfiff aus, und Luke sah einen Augenblick stolz aus. Seine Frau besaß etwas, das niemand in ihrem Block hatte: kubanische Zigarren. »Was ist mit dem Dinner, Al?«

»Ich kann nicht, Lucas. Ich würde gern mitkommen, aber ...« Er zeigte auf den Berg Arbeit auf seinem Schreibtisch. »Und heute um sieben haben wir eine Gruppe für die Eltern einiger unserer Patienten.«

»Gruppentherapie?«

Alejandro nickte. »Es nützt etwas, wenn man die Eltern erreicht. Manchmal.«

Plötzlich hatte Kezia das Gefühl, daß Alejandro eine Flutwelle mit einem Fingerhut ausschöpfen wollte, aber man mußte ihm zugestehen, daß er es wenigstens versucht hatte.

»Vielleicht essen wir ein andermal gemeinsam zu Abend. Wie lange wirst du in der Stadt bleiben?«

»Bis heut abend. Morgen. Aber ich werde wiederkommen.« Alejandro klopfte seinem Freund auf den Rücken.

»Das weiß ich. Und ich freue mich für dich, Mann.« Er blickte Kezia liebevoll an und lächelte dann. Es war wie ein Segen.

Offensichtlich bedauerte Alejandro ebensosehr wie Lucas, daß die beiden fort mußten. Auch Kezia ging es so.

»Du hattest recht.«

»Womit?«

»Alejandro.«

»Ja. Ich weiß.« Lucas war in Gedanken versunken gewesen, während sie zur U-Bahn gingen. »Sie werden den Schweinehund mit seinen verdammten Gruppen und seinen Scheißidealen demnächst umbringen. Ich wünschte, er würde von hier verschwinden, verdammt noch mal.«

»Vielleicht kann er nicht.«

»Ach ja?« Lucas war verärgert. Er machte sich um seinen Freund Sorgen.

»Es ist so ähnlich wie ein Krieg, Luke, du führst deinen, er führt seinen. Keinen von euch kümmert es wirklich, wenn ihr dabei geopfert werdet. Es ist das Endresultat, auf das es ankommt. Euch beiden. Er ist nicht anders als du. Nicht in der Art, wie er denkt. Er tut, was er tun muß.«

Lucas nickte, noch immer verärgert, wußte jedoch, daß sie recht hatte. Sie war sehr scharfsinnig. Manchmal überraschte es ihn. Obwohl sie in bezug auf ihr eigenes Leben so blind war, hatte sie eine erstaunliche Art, bei anderen das Wesentliche zu erkennen.

»Aber in einer Hinsicht hast du unrecht.«

»Und zwar?«

»Er ist keineswegs so wie ich.«

»Wie kommst du auf die Idee?«

»Er hat keinen Funken Gemeinheit im Leib.«

»Und du schon?« Ihre Augen glitzerten. Mr. Macho in Person.

»Das kannst du mir glauben, Kleine. Massenhaft. Wenn man so geartet ist wie er, überlebt man die sechs Jahre in kalifornischen Gefängnissen nicht, die ich durchgemacht habe. Dort macht dich einer zur Sau, und wenn du es nicht schluckst, bist du am nächsten Tag tot.« Kezia schwieg, während sie zur U-Bahn zurückgingen.

»Dann war er also nie im Gefängnis?« Sie hatte es angenommen, weil es bei Luke der Fall war.

»Alejandro?« Luke lachte herzlich in tiefem Baß. »Nein. Aber alle seine Brüder haben gesessen. Er hat einen dieser Brüder in

Folsom besucht. Dabei habe ich ihn entdeckt. Als ich in eine andere Anstalt gebracht wurde, erhielt er eine Sondererlaubnis, um mich zu besuchen. Seither sind wir Brüder. Aber Alejandro tanzt aus der Reihe. Er schlug einen anderen Weg ein als seine übrige Familie. *Magna cum laude* an der Stanford University.«

»Meine Güte, er wirkt so bescheiden.«

»Das ist das Schöne an ihm, Kleine. Und der Bursche hat ein Herz aus purem Gold.«

Der einfahrende Zug schluckte ihre Worte, und sie fuhren schweigend nach Hause. Vor der Haltestelle bei der 77. Straße zupfte sie ihn am Ärmel.

»Wir sind da.« Er nickte und stand auf. Er war wieder er selbst, das merkte sie. Die Sorge um Alejandro war aus seinem Gesicht verschwunden. Er dachte jetzt an andere Dinge.

»Baby, ich liebe dich.« Er hielt sie in den Armen, während der Zug davonratterte, ihre Lippen trafen einander für einen langen Kuß. Dann blickte er sie wieder besorgt an. »Ist das unklug?«

»Was?« Sie wußte nicht, was er meinte, während er sich verlegen von ihr löste.

»Ich kann ja verstehen, daß du nicht in die Zeitungen kommen willst. Ich habe dir letzte Nacht eine Menge Reden gehalten, verstehe aber, was du fühlst. Du selbst zu sein, ist schön und gut, aber auf Seite eins aufzuscheinen, ist etwas anderes.«

»Das tue ich Gott sei Dank nie. Vielleicht auf Seite fünf, sogar Seite vier, aber nie auf der Titelseite. Die ist Morden, Vergewaltigungen und Katastrophen an der Börse vorbehalten.« Sie lachte wieder. »Es ist schon okay, Luke. Es war nicht ›unklug‹. Außerdem ...« in ihren Augen lag Mutwille ... »seltsamerweise benützen sehr wenige meiner Freunde die U-Bahn. Eigentlich ist es albern von ihnen. Es ist eine so wunderbare Art zu reisen!« Sie sprach affektiert wie eine Debütantin, klapperte mit den Wimpern, und er blickte sie von seiner Höhe aus streng an.

»Ich werde mich bemühen, es mir zu merken.« Er ergriff ihre Hand und schwenkte sie, während sie weitergingen.

»Willst du etwas zum Essen mitnehmen?« Sie kamen an einem Geschäft vorbei, das gegrillte Hühner verkaufte.

»Nein.«

»Bist du nicht hungrig?« Sie war plötzlich heißhungrig. Es war ein langer Tag gewesen.

»Doch. Ich bin hungrig.«

»Also?« Er hastete mit ihr die Straße entlang, und sie verstand ihn nicht, dann sah sie ihm ins Gesicht und begriff. Vollkommen. »Lucas, du bist gräßlich.«

»Erzähl mir das später.« Sie liefen über das U-Bahngitter, dann bogen sie um die Ecke in ihre Straße ein.

»Lucas! Der Portier!« Sie sahen aus wie zerzauste Kinder, während sie Hand in Hand, Hals über Kopf die Straße hinunterliefen. Vor dem Eingang zu ihrem Haus stoppten sie jäh. Er folgte ihr wohlerzogen hinein, und sie beherrschten sich beide, um nicht krampfhaft loszuplatzen. Sie standen in der Ecke des Fahrstuhls wie Ministranten, dann begannen sie laut im Korridor zu lachen, während Kezia in ihrer Handtasche nach dem Schlüssel suchte.

»Los, komm!« Er schob eine Hand unter ihre Jacke und in die Bluse. »Hör damit auf, Luke!« Sie suchte noch eifriger nach dem unauffindbaren Schlüssel.

»Ich zähle bis zehn, und wenn du ihn bis dahin nicht findest, werde ich...«

»Nein, das wirst du nicht!«

»Doch, ich werde. Hier, im Korridor.« Er fuhr mit dem Mund über ihren Scheitel.

»Hör auf! Warte... ich habe ihn!« Sie zog den Schlüssel triumphierend aus der Handtasche.

»Verdammt. Ich hatte schon gehofft, du würdest ihn nicht finden.«

»Du bist fürchterlich.« Die Tür ging auf, sie traten ein, er stürzte sich auf sie, hob sie hoch und wollte sie ins Bett tragen. »Nein, Lucas, hör auf!«

»Machst du Witze?«

Sie hob in seinen Armen majestätisch den Kopf, sah ihm in die Augen und sträubte sich, aber ihr Blick war übermütig. »Ich mache keine Witze. Stell mich ab. Ich muß aufs Klo gehen.«

»Aufs Klo?« Luke lachte laut. »Klo?«

»Ja, aufs Klo.« Er stellte sie hin, sie kreuzte die Beine und kicherte.

»Warum hast du es nicht gleich gesagt? Ich meine, wenn ich gewußt hätte, daß...« Sein Lachen erfüllte das Vorzimmer, während sie im rosa Badezimmer verschwand.

Nach einer Minute kam sie zurück, und jetzt war sie nicht mehr übermütig, sondern zärtlich. Sie hatte die Schuhe von den Füßen geschleudert und stand barfuß vor ihm, ihr langes Haar umrahmte ihr Gesicht, ihre großen Augen glänzten, und ihr Gesicht strahlte glücklich wie nie zuvor.

»Weißt du was? Ich liebe dich!« Er zog sie in die Arme und drückte sie sanft an sich.

»Ich liebe dich auch. Ich hatte von einem Mann wie dir geträumt, aber nie geglaubt, daß es so etwas gibt.«

»Mir ist es genauso gegangen. Ich hatte mich schon damit abgefunden, daß ich so weiterleben muß wie bisher.«

»Und wie war das?«

»Einsam.«

»Das kenne ich auch.«

Sie gingen schweigend ins Schlafzimmer, er schlug das Bett auf, während sie die Jeans auszog. Nicht einmal die Porthaultlaken störten sie mehr, sie paßten wunderbar zu Luke.

13

»Lucas?«

»Ja.«

»Fehlt dir etwas?« Im Schlafzimmer war es dunkel, sie hatte sich aufgesetzt, ihre Hand lag auf seiner Schulter, und sie sah auf ihn nieder. Die Laken waren feucht.

»Mir geht es gut. Wie spät ist es?«

»Viertel vor fünf.«

»O Gott.« Er wälzte sich auf den Rücken und sah sie benommen an. »Warum bist du auf, Kleine?«

»Ich kann nichts dafür. Du hattest einen bösen Traum.« Einen sehr bösen Traum.

»Mach dir nichts daraus. Tut mir leid, daß ich dich geweckt habe.«

Er streichelte mit halb geschlossenen Augen zärtlich eine ihrer Brüste. »Mein Schnarchen ist noch schlimmer. Du hattest Glück.«

Aber sie war besorgt. Er hatte um sich geschlagen. »Mir wäre es lieber, wenn du schnarchtest. Du hast so aufgeregt gewirkt. Beinahe verängstigt.« Zum Schluß hatte er gezittert.

»Mach dir deswegen keine Sorgen, Liebes. Du wirst dich daran gewöhnen.«

»Hast du oft solche Träume?« Er zuckte die Schultern und griff nach seinen Zigaretten.

»Rauchen?« Sie schüttelte den Kopf.

»Möchtest du ein Glas Wasser?«

Er lachte und blies das Streichholz aus. »Nein, Fräulein Krankenschwester, danke. Hör auf damit, Kezia. Was erwartest du? Ich war in meinem Leben an den merkwürdigsten Orten. Sie hinterlassen Narben.«

So sehr? Sie hatte ihn fast zwanzig Minuten lang beobachtet, bevor sie ihn geweckt hatte. Er benahm sich, als würde er gefoltert.

»Ist das ... kommt es von der Zeit, die du im Gefängnis verbracht hast?« Sie fragte ihn ungern, aber er zuckte nur wieder die Schultern.

»Eines ist sicher. Es kommt nicht daher, weil ich mit dir geschlafen habe. Ich habe dir ja erklärt, daß du dir deswegen keine Sorgen machen sollst.« Er stützte sich auf den Ellbogen und küßte sie. Aber in seinen Augen lag noch immer Entsetzen.

»Luke?« Ihr war etwas eingefallen.

»Was?«

»Wie lange bleibst du hier?«

»Bis morgen.«

»Das ist alles?«

»Das ist alles.« Dann sah er ihren Gesichtsausdruck, drückte seine Zigarette aus und zog sie in seine Arme. »Aber es ist nicht vorbei. Es ist erst der Anfang. Du glaubst doch nicht, daß ich dich verlieren will, nachdem ich so viele Jahre gebraucht habe, um dich zu finden, oder?« Sie lagen schweigend im Dunkel nebeneinander, bis sie endlich einschliefen. Diesmal schlief sogar Luke friedlich, was seltener vorkam, als Kezia wußte. In der letzten Zeit, seit sie wieder begonnen hatten, ihn zu verfolgen, hatte er jede Nacht Alpträume.

»Frühstück?« Sie zog den weißen Satinmorgenrock an, streckte sich und lächelte ihm zu.

»Nur Kaffee, danke. Schwarz. Ich beeile mich ungern beim Frühstück, aber ich habe nicht viel Zeit.« Er war aus dem Bett gesprungen.

»Wirklich nicht?« Dann fiel es ihr wieder ein. Er reiste ab.

»Mach kein solches Gesicht, Kezia. Ich habe dir ja gesagt, daß es nicht vorbei ist. Im Gegenteil.« Er tätschelte ihren Po, und sie glitt in seine Arme.

»Du wirst mir schrecklich fehlen.«

»Du mir auch. Mr. Hallam, du bist eine sehr schöne Frau.«

»Ach, sei still.« Sie lachte, aber es brachte sie in Verlegenheit, wenn er sie an ihre Kolumne erinnerte. »Um wieviel Uhr geht dein Flugzeug?«

»Elf.«

»Scheiße.« Er schlenderte langsam durch den Korridor, seine große Gestalt wiegte sich leicht, wenn er ging. Sie lehnte am Türrahmen ihres Schlafzimmers und beobachtete ihn stumm; sie hatte das Gefühl, daß sie immer schon beisammen gewesen waren – einander neckten, lachten, mit der U-Bahn fuhren, bis spät in die Nacht plauderten, miteinander schliefen und aufwachten, die Zigarette und die morgendlichen Gedanken vor dem Frühstück teilten.

»Lucas! Kaffee!« Sie stellte ihm eine dampfende Tasse auf die Waschmuschel und klopfte ihm durch den Duschvorhang auf die Schulter. Alles lief so natürlich, so vertraut, so gut.

Er langte um den Vorhang nach der Tasse, streckte den Kopf hinaus und trank einen Schluck. »Der Kaffee ist gut. Kommst du herein?«

Sie schüttelte den Kopf. »Nein, danke. Ich bin eine Alleinbaderin.« Wenn sie die Wahl hatte, zog sie es immer vor zu baden. Am frühen Morgen war es kein solcher Schock wie die Dusche. Es war ein Ritual. Dior Bade-Öl, das parfümierte Wasser war schön warm und gerade tief genug, um in der dunkelrosa Marmorwanne ihre Brust zu bedecken, dann stieg sie heraus, hüllte sich in warme Handtücher, darauf in den behaglichen weißen Satin-Morgenrock und zog ihre geliebten Satinpantoffeln mit den Straußenfedern und den rosa Samtabsätzen an. Luke grinste ihr zu, während sie ihn beobachtete; er streckte einladend den Arm aus.

»Komm doch herein.«

»Nein, Luke. Wirklich. Ich warte lieber.« Sie war noch immer in träger, schläfriger Stimmung.

»Kommt nicht in die Tüte. Du wartest nicht.« Er streifte ihr mit einer unerwarteten, raschen Bewegung den Morgenrock von den

Schultern, und bevor sie protestieren konnte, hatte er sie hochgehoben und stellte sie neben sich unter das herabströmende Wasser.

»Du hast mir gefehlt, Kleine.« Er grinste breit, während sie spuckte und sich die nassen Haarsträhnen aus dem Gesicht streifte. Bis auf die Pantoffeln mit den Straußenfedern war sie nackt.

»Oh! Du... du... Bastard!« Sie zog die Pantoffeln von den Füßen, warf sie aus der Duschkabine und schlug ihn mit der flachen Hand auf die Schulter. Aber sie zwang sich, nicht zu lachen, das wußte er. Er brachte sie mit einem Kuß zum Schweigen, und sie umschlang ihn, während er sich niederbeugte und sie küßte. Er schirmte sie vor dem dampfenden Wasser ab, während ihre Hände von seiner Taille zu seinen Oberschenkeln hinabwanderten.

»Ich wußte, daß es dir gefallen würde, wenn du erst einmal drin bist.« Seine Augen blitzten übermütig.

»Du bist ein elender, gemeiner, riesiger Tyrann, Lucas Johns, ja, das bist du.« Aber der Ton paßte nicht zu den Worten.

»Aber ich liebe dich.« Er strahlte männliche Arroganz und eine Art animalischer Sinnlichkeit aus, in die sich eine für ihn typische Zärtlichkeit mischte.

»Ich liebe dich auch«, und als er die Augen schloß, um sie zu küssen, richtete sie den Brausekopf voll auf sein Gesicht, duckte sich und biß ihn ausgelassen in den Schenkel.

»Hey, Kleines, gib acht! Das nächste Mal könnte es danebengehen!« Aber statt ihn zu beißen, küßte sie ihn, während die Dusche durch ihr Haar und über ihren Rücken plätscherte und sie beide erwärmte. Er zog sie langsam zu sich hoch, seine Hände glitten über ihren Körper, und ihre Lippen trafen einander, während er sie in seine Arme zog, sie an sich drückte und sie die Beine um seine Taille schlang.

»Du bist verrückt, Kezia.«

»Warum?« Sie hatten sich behaglich in der gemieteten Limousine niedergelassen, und sie sah vollkommen gelassen aus.

»Die meisten Leute reisen nicht so, weißt du.«

»Ja. Ich weiß.« Sie knabberte an seinem Ohr. »Aber gib zu, daß es Spaß macht.«

»Sicherlich. Aber ich bekomme dabei einen verdammten Schuldkomplex.«

»Warum?«

»Weil es einfach nicht mein Stil ist. Ich weiß nicht, es läßt sich schwer erklären.«

»Dann halte einfach den Mund und genieß es.« Sie wußte, was er meinte. Sie hatte auch andere Welten gesehen. »Weißt du, Luke, ich habe mein halbes Leben lang versucht, diese Lebensweise abzulehnen, habe dazwischen immer wieder nachgegeben und dabei mein Leben oder mich selbst gehaßt, weil ich nachgegeben habe. Aber plötzlich stört es mich nicht, ich hasse es nicht, ich gehöre nicht einmal mehr dazu. Ich finde es nur verdammt lustig, warum also nicht?«

»So gesehen ist es nicht so übel. Du überraschst mich, Kezia. Du bist verwöhnt und bist es nicht. Für dich ist das alles selbstverständlich, dann wieder lachst du darüber wie ein kleines Kind. So sehe ich es. Durch dich wird es lustig.« Er zündete sich mit zufriedenem Gesicht eine Zigarre an. Sie hatte ihn mit einer Schachtel kubanischer Romanoffs versorgt.

»Ich sehe es auch so. So ist das Leben ganz anders, mein Schatz.«

Sie saßen Hand in Hand auf dem Rücksitz der Limousine, und der Kennedy-Flughafen tauchte viel zu früh auf. Die Glasscheibe zwischen ihnen und dem Chauffeur war geschlossen, und Kezia drückte auf den Knopf, damit sie hinunterging, und erinnerte den Chauffeur daran, zu welchem Terminal sie wollten. Dann ließ sie die Scheibe wieder hinaufgleiten.

»Du bist ein Luder, Schatz.«

»Das ist ein netter Widerspruch.«

»Du weißt, was ich meine.« Er warf einen kurzen Blick auf das Fenster.

»Ja, ich weiß.«

Sie tauschten das hochmütige Lächeln von Leuten, die zum Befehlen geboren sind, sie aufgrund ihres Erbes, er aufgrund seiner Seele. Sie legten den Rest des Weges schweigend zurück, ohne einander loszulassen. Aber wenn Kezia daran dachte, daß er sie verließ, bebte sie innerlich. Und wenn sie ihn nie wiedersah, was dann? Wenn alles nur eine Laune gewesen war? Sie hatte diesem Fremden ihre Seele entblößt und ihr Herz nicht beschützt, und nun verließ er sie.

Lucas hegte die gleichen Befürchtungen. Und noch ein paar andere. Er hatte es innerlich gespürt. Alle Polizeiwagen sahen gleich aus, sie sind hellblau, braungrün, dunkelbraun und haben eine hohe, zitternde Antenne am Heck. Er konnte sie immer spüren, und er hatte diesen gespürt. Jetzt folgte er ihnen in diskreter Entfernung. Er hätte gern gewußt, wieso sie erfahren hatten, daß er bei Kezia war. Er fragte sich, ob sie ihn in jener Nacht in Washington verfolgt hatten, ob er sogar spät nachts auf dem Weg zu ihrer Wohnung beschattet worden war. In letzter Zeit kam es immer häufiger vor. Nicht nur in der Nähe der Gefängnisse, sondern überall. Diese Scheißkerle.

Der Chauffeur checkte Lukes Koffer ein, während Kezia im Wagen wartete. Einige Augenblicke später steckte Luke den Kopf wieder in den Wagen.

»Kommst du mit mir zum Gate, Kleine?«

»Ist es so wie bei der Dusche oder kann ich es mir aussuchen?«

»Diesmal überlasse ich dir die Entscheidung. Bei der Dusche verlasse ich mich auf die meine.«

»Ich auch.«

Er warf einen Blick auf die Uhr.

»Vielleicht solltest du lieber hierbleiben und in die Stadt zurückfahren. Es wäre zu dumm, wenn du Unannehmlichkeiten bekämst.« Er teilte ihre Besorgnis. Er wußte, was es für sie bedeuten würde, wenn die Zeitungen über sie herfielen, falls man sie zusammen sah. Und er war kein Whitney Hayworth III. Er war Lucas Johns, der zwar auch für Schlagzeilen sorgte, aber auf eine für Kezia unangenehme Art. Und wenn ihn die Bullen in dem blauen Wagen stellten? Es konnte ihre Beziehung zerstören, sie abschrekken.

Sie streckte ihm die Arme entgegen, und er beugte sich zu ihr.

»Du wirst mir fehlen, Lucas.«

»Du mir auch.« Er preßte seinen Mund auf den ihren, und sie streichelte sein Haar. Sein Mund schmeckte nach Zahnpasta und kubanischen Zigarren; es war eine Kombination, die ihr gefiel. Sauber und kräftig, wie Luke. Direkt und lebendig.

»Gott, ich verabscheue, daß du weggehst.« Tränen stiegen ihr in die Augen, und plötzlich trat er zurück.

»Schluß damit. Ich rufe dich heute abend an.« Dann war er blitzschnell fort. Die Autotür fiel zu, und sie sah seinem Rücken nach. Er drehte sich nicht um, und ihr liefen lautlos die Tränen über die Wangen.

Sie ließ die Scheibe zum Chauffeur, wie sie gewesen war. Geschlossen. Sie hatte ihm nichts zu sagen. Die Fahrt zurück in die Stadt war öde. Sie wollte mit dem Zigarrenrauch allein sein, mit ihrer Erinnerung an den Tag und an beide Nächte. Ihre Gedanken wanderten in die Gegenwart zurück. Warum war sie nicht mit ihm zum Gate gegangen? Warum hatte sie nicht den Mut gehabt...

Die Scheibe glitt unvermittelt hinunter, und der Fahrer blickte überrascht in den Rückspiegel.

»Ich will zurück.«

»Wie bitte, Miß?«

»Ich will zurück zum Flughafen. Der Gentleman hat etwas vergessen.« Sie zog einen Briefumschlag aus ihrer Handtasche und hielt ihn auf dem Schoß. Eine fadenscheinige Ausrede, der Fahrer mußte sie für verrückt halten, aber es war ihr verdammt egal. Sie wollte nur rechtzeitig hinkommen. Es war an der Zeit, mutig zu sein. Es gab kein Zurück mehr, und das mußte Luke wissen. Von Anfang an.

»Ich werde die nächste Ausfahrt nehmen, Miß, und zurückfahren, sobald ich kann.«

Sie saß verkrampft auf dem Rücksitz und fragte sich, ob sie rechtzeitig hinkommen würden. Aber sie konnte dem Chauffeur keinen Vorwurf wegen seiner Fahrweise machen, er wechselte die Fahrstreifen, überholte mit beängstigender Geschwindigkeit Lastwagen, er flog beinahe. Sie blieben zwanzig Minuten, nachdem sie weggefahren waren, vor dem Terminal stehen, und sie sprang hinaus, bevor der Fahrer den Wagen zum Stehen brachte. Sie drängte sich zwischen Managern, alten Frauen mit Pudeln, jungen Frauen mit Perücken und tränenreichen Abschieden hindurch und suchte atemlos die Gatenummer für den Flug nach Chicago.

Gate 14 E. Verdammt... am anderen Ende des Terminals, fast das letzte Gate. Sie rannte, und ihr Haar löste sich aus dem straffen, eleganten Knoten. Das war vielleicht ein Knüller! Sie lachte über sich selbst, während sie sich durch die Leute drängte und beinahe Kinder niederstieß. Die *paparazzi* würden herrliche Schlagzeilen haben – Erbin Kezia Saint Martin stürmt durch den Flughafen, stößt Leute nieder, um einen Kuß vom Ex-Sträfling und Agitator Lucas Johns zu ergattern. Sie erstickte fast an einem Lachanfall, während sie die letzten Meter zurücklegte, und sah, daß sie es geschafft hatte. Seine breiten Schultern und sein mächtiger Rücken füllten den offenen Eingang des Gates. Sie war gerade noch rechtzeitig gekommen.

»Luke!«

Er drehte sich mit dem Ticket in der Hand langsam um und fragte sich sichtlich, welcher seiner Bekannten in New York war. Dann sah er sie, ihr aufgelöstes Haar hing lose auf den hellroten Mantel hinunter, ihr Gesicht glühte, weil sie gelaufen war. Er trat grinsend aus der Reihe der ungeduldigen Fluggäste und ging auf sie zu.

»Lady, du bist verrückt. Ich war davon überzeugt, daß du inzwischen wieder in der Stadt bist. Ich habe gerade an dich gedacht, und wollte an Bord gehen.«

»Ich war... auf halbem Weg... in die Stadt...« Sie sah ihm atemlos und glücklich in die Augen. »Aber... ich... mußte... zurückkommen.«

»Um Himmels willen, bekomm nur jetzt keinen Herzanfall. Ist alles in Ordnung, Kleine?«

Sie nickte eifrig und fiel ihm in die Arme. »Ausgezeichnet.«

Er erstickte sie beinahe mit einem Kuß, bei dem sie sich auf die Zehenspitzen stellte, umarmte sie so leidenschaftlich, daß ihre Schultern schmerzten.

»Danke, daß du zurückgekommen bist, verrückte Lady.« Er wußte, was es bedeutete. Sie strahlte ihn an. Ihm war bewußt, wer sie war und was die Zeitungen schreiben würden, wenn sie erfuhren, daß Kezia ihn am hellichten Tag inmitten einer Menschenmenge geküßt hatte. Sie war zurückgekommen. Hatte die Heimlichtuerei aufgegeben. In diesem Augenblick wußte er, daß sich seine Hoffnung erfüllt hatte. Sie war real. Und sie gehörte ihm. Die Ehrenwerte Kezia Saint Martin.

»Du bist ein verdammtes Risiko eingegangen.«

»Das mußte ich tun. Um meiner selbst willen. Außerdem liebe ich dich zufällig.«

»Das habe ich gewußt, auch wenn du nicht zurückgekommen wärst... Aber ich bin froh, daß du es getan hast.« Seine Stimme war rauh, während er sie wieder umarmte. »Und jetzt muß ich das Flugzeug erreichen. Ich muß heute nachmittag bei einem Treffen in Chicago sein.« Er ließ sie los und ging.

»Luke...«

Er blieb stehen und sah sie lange an. Beinahe hätte sie ihn

gebeten zu bleiben. Aber das konnte sie nicht. So etwas konnte sie von ihm nicht verlangen. Und er wäre nie geblieben ...

»Halt die Ohren steif!«

»Du auch. Nächste Woche kommen wir zusammen.« Sie nickte, und er ging durch die Tür des Gates. Sie konnte nur noch sehen, wie er mit seinem langen Arm winkte, bevor er über die Rampe nach unten verschwand.

Zum erstenmal in ihrem Leben blieb sie im Flughafen und sah zu, wie das Flugzeug startete. Es tat gut zuzuschauen, wie der schlanke Silbervogel zum Himmel emporstieg. Er sah schön aus, und sie fühlte sich wie neugeboren. Zum erstenmal, seit sie sich erinnern konnte, hatte sie ihr Schicksal selbst in die Hand genommen und war öffentlich das Risiko eingegangen. Kein Verstecken mehr in SoHo, kein Verschwinden irgendwo bei Antibes. Keine Heimlichkeiten mehr. Sie war eine Frau. Sie liebte einen Mann. Endlich hatte sie beschlossen, alles zu riskieren. Der einzige Haken war, daß sie ein Neuling war, und sie spielte mit ihrem Leben, ohne zu wissen, wie hoch der Einsatz war. Sie sah den Polizeibeamten in Zivil nicht, der beim Gate seine Zigarette ausdrückte. Sie sah ihn geradewegs an und ging an ihm vorbei, ohne zu wissen, welche Bedrohung er für sie beide darstellte. Kezia war ein Kind, das blindlings in den Dschungel ging.

14

»Wo, um Himmels willen, bist du gewesen?« Whit klang verärgert, ein Luxus, den er sich bei Kezia selten leistete.

»Ich war hier. Um Gottes willen, Whit, du klingst, als hätte dir jemand deine Strickerei aufgetrennt.«

»Ich finde das gar nicht komisch, Kezia. Ich rufe dich seit Tagen an.«

»Ich hatte Migräne und habe das Telefon auf Beantworter gestellt.«

»Ach, Liebste, das tut mir leid! Warum hast du es mir nicht gesagt?«

»Weil ich mit niemandem sprechen konnte.« Außer mit Lucas. Sie hatte zwei Tage ganz allein verbracht, seit er abgereist war.

Zwei herrliche Tage. Sie mußte einige Zeit allein bleiben, um das Geschehene zu verdauen. Er hatte sie zweimal täglich angerufen, seine Stimme war rauh und voller Lachen, Liebe und Mutwillen. Sie konnte beinahe seine Hände auf ihrem Körper spüren, während sie miteinander sprachen.

»Und wie fühlst du dich jetzt, Schatz?«

»Wunderbar.« Hochstimmung. Der neue Klang stahl sich in ihre Stimme. Sogar Whit gegenüber.

»Du klingst jedenfalls so. Du hast hoffentlich nicht auf heute abend vergessen.« Er klang wieder pedantisch und gereizt.

Ach verdammt. Die Pflicht rief. »Ich habe keine Ahnung. So geht es mir bei einer Migräne immer. Sag mir, was heute abend ist!«

»Die Dinners für die Sergeanthochzeit beginnen heute.«

»O Gott. Welches ist es?« Hatte sie etwa schon einige der frivolen Feste versäumt? Sie hoffte es.

»Heute ist das erste. Cassies Tante gibt ihnen zu Ehren ein Dinner. Smoking. Erinnerst du dich jetzt, Schatz?«

Ja, aber es wäre ihr lieber gewesen, wenn es nicht notwendig gewesen wäre. Und er sprach zu ihr, als wäre sie geistig zurückgeblieben. »Ja, Whit. Jetzt erinnere ich mich. Ich weiß aber nicht, ob ich schon soweit bin.«

»Du hast doch gesagt, du fühlst dich ausgezeichnet.«

»Natürlich, mein Lieber, aber ich war drei Tage im Bett. Das Dinner könnte anstrengend werden.« Es war allerdings ein Muß, das wußte sie. Sie durfte es nicht versäumen, um der Gesellschaftsspalte willen, wenn aus keinem anderen Grund. Sie hatte genügend Freizeit gehabt. Sie hatte in den letzten Tagen sogar die Spalte ganz links liegen lassen. Jetzt zurück an die Arbeit und zur Wirklichkeit. Aber wie? Wie, nach Luke? Die Idee war absurd. Welche Wirklichkeit? Wessen? Whits? Was für ein Unsinn. Die Wirklichkeit hieß jetzt Luke.

»Falls du noch nicht soweit bist, schlage ich vor, daß du es Mrs. Fitz-Matthew erklärst«, meinte Whit verdrießlich. »Es ist ein Dinner für fünfzig Personen, und sie wird wissen wollen, warum du ihre Sitzordnung durcheinanderbringst.«

»Ich sollte vermutlich hingehen.«

»Ganz meine Ansicht.«

Idiot. »Also gut, mein Lieber. Ich werde es tun.« Der Ton ihrer

Stimme deutete an, daß sie eine Märtyrerin war, obwohl sie das Lachen unterdrückte.

»Du bist ein braves Mädchen, Kezia. Ich habe mir ernstlich Sorgen darüber gemacht, wo du steckst.«

»Ich war die ganze Zeit hier.« Und Luke auch eine Weile lang.

»Mit einer Migräne, du Arme. Wenn ich es gewußt hätte, hätte ich dir Blumen geschickt.«

»Mein Gott, ich bin froh, daß du es nicht getan hast.« Dieser Ausruf war ihr entschlüpft.

»Was?«

»Rosenduft verschlimmert den Kopfschmerz.« Atempause.

»Ach. Dann war es ja besser, daß ich von deinem Zustand nichts wußte. Ruh dich jetzt für heute abend aus. Ich hole dich um acht ab.«

»Schwarze oder weiße Masche?«

»Ich sagte dir doch, schwarz. Freitag abend ist Frackzwang.«

»Was ist am Freitag?« Der Veranstaltungskalender der vornehmen Gesellschaft war ihr vollkommen entfallen.

»Diese Kopfschmerzen machen dich anscheinend wirklich vergeßlich. Freitag findet das Probedinner statt. Du kommst doch zur Hochzeit, nicht wahr?«

Es war eine rein rhetorische Frage. Aber er mußte einen Schock in Kauf nehmen. »Eigentlich weiß ich noch nicht, was ich machen werde. Ich sollte dieses Wochenende zu einer Hochzeit nach Chicago fliegen. Ich weiß noch nicht, wofür ich mich entscheiden werde.«

»Wer heiratet denn in Chicago?«

»Eine alte Schulfreundin.«

»Kenne ich sie?«

»Du kennst sie nicht, aber sie ist ein sehr nettes Mädchen.«

»Schön, also tu, was du für richtig hältst.« Seine Stimme klang wieder ärgerlich. Sie konnte mitunter so unberechenbar sein. »Laß mich nur wissen, wozu du dich entschließt. Ich hatte eigentlich damit gerechnet, daß du zu den Sergeants kommst.«

»Wir werden die Sache schon deichseln. Auf später, mein Lieber.« Sie schickte ihm eine Kußhand, legte auf und drehte eine Pirouette auf nackten Zehenspitzen, der Satin-Morgenrock öffnete sich und enthüllte ihre noch sonnengebräunte Haut. »Eine Hochzeit in Chicago.« Sie lachte, während sie durch den Korridor lief, um ihr Bad einzulassen. Verdammt, ihr Vorhaben war interessanter als eine Hochzeit. Sie würde zu einem Rendezvous mit Luke fliegen.

»Mein Gott, du siehst fabelhaft aus, Kezia!« Diesmal war sogar Whitney beeindruckt. Sie trug ein hauchdünnes Seidenkleid, das à la Grecque über einer Schulter drapiert war. Es war von einem blassen Korallenrot, und der Stoff schien sie zu umschweben, wenn sie ging. Ihr Haar war zu zwei langen aufgesteckten Flechten frisiert, die mit einem Band durchzogen waren, und ihre mattgoldenen Sandalen schienen ihre Füße kaum zu berühren. Sie schwebte dahin wie eine überirdische Erscheinung, und an ihren Ohren und am Hals glänzten Korallen und Brillanten. Doch etwas an der Art, wie sie sich bewegte, verwirrte Whit, der sie beobachtete. Sie war heute abend so auffallend, daß es beinahe beunruhigend wirkte. »Ich habe dich noch nie so attraktiv oder so schön erlebt.«

»Danke, mein Lieber.«

Sie lächelte ihm geheimnisvoll zu, während sie an ihm vorbei durch die Tür hinaushuschte. Ein Duft von Maiglöckchen umgab sie. Dior. Sie sah erlesen aus. Und es war mehr als nur ihr Äußeres. Heute abend wirkte sie weiblicher als je zuvor. Diese Veränderung hätte ihn erschreckt, wenn sie nicht so alte Freunde gewesen wären.

Im Haus von Cassies Tante erwartete ein Butler die Gäste am Eingang. Zwei Parkwächter standen bereit, um Whits Wagen zu parken, wenn er nicht mit der Limousine gekommen wäre. Außer dem unbeugsamen Butler George, der einmal in der »guten alten Zeit« bei Pétain in Paris angestellt gewesen war, standen zwei Hausmädchen in gestärkter schwarzer Dienstkleidung ausdruckslos in Bereitschaft, um Mäntel abzunehmen und die Damen zu dem richtigen Schlafzimmer zu weisen, wo sie Make-up und Frisur zurechtmachen konnten, bevor sie sich der Gesellschaft präsentierten. Ein zweiter Butler erwartete sie unterwegs, um den Abend mit einem Glas Champagner einzuleiten.

Kezia übergab eine weiße Nerzjacke der schwarzgekleideten Zofe, die auf sie zukam, hatte aber weder das Bedürfnis noch Lust, ihr »Make-up aufzufrischen«.

»Liebste?« Whit hielt ihr ein Glas Champagner hin, und das

war das letzte Mal, daß er sie aus der Nähe bewundern konnte. Den Rest des Abends über bekam er sie flüchtig zu sehen, wenn sie lachend inmitten eines Kreises von Freundinnen stand, mit Männern tanzte, die er seit Jahren nicht in seinem Umkreis angetroffen hatte, jemandem ins Ohr flüsterte, und ein- oder zweimal sah er sie allein auf der Terrasse, wo sie in die Herbstnacht zum East River hinausblickte. Aber sie ging ihm an dem Abend aus dem Weg. Jedesmal, wenn er sich ihr näherte, entschwebte sie. Das Gefühl, eine Erscheinung zu beobachten oder einfach einem Traum nachzuhängen, war in der Tat verdammt ärgerlich. Und die Leute sprachen über sie. Die Männer zumindest auf eine merkwürdige Art und Weise, die ihn verwirrte. Eigentlich wollte er, oder er glaubte es zu wollen, »ständiger Begleiter von Kezia Saint Martin« sein. Schon vor Jahren hatte er es sorgfältig geplant, doch in letzter Zeit bekam alles einen merkwürdigen Beigeschmack, und ihr Ton oder die Bemerkung, die sie am Vormittag fallengelassen hatte, mißfielen ihm. Er war der Meinung, daß sie an einer unausgesprochenen, aber beiderseits stillschweigend anerkannten Vereinbarung festhielten. Oder mußten sie es schließlich doch zugeben? Zumindest nahmen alle anderen es an. Kezia hielt sich übrigens diesbezüglich gut. Jedenfalls legte sie darauf keinen Wert, das wußte Whit. Er war sicher... oder war es wirklich... Edward? Plötzlich schoß ihm der Gedanke durch den Kopf und ließ sich nicht mehr vertreiben. Ob Kezia mit Edward schlief? Und die beiden ihn zum Narren hielten?

»Guten Abend, Whit.«

Der Gegenstand seines neu erwachten Verdachtes war neben ihm aufgetaucht. »Abend«, murmelte er. »Schöne Party, nicht wahr?«

»Ja, Edward. Die liebe Cassie läuft stilvoll aus.«

»Wenn du das sagst, klingt es, als wäre sie ein Schiff. Ich muß allerdings zugeben, daß die Anspielung nicht ganz unberechtigt ist.« Edward und Whit betrachteten voll Rechtschaffenheit die mehr als nur etwas gerundeten Formen der zukünftigen Braut, die wie ein Zementblock in rosa Satin geschnürt war.

»Mrs. Fitz-Matthew gibt bestimmt ihr Bestes.« Edwards Blick wanderte ziellos über das Gedränge, das sie umgab. Das Diner war ausgezeichnet gewesen. Bongo-Bongo Suppe, Lachs aus Neuschottland, von den Rockies eingeflogene Panzerkrebse, in erschreckenden Mengen aus Frankreich eingeschmuggelter Beluga-Kaviar. (»Wissen Sie, Liebste, in Frankreich existieren keine absurden Vorschriften, nach denen man dieses gräßlich salzige Zeug hinzufügen muß. Wie kann man nur guten Kaviar so verderben!«) Auf die Fischgerichte war Lammrücken und eine fast nicht zu bewältigende Anzahl von Gemüsen gefolgt, salade d'endives und Soufflé Grand Marnier – nach dem Brie, einem riesigen Laib von Fraser Morris in der Madison, dem einzigen Geschäft in der Stadt, in dem man ihn kaufen konnte. »Nur Carla Fitz-Matthew verfügt über Personal, das imstande ist, ein Soufflé für fünfzig Personen herzustellen.«

»Ein verdammt gutes Diner, nicht wahr, Whit.«

Whit nickte grimmig. Er hatte ein wenig über den Durst getrunken, und ihm gefielen die neuen Gedanken gar nicht, die ihm durch den Kopf gegangen waren.

»Wo ist übrigens Kezia?«

»Das solltest du eigentlich wissen.«

»Dein Vertrauen schmeichelt mir, Whit. Aber ich habe den ganzen Abend noch kein einziges Wort mit ihr gesprochen.«

»Dann hebe es dir für das Bettgeflüster heute nacht auf«, murmelte Whit in sein Glas, aber die Worte entgingen Edward nicht.

»Wie meinst du?«

»Verzeihung... ich nehme an, sie steckt irgendwo. Sie treibt sich im Saal herum. Sie sieht heute abend recht gut aus.«

»Du könntest eigentlich einen zutreffenderen Ausdruck gebrauchen als ›recht gut‹, Whit.« Edward grinste in sein fast leeres Weinglas und wunderte sich über Whits Bemerkung. Etwas an seinem Ton gefiel ihm nicht, er konnte doch nicht gemeint haben, was er sagte. Außerdem war er offenbar beschwipst. »Das Kind sieht blendend aus. Ich sah euch gemeinsam hier eintreffen.«

»Du wirst uns allerdings nicht gemeinsam weggehen sehen. Wie gefällt dir diese Überraschung?« Whitney sah Edward plötzlich boshaft von der Seite an, machte auf dem Absatz kehrt und hielt in der Bewegung inne. »Oder überrascht dich das gar nicht?«

»Wenn du ohne Kezia weggehen willst, solltest du es ihr mitteilen. Ist etwas nicht in Ordnung?«

»Ist denn überhaupt etwas in Ordnung? Gute Nacht, Sir. Ich überlasse sie dir. Du kannst ihr an meiner Stelle Guten Abend wünschen.«

Er verschwand sofort in der Menge und drückte sein leeres Glas Tiffany Benjamin in die Hand. Sie stand im Weg, als er zur Tür ging, und starrte verzückt in das leere Glas, das sie sofort schwenkte, um es neu füllen zu lassen, ohne zu bemerken, daß sie inzwischen zwei Gläser in den Händen hielt.

Edward sah ihm nach und fragte sich, worauf Kezia hinaus wollte. Was immer es auch sein mochte, es war klar, daß es Whit nicht gefiel, obgleich Edward keine Ahnung hatte, was ihn daran störte. Vorsichtige Nachforschungen hatten seinen jahrelangen Verdacht bestätigt. Whitney Hayworth III. war, wenn auch nicht zugegebenermaßen, entschieden homosexuell. Eine etwas fadenscheinige Tarnung für Kezia, auch wenn sie etwas mit diesem Jungen im Village hatte, was ebenfalls kein tröstlicher Gedanke war. Aber Whitney ... warum mußte er ... man konnte es einfach bei diesen Leuten nicht mehr wissen. Natürlich hatte es diese Dinge in seiner Jugend auch gegeben, besonders unter Jungens in der Hauptschule. Aber das wurde damals nicht so ernst genommen. Es war sozusagen eine Ersatzhandlung; niemand hielt es für eine Weichenstellung für das ganze Leben. Nur ein vorübergehendes Entwicklungsstadium, bevor man ruhiger wurde, eine Frau fand und heiratete. Aber jetzt nicht mehr ... nicht mehr ...

»Hallo, Liebling. Warum blickst du so düster?«

»Düster? Keineswegs, nur nachdenklich.« Edward lächelte Kezia zu, und das fiel einem bei ihr leicht. »Übrigens, dein Begleiter hat sich soeben verdrückt. Ziemlich beschwipst.«

»Er war schon den ganzen Tag schlechter Laune. Heute vormittag fuhr er mich am Telefon an, weil er mich nicht erreicht hatte. Er wird darüber hinwegkommen. Vermutlich sehr schnell.« Sie wußten beide, daß Mrs. Fitz-Matthews' Haus sich nur wenige Blocks von der Wohnung von Whits Liebhaber befand. Edward zog vor, die Anspielung zu überhören.

»Und was hast du angestellt?«

»Nicht viel. Habe wieder einmal mit ein paar Leuten geplaudert. Cassies Hochzeit hat uns alle aus unseren Schlupfwinkeln geholt. Es gibt hier Leute, die ich seit zehn Jahren nicht mehr zu Gesicht bekommen habe. Es ist wirklich ein schöner Abend und eine überaus gelungene Party.« Sie wirbelte um ihn herum, tätschelte seinen Arm und küßte ihn auf die Wange.

»Ich dachte, du magst diese Galaereignisse nicht.«

»Alle heiligen Zeiten einmal mag ich sie.« Er blickte sie streng an, dann mußte er gegen seinen Willen lachen. Sie war unmöglich und dabei so unglaublich hübsch. Nein, mehr als hübsch. Heute abend war sie außerordentlich schön. Whitneys schwaches »recht gut« war ein vollkommen unzulängliches Lob gewesen.

»Kezia ...«

»Ja, Edward?« Sie sah engelhaft aus, blickte ihn ganz ruhig an, und er versuchte, ihr Lächeln nicht zu erwidern.

»Wo warst du in letzter Zeit? Whitney ist nicht der einzige, der dich nicht erreichen konnte. Ich habe mir auch ein wenig Sorgen um dich gemacht.«

»Ich war beschäftigt.«

»Mit dem Künstler? Dem jungen Mann im Village?«

Der arme Kerl sah wirklich besorgt aus. Die Vorstellung von Geld, das sie mit ihren zarten Händen hinauswarf ... »Nicht das Village. SoHo. Nein, das war nicht der Grund.«

»Etwas anderes? Oder sollte ich besser sagen, jemand anderer?«

Kezia spürte beinahe, wie sich ihr Rücken verspannte. »Liebster, du machst dir zu viel unnötige Sorgen.«

»Vielleicht habe ich allen Grund dazu.«

»In meinem Alter nicht mehr.« Sie steckte seine Hand unter ihren Arm, führte ihn zu seinen Freunden und brach damit das Gespräch ab, ohne aber seine Befürchtungen zerstreut zu haben. Er kannte sie zu gut. Es war etwas vorgefallen. Etwas, das noch nie zuvor geschehen war, und sie hatte sich bereits unmerklich verändert. Er spürte es. Wußte es. Sie sah viel zu glücklich und viel zu ausgeglichen aus, als wäre sie endlich seinem Einfluß entkommen. Sie war nur noch körperlich auf Carla Fitz-Matthews kunstvoll arrangierter Party. Das wußte aber nur Edward. Er wußte allerdings nicht, wo sie sich wirklich befand. Oder bei wem.

Eine halbe Stunde später bemerkte Edward, daß Kezia die Party verlassen hatte. Vorsichtige Erkundigungen ergaben, daß sie allein weggegangen war. Das beunruhigte ihn. Sie war nicht so gekleidet, daß sie sich allein in der Stadt herumtreiben konnte, und er wußte nicht, ob Whitney ihr den Wagen gelassen hatte. Der niederträchtige kleine Homo hätte zumindest das für sie tun können.

Edward verabschiedete sich und winkte einem Taxi, um in seine Wohnung in East Eighty-third zu fahren, doch plötzlich gab er dem Fahrer die Adresse Kezias an. Er war über sich selbst entsetzt. Das hatte er noch nie getan. So eine Dummheit... in seinem Alter... sie war eine erwachsene Frau... vielleicht war sie nicht allein... aber... er mußte es einfach tun.

»Kezia?« Sie meldete sich auf das erste Klingeln an der Sprechanlage, während Edward verlegen neben dem Portier stand.

»Edward? Ist etwas nicht in Ordnung?«

»Nein. Der Überfall tut mir leid, aber kann ich zu dir hinaufkommen?«

»Natürlich.« Sie legte auf, und er war einen Augenblick später in ihrer Etage.

Sie erwartete ihn in der offenen Tür, als er aus dem Fahrstuhl stieg. Sie sah plötzlich besorgt aus, während sie barfuß in ihrem Abendkleid, mit offenen Haaren und ohne Schmuck vor ihm stand. Edward fühlte sich wie ein alter Narr.

»Stimmt etwas nicht, Edward?« Er schüttelte den Kopf, und sie ließ ihn in die Wohnung ein.

»Kezia... ich... es tut mir so leid. Ich hätte nicht kommen dürfen, aber ich mußte mich vergewissern, daß du heil nach Hause gekommen bist. Ich sehe es nicht gern, daß du mit all dem Schmuck ohne Begleitung nach Hause gehst.«

»Mein lieber, lieber Pessimist, ist das alles?« Sie lachte leise. »Mein Gott, Edward. Ich dachte schon, etwas Schreckliches sei dir zugestoßen.«

»Vielleicht triffst du damit ins Schwarze.«

»Oh.« Ihr Gesicht wurde für einen Moment wieder ernst.

»Ich glaube, ich bin heute endgültig senil geworden. Ich hätte dich anrufen können, statt persönlich bei dir vorbeizukommen.«

»Wenn du schon hier bist, möchtest du etwas trinken?« Sie stellte nicht in Abrede, daß er sie hätte anrufen sollen, aber sie war immer gleichmäßig freundlich. »Birnen- oder Himbeerlikör?« Sie ließ ihn in einem Stuhl Platz nehmen und ging zu dem chinesischen Schränkchen mit Einlegearbeit, in dem sie die Liköre aufbewahrte. Edward kannte das Kästchen genau: Er hatte ihre Mutter begleitet, als sie es bei Sothebys erstanden hatte.

»Birne, danke, meine Liebe.« Er sank müde in einen der vertrauten Samtfauteuils und sah zu, wie sie den starken, wasserhellen Likör in ein Gläschen goß. »Du bist wirklich nett zu deinem alten Onkel Edward.«

»Sei nicht komisch.« Sie reichte ihm das Getränk und setzte sich ihm zu Füßen auf den Boden.

»Hast du eine Ahnung, wie schön du bist?« Sie wehrte das Kompliment mit einer Handbewegung ab und zündete sich eine Zigarette an, während er an seinem Birnenlikör nippte. Sie fragte sich, ob er vielleicht zu viel getrunken hatte. Er wirkte allmählich ein wenig traurig. Und sie erwartete einen Telefonanruf von Luke.

»Ich bin froh, daß dir nichts zugestoßen ist«, begann er. Dann konnte er sich nicht mehr beherrschen. »Kezia, was hast du eigentlich vor?« Er mußte die Wahrheit einfach erfahren.

»Absolut nichts. Ich sitze hier bei dir, und ich war im Begriff, mich auszuziehen und noch ein wenig an meiner Kolumne zu arbeiten. Ich will den Text morgen früh telefonisch durchgeben ... ich glaube nicht, daß Carla, wenn sie wüßte, wer Hallam ist, mich danach noch ansehen würde. Man kann sie zu leicht lächerlich machen. Ich konnte der Gelegenheit nicht widerstehen.«

Kezia versuchte, die Angelegenheit auf die leichte Schulter zu nehmen, aber Edward wirkte älter und müder, als sie ihn jemals gesehen hatte.

»Kannst du nicht einen Augenblick ernst bleiben? Ich wollte nicht wissen, was du jetzt tust, ich meinte ... du siehst neuerdings so verändert aus.«

»Was heißt neuerdings?«

»Heute abend.«

»Sehe ich aus, als wäre ich bekümmert, krank, unglücklich, unterernährt? Was ist anders an mir?« Sie schätzte seine inquisitorischen Fragen nicht und wollte den Spieß umdrehen. Es war höchste Zeit, diesem Unsinn ein Ende zu bereiten. Sie wollte keine weiteren unangemeldeten nächtlichen Besuche.

»Nein, nein, nichts dergleichen. Du siehst ausnehmend gut aus.«

»Dennoch machst du dir Sorgen?«

»Ja, aber ... schon gut, schon gut, verdammt noch mal. Du weißt genau, was ich meine, Kezia. Und du bist das Ebenbild deines verflixten Vaters. Du sagst niemandem etwas, bis es zu spät ist. Dann müssen alle anderen die Stücke auflesen.«

»Ich versichere dir, mein Lieber, du wirst nie etwas auflesen müssen, nicht bei mir. Und da wir uns darüber einig sind, daß ich ausgeruht, gesund und gut ernährt aussehe, mein Konto nicht überzogen ist und ich nicht nackt im Oak Room erschienen bin ...

worüber machst du dir eigentlich Sorgen?« Ihre Stimme klang nur ein wenig schärfer.

»Du weichst mir aus.« Er seufzte. Er wußte, daß er keine Chance hatte.

»Nein, mein Lieber. Ich habe das Recht auf etwas Privatleben, ganz gleich, wie sehr ich dich mag oder ob du ein guter Vater für mich warst. Ich bin jetzt erwachsen, mein Lieber. Ich frage nicht, ob du mit deinem Hausmädchen oder deiner Sekretärin schläfst oder was du allein nachts im Badezimmer treibst.« Etwas an Edwards Wesen verriet ihr, daß er solche Rituale im Badezimmer pflegte, wohin sie »gehörten«.

»Kezia! Das ist einfach abscheulich!« Er sah böse und verletzt aus. Nichts verlief mehr, wie er es wollte. Nicht bei ihr.

»Es ist nicht abscheulicher als die Tatsache, daß du mich nach meinem Intimleben fragst. Du formulierst es nur eleganter als ich.«

»Also gut. Ich habe verstanden.«

»Das freut mich.« Es war höchste Zeit. »Aber nur um deine aufgestörte arme Seele zu beruhigen, kann ich dir ehrlich erklären, daß es im Augenblick nichts gibt, worüber du dir Sorgen machen könntest. Wirklich nichts.«

»Wirst du es mir erzählen, wenn der Fall eintritt?«

»Ich werde dich nie um die Gelegenheit bringen, dir meinetwegen Sorgen zu machen.«

Er lachte und lehnte sich zurück. »Also gut. Ich benehme mich unmöglich. Ich weiß es, und es tut mir leid. Nein ... es tut mir nicht leid. Ich möchte gerne sicher sein, daß in deinem Leben alles in Ordnung verläuft. Jetzt überlasse ich dich deiner Arbeit. Du mußt heute abend einige gute Anregungen für deine Spalte bekommen haben.« Der Raum war förmlich von Klatsch erfüllt gewesen. Und es machte ihn verlegen, daß er sich aufgedrängt hatte, überhaupt in ihre Wohnung gekommen war, noch dazu zu dieser unpassenden Zeit. Es war nicht leicht, als Ersatzvater zu fungieren, und noch schwerer, wenn man in sein Ersatzkind verliebt war.

»Ich habe wirklich ein paar schöne Fakten und dazu die Schilderung von Carlas organisatorischer Verschwendungssucht. Es ist wirklich eine Schande, Tausende für eine solche Party aus dem Fenster zu werfen.«

Das klang ganz nach der alten Kezia, die ihm keine Angst machte, die er so gut kannte und die immer ihm gehören würde.

»Natürlich nehme ich meine Person nicht aus«, verkündete sie gutgelaunt.

»Du durchtriebenes Biest. Was wirst du über dich selbst schreiben? Hoffentlich, daß du überwältigend ausgesehen hast.«

»Nein, vielleicht werde ich mein Kleid erwähnen. Aber eigentlich habe ich Whits reizenden Abgang beschrieben.«

War sie böse? Konnte es ihr denn etwas ausmachen? »Aber warum?«

»Um es ganz deutlich zu sagen, weil die Zeit für Spiel und Spaß vorbei ist. Es ist an der Zeit, daß Whit seinen eigenen Weg geht und ich den meinen. Whit hat nicht die Courage dazu, und möglicherweise ich auch nicht; wenn ich etwas Peinliches über ihn schreibe, wird vielleicht sein Freund am Sutton Place den Lügen ein Ende machen. Wenn er nur im geringsten an Whit hängt, wird er nicht dulden, daß Whit öffentlich der Lächerlichkeit preisgegeben wird.«

»Mein Gott, Kezia, was hast du geschrieben?«

»Nichts Anstößiges. Ich werde ganz bestimmt in der Presse keine anstößigen Beschuldigungen erheben. Das würde ich Whit niemals antun. Übrigens auch mir nicht. Das Wesentliche ist, daß ich letzten Endes keine Zeit habe, weiterhin dieses Spiel zu treiben. Für Whit ist das auch nicht gut. Ich erwähnte in meinem Artikel nur, daß... hier, ich lese ihn dir vor.« Sie sprach in unbeteiligtem Ton und ging zu ihrem Schreibtisch. Er beobachtete sie, mit heftiger Sehnsucht im Herzen.

»In der Menge gab es auch etliche der üblichen unzertrennlichen Paare; Francesco Cellini und Miranda Pavano-Casteja; Jane Roberts und Bentley Forbes; Maxwell Dart und Courtney Williamson, und natürlich Kezia Saint Martin und ihren ständigen Begleiter Whitney Hayworth III., obgleich dieses Paar gestern nacht selten zusammen gesehen wurde, da jeder anscheinend auf eigene Faust unterwegs war. Es blieb auch nicht unbemerkt, daß Whitney, anscheinend plötzlich verärgert, die Party frühzeitig verließ und Kezia allein inmitten der Tauben, Falken und Papageien zurückließ. Vielleicht hat der elegante Whitney genug davon, ihr wie ein Schatten zu folgen? Erbinnen können so anspruchsvoll sein. In Carla Fitz-Matthews Prunkräumen stellte man auch fest... Wie klingt es?« Sie war plötzlich quietschvergnügt und unbekümmert wegen der Skandalgeschichte, die sie geschrieben hatte; ihre geschäftsmäßige Art war vorbei, sobald sie die Kolumne beiseitegelegt hatte. Neuigkeit war Neuigkeit und Klatsch war Klatsch, und Edward wußte, daß beides sie im Grunde langweilte.

Er sah mit einem ungläubigen Lächeln zu ihr hinüber. »Es klingt ziemlich aggressiv. Offen gestanden, ich glaube nicht, daß es ihm gefallen wird.«

»Das ist auch nicht meine Absicht. Es soll etwas herabsetzend wirken. Und wenn er nicht den Mut hat, mich zum Teufel zu schicken, nachdem ich in aller Öffentlichkeit an seinem Image gekratzt habe, dann wird ihm sein geliebter Freund vorwerfen, daß er keinen Mut besitzt. Das wird er begreifen.«

»Warum sagst du ihm nicht einfach, daß es zwischen euch aus ist?«

»Weil ich den einzigen triftigen Grund dafür offiziell nicht kenne. Außerdem langweilt er mich. Zum Teufel, Edward, ich weiß nicht... vielleicht bin ich feig. Ich möchte es lieber ihm überlassen. Wobei ich ihm einen kräftigen Stoß in die richtige Richtung versetze. Alles, was ich ihm ins Gesicht sagen könnte, wäre zu beleidigend.«

»Und was du in der Spalte andeutest, macht es besser?«

»Natürlich nicht. Aber er weiß nicht, daß es von mir stammt.«

Edward lachte wehmütig, trank sein Glas aus und stand auf. »Laß es mich wissen, wenn dein Plan Wirkung zeitigt.«

»Das wird der Fall sein. Ich könnte darauf wetten.«

»Und was dann? Posaunst du auch das in deiner Kolumne aus?«

»Nein. Ich danke Gott.«

»Du verwirrst mich, Kezia. Aber in diesem Sinn, meine Liebe, wünsche ich dir eine gute Nacht. Verzeih mir, daß ich dich so spät noch gestört habe.«

»Diesmal vergebe ich dir noch.«

Das Telefon läutete, während sie ihn zur Tür begleitete, und ihr Gesicht zeigte plötzlich Erregung.

»Ich finde den Weg schon allein.«

»Danke.« Sie drückte ihm einen Kuß auf die Wange, lief zu ihrem Schreibtisch zurück und überließ es Edward, die Tür leise hinter sich zu schließen und allein auf den Fahrstuhl zu warten.

»Hallo, Kleines, ist es zu spät für einen Anruf?« Es war Luke.

»Natürlich nicht, ich dachte gerade an dich.«

»Ich auch. Ich sehne mich verdammt nach dir, Kleine.«

Sie öffnete den Reißverschluß ihres Kleides und trug das Telefon ins Schlafzimmer. Es war so gut, seine Stimme wieder in diesem Zimmer zu hören. Es war beinahe so, als wäre er persönlich anwesend. Sie konnte noch seine Liebkosung spüren... noch... »Ich liebe dich, und du fehlst mir gewaltig.«

»Gut. Willst du dieses Wochenende nach Chicago kommen?«

»Ich habe darum gebetet, daß du mich aufforderst.«

Er lachte rauh in ihr Ohr und zog an einer seiner kubanischen Zigarren. Er nannte ihr die Nummer des Fluges, den sie nehmen sollte, schickte ihr einen Kuß und legte auf.

Sie schlüpfte glücklich aus dem Kleid und blieb eine Weile lächelnd stehen, ehe sie sich für die Nacht zurechtmachte. Was für ein wunderbarer Mann Lucas doch war. Edward war völlig aus ihrem Gedächtnis gelöscht. Ebenso Whit, dessen Anruf der erste am nächsten Morgen war.

15

»Kezia? Whitney.«

»Ja, mein Lieber. Ich weiß.« Sie wußte viel mehr, als er ahnte.

»Was weißt du?«

»Ich weiß, daß nur du es sein kannst, mein Dummer. Wie spät ist es?«

»Zwölf Uhr vorbei. Habe ich dich geweckt?«

»Um diese Zeit kaum. Ich wollte es nur wissen.« Der Artikel war also in der zweiten Morgenausgabe erschienen. Sie war bei Morgengrauen aufgestanden, um ihn telefonisch durchzugeben.

»Wir sollten miteinander lunchen.« Es klang sehr entschieden, sehr sachlich und reichlich nervös.

»Jetzt sofort? Ich bin noch nicht angezogen.« Es war gemein von ihr, aber es amüsierte sie. Es war so leicht, mit ihm zu spielen.

»Nein, nein, natürlich erst, wenn du soweit bist. La Grenouille um eins?«

»Wunderbar. Ich wollte dich ohnehin anrufen. Ich habe beschlossen, an diesem Wochenende doch zu der Hochzeit nach Chicago zu fliegen. Ich glaube wirklich, daß ich es meiner Freundin schuldig bin.«

»Wahrscheinlich hast du recht. Und Kezia ...«

»Ja, mein Lieber, was denn?«

»Hast du heute schon Zeitung gelesen?«

Klar, mein Lieber. Ich habe es ja selbst geschrieben. Zumindest den Teil, den du meinst... »Nein. Warum? Befindet sich die Nation im Kriegszustand? Du klingst wirklich ziemlich aufgeregt.«

»Lies die Hallam-Spalte. Dann wirst du es verstehen.«

»Ach du meine Güte! Ein bösartiger Angriff?«

»Wir können beim Lunch darüber sprechen.«

»Also gut, mein Lieber, bis später.«

Als er auflegte, kaute er an einem Bleistift. Mein Gott, hoffentlich würde sie sich einsichtsvoll zeigen. Es wurde wirklich ein bißchen zuviel. Armand würde sich diesen Unsinn nicht mehr lang gefallen lassen. Er hatte Whitney beim Frühstück den Teil der Zeitung zusammen mit einem fürchterlichen Ultimatum an den Kopf geworfen. Whitney konnte ihn auf keinen Fall verlieren. Das ging über seine Kraft. Denn er liebte ihn.

Als sie im La Grenouille am Tisch Platz genommen hatten, verlief ihr Gespräch im staccato, aber ziemlich direkt. Oder vielmehr drückte sich Whit direkt aus, während Kezia schwieg. Er hing einfach zu sehr an ihr, stand ihr zu besitzergreifend gegenüber und wußte, daß er kein Recht dazu hatte. Das hatte sie jedenfalls klargestellt. Und wie sah er dabei aus? Dazu kam, daß er ihr zur Zeit so wenig zu bieten hatte; er war nicht einmal an der Firma beteiligt, und angesichts ihrer Position ... und dazu war seine Lage mehr als peinlich... verstand sie sein Dilemma überhaupt? Er wußte nur, daß sie ihn nie heiraten würde, und während sie immer seine große Liebe bleiben würde, mußte er einfach heiraten und Kinder zeugen, und sie war nicht bereit... ach Gott, war das alles schrecklich peinlich!

Kezia nickte stumm und schluckte ihre *Quenelles Nantua.* Was sollte ein Mädchen in diesem Fall tun? Ja, sie verstand vollkommen, er hatte natürlich recht, sie war Lichtjahre von einer Heirat entfernt und würde, weil ihre Eltern tot waren und da sie ein

Einzelkind war, wahrscheinlich nie heiraten, um ihren Familiennamen zu bewahren. Eigene Kinder zu haben, war für sie eine Möglichkeit, die sie sich nicht im entferntesten vorstellen konnte, es tat ihr schrecklich leid, wenn sie ihn damit verletzt haben sollte, doch wahrscheinlich war es so am besten. Für beide Teile. Sie gewährte ihm das gute Gefühl, recht zu behalten. Und sie würden immer »die allerbesten Freunde« bleiben. Für immer und ewig.

Whitney nahm sich heimlich vor, ihr durch Effie einmal wöchentlich Blumen schicken zu lassen, bis sie siebenundneunzig war. Sie hatte es, Gott sei Dank, gut aufgenommen. Verdammt, vielleicht hatte er mit seinem Verdacht recht, daß zwischen ihr und Edward etwas im Gang war. Bei Kezia mußte man auf alles gefaßt sein, man spürte nur, daß mehr bei ihr dahintersteckte, als sie sich anmerken ließ, trotz ihrer äußeren Ausgeglichenheit und Vollkommenheit. Aber wen kümmerte es, verdammt noch mal? Er war frei! Befreit von den unerträglichen Abenden, an denen er der Mann an ihrer Seite war. Und natürlich, um sich »von dem schrecklichen Verlust ihrer Person« zu erholen, würde er monatelang nicht in der Gesellschaft erscheinen ... und konnte endlich ein ihm genehmes Leben auf dem Sutton Place mit Armand führen. Es war auch schon an der Zeit. Das hatte Armand beim Frühstück klargestellt. Nach drei Jahren des Wartens hatte er die Nase voll. Und nun wurde Whitney auch noch in den Zeitungen gedemütigt ... Hallam hatte ihn wie ein Hündchen dargestellt, das nach Kezias Röcken schnappte, und vielleicht war es schließlich doch das Beste. Kein Versteckspiel mehr, keine Kezia. Nicht für ihn.

Kezia verließ das La Grenouille mit beschwingten Schritten und ging die Fifth Avenue hinunter, um einen Blick in die Schaufenster von Saks zu werfen. Sie würde nach Chicago fliegen ... Chicago ... Chicago! Endlich war sie Whit los, das hatte sie auf die bestmögliche Art und Weise geschafft. Der arme Kerl hatte vor Erleichterung fast geweint. Es war ihr beinahe unangenehm, dabei so traurig auszusehen. Am liebsten hätte sie ihm und sich selbst gratuliert. Sie hätten mit Champagnergläsern anstoßen und Jubelschreie ausstoßen sollen, nach all den Jahren, in denen sie für ihre Bekannten eine Show abgezogen hatten, und verdammt noch mal, sie waren doch nicht einmal verheiratet. Doch sie hatten für einander eine gute Deckung abgegeben. Eine Fassade. Gott sei

Dank hatte sie ihn nicht geheiratet. Der Gedanke allein jagte ihr Schauer über den Rücken.

Dann zitterte sie aus einem anderen Grund. Es war Tage her, eine Woche ... lange Zeit ... sie wußte nicht mehr, wie lange. Sie hatte nicht einmal an ihn gedacht. Mark. Aber alles an einem Tag? Aus heiterem Himmel? Reinen Tisch machen? Beide? War es nicht ein bißchen viel auf einmal? Mark bedeutete ihr verdammt viel mehr als Whit. Whit war verliebt. Er hatte seinen Geliebten. Aber Mark? O Gott, es war, als ließe man sich zwei Weisheitszähne an einem Tag ziehen.

Aber ihre Füße trugen sie fast automatisch zur U-Bahnstation Ecke 51. Straße und Lexington. Sie konnte nicht anders. Das wußte sie genau.

Der Zug rumpelte nach Süden, und sie fragte sich nach dem Grund. Für Luke? Das war doch verrückt. Sie kannte ihn kaum. Und wenn er das gemeinsame Wochenende platzen ließ und sich nie wieder mit ihr traf? Oder wenn sie zum Wochenende nach Chicago kam, und er sie danach nie wiedersah? Wenn ... doch sie wußte, es war nicht wegen Luke. Es war ihretwegen. Sie mußte es tun. Sie konnte nicht mehr spielen. Weder mit Whit noch mit Mark, noch mit Edward oder mit einem anderen Mann ... oder mit sich selbst. Die vielen Häute der Schlange Kezia Saint Martin lösten sich von ihr. *Das* wäre vielleicht ein Artikel für die Gesellschaftsspalte!

Mit Mark war es viel schwieriger. Weil sie ihn mochte.

»Du verläßt mich?«

»Ja.« Sie sah ihm in die Augen und wollte ihm über die Haare streichen, konnte ihm das jedoch nicht antun. Nicht Mark.

»Aber dieser Sommer hat doch nichts verändert.« Er wirkte verletzt, verwirrt und jünger, als er tatsächlich war.

»Aber jetzt könnte alles anders werden, Mark. Vielleicht werde ich sehr lang fortbleiben. Ein Jahr, zwei Jahre, ich weiß es wirklich nicht.«

»Wirst du heiraten, Kezia?« platzte er plötzlich heraus; sie wollte schon ja sagen, nur um es ihm leichter zu machen, aber das wollte sie ihm auch nicht antun. Es genügte, ihm zu sagen, daß sie ihn verließ. Das war einfacher.

»Nein, Kleiner, ich heirate nicht. Ich gehe nur von hier weg.

Und auf meine Art liebe ich dich. Zu sehr, um einfach zu verduften. Ich bin älter als du, wir müssen beide etwas aus unserem Leben machen. Verschiedene Wege gehen. Jetzt ist der Moment dafür gekommen, Marcus. Ich glaube, das fühlst du auch.« Er hatte die Flasche Chianti geleert, bevor sie ihr zweites Glas ausgetrunken hatte. Sie bestellten noch eine Flasche.

»Kann ich dir eine verrückte Frage stellen?«

»Worum handelt es sich?«

Er zögerte; das jungenhaft unsichere Lächeln, das sie so an ihm liebte, überstrahlte sein Gesicht. Aber darin bestand die Schwierigkeit. Sie liebte das Lächeln, das Haar, The Partridge und das Studio. Sie liebte Mark nicht wirklich. Nicht richtig. Nicht so, wie sie Luke liebte. Nicht genug.

»Bist du das Mädchen, das ich damals in der Zeitung gesehen habe?«

Sie ließ sich lange Zeit, bevor sie antwortete. Das Blut pochte in ihren Ohren, dann sah sie ihn an. In die Augen. »Ja. Wahrscheinlich. Also?«

»Ich war nur neugierig. Wie fühlt man sich, wenn man so ein Mensch ist?«

»Einsam. Ängstlich. Sehr oft gelangweilt. Es ist nicht sehr lustig.«

»Bist du deshalb immer wieder hierhergekommen? Weil du davon genug hattest und dich gelangweilt hast?«

»Nein. Vielleicht anfänglich, nur um einmal auszubrechen. Aber du nahmst einen besonderen Platz in meinem Leben ein, Mark.«

»War ich ein Ausweg?«

Ja. Aber wie konnte sie ihm das erklären? Und warum jetzt? O bitte, laß mich ihn nicht verletzen ... nicht mehr als notwendig.

»Nein. Du bist ein Mensch. Ein schöner Mensch. Ein Mensch, den ich liebte.«

»Liebte? Nicht ›liebe‹?« Er sah sie an, die kindlich traurigen Augen schwammen in Tränen.

»Die Zeiten ändern sich, Marcus. Wir müssen um unser selbst willen zulassen, daß sie sich ändern. Es wird unerträglich, wenn Menschen versuchen, sich aneinander zu klammern. Dann ist es zu spät. Uns beiden zuliebe muß ich gehen.«

Er nickte traurig seinem Weinglas zu, sie berührte ein letztes Mal sein Gesicht, bevor sie aufstand und ihn verließ. Als sie im

Freien war, begann sie zu laufen. Zum Glück kam ein Taxi vorbei. Sie winkte ihm und stieg ein, und er konnte nicht sehen, wie ihr die Tränen über das Gesicht liefen. Auch sie sah die Tränen auf Marks nicht. Er sah sie nie wieder. Nur dann und wann ein Bild in den Zeitungen.

Als sie über die Schwelle trat, klingelte das Telefon. Sie war ausgepumpt. Es war schließlich doch so schmerzhaft gewesen, als hätte sie sich zwei Weisheitszähne reißen lassen. Vier Weisheitszähne. Neun. Hundert. Und was jetzt? Whit konnte es nicht sein. Edward? Ihr Agent?

»Hallo, Kleine.« Es war Luke.

»Hallo, Liebster. Ach Gott, es ist schön, deine Stimme zu hören. Ich bin erledigt.« Sie hatte sich so nach dem Klang seiner Stimme gesehnt... nach seiner Berührung... seinen Armen...

»Was hast du heute getan?«

»Alles. Nichts. Es war ein scheußlicher Tag.«

»Meine Güte, du hörst dich ganz so an.«

»Ich habe mich nur ›ums Geschäft gekümmert‹ würdest du sagen. Ich habe gestern nacht einen boshaften kleinen Artikel in der Kolumne untergebracht, um Whits Liebhaber eifersüchtig zu machen.« Vor Luke hatte sie keine Geheimnisse. Er kannte jetzt ihr ganzes Leben. »Das hat gewirkt, also trafen wir uns zum Lunch und machten reinen Tisch. Es gibt keinen Whit mehr, der mich als Kavalier zu den verschiedenen Parties begleitet.«

»Du klingst verstört. Wolltest du das erreichen?«

»Ja, deshalb habe ich es getan. Ich wollte nur vermeiden, sein Selbstbewußtsein zu verletzen. Das war ich ihm nach all den Jahren schuldig. Wir haben bis zum Schluß unsere Rollen gespielt. Dann fuhr ich nach SoHo und stellte alles klar. Ich fühle mich wie die *femme fatale* des Jahres.«

»Ja, solche Abschiede gehen immer an die Nieren. Es tut mir leid, daß du das alles an einem Tag erledigen mußtest.« Es klang aber nicht so, als täte es ihm tatsächlich leid, und sie wußte, daß er erleichtert war. Jetzt erst war sie froh, es hinter sich zu haben.

»Ich mußte es tun. Es bedeutet eine Erleichterung. Ich bin nur müde. Und was gibt es bei dir, Liebster? Ein arbeitsreicher Tag?«

»Nicht so anstrengend wie der deine. Was hast du heute noch vor, Kleine? Keine großartigen Wohltätigkeitsveranstaltungen?«

Er kicherte ins Telefon, und sie stöhnte. »Was habe ich jetzt wieder gesagt?«

»Das Zauberwort... ach verdammt. Du hast mich eben daran erinnert. Ich soll um fünf bei dem verflixten Arthritis-Treffen sein und es ist schon knapp vor fünf. Verdammte Scheiße!« Er lachte über sie, und sie kicherte.

»Das sollte Martin Hallam einmal hören!«

»Ach, halt den Mund.«

»Ich habe noch mehr gute Nachrichten für dich. Ich bringe es dir sehr ungern an einem Tag wie heute bei, aber du kannst dieses Wochenende nicht nach Chicago kommen, Kleine. Es ist etwas passiert, und ich muß an die Küste.«

»Welche Küste?« Was, zum Teufel, meinte er damit?

»Die Westküste, mein Liebling. Ach Gott, Kezia, ich hasse es, dir das antun zu müssen. Bist du okay?«

»Ja. Phantastisch.«

»Also komm, sei ein gescheites Mädchen.«

»Heißt das, daß ich dich nicht sehen kann?«

»Ja. Genau das.«

»Könnte ich nicht hinüberfliegen und dich dort treffen?«

»Nein, Baby, das kannst du nicht. Es wäre unklug.«

»Warum nicht, um Himmels willen? Ach, Luke, ich habe einen ganz entsetzlichen Tag hinter mir, und jetzt auch noch das... bitte, laß mich hinkommen.«

»Es geht nicht, Baby. Ich muß ein schwerwiegendes kleines Geschäft einleiten, wie du es nennen würdest. Es ist riskant für mich und eine Angelegenheit, in die ich dich nicht verwickeln will. Es werden ein paar stürmische Wochen werden.«

»Wochen?« Am liebsten hätte sie geheult.

»Vielleicht. Ich muß es an mich herankommen lassen.«

Sie holte tief Atem, schluckte und versuchte ihre Gedanken zu ordnen. So ein verdammter Unglückstag.

»Wird dir auch nichts zustoßen?«

Er zögerte nur einen Augenblick, bevor er antwortete: »Ich bin nicht in Gefahr. Geh du nur zu deinem Kolitis-Treffen oder wie immer der Mist heißt, und zerbrich dir meinetwegen nicht dein schönes Köpfchen. Ich bin ein Kerl, der allein auf sich aufpassen kann. Das solltest du doch wissen.«

»Berühmte letzte Worte.«

»Ich melde mich, sobald ich zurück bin. Vergiß nur eines nicht.«

»Was?«

»Daß ich dich liebe.« Das war ihr wenigstens geblieben.

Sie legten auf, und Luke ging in seiner Suite in Chicago auf und ab. Verdammt, es war verrückt von ihm gewesen, sich mit ihr einzulassen. Vor allem jetzt, wenn die Sache brenzlich wurde. Sie begann ihm am Hals zu hängen, und verlangte mehr, als er zu geben bereit war. Er hatte andere Probleme, über die er nachdenken mußte, die Verpflichtungen, die er eingegangen war, die Menschen, denen er helfen wollte, und er mußte jetzt an seine eigene Sicherheit denken und an die verdammten Bullen, die ihn seit Wochen verfolgten. Tage, Jahre, er hatte das Gefühl, daß sie ihm immerfort auf den Fersen waren wie Geier, die auf ihn herabstießen, gerade so nahe kamen, daß er sich ihrer Anwesenheit bewußt wurde, und dann wieder hinter einer Wolke verschwanden. Aber er wußte immer, daß es sie gab. Er konnte es immer spüren.

Er ging zur Bar und schenkte sich eine kräftige Portion Bourbon in ein Wasserglas ein. Kein Wasser, kein Soda, kein Eis; er leerte das Glas, ohne es abzusetzen. Um sich Gewißheit zu verschaffen, war er dann mit drei großen Schritten bei der Tür seiner Suite und riß sie mit einem Ruck auf, der sie eigentlich aus den Angeln heben mußte, aber er hielt sie fest. Sie bebte kurz in seiner Hand, und er stand vor dem Mann in der Ecke, der bei Lukes Anblick erschrak; er war zusammengezuckt, als die Tür aufgegangen war. Er trug einen Hut, ging den Korridor entlang und tat, als hätte er ein Ziel, was aber nicht der Fall war. Man sah ihm von weitem an, was er war, jeder Zoll ein Polizist mit einer Sonderaufgabe. Luke Johns' Beschatter.

Kezias Füße waren schwer wie Blei, als sie in das Taxi stieg. Das Treffen fand in der oberen Fifth Avenue statt. Mit Blick auf den Park. In Tiffanys Wohnung, im zweiten Stock, Ecke 92. und Fifth. Bourbon oder Scotch. In ihrer Wohnung gab man sich nicht mit Limonade oder Sherry ab. Auch Gin und Wodka waren für diejenigen vorhanden, die diese Getränke vorzogen. Daheim hielt sich Tiffany ausschließlich an Black Label.

Sie stand mit einem doppelten Scotch on the Rocks in der Hand in der Nähe der Tür, als Kezia eintraf.

»Kezia! Das ist himmlisch! Du siehst phantastisch aus, und wir wollten gerade beginnen. Du hast bisher nichts versäumt.« Das war sicher.

»Ausgezeichnet.« Tiffany war zu beschwipst, um Kezias Tonfall zu bemerken oder die dunklen Flecken um ihre Augen, wo die Wimperntusche zerlaufen war, als sie geweint hatte. Der Tag hatte seinen Tribut gefordert.

»Bourbon oder Scotch?«

»Beides.«

Einen Augenblick war Tiffany verdutzt. Sie war schon betrunken, genaugenommen schon seit Mittag.

»Tut mir leid, meine Liebe, ich wollte dich nicht verwirren. Sagen wir, Scotch und Soda, aber spar dir die Mühe. Ich werde ihn mir selbst mixen.« Kezia ging zur Bar, und bei dieser seltenen Gelegenheit trank sie ebenso viele Gläser wie Tiffany. Es war das zweite Mal, daß sie sich wegen Luke betrank, aber das letzte Mal war sie dabei wenigstens glücklich gewesen.

16

»Kezia?« Es war Edward.

»Hallo, mein Lieber. Was gibt es Neues?«

»Das wollte ich dich gerade fragen. Ist dir klar, daß ich dich seit fast drei Wochen nicht zu Gesicht bekommen und nichts von dir gehört habe?«

»Fühl dich nicht einsam. Niemand hat mich gesehen. Ich habe Winterschlaf gehalten.« Sie kaute an einem Apfel, während sie mit ihm sprach, und hatte die Füße auf den Schreibtisch gelegt.

»Bist du krank?«

»Nein. Nur beschäftigt.«

»Mit Schreiben?«

»Ja.«

»Ich habe dich nirgends gesehen und machte mir schon Sorgen.«

»Nur das nicht. Mir geht es prima. Ich bin ein paarmal ausgegangen, nur, um für die Kolumne am Ball zu bleiben. Aber meine ›Auftritte‹ waren kurz und sporadisch. Ich bleibe fast immer zu Hause.«

»Aus einem besonderen Grund?« Er sondierte wieder, und sie

kaute weiterhin unverbindlich an dem Apfel.

»Kein spezieller Grund. Nur Arbeit. Und ich hatte keine Lust, mehr auszugehen als absolut notwendig.«

»Hast du davor Angst, daß du Whit treffen könntest?«

»Nein ... na ja, vielleicht ein wenig. Ich hatte eigentlich Angst davor, alle örtlichen Großmäuler zu treffen. In Wirklichkeit stecke ich bis zum Hals in Arbeit. Ich schreibe drei Artikel gleichzeitig, alle mit Ablieferungstermin nächste Woche.«

»Dann freut es mich, daß es dir gutgeht. Ich hätte gern gewußt, meine Liebe, ob du Lust auf einen Lunch mit mir hast.«

Sie verzog das Gesicht und legte das Kerngehäuse des Apfels beiseite. Verdammt. »Weißt du, mein Lieber ...« Dann begann sie zu lachen. »Okay. Wir gehen zusammen essen. Aber nicht in eines deiner üblichen Lokale.«

»Mein Gott, mir scheint, das Mädchen wird eine Einsiedlerin.« Er lachte auch, aber seine Stimme klang noch immer besorgt. »Bist du sicher, Kezia, daß dir nichts fehlt?«

»Es geht mir wunderbar. Ehrlich.« Aber sie wäre viel glücklicher gewesen, wenn sie mit Luke hätte beisammen sein können. Sie führten noch immer zweimal täglich Ferngespräche, aber er konnte sie derzeit nicht bei sich brauchen. Er hatte noch immer zuviel um die Ohren. Deshalb hatte sie sich in ihrer Arbeit vergraben.

»Also gut. Wo wollen wir einander zum Lunch treffen?«

»Ich kenne eine nette Bar in der East 63., in der man Biokost bekommt. Ist das was für dich?«

»Willst du die Wahrheit hören?«

»Sicherlich, warum nicht?«

»Grauslich.«

Sie lachte. »Sei doch kein Spielverderber, mein Lieber. Es wird dir gefallen.«

»Dir zuliebe, Kezia ... sogar eine Bar mit Biokost. Aber sag mir die Wahrheit, schmeckt es scheußlich?«

»Na, wenn schon? Du bestellst ein Lunchpaket vom Lutèce und bringst es mit.«

»Mach dich nicht lächerlich.«

»Dann versuch es doch. Es schmeckt wirklich nicht so schlecht.«

»Ach ... diese Jugend.«

Sie einigten sich auf halb eins, und sie wartete bereits, als er eintraf. Er sah sich um, es war nicht einmal so schlimm, wie er angenommen hatte. Die Gäste an den Holztischen waren eine gesunde Mischung von Leuten aus der City, Sekretärinnen, Reklameleuten, Hippies, hübschen Mädchen in Blue Jeans mit Aktentaschen, Jungen in Flanellhemden mit schulterlangem Haar und hie und da einem Mann in einem Anzug. Weder er noch Kezia fielen hier aus dem Rahmen, und er war erleichtert. Es war sicherlich nicht das La Grenouille, aber Gott sei Dank auch nicht Horn & Hardart's ... nicht daß an ihrer Küche etwas auszusetzen war ... aber die Gäste. Die Gäste! Sie entsprachen einfach nicht Edwards Stil. Und man konnte nie wissen, was Kezia im Schild führte. Das Mädchen hatte einen teuflischen Sinn für Humor.

Sie saß an einem Ecktisch, und als Edward näher kam, bemerkte er, daß sie Jeans trug. Er lächelte ihr zu, bückte sich, als er an den Tisch trat, und küßte sie auf die Wange.

»Du hast mir so gefehlt, mein Kind.« Es wurde ihm immer erst voll bewußt, wie sehr, wenn er sie wiedersah. Es war das gleiche Gefühl wie jedes Jahr bei ihrem ersten Lunch nach dem Sommer. Es hatte auch diesmal fast einen Monat gedauert.

»Du hast mir auch gefehlt. Zum Teufel, ich habe dich seit undenklichen Zeiten nicht gesehen. Es ist fast Halloween.« Sie kicherte schelmisch, während er Platz nahm. Der Ausdruck in ihren Augen war anders ... er hatte ihn schon bei ihrem letzten Beisammensein bemerkt. Außerdem war sie schlanker.

»Du hast abgenommen.« Ein väterlicher Vorwurf.

»Ja, aber nicht sehr viel. Ich esse unregelmäßig, wenn ich schreibe.«

»Du solltest aber darauf achten, daß du genügend ißt.«

»Vielleicht im Le Mistral? Oder ist es gesünder, wenn man sich im La Côte Basque vollstopft?« Sie zog ihn wieder auf, freundschaftlich, aber mit einer an ihr neuen Direktheit.

»Kezia, mein Kind, du bist wirklich über das Alter eines Hippiemädchens hinaus.« Er schlug sie mit ihren eigenen Waffen, aber er traf ihren Ton nicht ganz.

»Du hast absolut recht, mein Lieber. Ich würde es nicht einmal in Erwägung ziehen. Ich bin nur eine hart arbeitende Sklavin meiner Schreibmaschine. Plötzlich habe ich das Gefühl, daß ich mit meiner Arbeit Anerkennung finde. Das ist ein schönes Gefühl.«

Er nickte wortlos und zündete sich eine Zigarre an. Ob das alles war? Vielleicht würde sie sich schließlich einfach auf ihre Arbeit konzentrieren. Das war wenigstens eine respektable Tätigkeit, aber wenig wahrscheinlich.

Die fast unmerklichen Veränderungen, die er an ihr spürte, aber nicht deutlich erkennen konnte, beunruhigten ihn. Er sah, daß sie dünner, härter, angespannter war. Und sie sprach jetzt auch anders, als hätte sie endlich einen festen Standort in ihren Ansichten, in ihrer Arbeit gefunden. Aber die Veränderung reichte tiefer. Viel tiefer. Das war ihm bewußt.

»Bekommt man in diesem Lokal auch Getränke?« Er blickte düster auf das mit Kreide auf eine schwarze Tafel an der Wand geschriebene Menü. Dort waren keine Cocktails angeführt, nur Karotten- oder Muschelsaft. Sein Magen rebellierte bei dem Gedanken.

»Ach, Edward, ich habe deinen Drink vollkommen vergessen. Es tut mir leid.« Ihre Augen lachten wieder, und sie tätschelte seine Hand. »Weißt du, du hast mir wirklich gefehlt. Aber ich mußte eine Zeitlang allein mit mir sein.«

»Ich würde sagen, daß es dir gutgetan hat, bin mir aber dessen nicht ganz sicher. Du siehst aus, als hättest du zu hart gearbeitet.« Sie nickte langsam.

»Das stimmt. Ich möchte jetzt hineinkommen. Weißt du, es wird mir allmählich zuviel, diese verdammte Spalte herauszubringen. Vielleicht sollte ich mich davon zurückziehen.« Sie hatte keine Bedenken, dort über Martin Hallams Tätigkeit zu sprechen. Niemand kümmerte sich darum.

»Ist das dein Ernst, daß du damit Schluß machen willst?« Diese Möglichkeit beunruhigte ihn. Wie oft würde er sie noch unter den vertrauten Gesichtern bei den Galaempfängen der Stadt erblicken, wenn sie die Gesellschaftsspalte aufgab?

»Ich warte ab. Ich will nichts überstürzen, aber ich denke ernstlich darüber nach. Sieben Jahre sind eine sehr lange Zeit. Vielleicht sollte sich Martin Hallam ins Privatleben zurückziehen.«

»Und Kezia Saint Martin?«

Sie antwortete nicht, sondern begegnete ruhig seinem Blick.

»Du wirst doch keine Dummheit begehen, Kezia, mein Liebes, oder? Ich war erleichtert, als ich erfuhr, was du wegen Whitney beschlossen hattest. Aber ich fragte mich, ob du vielleicht...«

»Nein. Ich habe auch mit meinem jungen Freund in SoHo Schluß gemacht. Sogar am gleichen Tag. Es war eine Art Kehraus. Und alles in allem eine Erleichterung.«

»Und du bist jetzt ganz solo?«

Sie nickte, aber er konnte schrecklich lästig sein. »Ja. Ich und meine Arbeit. Ich liebe sie.« Sie strahlte ihn an.

»Vielleicht brauchst du sie für einige Zeit. Aber werde nicht streng und angespannt. Es würde nicht zu dir passen.«

»Warum nicht?«

»Weil du viel zu hübsch und viel zu jung bist, um an der Schreibmaschine zu versauern. Für eine Weile, ja. Aber verliere dich nicht ganz an die Arbeit.«

»Ich soll mich nicht verlieren, Edward? Im Gegenteil, ich habe das Gefühl, endlich zu mir ›gefunden‹ zu haben.«

O Gott, das war wieder einer jener Tage, an denen ihr Gesicht genauso aussah wie das ihres Vaters. Etwas sagte ihm, daß das Mädchen einen Entschluß gefaßt hatte. Ganz gleich, worüber. »Sei nur vorsichtig, Kezia.« Er zündete seine Zigarre wieder an, sein Blick bohrte sich in ihre Augen. »Und vergiß nicht, wer du bist.«

»Hast du eine Ahnung, wie oft ich das schon gehört habe?« Und wie sehr es mir inzwischen auf die Nerven geht? »Mach dir keine Sorgen, mein Lieber, ich kann es unmöglich vergessen. Du würdest es nicht zulassen.«

Jetzt hatte sich ihr Blick verhärtet, was ihm unangenehm war.

»Wollen wir bestellen?« Sie zeigte lässig auf die Tafel. »Ich schlage das Avokado-Omelette mit Garnelen vor. Es ist ausgezeichnet.«

»Soll ich dir ein Taxi holen?«

»Nein. Ich werde zu Fuß gehen. Ich liebe diese Stadt im Oktober.«

Es war ein kühler Herbsttag, windig und klar. In einem Monat würde es kalt sein, aber jetzt noch nicht. Es war die köstlichste Zeit des Jahres in New York, in der alles sauber, heiter und lebendig wirkt und man von einem Ende der Welt zum anderen gehen möchte. Kezia jedenfalls wollte es immer.

»Ruf mich doch einmal an, Kezia, ja? Ich bin besorgt, wenn ich wochenlang nichts von dir höre. Und ich möchte nicht aufdringlich sein.«

Seit wann, mein Lieber, seit wann? »Das bist du nie. Danke für den Lunch. Siehst du ... er war nicht so übel!« Sie umarmte ihn kurz, küßte ihn auf die Wange, ging fort, und als sie bei der Ampel an der Ecke stehenblieb, drehte sie sich noch um und winkte.

Sie ging die Third Avenue entlang bis zur 60. Straße, dann bog sie nach Westen zum Park ab. Es war ein Umweg, aber sie hatte es nicht eilig, nach Hause zu kommen. Mit ihrer Arbeit war sie gut vorangekommen, und der Tag war zu schön, um ihn zu Hause zu verbringen. Sie atmete tief und betrachtete lächelnd die Kinder mit den rosigen Wangen auf der Straße. Man sah in New York nur selten gesund aussehende Kinder. Entweder war ihr Teint im tiefen Winter grau-grün oder im heißen Sommer blaß und verschwitzt. Der Frühling kam nur flüchtig nach Manhattan. Aber der Herbst ... der Herbst mit den saftigen, knusprigen Äpfeln, mit den Kürbissen, die auf Obstständen warteten, daß man in sie Gesichter für Halloween schnitzt. Kräftiger Wind, der das Grau vom Himmel fegte. Und Menschen, die schneller gingen. Die New Yorker litten im Oktober nicht, sie genossen ihn. Ihnen war weder zu heiß noch zu kalt, sie waren auch nicht müde oder verärgert. Sie waren glücklich, fröhlich und lebendig. Kezia schlenderte zwischen ihnen dahin und fühlte sich wohl.

Blätter fegten über die Wege im Park, wirbelten um ihre Füße. Kinder sprangen in den Wagen am Ponystand und verlangten laut noch eine Fahrt. Die Tiere im Zoo steckten die Köpfe heraus, als sie vorbeiging, und das Glockenspiel begann seine Melodie, als sie sich ihm näherte. Sie blieb stehen und hörte es sich gemeinsam mit den Müttern und Kindern an. Es war lustig. Das war etwas, woran sie noch nie gedacht hatte. Nicht für sich. Kinder. Wie merkwürdig es wäre, einen kleinen Menschen neben sich zu haben. Jemanden, mit dem man lachen und kichern konnte, dem man Schokoladecreme vom Kinn wischte, den man zudeckte, nachdem man ihm ein Märchen vorgelesen hatte, oder an den man sich schmiegte, wenn er am Morgen zu einem ins Bett kletterte. Aber man mußte ihm auch erklären, wer er war, was man von ihm erwartete und was er tun mußte, sobald er erwachsen war, »wenn er dich liebte«. Das war der Grund, weshalb sie nie im entferntesten Kinder gewollt hatte. Warum sollte man das jemandem anderen antun? Es genügte, daß sie all die Jahre damit hatte leben müssen. Nein, keine Kinder. Niemals.

Das Glockenspiel beendete seine Melodie, und die tanzenden goldenen Tiere brachen den mechanischen Walzer ab. Die Kinder wanderten davon oder liefen zu Straßenverkäufern. Sie sah ihnen zu und wollte plötzlich einen roten Ballon haben. Sie kaufte einen für einen Vierteldollar und band ihn an den Knopf an ihren Ärmel. Er tanzte im Wind hoch über ihrem Kopf knapp unter den Zweigen der hochragenden Bäume, und sie lachte; am liebsten wäre sie nach Hause gehüpft.

Sie kam an dem Teich mit den Modellbooten vorbei, und bei der 72. Straße verließ sie widerwillig den Park. Sie schlenderte langsam hinaus, der Ballon baumelte, während sie hinter Kindermädchen ging, die gelassen den Park durchquerten und übergroße, mit Spitzen bedeckte englische Kinderwagen vor sich herschoben; eine Gruppe französischer Nurses marschierte wie ein Bataillon den Weg hinunter, einer Schar schnatternder britischer Kindermädchen entgegen. Sie beobachtete amüsiert die offensichtliche, obgleich überzuckerte Feindseligkeit zwischen den beiden nationalen Gruppen. Sie wußte auch, daß die amerikanischen Kinderschwestern sich selbst überlassen blieben und von den britischen wie von den französischen gemieden wurden. Die Schweizerinnen und Deutschen blieben gerne unter sich. Und die schwarzen Frauen, die ebenso luxuriöse Kinderwagen mit Babys betreuten, existierten nicht. Sie bildeten eine Kaste von Unberührbaren.

Kezia wartete darauf, daß der Verkehr schwächer wurde, und ging schließlich zur Madison Avenue hinüber, um auf dem Heimweg an den Boutiquen vorbeizuschlendern. Sie war froh, daß sie zu Fuß gegangen war. Ihre Gedanken wanderten zu Luke. Sie hatte ihn seit einer Ewigkeit nicht mehr gesehen. Und sie bemühte sich so sehr, gut damit fertigzuwerden. Sie arbeitete angestrengt, war keine Spielverderberin, lachte mit ihm, wenn er anrief, aber in ihrem Inneren verkrampfte sich etwas. Es war wie ein kleiner, dunkler Kern der Traurigkeit, und ganz gleich, was sie tat, sie konnte ihn nicht loswerden. Er war schwer und hart. Wie eine Faust. Wie war es möglich, daß er ihr so sehr fehlte?

Der Portier öffnete ihr die Tür, sie zog den Ballon neben sich hinunter und fühlte sich plötzlich albern, während der Fahrstuhlwärter versuchte, es nicht zu bemerken.

»Guten Tag, Miß.«

»Guten Tag, Sam.« Er trug seine dunkle Winteruniform und

die ewigen weißen Baumwollhandschuhe und blickte unverwandt auf einen Punkt an der Wand. Sie hätte gern gewußt, ob er nie Lust hatte, sich umzudrehen und die Leute anzusehen, die er den ganzen Tag lang nach oben und unten brachte. Aber das wäre unhöflich gewesen. Und Sam war nicht unhöflich. Da sei Gott vor. Vierundzwanzig Jahre lang war Sam nie unhöflich gewesen, er brachte die Leute einfach nach oben und unten ... nach oben ... und ... unten ... ohne jemals ihrem Blick zu begegnen ... »Morgen, Madam ...« »Morgen, Sam ...« »Abend, Sir« ... »Guten Abend, Sam« ... Vierundzwanzig Jahre lang hatte er die Augen auf einen Punkt gerichtet. Nächstes Jahr würde man ihn mit einer vergoldeten Uhr und einer Flasche Gin in Pension schicken. Falls er nicht vorher, mit höflich auf die Wand gerichteten Augen, starb.

»Danke, Sam.«

»Ja, Miß.« Die Fahrstuhltür glitt hinter ihr zu, und sie drehte den Schlüssel in ihrem Schloß.

Sie nahm im Vorübergehen die Nachmittagszeitung vom Vorzimmertisch. Sie war gewohnt, immer auf dem laufenden zu sein, und an manchen Tagen amüsierten sie die Neuigkeiten. Aber an diesem Tag nicht. Die Zeitungen waren seit Wochen voller häßlicher Geschichten gewesen. Häßlicher als sonst, fand sie. Kinder starben. Ein Erdbeben in Chile mit Tausenden von Toten. Araber und Juden auf dem Kriegspfad. Probleme im Fernen Osten, Morde in der Bronx. Überfälle in Manhattan. Tumulte in den Gefängnissen. Und das beunruhigte Kezia am meisten.

Jetzt warf sie einen Blick auf die Titelseite und blieb stehen, ohne die Hand von der Tür zu nehmen. Alles wurde ganz still, sie begriff plötzlich. Ihr Herz blieb stehen. Nun wußte sie es. Die Schlagzeile in der Zeitung lautete: *Arbeitsstreik im San Quentin. Sieben Tote.* O Gott ... Hoffentlich ist ihm nichts passiert.

Wie eine Antwort auf ihr Gebet klingelte das Telefon und lenkte ihre Aufmerksamkeit von der Schlagzeile ab. Nicht jetzt ... nicht das Telefon ... was ist, wenn ... Mechanisch ging sie hin, hielt die Zeitung noch in der Hand und versuchte zerstreut, weiterzulesen.

»Hallo!« Sie konnte den Blick nicht von der Zeitung wenden.

»Kezia?« Sie erkannte die Stimme nicht.

»Was?«

»Miß Saint Martin?«

»Nein, tut mir leid, sie ... Lucas?«

»Ja, verdammt noch mal. Was, zum Teufel, ist los?« Beide waren gründlich verwirrt.

»Ich... es tut mir leid, ich... O Gott, ist bei dir alles in Ordnung?« Der plötzliche Schreck saß ihr noch im Nacken, aber sie hatte Angst, am Telefon etwas Konkretes zu erwähnen. Vielleicht konnte er nicht frei sprechen. Der Artikel war für sie plötzlich sehr aufschlußreich. Sie hatte schon vorher etwas geahnt, doch jetzt wußte sie Bescheid. Ganz gleich, was er behauptete, sie wußte Bescheid.

»Natürlich geht es mir gut. Du klingst, als hättest du ein Gespenst gesehen. Etwas nicht in Ordnung?«

»Das ist eine ziemlich treffende Beschreibung meines Zustandes, Mr. Johns. Ich weiß nicht, ob etwas nicht in Ordnung ist. Vielleicht klärst du mich diesbezüglich auf.«

»Warte noch ein paar Stunden, dann erzähle ich dir alles, was du wissen willst, und noch einiges mehr. Natürlich in Grenzen.« Seine Stimme klang tief und heiser, er überspielte seine deutliche Müdigkeit mit einem Lachen.

»Was meinst du genau damit?« Sie hielt den Atem an und wartete, hoffte. Sie hatte soeben den größten Schreck ihres Lebens erlitten, und nun klang es wie... sie wagte nicht zu hoffen. Doch sie wünschte sich so sehr, daß es so wäre.

»Ich meine, verfrachte deinen Allerwertesten hierher, Lady. Ich werde noch wahnsinnig ohne dich! Das meine ich! Wie wäre es, wenn du mit dem nächsten Flugzeug hierher kommst?«

»Nach San Francisco? Meinst du es im Ernst?«

»Genau, verdammt noch mal. Du fehlst mir so sehr, daß ich kaum noch vernünftig denken kann, und ich habe hier draußen alles erledigt. Verflixt, es ist zu lange her, seit ich meine Hände über deinen süßen Po spazierenführte. *Mamma mia*, es kommt mir vor, als wäre es fünfhundert Jahre her!«

»Ach, mein Schatz, ich liebe dich. Wenn du nur wüßtest, wie ich mich nach dir gesehnt habe, und ich dachte... ich hatte die Zeitung zur Hand genommen und...« Er unterbrach sie, seine Stimme klang irgendwie brüchig.

»Mach dir nichts draus, Baby. Es ist schon alles in Ordnung.« Genau das hatte sie hören wollen.

»Was wirst du jetzt anfangen?« seufzte sie.

»Dich lieben, bis dir die Luft ausgeht, und mich für ein paar

Tage frei machen, um Freunde aufzusuchen. Aber der erste Freund, den ich sehen will, bist du. Wie bald kannst du hier sein?«

Sie blickte auf die Uhr. »Ich weiß nicht. Ich ... wann geht die nächste Maschine?« In New York war es knapp nach drei.

»Um halb sechs geht ein Flug von New York ab. Kannst du ihn noch erreichen?«

»O Gott. Ich müßte spätestens um fünf am Flughafen sein, das heißt von hier um vier wegfahren, das heißt, mir bleibt eine Stunde zum Packen und ... verdammt, ich werde es trotzdem schaffen.« Sie sprang auf und blickte zum Schlafzimmer. »Was soll ich mitnehmen?«

»Vor allem deinen süßen kleinen Körper.«

»Abgesehen davon, du Spinner.« Aber sie hatte seit Wochen nicht mehr so befreit gelächelt. Seit drei Wochen, genaugenommen. So lang war es her, seit sie ihn zum letztenmal gesehen hatte.

»Wie, zum Teufel, soll ich wissen, was du mitnehmen sollst?«

»Ist es warm oder kalt?«

»Neblig. In der Nacht kalt. Tagsüber warm. Ich glaube ... ach verdammt, Kezia, schau doch in der *Times* nach. Und laß deinen Nerz zu Hause.«

»Woher weißt du, daß ich einen besitze? Du hast ihn doch nie gesehen.« Sie grinste wieder. Zum Teufel mit den Schlagzeilen. Es ging ihm gut, und er liebte sie.

»Ich habe eben angenommen, daß du einen Nerz hast. Bring ihn nicht mit.«

»Ich hatte nicht die Absicht. Noch irgendwelche Anweisungen?«

»Nur, daß ich dich zu sehr liebe, Weib, und das war das letzte Mal, daß ich dich aus den Augen gelassen habe.«

»Versprechungen, nichts als Versprechungen! Ich wünsche es mir. He ... holst du mich ab?«

»Vom Flughafen?« Es klang überrascht.

»Hmmm.«

»Soll ich es wirklich tun? Wäre es nicht klüger, wenn ich es sein ließe?« Da zeigte es sich wieder. Vorsichtig sein, klug sein.

»Ich pfeif' auf die Vorsicht. Ich habe dich beinahe drei Wochen nicht gesehen, und ich liebe dich.«

»Ich hole dich ab.« Es klang begeistert.

»Das würde ich dir auch raten, verdammt!«

»Ja, Ma'am.« Sein tiefes Lachen kitzelte sie im Ohr, und sie legte auf. Er hatte in den letzten drei gottverdammten Wochen mit seinem Gewissen gekämpft und verloren ... oder gewonnen ... er war sich dessen noch nicht sicher. Aber er wußte, daß er Kezia an seiner Seite haben mußte. Mußte. Was immer auch geschah.

17

Das Flugzeug landete um 19 Uhr 14 Ortszeit in San Francisco. Sie war auf den Beinen, bevor die Maschine am Gate zum Stillstand kam. Und trotz der flehenden Bitten der Stewardessen hatte sie sich in den Gang gedrängt.

Sie war Touristenklasse geflogen, um weniger Aufmerksamkeit zu erregen, und sie trug eine schwarze Wollhose zu einem schwarzen Pullover; über ihrem Arm hing ein Trenchcoat, die dunkle Brille war auf die Stirn hinaufgeschoben. Sie sah unauffällig, beinahe zu unauffällig und sehr gut gekleidet aus. Männer verschlangen sie mit den Blicken, fanden jedoch, daß sie reich und nervös aussah. Frauen musterten sie voll Neid. Die schlanken Hüften, die hübschen Schultern, das dichte Haar, die großen Augen. Sie war eine Frau, die überall auffiel, wie immer sie sich nannte, obwohl sie klein war.

Es dauerte ewig, bis die Türen des Flugzeugs aufgingen. In der Kabine war es heiß und stickig. Die Flugtaschen der anderen stießen gegen ihre Beine, Kinder begannen zu weinen. Schließlich gingen die Türen auf. Die Menge begann sich in Bewegung zu setzen, zuerst nur unmerklich, dann plötzlich hastig. Kezia drängte sich durch die Mitreisenden, und als sie um die Ecke bog, erblickte sie ihn.

Sein Kopf ragte über alle Wartenden hinaus. Sein dunkles Haar glänzte, und sie konnte von ihrem Standort aus seine Augen beobachten. Er hielt eine Zigarre in der Hand. Sein ganzes Wesen drückte Erwartung aus. Sie winkte, er sah sie und Freude breitete sich auf seinem Gesicht aus, er bewegte sich vorsichtig durch die Menge. Bald stand er an ihrer Seite, hob sie vom Boden hoch und umarmte sie.

»Kleines, wie schön es ist, dich wiederzusehen!«

»Ach, Lucas!« Sie lachte, während er sie in seinen Armen hielt, und ihre Lippen trafen einander in einem langen, hungrigen Kuß. Zum Teufel mit den *paparazzi.* Wenn sie jemand sah, war es ihr auch recht. Der Strom der übrigen Passagiere umspülte sie wie ein Bach die Felsen, und als sie sich endlich in Bewegung setzten, war kein Mensch mehr in ihrer Nähe.

»Wir holen jetzt deine Koffer und fahren dann zu mir nach Hause.«

Sie lächelten einander zu, wie Menschen es tun, die lange Zeit das Bett miteinander geteilt haben, und fuhren mit der Rolltreppe nach unten zur Gepäckausgabe, wobei er ihre kleine Hand fest in seiner großen hielt. Die Leute sahen ihnen nach, und gemeinsam stellten sie jene Sorte von Menschen dar, die einem sofort auffallen. Und die man beneidet.

»Wie viele Koffer hast du mitgebracht?«

»Zwei.«

»Zwei? Wir bleiben nur drei Tage hier.« Er lachte und umarmte sie wieder. Sie versuchte, das kurze Aufzucken von Schmerz in ihren Augen zu verbergen. Drei Tage? Das war alles? Sie hatte ihn vorher nicht nach der Dauer ihres Zusammenseins gefragt. Aber wie es auch sei, sie waren wenigstens wieder beisammen.

Er holte ihre Koffer vom Laufband wie ein Kind, das Möbel aus einem Puppenhaus nimmt, klemmte sich einen Koffer unter den Arm, faßte mit derselben Hand den anderen Koffer am Griff und drückte mit dem anderen Arm Kezia weiterhin fest an sich.

»Du hast nicht viel hören lassen, Kleines. Müde?«

»Nein. Glücklich.« Sie blickte wieder zu ihm auf und schmiegte sich an ihn. »Mein Gott, hat es diesmal lange gedauert!«

»Ja, und es wird nie wieder vorkommen. Es wirkt sich schlecht auf meine Nerven aus.« Aber sie wußte, daß es wieder einmal so lange dauern konnte. Oder noch länger. Vielleicht mußte es so sein. So sah eben sein Leben aus. Doch jetzt war alles anders. Ihre dreitägigen Flitterwochen hatten soeben begonnen.

»Wo wohnen wir?« Sie warteten auf der Straße auf ein Taxi. So weit, so gut. Keine Kameras, keine Reporter; niemand hatte eine Ahnung, daß sie New York verlassen hatte. Sie hatte nur kurz ihren Agenten angerufen und mitgeteilt, sie würde zwei Tage lang nicht für ihre Kolumne schreiben, dann würde sie sich wieder melden. Sie konnten als Ersatz einige besonders pikante Geschichten bringen, die sie diese Woche in ihrer Klatschspalte nicht untergebracht hatte. Damit konnten sie ihre Abwesenheit überbrücken, bis sie wieder Martin Hallam unter die Arme greifen konnte.

»Wir wohnen im Ritz«, sagte er großartig, während er die Koffer auf den Vordersitz eines Taxis warf.

»Wirklich?« lachte sie, und ließ sich in seinen Arm sinken.

»Warte, bis du es siehst.« Dann wurde seine Miene besorgt. »Baby, würdest du lieber im Fairmont oder im Huntington wohnen? Sie sind viel schöner, aber ich dachte, du machst dir Sorgen wegen ...«

»Ist das Ritz unauffälliger?« Er lachte, als er ihren Gesichtsausdruck sah.

»O ja, Kleines. Es ist bestimmt unauffällig. Das gefällt mir eben so an ihm. Es ist *unauffällig*!«

Das Ritz war ein großes, mattgraues Haus im Zentrum des Villenviertels von Pacific Heights. Es war einmal eine elegante Villa gewesen und beherbergte jetzt Außenseiter der Gesellschaft: kleine alte Damen und müde alte Männer sowie zwischen ihnen gelegentlich den nicht unterzubringenden »Überschuß« an auswärtigen Gästen aus den prächtigen Villen der Umgebung. Es war eine seltsame Mischung, und die Ausstattung der Räumlichkeiten paßte dazu: geschwungene, verstaubte Kronleuchter, verblaßte rote Samtfauteuils, geblümte Chintzvorhänge und da und dort ein verzierter Spucknapf aus Messing.

Lukes Augen funkelten, als er sie in die Halle zu einer zittrigen alten Frau führte, die nervös am Empfangspult stand. Sie trug über jedem Ohr einen schneckenförmig aufgesteckten Zopf, und ihre falschen Zähne sahen aus, als würden sie in der Dunkelheit leuchten.

»Guten Abend, Ernestine.« Das Schöne daran war, daß sie aussah wie eine Ernestine.

»Abend, Mr. Johns.« Sie musterte Kezia anerkennend. Diese Art von Gästen mochte sie. Gut gekleidet, elegant und gepflegtes Äußeres. Schließlich waren sie im Ritz!

Luke führte sie zu einem altersschwachen Fahrstuhl, der von einem kleinen alten Mann bedient wurde; er summte »Dixie« vor sich hin, während sie schwankend zum ersten Stockwerk hinauffuhren.

»Für gewöhnlich gehe ich zu Fuß über die Treppe. Aber ich wollte dir die komplette Show vorführen.«

Einem Schild im Fahrstuhl zufolge gab es Frühstück ab sieben, Lunch ab elf und Dinner ab fünf. Kezia kicherte und hielt seine Hand fest.

»Danke, Joe.« Luke klopfte ihm freundschaftlich auf den Rükken und nahm die Koffer auf.

»Soll ich Ihnen die Koffer tragen, Sir?«

»Nein, danke.« Aber er schob dem Mann unauffällig einen Schein in die Hand und führte Kezia durch den Korridor. Er war mit einem dunkelroten Teppich belegt, und an den Wänden hingen kunstvolle Wandleuchter. »Dort links, Baby.« Er deutete zum Ende des Korridors. »Warte, bis du erst die Aussicht siehst.« Er steckte den Schlüssel ins Schloß, drehte ihn zweimal um, stellte die Koffer ab und zog sie an sich. »Ich bin so froh, daß du hergekommen bist. Ich hatte Angst, du würdest zu beschäftigt oder dergleichen sein.«

»Nicht, wenn es um dich geht, Luke. Das sollte wohl ein Witz sein. Wollen wir eigentlich die ganze Nacht hier stehenbleiben?«

»Nein. Ich will verdammt sein, wenn wir das tun.« Er hob sie hoch und trug sie über die Schwelle in ein Zimmer, wobei ihr vor Überraschung zuerst die Luft wegblieb, dann begann sie zu lachen. Sie hatte noch nie so viel blauen Samt und Satin in einem Raum vereint gesehen.

»Es ist toll, Luke. Und es gefällt mir sehr.« Er setzte sie lächelnd auf den Boden, und sie betrachtete das Bett mit aufgerissenen Augen. Es war ein riesiges Himmelbett mit blauen Samtvorhängen und einer blauen Satindecke. Es gab blaue Samtfauteuils und eine blaue Satin-Chaiselongue, einen altmodischen Toilettentisch, einen Kamin und einen blaugeblümten Teppich, der bessere Tage gesehen hatte. Dann bemerkte sie erst die Aussicht.

Sie sah die dunkle Fläche der Bucht, auf der anderen Seite von den Hügeln von Sausalito erhellt, und auf dem Golden Gate huschten die Scheinwerfer der Autos vorbei.

»Was für ein phantastisches Haus, Luke!« Ihr Gesicht strahlte.

»Das Ritz liegt dir zu Füßen.«

»Ich liebe dich, mein Schatz.« Sie warf sich in seine Arme und schleuderte die Schuhe weg.

»Lady, du kannst mich nicht halb so sehr lieben, wie ich dich. Nicht einmal ein Viertel so sehr.«

»Ach, halte den Mund.«

Sein Mund legte sich sanft auf ihren, und er hob sie auf das blaue Satinbett.

»Hungrig?«

»Ich weiß nicht. Ich bin so glücklich, daß ich nicht denken kann.« Sie wälzte sich schläfrig auf die Seite und küßte ihn auf den Hals.

»Was hältst du von ein wenig *pasta*?«

»Mmmmm... nicht übel...« Aber sie traf keine Anstalten, aufzustehen. Es war ein Uhr morgens, nach ihrer Zeit, und sie war zufrieden, so ruhig dazuliegen.

»Komm, Kleine, steh schon auf.«

»O Gott, keine Dusche!« Er lachte und schlug sie auf die Kehrseite, während er die Laken wegzog.

»Wenn du nicht in zwei Minuten aufstehst, bring' ich die Dusche zu dir.«

»Das würdest du nicht wagen.« Sie blieb mit fest geschlossenen Augen liegen und lächelte schläfrig.

»Ach, du meinst, daß ich es nicht tun würde?«

Er blickte auf sie hinunter, seine Augen waren voller Liebe und Zärtlichkeit.

»Mein Gott, du würdest es fertigkriegen. Du bist ein so gemeiner Kerl. Kann ich nicht ein Bad nehmen, statt zu duschen?«

»Nimm, was du willst, aber schwing deinen Po aus dem Bett.« Sie schlug die Augen auf und sah ihn an, ohne sich auch nur einen Zentimeter weit zu bewegen.

»Dann nehme ich dich.«

»Erst nachdem wir etwas gegessen haben. Ich hatte heute keine Zeit zum Mittagessen und bin fast verhungert. Ich wollte alles erledigen, bevor du ankommst.«

»Hast du es geschafft?« Sie stützte sich auf den Ellbogen und angelte sich eine Zigarette. Das war die Gelegenheit, auf die sie gewartet hatte, und plötzlich lag Spannung in ihrer Stimme, die sich auch in seinen Augen spiegelte.

»Ja. Wir haben alles endgültig abgewickelt.« Die Gesichter der Toten zogen im Geist an ihm vorbei.

»Lucas ...« Sie hatte ihm nie eine direkte Frage gestellt, und er hatte nichts freiwillig erzählt.

»Ja?« Plötzlich war er ganz gespannte Vorsicht. Aber sie wußten es beide.

»Sollte ich mich lieber um meine eigenen Angelegenheiten kümmern?« Er zuckte die Schultern, dann schüttelte er langsam den Kopf. »Nein, ich weiß, worauf du hinauswillst, Liebes. Du hast ein Recht darauf, Fragen zu stellen. Du willst wissen, was ich hier vorhatte?« Sie nickte. »Aber du weißt es doch schon, nicht wahr?« Er sah beinahe alt und sehr müde aus. Die Urlaubsatmosphäre war plötzlich wie weggewischt.

»Eigentlich ja. Ich wußte es, ohne es mir einzugestehen, aber heute nachmittag ...« Ihre Stimme verhallte. Heute nachmittag? Erst da? Es schien Jahre her zu sein. »Heute nachmittag sah ich die Zeitung und die Schlagzeile ... der Streik im San Quentin war dein Werk, Luke, nicht wahr?« Er nickte sehr langsam. »Werden sie dich dafür belangen, Lucas?«

»Wer? Die Polizei?«

»Unter anderem.«

»Nein. Noch nicht. Sie können mir nichts anhängen, Kleine, ich bin ein Profi. Aber das ist nur ein Teil des Problems. Ich bin zu sehr Profi. Sie können mir nie etwas anhängen, und eines Tages werden sie mich prima reinlegen. Aus Rache.« Das war eine erste Warnung.

»Können sie das denn?« fragte sie erschrocken, aber es klang nicht, als hätte sie wirklich verstanden.

»Sie können, wenn sie wollen. Hängt davon ab, wieviel ihnen daran liegt. Im Augenblick sind sie vermutlich ganz schön wütend.«

»Und du hast keine Angst, Lucas?«

»Was würde das schon ändern?« Sein leichtes Lächeln wirkte zynisch, und er schüttelte den Kopf. »Nein, schöne Lady, ich habe keine Angst.«

»Bist du in Gefahr, Lucas? Ich meine in wirklicher Gefahr?«

»Meinst du meinen bedingten Strafaufschub oder andere Gefahren?«

»Beides.«

Er wußte, daß sie es erfahren mußte, also antwortete er ihr, mehr oder minder offen. »Ich befinde mich nicht wirklich in

Gefahr, Baby. Ich habe einige Leute verärgert, aber diejenigen, die am wütendsten sind, nehmen nicht an, daß ich etwas damit zu tun hatte. Dafür sorge ich schon. Die für meine Freistellung Zuständigen werden eine Zeitlang nicht einmal versuchen, mir etwas anzuhängen, und dann werden sie sich wieder beruhigt haben. Und die an dem Streik beteiligten Hitzköpfe, die meine Ansichten nicht teilen, haben solche Angst vor mir, daß sie mich nicht verpfeifen werden. Deshalb befinde ich mich nicht wirklich in Gefahr.«

»Der Fall könnte aber eintreten, nicht wahr?« Es tat ihr weh, daran zu denken, sich darüber klarzuwerden ... es zuzugeben. Sie hatte von Anfang an davon gewußt. Aber nun liebte sie ihn. Das änderte alles. Sie wollte nicht, daß er ein hitziger Unruhestifter war. Sie wollte, daß er ein friedliches Leben führte.

»Woran denkst du? Eine Minute lang hast du ausgesehen, als wärst du tausend Meilen weit weg. Du hast nicht einmal meine Antwort auf deine Frage gehört.«

»Was hast du geantwortet?«

»Daß ich auch in Gefahr gerate, wenn ich die Straße überquere, warum solltest du also Verfolgungswahn bekommen? Du könntest in Gefahr geraten. Du könntest entführt werden, damit jemand ein fettes Lösegeld bekommt. Also? Warum machst du dich damit verrückt, ob ich in Gefahr bin oder nicht? Ich sitze hier, es geht mir gut, ich liebe dich. Mehr mußt du nicht wissen. Woran hast du also gedacht?«

»Daß es mir lieber wäre, wenn du Börsenmakler oder Versicherungsagent wärst.« Sie grinste, und er bekam einen Lachanfall.

»Ach, Kleine, da hast du aber die falsche Nummer gewählt.«

»Also gut, ich bin verrückt.« Sie zuckte verlegen die Schultern, dann sah sie ihn wieder ernst an. »Warum läßt du dich noch immer in die Streiks hineinziehen, Luke? Warum kannst du es nicht lassen? Du bist nicht mehr im Gefängnis. Es könnte dich so teuer zu stehen kommen.«

»Okay. Ich werde dir sagen, warum. Weil manche dieser Burschen drei Cents die Stunde für die Arbeit bekommen, die du nicht einmal deinem Hund zumuten würdest. Und sie haben Familien, Frauen und Kinder genau wie die anderen Menschen. Diese Familien leben von staatlichen Unterstützungen, aber das wäre nicht notwendig, wenn die armen Teufel im Gefängnis einen anständigen Lohn bekämen. Keinen hohen, nur einen anständigen Lohn. Es gibt keinen Grund, warum man ihnen verwehren sollte, Geld beiseite zu legen. Sie brauchen es ebenso wie jeder andere Mensch. Und sie arbeiten für ihr Brot. Sie arbeiten verdammt schwer. Deshalb haben wir die Streiks ausgerufen. Wir sorgen dafür, daß unser System von den Insassen aller Gefängnisse angewendet werden kann. Wie hier. In Folsom wird sich fast das gleiche, mit einigen geringfügigen Veränderungen abspielen. Wahrscheinlich nächste Woche.« Er sah ihren Gesichtsausdruck und schüttelte den Kopf. »Nein, dazu werden sie mich nicht brauchen, Kezia. Ich habe meine Arbeit hier getan.«

»Aber warum, zum Teufel, mußt du derjenige sein, der es tut?« Sie klang fast zornig, und das überraschte ihn.

»Warum nicht?«

»Erstens wegen deiner bedingten Entlassung. Du ›gehörst‹ nämlich noch immer dem Staat. Dein Urteil lautet auf fünf Jahre bis lebenslänglich, nicht wahr?«

»Ja. Also?«

»Also gehörst du offiziell dein Leben lang ihnen. Richtig?«

»Falsch. Nur noch zweieinhalb Jahre lang, bis meine bedingte Entlassung ausläuft. Klugscheißerin. Du scheinst ja allerhand über das Thema gelesen zu haben.« Er zündete sich eine weitere Zigarette an und wich ihrem Blick aus.

»Das habe ich, und du redest einen Haufen Unsinn mit deinen zweieinhalb Jahren. Sie können deine bedingte Entlassung jederzeit widerrufen, wenn sie wollen, dann hast du wieder lebenslänglich oder weitere fünf Jahre auf dem Buckel.«

»Aber Kezia... warum sollten sie das tun?« Er tat, als verstehe er sie nicht.

»Um Himmels willen, Luke, sei doch nicht naiv, oder tust du es nur mir zuliebe? Wegen Aufwiegelung in den Gefängnissen. Dadurch verstößt du bestimmt gegen die Bedingungen für deine vorläufige Entlassung. Das muß ich dir ja nicht erklären. Und ich bin nicht so dumm, wie du denkst.« Sie hatte mehr darüber gelesen, als er erwartet hatte. Er konnte ihr schwerlich widersprechen. Sie hatte recht.

»Ich habe dich nie für dumm gehalten, Kezia.« Seine Stimme war gedämpft. »Aber ich bin es auch nicht. Ich sagte dir, sie können mir diesen Streik nie anhängen.«

»Woher willst du das wissen? Was geschieht, wenn einer der Leute, mit denen du diese Schau abziehst, singt? Was dann? Wenn irgendein Arschloch einfach genug hat und dich umbringt? Ein ›Radikaler‹, wie du sie nennst.«

»Dann werden wir uns Sorgen machen. Dann. Nicht jetzt.« Sie schwieg eine Weile, in ihren Augen glänzten Tränen.

»Es tut mir leid, Lucas, aber ich kann nicht anders. Ich mache mir Sorgen.« Sie wußte, daß sie guten Grund dazu hatte. Lucas war nicht bereit, seine Arbeit in den Gefängnissen aufzugeben, und er war in Gefahr. Das wußten sie beide.

»Komm, Liebes, sprechen wir nicht mehr darüber und gehen wir essen.« Er küßte sie auf die Augen und auf den Mund und zog sie an beiden Armen hoch. Er hatte für eine Weile genug von den ernsten Gesprächen. Die Spannung zwischen ihnen ließ langsam nach, doch Kezias Ängste waren nicht vorüber. Sie wußte nur, daß sie einen aussichtslosen Kampf führte, wenn sie versuchte, ihn von seiner Tätigkeit abzubringen. Er war der geborene Spieler. Sie hoffte nur, daß er nie verlieren würde.

Eine halbe Stunde später waren sie wieder unten in der Halle.

»Wohin gehen wir?«

»Zu Vanessis. Die beste *pasta* in der Stadt. Kennst du San Francisco nicht?«

»Nicht sehr gut. Ich war als Kind hier und einmal vor ungefähr zehn Jahren bei einer Party. Aber ich habe nicht viel gesehen. Das Essen fand in einem polynesischen Lokal statt, und wir wohnten in einem Hotel auf dem Nob Hill. Ich erinnere mich an die Kabeltram, und das ist so ziemlich alles. Ich war mit Edward und Totie hier.«

»Klingt nicht besonders lustig, mein Gott, du kennst die Stadt überhaupt nicht.«

»Nein. Aber jetzt habe ich das Ritz gesehen, und du kannst mir das übrige zeigen.« Sie hakte sich bei ihm ein.

Vanessis war sogar um zehn überfüllt. Künstler, Schriftsteller, Zeitungsleute, Theaterbesucher nach der Vorstellung, Politiker und Debütantinnen. Es war eine Musterkollektion der Typen, die es in der Stadt gab. Luke hatte recht gehabt. Die *pasta* war ausgezeichnet. Sie bestellte *gnocchi*, er *fettucini*, und als Nachspeise aßen sie gemeinsam eine unvergeßliche *zabaglione*.

Sie lehnte sich mit ihrem Espresso zurück und sah sich lässig um.

»Weißt du, es erinnert mich irgendwie an Ginos in New York, nur ist es besser.«

»In San Francisco ist alles besser. Ich liebe diese Stadt.«

Sie nahm einen Schluck von dem heißen Kaffee.

»Das einzige Problem ist, daß die Stadt um Mitternacht schlafen geht.«

»Das werde ich heute auch tun. O Gott, nach meiner Zeit ist es ja schon halb drei.«

»Bist du müde, Baby?« Er sah fast besorgt aus. Sie war so klein und wirkte so zerbrechlich. Er wußte aber, daß sie viel zäher war, als sie aussah.

»Nein. Ich bin nur entspannt. Und glücklich. Und zufrieden. Und das Bett im Ritz ist so, als schliefe man auf einer Wolke.«

»Ja, nicht wahr?« Er ergriff über den Tisch hinweg ihre Hand und dann blickte er über ihre Schulter mit gerunzelter Stirn auf etwas. Sie wandte sich um und sah nur eine männliche Tischrunde.

»Leute, die du kennst?«

»Gewissermaßen.« Sein Gesicht hatte sich verändert, seine Hand schien das Interesse an der ihren zu verlieren. Es war eine Gruppe von fünf Männern mit kurzem, gepflegtem Haar, die Tweedanzüge und helle Schlipse trugen. Sie sahen ein wenig wie Gangster aus.

»Wer sind sie?« Sie wandte sich ihm wieder zu.

»Bullen«, sagte er nüchtern.

»Polizei?«

Er nickte. »Ja, vom Sonderkommando für Detailermittlungen, dafür eingesetzt, um Menschen wie mir Unannehmlichkeiten zu bereiten.«

»Du hast ja Verfolgungswahn. Sie essen hier einfach zu Abend, Luke, wie wir auch.«

»Ja, vermutlich.« Aber sie hatten ihm die Laune verdorben, und bald darauf verließen die beiden das Lokal.

»Du hast doch nichts zu verbergen, Luke. Oder?« Sie gingen jetzt den Broadway hinunter, vorbei an Anreißern für die verschiedenen Oben-Ohne-Bars. Doch der Tisch mit den Polizisten ging ihm noch immer nicht aus dem Kopf.

»Nein. Aber der Kerl, der am Ende des Tisches saß, ist mir nicht von den Fersen gewichen, seit ich in die Stadt kam. Ich habe das Katz- und Maus-Spiel langsam satt.«

»Heute abend ist er dir nicht gefolgt. Er aß mit seinen Freunden zu Abend.« Die Gruppe der Polizisten hatte kein Interesse für ihren Tisch gezeigt. »Nicht wahr?« Nun war auch sie besorgt. Sogar sehr.

»Ich weiß nicht, Kleine. Ich ertrage nur ihren Anblick nicht. Ein Bulle ist eben ein Bulle ... und bleibt ein Bulle.« Er leckte das Ende einer Zigarre ab, zündete sie an und blickte zu Kezia hinunter. »Und ich bin ein Scheißkerl, weil ich dich mit meiner Nervosität anstecke. Ich mag die Bullen nun einmal nicht. Darum geht es. Und ich muß zugeben, daß ich bei dem Streik im San Quentin gefährlich mitgemischt habe. In den drei Wochen wurden sieben Wärter erledigt.« Einen Moment lang fragte er sich, ob er gut daran getan hatte, hierzubleiben.

Sie betraten Buchläden, beobachteten Touristen auf den Straßen und schlenderten schließlich über die Grant Avenue, an der es von Kaffeehäusern und Literaten wimmelte, aber sie konnten die Polizei nicht vergessen, auch wenn sie es einander nicht merken ließen. Luke war wieder sicher, daß er beschattet wurde.

Kezia versuchte, ihn in bessere Stimmung zu bringen, indem sie die Touristin spielte.

»Hier sieht es eher aus wie in Soho, nur irgendwie schäbiger. Man merkt, daß es ein altes Viertel ist.«

»Ja, das stimmt. Es hat noch den alten italienischen Charakter, und es gibt hier auch eine Menge Chinesen. Außerdem Kinder und Künstler. Es hat eine angenehme Atmosphäre.« Er kaufte ihr eine Eistüte, dann nahmen sie ein Taxi zum Ritz. Für Kezia war es vier Uhr morgens, und sie schlief wie ein Kind in den Armen ihres Geliebten. Während sie einschlief, empfand sie ein leichtes Unbehagen – es hatte mit der Polizei zu tun ... und Luke ... und Spaghetti. Die Bullen versuchten, ihr die Spaghetti wegzunehmen ... oder ... sie konnte es nicht verstehen. Sie war zu müde. Und viel, viel zu glücklich.

Sie war eingeschlafen, während er sie beobachtete und ihr langes, schwarzes Haar streichelte, das über ihre nackten Schultern auf den Rücken fiel. Sie erschien ihm so unwahrscheinlich schön. Und er war so verdammt verliebt in sie.

Wie sollte er ihr es jemals gestehen? Er glitt leise aus dem Bett, nachdem sie eingeschlafen war, und betrachtete die Aussicht. Er hatte alles verpfuscht, all seine Grundsätze über Bord geworfen.

So ein verdammter Blödsinn, sich darauf einzulassen. Er hatte kein Recht auf einen Menschen wie Kezia. Er hatte kein Recht auf irgend jemanden, bis er Bescheid wußte. Aber er hatte sie begehrt, hatte sie haben müssen – zuerst als Selbstbestätigung, weil er wußte, wer sie war. Und jetzt? Jetzt war alles anders. Er brauchte sie. Er liebte sie. Er wollte ihr ein Stück von sich geben ... und seien es nur die letzten goldenen Stunden vor Sonnenuntergang. Solche Augenblicke wiederholen sich nicht jeden Tag, sie ereignen sich höchstens einmal im Leben. Aber nun wußte er, daß er es ihr gestehen mußte. Die Frage war nur, wie?

18

»Lucas, du bist ein Biest!« Sie stöhnte, als sie sich im Bett umdrehte. »Um Himmels willen, es ist ja noch stockdunkel.«

»Es ist nicht dunkel, sondern nur neblig. Und in diesem Hotel gibt es um sieben Uhr Frühstück.«

»Ich verzichte darauf.«

»O nein. Wir haben eine Menge zu erledigen.«

»Lucas ... bitte ...« Er sah zu, wie sie mit dem Schlaf kämpfte. Er war gekämmt, hatte die Zähne geputzt, seine Augen glänzten. Er war seit fünf Uhr auf den Beinen. Und hatte sich viel vorgenommen.

»Kezia, wenn du deinen Hintern nicht aus dem Bett kriegst, lasse ich dich den ganzen Tag sitzen. Dann wird es dir leid tun!« Er fuhr ihr mit der Hand sanft über Brust und Bauch.

»Wer sagt, daß es mir leid tun wird?«

»Führe mich nicht in Versuchung. Komm, steh auf, Baby. Ich will dir die Stadt zeigen.«

»Mitten in der Nacht? Hat das nicht noch ein paar Stunden Zeit?«

»Es ist Viertel nach sieben.«

»O Gott, ich sterbe.«

Er hob sie lachend aus dem Bett und legte sie ins warme Wasser in der Badewanne, das er eingelassen hatte, als sie noch schlief.

»Ich nahm an, daß du heute morgen nicht duschen willst.«

»Lucas, ich liebe dich.« Das heiße Wasser beruhigte sie so

angenehm, während sie ihn schläfrig anblinzelte. »Du verwöhnst mich. Kein Wunder, daß ich in dich verliebt bin.«

»Es mußte ja einen Grund dafür geben. Bitte, trödle nicht zu lange herum. Um acht schließen sie die Küche, und ich möchte etwas im Magen haben, bevor ich dich in der Stadt herumschleppe.«

»Du willst mich also herumschleppen, wie?« Sie schloß die Augen und sank tiefer in das Badewasser. Es war eine alte Badewanne, die auf vergoldeten Füßen in Form von Blättern hoch über dem Boden stand. Sie wäre groß genug für beide gewesen.

Sie frühstückten Pfannkuchen, Spiegeleier und Speck. Zum ersten Mal seit Jahren machte sich Kezia nicht die Mühe, die Zeitung zu überfliegen. Sie war auf Urlaub, und was in der Welt vor sich ging, war ihr gleichgültig. »Die Welt« würde sich nur beklagen, und sie war nicht in der Stimmung dafür. Sie fühlte sich so wohl, daß sie sich nicht stören lassen wollte.

»Wohin nimmst du mich mit, Lucas?«

»Zurück ins Bett.«

»Was? Zuerst holst du mich raus, bloß um mich wieder hinein zu verfrachten?« Sie sah ihn wütend an, und er lachte.

»Später, später. Zuerst sehen wir uns die Stadt an.«

Er fuhr mit ihr durch den Golden Gate Park, sie spazierten um seine Teiche herum und küßten einander in stillen Winkeln unter noch blühenden Bäumen. Alles rings um sie grünte und blühte. Der Osten im November sah wesentlich deprimierender und viel weniger romantisch aus. Sie tranken Tee in den Japanischen Gärten, dann fuhren sie hinaus an den Strand, bevor sie durch das Presidio zurückfuhren und den Blick auf die Bucht genossen. Sie freute sich über Fisherman's Wharf, Ghirardelli Square, The Cannery...

Sie aßen frische Krabben und Garnelen an den Ständen am Pier und ergötzten sich am Stimmaufwand italienischer Verkäufer. Sie sahen alten Männern zu, die im Aquatic Park *boccia* spielten, wo ein Greis seinem Enkel die Grundzüge des Spiels beibrachte.

Tradition. Auch Luke lächelte, wenn er sie betrachtete. Sie hatte eigene Ansichten, die ihm noch ziemlich fremd waren. Immer bewies sie einen besonderen Sinn für Geschichte, für frühere Ereignisse, für die Aspekte der Zukunft. Damit hatte er sich nie sehr beschäftigt. Er stand mit beiden Beinen fest im Heute. Jeder von ihnen gab dem anderen etwas. Sie vermittelte ihm das Gefühl für die Vergangenheit, und er lehrte sie, in der Gegenwart zu leben.

Als sich der Nebel lichtete, ließen sie ihren Mietwagen unten am Pier stehen und fuhren mit der Kabeltram zum Union Square. Sie mußte lachen, als sie die Hügel hinabrollten. Zum ersten Mal in ihrem Leben fühlte sie sich als Touristin. Für gewöhnlich bewegte sie sich in geordneten Bahnen zwischen vertrauten Häusern in Städten, die sie ihr Leben lang gekannt hatte, von den Häusern alter Freunde zu den Häusern anderer alter Freunde, überall in der Welt, wo immer sie sich befand. Von einer bekannten Umgebung zur anderen. Mit Luke als Touristin zu reisen, machte jedoch Spaß, wie alles mit ihm. Und er freute sich darüber, wenn ihr gefiel, was er ihr zeigte. Die Führung durch die Stadt machte Spaß – sie präsentierte sich hübsch, leichtlebig und war um diese Jahreszeit nicht allzu überfüllt. Die einfache, natürliche Schönheit der Bucht und der Hügel bildete einen angenehmen Gegensatz zu den architektonischen Sehenswürdigkeiten der Stadt: Alle Wolkenkratzer waren fein säuberlich in der Innenstadt untergebracht, die gemütlichen viktorianischen Lebkuchenbauten waren in Pacific Heights angesiedelt und die kleinen farbigen Läden in der Union Street.

Sie fuhren über die Golden Gate Brücke, nur weil sie sie »ganz aus der Nähe« sehen wollte, und sie war begeistert.

»Ein einmaliges Kunstwerk, nicht wahr, Luke?« Ihr Blick prüfte kritisch die in den Nebel reichenden Streben.

»Das bist du auch.«

Abends aßen sie in einem der italienischen Restaurants auf der Grant Avenue. Ein Lokal mit vier Tischen für acht Personen, wo man neben Fremden saß und Freundschaft schloß, während man gemeinsam Suppe löffelte und Brot aß. Sie sprach mit allen Gästen an ihrem Tisch; auch das war für sie neu. Luke beobachtete sie zufrieden schmunzelnd. Was hätten sie gesagt, wenn sie gewußt hätten, daß sie Kezia Saint Martin war? Bei dem Gedanken mußte er laut lachen. Weil sie es nicht wissen konnten. Es waren Klempner und Studenten, Busfahrer mit ihren Frauen. Kezia Saint, wer war das? Sie war in Sicherheit. Mit ihm und unter ihnen. Das gefiel ihm; er wußte, daß sie ein Lokal brauchte, in dem sie keine Angst vor Reportern und Klatsch haben mußte. Sie war in der kurzen Zeit, die sie in der Stadt verbracht hatte, aufgeblüht. Sie brauchte diese Art von Frieden und Entspannung. Er freute sich darüber, daß er es ihr bieten konnte.

Bevor sie nach Hause fuhren, gingen sie auf einen Drink in ein Lokal in der Union Street namens Perrys. Es erinnerte sie ein wenig an P. J.'s in New York. Und sie beschlossen, von dort aus zu Fuß zu gehen. Es war ein angenehmer Spaziergang über die Hügel, vorbei an verschiedenen kleinen Parks. Die Nebelhörner tuteten am Rand der Bucht, sie ging Hand in Hand im gleichen Schritt mit ihm.

»Mein Gott, Luke, ich würde gern hier leben.«

»Es ist eine schöne Stadt. Und du kennst sie eigentlich noch gar nicht.«

»Nicht einmal nach dem heutigen Tag?«

»Das war nur das San Francisco für Touristen. Morgen werde ich dir zeigen, wie die Stadt wirklich ist.«

Den nächsten Tag verbrachten sie damit, die Küste nach Norden entlangzufahren. Stinson Beach, Inverness, Point Reyes. Es war eine zerklüftete Küste, ähnlich wie Big Sur, das weiter südlich lag. Wellen brachen sich an den Klippen, Möven und Falken schwebten über langgestreckte Hügelflächen und Strandabschnitte dahin, die unbewohnt waren und fast wirkten, als hätte Gottes Hand sie berührt. Kezia wußte, was Luke gemeint hatte. Es war etwas ganz anderes als der Pier. Es war wirklich unglaublich schön, nicht nur eine Abwechslung.

Sie aßen in einem chinesischen Restaurant auf der Grant Avenue früh zu Abend, und Kezia war glänzender Laune. Sie saßen in einer kleinen Nische, vor den Eingang war ein Vorhang gezogen, dahinter hörte man das Klirren von Geschirr und das von den Kellnern bevorzugte Chinesisch. Es gefiel Kezia, und Luke kannte das Restaurant gut, es war eines seiner Lieblingslokale in der Stadt. Er war am Abend vor ihrer Ankunft dort gewesen, um die letzten Fragen bezüglich des Streiks im San Quentin zu regeln. Es war eigenartig, bei gebratenem Wan-tan über Tote und Sträflingsrevolten zu sprechen. Es kam ihm unmoralisch vor, wenn er genauer darüber nachdachte, aber das war nicht seine Art. Sie hatten gelernt zu akzeptieren, womit sie leben mußten. Die Situation von Männern im Gefängnis und die Opfer, die es kostete, wenn man dieses System ändern wollte. Es kostete einige Männer das Leben. Luke und seine Freunde waren die Generäle, die Sträflinge waren die Soldaten, die Gefängnisverwaltung war der Feind. Wenn man es so sah, war alles sehr einfach.

»Du hörst mir nicht zu, Lucas.«

»Hm?« Er blickte auf und sah, daß Kezia ihn musterte.

»Etwas nicht in Ordnung, Schatz?«

»Soll das ein Witz sein? Was sollte nicht in Ordnung sein?« Sie sah ihn an, während er die Gedanken an San Quentin verscheuchte, aber irgend etwas bedrückte ihn. Ein Gefühl, eine Art Vorahnung. Er wußte es nicht. »Ich liebe dich, Kezia. Es war ein schöner Tag.« Er wollte die quälenden Gedanken loswerden, aber es fiel ihm immer schwerer.

»Ja, das war es. Du mußt von dem vielen Herumfahren müde sein.«

»Wir werden uns heute nacht einmal gründlich ausschlafen.« Er beugte sich vor, um sie zu küssen.

Erst als sie das Lokal verließen, sah er dasselbe Gesicht, das er zu oft in jenen Wochen in San Francisco gesehen hatte. Als er sich umdrehte und sah, wie der Mann rasch mit einer Zeitung unter dem Arm in einer der Nischen verschwand, war es plötzlich zu viel für ihn.

»Warte oben auf mich.«

»Was?«

»Geh nur weiter. Ich muß hier noch etwas erledigen.«

Sie wunderte sich über seinen Gesichtsausdruck und war auch erschrocken. Etwas war mit ihm geschehen; es war, als wäre ein Damm geborsten oder als stünde eine Explosion bevor... wie... es war ein erschreckender Anblick.

»Geh endlich, verdammt noch mal!« Er schob sie energisch auf den Ausgang des Restaurants zu und ging rasch zu der Nische zurück, in die der Mann verschwunden war. Er zog den alten, verschossenen Vorhang so heftig zur Seite, daß er ihn von den Ringen losriß. »Okay, mein Lieber, jetzt reicht es.« Der Mann sah übertrieben ahnungslos und überrascht von seiner Zeitung hoch, aber seine Augen waren wachsam und lebendig.

»Ja?« Sein Haar war an den Schläfen ergraut, aber er sah fast ebenso kräftig aus wie Luke. Er saß lässig auf dem Stuhl, sprungbereit wie ein Tiger.

»Steh auf!«

»Was? Hören Sie, Mister...«

»Ich sagte, steh auf, du Scheißkerl, oder hast du mich nicht verstanden?« Lukes Stimme war freundlich und honigsüß, aber der Ausdruck seines Gesichts war erschreckend, und während er sprach, faßte er den Mann mit beiden Händen an den Aufschlägen seiner häßlichen Tweedjacke und hob ihn hoch. »Was willst du eigentlich genau von mir?« Lukes Stimme war kaum mehr als ein Flüstern.

»Ich bin zum Essen hier, Mann, und finde, Sie sollten mich sofort loslassen, oder soll ich die Bullen rufen?« Der Mann blickte ihn drohend an, und seine Hände hoben sich langsam mit gut geschulter Präzision.

»Die Bullen rufen ... verdammt noch mal ... hast du ein Funkgerät in der Tasche, du Scheißkerl? Hör zu, Mensch, ich esse mit einer Dame zu Abend, und es paßt mir nicht, Tag und Nacht beschattet zu werden. Es schadet meinem Ruf, verstanden? Ist das klar?« Im nächsten Augenblick schnappte er nach Luft. Sein Opfer hatte mit einer blitzartigen Bewegung Lukes Hände von seinen Revers losgerissen und ihm einen kurzen Haken in den Magen verpaßt.

»Das wird Ihrem Ruf noch mehr schaden, Johns. Wie wäre es, wenn Sie wie ein braver Junge nach Hause fahren, oder soll ich Sie wegen versuchtem Überfall einlochen? Das würde sich auf die Kommission für bedingte Haftentlassung schön auswirken, was? Sie haben noch verdammtes Glück, wenn sie Ihnen nicht demnächst eine Anklage auf Mord anhängen.« Seine Stimme war voller Haß.

Luke holte tief Luft und sah dem Mann in die Augen. »Mord? Es würde ihnen verdammt schwerfallen, mir das anzuhängen. Alle möglichen Delikte, aber keinen Mord.«

»Was ist mit den Wärtern letzte Woche in Q, oder zählen die nicht? Die hätten Sie ebensogut selbst umbringen können, statt es von Ihren Knastbrüdern besorgen zu lassen.« Das Gespräch wurde noch immer in leisem Ton geführt, und Luke zog überrascht eine Braue hoch, während er sich langsam, unter Schmerzen aufrichtete.

»Verdanke ich diesen Umstand die Ehre Ihrer Begleitung, wohin ich auch gehe? Sie versuchen, mir den Mord an den Bullen in Quentin unterzuschieben?«

»Nein. Das ist nicht mein Problem. Nicht meine Angelegenheit.

Und ob Sie es glauben oder nicht, Süßer, mir gefällt es ebensowenig, Sie zu beschatten, wie Ihnen, daß Sie mich ständig auf den Fersen haben.«

»Lassen Sie es gut sein. Sie bringen mich noch zum Weinen.« Luke nahm ein Glas Wasser vom Tisch und trank einen kräftigen Schluck. »Was hat es also mit dem Beschatten auf sich?« Luke stellte das Glas ab und betrachtete den anderen genau, er fragte sich, warum er nicht zurückgeschlagen hatte. Mein Gott, er wurde weich... verdammt... sie modelte ihn ganz um, und das konnte ihn ganz schön teuer zu stehen kommen.

»Vielleicht fällt es Ihnen schwer, mir zu glauben, Johns, aber die Beschattung ist nur eine Schutzmaßnahme.« Luke begann laut und zynisch zu lachen. »Wie reizend. Wer soll denn beschützt werden?«

»Sie.«

»Wirklich? Wie rührend. Und wer soll mir Ihrer Meinung nach auf den Pelz rücken? Warum kümmern Sie sich eigentlich darum?« Er zweifelte; sie hätten sich eine bessere Geschichte einfallen lassen können.

»Ich kümmere mich nicht darum, das ist klar, aber die Anweisung lautet, ich soll Sie bis auf weiteres beschatten und auf mögliche Angreifer achten.«

»Unsinn.« Luke war wütend. Das gefiel ihm ganz und gar nicht.

»Ist es Unsinn?«

»Und ob. Verdammt, wie soll ich das wissen?« Das hatte ihm gerade noch gefehlt, während Kezia in der Stadt war. Scheiße.

»Angeblich gefällt einigen von den Hitzköpfen in den linken Reformgruppen Ihr Eingreifen nicht, es paßt ihnen nicht in den Kram, daß Sie in ihrer Szene ein und aus gehen wie eine Art Nationalheld auf Besuch. Sie wollen Ihnen an den Kragen, Mann.«

»Ja? Dann machen wir es so: Wenn sie es darauf ankommen lassen, werde ich Sie rufen. Bis dahin kann ich ohne Ihre Begleitung auskommen.«

»Ich könnte auch ohne Sie auskommen, aber es bleibt uns keine Wahl. Übrigens, ein nettes Restaurant. Erstklassige Frühlingsrollen.«

Lucas schüttelte verärgert den Kopf und zuckte die Schultern. »Freut mich, daß es Ihnen geschmeckt hat.« Dann blieb er im Türrahmen stehen und musterte den Mann, der ihm den Schlag versetzt hatte. »Wissen Sie was, Mann? Sie haben viel Glück, Sie Scheißer. Wenn Sie zu einem anderen Zeitpunkt zugeschlagen hätten, hätte ich Sie pulverisiert. Und das mit Vergnügen.« Sie sahen einander an, dann zuckte der Beschatter die Schultern und faltete seine Zeitung zusammen.

»Wie Sie meinen. Aber das würde Ihnen eine einfache Fahrkarte in den Knast eintragen. Und uns allen eine Menge Mühe ersparen, wenn Sie meine Meinung hören wollen. Jedenfalls geben Sie auf sich acht, Mann. Jemand hat es auf Sie abgesehen. Man hat mir nicht gesagt, wer dahintersteckt, aber es muß ein heißer Tip gewesen sein, denn sie haben mich eine Stunde später losgeschickt.«

Luke wollte schon aus der Nische hinaustreten, als er sich plötzlich fragend umdrehte. »Beschattet ihr Burschen noch jemand anderen?« Das wäre für ihn ein Hinweis.

»Vielleicht.«

»Kommen Sie, Mann, machen Sie keine blödsinnigen Andeutungen, ohne mir auch den Rest zu verraten!« Wieder blitzten seine Augen, und der andere nickte.

»Ja. Okay. Wir beschatten noch ein paar Jungs.«

»Wen?«

Der Polizist seufzte, blickte auf seine Füße und dann auf Luke. Es hatte keinen Sinn, um den heißen Brei herumzugehen, das wußten beide. Und er fand, daß er Luke schon so weit getrieben hatte, wie er konnte, möglicherweise noch weiter. Lucas Johns war kein Mann, den man mit ein paar Andeutungen abspeiste. Er blickte langsam auf und zählte die Namen ausdruckslos auf.

»Morrissey, Washington, Greenfield, Folkes und Sie.«

»Du meine Güte.« Alle fünf waren die Hauptrādelsführer der Unruhen in den Gefängnissen. Morrissey lebte in San Francisco, Greenfield in Las Vegas, Folkes kam aus New Hampshire, aber Washington stammte von hier und war der einzige Farbige der Gruppe. Alle waren Radikale, aber keiner von ihnen stand wirklich links außen. Sie wollten nur für ihre Ideale kämpfen und ein System ändern, das schon vor Jahren bankrott gemacht hatte. Keiner von ihnen machte sich Illusionen darüber, daß sie die Welt verändern konnten. Washington wurde von ihren Gegnern am heftigsten angegriffen. Die schwarzen Cliquen fanden, er sollte auf ihrer Seite kämpfen; für sie war er nicht genügend radikal.

Doch Luke war der Ansicht, daß er das Beste von beiden Seiten in sich vereinte.

»Ihr beschattet Frank Washington?«

»Ja.« Der Polizist in Zivil nickte.

»Dann solltet ihr es besonders gut machen.« Der andere nickte verständnisvoll, Luke drehte sich um und ging.

Kezia wartete nervös am Eingang.

»Ist alles in Ordnung?«

»Natürlich. Warum sollte es anders sein?« Hatte sie vielleicht etwas gehört oder, was noch schlimmer war, gesehen? Erstaunlicherweise war während der kurzen Auseinandersetzung niemand vorbeigekommen, und die Kellner waren zu beschäftigt gewesen, um zu bemerken, wie heftig die beiden Männer geworden waren.

»Du hast so lange gebraucht, Lucas, ist etwas los?« Sie sah ihm forschend ins Gesicht, das ausdruckslos blieb.

»Natürlich nicht, ich unterhielt mich nur mit einem Bekannten.«

»Geschäftlich?« Sie hatte den gleichen Gesichtsausdruck wie eine langjährige Ehefrau.

»Ja, mein kleines Dummerchen, geschäftlich. Das sagte ich ja bereits. Jetzt kümmere dich um deine Angelegenheiten, wir fahren zurück ins Hotel.« Er umarmte sie stürmisch und trat mit ihr in den nächtlichen Nebel hinaus. Sie wußte, daß er etwas verschwieg, aber er verbarg es gut vor ihr. Es gab nie etwas, worauf sie den Finger legen konnte. Und Luke würde dafür sorgen, daß es so blieb.

Aber beim Frühstück am nächsten Morgen stand fest, daß etwas Schreckliches geschehen war. Diesmal hatte sie ihn geweckt, nachdem sie ein üppiges Frühstück bestellt hatte. Als das Tablett gebracht worden war, weckte sie ihn sanft mit einem Kuß.

»Guten Morgen, Mr. Johns. Es ist Zeit aufzustehen, und ich liebe dich.« Er wälzte sich mit schläfrigem Lächeln und halboffenen Augen herum und zog sie zu sich, um sie zu küssen.

»Das ist eine besonders angenehme Art, den Tag zu beginnen, Kleines. Warum bist du schon so früh auf den Beinen?«

»Ich war hungrig, und du hast gesagt, du hast heute eine Menge zu erledigen, deshalb bin ich aufgestanden und aktiv geworden.« Sie setzte sich auf den Bettrand.

»Willst du zurück ins Bettchen schlüpfen und dich wieder desaktivieren lassen?«

»Erst nach dem Frühstück, mein stürmischer Liebhaber. Die Eier werden kalt.«

»Mein Gott, denkst du praktisch. Eine so kaltherzige Frau.«

»Nein. Nur eine hungrige.« Sie tätschelte sein Hinterteil, küßte ihn wieder und stand auf, um die Deckel von den Platten abzunehmen.

»Junge, das duftet gut. Haben Sie auch eine Morgenzeitung heraufgeschickt?«

»Ja, Sir.« Sie lag ordentlich gefaltet auf dem Tablett, Kezia nahm sie und überreichte sie ihm mit einem kleinen Knicks. »Zu Ihren Diensten, Monsieur.«

»Lady, wie konnte ich nur früher ohne dich leben?«

»Zweifellos mühsam.« Sie drehte sich um und goß ihm eine Tasse Kaffee ein. Als sie aufblickte, erschrak sie über seinen Gesichtsausdruck. Er saß nackt auf dem Bettrand, die Zeitung lag aufgeschlagen auf seinen Knien, und Tränen liefen über sein von Zorn und Schmerz verzerrtes Gesicht, seine Hände waren zu Fäusten geballt.

»Lucas? Liebster, was ist geschehen?« Sie ging zögernd zu ihm hin, setzte sich neben ihn und überflog rasch die Schlagzeilen, um zu sehen, was geschehen war. Die fetteste Schlagzeile lautete: *Ex-Priester, Gefängnisreformer erschossen.* Man nahm an, daß der Mord von einer ›linksradikalen Gruppe‹ verübt worden war, aber die Polizei war ihrer Sache noch nicht sicher. Joseph Morrissey war, als er mit seiner Frau das Haus verließ, achtmal in den Kopf getroffen worden. Die Fotos auf der Titelseite zeigten eine weinende Frau, die sich über die zusammengekrümmte Gestalt des Opfers beugte. Joe Morrissey. Seine Frau war im siebenten Monat schwanger.

»Scheiße.« Das war der einzige Laut, den sie von Lucas zu hören bekam, während sie ihm mit der Hand sanft über die Schultern strich und auch ihre Augen sich mit Tränen füllten. Es waren Tränen für den Mann, der gestorben war, und Tränen der Angst um Luke. Lucas hätte an seiner Stelle sein können.

»Ach, Liebster, es tut mir so leid.« Die Worte wirkten so schal und leer, gemessen an ihren Gefühlen. »Hast du ihn gut gekannt?«

Er nickte wortlos, dann schloß er die Augen. »Zu gut.«

»Was willst du damit sagen?« Ihre Stimme war nur ein Flüstern.

»Er war meine Deckung. Ich habe dir doch erklärt, daß ich die

Gefängnisse nie betrete und mir deshalb niemand etwas anhängen kann.«

Sie nickte.

»Sie können mir nichts in die Schuhe schieben, weil es Kerle wie Joe Morrissey gibt. Er war Kaplan in vier Gefängnissen, bevor er das Priesteramt niederlegte. Danach stieß er zu den Reformern, die den harten Kern unserer Gruppe bilden. Und er kämpfte für die schweren Jungen. Zumeist für mich. Und nun... haben wir ihn auf dem Gewissen. Ich habe ihn umgebracht. Verdammte Scheiße...«

Er stand auf, rannte wütend durch das Zimmer und wischte sich die Tränen vom Gesicht. »Kezia?«

»Ja?« Ihre Stimme kam ängstlich vom anderen Ende des Raumes.

»Du packst jetzt und ziehst dich sofort an. Ich meine sofort. Ich bringe dich schleunigst von hier weg.«

»Lucas... hast du Angst?«

Er zögerte einen Augenblick, dann nickte er. »Ja.«

»Um mich? Oder um dich?«

Fast hätte er gelächelt. Um sich hatte er nie Angst. Aber es war jetzt nicht der Augenblick, ihr das zu erklären. »Sagen wir, ich will vernünftig sein. Komm, Baby, beweg dich.«

»Du fährst auch weg?«

»Später.«

»Was tust du vorher?« Plötzlich packte sie Entsetzen. Und wenn sie ihn töteten?

»Ich werde mich um die Angelegenheit kümmern und dann noch heute abend nach Chicago zurückfliegen. Und du nimmst die Maschine nach New York, wie ein braves Mädchen, und wartest dort auf mich. Jetzt halt den Mund und zieh dich an, verdammt noch mal!« Er wollte sie anfahren, doch als er die Angst in ihrem Gesicht bemerkte, mäßigte er seinen Ton. »Komm schon, Kleine...« Er ging durch das Zimmer zu ihr und schloß sie in die Arme, während sie wieder zu weinen begann.

»Ach, Lucas, was ist, wenn...«

Er drückte sie fest an sich und küßte sie sanft auf die Stirn. »Kein ›was ist, wenn‹, Liebes. Alles wird in Ordnung kommen.«

In Ordnung kommen! Hatte er denn den Verstand verloren? Soeben war jemand ermordet worden! Seine Deckung, um Gottes willen. Sie sah ihn verzweifelt an, während er sie vom Bett hochzog.

»Ich will, daß du dich sofort fertigmachst.« Zu viele Leute konnten herausfinden, wo er sich aufhielt. Und Kezia war ein Goldstück, das er nicht in der Tasche tragen wollte, wenn ihm jemand auflauerte. Vielleicht war die Ermordung Morrisseys nur eine Warnung für ihn. Bei dem Gedanken drehte sich ihm der Magen um.

Sie begann sich anzuziehen, warf gleichzeitig Kleidungsstücke in ihren Koffer und sah Luke von der Seite an. Plötzlich erschien er ihr so geschäftsmäßig, so fremd, so zornig.

»Wo wirst du heute sein, Lucas?«

»Draußen. Beschäftigt. Ich werde dich anrufen, sobald ich in Chicago lande. Um Himmels willen, du gehst ja zu keiner Geburtstagsparty. Zieh dir irgend etwas an. Beeil dich.«

»Ich bin beinahe fertig.« Im nächsten Augenblick war sie so weit, sie wirkte sehr ernst und eine große dunkle Brille verdeckte das fehlende Make-up.

Er blickte sie lang an, sein Körper spannte sich, dann nickte er. »Okay, Lady. Ich fahre nicht mit dir. Ich nehme ein Taxi und verschwinde erst einmal. Du wirst unten in Ernestines Büro mit ihr auf ein Taxi warten. Sie wird dich dann zum Flughafen bringen.«

»Ernestine?« fragte Kezia erstaunt. Die Besitzerin des Ritz sah nicht so aus, als würde sie für erwachsene Gäste das Kindermädchen abgeben. Und auch Luke war sich diesbezüglich nicht sicher. Aber er nahm an, daß sie für fünfzig Piepen so ziemlich alles tun würde.

»Genau, Ernestine. Fahr mit ihr zum Flughafen. Und nimm das erste verdammte Flugzeug Richtung New York. Auch wenn es unterwegs fünfzehn Zwischenlandungen macht. Ich will dich von hier rausbringen. Ich will auch nicht, daß du auf dem Flughafen herumsitzt. Ist das klar?« Sie nickte stumm. »Du mußt dich auch verdammt daran halten, Kezia, denn ich mache keine Witze. Ich zieh dir die Haut ab, wenn du irgendwo herumlungerst. Verschwinde aus dieser Stadt! Ist das klar? Vor allem tut es mir leid, daß ich dich überhaupt hierherkommen ließ.« Man sah es ihm an.

»Mir tut es nicht leid. Ich bin froh. Und ich liebe dich. Mir tut nur leid, daß dein Freund...« Ihre Stimme verhallte, sie sah ihn mit großen Augen an, und er wurde weich. Er nahm sie wieder in die Arme, schwankte wieder zwischen dem Verlangen nach ihr und dem Bewußtsein, daß es ein Fehler gewesen war, sie herkommen zu lassen. Aber er brauchte sie zu sehr.

»Du bist wirklich ein Schatz, Lady.« Er küßte sie ruhig, dann richtete er sich auf. »Mach dich jetzt fertig, Kleine. Ich werde Ernestine sagen, daß sie in fünf Minuten mit dir aus dem Haus sein muß, und ich werde es telefonisch checken. Heute abend rufe ich dich in New York an. Es wird vielleicht spät werden. Ich will erst in Chicago sein, bevor ich mit dem Telefonieren anfange.«

»Du wirst heute okay sein?« Es war eine sinnlose Frage, das wußte sie. Wer konnte wissen, ob er okay sein würde? In Wirklichkeit wollte sie ihn fragen, wann sie ihn wiedersehen würde, aber das wagte sie nicht. Sie sah nur mit großen feuchten Augen zu, wie er ruhig die Tür des Zimmers hinter sich schloß. Einen Augenblick später verließ er das Hotel in einem Taxi. Zehn Minuten danach folgten sie und Ernestine seinem Beispiel. Während des Fluges nach New York betrank sich Kezia.

19

Es war über eine Woche her, seit sie ihn in San Francisco verlassen hatte. Er hielt sich nun wieder in Chicago auf und rief sie täglich zwei- oder dreimal an. Seit ihrer Trennung saß ihr das Entsetzen in den Knochen. Er behauptete, daß alles in Ordnung war und daß er demnächst nach New York kommen würde. Aber wann? Und wie ging es ihm wirklich? Sie bemerkte, daß er sich vorsichtig ausdrückte, wenn er anrief. Er traute seinem Telefon nicht. Es war viel schlimmer als bei ihrer letzten Trennung. Damals hatte sie sich nur einsam gefühlt. Nun hatte sie noch Angst dazu.

Sie bemühte sich verzweifelt, ihre Zeit mit Arbeit auszufüllen und ihren Geist abzulenken, so gut sie konnte. Sie hatte Luke sogar vorgeschlagen, einen Artikel über Alejandro zu schreiben.

»Über diesen Flohzirkus, den er leitet?«

»Ja. Simpson meint, er könnte den Artikel vielleicht unterbringen. Ich würde ihn liebend gern machen. Glaubst du, daß Alejandro einverstanden wäre?«

»Er würde sich bestimmt darüber freuen, und ein bißchen Publicity würde ihm vielleicht Geldmittel einbringen.«

»Also gut. Ich werde mich damit beschäftigen.« Entweder arbeiten oder verrückt werden, mein Süßer.

»Schön, was soll ich jetzt tun? Ich bin noch nie interviewt worden.« Sie lachte über seinen nervösen Gesichtsausdruck. Er war ein so netter Mann mit so viel Sinn für Humor.

»Mal sehen, Alejandro. Sie sind nämlich erst mein zweiter Interviewpartner. Für gewöhnlich läuft es ganz ruhig ab. Gewissermaßen heimtückisch.« Mit ihren Zöpfen und den Jeans sah sie aus wie ein Kind. Aber ein sauberes Kind. Das war in diesen Hallen eine Seltenheit.

»Warum heimtückisch? Haben Sie Angst vor dem, was Sie schreiben?« Er sah sie mit großen, erstaunten Augen an. Sie war so direkt, ihm kam es unwahrscheinlich vor, daß sie Hintertüren benutzte.

»Hauptsächlich wegen des verrückten Lebens, das ich führe. Luke hat es ziemlich genau umschrieben. Ich bin ein Mensch, der mehrere Leben führt.«

»Was bedeutet Ihnen Luke, Kezia? Ist er eine Realität in Ihrem Leben?«

»Sogar sehr. Mein altes Leben war keine Realität, nie, und ist es jetzt noch weniger.«

»Es gefällt Ihnen nicht?«

Sie schüttelte stumm den Kopf.

»Das ist aber schade.«

»Fast schäme ich mich deswegen, Alejandro.«

»Das ist doch verrückt, Kezia. Es ist ein Teil Ihres Lebens. Sie können es nicht verleugnen.«

»Aber es ist so häßlich.« Sie spielte mit dem Bleistift und betrachtete ihre Hände.

»Es kann nicht ganz häßlich sein. Und warum ›häßlich‹? Den meisten Leuten erscheint Ihr Leben recht erstrebenswert.« Seine Stimme klang sehr sanft.

»Es ist aber ein leeres Leben. Es verlangt einem alles ab und gibt keinen Gegenwert dafür. Es besteht aus Verstellung und Intrigen, aus Leuten, die einander betrügen, aus Lügen und der schweren Entscheidung, wieviel tausend Dollar man für ein Kleid ausgeben soll, während man sie nutzbringender verwenden könnte. Für mich hat es verdammt wenig Sinn. Ich bin wahrscheinlich eine Einzelgängerin.«

»Leider weiß ich nicht viel von Ihrer Welt.«

»Um so besser für Sie.«

»Und Sie sind unvernünftig.« Er streckte die Hand aus, berührte ihr Gesicht und hob ihr Kinn hoch, bis ihr Blick dem seinen begegnete. »Es ist ein Teil von Ihnen, Kezia. Ein angenehmer, reizender Teil. Glauben Sie wirklich, Sie würden sich um so viel besser fühlen, wenn Sie hier so lebten? Auch hier lügen und betrügen und stehlen die Menschen. Sie nehmen Rauschgift. Sie werden frustriert und böse. Sie haben keine Zeit, die Kenntnisse zu erwerben, die Sie besitzen. Vielleicht sollten Sie dieses Wissen anwenden und es gut gebrauchen. Vergeuden Sie Ihre Zeit nicht mit bitteren oder traurigen Gefühlen wegen Ihres früheren Lebens. Setzen Sie es nur ab jetzt vernünftig ein.«

Es klang plausibel, und er hatte recht. Ihre Welt hatte ihr das Rüstzeug mitgegeben. Sie war ein Teil ihres Lebens. »Ich hasse es deshalb so sehr, weil ich Angst davor habe, in meiner Entwicklung steckenzubleiben. Es ist wie ein Krake, es läßt einen nicht mehr los.«

»Baby, Sie sind jetzt ein erwachsener Mensch. Wenn Sie es nicht wollen, müssen Sie sich davon befreien. In aller Ruhe. Nicht mit einer Bazooka in der einen Hand und einer Handgranate in der anderen. Niemand kann Sie aufhalten. Ist Ihnen das noch nicht eingefallen?« Er war überrascht.

»Eigentlich nicht. Ich hatte nie das Gefühl, daß mir die Wahl offenstünde.«

»Natürlich haben Sie diese Möglichkeit. Wir alle können eine Entscheidung treffen. Wir bemerken es nur manchmal nicht. Auch ich habe in diesem ›Scheißhaus‹, wie Luke es nennt, eine Wahl. Wenn ich mich unglücklich fühle, kann ich jederzeit ausspringen. Aber ich tue es nicht.«

»Warum nicht?«

»Weil die Menschen hier mich brauchen. Und ich liebe die Arbeit. Ich habe das Gefühl, daß ich sie nicht im Stich lassen kann, aber in Wirklichkeit steht es mir frei. Ich will nur nicht. Vielleicht wollten auch Sie Ihre Welt nicht im Stich lassen. Vielleicht wollen Sie es noch immer nicht. Vielleicht sind Sie noch nicht dazu bereit.

Möglich, daß Sie sich dort sicherer fühlen. Warum auch nicht? Dieses Leben ist Ihnen vertraut. Und Vertrautes ist angenehm. Auch wenn es grundverkehrt ist, ist es angenehm, weil man es kennt. Man weiß nie, was für eine Hölle einen dort draußen erwartet.« Er machte eine unbestimmte Geste mit dem Arm, und sie nickte. Er hatte ihre Lage sehr gut erfaßt.

»Sie haben recht. Aber ich glaube, ich bin jetzt bereit, den Mutterleib zu verlassen. Ich weiß auch, daß ich bis jetzt nicht dazu bereit war. Es ist beschämend, das zuzugeben. Man könnte meinen, daß ich das alles in meinem Alter hinter mir haben und seelisch ausgeglichen sein sollte.«

»Unsinn. Das ist ein verdammt langer Entwicklungsprozeß. Ich war dreißig, als ich endlich den Mut aufbrachte, meine kleine Welt in L. A. zu verlassen und hierher zu ziehen.«

»Wie alt sind Sie jetzt?«

»Sechsunddreißig.«

»Das sieht man Ihnen nicht an«, meinte sie überrascht.

»Vielleicht nicht, meine Liebe, aber ich spüre jedes Jahr verdammt.« Er lachte samtweich, und seine mexikanischen Augen sprühten. »An manchen Tagen fühle ich mich wie achtzig.«

»Ich weiß, was Sie meinen, Alejandro...« Ihr Gesicht wurde ernst.

»Was, Baby?« Er glaubte zu wissen, was jetzt kommen würde.

»Halten Sie Luke für okay?«

»In welcher Beziehung?« O Gott, laß sie nicht danach fragen. Er konnte es ihr nicht verraten. Das mußte Luke selbst besorgen, wenn er es noch nicht getan hatte... aber es mußte eigentlich bereits der Fall sein.

»Ich weiß nicht. Er ist so... nun... so tollkühn, ich nehme an, das ist das richtige Wort. Er tut einfach das, was er tun muß, und Schluß. Ich mache mir Sorgen wegen seiner Entlassung auf Bewährung, seiner Sicherheit, seinem Leben, wegen allem. Er ist da anders.« Sie blickte Alejandro nicht an, und er beobachtete ihre Hände; sie waren nervös und verkrampft und spielten mit ihrem Kugelschreiber.

»Nein, er macht sich weder Sorgen wegen seiner bedingten Entlassung noch wegen seiner Person, noch wegen sonstiger Eventualitäten. So ist Luke eben.«

»Glauben Sie, daß er sich eines Tages in Schwierigkeiten hineinmanövrieren wird? Daß er zum Beispiel umgebracht wird?« Sie mußte an Morrissey denken.

»Wenn er Probleme hat, Kezia, wird er es uns wissen lassen.«

»Tja. Einen Tag, bevor der Himmel einstürzt.« Das war ihr inzwischen klar. Er verlor nie ein Wort über persönliche Schwierigkeiten, bis zur letzten Minute. »Er warnt einen nie.«

»Nein, Kezia, das tut er nicht. Das ist eben seine Art.«

»Die man respektieren muß, nehme ich an.«

Er nickte ruhig, hätte gern ihre Hand berührt, brachte es aber nicht zuwege. Er konnte nur mit Luke sprechen. Er fand, daß es höchste Zeit war.

»Und damit, mein Freund, sollte der Artikel enden. Ich danke Ihnen.« Mit einem Seufzer lehnte sie sich in Alejandros Büro in den Stuhl zurück. Es war ein langer Tag gewesen. Sie hatten stundenlang miteinander gesprochen.

»Heißt das, daß Sie genügend Material beisammen haben?« Er freute sich sichtlich. Es war ein Vergnügen, mit ihr zusammenzuarbeiten. Lucas war ein verdammt glücklicher Mann, und er wußte es.

»Genügend und noch mehr. Kann ich Sie zu einem Dinner in der Stadt verführen? Sie haben eine Belohnung dafür verdient, daß ich den ganzen Nachmittag Ihre grauen Zellen strapaziert habe.«

Er lächelte darüber. »Das sehe ich nicht so. Verdammt, Kezia, wenn Sie unserer Sache ein wenig Publicity verschaffen, könnte es die Lage sehr verändern. Zumindest Anerkennung durch die Gemeinschaft. Das ist eines unserer größten Probleme. Sie hassen uns hier ärger als im Rathaus. Beide Seiten gehen auf uns los.«

»Es sieht wirklich danach aus.«

»Vielleicht wird Ihr Artikel diese Einstellung uns gegenüber ändern.«

»Das hoffe ich, mein Lieber. Wirklich. Und was ist mit dem Dinner?«

»Einverstanden. Ich würde Sie hier zum Dinner ausführen, aber Lucas würde uns beide umbringen. Er will bestimmt nicht, daß Sie sich in diesem Stadtteil herumtreiben.«

»So ein Snob.«

»Nein, diesmal benutzt er ausnahmsweise sein Gehirn. Er hat recht, Kezia. Kommen Sie nicht hierher, als wäre es selbstverständlich. Das ist es nämlich nicht. Es ist gefährlich. Sogar sehr.«

Die kollektive Sorge um sie machte ihr Spaß. Die beiden harten Burschen beschützten die zarte Blume. »Okay, okay. Ich habe schon verstanden. Luke hat mir am Telefon einen ganzen Vortrag gehalten. Ich hätte heute in einer Limousine hierherkommen sollen.«

»Haben Sie das getan?« Alejandro riß die Augen auf. Das hatte in der Umgebung sicherlich Aufsehen erregt!

»Natürlich nicht, Sie Kindskopf. Ich kam mit der U-Bahn.« Er stimmte in ihr Gelächter ein. Sie neckten und beschimpften einander gutmütig, wie alte Freunde, und das freute sie. Er war ein sehr anziehender Mann. Überaus sensibel und zugleich fröhlich. Vor allem fiel ihr seine Freundlichkeit auf. Er hatte auch recht, was ihre Person betraf. Ihre Vergangenheit war ein Teil ihres Lebens. Ihr Lebensstil, das Geld ... es war keine Lösung, wenn sie davor davonlief. Sie war versucht, es Luke zuliebe zu tun, aber das würde nichts ändern. Sie war Kezia Saint Martin, er war Lucas Johns, und sie liebten einander. Er konnte kein zweiter Whit werden, und sie war kein Straßenmädchen. Sie kamen aus verschiedenen Kreisen und hatten einander kennengelernt, als die Zeit dafür reif war. Doch was nun? Wie sah die Zukunft aus? Darüber hatte sie noch nicht nachgedacht. Überhaupt nicht, und Luke vielleicht auch nicht.

»Hören Sie mal, Kezia ... was halten Sie von einem Dinner drüben im Village?«

»Italienisch?« Das aß sie immer mit Luke, und die *pasta* hing ihr schon zum Hals raus.

»Nein. Die italienische Küche soll der Teufel holen. Das ist Lukes Masche. Spanisch! Ich kenne ein großartiges Lokal.« Sie schüttelte lachend den Kopf.

»Eßt ihr Jungs denn niemals Hamburger oder Wiener Würstchen oder Steak?«

»Kommt nicht in Frage. Im Augenblick würde ich meine Seele für ein *burrito* verkaufen. Sie wissen ja nicht, was es für einen Mexikaner bedeutet, in dieser Stadt zu leben. Alles ist koscher oder *pizza.*« Er verzog das Gesicht, und sie lachte wieder, während sie ihm auf die Straße folgte.

»Sagen Sie die Wahrheit. Es schmeckt doch phantastisch, oder?« Sie hatte eine *tostada* bestellt, während er eine *paella* aß.

»Ich muß zugeben, daß es nicht übel schmeckt. Es ist jedenfalls eine Abwechslung nach den ewigen *fettucine*.«

»Dieses Lokal wird von einem mexikanischen Banditen geführt, und seine Alte ist aus Madrid. Ein phantastisches Paar.«

Sie nippte an ihrem Wein. Es war ein netter Abend gewesen. Sie genoß Alejandros Gesellschaft, und sie besänftigte ihre Sehnsucht nach Luke. Nun wollte sie nur nach Hause und auf seinen Anruf warten.

»Kezia...« Alejandro zögerte.

»Ja?«

»Sie sind für ihn wertvoll. Sie sind das Beste, was er je besaß. Aber tun Sie mir einen Gefallen?« Er machte wieder eine Pause.

»Was, mein Lieber?« Es war erstaunlich, wie gern sie diesen drolligen Mexikaner hatte. Er sorgte sich so sehr um seine Mitmenschen. Um die jungen Leute in seinem Heim, um seine Freunde und vor allem um Luke. Und nun auch noch um sie.

»Bitte lassen Sie nicht zu, daß er Sie verletzt. Er führt ein hartes Leben. Ein ganz anderes Leben, als Sie gewöhnt sind. Lucas ist ein Spieler. Er spielt und bezahlt. Aber wenn er verliert... bezahlen Sie auch. Bis aufs Blut, Kind... schlimmer als alles, was Sie bisher erlebt haben.«

Als Alejandro sie nach Hause brachte, erwartete Luke sie im Wohnzimmer.

»Lucas!« Sie warf sich in seine Arme und wurde sofort vom Boden hochgehoben. »O Liebling, du bist zu Hause!«

»Das kannst du mir glauben! Und was treibt dieser mexikanische Wüstling mit meiner Frau?« Aber in seinen Augen lag keine Angst, nur Freude darüber, daß er Kezia wieder in den Armen hielt.

»Wir haben heute das Interview gemacht.« Ihre Worte klangen gedämpft, denn sie hatte ihr Gesicht an seiner Brust vergraben. Sie hielt ihn so fest, als wäre sie ein Kind und fände ihre ganze Sicherheit in diesen Armen, in diesen Schultern, in diesem Mann wieder.

»Ich habe mich schon gefragt, wo du dich herumtreibst. Ich bin vor zwei Stunden angekommen.«

»Wirklich?« Sie sah kindlicher aus denn je, die tagelange Sorge glitt von ihr ab wie Regentropfen. Alejandro stand dabei und beobachtete die Szene. »Wir haben in einem netten spanischen Lokal im Village zu Abend gegessen.«

»O Gott, er hat dich in dieses Lokal geführt? Wie arg ist das Sodbrennen?«

Sie schlüpfte aus den Schuhen und streckte sich, der Schalk blitzte aus ihren Augen. Lucas war zu Hause und in Sicherheit!

»Nicht schlimm. Es war reizend. Alejandro hat sich sehr um mich bemüht.«

»Der beste Bursche, den ich kenne.« Lucas streckte sich auf der Couch aus und warf seinem Freund, der im Begriff war zu gehen, einen anerkennenden Blick zu.

»Möchtest du vielleicht Kaffee, Alejandro?«

»Nein, ich lasse euch Unzertrennlichen jetzt allein.«

»Du bist ein kluges Kind, Al. Sie muß sowieso packen. Morgen früh fliegen wir nach Chicago.«

»Wirklich? Ach Lucas, ich liebe dich! Wie lange bleiben wir dort?« Diesmal wollte sie wissen, wieviel Zeit sie zur Verfügung hatten.

»Wie wäre es bis Thanksgiving?« Er sah sie mit halbgeschlossenen Lidern glücklich an.

»Zusammen? Drei Wochen? Lucas, du bist verrückt! Wie kann ich so lange wegbleiben? Die Spalte...« Ach Scheiße.

»Du machst doch auch im Sommer eine Pause, oder?« Sie nickte.

»Ja, aber ich berichte über verschiedenes von dort drüben, und im Sommer ist niemand hier.« Er lachte, und sie sah ihn fragend an.

»Was ist daran so komisch?«

»Wie du ›niemand‹ sagst. Kannst du nicht über ein paar todschicke Parties in Chicago berichten?«

»Ja. Ich nehme an, das wäre eine Möglichkeit.« Außerdem wollte sie nach Chicago fahren. Wie sehr sie sich das wünschte!

»Warum tust du es dann nicht? Vielleicht kann ich meine Angelegenheiten dort in weniger als drei Wochen regeln. Es besteht kein Grund, weshalb ich nicht von New York aus arbeiten kann. Zum Teufel... eigentlich brauche ich nur eine Woche dort, um ein paar Dinge zu erledigen. Wenn ich muß, kann ich ja pendeln.«

»Könnten wir nicht beide pendeln?« Ihre Augen leuchteten.

»Und ob wir das können, Kleines. Wir beide. Ich habe es mir heute abend auf dem Flug hierher überlegt. Ich habe dir ja versprochen, daß die Trennung nie wieder so lange dauern wird wie das letzte Mal, und es wird bestimmt nie mehr dazu kommen. Ohne dich halte ich es nicht aus.«

»Lucas, mein Geliebter, ich bete dich an.« Sie beugte sich nieder und küßte ihn.

»Dann bring mich zu Bett. Gute Nacht, Alejandro.«

Ihr Freund verschwand grinsend. Lucas schlief, bevor sie das Licht löschte. Sie betrachtete ihn, wie er auf der Seite lag und tief und fest schlief. Lucas Johns. Ihr Mann. Der Mittelpunkt ihres Lebens. Und sie folgte ihm von einer Stadt zur anderen wie eine Zigeunerin. Es machte ihr Spaß, es gefiel ihr, aber sie wußte, daß sie früher oder später gewisse Entscheidungen treffen mußte... die Gesellschaftsspalte... sie hatte seit Wochen keine Party mehr besucht... und nun ging es nach Chicago... und was kam dann? Aber Lucas war wenigstens mit ihr zusammen. Und in Sicherheit. Wen kümmerten schon diese Parties? Sie hatte um sein Leben gebangt.

20

»Kezia, wann kommst du zurück?«

Sie hatte über eine halbe Stunde lang mit Edward in New York telefoniert. »Wahrscheinlich irgendwann nächste Woche. Ich arbeite hier immer noch an diesem Artikel.« Sie hatte zwei gesellschaftliche Galaveranstaltungen besucht, aber hier war ihre Arbeit schwieriger. Es war nicht ihre Stadt. Sie mußte viel mehr recherchieren, um die Skandalgeschichten zu erfahren. »Außerdem gefällt mir Chicago ausgezeichnet.« Das bestätigte seine schlimmsten Befürchtungen. Sie klang so glücklich. Sie gehörte nicht zu den Menschen, die von Chicago begeistert waren; es war nicht ihr Milieu. Zu sehr Mittelwesten, zu amerikanisch, zu sehr Sears, Roebuck & Co und zu wenig von der Eleganz eines Bergdorfs und eines Bendels. Es mußte in Chicago jemanden geben. Jemand neuen? Er hoffte nur, daß es jemand war, für den es sich lohnte. Und der achtbar war.

»Ich habe deinen letzten Artikel im *Harper's* gelesen. Nette Arbeit. Und ich erfuhr neulich von Simpson, daß in einigen

Wochen etwas von dir in der *Sunday Times* erscheinen wird.«

»Wirklich? Was denn?«

»Etwas über ein Drogenrehabilitationszentrum in Harlem. Ich wußte nicht, daß der Artikel von dir stammt.«

»Das war unmittelbar, bevor ich New York verließ. Heb den Ausschnitt auf, wenn der Artikel erscheint.« Plötzlich lag eine Befangenheit zwischen ihnen. Beide spürten es instinktiv.

»Ist alles in Ordnung, Kezia?«

Die alte Leier. »Ja, Edward, mir geht es ausgezeichnet. Ehrlich. Nächste Woche, wenn ich zurückkomme, lunchen wir zusammen, dann kannst du es selbst feststellen. Ich bin sogar bereit, mit dir in La Côte Basque zu essen.«

»Wie nett von dir, meine Liebe.«

Sie lachte, und nach ein paar geschäftlichen Bemerkungen legten sie beide auf; sie hatten einige neue Steuerprobleme zu besprechen.

Luke blickte forschend von seiner Lektüre auf.

»Wer war das?« Er wußte, daß es nur Edward oder Simpson gewesen sein konnte.

»Edward.«

»Du kannst ihm sagen, daß du schon früher mit ihm essen kannst. Wenn du willst.«

»Willst du mich zurückschicken?« Sie waren seit zehn Tagen in Chicago.

»Nein, Dummerchen. Ich finde nur, wir könnten morgen zurückfliegen. Du mußt an deine Arbeit denken, und ich muß für den Rest der Woche nach D. C. Dort finden ein paar interne Treffen statt, bei denen ich dabei sein will, und ich könnte dort noch ein oder zwei Einladungen zu Vorträgen bekommen. Washington liebt mich offenbar.« Die Schecks waren mit erfreulicher Regelmäßigkeit eingetroffen. »Ich denke, wir können uns für ein paar Wochen in New York niederlassen.«

Sie lachte erleichtert. »Bist du sicher, daß du es in einer Stadt so lange aushältst?«

»Ich will es jedenfalls versuchen.« Er verabreichte ihr einen Klaps auf ihren Po, als er zur Bar ging und sich einen Bourbon mit Wasser mixte.

»Luke?« Sie lag nachdenklich auf dem Bett.

»Ja?«

»Was soll ich mit der Kolumne anfangen?«

»Das hängt von dir ab. Diese Frage mußt du selbst entscheiden. Macht es dir Spaß, sie zu schreiben?«

»Hin und wieder. Aber in letzter Zeit eigentlich nicht. Wenn ich es überdenke, schon lange nicht mehr.«

»Dann ist es vielleicht Zeit, damit aufzuhören, um deinetwillen. Aber gib sie nicht mir zuliebe auf. Tu, was du willst. Wenn du in New York bleiben mußt, um über elegante Parties zu berichten, dann tu es. Du mußt dich um dein Geschäft kümmern. Vergiß das nicht.«

»Ich werde Ende nächster Woche sehen, wie mir zumute ist. Ich werde meine üblichen Artikel schreiben, sobald wir nach New York zurückkommen. Dann werde ich auch sehen, wie ich dazu stehe.« Wenn Luke nach Washington fuhr, würde sie reichlich Zeit haben, ihren alten Bekanntenkreis aufzusuchen.

Innerhalb der ersten vier Tage in New York hatte sie die Premiere eines Theaterstücks, die letzte Vorstellung eines Theaters, zwei Lunches für Botschaftergattinnen und eine Wohltätigkeits-Modenschau besucht. Ihre Füße brannten, ihr Kopf schmerzte und ihre Ohren waren durch den ständig plätschernden müßigen Klatsch betäubt. Wen kümmerte das verdammte Zeug? Kezia jedenfalls nicht. Nicht mehr.

»Lucas, wenn ich das Wort ›himmlisch‹ noch einmal höre, muß ich wahrscheinlich erbrechen.«

»Du siehst müde aus.« Sie sah vollkommen geschafft, sogar erschöpft aus, und so fühlte sie sich auch.

»Ich bin müde, und dieser ganze, verdammte Bockmist ist mir verhaßt.« Sie hatte an diesem Tag sogar einem Treffen für den Arthritis-Ball beigewohnt, Tiffany war im Klo ohnmächtig geworden. Und ausgerechnet das konnte sie in der Kolumne nicht erwähnen. Die einzige brauchbare Information, die sie aufgeschnappt hatte, war, daß Marina und Halpern heiraten würden. Na und? Wen kümmerte es?

»Was machen wir an diesem Wochenende?« Falls er ihr sagte, daß sie nach Chicago fliegen mußten, würde sie einen Schreikrampf bekommen. Sie wollte nirgendwohin, nur ins Bett.

»Nichts. Vielleicht werde ich Al besuchen. Willst du ihn zum Abendessen hier haben?« Er saß auf dem Bettrand und sah ebenso müde aus wie sie.

»Das wäre schön. Ich werde hier etwas kochen.« Er lächelte über das Haushaltsgespräch, und sie erriet, was er dachte. »Es ist doch angenehm, nicht wahr, Luke? Manchmal frage ich mich, ob dir das alles genauso gefällt wie mir. Ich habe früher nie so gelebt.«

Er wußte, wie sehr sie den Nagel auf den Kopf getroffen hatte.

»Du weißt ja, was ich meine.«

»Ja. Und wahrscheinlich gefällt mir das neue Leben sogar noch mehr als dir. Ich frage mich allmählich, wie ich früher ohne dich leben konnte.« Er glitt neben sie ins Bett, und sie löschte das Licht. Er hatte eigene Wohnungsschlüssel und verwendete den Anrufbeantworter für seine Zwecke, sie hatte einen Schrank für ihn ausgeräumt, und das Dienstmädchen hatte ihn endlich sogar angelächelt. Einmal. Sie nannte ihn »Mister Luke«.

»Weißt du was, Liebster? Wir haben Glück. Unverschämtes Glück.« Sie war mit sich zufrieden, als hätte sie eine Sternschnuppe in den Händen aufgefangen.

»Ja, Baby, das haben wir wirklich.« Wenn auch nur vorläufig...

»Meine Herren, ich schlage einen Toast auf das Ableben von Martin Hallam vor.«

»Was meint sie, Lucas?« fragte Alejandro verdutzt, und Luke sah sie neugierig an. Es war das erste Mal, daß er davon hörte.

»Bedeutet es wirklich das, was ich glaube, Kezia?«

»Ja, Sir, genau das. Nachdem ich sieben Jahre lang die Martin Hallam Kolumne geschrieben habe, mache ich damit Schluß. Heute war der letzte Tag.«

»Was haben sie dazu gesagt?« fragte Luke erschrocken.

»Sie wissen es noch nicht. Ich teilte es heute Simpson mit, und er wird den Rest für mich erledigen. Sie werden es morgen erfahren.«

»Bist du deiner sicher?« Es war noch nicht zu spät, sie konnte den Entschluß noch umstoßen.

»Ich war noch nie im Leben so sicher. Ich habe keine Zeit mehr für diesen Mist. Und auch keine Lust, meine Zeit damit zu vergeuden.« Sie sah, daß Luke und Alejandro einen merkwürdigen Blick tauschten, und wunderte sich, daß anscheinend keiner der beiden beeindruckt war. »Ihr beide seid wirklich ein miserables Publikum für meine große Verlautbarung. Pfui über euch beide.«

Alejandro lächelte, und Luke lachte.

»Wir sind eben beide irgendwie erschrocken, Baby. Und ich habe mich plötzlich gefragt, ob du es meinetwegen tust.«

»Eigentlich nicht, Schatz. Es ist meine ureigenste Entscheidung. Ich will nicht für den Rest meines Lebens diese beschissenen Parties besuchen. Du hast gesehen, wie müde ich diese Woche war. Und wofür? Es ist einfach nichts mehr für mich.«

»Hast du es Edward erzählt?« fragte er besorgt, und Alejandro blickte ihn an, als wollte er ihn erdolchen.

»Nein, ich werde ihn morgen anrufen. Ihr seid die ersten, die es nach Simpson erfahren. Und ihr seid zwei miese Kerle.«

»Tut mir leid, Baby. Es kommt nur zu plötzlich.« Dann hob er ihr sein Glas entgegen und lächelte nervös. »Dann also auf Martin Hallam.« Auch Alejandro hob sein Glas, ohne den Blick von Lukes Gesicht zu wenden.

»Auf Martin Hallam. Er ruhe in Frieden.«

»Amen.« Kezia trank ihr Glas in einem Zug aus.

»Nein, Edward. Ich bin meiner Sache sicher. Und Simpson ist einverstanden. Es ist eine Beschäftigung, für die ich wirklich keine Zeit mehr habe. Ich will über ernste Probleme schreiben.«

»Aber es ist ein so drastischer Schritt, Kezia. Du bist an die Spalte gewöhnt. Alle sind an sie gewöhnt. Sie ist zu einer Institution geworden. Hast du dir deinen Entschluß reiflich überlegt?«

»Natürlich habe ich das getan. Monatelang. Und ich will auf keinen Fall eine ›Institution‹ sein. Jedenfalls nicht diese Art von Institution. Ich will Schriftstellerin sein, eine gute Autorin, keine Klatschtante unter lauter Narren. Wirklich, mein Lieber, ich werde es beweisen. Es ist der bestmögliche Entschluß.«

»Du machst mich nervös, Kezia.«

»Mach dich doch nicht lächerlich. Warum denn?« Sie baumelte mit dem Fuß, während sie an ihrem Schreibtisch saß. Sie hatte ihn angerufen, sobald Luke das Haus verlassen hatte, um an einer Reihe von Besprechungen teilzunehmen. Luke war schließlich nach dem ersten Schock damit einverstanden gewesen. Simpson hatte ihren Entschluß gebilligt und gesagt, es sei höchste Zeit gewesen.

»Wenn ich nur wüßte, weshalb du mich nervös machst. Wahrscheinlich weil ich das Gefühl habe, daß ich nicht weiß, was du vorhast, obwohl es mich natürlich nichts angeht.« Er hätte allerdings gern gehört, daß es ihn etwas anging. Das war der Haken.

»Edward, du machst nur deine Nerven kaputt, wenn du dir wegen nichts und wieder nichts Sorgen machst.« Allmählich ging er ihr auf die Nerven. Ständig.

»Was machst du zu Thanksgiving?« Es klang beinahe wie eine Anklage.

»Ich fahre weg.« Er wagte aber nicht zu fragen, wohin. Und sie dachte nicht daran, es ihm zu sagen. Sie kehrten nach Chicago zurück.

»Schon gut. Verdammt noch mal, Kezia, es tut mir leid. Es ist nur so, daß du in meinen Augen immer ein Kind bleibst.«

»Und ich werde dich immer lieben, du aber wirst dir meinetwegen immer zuviel Sorgen machen. Wegen lächerlicher Kleinigkeiten.«

Er hatte sie aber doch beunruhigt; nachdem sie aufgelegt hatten, blieb sie noch sitzen und sinnierte. War sie verrückt, weil sie die Gesellschaftsspalte sausen ließ? Früher einmal war sie ihr so wichtig erschienen. Aber jetzt nicht mehr. Dennoch ... verlor sie das Gefühl dafür, wer und was sie eigentlich war? In gewissem Sinn hatte sie es Luke zuliebe getan. Und auch sich selbst zuliebe. Weil sie frei sein wollte, um mit ihm in der Weltgeschichte herumzureisen, und außerdem war sie schon vor Jahren über die Spalte hinausgewachsen.

Doch plötzlich wollte sie mit Luke darüber sprechen. Er war den ganzen Tag über außer Haus. Sie konnte Alejandro anrufen, wollte ihn jedoch nicht belästigen. Es war ein unangenehmes Gefühl, als verließe sie den Hafen im Nebel und steure ein unbekanntes Ziel an. Aber sie hatte ihre Entscheidung getroffen. Sie würde daran festhalten, Martin Hallam war tot. Es war eigentlich eine einfache Entscheidung. Die Gesellschaftsspalte war vorbei.

Sie lehnte sich zurück und streckte sich, dann beschloß sie, spazierenzugehen. Es war ein grauer Novembertag, und es lag eine Ahnung des nahenden Winters in der Luft. Sie bekam Lust, sich einen langen Wollschal um den Hals zu schlingen und zum Park zu laufen. Sie hatte endlich das Gefühl, daß sie eine langjährige, beschwerliche Last los war. Die Last Martin Hallams war endlich von ihren Schultern geglitten.

Kezia holte eine alte Schaffelljacke aus dem Schrank und zog unter ihren sorgfältig geplätteten Jeans hohe schwarze, maßgefertigte Stiefel an. Sie zog eine kleine rote Strickmütze aus der Jackentasche und nahm ein Paar Handschuhe aus dem Regal. Nun fühlte sie sich wie neugeboren. Sie würde nur noch schreiben, was sie wollte, nicht mehr die Lumpensammlerin der Gesellschaft sein. Ein leichtes Lächeln lag auf ihren Lippen, und ihre Augen leuchteten übermütig, während sie mit langen Schritten zum Park ging. Was für ein wunderbarer Tag, und es war noch nicht einmal Mittagszeit. Sie überlegte, ob sie etwas für ein Picknick im Park kaufen sollte, dann verwarf sie den Gedanken und kaufte sich eine kleine Tüte heißer, gerösteter Kastanien bei einem knorrigen alten Mann, der einen dampfenden Karren über die Fifth Avenue schob. Er grinste ihr mit zahnlosem Mund zu, und sie winkte über die Schulter zurück, während sie weiterging. Er war wirklich reizend. Alle waren reizend. Alle sahen plötzlich so frisch aus, wie sie sich fühlte.

Sie war schon im Park und hatte die Hälfte der Kastanien verzehrt, als sie den Weg entlangblickte und sah, wie eine Frau stolperte und auf den Randstein fiel. Sie war knapp vor den stampfenden Hufen eines alten Rosses, das eine schäbige Kutsche durch den Park zog, auf die Fahrbahn getreten. Die Frau blieb einen Augenblick regungslos liegen, der Kutscher war aufgesprungen und riß an den Zügeln. Das Pferd schien das Kleiderbündel bei seinen Hufen nicht einmal bemerkt zu haben. Sie trug einen dunklen Pelzmantel, und ihr Haar war hellblond. Das war alles, was Kezia erkennen konnte. Sie legte die Stirn in Falten und ging rascher, steckte die Kastanien in die Tasche und fing dann zu laufen an, als der Kutscher von seinem Bock sprang, ohne dabei die Zügel loszulassen. Die Frau bewegte sich, erhob sich auf die Knie und taumelte nach vorn, diesmal zwischen die Beine des Pferdes. Das Pferd scheute, und sein Besitzer stieß die Frau zur Seite. Sie fiel schwer auf das Pflaster, doch zum Glück außerhalb der Reichweite der Pferdehufe.

»Was zum Teufel ist mit Ihnen los? Sind Sie verrückt?« Die Augen des Mannes traten ihm vor Wut fast aus den Höhlen, während er sein Pferd weiter nach hinten zog und dabei die Frau anstarrte. Kezia konnte nur ihren Hinterkopf sehen, während sie stumm den Kopf schüttelte. Der Kutscher stieg wieder auf den Kutschbock, trieb sein Pferd schnalzend an und brummte mit einer letzten mißbilligenden Geste auf die noch sitzende Frau ein »Blöde Kuh« vor sich hin. Durch das zerschrammte, beschlagene Fenster konnte man die Fahrgäste nicht erkennen, und das alte Pferd trottete weiter, es war seine Route so gewöhnt, daß Bomben unter seinen Hufen hochgehen konnten, ohne daß es in der ausgefahrenen Furche stehengeblieben wäre, die es seit Jahren kannte.

Kezia sah, wie die Frau verwirrt den Kopf schüttelte und sich langsam auf die Knie erhob. Kezia lief die letzten Schritte; sie wollte wissen, ob die Frau verletzt war und warum sie gestürzt war. Der dunkle Pelzmantel war jetzt über den Boden ausgebreitet, und es war nicht zu übersehen, daß es sich um einen langen, herrlichen Nerz handelte. Als Kezia die Frau erreichte, hustete diese unterdrückt und wendete den Kopf. Kezia blieb erschrocken stehen, als sie erkannte, mit wem sie es zu tun hatte, und wie angeschlagen sie aussah. Es war Tiffany, ihr Gesicht war abgezehrt, gleichzeitig aufgequollen, die Augenlider angeschwollen, doch ihre Wangen waren eingefallen und ließen um Augen und Mund tiefe Kummerfalten erkennen. Es war noch nicht einmal Mittag, und sie war schon betrunken.

»Tiffany?« Kezia kniete neben ihr nieder und strich ihr mit der Hand über das Haar. Es war ungekämmt, zerrauft, und sie trug kein Make-up auf dem entstellten Gesicht. »Tiffie... ich bin es, Kezia.«

»Hallo.« Tiffany blickte an Kezias linkem Ohr vorbei, ohne zu verstehen, ohne zu sehen, gleichgültig ins Leere. »Wo ist Onkel Kee?«

Onkel Kee. Du lieber Gott, sie meinte Kezias Vater. Onkel Kee. Das hatte sie so lange nicht mehr gehört... Onkel Kee... Daddy...

»Tiffany, bist du verletzt?«

»Verletzt?« Sie blickte unsicher in die Höhe, schien kein Wort zu verstehen.

»Das Pferd, Tiff. Hat es dich verletzt?«

»Pferd?« Sie lächelte wie ein Kind, sie begriff anscheinend überhaupt nichts.

»Ach, Pferd. Nein, ich reite die ganze Zeit.« Dann stand sie zitternd auf, wischte sich die Hand und die Vorderseite ihres langen schwarzen Nerzmantels ab. Kezia sah an ihr hinunter und bemerkte zerrissene graue Strümpfe und einen zerschrammten schwarzen Wildlederschuh von Gucci. Der Mantel klaffte ein wenig, und Kezia sah einen Augenblick lang einen eleganten schwarzen Samtrock, eine weiße Satinbluse und darüber mehrere Reihen grauer und weißer Perlen. Es war nicht die geeignete Kleidung für einen Spaziergang im Park, und auch nicht für diese Tageszeit. Kezia fragte sich, ob Tiffany in der vergangenen Nacht zu Hause gewesen war.

»Wohin gehst du?«

»Zu den Lombards. Zum Dinner.« Von dort kam sie also. Auch Kezia war dort eingeladen gewesen, hatte jedoch vor Wochen abgesagt. Die Lombards. Die Party war doch gestern abend gewesen. Was war seither passiert?

»Soll ich dich nach Hause bringen?«

»Zu mir nach Hause?« fragte Tiffany plötzlich aufmerksam.

»Natürlich.« Kezia versuchte unbefangen zu sprechen, während sie Tiffany an einem Ellbogen festhielt.

»Nein! Nicht zu mir nach Hause! Nein ...« Sie schüttelte Kezias Griff ab, stolperte und erbrach sofort zu Kezias Füßen auf ihre eigenen schwarzen Wildlederschuhe. Sie setzte sich wieder aufs Pflaster und begann zu weinen, der schwarze Nerz lag traurig in der Lache aus Erbrochenem.

In Kezias Augen brannten heiße Tränen, während sie ihrer Freundin unter die Arme griff und versuchte, sie wieder hochzuziehen.

»Komm, Tiffie ... gehen wir.«

»Nein ... ich ... o Gott, Kezia ... bitte ...« Sie klammerte sich an Kezias Hosenbeine und blickte mit Augen, in denen sich die Qualen von tausend persönlichen Dämonen spiegelten, zu ihr empor. Kezia streckte die Arme aus und stellte sie wieder auf die Beine, als sie ein Taxi um die Kurve biegen sah, an der die Kutsche wenige Augenblicke zuvor aufgetaucht war. Sie hob schnell die Hand und winkte ihm, dann zog sie Tiffany näher an sich heran. »Nein!« Es war das angstvolle Jammern eines verzweifelten Kindes, und Kezia spürte, wie ihre Freundin in ihren Armen zitterte.

»Komm, wir fahren zu mir.«

»Mir wird schlecht.« Sie schloß die Augen und lehnte sich wieder an Kezia, während der Fahrer heraussprang und die Wagentür aufriß.

»Nein, du wirst nicht erbrechen. Steig ein.« Es gelang ihr,

Tiffany auf den Rücksitz zu schieben, und sie nannte dem Fahrer ihre eigene Adresse, während sie beide Fenster nach unten kurbelte, um ihrer Freundin frische Luft zu verschaffen. Dann bemerkte sie, daß Tiffany keine Handtasche bei sich hatte.

»Tiffie? Hattest du eine Handtasche?« Das Mädchen sah sich einen Moment ausdruckslos um, dann zuckte sie die Schultern, ließ den Kopf auf die Rücklehne sinken, schloß die Augen, und die frische Luft strich über ihr Gesicht.

»Na wenn schon!« Die Antwort war so leise, daß Kezia sie kaum hörte.

»Hm?«

»Handtasche... na wenn schon!« Sie zuckte mit den Schultern und schien beinahe einzuschlafen, doch gleich darauf ergriff sie krampfhaft Kezias Hand und hielt sie fest, während ihr zwei einsame Tränen über das Gesicht liefen. Kezia tätschelte die magere kalte Hand und blickte entsetzt auf den großen, birnenförmigen, mit Diamantstäbchen eingefaßten Smaragd. Wenn jemand Tiffanys Handtasche gestohlen hatte, hatte er sich das Wertvollste entgehen lassen. Bei dem Gedanken überlief es Kezia eiskalt. Tiffany war ein leichtes Opfer für jeden. »Bin... die ganze... Nacht... herumgegangen...« Die Stimme war nur ein schmerzhaftes Krächzen, und Kezia fragte sich, ob sie nicht in Wirklichkeit die ganze Nacht getrunken hatte. Offensichtlich war sie nach der Party der Lombards nicht nach Hause gefahren.

»Wohin bist du gegangen?« Sie wollte im Taxi kein ernsthaftes Verhör beginnen. Zuerst würde sie Tiffany zu Bett bringen, bei ihr zu Hause anrufen und der Haushälterin mitteilen, daß es Mrs. Benjamin gut ging, und sie würden später miteinander sprechen. Nur keine betrunkenen hysterischen Anfälle im Taxi... Der Fahrer konnte auf die Idee kommen, daß er eine interessante Geschichte miterlebte, und... O Gott, das konnte Kezia auf keinen Fall brauchen.

»Kirche... die ganze Nacht... gegangen... in der Kirche geschlafen...« Sie hielt die Augen geschlossen und döste zwischen den Worten immer wieder ein. Aber sie hielt Kezias Hand eisern fest. Es dauerte nur wenige Minuten, dann langten sie vor Kezias Haus an; ohne Erklärungen zu erwarten oder zu erhalten, half der Portier Kezia, Tiffany in den Fahrstuhl zu verfrachten, und der Fahrstuhlwärter, sie in die Wohnung zu führen. Es war niemand anwesend; Luke war nicht da, und die Reinemachefrau war auch nicht angesagt. Kezia war froh, daß sie allein waren, als sie ihre Freundin ins Schlafzimmer führte. Sie wollte Luke nichts erklären müssen, trotz Tiffanys derzeitigem Zustand. Sie war ein verdammtes Risiko eingegangen, als sie sie mit nach Hause genommen hatte, aber es war ihr keine bessere Lösung eingefallen.

Tiffany saß schläfrig auf dem Rand von Kezias Bett und sah sich um. »Wo ist Onkel Kee?«

Wieder ihr Vater... o Gott. »Ausgegangen. Warum legst du dich nicht hin, ich werde bei dir zu Hause anrufen und sagen, daß du später kommst.«

»Nein!... Sag... sag... sag ihr, sie soll sich zum Teufel scheren!« Sie begann zu schluchzen und vom Kopf bis zu den Füßen heftig zu zittern. Kezia überlief ein eisiger Schauer. Etwas an den Worten, dem Klang der Stimme... irgend etwas... hatte eine Saite in ihrem Gedächtnis angeschlagen, sie bekam plötzlich Angst. Tiffany sah sie mit verstörtem Blick an, schüttelte den Kopf, und Tränen strömten ihr über das Gesicht. Kezia stand beim Telefon, sah ihre Freundin an, wollte ihr helfen, hatte jedoch Angst, sich ihr zu nähern. Sie war zutiefst verunsichert.

»Soll ich ihnen nicht doch etwas sagen?« Einen Moment verharrten die beiden Frauen in ihrer derzeitigen Stellung, während Tiffany langsam den Kopf schüttelte.

»Nein... Scheidung...«

»Bill?« Kezia sah sie erstaunt an.

Tiffany nickte.

»Bill hat die Scheidung verlangt?«

Tiffany nickte ja und dann nein. Sie holte tief Atem. »Mutter Benjamin... sie hat gestern abend angerufen... nach dem Dinner bei den Lombards. Hat mich eine... Trinkerin... eine Alkoholikerin ... genannt... die Kinder, sie wird mir die Kinder wegnehmen und Bill veranlassen... Bill veranlassen...« Sie keuchte, unterdrückte ihr Schluchzen, dann würgte sie kurz, erbrach aber nicht.

»Bill veranlassen, sich von dir scheiden zu lassen?«

Tiffany keuchte wieder und nickte, während Kezia sie weiterhin ansah und Angst davor hatte, ihr näherzukommen.

»Aber sie kann Bill nicht ›veranlassen‹, sich von dir scheiden zu lassen, um Himmels willen. Er ist doch ein erwachsener Mann.«

Tiffany schüttelte jedoch den Kopf und sah sie mit leeren, verweinten Augen an. »Die Treuhandgesellschaft. Die große Treuhandgesellschaft. Sein ganzes Leben ... hängt ... davon ab. Und die Kinder ... ihr Treuhandvermögen ... Er ... sie könnte ... er würde ...«

»Nein, er würde nicht. Er liebt dich. Du bist seine Frau.«

»Sie ist seine Mutter.«

»Na und, verdammt noch mal? Sei doch vernünftig, Tiffany. Er wird sich nicht von dir scheiden lassen ...« Doch plötzlich fragte sich Kezia, ob er es nicht doch tun würde. Wenn der Großteil seines Vermögens davon abhing, was dann? Wie sehr liebte er Tiffany? So sehr, daß er zu diesem Opfer bereit war? Während Kezia Tiffany betrachtete, begriff sie, daß ihre Freundin recht hatte. Mutter Benjamin hielt alle Trümpfe in der Hand. »Was ist mit den Kindern?« Doch sie sah bereits die Antwort in Tiffanys Augen.

»Sie ... sie ...« Wieder wurde sie von krampfhaftem Schluchzen geschüttelt und klammerte sich hilflos an der Bettdecke fest, während sie sich bemühte, weiterzusprechen. »Sie hat ... sie ... Gestern abend waren sie nach dem ... Dinner bei den Lombards ... fort ... und Bill ... Bill ... ist in Brüssel ... sie sagte ... ich ... o Gott, Kezia, jemand muß mir helfen, bitte ...«

Es war fast wie ein Todesschrei; Kezia stand zitternd an der gegenüberliegenden Wand und ging endlich, langsam sich dazu zwingend, zu ihrer Freundin hinüber. Es war, als hörte sie es wieder ... hörte es ... alles fiel ihr wieder ein. Jetzt liefen ihr selbst Tränen über das Gesicht, sie empfand den schrecklichen, unwiderstehlichen Drang, das Mädchen zu ohrfeigen, das schmutzig und gebrochen auf ihrem Bett saß ... den Drang, sie loszuwerden, sie zu rütteln, sie zu schütteln, zu ... o Gott, nein ...

Sie stand vor ihr, die Worte bohrten sich wie ein Messer in ihre Seele, als spreche ein Fremder, der sie einem längst verschwundenen Gespenst zuschleuderte: »Warum bist du dann so eine verdammte Säuferin, zum Teufel ... warum ... warum?« Sie sank neben Tiffany auf das Bett, die beiden Frauen hielten einander umklammert und weinten. Es kam Kezia vor, als dauerte es Jahre, bis sie sich beruhigte, und diesmal schien es so, als würde Tiffany sie trösten. Die in dunklen Nerz gehüllten Arme waren zeitlos. Es waren Arme, die Kezia schon früher gehalten hatten. Arme, die diese Situation schon vor zwanzig Jahren erlebt hatten. Warum?

»Mein Gott, es... es tut mir leid, Tiffie. Es... du hast mich an etwas Schmerzliches erinnert.« Ihre Freundin lächelte müde, aber sie sah nüchterner aus als vor einer Stunde. Vielleicht nüchterner als seit Tagen.

»Ich weiß. Tut mir leid. Ich bin in jeder Hinsicht ein Versager.« Die Tränen quollen weiterhin aus ihren Augen, aber ihre Stimme klang fast normal.

»Nein, das stimmt nicht. Und das mit den Kindern und Mrs. Benjamin tut mir so leid. Eine solche Gemeinheit. Was wirst du unternehmen?«

Tiffany zuckte die Schultern und starrte auf ihre Hände hinunter.

»Kannst du dagegen nicht kämpfen?« Doch beide wußten es besser. Nicht, wenn sie nicht von einem Tag zum anderen radikal trocken wurde. »Was wäre, wenn du in eine Klinik gehst?«

»Ja, und wenn ich herauskomme, wird sie die Kinder fest im Griff haben und nicht mehr loslassen, ganz gleich, wie nüchtern ich bin. Sie hat mich vollkommen in der Hand, Kezia. Sie hat meine Seele in der Hand... mein Herz... mein...« Wieder schloß sie die Augen, und ihr schmerzlicher Gesichtsausdruck war unerträglich. Kezia schloß sie wieder in die Arme. Sie war so dünn und zerbrechlich, sogar in dem dicken Pelzmantel. Es gab so wenig, was ihr zum Trost dienen konnte. Als hätte Tiffany schon verloren. Und sie wußte es.

»Warum legst du dich nicht hin und versuchst ein wenig zu schlafen?«

»Und was dann?« Ihr Blick war beinahe qualvoll.

»Dann kannst du ein Bad nehmen, einen Happen essen, und dann bringe ich dich nach Hause.«

»Und dann?« Es gab nichts, das Kezia ihr raten konnte. Sie wußte, was die andere meinte. Tiffany stand langsam auf und ging wacklig zum Fenster. »Es ist Zeit, daß ich nach Hause gehe.«

Sie schien weit in die Ferne über Zeit und Raum hinweg zu blicken, und Kezia schalt sich insgeheim wegen der Erleichterung, die sie überkam. Sie wollte Tiffany aus ihrem Haus haben, bevor Luke zurückkam, bevor sie sich wieder in Tränen auflöste, bevor sie etwas sagte, das auch nur für einen Augenblick das Entsetzen zurückbrachte. Tiffany ging ihr schrecklich auf die Nerven. Sie war wie ein Zombie. Die Reinkarnation von Liane Holmes-Aubrey Saint Martin. Ihrer Mutter... einer Trinkerin... Sie widersprach Tiffany nicht.

»Soll ich dich nach Hause bringen?« Doch innerlich hoffte sie, daß sie drum herumkam.

Tiffany sah sie mit schüchternem, freundlichem Lächeln an und schüttelte ruhig den Kopf. »Nein, ich muß allein gehen.« Sie verließ das Schlafzimmer, ging durch das Wohnzimmer, blieb an der Eingangstür stehen und blickte zu Kezia zurück, die im Türrahmen des Schlafzimmers stand. Kezia wußte nicht, ob sie zulassen sollte, daß Tiffany allein fortging, war aber dafür. Sie wollte nur, daß sie nach Hause ging. Daß sie wegging. Ihre Blicke trafen einander einen Moment, Tiffany hob die Hand, grüßte militärisch, raffte ihren Mantel enger um sich und sagte »Wiedersehn«, so wie damals, als sie noch in die Schule gegangen waren. »Wiedersehn«, und draußen war sie. Die Tür fiel leise hinter ihr ins Schloß, und einen Augenblick später hörte Kezia, wie der Fahrstuhl sie nach unten brachte. Sie wußte, daß Tiffany kein Geld zum Nachhausefahren hatte, wußte aber auch, daß ihr Portier das Taxi bezahlen würde. Die ganz Reichen können mit leeren Händen fast überallhin fahren. Jeder kennt sie. Portiers bezahlen mit Vergnügen ihre Taxis. Ihre Ausgaben werden durch Trinkgelder doppelt wettgemacht. Kezia wußte, daß Tiffany in dieser Hinsicht abgesichert war. Und sie war sie wenigstens losgeworden. In der Luft war ein schwerer Geruch hängengeblieben, der Duft von Parfum, in den sich der Geruch nach Schweiß und Erbrochenem mischte.

Kezia stand lange am Fenster, dachte an ihre Freundin, an ihre Mutter, liebte und haßte sie beide. Nach einer Weile schienen die beiden Frauen zu einer einzigen zu verschmelzen. Sie waren einander so ähnlich, so... so... Kezia brauchte ein langes, heißes Bad und ein Nickerchen, um sich wieder wie ein Mensch zu fühlen. Die Erregung und der freie Vormittag, nachdem sie diese verdammte Klatschspalte aufgegeben hatte, war dadurch getrübt worden, daß sie gesehen hatte, wie Tiffany vor den Hufen des Pferdes lag, wie der Kutscher sie anschrie, wie sie erbrach, weinte, verloren und verwirrt umhertaumelte... von ihrer Schwiegermutter unterdrückt... ihrer Kinder beraubt, mit einem Ehemann, der sich verdammt wenig aus ihr machte. Zum Teufel, wahrscheinlich würde er sich von seiner Mutter zu einer Scheidung überreden lassen. Wahrscheinlich würde es gar nicht viel Überredungskunst erfordern. Es drehte Kezia immer wieder den Magen um, und als sie sich schließlich zu einem Schläfchen hinlegte, schlief sie unruhig; doch als sie erwachte, sah die Welt wieder besser aus. Viel besser. Lucas stand am Fußende des Bettes, und Kezia warf einen Blick auf die Uhr neben dem Bett. Es war viel später, als sie dachte.

»Hallo, mein Faules. Was hast du gemacht? Den ganzen Tag geschlafen?« Sie lächelte ihm zu, dann wurde sie ernst, setzte sich auf und streckte die Arme aus. Er beugte sich zu ihr nieder und küßte sie, während sie an seinem Hals knabberte.

»Ich habe einen schweren Tag hinter mir.«

»Einen Auftrag?«

»Nein. Eine Freundin.« Sie hatte offensichtlich keine Lust, mehr zu sagen. »Möchtest du etwas trinken? Ich werde Tee kochen. Mir ist kalt.« Sie zitterte, und Luke sah auf das Fenster und den Nachthimmel dahinter.

»Kein Wunder, wenn du die Fenster so lange offen läßt.« Sie hatte sie alle weit aufgerissen, um den Geruch zu vertreiben. »Machst du mir Kaffee, Baby?«

»Gern.« Sie tauschten einen flüchtigen Kuß, und sie nahm die Zeitung vom Fußende des Bettes, wo er sie liegengelassen hatte, als er sich zum Begrüßungskuß vorgebeugt hatte.

»Kennst du das Mädchen in der Zeitung?«

»Wen?« Sie ging barfuß durch das Wohnzimmer und gähnte.

»Die reiche Dame auf der Titelseite.«

»Ich muß mir das Bild erst ansehen.« Sie knipste das Licht in der Küche an und sah auf die Zeitung in ihrer Hand. Der Raum drehte sich um sie. »Es ... es ... ich ... o Gott, Lucas, hilf mir ...« Sie glitt langsam an dem Türrahmen zu Boden und starrte auf das Foto von Tiffany Benjamin. Sie war kurz nach zwei Uhr aus dem Fenster ihrer Wohnung gesprungen. »Wiedersehn ... Wiedersehn ...« Plötzlich dröhnte das Wort in ihren Ohren. »Wiedersehn.« Mit diesem kurzen Gruß, den sie während der Schulzeit verwendet hatten. Kezia spürte kaum Lukes Arme um ihre Schultern, als er sie zur Couch führte, damit sie sich setzen konnte.

21

»Soll ich dich begleiten?« Kezia schüttelte den Kopf, während sie den Reißverschluß des schwarzen Kleides zuzog und dann in die schwarzen Alligatorschuhe schlüpfte, die sie letzten Sommer in Madrid gekauft hatte.

»Nein, Liebster. Es wird schon gehen.«

»Sicher?«

Sie setzte ihren Nerzhut auf. »Ich schwöre es.«

Er sah sie anerkennend an. »Ich kann nur eines sagen, du siehst verdammt gut aus.«

»Ich bin nicht sicher, ob das jetzt das Richtige ist.« Aber sie wußte, daß sie genau richtig aussah. Sie überlegte, ob sie ihren Nerz oder den schwarzen Mantel von Saint Laurent tragen sollte. Sie entschloß sich für letzteren.

»Ausgezeichnet. Und hör zu, Lady, wenn es für dich unerträglich wird, haust du ab, ja?«

»Ich werde sehen.«

»Das habe ich nicht damit gemeint.« Er ging zum Spiegel und drehte sie zu sich herum. Der Ausdruck in ihren Augen gefiel ihm noch immer nicht. »Wenn es zu hart wird, kommst du nach Hause. Entweder du versprichst es mir, oder ich begleite dich.« Er wußte, daß das nicht in Frage kam. Tiffanys Begräbnis würde eines der »Ereignisse« der Saison sein. Aber er wollte nur sicherstellen, daß Kezia wußte, worum es ging. Es war nicht ihre Schuld, daß Tiffany Selbstmord verübt hatte. Sie hatte Tiffany nicht umgebracht. Sie hatte ihre Mutter nicht umgebracht. Sie hatte immer ihr Bestes getan. Immer wieder und wieder hatten sie darüber gesprochen, und er wollte sichergehen, daß sie nicht wieder rückfällig wurde. Es war eine verflixte Sache, die da passiert war, aber es war nicht ihre Schuld. Sie glitt still in seine Arme, während sie vor dem Spiegel standen, und sie drückte ihn fest an sich.

»Ich bin froh, daß es dich gibt, Lucas.«

»Mir geht es genauso mit dir. Habe ich jetzt dein Wort?« Sie nickte stumm und bot ihm ihre Lippen zum Kuß, der bei ihm überraschend heftig ausfiel.

»Mein Gott, unter diesen Umständen werde ich nie von hier wegkommen.«

»Das wäre mir sehr recht.« Er schob die Hand in den V-Ausschnitt ihres Kleides, und sie wich kichernd zurück.

»Lucas!«

»Zu Ihren Diensten, Madam.«

»Du bist entsetzlich!«

»Entsetzlich scharf!« Er beobachtete sie, während sie einfache Perlen-Ohrringe ansteckte. Er wußte, daß er sich respektlos benahm, aber es lockerte die Stimmung auf. Während er sich niedersetzte und zusah, wie sie Lippenstift und einen letzten Tupfer Parfum auftrug, versuchte er zwanglos, Fragen zu stellen. »Begleitet dich Edward?« Sie schüttelte den Kopf und nahm die schwarze Alligatorhandtasche. Die kurzen weißen Glacéhandschuhe und der dicke schwarzweiße Seidenschal von Dior bildeten die einzigen hellen Flecke ihrer Kleidung.

»Ich habe Edward gesagt, daß ich ihn dort treffen würde. Und hör auf, dir meinetwegen Sorgen zu machen. Ich bin erwachsen, es geht mir gut, ich liebe dich, und du gibst besser auf mich acht als jeder andere auf dieser Welt.« Ihr Lächeln sah mehr nach der alten Kezia aus, die auf sich achtgeben konnte, und er fühlte sich einigermaßen erleichtert.

»Mein Gott, siehst du gut aus. Wenn du nicht so in Eile wärst...«

»Lucas, du mußt immerfort reden.« Sie hatte sich abgewandt und durchquerte das Wohnzimmer, um ihren Mantel zu nehmen, als er lautlos hinter ihr herkam und sie vom Boden hochhob.

»So, ich muß immerfort reden? Hör zu, Weib...«

»Lucas! Verdammt noch mal, Lucas, laß mich runter! Lucas!« Er stellte sie wieder auf den Boden, und sie fiel ihm kichernd und atemlos in die Arme. »Du bist der schlimmste, miserabelste, unmöglichste...« Er drückte seine Lippen auf die ihren, und nach einem Moment stieß sie ihn glücklich und zugleich traurig sanft zurück. »Luke... ich muß jetzt aber gehen.«

»Ich weiß.« Auch er war ernüchtert und half ihr in den Mantel. »Reg dich nur nicht auf.« Sie nickte, küßte ihn und war draußen.

Die Kirche war schon voller Trauergäste, als sie eintraf, und Edward wartete taktvoll an der Pforte. Er winkte ihr stumm zu, sie ging zu ihm und schob eine Hand in seine Armbeuge.

»Du siehst entzückend aus.« Seine Stimme war ein Flüstern, und sie nickte, während er den Griff um ihren Arm verstärkte.

Sie wurden durch den Mittelgang geleitet, und Kezia versuchte, an dem von weißen Rosen bedeckten Sarg vorbeizusehen. Mutter Benjamin saß gottesfürchtig mit ihrem verwitweten Sohn und seinen beiden Kindern in der ersten Reihe. Kezia stockte der Atem, als sie sie sah. Am liebsten hätte sie der Schwiegermutter ihrer Freundin »Mörderin!« zugerufen. »Mörderin! Sie haben sie umgebracht, weil Sie ihr mit der Scheidung gedroht und ihr die Kinder weggenommen haben... Sie...«

Sie hörte Edwards gedämpftes »Danke«, als der Zeremonienmeister sie zu einer Reihe in der Mitte führte. Whit stand drei Reihen weiter vorn.

Er sah dünner und plötzlich unverhohlener unmännlich aus; er trug einen übertrieben taillierten Cardinanzug, der auch am Rükken zu eng wirkte. Sie hatte den Verdacht, daß der Anzug ein Geschenk von seinem Freund war. Whit hätte sich so einen Anzug nicht selbst gekauft.

Auch Marina war da mit Halpern, sie sah trotz des düsteren Hintergrundes unangebracht glücklich aus. Sie würden zu Neujahr in Palm Beach heiraten. Marina hatte ihre Schwierigkeiten eindeutig überwunden.

Es fiel Kezia schwer, sich nicht mit den Augen von Martin Hallam nach bekannten Leuten, Leckerbissen, Klatschgeschichten umzusehen. Aber sie konnte sich nicht mehr hinter ihrem Pseudonym verstecken. Das war nun auch vorbei. Sie war einfach Kezia Saint Martin, die um ihre Freundin trauerte. Die Tränen rannen ihr hemmungslos über das Gesicht, während man den Sarg durch den Gang zu der braunen Limousine trug, die draußen wartete. Zwei Polizisten waren eingesetzt worden, um den Verkehr um die lange sich dahinschlängelnde Reihe von Limousinen umzuleiten, von denen keine einzige gemietet war. Hier rollte das wirklich große Geld. Und wie zu erwarten war, lauerte ein Heer von Journalisten den Trauergästen auf, sobald sie sich entfernten.

Es fiel Kezia schwer zu glauben, daß alles vorbei war. Sie hatten so viel Spaß in der Schule gehabt, hatten einander von ihren Colleges aus geschrieben. Kezia war Tiffanys Brautjungfer gewesen, als sie Bill geheiratet hatte, sie hatte sie ausgelacht, als sie schwanger gewesen war. Wann hatte der Abstieg angefangen? Wann hatte das Trinken sie zur Alkoholikerin gemacht? War es damals, nach dem ersten Kind? Oder nach dem zweiten? War es später? Hatte sie schon vorher heimlich getrunken? Das Schreckliche war, daß es nun so aussah, als wäre sie immer in dem Zustand gewesen, als hätte sie immer leicht geschwankt, undeutliche »Himmlisch« wie Schrotkügelchen überall verstreut, wohin sie kam. Wenn sie Tiffany vor sich sah, dann nur als die betrunkene, erbrechende, verworrene Tiffany ... nicht das drollige Mädchen aus der Schule ... der ironische Gruß an dem letzten Tag ... dieses ... Wiedersehn ... Wiedersehn ...

Kezia starrte leer auf die Hinterköpfe der Leute und spürte, daß Edward sie langsam aus der Bankreihe führte. Sie mußte lange in der Schlange warten, bis sie den Verwandten der Toten die Hand schütteln konnte. Bill sah übereifrig und feierlich aus, schenkte allen ein angedeutetes Lächeln und verständnisvolles Nicken wie ein Leichenbestatter, nicht wie ein Ehemann. Die Kinder sahen verwirrt aus. Überall sahen sich Leute um, beobachteten, wer gekommen war, was sie getragen hatten, und gackerten kopfschüttelnd über Tiffany ... die Trinkerin Tiffany ... die Säuferin Tiffany ... die ... Freundin Tiffany. Und alles glich so sehr dem Begräbnis von Kezias Mutter, daß es kaum zu ertragen war. Nicht nur für sie, sondern auch für Edward. Sein Gesicht war grau, als sie endlich die Kirche verließen. Kezia holte tief Atem, tätschelte seine Hand und blickte zum Himmel empor.

»Wenn ich sterbe, Edward, mußt du dafür sorgen, daß ich in den Hudson geworfen werde oder eine ähnlich einfache und angenehme Bestattung bekomme. Wenn du eine solche Show für mich abziehst, werde ich dir für den Rest deines Lebens als Gespenst erscheinen.« Sie meinte es nicht ganz im Scherz. Aber Edward sah sie unglücklich an.

»Hoffentlich werde ich nicht mehr am Leben sein, um mir darüber Sorgen zu machen. Willst du auf den Friedhof gehen?« Sie zögerte einen Augenblick, dann schüttelte sie den Kopf, sie erinnerte sich an das Versprechen, das sie Luke gegeben hatte. Das Bisherige war schlimm genug gewesen.

»Nein. Gehst du?«

Er nickte schmerzlich.

»Warum?« Weil er es für seine Pflicht hielt. Sie kannte die Antwort nur allzu gut. Eine solche Einstellung brachte Menschen wie Tiffany um. Die Pflicht.

»Wirklich, Kezia. Man muß ...« Sie wartete das Ende des Satzes nicht ab. Sie beugte sich zu ihm, küßte ihn auf die Wange und ging die Treppe hinunter.

»Ich weiß, Edward. Gib auf dich acht.«

Er hatte sie fragen wollen, was sie nachher tun würde, bekam aber keine Gelegenheit dazu und wollte sich ihr nicht aufdrängen. Das war nicht seine Art. Er hielt es für verkehrt, sie aufzuregen. Sie mußte ihr eigenes Leben führen, aber es war ein so unglückseliger Tag gewesen. So ein schlimmer Tag für ihn. Alles hatte ihn so sehr an Liane erinnert. An jenen furchtbaren, unerträglichen Tag, an dem ... Er beobachtete Kezia, die leichtfüßig in ein Taxi stieg, und wischte sich rasch eine Träne von der Wange. Er lächelte ihr leicht zu, wie es sich gehörte, als sie aus dem Rückfenster zu ihm zurückblickte.

»Wie war es?« Lucas erwartete sie mit heißem Tee.

»Entsetzlich. Danke, Liebster.« Sie nahm einen Schluck Tee, bevor sie den schwarzen Saint Laurent Mantel ablegte und mit ihrer freien Hand den dunklen Nerzhut vom Kopf nahm. »Es war gräßlich. Ihre Schwiegermutter war so taktlos, die Kinder mitzubringen.« Aber auch Kezia war seinerzeit beim Begräbnis ihrer Mutter anwesend gewesen. Vielleicht mußte es so sein. So schmerzhaft wie möglich, damit alles real wirkte.

»Willst du zum Abendessen ausgehen oder dir etwas bringen lassen?«

Sie zuckte die Schultern, es war ihr eigentlich gleichgültig. Etwas beunruhigte sie. Nein, eigentlich alles.

»Was ist nicht in Ordnung, Baby? Hat es dich so sehr mitgenommen? Ich sagte dir ja ...« Er sah sie unglücklich an.

»Ich weiß. Ich weiß. Aber es bringt mich ganz durcheinander ... und vielleicht macht mich auch etwas anderes nervös. Ich weiß nicht, was es ist. Vielleicht, daß ich all diese Fossilien gesehen habe, die noch immer glauben, daß ich ihnen gehöre. Vielleicht macht mir das Kummer. Es wird schon vorbeigehen. Wahrscheinlich bin ich nur wegen Tiffany deprimiert.«

»Bist du sicher, daß du keinen anderen Grund hast?« Er war beunruhigt, mehr als sie ahnte.

»Ich sagte dir ja, ich weiß es nicht. Aber es ist kein Grund zur Besorgnis. Es hat nur in letzter Zeit eine Menge Veränderungen gegeben ... Das Aufgeben meiner Kolumne ... du weißt ja. Es ist

Zeit für mich, erwachsen zu werden, und das ist nie ganz leicht.« Sie versuchte zu lächeln, aber seine Augen reagierten nicht darauf.

»Mache ich dich unglücklich, Kezia?«

»Ach, Liebster, nein!« Sie war entsetzt. Was für ein lächerlicher Gedanke! Und worüber hatte er sich den ganzen Nachmittag Sorgen gemacht, fragte sie sich. Er sah elend aus.

»Bist du sicher?«

»Natürlich bin ich sicher. Ganz bestimmt, Lucas. Wirklich.« Sie küßte ihn und bemerkte die Trauer in seinen Augen. Vielleicht war es Mitleid mit ihr, doch ihr Ausdruck berührte sie zutiefst.

»Tut es dir leid, daß du die Kolumne aufgegeben hast?«

»Nein, ich bin froh darüber. Es ist nur merkwürdig, wenn man sein Leben verändert. Es macht einen unsicher. Mich jedenfalls.«

»Ja.« Er nickte und schwieg lange, während sie ihren Tee austrank; ihr Mantel lag auf einem Stuhl, das schwarze Kleid, das sie trug, ließ sie streng aussehen. Er betrachtete sie, und es dauerte lang, ehe er wieder zu sprechen begann. Dann klang seine Stimme merkwürdig. Der scherzhaft neckende Ton war verschwunden.

»Kezia ... es gibt etwas, das ich dir sagen muß.«

Sie sah ihn unschuldig an. »Um was handelt es sich, Liebster?« Dann scherzte sie. »Du bist heimlich verheiratet und hast fünfzehn Kinder?« Sie sprach mit der Selbstsicherheit einer Frau, die weiß, daß es keine Geheimnisse gibt ... nur eines.

»Nein, du Dummchen. Ich bin nicht verheiratet. Aber es gibt etwas anderes.«

»Mach eine Andeutung.« Doch diesmal sah sie nicht besorgt aus. Es konnte nichts Wichtiges sein, sonst hätte er es nicht jetzt zur Sprache gebracht. Er wußte, daß sie wegen Tiffany durcheinander war.

»Baby, ich weiß keine andere Art, es dir zu sagen, als rund heraus. Aber ich muß es dir sagen. Ich kann nicht länger warten. Ich bin zu einer Widerrufungsverhandlung vorgeladen.« Die Worte fielen wie eine Bombe in den Raum. Alles ging in Scherben und hörte auf.

»Eine was?« Sie konnte ihn unmöglich richtig verstanden haben ... unmöglich. Sie träumte. Es war einer seiner Alpträume, den sie unfreiwillig mitbekam.

»Eine Verhandlung. Ich bin zu einer Verhandlung vorgeladen. Wegen meiner bedingten Strafaussetzung. Sie wollten sie wegen

Anstiftung zum Aufruhr in den Gefängnissen widerrufen. Mit anderen Worten, wegen Aufwiegelung.«

»O Gott, Lucas ... sag mir, daß du nur Spaß machst.« Sie schloß die Augen und saß sehr ruhig da, als würde sie warten, doch er sah, wie ihre zusammengepreßten Hände in ihrem Schoß zitterten.

»Nein, Baby, ich scherze nicht. Ich wünschte, es wäre so, aber es stimmt leider nicht.« Er langte zu ihr hinüber und ergriff ihre kleinen Hände. Sie öffnete langsam die Augen, die voll Tränen standen.

»Seit wann weißt du es?«

»Sie haben es mir schon vor einiger Zeit angedroht. Noch bevor ich dich kennenlernte. Aber ich habe nie geglaubt, daß es dazu kommen würde. Heute erhielt ich die Verständigung für die Verhandlung. Ich glaube, daß der Streik in San Quentin dafür ausschlaggebend war. Sie wurden so wütend, daß sie mich diesmal festsetzen wollen.« Das und Morrisseys Tod.

»O Gott. Was sollen wir tun?« Ihr Gesicht war erschlafft, sie weinte lautlos. »Können sie beweisen, daß du an dem Streik beteiligt warst?«

Er schüttelte den Kopf, aber er sah nicht zuversichtlich aus. »Nein. Gerade deshalb sind sie so wütend. Jetzt werden sie versuchen, mir irgend etwas anzuhängen. Aber wir werden verdammt auf Draht sein. Ich habe einen guten Anwalt. Und ich habe Glück. Noch vor ein paar Jahren konnte man bei Verhandlungen über den Widerruf einer bedingten Haftentlassung keinen Verteidiger beiziehen. Damals stand man allein vor der Kommission. Also, nur Mut, es hätte schlimmer kommen können. Wir haben einen guten Anwalt, und wir haben einander. Gegen unseren Lebensstil können sie nichts einwenden, er ist so sauber, wie er nur sein kann. Wir müssen nur das tun, was man in solchen Fällen tut. Warten bis zur Verhandlung und dann tapfer kämpfen.«

Sie wußten jedoch beide, daß weder der Kampf noch sein Lebensstil das Schlüsselproblem waren. Er war wegen Aufwiegelung angeklagt. Und zu Recht. »Komm, Kleines, sei tapfer.« Er küßte sie, nahm sie in die Arme, doch ihr Körper war steif und widerstrebend, sie senkte das Gesicht und die Tränen strömten herab. Er sah, daß ihre Knie zitterten. Er hatte das Gefühl, daß er sie getötet hatte. Und in gewissem Sinn stimmte es.

»Wann ist die Verhandlung?« Sie erwartete fast, daß sie morgen stattfinden würde.

»Es sind noch über sechs Wochen bis dahin. Am achten Januar in San Francisco.«

»Und was dann?«

»Was meinst du mit ›was dann‹?« Sie blieb so regungslos, daß er ernstlich besorgt wurde.

»Was ist, wenn sie dich wieder einsperren?«

»Es wird nicht dazu kommen.« Seine Stimme klang tief und gedämpft.

»Wenn es aber doch so kommt, verdammt noch mal, Luke?« Ihr gequälter, angstvoller Schrei durchbrach die Stille.

»Es wird nicht geschehen, Kezia.« Er senkte die Stimme und versuchte sie zu beruhigen, während er gegen seine eigene Verzweiflung ankämpfte. Die Aussprache verlief ganz anders, als er vorgehabt hatte. Aber was konnte er erwarten? Er hätte es von Anfang an wissen müssen. Er hatte sie sanft aus ihrem Dasein in das seine verpflanzt, und nun erzählte er ihr, daß ihr gemeinsames Haus vielleicht abbrennen würde... Sie fühlte sich wieder verwaist, das drückten ihre Augen aus. Und an ihrem Schmerz war er schuld. Er spürte die Schwere der Verantwortung für sie wie einen Zementsack auf seinem Herzen lasten.

»Liebling, es wird alles gutgehen. Und wenn es anders kommt – das ist nur ein ›wenn‹ – dann werden wir damit leben müssen. Wir haben beide die Kraft dazu. Wenn wir müssen.« Er wußte, daß zumindest er sie besaß. Aber war sie auch so stark? So, wie sie jetzt aussah, zweifellos nicht.

»Lucas... nein!« Ihre Stimme sank zu einem kaum hörbaren Flüstern herab.

»Baby, es tut mir so leid...« Mehr konnte er nicht sagen. Was er so lange befürchtet hatte, war schließlich doch eingetroffen. Das Komische daran war, daß er es vor der Bekanntschaft mit Kezia nicht gefürchtet hatte. Er hatte es als Preis betrachtet, den er möglicherweise bezahlen mußte, als etwas Unangenehmes. Er hatte nichts zu verlieren gehabt... und nun hatte er alles zu verlieren... alles stand auf dem Spiel. Und sie mußte den Preis gemeinsam mit ihm bezahlen. Aber er hatte es ihr sagen müssen. Alejandro hatte ihm deswegen seit Wochen in den Ohren gelegen, er hatte sich gesträubt, hatte Ausflüchte gebraucht, hatte sich etwas vorgemacht. Jetzt half kein Lügen mehr. Die Vorladung lag zu einem Ball zusammengeknüllt auf dem Tisch. Sie hatten ihm die Initiative aus den Händen genommen ... und nun sieh dir das Schlamassel an ... Er hob ihr Kinn sanft in die Höhe und drückte seine Lippen zärtlich auf die ihren. Das war alles, was er ihr geben konnte, was er fühlte, was er war, wie er sie liebte. Sie hatten noch sechs Wochen vor sich. Wenn ihn niemand vorher umbrachte.

22

Zum Erntedankfest aßen sie in ihrem Hotelzimmer in Chicago getoastete Putensandwiches. Die Widerrufungsverhandlung schwebte als Damoklesschwert über ihren Köpfen, doch sie bemühten sich angestrengt, sie zu vergessen. Sie sprachen selten darüber, ausgenommen dann und wann spät nachts. Sie hatten noch sechs Wochen Zeit bis zur Verhandlung, und Kezia war entschlossen, sich von dieser Bedrohung nicht das Leben zerstören zu lassen. Sie bemühte sich mit beinahe fanatischer Entschlossenheit, fröhlich zu wirken. Lucas wußte, was in ihr vorging, doch er konnte wenig tun. Er konnte die Verhandlung nicht wegzaubern. Seine Alpträume kehrten wieder, Kezias Aussehen gefiel ihm auch nicht. Sie hatte schon abgenommen. Aber sie spielte mit. Sie machte die gleichen alten Späße, sie verbrachten eine schöne Zeit. Plötzlich gingen sie zwei- und dreimal am Tag miteinander ins Bett, manchmal auch viermal, als wollten sie einen Vorrat an Zärtlichkeit anlegen, die sie vielleicht bald entbehren mußten. Sechs Wochen waren so kurz. Als sie nach New York zurückkehrten, waren es nur noch fünf.

»Du siehst nicht gut aus, Kezia. Gar nicht gut.«

»Edward, mein Lieber, du treibst mich zum Wahnsinn.«

»Ich will wissen, was du vorhast.« Die Kellner rannten an ihnen vorbei und schenkten weiteren Louis Roederer Champagner ein.

»Du steckst deine Nase in meine Angelegenheiten.«

»Ja, das tue ich.« Er wirkte verbittert und gealtert. Sie sah müde und viel älter aus als vor kurzem.

»Also gut, ich bin verliebt.«

»Das habe ich mir gedacht. Ist er verheiratet?«

»Warum nimmst du immer an, daß die Männer, mit denen ich ausgehe, verheiratet sind? Weil ich nicht darüber rede? Verdammt, ich habe ein Recht auf ein eigenes Leben, soviel habe ich im Laufe der Jahre gelernt.«

»Ja, aber du hast nicht das Recht, eine Dummheit zu machen.«

Nein, nur das Recht auf Kummer, mein Lieber, und auf verdammtes Pech. Stimmt's, Edward? Natürlich. Oder ist es nur das Recht auf Pflicht und Leiden? »In diesem Fall, mein lieber Edward, ist die Dummheit ein schöner Mann, den ich anbete. Wir leben und reisen seit ungefähr zwei Monaten miteinander. Und kurz vor dem Erntedankfest erfuhren wir ... daß ...« Ihre Stimme brach ab, und ihr Herz bebte, während sie sich fragte, was sie eigentlich tat ... »Wir erfuhren, daß er krank ist. Furchtbar krank.«

Plötzlich wirkte Edwards Gesicht abgehärmt. »Was für eine Krankheit?«

»Wir wissen es nicht genau.« Jetzt hatte sie begonnen, darüber zu reden. Fast glaubte sie selbst daran. Es war leichter zu ertragen als die Wahrheit, und sie würde Edward sich damit für eine Weile vom Hals schaffen. »Sie versuchen es mit einer neuen Behandlung, und im Augenblick steht seine Chance, am Leben zu bleiben, etwa fünfzig zu fünfzig. Deshalb sehe ich ›nicht gut‹ aus. Zufrieden?« In ihrer Stimme schwang Bitterkeit mit, und ihre Augen standen voller Tränen.

»Kezia, es tut mir so leid. Ist er ... ist er ... jemand, den ich kenne?«

Verdammt nicht, Süßer. Beinahe hätte sie gelacht. »Nein. Wir lernten einander in Chicago kennen.«

»Ich habe mich schon gefragt, wo es war. Ist er jung?«

»Jung genug, aber älter als ich.« Sie war jetzt wieder ganz ruhig. In gewissem Sinn hatte sie ihm die Wahrheit gesagt. Wenn Lucas wieder ins Gefängnis mußte, war es mit einem Todesurteil gleichbedeutend. Zu viele Männer haßten oder liebten ihn, er war zu gut bekannt, hatte zu viel Emotionen entfesselt. San Quentin würde seinen Tod bedeuten. Jemand würde ihn töten. Wenn kein Sträfling, dann ein Wärter.

»Ich weiß nicht, was ich dazu sagen soll.« Aber sein Gesicht drückte aus, was er nicht in Worte kleiden konnte. In Edwards Augen lebte ein Geist. Der Geist von Liane Saint Martin. »Dieser

Mann... ist er... würde... kommt er auch nach New York?« Er suchte nach einer Information, auf die Kezia nicht explodieren würde, aber er sah keine Möglichkeit, sie sich zu verschaffen. Welche Schulen hatte er besucht? Was macht er? Wo lebt er? Wer ist er? Kezia wäre bei jeder dieser Fragen in Wut geraten. Doch er wollte es wissen. Um jeden Preis. Er war es ihr schuldig... und sich selbst.

»Ja, er kommt nach New York. Er war hier bei mir.«

»Er wohnt in deiner Wohnung?« Plötzlich fiel ihm ein, daß sie erwähnt hatte, sie hätten zusammen gelebt. Mein Gott, wie konnte sie nur?

»Ja, Edward. In meiner Wohnung.«

»Kezia... ist er... ist er...« Er wollte wissen, ob es ein anständiger, ehrenhafter Mensch war, kein Mitgiftjäger... oder... »Hauslehrer«, aber er konnte einfach nicht fragen, und sie würde es auch nicht zulassen. Edward hatte den Eindruck, daß er im Begriff war, sie für immer zu verlieren. »Kezia...«

Als sie ihn ansah, glitzerten Tränen auf ihren Wangen und sie schüttelte ruhig den Kopf. »Edward, ich... ich kann dir heute nicht mehr sagen. Es tut mir leid.« Sie küßte ihn leicht auf die Wange, nahm ihre Handtasche und stand auf. Er hielt sie nicht zurück. Er konnte es nicht. Er sah ihr nur nach, als sie zur Tür ging, und preßte seine Hände einen Moment sehr fest zusammen, bevor er die Rechnung verlangte.

Sie fuhr in der bitteren Kälte des Winternachmittags mit der U-Bahn nach Harlem. Alejandro war der einzige, der ihr helfen konnte. Sie geriet allmählich in Panik. Sie mußte mit ihm sprechen.

Von der U-Bahn ging sie schnell zum Zentrum, ohne daran zu denken, wie sie in dem langen roten Pariser Mantel und dem prachtvollen weißen Nerzhut aussah. Es war ihr auch ganz egal, wie sie wirkte. In den Straßen, wo sie zwischen Mülleimern und umherlaufenden Kindern einen Slalom beschrieb, betrachtete man sie, als wäre sie ein Wesen vom Mars, doch der Wind war beißend kalt, und es lag Schnee in der Luft. Niemand hatte Zeit, sich in Gedanken mit ihr zu befassen. Man ließ sie in Frieden.

In Alejandros Büro war ein Mädchen, als Kezia hinkam, und sie lachten. Kezia blieb im Türrahmen stehen. Sie hatte angeklopft, aber das Gelächter hatte wohl das Geräusch übertönt.

»Al, bist du beschäftigt?« Sie redete ihn nur selten mit dem Spitznamen an, den Luke verwendete.

»Ich... nein... Pilar, würdest du mich entschuldigen?« Das Mädchen sprang auf und ging mit erstauntem Blick an Kezia vorbei. Kezia sah wie jemand vom Film aus.

»Entschuldige, daß ich dich so überfalle.« Ihre Augen unter dem weißen Pelzhut sahen verzweifelt aus.

»Schon gut. Ich war... Kezia?«

Sie war vor seinen Augen in Tränen ausgebrochen und stand nun gebrochen vor ihm, streckte beide Arme aus, ihre Handtasche lag unbeachtet auf dem Boden, der letzte Rest ihrer Selbstbeherrschung hatte sich in nichts aufgelöst.

»Kezia... *pobrecita*... Baby... nimm es doch nicht so schwer...«

»O Gott, Alejandro... ich halte es nicht aus.« Sie ließ sich in seine Arme fallen und vergrub ihr Gesicht in seiner Schulter. »Was können wir tun? Sie werden ihn wieder einsperren. Ich weiß es.« Sie schnüffelte und trat zurück, um ihm in die Augen zu sehen. »Sie werden es tun, nicht wahr?«

»Möglicherweise.«

»Du glaubst auch, daß sie es tun werden, nicht wahr?«

»Ich weiß es nicht.«

»Doch, verdammt noch mal, du weißt es. Sag es mir! Jemand soll mir die Wahrheit sagen!«

»Ich kenne die Wahrheit nicht, hol dich der Teufel!«

Sie schrie, und er brüllte noch lauter. Die Wände warfen alles zurück, was sich in ihnen aufgestaut hatte – Angst, Zorn und Enttäuschung.

»Ja, vielleicht werden sie ihn wieder einsperren. Aber um Himmels willen, Lady, gib doch nicht auf, bevor es soweit ist. Was willst du tun? Dich jetzt aufgeben? Ihn aufgeben? Dich umbringen? Warte, bis du das Urteil kennst, dann zerbrich dir erst den Kopf darüber.« Seine Stimme erfüllte den Raum, und sie hörte, wie auch er zu weinen begann, aber sie schwieg. Er hatte sie wieder zur Vernunft gebracht, so daß sie sich jetzt beherrschen konnte.

»Vielleicht hast du recht. Ich habe nur so verdammte Angst, Alejandro. Ich weiß nicht, was ich nun anfangen soll, um das durchzustehen... Ich spüre die wachsende Panik wie bittere Galle in meinem Inneren.«

»Du kannst nichts tun, nur vernünftig sein und warten. Vor allem nicht in Panik geraten.«

»Und wenn wir uns einfach aus dem Staub machen? Glaubst du, daß sie ihn aufspüren würden?«

»Schließlich und endlich ja, und dann würden sie ihn sofort umbringen. Außerdem würde er das niemals tun.«

»Ich weiß.« Er schloß sie wieder in die Arme. Sie trug noch immer Mantel und Pelzhut, und die Wimperntusche und die Tränen hatten Streifen auf ihr Gesicht gezogen. »Das Schlimmste daran ist, daß ich nicht weiß, wie ich ihm helfen, wie ich es leichter für ihn machen kann. Er steht unter einem so verdammten Druck.«

»An der Situation kannst du nichts ändern. Du kannst ihm nur zur Seite stehen. Und auf dich selbst achtgeben. Es nützt niemandem, wenn du aus dem Gleichgewicht kommst. Vergiß das nicht. Du kannst für ihn nicht dein ganzes Leben oder deine Vernunft aufs Spiel setzen. Und Kezia... gib noch nicht auf. Nicht ehe sie das Urteil gesprochen haben, wenn sie es überhaupt tun, und nicht einmal dann.«

»Ja.« Sie nickte müde und lehnte sich an den Tisch. »Sicherlich.«

»Ich wußte nicht, daß du ein Feigling bist.«

»Das bin ich nicht.«

»Dann benimm dich auch nicht so. Reiß dich zusammen, Mädchen. Du hast einen steinigen Weg vor dir, aber niemand sagt, daß es das Ende ist. Für Luke jedenfalls noch nicht.«

»Okay, Mister mit dem großen Mundwerk, ich habe dich verstanden.« Sie versuchte ein Lächeln hervorzuzaubern.

»Dann fang gleich an, dich so zu verhalten, als seist du entschlossen, niemals aufzugeben. Mein großer Freund liebt dich verdammt sehr.« Dann umarmte er sie wieder. »Und ich liebe dich auch, Kleine... ich auch.« Wieder traten ihr Tränen in die Augen, und sie schüttelte den Kopf.

»Sei nicht so nett zu mir, sonst muß ich wieder weinen.« Sie lachte unter Tränen, und er fuhr ihr durchs Haar.

»Du siehst ganz phantastisch aus, Lady. Wo bist du gewesen? Einkaufen?« Er hatte es eben erst bemerkt.

»Nein. Mit einem Freund beim Mittagessen.«

»Wie du aussiehst, muß es mehr als Sandwiches und Coke gewesen sein.«

»Du bist ja verrückt, Alejandro.« Aber einen Moment lang

lachten sie beide unbeschwert, und er nahm seinen Mantel von dem Haken an der Tür.

»Ich bring' dich nach Hause.«

»Bis in die City? Sei nicht albern!« Aber seine Fürsorge rührte sie.

»Für heute habe ich hier genug gearbeitet. Willst du mit mir zusammen die Schule schwänzen?« Er sah jung aus, als er es ihr vorschlug, seine Augen blitzten, er lächelte wie ein übermütiger Junge.

»Ich finde es wirklich nett.«

Sie verließen das Zentrum Arm in Arm, ihr roter Mantel eingehakt in seine graubraune Jacke mit Kapuze aus den Überschußgütern der Armee. Er drückte ihren Arm, und sie lachte ihn an. Sie war froh, daß sie ihn aufgesucht hatte. Sie brauchte ihn, aus anderen Motiven, aber fast ebenso wie Luke.

Bei der U-Bahnstation 86. Straße stiegen sie aus und gingen dann in eines der deutschen Kaffeehäuser auf eine Tasse heiße Schokolade »mit Schlag«: Riesenberge Schlagsahne. Eine Um-tata-Kapelle tat ihr Bestes, und Lampen draußen signalisierten schon hoffnungsvolle Vorfreude auf Weihnachten. Sie sprachen kein Wort mehr über den Widerruf, sondern von vergangenen Zeiten. Weihnachten, Kalifornien, seine Familie, ihr Vater. Es war komisch; sie hatte in letzter Zeit viel an ihren Vater gedacht und wollte mit jemandem über ihn sprechen. Es war jetzt so schwierig, sich mit Luke zu unterhalten; jedes Gespräch führte durch ein wirres Labyrinth von Gefühlen zum Widerruf.

»Etwas an deiner Schilderung sagt mir, Kezia, daß du deinem Vater sehr ähnlich bist. Er scheint auch gar kein solcher Konformist gewesen zu sein, wenn man ein wenig genauer hinsieht.«

Die Schlagsahne auf ihrer heißen Schokolade schmolz bereits. »Er war es bestimmt nicht. Aber er hatte eine nette Art, alles zu schaukeln, wenn ich nach dem urteile, was man mir erzählt hat und woran ich mich noch erinnere. Ich habe den Verdacht, daß er nie gezwungen war, sich zu entscheiden.«

»Es waren andere Zeiten. Es waren nicht die gleichen Probleme wie heute. Das mag damit zusammenhängen. Was ist dein Treuhänder für ein Mensch?«

»Edward? Er ist reizend. Und bis in die Knochen das Ergebnis seiner Erziehung. Ich glaube, er ist verdammt einsam.«

»Und in dich verliebt.«

»Ich weiß nicht. Darüber habe ich nie nachgedacht. Ich glaube nicht, daß es der Fall ist.«

»Ich wette, daß du unrecht hast.« Er nahm einen Schluck von dem warmen, süßen Getränk, auf seinen Lippen blieb ein wenig Schlagsahne zurück. »Ich glaube, es gibt eine Menge, was du nicht bemerkst, Kezia. In bezug auf dich und auf deine Wirkung auf andere. In diesem Sinn bist du ein wenig naiv.«

»Wirklich?« Er war ein angenehmer Gesellschafter. Und sie brauchte jemanden, mit dem sie sich aussprechen konnte. Vor Jahren hatte sie mit Edward so unbeschwert geplaudert, aber jetzt nicht mehr. Auf eine merkwürdige Art war jetzt Alejandro an seine Stelle getreten. Sie hatte sich an Alejandro gewandt, wenn sie weder mit Edward noch mit Luke sprechen konnte. Alejandro gab ihr Trost und väterlichen Rat. Dann kam ihr eine komische Idee. »Und ich nehme an, du bist auch in mich verliebt?«

»Schon möglich.«

»Du Idiot.« Sie wußte, daß er es nicht ernst meinte, lehnte sich zurück und hörte dem Rhythmus der altmodischen Musik zu. Das Restaurant war überfüllt, aber sie saßen abgesondert von dem Lärm und der Unruhe, so isoliert wie die alten Männer, die an ihren Tischen deutsche Zeitungen lasen.

»Was unternehmt ihr eigentlich zu Weihnachten?«

»Ich weiß noch nicht. Du kennst ja Luke. Ich glaube nicht, daß er einen festen Plan hat. Und wenn, hat er ihn mir nicht verraten. Bleibst du hier?«

»Ja. Ich wollte heim nach L. A. fliegen, aber ich habe im Zentrum zu viel zu tun, und der Flug ist ziemlich kostspielig. Es gibt aber in San Francisco eine Einrichtung, die ich mir einmal näher ansehen will. Vielleicht im Frühjahr.«

»Was für eine Einrichtung?« Sie zündete sich eine Zigarette an und lehnte sich entspannt zurück. Der Nachmittag verlief überraschend angenehm.

»Sie nennen sie dort drüben therapeutische Gemeinschaften. Das gleiche wie unser Zentrum, nur daß die Patienten ständig dort wohnen, wodurch mehr Aussicht für einen Erfolg besteht.« Er warf einen Blick auf die Uhr und war erstaunt, wie spät es war. Es war fünf vorbei.

»Willst du mit uns zu Abend essen?«

Er schüttelte bedauernd den Kopf. »Nein. Ich lasse euch Unzertrennlichen in Frieden. Außerdem gibt es eine ›Kleine‹ in meiner Nähe, um die ich mich kümmern will.«

»Ein Rasseweib in Harlem? Wer ist sie?«

»Die Freundin einer Freundin. Sie arbeitet in einer Tagesheimstätte und hat wahrscheinlich einen großen Busen, Akne und Mundgeruch.«

»Hast du etwas gegen große Busen?«

»Nein. Nur gegen die beiden anderen Eigenschaften. Aber das ist ein bestimmter Typ. Es gibt noch zwei oder drei solche Mädchen, die im Zentrum arbeiten. Und ich bin eben ein Snob. Zumindest was Frauen betrifft.« Er verlangte die Rechnung.

»Wie kommt es, daß du keine feste Freundin hast?« Das hatte sie ihn noch nie gefragt.

»Weil ich entweder zu häßlich bin oder zu geizig. Ich bin nicht sicher, was daran schuld ist.«

»Quatsch. Sag mir die Wahrheit.«

»Wer weiß es? Vielleicht ist meine Arbeit ein Ersatz. Du hattest damals recht – Lucas und ich haben eine Menge gemeinsam. Zuerst kommen unsere Ziele. Für eine Frau ist es schwer, damit zu leben, es sei denn, sie hat selber ein schweres Leben hinter sich. Jedenfalls bin ich wählerisch.«

»Darauf möchte ich wetten.« Und darin lag höchstwahrscheinlich die Wahrheit. Weil er entschieden weder häßlich noch geizig war. Sie fand ihn merkwürdig anziehend und schätzte die Freundschaft, die sich zwischen ihnen angebahnt hatte. »Was ist also mit der Dame heute abend?«

»Ich werde sehen, was sich machen läßt.« Er wich ihr freundlich, aber bestimmt aus, aber Kezia war zu neugierig.

»Wie alt ist sie?«

»Ein-, zweiundzwanzig. So ungefähr.«

»Ich hasse sie jetzt schon.«

»Deine Sorgen möchte ich haben!« Er musterte ihren Porzellanteint. Ihre Augen leuchteten wie Saphire.

»Ja. Aber ich bin bald dreißig. Das ist weit weg von zweiundzwanzig.«

»Und du bist viel besser dran.« Sie dachte einen Moment darüber nach und nickte. Zweiundzwanzig war nicht sehr lustig gewesen. Es wurde erst heiterer, als sie zu schreiben begonnen hatte. Vorher war alles Mist gewesen. Sie war damals unsicher, wußte nicht, wohin sie gehen, was sie anfangen sollte oder was sie werden wollte, während sie äußerlich den Eindruck von unerschütterlicher Sicherheit und Ausgeglichenheit bieten mußte.

»Du hättest mich vor zehn Jahren kennen sollen, Alejandro. Du hättest über mich gelacht.«

»Glaubst du, daß es mir in diesem Alter besser ging?«

»Wahrscheinlich. Du hattest sicher mehr Freiheit.«

»Möglich, aber mir fehlte noch der Verstand. Verdammt, vor zehn Jahren trug ich einen mit viel Brillantine angeklebten Bürstenschnitt. Das war vielleicht komisch! Ich wette, du hast keinen Bürstenschnitt getragen.«

»Nein. Einen Pagenkopf. Und Perlen. Ich war bezaubernd. Das heißeste Mädchen auf dem Heiratsmarkt. Kommt und holt sie euch, meine Herren, eine unberührte, unbenutzte, nahezu fehlerfreie reiche Erbin. Sie geht, sie redet, sie singt, sie tanzt. Ziehen Sie sie auf, dann spielt sie auf der Harfe ›God Bless America‹.«

»Du hast Harfe gespielt?«

»Nein, mein Dummer. Aber alles andere stimmt. Ich war absolut ›wunderbar‹, aber nicht sehr glücklich.«

»Jetzt bist du glücklich. Das ist schon viel, wofür du dankbar sein mußt.«

»Das bin ich auch.« Ihre Gedanken flogen zu Lucas zurück... und zu der Verhandlung. Alejandro beobachtete die Veränderung in ihren Augen und beeilte sich, zu dem leichten Plauderton der letzten Stunde zurückzufinden.

»Wie kommt es, daß du nicht Harfe spielst? Pflegen das reiche Erbinnen nicht zu tun?« Er war die Harmlosigkeit in Person.

»Nein, das sind die Engel. Die spielen Harfe.«

»Du meinst, das ist nicht das gleiche?«

Sie warf den Kopf zurück und lachte. »Nein, mein Lieber. Sie sind ganz entschieden nicht das gleiche. Ich spiele dafür Klavier. Das ist eine Voraussetzung für die Flügel deiner reichen Erbin. Einige wenige spielen Geige, aber die meisten von uns befassen sich in früher Jugend mit dem Klavierspielen und geben es auf, wenn sie zwölf sind. Chopin.«

»Ich wünschte noch immer, du könntest Harfe spielen.«

»Du kannst mich mal, Mister Vidal.« Er tat, als wäre er schokkiert.

»Kezia! Und du willst eine reiche Erbin sein? Du benimmst dich haarsträubend! Was meinst du, daß ich machen kann?«

»Du hast es ja gehört. Komm jetzt, gehen wir nach Hause. Lucas wird sich schon Sorgen machen.« Sie zogen ihre Mäntel an, er ließ das Trinkgeld auf dem Tisch liegen, und sie gingen Arm in Arm in die kalte Luft hinaus. Sie hatte den Nachmittag gut verbracht und fühlte sich wieder ganz ausgezeichnet.

Als sie nach Hause kamen, wartete Lucas lächelnd im Wohnzimmer mit einem Bourbon in der Hand.

»Was habt ihr beiden so getrieben?« Er sah sie gern beisammen, aber Kezia bemerkte, daß er die Augen zusammenkniff. Eifersucht?

»Wir haben eine Tasse heiße Schokolade getrunken.«

»Eine unwahrscheinliche Geschichte. Aber ich verzeihe euch. Dieses Mal.«

»Das ist großherzig von dir, Liebster.« Kezia ging zu ihm und küßte ihn.

Er nahm eine Zigarre aus der Tasche und zwinkerte Alejandro zu, während er einen Arm um ihre Taille legte. »Warum holst du unserem Freund kein kühles Bier?«

»Wahrscheinlich, weil er sich nach der vielen heißen Schokolade mit Schlag, die er getrunken hat, übergeben müßte.«

»Was ist Schlag?« Lukes Stimme klang ungewöhnlich laut. Als ob er schrecklich nervös wäre.

»Schlagsahne.«

»Zum Kotzen! Bring ihm ein Bier.«

»Lucas ...« Plötzlich fragte sie sich, ob er Alejandro etwas zu sagen hatte, er sah so merkwürdig aus – und ein bißchen niedergeschlagen.

»Schwirr ab.«

Kezia sah ihn seltsam an, dann wandte sie sich zu Alejandro. »Willst du ein Bier?«

Ihr Freund hob beide Hände und zuckte die Schultern. »Nein, aber wer will mit einem Kerl von der Größe streiten?« Alle drei lachten, und Kezia verschwand in die Küche.

Während sie das Licht anknipste, rief sie über die Schulter zurück: »Ich werde dir Kaffee kochen. Bier nach so viel guter Schokolade, das kann nicht gut gehen.«

»In Ordnung.« Alejandro klang zerstreut, als er antwortete,

und Kezia fragte sich, was eigentlich los war. Lucas sah aus wie ein kleiner Junge. Oder wie ein Mann mit einem Geheimnis. Ob es etwas mit ihr zu tun hatte? Vielleicht ein Geschenk, eine Dummheit, ein Ausflug, ein Abendessen. Das war Lukes Art. Sie erlaubte sich nicht den Gedanken, daß es etwas mit der Verhandlung zu tun hatte. Das war nicht möglich. Er sah viel zu selbstzufrieden und ein wenig konfus aus.

Etwas später kehrte sie mit zwei Tassen frischgebrühtem Kaffee ins Wohnzimmer zurück. Luke sah aus, als könnte er Kaffee vertragen.

»Schau dir das an, Mann, sie will uns ausnüchtern.« Lukes Stimme klang aufgeräumt, doch Alejandro sah nicht so aus, als müßte man ihn ausnüchtern. Er wirkte angespannt und nicht gerade glücklich, als ob in der kurzen Zeit, während sie nicht im Zimmer gewesen war, etwas Dramatisches passiert wäre. Kezia sah ihn an, dann Luke, dann stellte sie beide Tassen ab und setzte sich auf die Couch.

»Okay, Liebster, Schluß mit dem Theater. Was ist los?« Ihre Stimme war hell, nervös und spröde, ihre Hände hatten zu zittern begonnen. Es hatte mit der Verhandlung zu tun und war überhaupt nicht lustig. Das merkte sie jetzt. »Was ist nicht in Ordnung?«

»Warum, zum Teufel, sollte etwas nicht in Ordnung sein?«

»Erstens«, sie sah entschuldigend von ihm zu ihrem gemeinsamen Freund hinüber, »du mußt schon verzeihen«, dann wandte sie sich wieder Luke zu, »weil du betrunken bist. Lucas. Wie kommt das?«

»Ich bin es nicht.«

»Doch. Und du siehst irgendwie verstört aus. Oder verärgert. Oder ist dir sonst eine Laus über die Leber gelaufen? Zum Teufel, ich will wissen, was gespielt wird. Du hast es Al erzählt, und jetzt sag es mir.«

»Warum glaubst du, ich hätte Al etwas gesagt?« Nun sah er sichtlich nervös aus, und Kezia wurde zornig.

»Hör zu, verdammt noch mal! Rede nicht um den heißen Brei herum. Mir fällt das genauso schwer, mit diesem ganzen Mist fertigzuwerden wie dir. Sag es mir endlich! Was ist nicht in Ordnung?«

»Ach, um Himmels willen, hast du das gehört, Al?« Er sah beide mit gekünsteltem Lächeln an und schlug ein Bein über das andere, dann stellte er es wieder auf den Boden, während Alejandro sehr verstört aussah.

Kezia wandte ihren Blick von Lucas zu ihm. »Also gut, Alejandro, willst du mir sagen, was los ist?« Ihre Stimme wurde unangenehm schrill, näherte sich einem hysterischen Anfall. Luke mischte sich ungeduldig ein, erhob sich abrupt und wurde sofort bleich.

»Beruhige dich doch, Kleines. Ich werde es dir selbst sagen.« Doch als er sich ihr zuwandte, drehte sich der Raum um ihn, und er wäre fast in die Knie gegangen. Alejandro lief zu ihm und nahm ihm das halbleere Glas aus der Hand. Der größte Teil des Bourbon war auf den Teppich geschwappt, und Lukes Gesicht war nun erschreckend blaß.

»Nur mit der Ruhe, Bruder.« Er stützte ihn mit einem Arm, während Kezia an seine andere Seite eilte.

»Lucas!« Ihr Blick war verzweifelt, während Luke sich schwer neben ihr auf den Boden setzte und den Kopf auf die Knie legte. Er war betrunken und schockiert. Doch dann wandte er ihr langsam das Gesicht zu und sah sie liebevoll an.

»Es ist kein Drama, Kleines. Jemand hat versucht, mich umzulegen. Sie haben mich nur um einen Zoll verfehlt.« Bei den letzten Worten schloß er die Augen, als hätte er Angst vor ihrem Blick.

»Was hat jemand?« Sie ergriff mit beiden Händen sein Gesicht und er blickte langsam zu ihr auf. In ihrem Blick war noch keine Reaktion zu erkennen. »Jemand hat versucht, mich umzubringen, Kezia, oder mich zu Tode zu erschrecken. Eines von beidem, aber ich bin vollkommen in Ordnung. Ich bin nur ein wenig erschrokken, sonst fehlt mir nichts.«

Ihr fiel sofort Morrissey ein, und sie wußte, daß auch Lucas an ihn gedacht hatte. »Mein Gott ... Lucas ... wer hat es getan?« Sie saß zitternd neben ihm, sie fühlte sich, als wäre sie seekrank.

»Ich weiß es nicht. Schwer zu sagen.« Er zuckte die Schultern und sah plötzlich sehr müde aus.

»Komm, Mann, wir bringen dich zu Bett.« Alejandro stellte ihn auf die Beine, er war im Zweifel, ob er Lucas oder Kezia stützen sollte. Ihr ging es fast noch schlechter. »Schaffst du es, Luke?«

»Machst du Witze? Ich bin doch nicht verletzt, Mann. Ich bin betrunken.« Er kicherte einen Augenblick stolz, während er ins Schlafzimmer ging. Alejandro runzelte besorgt die Stirn und schüttelte den Kopf, während Kezia Luke an die Kissen lehnte. »Um

Himmels willen, Kezia, ich liege doch nicht im Sterben. Übertreib doch nicht. Und bring mir noch etwas zu trinken, bitte.«

»Ist das vernünftig?«

Er verdrehte die Augen. »Ach, soll ich immer vernünftig sein?« Sie lächelte zum ersten Mal seit zehn Minuten, aber sie spürte, wie ihre Knie schlotterten, als sie auf den Bettrand sank.

»Mein Gott, Lucas, wie ist es passiert?«

»Ich weiß es nicht. Ich war heute in Spanish Harlem, um mit einigen Burschen zu sprechen, wir gingen die Straße hinunter, und schrumm! traf mich jemand beinahe am Arm. Der Scheißkerl muß auf mein Herz gezielt haben, aber miserabel.«

Kezia starrte ihn erschrocken und ungläubig an. Es hätte so sein können wie bei Morrissey. Er hätte tot sein können. Als sie daran dachte, lief es ihr eiskalt über den Rücken.

»Wußte sonst noch jemand von der Zusammenkunft?« fragte Alejandro, der seinen Freund verängstigt ansah.

»Ein paar Leute.«

»Wie viele?«

»Zu viele.«

»O Gott, Lucas... wer hat es getan?« Kezia senkte plötzlich den Kopf und schluchzte. Luke beugte sich vor, legte den rechten Arm um sie und zog sie an sich.

»Komm, Baby, reg dich nicht auf. Es hätte jeder sein können. Irgendein Verrückter, der sich einen Spaß machen wollte. Oder vielleicht jemand, der mich kannte. Es kann ein schwergewichtiger Rechtsradikaler gewesen sein, der etwas gegen die Gefängnisreform hat. Es kann ein zorniger Linksradikaler gewesen sein, dem ich zu wenig ›brüderlich‹ bin. Was bedeutet das? Sie haben es versucht. Sie haben mich nicht getroffen. Mir geht es gut. Dir geht es gut. Ich liebe dich. Also... kein großes Palaver, bitte. Okay?« Er sank mit strahlendem Lächeln in die Kissen zurück. Doch weder Kezia noch Alejandro ließen sich von der gespielten Tapferkeit beeindrucken.

»Ich bringe dir noch einen Drink.« Alejandro verließ das Zimmer und trank in der Küche selbst ein Glas. Verdammt. So weit war es also. Und Kezia steckte mit drin. Gräßlich. Er seufzte tief, während er mit einem großen Bourbon pur für Luke wieder ins Schlafzimmer kam. Kezia weinte wieder, als er eintrat, doch diesmal verhalten. Die beiden Männer wechselten einen langen Blick über ihren Kopf hinweg, und Luke nickte bedächtig. Es war ein verdammter Tag gewesen. Sie fragten sich beide, ob es bis zur Verhandlung so weitergehen würde. Es konnte auch ein Polizist gewesen sein, doch das sagten sie Kezia nicht. Es war Tatsache, daß Lucas nur bei denen beliebt war, mit denen er draußen arbeitete, oder bei den Männern in den Gefängnissen im ganzen Land, die direkt von seiner Tätigkeit profitierten. Davon abgesehen begriffen nur wenige, worum es ging. Und er war ebenso verhaßt, wie er beliebt war.

»Ich werde einen Leibwächter für dich engagieren.« Sie sah Luke schluchzend an, während er einen langen Schluck von seinem Bourbon machte, und Alejandro sich neben dem Bett auf einen Stuhl setzte. Sie saß noch immer neben Luke.

»Nein, hübsche Dame, das wirst du nicht tun. Keinen Leibwächter, keinen Unsinn. Das passiert nur einmal. Es wird nicht wieder vorkommen.«

»Woher weißt du das?«

»Baby ... zwing mich nicht. Laß mich diese Sache allein erledigen. Von dir will ich nur dein bezauberndes Lächeln und deine Liebe.« Er tätschelte ihre Hand und nahm noch einen langen Schluck Bourbon. »Ich will von dir nur, was du mir jetzt schon gibst.«

»Ja, aber nicht meinen Rat«, schränkte sie traurig ein. »Warum willst du mich keinen Leibwächter engagieren lassen?«

»Weil ich schon einen habe.«

»Du hast einen angestellt?« Warum erzählte er ihr so etwas nicht?

»Eigentlich nicht. Aber ich werde seit einiger Zeit von Bullen beschattet.«

»Von Bullen? Warum von ihnen?«

»Verdammt noch mal, warum glaubst du wohl, Kleines? Weil sie mich für eine Gefahr halten.« Sie sah jetzt alles aus einem anderen Blickwinkel, und es gefiel ihr nicht. Plötzlich wurde ihr klar, daß Luke in gewissem Sinn ein Geächteter war, und da sie mit ihm lebte, befand sie sich gleichfalls in dieser schwachen Position dem Gesetz gegenüber. Irgendwie war ihr ihre Lage noch nie ganz klar gewesen. »Und mach dir nichts vor, Liebling, es kann ebensogut ein Bulle gewesen sein, der heute versucht hat, mich ins Jenseits zu befördern.«

»Ist das dein Ernst?« Sie wurde noch eine Nuance blasser. »Würden sie dir das antun, Luke?«

»Ganz sicher. Wenn sie eine Chance hätten, ungestraft davonzukommen, würden sie es sofort tun. Und mit Freuden.«

»O Gott!« Polizisten würden auf den wehrlosen Luke schießen? Man erwartete von ihnen, daß sie den braven Bürgern Schutz gewährten. Aber das war eben der springende Punkt. Kezia begriff endlich. Für die Polizei war Lucas nicht »anständig«. Das war er nur in ihren und Als Augen und in denen seiner Freunde, nicht in den Augen der Bonzen und des Gesetzes.

Luke wechselte einen raschen Blick mit Alejandro, der langsam und unglücklich den Kopf schüttelte. Ihnen stand eine schwere Zeit bevor, das war ihm klar. »Aber ich werde dir etwas sagen, Kezia. Du tust von nun an genau das, was ich dir sage. Keine Besuche bei Al in Harlem, kein einsamer Spaziergang im Park, keine Fahrt mit der U-Bahn. Nur wenn ich dir sage, daß du etwas ungefährdet tun kannst. Ist das klar?« Er hatte wieder sein Generalsgesicht aufgesetzt. »Ja oder nein?«

»Ja, aber...«

»Kein aber!« Jetzt brüllte er. »Hör mir doch einmal in deinem Leben zu, verdammt noch mal! Denn wenn du es nicht tust, du verflixte, dumme, naive Person... denn wenn du es nicht tust«, seine Stimme begann zu beben, sie sah zu ihrem Schrecken Tränen in seinen Augen, »werden sie vielleicht anstatt mich dich erwischen. Und wenn sie das täten...« Seine Stimme brach und wurde weich, und er sah zu Boden, »wenn sie das täten... könnte ich... es nicht ertragen...« Sie hatte selbst Tränen auf den Wangen, als sie die Arme um ihn legte und seinen Kopf an ihre Brust zog. Sie blieben in dieser Stellung, und es erschien ihnen wie Stunden, während Luke in ihren Armen weinte; sie wußte nicht, daß er sich Vorwürfe machte, weil er sie in diese Lage gebracht hatte. O Gott... wie konnte er das einer Frau antun, die er liebte... Kezia... Schließlich schlief er in ihren Armen ein, und als Kezia ihn auf das Kissen gleiten ließ und das Licht ausmachte, erinnerte sie sich plötzlich an Alejandro, der vermutlich noch im Stuhl daneben saß. Sie drehte sich zu ihm um, doch er war längst mit seinem ganz persönlichen Kummer weggegangen, ohne eine Kezia zu haben, in deren Armen er sich ausweinen konnte. Wie bei Luke galten auch seine Tränen ihrer Person.

23

Lucas legte den Telefonhörer verzweifelt auf, und Kezia wußte sofort Bescheid.

»Wer war es?« Aber sie mußte nicht erst fragen. Sie wußte, daß es keine Rolle spielte, ganz gleich wie er hieß, aus welcher Stadt er anrief. Wenn er Anrufe über Gefängnisse bekam, machte er immer dieses Gesicht und sprach in diesem Ton. Aber jetzt so kurz vor Weihnachten...

»Es war einer meiner verrückten Freunde drüben in Chino.«

»Und?« Sie wollte sich nicht abspeisen lassen.

»Und...« Er fuhr sich mit der Hand durch die Haare und biß das Ende einer Zigarre ab, die auf dem Tisch gelegen hatte. Es war fast Mitternacht, und er war in Shorts, barfuß, mit nacktem Oberkörper im Haus herumgegangen. »Sie wollen, daß ich hinüberkomme. Glaubst du, daß ich dich allein lassen kann?«

»Du meinst, ich soll mit dir kommen?« Es war das erste Mal, daß er es vorschlug.

»Nein, ich meine, daß du allein hierbleibst. Zu Weihnachten bin ich wieder zurück. Aber... sie scheinen mich zu brauchen. Oder zumindest glauben sie es.« In seiner Stimme lag eine gewisse Schroffheit, Macho in Reinkultur, typisch männlich. Außerdem schwang in seinen Worten Erregung mit, ganz gleich wie sorgfältig er seine Unruhe zu verbergen suchte. Er liebte seine Aufgabe. Die Zusammenkünfte, die Revolten, das Anliegen. Er liebte es, es den Bullen heimzuzahlen und seinen Brüdern zu helfen. Dafür lebte er. In seiner Welt gab es keinen Platz für Kezia. Es war eine Welt von Männern, die lang genug ohne Frauen gelebt hatten, um zu wissen, daß sie auch ohne sie auskommen konnten, wenn es notwendig war. Es fiel ihnen sogar schwer, sie wieder in ihr Leben zu integrieren. Und das war ein Punkt, in dem Luke nicht nachgab. Er zog keinen einzigen Augenblick in Betracht, sie mitzunehmen. Nicht, wenn eine akute Gefahr für sie damit verbunden war. Nicht nach dem Attentat in San Francisco. Nicht, nachdem er fast erschossen worden wäre. Sie wußte, daß es verrückt von ihr gewesen war, zu hoffen, daß er sie diesmal auffordern würde, mitzukommen. Er tat es nicht.

»Ja, ich kann damit fertigwerden, Luke. Aber du wirst mir

fehlen.« Sie versuchte, Traurigkeit und Angst aus ihrer Stimme herauszuhalten, aber er ließ sich nicht täuschen. Sie sah ihn an und zuckte die Schultern. »So geht es eben. Bist du sicher, daß du zu Weihnachten zurück sein wirst?«

»Bis jetzt steht dem nichts im Wege. Man befürchtet, daß es zu Unruhen kommt. Ich glaube aber, daß wir alles unter Kontrolle bringen können, bevor es ernst wird.« Vielleicht. Wenn. Sie fragte sich, ob er es ernst meinte oder ob er lieber mit dem Feuer spielen wollte. Aber sie wußte, daß sie ihm unrecht tat. »Es tut mir leid, Kleine.«

»Mir auch, aber ich schaffe es schon.« Sie trat zu ihm, legte ihm die Arme um den Hals, küßte ihn sanft auf den Hinterkopf und nahm den frischen würzigen Geruch der Zigarre wahr. Er zog in den »Kampf«. Wieder einmal. »Lucas...« Sie zögerte, es auszusprechen, mußte es aber tun.

»Was gibt es, Baby?«

»Es ist verrückt von dir, es zu diesem Zeitpunkt zu tun. Kurz vor der Verhandlung. Und...« Sie hatte Hemmungen, offen zu sagen, was sie befürchtete, aber er wußte es ohnehin. Er hatte die gleichen Bedenken.

»O Gott, Kezia, fang nicht wieder damit an.« Er löste sich von ihr, stand auf und ging halb nackt, seine Zigarre paffend, mit grimmigem Gesichtsausdruck durch den Raum. »Gib nur auf dich acht. Es spielt doch überhaupt keine Rolle mehr, was ich jetzt tue, bei der Menge Unsinn, den ich mir bei der Verhandlung auf jeden Fall anhören muß. Ich habe nichts anderes getan, seit ich aus dem Gefängnis kam. Meinst du, daß einmal mehr einen Unterschied ausmacht?«

»Vielleicht.« Sie ließ ihn nicht aus den Augen. »Vielleicht könnte dieses eine Mal zwischen Widerruf und Freiheit entscheiden. Oder zwischen Leben und Tod.«

»Unsinn. Und wie auch immer... ich muß hin, da hilft nichts.« Er schlug die Tür zum Schlafzimmer zu, und sie hätte gern gewußt, wie nah sie der Wahrheit gekommen war. Er hatte kein Recht, ihr das anzutun, sein Leben aufs Spiel zu setzen und damit auch das ihre. Wußte er überhaupt, was er ihr antat, wenn diese Reise ihn die Freiheit oder sein Leben kostete, oder dachte er darüber nicht nach? Der elende Macho...

Kezia folgte ihm ins Schlafzimmer und sah ihm zu, während er einen Koffer aus dem Schrank holte. Sie beobachtete ihn mit blitzenden Augen und bleischwerem Herzen.

»Lucas...« Er antwortete nicht. Er wußte, was sie wollte. »Fahr nicht... bitte, Luke... nicht mir zuliebe. Dir zuliebe.« Er sah sie an, und ohne ein weiteres Wort mit ihm zu wechseln, wußte sie, daß sie verloren hatte.

Am dreiundzwanzigsten erhielt Kezia den Anruf, den sie befürchtet hatte. Er würde zu Weihnachten nicht nach Hause kommen. Er mußte mindestens noch eine Woche bleiben. Bei dem Streit in Chino waren schon vier Männer ums Leben gekommen, und Weihnachten oder sein Zuhause waren unwichtig geworden. Kezia überlegte kurz, ob sie ihm sagen sollte, was für ein elender Schuft er war, doch sie brachte es nicht über sich. Er war ja keiner. Er war einfach Luke.

Sie wollte Edward gegenüber nicht zugeben, daß sie Weihnachten allein verbringen mußte. Es war ein so peinliches Eingeständnis, das Eingeständnis einer Niederlage. Er hätte versucht, nett zu ihr zu sein, und darauf bestanden, das Fest mit ihm im Palm Beach zu verbringen, was sie auf keinen Fall wollte. Sie wollte die Feiertage mit Luke verbringen, nicht mit Edward oder Hilary. Sie hatte mit dem Gedanken gespielt, nach Kalifornien zu fliegen und ihn zu überraschen, aber sie wußte, daß sie nicht willkommen gewesen wäre. Wenn er bei seiner Arbeit war, gab es nichts anderes. Die Geste hätte ihn weder gefreut noch ihm gefallen, er wäre wahrscheinlich sowieso nicht imstande gewesen, ihr auch nur ein bißchen Zeit zu widmen.

Sie blieb also allein. Mit einem Stoß gedruckter Einladungskarten und mit roter und grüner Tinte geschriebener Billets, sie solle auf einen Drink vorbeikommen oder an einer der »fashionablesten« Feiertagsparties der Stadt teilnehmen, die Art von Einladungen, für die andere Leute den rechten Arm und einen Eckzahn geopfert hätten. Eierlikör, Punsch, Champagner, Kaviar, Gänseleberpastete, lustige kleine Geschenke von Bendels oder Cardin. Die Kotillons waren in vollem Schwung, wenn sie die Debütantinnen der Saison kennenlernen wollte, was nicht der Fall war. Es gab einen Boom an Wohltätigkeitsbällen, eine Galaparty mit Frackzwang in der Oper und ein Eislauffest im Rockefeller Center anläßlich der Hochzeit von Halpern Medley und Marina Walters. Im El Morocco würde Feiertagsstimmung herrschen. Außerdem gab es immer noch Gstaad oder Chamonix... Courchevel oder Klosters... Athen... Rom... Palm Beach. Doch nichts davon reizte sie. Nichts davon.

Nachdem Kezia das alles flüchtig überdacht hatte, gelangte sie zu dem Schluß, daß sie sich allein weniger einsam fühlen würde als inmitten nichtssagender Ausgelassenheit. Sie war nicht sehr festlich gestimmt. Sie dachte kurz daran, eine Freundin zu sich einzuladen, um mit ihrer Hilfe über den Weihnachtstag hinwegzukommen, aber es fiel ihr niemand ein, mit dem sie zusammen sein wollte... außer Lucas. Außerdem hatten alle sicherlich ein fixes Weihnachtsprogramm, so wie sie im Augenblick bei Bergdorfs und Saks programmgemäß leuchtend rosa Pantoffel und papageigrüne Kleider kauften oder im Oak Room Rum tranken oder ihren Müttern in Philadelphia oder Boston oder Bronxville oder Greenwich halfen, »fertig zu werden«, jeder wurde irgendwo erwartet, und sie war wirklich allein. Mit einem Heer von Portiers und Haushandwerkern, von denen jeder sein Weihnachtsgeschenk erhalten hatte. Um den fünfzehnten Dezember herum hinterlegte der Verwalter diskret ein vervielfältigtes Blatt in der Post. Zweiundzwanzig Namen von Personen, die alle Geschenke erwarteten. Fröhliche Weihnachten.

Es war der Nachmittag des vierundzwanzigsten Dezember, Kezia hatte nichts zu tun und ging in ihrem cremefarbenen Satinkleid durch die Wohnung. Draußen lag ein Hauch von Schnee.

»Fröhliche Weihnachten, mein Liebster.« Die geflüsterten Worte waren für Lucas bestimmt. Er hatte Wort gehalten und jeden Tag angerufen, und sie wußte, daß er später anrufen würde. Weihnachtsfeier per Telefon. Es war besser als gar nichts, aber nicht viel besser. Die in Silberpapier eingewickelten Schachteln auf ihrem Schreibtisch waren für ihn bestimmt – ein Schlips, ein Gürtel, eine Flasche Eau de Cologne, eine Aktentasche und zwei Paar Schuhe. Eine Sammlung von sogenannten praktischen Geschenken, von denen sie wußte, daß sie ihn zum Lachen bringen würden. Sie hatte ihm bei ihrer ersten Begegnung alle Dinge erklärt, die »in« waren, als übersetzte sie das Alltagsamerikanisch in die Sprache der Welt, in der sie lebte. Gemäß ihrem Status. Die Schlipse von Dior, die Schuhe von Gucci, der Koffer von Vuitton mit den häßlichen LVs auf der senf- und erdfarbenen Oberfläche. Er hatte darüber gelacht, als sie es ihm erzählte. »Du meinst, alle diese Leute tragen die gleichen Schuhe?« Sie hatte sein Lachen erwidert und erklärt, daß auch die Frauen dem Modezwang unterworfen waren. Ein Stil für die Frauen und ein anderer für die Männer. Verschiedene Stile hätten die Käufer verwirrt, also gab es nur einen einzigen. Natürlich hatte man die Auswahl zwischen verschiedenen Farben. Es war alles so schrecklich, schrecklich originell, nicht wahr? Aber zwischen ihnen war es zu einem Standardscherz geworden, und beide mußten unwillkürlich lachen, wenn sie auf der Straße einem Paar Guccis begegneten oder wenn eine Frau ein Pucci-Kleid trug. Die Pucci-Gucci-Clique. In dieser Beziehung waren sie sich einig. Das hatte sie ihm also als Weihnachtsgeschenk gekauft. Einen Schlips von Pucci, einen Gürtel von Gucci, Eau de Cologne Monsieur Rochas (das sie eigentlich sehr mochte), eine Aktentasche von Vuitton und die unersetzbaren Schuhe von Gucci aus schwarzem Leder, Standardmodell, sowie natürlich ein gleiches Paar aus braunem Wildleder. Sie lächelte, wenn sie sich vorstellte, wie er die Pakete öffnen und was für ein Gesicht er dabei machen würde.

Ihr Lächeln vertiefte sich, als sie an die wirklichen Geschenke dachte, die sie für ihn gekauft und in der Innentasche der Aktentasche versteckt hatte. Sie waren es, auf die es ihr ankam und die für ihn von Bedeutung sein würden. Der Siegelring mit dem dunkelblauen Stein, auf dem seine Initialen eingraviert waren; außerdem waren ihre Initialen und das Datum in kleinen Lettern an der Innenseite der Fassung eingraviert. Ein in Leder gebundener Gedichtband war sorgfältig in Seidenpapier gepackt; er hatte ihrem Vater gehört und einen Ehrenplatz auf seinem Schreibtisch eingenommen, solange sich Kezia erinnern konnte. Der Gedanke, daß er nun Luke gehören würde, machte sie glücklich. Dieses Buch bedeutete ihr sehr viel. Es war ein Stück Tradition.

Sie trank eine Tasse heiße Schokolade, während sie auf den Schnee hinausblickte. Draußen war es kalt, sehr kalt, wie es nur in New York und ein paar anderen Städten der Welt sein konnte. Die Art von Kälte, die einem eine Ohrfeige versetzte, wenn man aus der Tür trat. Der eisige Wind fegte um die Beine und strich wie Stahlwolle über die Wangen, und das Kondenswasser auf den Fenstern war zu Eisblumen gefroren.

Das Telefon klingelte. Das konnte Luke sein. Sie wagte nicht, sich nicht zu melden.

»Hallo?«

»Kezia?«

Es war nicht Lukes Stimme, sie war nicht ganz sicher, um wen es sich handelte. Die Stimme hatte einen ganz leichten Akzent. »Was machst du hier?«

»Ach, Alejandro!«

»Wen hast du denn erwartet? Den Weihnachtsmann?«

»Beinahe. Ich nahm an, daß es Luke ist.«

Er lächelte über den Vergleich. Auf so eine Idee konnte auch nur sie verfallen. »Ich hatte den Verdacht, daß du hier sein würdest. Ich habe die Zeitungen studiert und kann mir vorstellen, wie es in Chino ist. Ich war davon überzeugt, daß er dich nicht bei sich haben wollte. Und was hast du vor? Zehntausend Parties?«

»Nein. Keine einzige. Und du hast recht. Er wollte mich nicht bei sich haben. Er ist zu beschäftigt.«

»Das stimmt, und außerdem ist er an keinem sehr sicheren Ort.« Alejandro wurde ernst.

»Nein. Aber für ihn ist es auch nicht sicherer. Er ist ein Narr, daß er sich jetzt in diese Geschichte hineinziehen läßt. Es wird noch mehr Zündstoff für die Verhandlung schaffen. Aber Luke will ja nie auf jemanden hören.«

»Was gibt es sonst Neues? Was machst du zu Weihnachten?«

»Ach, ich werde meinen Strumpf im Kamin aufhängen und Bäckereien mit einem Glas Milch für den Weihnachtsmann bereitstellen und...«

»Milch? *Qué* schauerlich!«

»Was würdest du denn vorschlagen?«

»Natürlich Tequila. O Gott, wenn der arme Schweinehund überall in der Welt trinken muß, frage ich mich, warum er sich überhaupt die Mühe mit der Reise macht.«

Sie lachte und knipste ein paar Lampen an. Sie hatte in der frühen Dunkelheit der Winterdämmerung am Telefon gestanden.

»Ist es zu spät, um ein wenig Tequila zu bechern?«

»Baby, dafür ist es nie zu spät.«

Sie lachte wieder, weil er so ernsthaft sprach. »Und was hast du zu Weihnachten vor? Wieder Arbeit im Zentrum?«

»Ja, ein wenig. Es ist besser, als allein zu Hause herumzusitzen. Weihnachten mit meiner Familie ist immer ein Problem. Wenn ich nichts zu tun habe, deprimiert es mich, fern von meiner Arbeit zu sein. Wie kommt es, daß du nicht zu all den phantastischen Parties gehst?«

»Weil sie mich deprimieren würden. Ich bleibe dieses Jahr lieber allein.« Sie dachte wieder an die Verhandlung am achten Januar. Es war aber seltsam, in letzter Zeit hatte sich ihre Angst um Luke fast gegeben. Der erste Schock wegen der Verhandlung war verflogen. Sie sah in ihr beinahe etwas Unwirkliches. Nur eine Zusammenkunft, zu der sie gehen mußten. Den magischen Kreis um Kezia und Luke konnte nichts stören. Auf keinen Fall eine Verhandlung.

»Du sitzt also ganz allein zu Hause herum?«

»Gewissermaßen.«

»Was meinst du mit ›gewissermaßen‹?«

»Also gut. Ja, ich bin ganz allein. Aber nicht so, daß ich mir die Augen ausweine. Mir gefällt es einfach, friedlich zu Hause zu sitzen.«

»Aber natürlich. Geschenke für Luke sind überall im Haus verstreut, du hast dir nicht die Mühe gemacht, einen Weihnachtsbaum zu schmücken, du nimmst den Telefonhörer nicht ab oder nur, wenn du glaubst, es könnte Luke sein. Hör zu, Lady, das ist eine beschissene Art, Weihnachten zu feiern. Habe ich recht?« Er wußte, daß es so war. Inzwischen kannte er sie.

»Nur teilweise, Papa Alejandro. Junge, hörst du dich aber gern reden! Und die Geschenke für Luke sind nicht ›überall im Haus‹ verstreut, sie sind ordentlich auf meinem Schreibtisch aufgestapelt.«

»Und was ist mit dem Baum?«

»Ich habe gar keinen gekauft.« Sie war plötzlich kleinlaut.

»Ein Frevel!«

Sie lachte wieder und kam sich albern vor. »Also gut. Ich werde einen kaufen. Und was soll ich dann tun?«

»Nichts. Hast du Popcorn?«

»Hmmmm ... ja. Tatsächlich habe ich welches.« Es war noch etwas vom letzten Mal übrig, als sie und Luke im Schlafzimmerkamin um drei Uhr früh welches geröstet hatten.

»Okay. Dann bereite ein wenig Popcorn vor, mache heiße Schokolade oder etwas Ähnliches, und ich bin in einer Stunde bei dir. Oder hast du andere Pläne?«

»Keineswegs. Ich warte nur noch auf den Weihnachtsmann.«

»Er wird in einer Stunde mit der U-Bahn kommen.«

»Auch wenn ich keinen Tequila im Haus habe?« Sie zog ihn auf; sie freute sich, weil er sie besuchen wollte.

»Keine Sorge. Ich bringe meinen eigenen mit. Man stelle sich nur vor, sie hat nicht einmal einen Baum!« Aus seiner Stimme war freundschaftliche Empörung herauszuhören. »Okay, Kezia. Auf später.« Es klang schon, als wäre er in Eile, als er den Hörer auflegte.

Eine Stunde später kam er mit einer riesigen schottischen Fichte im Schlepptau daher.

»In Harlem bekommt man sie billiger, besonders am Weihnachtsabend. Hier hätte sie dich zwanzig Piepen gekostet. Ich bekam sie für sechs.« Er sah erfroren, zerzaust, aber quietschvergnügt aus. Es war ein schöner Baum, größer als er, und seine dichten Zweige breiteten sich aus, als Alejandro die Schnüre entfernte, mit denen sie zusammengebunden waren. »Wohin soll ich ihn stellen?« Sie zeigte auf eine Ecke, dann streckte sie sich unerwartet und küßte ihn auf die Wange.

»Alejandro, du bist der beste Freund auf der Welt. Es ist ein schöner Baum. Hast du den Tequila mitgebracht?« Sie hängte seinen Mantel in den Schrank und sah sich dann den Baum an. Nun begann es im Zimmer nach Weihnachten auszusehen. Da Luke nicht beabsichtigt hatte, nach Hause zu kommen, hatte sie keine Weihnachtsvorbereitungen getroffen, die sie für gewöhnlich liebte. Keinen Baum, keinen Kranz, keinen Zimmerschmuck und sehr wenig Weihnachtsstimmung.

»Mein Gott, ich habe den Tequila vergessen!«

»Ach nein ... was hältst du von Cognac?«

»Ich werde mich damit begnügen.« Offensichtlich gefiel ihm ihr Angebot.

Sie schenkte ihm ein Glas Cognac ein und stöberte die Schachtel mit dem Weihnachtsschmuck im obersten Fach eines Schranks auf. Es war alter Schmuck, der zum Teil noch von ihrem Großvater stammte. Sie nahm ihn vorsichtig heraus und zeigte ihn Alejandro.

»Er sieht recht extravagant aus.«

»Nein, nur alt.«

Sie trank ebenfalls ein Glas Cognac, dann befestigten sie gemeinsam die Kerzen und hängten den Schmuck auf den Baum, bis die Schachtel leer war.

»Er sieht wirklich schön aus, nicht wahr?« Ihr Gesicht strahlte wie das eines Kindes, und er umarmte sie. Sie setzten sich mit ihren Cognacgläsern und einer großen Kristallschüssel mit Popcorn nebeneinander auf den Fußboden.

»Ich finde, wir haben verdammt gute Arbeit geleistet.« Er war durch die Drinks ein wenig angeheitert, und seine Augen strahlten glücklich.

»Hör mal ... willst du einen Kranz flechten?« Sie hatte soeben an die Gebinde gedacht, die sie als Kind alljährlich geflochten hatte.

»Einen flechten? Womit denn?«

»Dazu brauchen wir einen Zweig von dem Baum ... und ein paar Früchte ... und ... warte mal, Draht ...« Sie sah sich um und legte sich im Geist alles zurecht, dann ging sie in die Küche und kam mit einem Messer und einer Schere zurück.

»Du schneidest auf der Hinterseite einen von den Zweigen ab, so daß man es nicht sieht. Ich besorge den Rest.«

»Ja, Ma'am. Du bestreitest die Vorstellung.«

»Warte nur, bis du es fertig siehst.« Seine leuchtenden Augen waren ansteckend gewesen, jetzt leuchteten die ihren ebenfalls, während sie zusammenkramte, was sie brauchen würden. Sie würden Weihnachten feiern! Binnen weniger Minuten war alles auf dem Küchentisch ausgebreitet. Sie wischte sich die Hände an den Jeans ab, krempelte die Ärmel ihres Pullovers auf und machte sich an die Arbeit, während Alejandro belustigt zusah. Sie sah um vieles lebhafter aus als vor zwei Stunden. Als er angekommen war, hatte sie so verloren und traurig gewirkt, und am Telefon hatte ihm der Klang ihrer Stimme nicht gefallen. Er hatte eine Verabredung, ein Abendessen und zwei Versprechen »vorbeizukommen« abgesagt, aber das war er Luke schuldig. Und Kezia. Es war verrückt; sie saß in ihrer eleganten Wohnung und war, trotz all ihrer Millionärsfreunde, zu Weihnachten allein. Wie ein Waisenkind. Er würde nicht zulassen, daß es so blieb. Er war froh, daß er seine Einladungen abgesagt hatte und hierhergekommen war. Einen Moment lang war er nicht sicher gewesen, ob sie damit einverstanden sein würde.

»Willst du einen Obstsalat machen?« Sie hatte Äpfel, Birnen, Nüsse und Weintrauben neben dem Zweig ausgebreitet.

»Nein, mein Dummer. Du wirst schon sehen.«

»Du bist verrückt, Kezia.«

»Bin ich nicht... oder vielleicht bin ich es wirklich. Aber ich weiß jedenfalls, wie man einen Kranz bindet. Ich habe zu Hause jedes Jahr einen gemacht.«

»Mit Früchten?«

»Mit Früchten. Du wirst schon sehen.« Und er staunte. Mit geschickten Fingern band sie den Zweig mit Draht zu einem Kranz, dann befestigte sie sorgfältig jede Frucht mit Draht daran. Das Ergebnis sah wie ein Detail aus einem Renaissancebild aus. Der dicke Fichtenkranz war ringsum sauber mit Früchten bedeckt, die Nüsse dazwischen verstreut, und das Ganze wurde von einem unsichtbaren Geflecht aus dünnem Draht zusammengehalten. Es war ein schöner Zimmerschmuck, und Alejandro gefiel ihr vor Eifer gerötetes Gesicht. »Siehst du! Wohin sollen wir ihn nur legen?«

»Auf eine Platte? Für mich sieht die Geschichte noch immer nach Obstsalat aus.«

»Du bist ein Banause.«

Er lachte und nahm sie in die Arme. Sie fühlte sich geborgen und behaglich.

»Du könntest einen solchen Kranz bei einer armen Familie niemals irgendwo hinlegen. Er würde in einer Stunde leergefressen sein. Aber ich muß zugeben... er gefällt mir. Für Obstsalat ist er ein recht schöner Kranz...«

»Du denkst auch immer nur ans Essen.«

»Ja. So bin ich eben.« Sie lag noch immer behaglich in seine Arme geschmiegt. Dort fühlte sie sich geborgen; es gefiel ihr. Nach einer Weile löste sie sich widerstrebend von ihm.

»Was hältst du von einem Abendessen, Kezia? Oder servierst du uns den Kranz?«

»Wenn du nur einen Bissen davon nimmst, bring' ich dich um! Der Bruder einer Freundin hat das einmal getan, und ich habe daraufhin eine Woche lang geweint.«

»Er muß ein vernünftiger Junge gewesen sein, aber ich kann Frauen nicht weinen sehen. Gehen wir lieber auf eine Pizza.«

»Zu Weihnachten?« Sie war schockiert.

»In diesem Teil der Welt verkaufen sie keine *tacos*, sonst hätte ich das vorgeschlagen. Hast du etwas Besseres zu bieten?«

»Und ob.« Sie hatte noch zwei Wildenten, die sie für den Fall, daß Luke doch nach Hause kam, für das Weihnachtsessen vorgesehen hatte. »Was hältst du von einem richtigen Weihnachtsessen?«

»Und wenn wir es auf morgen verschieben? Gilt die Einladung dann noch?«

»Sicherlich. Warum ... mußt du jetzt gehen?« Vielleicht war er in Eile und hatte deshalb die Pizzeria vorgeschlagen. Plötzlich machte sie ein betroffenes Gesicht und bemühte sich, so zu tun, als wäre nichts geschehen. Aber sie wollte, daß er blieb. Es war ein so netter Abend.

»Nein, ich muß nicht gehen. Aber ich hatte eine Idee. Möchtest du eislaufen?«

»Mit Vergnügen.«

Sie zog über den Pullover, den sie schon trug, einen zweiten an, dicke rote Wollsocken, braune Wildlederstiefel und hüllte sich in eine Luchsjacke sowie dazupassenden Hut.

»Kezia, du siehst aus wie ein Filmstar.« Sie besaß die Art von Schönheit, die ihm gefiel. Luke war ein verdammt glücklicher Mann.

Sie gab dem Telefondienst bekannt, wann sie zurück sein würden, für den Fall, daß Lucas anrief, und gemeinsam wagten sie sich hinaus in die bitterkalte Nachtluft. Es war windstill, es herrschte nur bittere Kälte, die in Lunge und Augen brannte.

Sie aßen unterwegs Hamburgers und tranken heißen Tee dazu, und sie lachte, als er ihr erzählte, was für ein Chaos in einem mexikanischen Heim zu Weihnachten herrschte. Unzählige Kinder krabbelten herum, alle Frauen kochten, ihre Männer waren betrunken, und überall stiegen Parties. Sie erzählte ihm, was sie als Kind an ihren Weihnachtsfeiern so geliebt hatte.

»Weißt du, ich habe nie das Goldkleid mit den roten Ziermünzen bekommen.« Sie sah noch immer fast wie ein Kind aus, als sie darüber sprach. Als sie sechs war, hatte sie das Kleid in einer Illustrierten gesehen und es dem Weihnachtsmann dann genau beschrieben.

»Was hast du stattdessen bekommen? Einen Nerzmantel?« Er sagte es neckend, nicht als Stichelei.

»Nein, mein Lieber, einen Rolls.« Sie sah ihn unter dem großen Pelzhut hochmütig an.

»Natürlich samt Chauffeur.«

»Nein, den bekam ich erst, als ich sieben war. Natürlich meinen eigenen und zwei livrierte Bediente. Verdammt, Alejandro, als ich ein Kind war, ließen sie mich immer drei Blocks vor der Schule aussteigen und folgten mir dann. Aber ich mußte das letzte Stück zu Fuß gehen, weil sie es nicht für richtig hielten, daß ich mit einem Chauffeur bei der Schule vorfuhr.«

»Das ist komisch. Meine Eltern waren der gleichen Ansicht. Auch ich mußte zu Fuß gehen. Es ist wirklich bitter, was Kinder so alles durchmachen müssen.« Seine lachenden Augen zwinkerten ihr zu.

»Ach, halt den Mund.«

Er warf den Kopf zurück und lachte. Von seinem Mund wehte sein Atem wie frostig-weiße Fahnen in die kalte Nachtluft.

»Kezia, ich liebe dich. Du bist wirklich eine verrückte Lady.«

»Vielleicht hast du recht.« Sie dachte an Luke.

»Mann, o Mann, wenn ich nur Tequila gekauft hätte. Auf dem Eis wird es bitterkalt sein.« Sie kicherte und sah aus wie ein Kind, das ein Geheimnis mit sich herumträgt. »Ich bin froh, daß du es so komisch findest. Ich habe nämlich keinen Pelz an, und wenn ich auf mein Hinterteil falle, was sehr wahrscheinlich ist, werde ich mir ganz schöne Frostbeulen holen.« Sie kicherte wieder und zog mit der in einem weißen Kaschmirhandschuh steckenden Hand ein flaches Silberfläschchen aus der Tasche. »Was ist das?«

»Sofortwirkender Kälteschutz. Cognac. Das Fläschchen hat meinem Großvater gehört.«

»Der Mann war nicht dumm. Aber ein mächtig dünnes Fläschchen. Verdammt, das könnte man sogar unter dem Jackett tragen, ohne daß es jemand merkt... ganz schön schlau.« Sie gingen Arm in Arm in den Park und begannen »Stille Nacht, Heilige Nacht« zu singen. Sie schraubte den Verschluß auf, und beide nahmen einen kräftigen Schluck, bevor der Flachmann wieder in der Tasche verschwand, sie fühlten sich daraufhin viel besser. Es war eine jener für New York seltenen Nächte, in denen die Stadt zusammenzuschrumpfen scheint. Die Autos waren so ziemlich von der Bildfläche verschwunden, es schienen auch weniger Busse zu verkehren. Die Leute waren ruhiger, sie nahmen sich sogar ein paar Sekunden Zeit, um die Vorübergehenden anzulächeln. Jeder war entweder zu Hause oder bei Freunden oder verkroch sich vor der heftigen Winterkälte, aber da und dort gab es Gruppen, die spazierengingen oder sangen. Dann und wann stimmte jemand in Kezias und Alejandros Gesang ein. Als sie den Eislaufplatz erreichten, hatten sie so ziemlich ihr ganzes Repertoire an bekannten Weihnachtsliedern erschöpft und schon etliche Schluck aus der Flasche getrunken.

»Das gefällt mir, eine Frau, die gut ausgerüstet auf die Reise geht. Mit einem Fläschchen voll Cognac. Tja, du bist zwar verrückt, aber nett verrückt, entschieden nett verrückt.« Er segelte an ihr vorbei auf das Eis, sichtlich um ihr zu imponieren, landete aber statt dessen auf dem Hinterteil.

»Mir scheint, Sie sind betrunken, Mister.«

»Das solltest du wissen, du bist ja meine Bardame.« Er stand gutgelaunt auf.

»Willst du noch einen Schluck?«

»Nein. Bin eben den Anonymen Alkoholikern beigetreten.«

»Partyschreck.«

»Säuferin.«

Sie lachten, sangen wieder ein Lied und liefen ein paar Runden Arm in Arm um den Platz. Der Eislaufplatz war beinahe leer, und die übrigen Eisläufer waren ebenfalls in Weihnachtsstimmung. Die Blasmusik spielte fröhliche Weihnachtslieder und Walzer. Es war eine herrliche Nacht. Erst nach elf fanden sie, daß es genug war. Trotz des Cognacs waren ihre Gesichter vor Kälte erstarrt.

»Was hältst du von der Mitternachtsmesse in der Saint-Patrick-Kathedrale? Oder wäre das keine gute Idee? Du bist nicht katholisch, nicht wahr?«

»Nein. Ich gehöre der Episkopalkirche an, aber ich habe nichts gegen die Saint-Patrick-Kathedrale. Eure Messe unterscheidet sich gar nicht so sehr von der unseren. Ich hätte wirklich Lust.« Einen Augenblick lang wirkte sie besorgt, weil ihr eingefallen war, daß sie vielleicht einen Anruf von Luke versäumte. Aber der Einfall mit dem Kirchenbesuch gefiel ihr, und Alejandro ließ ihr keine Zeit zum Nachdenken. Er ahnte, woran sie gedacht hatte. Wenn sie nach Hause ging und beim Telefon saß, war alles vergeblich, was sie getan hatten. Es war ein ganz annehmbares Weihnachtsfest geworden, und er wollte nicht, daß die Stimmung verdorben wurde. Auch nicht um Lukes willen.

Sie gingen die verlassene Fifth Avenue entlang, vorbei an den überladenen Auslagefenstern, den Lichtern und Bäumen. Es herrschte beinahe Faschingsatmosphäre. Die Saint Patrick-Kathedrale war gesteckt voll, es war heiß und roch heftig nach Weihrauch. Sie drängten sich mühsam in die Kirche hinein; zu den vorderen Reihen konnten sie nicht gelangen, ohne auf Schultern zu steigen und über Köpfe zu gehen. Die Leute waren meilenweit hierher gekommen. Die Mitternachtsmesse in der Saint Patrick-Kathedrale gehörte für viele zur Weihnachtstradition.

Die Orgel klang düster und majestätisch, die Kirche war dunkel bis auf das Licht von tausend Kerzen. Es war ein Hochamt, und als sie aus der Kirche kamen, war es bereits halb zwei.

»Müde?« Er hielt ihren Arm, während sie die Stufen hinabstiegen. Nach der weihrauchduftenden Wärme der Kirche war die kalte Luft ein Schock.

»Eher etwas benommen. Ich glaube, das kommt vom Weihrauch.«

»Der Cognac und das Eislaufen haben natürlich nichts damit zu tun.«

Er winkte einem Taxi, und der Portier in ihrem Haus kam zur Tür gewankt.

»Der scheint auch einen gezwitschert zu haben.«

»Das würdest du auch tun, wenn du so viel Geld zusammengerafft hättest wie er und alle anderen hier. Sie bekommen von jedem im Haus ein Kuvert mit Geld.« Sie dachte daran, was Alejandro im Zentrum wohl bekam und zuckte bei dem Vergleich zusammen. »Willst du auf einen Drink hinaufkommen?«

»Ich sollte nicht...« Er wußte, daß sie müde war.

»Aber du tust es. Komm, Al, sei kein Spielverderber.«

»Vielleicht bleibe ich einen Moment und esse einen Bissen vom Obstsalat.«

»Wenn du meinen Kranz anrührst, wirst du es ewig bedauern! Und sag nicht, ich hätte dich nicht gewarnt!« Sie holte mit der fast leeren Flasche gegen ihn aus, und er duckte sich. Sie kicherten schläfrig-müde, als sie Arm in Arm aus dem Fahrstuhl traten. Die Wohnung war warm und behaglich, und der Baum sah in der Ecke hübsch aus. Sie ging in die Küche, während er sich auf die Couch setzte.

»He, Kezia!«

»Was denn?«

»Mach uns eine Tasse heiße Schokolade!« Er hatte mehr als genug Cognac gehabt, und sie auch.

»Bin schon dabei.«

Sie kam mit zwei dampfenden Tassen aus der Küche, die mit rasch schmelzendem Eibischzucker bedeckt waren, und sie setzten sich nebeneinander auf den Fußboden und betrachteten den Baum.

»Frohe Weihnachten, Mr. Vidal.«

»Frohe Weihnachten, Miß Saint Martin.« Es war ein feierlicher Augenblick, und beide schwiegen danach, es kam ihnen sehr lange vor. Jeder von beiden war in Gedanken bei anderen Menschen, anderen Jahren, und jeder stellte fest, daß seine Gedanken zu Luke und in die Gegenwart zurückkehrten.

»Weißt du, was du tun solltest, Alejandro?«

»Was?« Er hatte sich auf dem Boden ausgestreckt, seine Augen waren geschlossen, ihm war warm ums Herz. Er war ihr sehr zugetan und froh darüber, daß er seine Pläne geändert hatte. Es war ein schönes Weihnachtsfest geworden. »Was soll ich tun?«

»Auf der Couch schlafen. Es wäre unsinnig, um diese Zeit noch nach Hause zu gehen. Ich gebe dir ein paar Laken und eine Decke, und du kannst hierbleiben.« Dann werde ich morgen nicht allein in einer leeren Wohnung aufwachen, wir können kichern und lachen und einen Spaziergang im Park machen. Bitte, bitte, bleib ... bitte ...

»Wäre es für dich nicht lästig, wenn ich bliebe?«

»Nein. Es würde mich freuen.« Der Ausdruck in ihren Augen verriet ihm, daß sie seine Anwesenheit brauchte, und er wußte nicht, warum, aber er brauchte die ihre auch.

»Bist du sicher?«

»Ganz sicher. Und ich weiß, daß es Lucas nichts ausmachen wird.« Sie wußte, daß sie ihm vertrauen konnte, und es war ein so schöner Abend gewesen, daß sie jetzt auf keinen Fall allein bleiben wollte. Es war Weihnachten, das war ihr endlich zu Bewußtsein gekommen. Weihnachten: ein Fest für Familien und Freunde und Menschen, die man liebt. Ein Fest für Kinder und große, tapsige Hunde, die im Haus herumlaufen und mit den leeren Verpackungen der Geschenke spielen. Statt dessen hatte sie Edward eine Reihe farbloser Bücher für seine Bibliothek und Tante Hil französische Platzdeckchen von Porthault geschickt, damit sie sie zu dem Riesenstoß tat, der schon in ihren Londoner

Wäscheschränken lag. Dafür hatte ihr Hilary Parfum und einen Schal von Hardy Amies geschickt. Edwards Geschenk war ein Armband, das ihr zu weit und nicht ihr Geschmack war. Und Totie hatte ihr einen Hut geschickt, den sie selbst gestrickt hatte, der zu keinem ihrer Kleider paßte und vielleicht das Richtige gewesen wäre, als sie zehn Jahre alt war. Totie war auch schon alt geworden. Wie sie alle? In diesem Jahr war der Austausch von Geschenken so sinnlos gewesen; per Post, über Kaufhäuser, sie hatte ein Ritual, eine Tradition eingehalten, nichts war von Herzen gekommen. Sie war froh, daß sie und Alejandro nicht versucht hatten, an diesem Abend noch rasch Geschenke füreinander aufzutreiben. Sie hatten einander etwas viel Wertvolleres gegeben. Ihre Freundschaft. Und nun wollte sie, daß er bei ihr blieb. Sie hatte plötzlich das Gefühl, daß er ihr einziger Freund außer Luke war.

»Also bleibst du?« Sie blickte auf ihn hinunter, er lag neben ihr auf dem Boden.

»Mit Vergnügen.« Er schlug ein Auge auf und streckte eine Hand nach der ihren aus. »Du bist vielleicht verrückt, aber du bist dennoch eine sehr schöne Dame.«

»Danke.«

Sie küßte ihn leicht auf die Stirn und ging durch das Vorzimmer, um ihm Bettzeug zu holen. Ein paar Minuten später schloß sie leise die Tür mit einem letzten geflüsterten »Frohe Weihnachten« hinter sich, was soviel wie »danke« bedeutete.

24

Kezia hatte einen Einkaufsbummel unternommen. Sie hatte aufgehört, in ihrer Wohnung herumzusitzen und auf Luke zu warten. Es brachte sie zum Wahnsinn. So hatte sie also bei Bendels herumgestöbert, hatte am Nachmittag eine Stunde lang alle Boutiquen auf der Madison Avenue abgeklappert, und als sie die Wohnungstür öffnete, lag der Inhalt von Lukes Koffer auf dem Boden verstreut, Bürste, Kamm, Rasierapparat, zerknitterte Hemden, Pullover, zwei in einem Gürtel verhedderte, zerbrochene Zigarren und ein Schuh, dessen Partner fehlte: Luke war wieder daheim.

Er winkte ihr vom Schreibtisch aus zu, als sie eintrat. Er telefonierte gerade, doch ein breites Grinsen überzog sein Gesicht; sie ging schnell zu ihm hin, erwiderte sein Lächeln und legte ihm die Arme um die breiten Schultern. Es war ein so gutes Gefühl, ihn wieder zu halten. Er wirkte so groß und so schön, sein Haar duftete so frisch und war seidenweich. Er legte den Hörer auf, drehte sich herum, nahm ihr Gesicht zwischen seine Hände und blickte in die Augen, die er liebte.

»Mein Gott, wie gut du mir gefällst, Kleine.« Seine Augen glänzten leidenschaftlich, und seine Hände waren fast derb.

»Liebster, du hast mir so gefehlt.«

»Du mir auch, Baby. Und das mit Weihnachten tut mir leid.« Er begrub seinen Kopf an ihrem Busen und küßte sanft ihre linke Brust.

»Ich bin so froh, daß du wieder daheim bist... und der Weihnachtsabend war wunderschön. Sogar ohne dich. Alejandro hat sich wie ein Bruder um mich gekümmert.«

»Er ist ein guter Mensch.«

»Ja.« Aber ihre Gedanken waren weit weg von Alejandro Vidal. Sie waren von dem Mann erfüllt, den sie anblickte. Lucas Johns war ihr Mann. Und sie war seine Frau. Es war das schönste Gefühl, das sie je erlebt hatte.

»O Gott, wie sehr ich mich nach dir gesehnt habe, Lucas.« Er lachte vor Vergnügen, weil ihr die Stimme versagte, hob sie hoch, stand auf und riß sie wie ein Kind in seine Arme. Er küßte sie fest auf den Mund, sprach kein Wort und ging mit ihr geradewegs ins Schlafzimmer. Er stieg über den Koffer, die Kleider, die Zigarren, warf die Schlafzimmertür mit einem Fußtritt zu und machte ihr seine Anwesenheit schnell und deutlich bewußt, Lucas war wirklich zu Hause.

Er hatte ihr ein türkisfarbenes Navajo-Armband von kunstvoller und erlesener Schönheit mitgebracht, und er lachte über die Weihnachtsgeschenke, die sie ihm überreicht... dann verstummte er, als er das Buch sah, das einmal ihrem Vater gehört hatte. Er wußte, was es für sie bedeutete, es ihm zu schenken, und es wurde ihm warm ums Herz. Er sah sie nur an und nickte ruhig und ernst. Sie küßte ihn zärtlich, und die Art, wie ihre Lippen sich berührten, sagte beiden, was sie schon wußten, wie sehr sie einander liebten.

Eine Stunde später telefonierte er wieder, ein Glas Bourbon in der Hand. Und wieder eine Stunde später erklärte er, er müsse weggehen. Dann kam er erst um neun zurück und ging gleich wieder ans Telefon. Als er schließlich um zwei Uhr morgens zu Bett ging, schlief Kezia schon längst. Als sie am nächsten Morgen erwachte, war er schon auf den Beinen und kleidete sich an. Es waren hektische und spannungsgeladene Tage. Lucas wurde, wo immer er war, von Polizisten in Zivil beschattet. Sogar Kezia erkannte sie jetzt.

»Mein Gott, Liebster, ich habe das Gefühl, daß ich gestern überhaupt nicht dazu gekommen bin, mit dir zu sprechen. Gehst du schon wieder aus?«

»Ja, aber ich komme früher zurück, und in drei Tagen müssen wir wieder hinüber nach San Francisco.« Drei Tage. Wie war sie auf die Idee gekommen, daß sie einige Zeit allein in New York zusammen sein würden? Zeit, um in den Park zu gehen und miteinander zu sprechen, nachts im Bett zu liegen und laut zu denken. Zeit, um vor dem Kamin zu sitzen und Popcorn zu knabbern. Ihr Traum würde nicht in Erfüllung gehen. Es war schon jetzt ganz anders. Nun war es nicht einmal mehr eine Woche bis zur Verhandlung, und wegen seiner Befürchtungen ging sie kaum aus. Er war in dieser Beziehung unnachgiebig gewesen. Er hatte genug am Hals, woran er denken mußte, ohne sich auch noch ihretwegen Sorgen machen zu können.

Zehn Minuten später verließ er die Wohnung, und das Versprechen, daß er früh zurück sein würde, hielt er nicht ein. Er trudelte am Abend um zehn Uhr ein, sah müde, nervös und abgespannt aus, roch nach Bourbon und Zigarren und hatte dunkle Ringe unter den Augen.

»Luke, kannst du dich nicht einen Tag freimachen? Du brauchst so sehr ein wenig Erholung.« Er schüttelte den Kopf, während er seinen Mantel über die Rücklehne eines Stuhles warf. »Nur einen Nachmittag? Oder einen Abend?«

»Verdammt noch mal, Kezia! Laß mich endlich in Ruhe! Ich habe schon so verflucht viel um die Ohren.« Vorbei der Traum von einer friedlichen Zeit vor der Verhandlung. Es würde keinen Frieden, keine Zweisamkeit, kein Ausruhen, keine Abendessen bei Kerzenlicht geben. Luke würde kommen und gehen, verheerend aussehen, frühmorgens aufstehen, schon zu Mittag betrunken, dann wieder nüchtern und am Ende des Abends total erschöpft sein. Und wenn er sich endlich ein paar Stunden Schlaf gönnte, hatte er Alpträume.

Zwischen ihnen hatte sich ein Abgrund aufgetan, eine Mauer war um ihn, der sie sich nicht einmal nähern konnte. Er ließ es nicht zu.

In ihrer letzten Nacht in New York hörte sie Lukes Schlüssel in der Tür und drehte sich am Schreibtisch um. Er sah erschütternd abgekämpft aus und war allein.

»Hallo, Kleine, was gibt es Neues?«

»Nichts, Liebster. Du siehst aus, als hättest du einen schlimmen Tag hinter dir.«

»Ja, das stimmt.« Das Lächeln war müde und armselig, die Falten um seine Augen hatten sich in den letzten Tagen merklich vertieft. Luke ließ sich in den Stuhl sinken. Er war erledigt.

»Möchtest du etwas trinken?« Er schüttelte den Kopf. Doch so müde er war, in seinen Augen war ein vertrautes Leuchten. Es war, als wäre der alte Luke endlich heimgekommen ... der, auf den sie wochenlang und nun seit Tagen gewartet hatte. Er war ausgelaugt, erschöpft, aber nüchtern und allein. Sie trat zu ihm, und er legte die Arme um sie.

»Es tut mir leid, daß ich so ein Ekel war.«

»Das warst du gar nicht. Und ich liebe dich ... ganz gewaltig.«

»Weißt du, Kezia, es klingt komisch, aber je schneller du läufst, du kannst deinem Geschick nicht entkommen. Aber ich habe eine Menge erledigt. Das kann ich wenigstens sagen.« Es war die erste Andeutung, daß auch er Angst hatte. Es war, als ob ein tödlicher Schnellzug auf sie zukäme und ihre Füße zwischen den Schienen festgewurzelt wären, während der Zug immerfort auf sie zukam ... und kam und kam und kam ... und ...

»Kezia?«

»Ja, Liebster?«

»Laß uns zu Bett gehen.« Er ergriff ihre Hand, und sie gingen ruhig ins Schlafzimmer. Der Christbaum stand noch in einer Ecke des Wohnzimmers, verstreute seine Nadeln auf dem Fußboden, die Zweige senkten sich ausgedörrt unter dem Gewicht des Behanges. »Ich wollte ihn diese Woche abräumen.«

»Das können wir erledigen, wenn wir zurückkommen.« Er nickte, dann blieb er in der Tür stehen und blickte über ihren

Kopf hinweg, ließ aber ihre Hand nicht los.

»Kezia, ich möchte, daß du etwas verstehst. Vielleicht stecken sie mich nach der Verhandlung wieder ins Gefängnis. Ich will, daß du es weißt und dich an den Gedanken gewöhnst, denn wenn es dazu kommt, dann kann man nichts tun, und ich will nicht, daß du dann den Mut verlierst.«

»Das werde ich schon nicht.« Aber ihre Stimme klang mitgenommen und war kaum zu hören.

»Noblesse oblige?« fragte er mit komischem Akzent, und sie lächelte. Sie kannte den Grundsatz »Adel verpflichtet«, mit dem sie aufgewachsen war, ihr Leben lang. Die Verpflichtung, den Kopf hochzuhalten, ganz gleich, wer einem die Beine am Knie absägt; die Fähigkeit, Tee zu servieren, während das Dach über dem Kopf einstürzte; der Charme, mit lächelndem Gesicht ein Magengeschwür zu bekommen. *Noblesse oblige.*

»Ja, *noblesse oblige,* und vielleicht teilweise noch etwas anderes.« Nun gewann ihre Stimme wieder an Kraft. »Ich glaube, ich kann schon deshalb den Mut nicht verlieren, weil ich dich so liebe. Keine Sorge, ich werde tapfer sein.« Doch sie verstand es weder, noch konnte sie sich damit abfinden. Das konnte ihnen doch nicht zustoßen. Vielleicht nicht ... oder vielleicht doch.

»Du bist eine schöne Lady, meine süße Kezia.« Er legte wieder die Arme um sie, und sie blieben lange im Türrahmen stehen.

25

An Bord des Flugzeugs waren sie in beinahe hysterisch festlicher Stimmung. Sie hatten beschlossen, Erster Klasse zu fliegen.

»Immer Erster Klasse. So ist's richtig.« Er trug ostentativ seine neue Vuitton Aktentasche und seine braunen Wildlederschuhe von Gucci. Sie waren beide der Meinung gewesen, daß Wildleder noch mehr nach Reichtum aussah.

»Lucas, zieh deine Pedale ein.« Er streckte seinen Fuß absichtlich weit in den Mittelgang.

»Sonst sehen sie meine neuen Schuhe nicht.« Er zündete sich eine Zigarre aus der neuen Sendung von Romanoff an, und hielt ihr den Puccischlips vors Gesicht.

»Du bist ein verrücktes Huhn, Mr. Johns.«

»Darum passe ich auch zu dir.« Sie tauschten einen Kuß, als wären sie Hochzeitsreisende, und die Stewardeß sah lächelnd zu. Sie waren ein gutaussehendes Paar. Und so glücklich, daß sie fast lächerlich wirkten.

»Möchtest du Champagner?« Er kramte in seiner Aktentasche herum.

»Ich glaube nicht, daß sie ihn servieren, bevor wir in der Luft sind.«

»Das ist ihre Angelegenheit, Kleine. Ich bringe meinen eigenen mit.«

»Lucas, du hast doch nicht!«

»Sicherlich habe ich.« Er zog eine Flasche eines hervorragenden Jahrgangs Moët et Chandon, zwei Plastikbecher und eine kleine Dose Kaviar heraus. In den vier Monaten mit ihr hatte er eine Vorliebe für viele Annehmlichkeiten ihrer Lebensweise entwikkelt, obwohl er seine eigenen Ansichten und Perspektiven bewahrt hatte. Sie suchten gemeinsam das Beste aus den beiden Welten aus und eigneten es sich an. Am meisten belustigte ihn alles, was »todschick« war, aber einiges mochte er wirklich gern. Zum Beispiel Kaviar. Und auch französische pâté. Die Guccischuhe waren für ihn ein Spaß, und da sie gewußt hatte, wie er reagieren würde, hatte sie sie ihm gekauft.

»Möchtest du Champagner?« Sie nickte lächelnd und griff nach einem der beiden Plastikbecher.

»Warum machst du ein so komisches Gesicht?«

»Wer, ich?« Dann fing sie an zu lachen, beugte sich zu ihm und küßte ihn. »Weil ich auch eine Flasche mitgebracht habe.« Sie öffnete ihre Schultertasche und zeigte auf die zuoberst liegende Flasche. Louis Roederer, wenn auch nicht ein ganz so hervorragender Jahrgang wie sein Moët. Aber auch kein schlechter. »Sind wir nicht todchic, Liebster?«

»Wir sind auf einer Weinkostparty!« Verstohlen schlürften sie ihren Champagner und verschlangen den Kaviar; sie hielten sich während des Films fest und tauschten alte Witze aus, die mit jeder Stunde und jedem Glas alberner wurden. Es war wie eine Urlaubsreise. Er hatte ihr versprochen, den nächsten Tag ganz für sie zu reservieren. Keine Verabredungen, keine Treffen, keine Freunde. Sie würde ihn den ganzen Tag für sich allein haben. Sie hatten auf die Pauke gehauen und im Fairmont Zimmer reserviert: eine Suite im Turm, für einhundertsechsundachtzig Dollar pro Tag.

Die Maschine landete glatt knapp vor drei Uhr in San Francisco. Sie hatten den Rest des Nachmittags und den Abend vor sich. Ihre Mietlimousine erwartete sie, und der Chauffeur übernahm ihre Gepäckscheine, so daß sie direkt zum Wagen gehen konnten. Luke war ebenso bestrebt wie Kezia, jede Publicity zu vermeiden. Es war jetzt nicht die Zeit dafür.

»Glaubst du, daß er meine Schuhe bemerkt hat?«

Sie blickte nachdenklich auf sie hinunter. »Weißt du, vielleicht hätte ich sie in Rot kaufen sollen.«

»Vielleicht hätte ich dich während des Films vernaschen sollen. Keiner hätte es bemerkt.«

»Was hältst du von Liebe im Wagen?« Sie lehnte sich zurück und drückte automatisch auf den Knopf, um das Glasfenster zwischen ihnen und dem Chauffeur hinaufzulassen. Der Fahrer jagte noch immer ihrem Gepäck nach.

»Baby, das schneidet vielleicht den Tonstreifen ab, aber wenn wir es hier treiben, hat er noch immer durch den Rückspiegel eine Weitwinkelsicht.«

Sie lachte mit ihm. »Möchtest du noch Champagner, Luke?«

»Du meinst, es ist noch etwas übrig?« Sie nickte und brachte die halbvolle Flasche Roederer ans Licht. Den Moët et Chandon hatten sie bereits geleert. Er nahm die Plastikbecher aus der Aktentasche, und sie schenkten für eine neue fröhliche Runde ein.

»Weißt du, Lucas, wir haben wirklich verdammt viel Klassenbewußtsein. Oder ist es Angeberei? Möglicherweise... auch Stilgefühl.« Sie hielt das Glas ein wenig schief, während sie darüber nachdachte.

»Ich glaube, du bist blau.«

»Ich glaube, du bist wunderbar, und was das Wichtigste ist, ich liebe dich.«

Sie stürzte sich leidenschaftlich auf ihn, er stöhnte, als ihr Champagner auf das Fenster spritzte und der seine sich auf den Boden ergoß.

»Du bist nicht nur betrunken, sondern du bist eine Säuferin. Sieh dir nur mal die Ehrenwerte Miß Kezia Saint Martin an.«

»Warum kann ich nicht Kezia Johns sein?« Sie sank mit ihrem leeren Champagnerglas in ihre Ecke und wartete schmollend darauf, daß er es wieder füllte. Einen Augenblick lang sah er sie merkwürdig an und legte den Kopf schief.

»Meinst du es ernst, oder bist du nur betrunken, Kezia?« Es war für ihn wichtig.

»Beides. Und ich will dich heiraten.« Sie sah aus, als wollte sie hinzufügen, »Und damit hat es sich!«, aber sie tat es nicht.

»Wann?«

»Sofort. Laß uns sofort heiraten. Willst du mit mir nach Vegas fliegen?« Bei der Idee leuchtete ihr Gesicht auf. »Oder muß es Reno sein? Ich war noch nie verheiratet. Wußtest du, daß ich eine alte Jungfer bin?« Sie lächelte affektiert, als hätte sie ein wunderbares, wohlgehütetes Geheimnis verraten.

»Mein Gott, Baby, bist du vielleicht blau!«

»Bin ich überhaupt nicht! Wie kannst du wagen, so etwas zu behaupten?«

»Weil ich den Champagner geliefert habe. Kezia, sei einen Augenblick ernst. Willst du mich wirklich heiraten?«

»Ja. Gleich jetzt.«

»Nein. Nicht gleich jetzt, mein Dummerchen. Aber vielleicht im Lauf der Woche. Hängt davon ab ... wir werden ja sehen.« Die zufällige Anspielung auf die Verhandlung war ihr entgangen, dafür war er dem Schicksal dankbar. Sie war restlos betrunken.

»Du willst mich nicht heiraten!« Sie war durch den Champagner den Tränen bedenklich nahe, und er bemühte sich sehr, nicht zu lachen.

»Ich will dich nicht heiraten, wenn du so blau bist, Dummerchen. Das wäre unmoralisch.« Dennoch lächelte er glücklich. Mein Gott, sie wollte ihn heiraten. Kezia Saint Martin, das Mädchen aus den Zeitungen. Und nun saß er in einer Limousine, trug Gucci-Schuhe und war auf dem Weg ins Fairmont. Er hatte das Gefühl, ein Kind mit zehn elektrischen Eisenbahnen zu sein. »Lady, ich liebe dich. Sogar wenn du blau bist.«

»Ich will es mit dir treiben.«

»O Gott.« Luke verdrehte die Augen, während der Chauffeur sich hinter das Lenkrad klemmte. Gleich darauf setzte sich der Wagen in Bewegung. Keiner von beiden hatte den Wagen ohne Kennzeichen gesehen, der ihnen folgte. Sie wurden wieder beschattet, aber das waren sie nun schon gewöhnt. Es wurde zu einem Dauerzustand.

»Wohin fahren wir?«

»Ins Fairmont, hast du das vergessen?«

»Nicht in die Kirche?«

»Warum, zum Teufel, sollten wir in die Kirche fahren?«

»Um zu heiraten.«

»Ach, diese Art Kirche... Später. Was hältst du davon, wenn wir uns jetzt erst einmal verloben?« Er sah auf den Siegelring an seiner Hand. Über dieses Geschenk hatte er sich sehr gefreut. Sie bemerkte seinen Blick und wußte, was er dachte.

»Den kannst du mir nicht geben. Ich habe ihn dir geschenkt. Das wäre ein Indianergeschenk, keine wirkliche Verlobung... eine Indianerverlobung? Jedenfalls glaube ich nicht, daß es gelten würde.« Sie sah arrogant aus und hatte starke Schlagseite.

»Ich glaube nicht, daß du ganz aufrichtig bist, Kleines. Aber okay, wenn der nicht genügt, halten wir an und kaufen einen ›richtigen‹ Verlobungsring. Was würdest du für passend halten? Hoffentlich etwas Preiswerteres als einen zehnkarätigen Diamanten.«

»Das wäre vulgär.«

»Da bin ich sehr erleichtert.«

»Ich glaube, ich möchte etwas Blaues.«

»Ach, zum Beispiel einen Türkis?« Er neckte sie, aber sie war zu betrunken, um es mitzubekommen.

»Das wäre hübsch... oder einen *Lapis patschuli*...«

»Du meinst wohl einen *Lapis lazuli*.«

»Ja, das meine ich. Saphire sind auch nett, aber die sind zu kostspielig und sie bekommen Risse. Meine Großmutter hatte einen Saphir, der...« Er brachte sie mit einem Kuß zum Schweigen, während er auf den Knopf drückte, um das Fenster hinunterzulassen, das sie von dem Chauffeur trennte.

»Gibt es hier einen Tiffany?« Er kannte jetzt alle richtigen Namen. Für einen Mann, der noch vor vier Monaten nicht den Unterschied zwischen einem Pucci und einem Pudel gekannt hatte, hatte er das Vokabular der oberen Zehntausend erstaunlich schnell gelernt. Bendels, Cartier, Parke Bernet, Gucci, Pucci, Van Cleef and Arpels und natürlich... Tiffany, der von aller Welt bevorzugte Supermarkt für Diamanten und ähnliche Steine... unzweifelhaft würden sie etwas anderes Blaues als einen Türkis führen.

»Ja, Sir. Es gibt hier einen Tiffany. In der Grant Avenue.«

»Dann bringen Sie uns zuerst dorthin.« Er ließ das Fenster wieder nach oben gleiten. Das hatte er auch gelernt.

»Meine Güte, Lucas, wir verloben uns. Wirklich?« Sie lächelte unter Tränen.

»Ja, aber du bleibst im Wagen. Das wäre ein Fressen für die Zeitungsfritzen. Kezia Saint Martin verlobt sich bei Tiffanys, und die Braut war deutlich betrunken.«

»Deutlich blau«, verbesserte sie.

»Entschuldige.« Er nahm ihr vorsichtig den leeren Becher aus der Hand und küßte sie. Während sie in die Stadt fuhren, saßen sie dicht nebeneinander auf dem Rücksitz, er hatte ihr den Arm um die Schultern gelegt, sie lächelte glückselig, und sein Blick war friedlich wie seit Wochen nicht mehr.

»Glücklich, Kleine?«

»Sehr.«

»Ich auch.«

Der Fahrer hielt vor der grauen Marmorfassade von Tiffanys in der Grant Avenue. Luke gab Kezia hastig einen Kuß, sprang aus dem Wagen und ermahnte sie streng, sitzen zu bleiben.

»Ich komme gleich wieder. Fahr nicht ohne mich weg. Und verlasse unter gar keinen Umständen den Wagen. Sonst fällst du glatt auf den Po.« Dann fiel ihm noch etwas ein, er steckte den Kopf durch das Fenster und drohte mit dem Finger. »Und laß den Champagner in Ruhe!«

»Geh zum Teufel!«

»Ich liebe dich auch.« Er winkte ihr kurz zu, während er in den Laden lief. Nach kaum fünf Minuten war er wieder zurück.

»Zeig mir, was du gekauft hast!« Sie war so aufgeregt, daß sie kaum still sitzen konnte. Im Gegensatz zu vielen anderen Frauen ihres Alters war es das erste Mal, daß sie sich verlobt hatte.

»Tut mir leid, Baby, sie hatten nichts Passendes, also habe ich nichts genommen.«

»Nichts?« fragte sie unglücklich.

»Nein... und um dir die Wahrheit zu gestehen, sie hatten nichts, das ich mir leisten könnte.«

»O verdammt.«

»Es tut mir leid, mein Schatz!« Er sah niedergeschlagen aus und drückte sie an sich.

»Armer Lucas, wie schrecklich für dich. Aber ich brauche

keinen Ring.« Sie wurde plötzlich lebhaft und versuchte, sich ihre Enttäuschung nicht anmerken zu lassen, aber sie war so beschwipst, daß es ihr schwerfiel, sich zu beherrschen.

»Glaubst du, daß wir uns auch ohne Ring verloben könnten?« Es klang fast kleinlaut.

»Sicherlich. Ich erkläre dich nun für verlobt.« Sie winkte mit einem imaginären Zauberstab und blickte ihn glücklich in die Augen. »Wie fühlst du dich?«

»Phantastisch! Sieh mal her, schau, was ich in meiner Tasche gefunden habe!« Er nahm einen dunkelblauen Samtwürfel heraus. »Es ist etwas Blaues, das wolltest du doch. Eine blaue Samtschachtel.«

»Oh, du... du! Du hast mir einen Ring gekauft!«

»Nein. Nur die Schachtel.« Er ließ sie in ihren Schoß fallen, sie klappte den Deckel auf und rang nach Luft.

»O Lucas! Er ist prächtig! Er ist... er ist unglaublich schön! Er gefällt mir sehr!« Es war ein Aquamarin mit Smaragdschliff mit je einem kleinen Diamantsplitter rechts und links. »Er muß dich ein Vermögen gekostet haben. Ach, mein Schatz, er gefällt mir so!«

»Wirklich, Baby? Paßt er dir?« Er nahm ihn aus der Schachtel und schob ihn vorsichtig auf ihren Finger. Es war für sie beide ein berauschendes Gefühl, als wären sie verzaubert, wenn er die Fingerwurzel erreichte. Sie waren verlobt. O Gott, war das eine Reise!

»Er paßt!« Ihre Augen glänzten, während sie die Hand ausstreckte und den Ring aus jedem möglichen Blickwinkel betrachtete. Es war ein schöner Stein.

»Verdammt. Er scheint locker zu sitzen. Ist er zu groß?«

»Nein. Nein, wirklich nicht.«

»Lügnerin. Aber ich liebe dich dennoch. Morgen lassen wir ihn enger machen.«

»Ich bin verlobt.«

»Hören Sie, Lady, das ist komisch. Ich auch. Wie heißen Sie?«

»Mildred. Mildred Schwartz.«

»Mildred, ich liebe dich. Das ist aber komisch, ich dachte, du heißt Kate. Hast du dich nicht einmal so genannt?« In seinem Auge lag ein zärtliches Leuchten, denn er erinnerte sich daran, wie er sie kennengelernt hatte.

»Hab' ich dir das nicht gestanden, als wir einander kennenlernten?« Sie war ein wenig zu blau, um sich erinnern zu können.

»Ja. Du warst schon damals eine Lügnerin.«

»Und ich liebte dich damals schon. So ungefähr sofort.« Sie sank wieder in seine Arme, erfüllt von den Erinnerungen an ihre erste gemeinsame Zeit.

»Du hast mich damals schon geliebt?« fragte er erstaunt. Er hatte gedacht, es hätte länger gedauert. Sie war zuerst so abweisend erschienen.

»Mhmmm. Ich hielt dich für super. Aber ich hatte Angst, du würdest herausfinden, wer ich in Wirklichkeit bin.«

»Jetzt weiß ich es wenigstens. Mildred Schwartz. Und das, mein Schatz, ist das Fairmont.« Sie waren soeben in der Einfahrt stehen geblieben, und zwei Träger kamen zum Auto, um dem Chauffeur mit dem Gepäck zu helfen. »Soll ich dich hineintragen?«

»Das kommt erst nach der Hochzeit. Wir sind vorerst nur verlobt.« Sie hielt ihm den Ring unter die Nase.

»Verzeih die Ungehörigkeit. Aber ich bin nicht sicher, ob du gehen kannst.«

»Na hör mal, Lucas. Natürlich kann ich das.« Aber sie schwankte nicht schlecht, als ihre Füße das Pflaster berührten.

»Halt bitte nur den Mund, Kleine, und lächle.« Er nahm sie in die Arme, nickte den Trägern zu und murmelte etwas von einem schwachen Herzen und einem anstrengenden Flug, während sie seelenruhig an seinem Ohr knabberte. »Hör auf damit!«

»Ich will nicht.«

»Du wirst, sonst lasse ich dich fallen. Genau an dieser Stelle. Was hältst du von einem zerbrochenen Po als Verlobungsgeschenk?«

»Kommt gar nicht in Frage, Lucas.«

»Schsch ... sprich leise.« Aber er war nicht viel nüchterner als sie; er vertrug nur ein bißchen mehr.

»Stell mich sofort auf den Boden, oder ich verklage dich.«

»Das kannst du nicht. Wir sind verlobt.« Er hatte schon, mit Kezia in den Armen, das halbe Vestibül durchquert.

»Und es ist auch ein so schöner Ring. Wenn du nur wüßtest, Lucas, wie sehr ich liebe.« Sie ließ den Kopf auf seine Schulter sinken und betrachtete den Ring. Luke trug sie mühelos wie eine Stoffpuppe oder ein ganz kleines Kind.

»Wegen Mrs. Johns schwachem Herzen und ihrem durch den

Flug geschwächten Zustand würde ich Sie bitten, die Anmeldeformulare nach oben in unser Zimmer zu schicken.« Das Paar fuhr rasch mit dem Fahrstuhl nach oben, wobei Luke Kezia sorgfältig in die Ecke lehnte. Er beobachtete sie grinsend.

»Ich gehe ins Zimmer.« Sie sah ihn anmaßend an und stolperte, als sie aus dem Fahrstuhl stieg. Er fing sie auf, bevor sie fiel, und bot ihr seinen Arm, wobei er sich bemühte, ernst zu bleiben.

»Madam.«

»Danke, mein Herr.« Sie gingen vorsichtig durch den Korridor, wobei Luke sie größtenteils trug, und landeten schließlich in ihrem Zimmer.

»Weißt du, was komisch ist, Lucas?« Wenn sie betrunken war, verfiel sie in den Tonfall von Palm Beach, London oder Paris.

»Was, meine Liebe?« Das Spiel konnte man gut zu zweit spielen.

»Als wir im Fahrstuhl herauffuhren, hatte ich das Gefühl, wir könnten die ganze Welt sehen, sogar den Himmel, die Golden Gate Brücke... alles. Wirkt das Verlobtsein auf dich auch so?«

»Nein. Das ist die Wirkung eines verglasten Fahrstuhls, wenn er an der Außenseite des Gebäudes angebracht ist und du betrunken bist. Weißt du, so ähnlich wie Spezialeffekte im Film.«

»Geh zum Teufel!«

Der Träger erwartete sie an der Tür der Suite, Luke überreichte ihm feierlich ein Trinkgeld und schloß die Tür hinter ihm.

»Ich schlage vor, du legst dich hin oder nimmst eine Dusche oder besser beides.«

»Nein, ich möchte...« Sie ging langsam, mit einem lüsternen Glanz in den Augen, auf ihn zu und lachte.

»Ich eigentlich auch, mein Liebes.«

»He, Lady, es ist ein schöner Tag.«

»Schon?«

»Schon seit Stunden.«

»Ich glaube, ich sterbe.«

»Du hast nur einen Katzenjammer. Ich habe Kaffee für dich bestellt.« Sie hatten ihren Zustand mit einer dritten Flasche Champagner nach dem Abendessen noch verschlimmert. Es war eine Nacht ununterbrochener Feiern gewesen. Ihre Verlobung. Es war mehr als nur ein bißchen verrückt. Er wußte nur allzugut, daß er am nächsten Tag bereits im Gefängnis sitzen konnte, deshalb hatte er nicht zugestimmt, als sie Reno oder Vegas vorschlug. Denn das war etwas, was er ihr nicht antun wollte. Wenn sie seine bedingte Haftentlassung widerriefen, war alles zu Ende. Er würde sie nicht an sich binden, dafür liebte er sie zu sehr.

Sie kämpfte mit dem Kaffee, doch sie fühlte sich besser, sobald sie geduscht hatte.

»Vielleicht werde ich doch nicht sterben. Ich bin noch nicht ganz sicher.«

»Bei einem schwachen Herzen wie dem deinen kann man das nie wissen.«

»Was für einem schwachen Herzen?« Sie sah ihn an, als wäre er verrückt.

»Das habe ich dem Portier erzählt, als ich dich durch das Vestibül trug.«

»Du hast mich getragen?«

»Hast du das vielleicht vergessen?«

»Ich erinnere mich nicht, daß mich jemand getragen hätte. Ich erinnere mich, daß ich den Eindruck hatte, ich fliege.«

»Das war der Fahrstuhl.«

»Mein Gott, ich muß wirklich sternhagelvoll gewesen sein.«

»Viel ärger. Da fällt mir ein ... weißt du noch, daß du dich verlobt hast?«

»Mehrmals.« Sie grinste verrucht und fuhr mit einer Hand über sein Bein.

»Ich meine mit einem Ring, du unersättliches Stück. Geh in dich und schäm dich!«

»Ich soll mich schämen? Wenn ich mich richtig erinnere ...«

»Laß das. Erinnerst du dich daran, daß du dich verlobt hast?«

Ihr Gesicht wurde weich, als sie sah, wie ernst er geworden war. »Ja, Liebster, ich erinnere mich. Und der Ring ist unglaublich schön.« Sie hielt ihn ihm hin und küßte ihn. »Ein herrlicher Ring.«

»Für eine herrliche Frau. Ich wollte dir eigentlich einen Saphir kaufen, aber der war für mich weitaus zu teuer.«

»Der hier gefällt mir besser. Meine Großmutter hatte einen Saphir, der ...«

»Nicht schon wieder die alte Geschichte!« Er fing zu lachen an, und sie sah ihn erstaunt an.

»Ich habe es dir schon erzählt?«

»Mehrmals.« Sie zuckte die schmalen Schultern. Sie trug nur

seinen Ring. »Wollen wir eigentlich den ganzen Tag hier sitzen und faul sein, oder gehen wir aus?«

»Findest du, daß wir ausgehen sollten?« Aber sie sah aus, als würde ihr die erste Idee besser gefallen.

»Vielleicht tut es uns gut, etwas anderes zu sehen. Wir können später unser Treiben fortsetzen.«

»Ist das ein Versprechen?«

»Mußt du mich für gewöhnlich dazu zwingen, mein Schatz?«

»Eigentlich nicht. Wohin gehen wir?«

»Was möchtest du am liebsten?«

»Können wir ein bißchen durch die Gegend fahren? Das würde ich gern tun. Die Küste hinauf oder sonst etwas Nettes, Angenehmes.«

»Mit dem Chauffeur?« Das lockte ihn nicht sehr. Nicht mit dem Chauffeur.

»Nein, mein Dummer, natürlich allein. Wir können einen Wagen mieten.«

»Fein, Baby. Das würde mir Spaß machen.«

Sie gab für diese Reise ungeheure Beträge aus. Die Suite im Fairmont, die Plätze Erster Klasse auf dem Flug herüber, die Limousine, die exquisiten Mahlzeiten auf dem Zimmer und jetzt noch ein Wagen für eine Vergnügungsfahrt. Sie wollte die Drohung der Verhandlung abschwächen oder zumindest ein wenig Ablenkung von dem eigentlichen Grund ihres Hierseins liefern. Die Urlaubsidylle war mit der Art von Fröhlichkeit verwandt, die man für ein Kind entwickelt, das an Krebs stirbt – Zirkus, Puppenspiele, Puppen, Farbfernsehen, Disneyland und Eiscreme den ganzen Tag lang, denn bald, sehr bald ... Kezia erinnerte sich wehmütig an ihre erste Reise nach San Francisco, an ihre ersten Tage in New York. Diesmal wirkte ihre Lustigkeit nicht natürlich; es war alles schrecklich luxuriös, aber es war nicht mehr das Wahre. Es war gezwungen.

Der Portier mietete einen Wagen für sie, einen grellroten Mustang mit einem Schalthebel, der Luke gefiel. Er fuhr mit heulendem Motor die Hügel zur Brücke hinauf.

Es war eine schöne Fahrt an einem sonnigen Winternachmittag. In San Francisco war es nie sehr kalt. Es wehte eine frische Brise, aber die Luft war warm, alles rundum war grün, ganz anders als die kahle Winterlandschaft, aus der sie kamen.

Sie fuhren den ganzen Nachmittag herum, hielten da und dort an einem Strand an, gingen zum Rand der Steilküste, setzten sich auf Steinblöcke und plauderten, aber keiner von beiden berührte das Thema, das ihnen Sorgen bereitete. Es war zu spät, darüber zu sprechen, und es gab auch nichts dazu zu sagen. Die Verhandlung war zu nahe. Beide hatten bereits alles gesagt, auf jede Art und Weise, die sie kannten, mit ihren Körpern, mit Geschenken, mit Küssen, mit Blicken. Jetzt konnten sie nur noch warten.

Ein hellgrüner Ford folgte ihnen den ganzen Tag, und es deprimierte Luke, daß sie so genau beschattet wurden. Er machte Kezia nicht darauf aufmerksam, aber etwas in ihrem Benehmen veranlaßte ihn zu der Annahme, daß auch sie Bescheid wußte. Es war mehr als nur ein schwacher Versuch, ihm Tapferkeit vorzuspielen; sie waren beide bestrebt, den anderen zu beruhigen, so zu tun, als sähe man all das Schreckliche nicht, das sie bedrohte ... oder auch nur, wie die Zeit verging. Die Verhandlung stand unmittelbar bevor, und Luke bemerkte, daß die Polizisten jetzt weniger Abstand hielten, als befürchteten sie, daß er plötzlich abhauen und untertauchen könnte. Aber wohin? Er wußte genau, daß es keinen Sinn hatte, davonzulaufen. Wie lange hätte man sich schon verstekken können? Außerdem hätte er Kezia nicht mitnehmen können. Und er hätte es nicht fertiggebracht, sie zu verlassen. Sie hatten ihn in der Hand, sie mußten sich nicht dauernd an seine Fersen heften.

Zum Abendessen gingen die beiden auf der Rückfahrt in ein chinesisches Restaurant und fuhren dann ins Hotel, um auszuruhen. Sie mußten an diesem Abend um zehn Uhr Alejandro vom Flugzeug abholen.

Die Maschine war pünktlich, und Alejandro stieg als einer der ersten aus.

»He, Bruder, warum so eilig?« Lucas lehnte lässig an der Mauer.

»Daran muß New York schuld sein. Es schafft mich. Wie geht's dir, Sportsfreund?« Alejandro sah besorgt und müde aus und fühlte sich plötzlich fehl am Platz, als er ihre glücklichen, entspannten, von der Sonne gebräunten Gesichter mit den rosigen Wangen sah. Fast schien es, als hätte sein Kommen keinen Sinn. Was konnte im Leben zweier Leute, die so aussahen, nicht in Ordnung sein?

»Rate mal.« Kezias Augen leuchteten. »Wir sind verlobt!« Sie hielt ihm den Ring hin.

»Wunderschön! Herzlichen Glückwunsch! Darauf müssen wir einen trinken!« Luke verdrehte die Augen, und Kezia stöhnte.

»Das haben wir schon gestern getan.«

»›Wir‹, keine Spur. Sie allein. Voll bis obenhin.«

»Kezia?« fragte Alejandro belustigt.

»Ja, mit Champagner. Ich habe ganz allein so etwa zwei Flaschen getrunken«, prahlte sie.

»Aus deinem Fläschchen?«

Sie lachte, als sie an den Weihnachtsabend dachte, und schüttelte den Kopf, während sie sein Gepäck abholten. Sie waren mit der Limousine gekommen; den Mustang hatten sie zurückgegeben.

Auf der Fahrt in die Stadt plauderten sie leicht und angenehm, machten schlechte Witze und tauschten alberne Erinnerungen aus; Alejandro erzählte von seinem Flug, auf dem bei einer Frau die Wehen eingesetzt hatten und eine andere ihren französischen Pudel unter ihrem Mantel an Bord geschmuggelt und dann mit hysterischen Anfällen gedroht hatte, als die Stewardeß versuchte, ihr den Hund wegzunehmen.

»Warum komme ich immer zu solchen Flügen?«

»Du solltest einmal versuchen, Erster Klasse zu fliegen.«

»Sicherlich, Sportsfreund, darauf kannst du wetten. Was sind das für komische braune Schuhe?« Lucas machte ein beleidigtes Gesicht.

»Du hast überhaupt kein Niveau. Sie sind von Gucci.«

»Für mich sehen sie komisch aus.« Alle drei lachten, und der Wagen fuhr am Hotel vor.

»Es ist nichts Besonderes, aber wir fühlen uns hier zu Hause.« Luke war in bester Laune, als er großartig auf den hohen Palast des Fairmont zeigte.

»Ihr Kapitalisten habt wirklich Stil.« Sie hatten ihm die Couch im Wohnzimmer ihrer Suite angeboten. Sie ließ sich zu einem Bett ausziehen.

»Weißt du, Al, sie haben einen kleinen alten Kerl, der im Vestibül herumgeht, nur um in den Sand in den Aschenschalen ›Fs‹ zu malen.« Alejandro verdrehte die Augen, und wieder amüsierten sich alle drei. »An Kleinigkeiten erkennt man eben eine Luxusabsteige.«

»Du willst mich wohl verarschen, Mann.«

»Keine Vulgaritäten vor meiner Verlobten.« Luke spielte den Affektierten.

»Ihr beide seid also richtiggehend verlobt? Im Ernst?«

»Im Ernst«, bestätigte Kezia. »Wir werden heiraten.« In ihrer Stimme lagen Entschlossenheit und Hoffnung, Lebensmut, Tränen und Angst. Sie würden heiraten, wenn sie die Möglichkeit dazu bekamen.

Niemand von ihnen erwähnte die Verhandlung, und erst als Kezia zu gähnen begann, wurde Luke ernst.

»Warum gehst du nicht zu Bett, Baby? Ich komme bald nach.« Er wollte mit Alejandro allein sprechen, und es war nicht schwer zu erraten, worüber. Warum konnte er seine Befürchtungen nicht mit ihr teilen? Aber es hatte keinen Sinn, beleidigt auszusehen. Es wäre zwecklos gewesen.

»Okay, Liebster. Bleib nicht zu lange auf.« Sie küßte ihn zärtlich auf den Nacken und warf Alejandro eine Kußhand zu. »Besauft euch nicht, ihr beiden.«

»Das mußt ausgerechnet du sagen.«

»Das ist etwas anderes. Ich habe meine Verlobung gefeiert.« Sie versuchte, hochmütig dreinzusehen, begann aber zu lachen, als er ihr einen Klaps auf den Po und dann einen Kuß gab.

»Ich liebe dich. Aber jetzt verschwinde.«

»Gute Nacht, ihr beiden.«

Sie lag wach im Bett und beobachtete den Lichtstreifen unter der Schlafzimmertür bis drei Uhr früh. Am liebsten wäre sie zu ihnen hinausgekommen und hätte zugegeben, daß auch sie eine Heidenangst hatte, aber das konnte sie nicht. Sie konnte es Luke nicht antun. Sie durfte sich nichts anmerken lassen. *Noblesse oblige* und der ganze Quatsch.

Am nächsten Morgen sah sie, daß Luke in dieser Nacht nicht ins Bett gegangen war. Um sechs Uhr morgens war er endlich dort, wo er saß, eingeschlafen, und Alejandro hatte sich leise auf die Couch gelegt. Um acht waren sie alle auf den Beinen.

Die Verhandlung war für zwei Uhr angesetzt, und Lukes Anwalt sollte um neun zu einer Vorbesprechung ins Fairmont kommen. Dabei würde Alejandro zum erstenmal die Anklage klipp und klar hören. Luke hatte die Gewohnheit, den Sachverhalt zu verschleiern, um die Befürchtung seiner Freunde nicht zu verstärken. Er wußte, daß Kezia sich beherrschen und ihre Gedanken für sich behalten würde. Alejandro erfuhr jetzt kein Wort von Kezia und von Luke nichts anderes als Flachserei und gespielte Tapferkeit. Das einzig wirklich Wichtige war: »Kümmere dich um Kezia, falls...« Das würde keine leichte Aufgabe sein. Das Mädchen würde es höllisch schwer nehmen, wenn er unter die Räder kam.

Einen kurzen Moment lang, bevor er einschlief, bedauerte Alejandro, daß er gekommen war. Er wollte es nicht mitansehen. Wollte nicht zuschauen, wie Luke verurteilt wurde, und nicht Kezias Gesicht dabei sehen.

26

Der Rechtsanwalt erschien um neun und sorgte für Spannung. Kezia begrüßte ihn mit einem förmlichen »Guten Morgen« und besorgte die Vorstellung: »Unser Freund, Mr. Vidal.« Sie schenkte Kaffee ein und bemerkte, daß es ein besonders schöner Tag wäre. Dann begann die Atmosphäre frostig zu werden. Der Anwalt ließ ein kurzes Lachen hören, das Kezia auf die Nerven ging. Sie war ihm gegenüber ohnehin mißtrauisch. Er war für seine Geschicklichkeit bei Verhandlungen dieser Art berühmt, wofür er fünftausend Dollar kassierte. Lucas hatte darauf bestanden, sie von seinen eigenen Ersparnissen zu bezahlen. Er hatte »für diesen Fall« Geld beiseite gelegt. Aber die Art des Mannes mißfiel Kezia – er war zu selbstsicher und anmaßend. Er setzte viel zuviel voraus.

Der Anwalt sah sich im Zimmer um und spürte instinktiv die Abwehrhaltung von Kezia, dann trat er ins Fettnäpfchen. Sie war eine äußerst enervierende junge Frau.

»An solchen Vormittagen pflegte mein Vater zu sagen: ›Das wäre ein schöner Tag, um zu sterben‹.« Ihr Gesicht wurde aschfahl und angespannt, während Luke ihr einen Blick zuwarf, der besagte: »Kezia, explodiere nicht gleich!« Sie beherrschte sich Luke zuliebe, aber sie rauchte doppelt soviel wie gewöhnlich. Luke täuschte nichts vor: um neun Uhr morgens trank er Bourbon pur. Alejandro trank unaufhörlich kalten Kaffee. Die Party war vorbei.

Die Besprechung dauerte zwei Stunden, und am Ende wußten sie auch nicht mehr als am Anfang. Keiner von ihnen. Es war unmöglich, sich ein Bild zu machen. Alles hing von den Gefängnisbehörden und dem Richter ab. Niemand konnte ihre Gedanken lesen. Lucas lief Gefahr, daß seine bedingte Haftentlassung widerrufen wurde, und zwar wegen Anstiftung zu »Unruhe« in den Gefängnissen, Aufwiegelung und Einmischung in Angelegenheiten, von denen die Haftentlassungskommission und die Gefängnisbehörden der Ansicht waren, daß sie ihn nichts mehr angingen. Sie hatten das Recht, den Widerruf aus weitaus geringeren Gründen auszusprechen, und es ließ sich nicht leugnen, daß Luke aufgewiegelt hatte. Alle wußten davon, sogar die Presse. Er war in den Jahren, in denen er in Freiheit gelebt hatte, alles andere als zurückhaltend gewesen. Seine Reden, sein Buch, seine Versammlungen, seine Rolle bei Vorträgen gegen die Gefängnisse, seine Beteiligung an den Streiks in den Gefängnissen im ganzen Land. Er hatte sein Leben für seine Überzeugung aufs Spiel gesetzt, und nun würden sie sehen, wie hoch der Preis dafür war. Was noch schlimmer war, falls der Widerruf ausgesprochen wurde, konnten die Gefängnisbehörden ihn gemäß den kalifornischen Gesetzen über nicht terminisierte Urteile so lange im Gefängnis festhalten, wie sie wollten. Die Bemerkung des Anwalts »wahrscheinlich nicht mehr als zwei oder drei Jahre« verstärkten nur die allgemeine düstere Stimmung. Niemand wagte zu hoffen. Diesmal nicht einmal Luke. Und Kezia schwieg.

Kurz nach elf verließ sie der Anwalt, und sie verabredeten sich für halb zwei im Gerichtsgebäude. Bis dahin war Luke noch auf freiem Fuß.

»Wollt ihr essen gehen?« schlug Alejandro vor.

»Wer kann jetzt schon essen?« Es fiel Kezia immer schwerer, mitzuspielen. Sie hatte noch nie so blaß ausgesehen, und plötzlich wollte sie Edward oder Totie, ja sogar Hilary oder Whit anrufen. Jemanden ... irgend jemanden ... aber jemanden, den sie gut kannte. Es war die gleiche Situation wie im Korridor eines Krankenhauses, wenn man erfahren will, ob der Patient am Leben bleiben wird ... und was, wenn ... was, wenn er nicht ... was, wenn ... o Gott ...

»Kommt, ihr beiden, gehen wir aus.« Luke hatte sich voll unter Kontrolle, bis auf ein fast unmerkliches Zittern seiner Hände.

Sie nahmen den Lunch bei Trader Vics ein. Es war nett, es war hübsch, es war »extravagant und todschick«, wie Luke es ausdrückte, das Essen war wahrscheinlich ausgezeichnet, doch keiner von ihnen bemerkte es. Es war nicht der richtige Rahmen. Es war so elegant, so übertrieben, so falsch, und es fiel den dreien so verdammt schwer, den Schein zu wahren, daß es ihnen gleichgültig war, wo sie aßen. Warum das Fairmont und Trader Vics? Warum konnten sie nicht einfach Hot dogs essen oder ein Picknick machen oder nach diesem Tag weiterleben? Kezia hatte das Gefühl, daß ein in Zement getauchter Fallschirm auf ihr lastete. Sie wollte zurück ins Hotel, sich niederlegen, entspannen, weinen, sich ablenken, was auch immer, aber nicht in diesem Restaurant herumsitzen und eine Nachspeise essen, deren Geschmack sie nicht einmal wahrnahm. Das Gespräch ging weiter; alle drei redeten, ohne etwas zu sagen. Als der Kaffee serviert wurde, waren sie in Schweigen versunken. Das einzige Geräusch kam von Luke, der mit einer Hand leise auf den Tisch trommelte. Nur Kezia hörte es; das Geräusch durchzuckte sie wie das Dröhnen eines Schmiedehammers. Sie war mit seinem Körper, seinem Gehirn, seinem Herzen wie durch Drähte verbunden. Wenn sie ihn festnahmen, warum konnten sie sie nicht zusammen festnehmen?

Alejandro sah auf die Uhr, und Luke nickte.

»Ja. Es wird langsam Zeit.« Er verlangte die Rechnung, und Alejandro wollte nach der Brieftasche greifen, aber Luke schüttelte mit einem strafenden Blick den Kopf. Es war heute wirklich nicht der richtige Tag, mit ihm zu streiten. Er ließ das Geld auf dem kleinen Korbtablett liegen, auf dem der Kellner die Rechnung gebracht hatte. Kezia glaubte, Trommeln dröhnen zu hören, als sie zu der Limousine hinausgingen. Sie konnten keine Menschen aus Fleisch und Blut, es konnte nicht eine Stunde vor Lukes Verhandlung sein, das konnte ihnen doch nicht geschehen. Alles erschien so unwirklich. Als die Limousine sie dann unerbittlich wegbrachte, begann Kezia fast hysterisch zu lachen.

»Was ist denn komisch?« fragte Luke gespannt, Alejandro schwieg jetzt. Ihr Lachen klang mißtönend, wie zersplitterndes Glas, ein unerträglicher Schmerz lag in ihm. Es war kein wirkliches Lachen.

»Alles ist komisch, Luke. Das Ganze. Wirklich, es ist ... ich ... es ist so absurd.« Sie lachte weiter, bis er ihre Hand ergriff und sie ganz fest hielt. Dann hörte sie auf, plötzlich traten Tränen an Stelle des Lachens. Alles war so absurd, all diese lächerlichen Leute in Trader Vics – sie würden nach dem Lunch ein Konzert besuchen oder zum Coiffeur oder zu Vorstandssitzungen, zu I. Magnins, zu Teeparties oder zum Schneider gehen ... sie würden ihr vollkommen normales Leben weiterführen. Aber was war normal, dieses Leben oder jenes? Nichts davon war sinnvoll. Das Lachen wollte wieder in ihr hochsteigen, aber sie ließ es nicht zu. Wenn sie wieder lachte, würde sie gleichzeitig weinen, das wußte sie, vielleicht sogar heulen. Das wollte sie nämlich. Heulen wie ein Hund.

Sie fuhren nach Westen auf die schwache Nachmittagssonne zu, dann auf der Van Ness Avenue nach Süden, vorbei an Gebrauchtwagen und Neuwagen und dem blauen Kunststoff des Jack Tar Hotels. Die Fahrt schien ewig zu dauern. Leute waren emsig beschäftigt, liefen, gingen, lebten, und allzu früh ragte die Kuppel des Rathauses vor ihnen auf. Sie reckte sich empor wie eine stolze, vergoldete Zwiebel, der vornehme, mit Patina und Gold überladene Busen einer Matrone. Erschreckend. Das Rathaus. In wenigen Metern Entfernung rollten andere Limousinen zum Symphoniekonzert im Opernhaus. Nichts hatte einen Sinn.

Kezia erschien alles undeutlich und verworren, als hätte sie einen Schwips, obwohl sie nur Kaffee getrunken hatte. Nur die Sicherheit gebende Anwesenheit von Luke auf einer Seite und Alejandro auf der anderen hielt ihre Füße in Bewegung. Die Treppe hinauf, durch die Türen in das Gebäude, an fremden Leuten vorbei ... o Gott ... o Gott, nein!

»Ich brauche ein Päckchen Zigaretten.« Luke schwenkte von ihnen weg, und sie folgten ihm durch die weiten Marmorhallen unter der Kuppel. Er ging mit dem festen, leicht wiegenden Schritt, den sie so gut kannte, und sie ergriff wortlos Alejandros Hand.

»Bist du okay, Kezia?«

Sie antwortete ihm mit einem fragenden Blick: Ich weiß nicht. Bin ich es? »Ja.« Sie blickte zur Kuppel hinauf. Wie konnten hier böse Dinge passieren? Das Gebäude konnte in Wien oder Paris oder Rom stehen, die Säulen und Friese und Gewölbe, die hochragende Kuppel, das Echo, die Blattgoldauflagen. Der Tag war wirklich gekommen. Der achte Januar. Die Verhandlung. Jetzt stand sie unmittelbar bevor. Als brutale Wirklichkeit.

Sie hielt Lukes Hand fest umklammert, als sie im Fahrstuhl

nach oben fuhren, und sie stand ihm so nahe, wie sie nur konnte... näher... dichter... noch enger... noch... Sie wollte in seine Haut schlüpfen, sich in sein Herz hineinschleichen.

Der Fahrstuhl hielt im vierten Stock, und sie gingen durch die Korridore zur Gerichtsbibliothek, wo sie den Anwalt treffen sollten. Sie kamen an einem Gerichtssaal vorbei, und plötzlich stieß Luke sie zur Seite, beinahe in Alejandros Arme.

»Verdammte Scheißkerle!« Lukes Gesicht war plötzlich wütend und rot, Alejandro begriff vor ihr, aus welchem Grund. Sie gingen schneller, und er legte ihr den Arm um die Schultern.

»Alejandro, was...«

»Komm, Baby, wir sprechen später darüber.« Die beiden Männer wechselten über ihren Kopf hinweg einen Blick, und als sie die wartenden Fernsehkameras sah, wußte sie Bescheid. Das war es also. Lucas würde Schlagzeilen machen. Ganz gleich, wie es ausging.

Sie schlugen unbemerkt einen Bogen um die Reporter und verschwanden in der Bibliothek, um dort zu warten. Nach wenigen Minuten gesellte sich der Anwalt mit einer dicken Aktenmappe unter dem Arm und angespanntem Gesichtsausdruck zu ihnen. Doch etwas an seinem Auftreten beeindruckte Kezia jetzt mehr als im Hotel.

»Alle bereit?« Er versuchte, vergnügt auszusehen, was ihm gründlich mißlang.

»Jetzt? Schon?« Es war noch nicht zwei Uhr, Kezia geriet schon wieder in Panik, aber Alejandro hielt sie noch immer an den Schultern fest. Luke ging vor einer hohen Bücherwand hin und her.

»Nein. Es dauert noch ein paar Minuten. Ich komme wieder her und verständige Sie, wenn der Richter im Gerichtssaal eintrifft.«

»Gibt es noch einen Eingang in den Gerichtssaal?« Alejandro war besorgt.

»Ich... ist... warum?« fragte der Anwalt überrascht.

»Sind Sie schon am Gerichtssaal vorbeigegangen?«

»Nein. Noch nicht.«

»Es wimmelt von Reportern, Fernsehkameras, die ganze Meute.«

»Der Richter wird sie nicht in den Verhandlungsraum lassen. Keine Sorge.«

»Ja, aber wir müssen durch sie hindurchgehen.«

»Nein, das müssen wir nicht.« Luke war zurückgekommen. »Kezia jedenfalls nicht, wenn du dir deshalb Sorgen machst, Al.«

»Ich werde es ganz sicher tun, Lucas.« So klein sie war, sie sah im Eifer des Gefechts aus, als wolle sie ihn schlagen.

»Das wirst du nicht. Und damit basta!« Es war jetzt nicht der Augenblick, mit ihm zu streiten. Das machte ihr sein Gesichtsausdruck klar. »Ich will, daß du hier bleibst. Ich werde dich holen, wenn die Verhandlung vorbei ist.«

»Aber ich will mit dir zusammen im Saal sein.«

»Im Fernsehen?« Seine Stimme triefte vor Ironie, nicht vor Freundlichkeit.

»Du hast gehört, was er gesagt hat. Sie werden nicht im Gerichtssaal sein.«

»Sie brauchen nicht dort zu sein. Sie werden dich beim Kommen und Gehen filmen. Und das hast du nicht nötig. Ich auch nicht, ich werde nicht länger mit dir herumstreiten, Kezia. Du bleibst hier in der Bibliothek, oder du kannst ins Hotel zurückfahren. Also. Ist das klar?«

»In Ordnung.«

Der Anwalt verließ sie, und Luke begann wieder, auf und ab zu gehen; plötzlich blieb er stehen und ging langsam auf Kezia zu, ohne sie aus den Augen zu lassen, alles an ihm war wieder vertraut und innig. Es war, als hätte sich die Verkrampfung in seinem Rückgrat gelöst. Alejandro spürte den Stimmungsumschwung und trat langsam zu einem Regal mit braunen und goldfarbenen Büchern.

»Baby ...« Luke stand kaum mehr als einen halben Meter vor ihr, streckte aber nicht die Hand aus, um sie zu berühren, er sah sie nur an, als würde er jedes Haar auf ihrem Kopf, jeden Faden in ihrem Kleid zählen. Er nahm ihren Gesamteindruck in sich auf, und seine Augen bohrten sich in ihre Seele.

»Lucas, ich liebe dich.«

»Kleines, ich habe dich noch nie mehr geliebt. Das weißt du doch, nicht wahr?«

»Ja. Und du weißt, wie sehr ich dich liebe.«

Er nickte und sah ihr noch immer tief in die Augen.

»Warum tun sie uns das an?«

»Weil ich vor langer Zeit, bevor ich dich kennenlernte, beschlossen habe, alles zu riskieren. Ich glaube, ich hätte anders gehandelt, wenn ich dich damals schon gekannt hätte. Vielleicht auch nicht. Ich bin ein Unruhestifter, Kezia. Du weißt es. Ich weiß es. Sie wissen es. Es geschieht für eine gute Sache, aber ich bin ihnen ein Dorn im Auge. Ich habe immer gefunden, daß es sich lohnt, wenn ich etwas zum Besseren verändern könnte... aber damals wußte ich nicht, daß ich dir das antun würde.«

»Lohnt es sich noch immer für dich, wenn du von meiner Person einmal absiehst?« Würde er immer noch so denken, auch wenn es sie nicht gab? Doch seine Antwort überraschte sie.

»Ja.« Seine Augen blieben hart, aber es lag eine Traurigkeit, ein Alter in ihnen, das sie noch nie bemerkt hatte. Er war ein Mann, der einen hohen Preis bezahlte, auch wenn sie seine Haftentlassung nicht widerriefen. Sein Engagement war ihn schon jetzt teuer zu stehen gekommen.

»Lohnt es sich sogar jetzt noch, Lucas?«

»Ja.

Sogar jetzt. Der einzige Grund, weshalb ich mich dreckig fühle, bist du. Ich hätte dich nie hineinziehen dürfen. So dumm hätte ich nicht sein dürfen.«

»Du bist der einzige Mann, Lucas, den ich je geliebt habe, vielleicht der einzige Mensch, den ich je geliebt habe. Wenn du mich nicht hineingezogen hättest, wäre mein Leben nie etwas wert gewesen. Ich kann ertragen, was geschieht. Ganz gleich, was kommt.« Für einen Moment war sie ebenso stark wie er; es war, als hätte seine Kraft sie aufgerichtet und ihre eigene Entschlossenheit verstärkt.

»Und wenn ich ins Gefängnis gehe, was wird dann?«

»Du wirst freikommen.« Ich lasse dich nicht...

»Vielleicht werde ich doch verurteilt.« Er wirkte fast unbeteiligt.

»Dann werde ich auch damit fertigwerden.«

»Werde nur mit dir selbst fertig, kleine Dame. Du bist die einzige Frau, die ich je geliebt habe. Ich werde nicht zulassen, daß du vernichtet wirst. Nicht einmal durch mich. Merk dir das. Und was immer ich auch tue, denk daran, daß ich weiß, was das Beste für uns beide ist.«

»Was meinst du, Liebster?« flüsterte sie. Sie hatte Angst.

»Vertraue mir nur.« Dann zog er sie in seine Arme und drückte sie so fest an sich, daß sie nicht atmen konnte. »Kezia, in diesem

Augenblick bin ich der glücklichste Mann auf der Welt. Sogar hier.«

»Nur der am meisten geliebte.« An ihren Wimpern hingen Tränen, während sie ihr Gesicht an seiner Brust begrub. Alejandro war vergessen, die Gerichtsbibliothek um sie war versunken. Das einzige, worauf es ankam und was wirklich war, waren sie beide.

»Bereit?« Das Gesicht des Anwalts wirkte wie eine Vision aus einem bösen Traum. Keiner von ihnen hatte ihn kommen hören. Ebensowenig hatten sie gesehen, wie Alejandro sie beobachtet hatte, während ihm Tränen über die Wangen rannen. Er wischte sie weg und kam auf sie zu.

»Ja, ich bin bereit.«

»Lucas...« Sie klammerte sich einen Augenblick an ihn, und er schob sie sanft von sich weg.

»Nimm es nicht so schwer, Kleine. Ich bin bald wieder da.« Er lächelte ihr zu und drückte ihr noch einmal fest die Hand. Sie wollte ihn so verzweifelt zurückhalten, ihn am Weggehen hindern, dem Schrecken ein Ende machen, ihn an sich drücken und ihn nie mehr fortlassen...

»Wir sollten besser...« Der Anwalt blickte angelegentlich auf seine Uhr.

»Wir gehen.« Er winkte Alejandro, drückte Kezia ein letztes Mal heftig an sich und ging zur Tür, sein Anwalt und sein Freund folgten unmittelbar hinter ihm. Kezia stand noch an demselben Platz, wo er sie verlassen hatte.

»Lucas!« Er drehte sich in der Tür noch einmal um, als ihre Stimme durch die Stille zwischen den Bücherregalen hallte. »Gott sei mit dir!«

»Ich liebe dich!« Diese drei Worte klangen in ihren Ohren, während die Tür leise zufiel.

Nicht das leiseste Geräusch war zu hören, nicht einmal das Ticken einer Uhr. Nichts. Stille. Kezia saß in einem Stuhl mit gerader Rücklehne und betrachtete einen schmalen Sonnenstreifen auf dem Fußboden. Sie rauchte nicht. Sie weinte nicht. Sie wartete nur. Es war die längste halbe Stunde ihres Lebens. Ihr Geist schien zu ruhen wie der Sonnenkringel auf dem Fußboden. Der Stuhl war unbequem, aber das spürte sie nicht. Sie dachte nicht, fühlte nicht, sah nicht, hörte nicht; nicht einmal die Schritte, die schließlich näherkamen. Sie war völlig empfindungslos.

Sie sah die Füße, die auf die ihren zukamen, bevor sie sein Gesicht sah. Aber es waren die falschen Füße, die falschen Schuhe, eine andere Farbe und zu klein. Stiefel... Alejandro... wo blieb Luke?

Ihr Blick glitt von den Beinen nach oben, bis sie sein Gesicht erreichten. Seine Augen blickten dunkel und hart. Er sagte kein Wort.

»Wo ist Lucas?« Die Worte kamen leise, aber deutlich. Ihr ganzer Körper hatte sich aufgelöst. Und er antwortete in einem Atemzug.

»Sie haben seine Haftentlassung widerrufen, Kezia. Er ist in Haft genommen worden.«

»Was?« Sie sprang auf. Alles hatte wieder begonnen, nur ging alles nun zu schnell statt zu langsam. »Mein Gott, Alejandro, wo ist er?«

»Er ist noch im Gerichtssaal, Kezia... nein, geh nicht hinein...« Sie war auf dem Weg zur Tür, ihre Füße rannten über den grauen Marmorboden. »Kezia!«

»Geh zum Teufel!« Sie riß die Tür auf, als er ihren Arm packte. »Laß mich los, verdammter Kerl! Ich muß ihn sehen!«

»Okay. Dann gehen wir.« Er hielt ihre Hand fest, und sie liefen Hand in Hand durch den Korridor. »Vielleicht ist er jetzt schon fortgebracht worden.«

Sie antwortete nicht, lief nur schneller, ihre Schuhe hämmerten wie ihr Herz und klapperten auf dem Boden. Die Schar der Reporter hatte sich schon gelichtet. Sie hatten ihre Story. Lucas Johns war auf dem Weg zurück ins San Quentin. So geht es also zu. Armer Teufel.

Kezia drängte sich an zwei Männern vorbei, die die Tür zum Gerichtssaal blockierten, und Alejandro schlüpfte neben ihr hinein. Der Richter verließ die Richterbank, und sie konnte nur einen Mann sehen, der ruhig, allein, mit dem Rücken zu ihr saß und starr vor sich hin blickte.

»Lucas!« Sie ging langsamer und näherte sich ihm. Er wandte ihr den Kopf zu, und sein Gesicht war ausdruckslos. Eine Maske. Ein anderer Mann als der Lucas, den sie kannte. Wie eine Stahlwand mit zwei Augen. Zwei Augen, in denen Tränen standen, die aber nichts ausdrückten.

»Ich liebe dich, mein Schatz.« Sie legte ihre Arme um ihn, und er beugte sich langsam zu ihr, legte seinen Kopf an ihre Brust, gab seinem Gewicht nach, sein ganzer Körper erschlaffte. Aber er legte die Arme nicht um sie, und dann sah sie, warum. Er trug schon Handschellen. Sie hatten keine Zeit verloren. Seine Brieftasche und sein Kleingeld lagen vor ihm auf dem Tisch, darunter auch die Schlüssel zu der New Yorker Wohnung und sein Ring, den sie ihm zu Weihnachten geschenkt hatte. »Warum haben sie das getan, Lucas?«

»Sie mußten es tun. Fahr jetzt nach Hause.«

»Nein. Ich bleibe, bis du abgeführt wirst. Sprich nicht. O Gott, Lucas... Ich liebe dich.« Sie kämpfte gegen ihre Tränen an. Er sollte sie nicht weinen sehen. Er war stark, sie war es ebenfalls. Aber sie starb innerlich.

»Ich liebe dich auch, also tu mir den Gefallen und geh. Verschwinde von hier, los!« Die Tränen waren aus seinen Augen verschwunden, und sie bedeckte als Antwort seinen Mund mit dem ihren. Sie beugte sich zu ihm, ihre dünnen Arme und die kleinen Hände versuchten, seinen ganzen Körper zu umfassen, als wäre er ein Kind und für ihren Schoß zu groß geworden. Warum hatten sie das getan? Warum konnte sie es ihm nicht ersparen? Warum hatte sie sie nicht kaufen können? Warum? All dieser Schmerz und all das Häßliche und die Handschellen... warum konnte man nichts dagegen tun? Diese gottverdammte, beschissene Haftentlassungskommission und der Richter und...

»Okay, Mr. Johns.« Das »Mr.« wurde in sarkastischem Ton ausgesprochen, und die Stimme erklang unmittelbar hinter ihr.

»Geh, Kezia!« Es war das Kommando eines Generals, nicht die Bitte eines Besiegten.

»Wohin bringen sie dich?« Während ihre Augen sich vor Zorn und Angst weiteten, spürte sie Alejandros Hände auf ihren Schultern, die sie wegzogen.

»Zum Kreisgefängnis. Alejandro weiß Bescheid. Dann ins Quentin. Jetzt hau aber ab, verdammt noch mal. Sofort!« Er erhob sich zu seiner ganzen Größe und wandte sich dem Wärter zu, der im Begriff war, ihn abzuführen.

Sie stellte sich kurz auf die Zehenspitzen und küßte ihn, dann ließ sie sich von Alejandro aus dem Gerichtssaal führen. Sie blieb einen Moment in der Halle stehen, dann sah sie ihn wie eine ferne Vision am anderen Ende der Halle gehen, zwei Wärter begleiteten ihn, seine Hände waren mit Handschellen vor dem Körper gefesselt. Er blickte sich nicht um, und lange nachdem er verschwunden war, spürte sie, wie sich ihr Mund öffnete und ein langgezogener, durchdringender Schrei die Luft erschütterte. Eine Frau schrie, aber Kezia wußte nicht, wer es war. Es konnte niemand sein, den sie kannte. Anständige Menschen schreien nicht. Aber der Schrei nahm kein Ende, und fremde Arme hielten sie fest, während Blitzlichter vor ihrem Gesicht explodierten und fremde Stimmen auf sie einstürmten.

Dann plötzlich flog sie in einem Glaskäfig über die Stadt, und danach wurde sie in ein fremdes Zimmer geführt, jemand brachte sie zu Bett, und ihr war sehr kalt. Sehr kalt. Ein Mann häufte Decken auf sie, und ein anderer Mann mit einer komischen Brille und einem Schnurrbart gab ihr eine Spritze... Sie lachte ihn aus, weil er so komisch aussah, doch dann erscholl wieder dieser fürchterliche Schrei. Die Frau schrie. Welche Frau? Es war ein langes, endloses Heulen. Es erfüllte das ganze Zimmer, bis alles Licht aus ihren Augen dahinschwand und alles ringsum schwarz wurde.

27

Als Kezia erwachte, saß Alejandro bei ihr im Zimmer und beobachtete sie. Es war dunkel. Er sah müde aus und sein Anzug war zerknittert, und er war von leeren Tassen umgeben. Er sah aus, als hätte er die Nacht in dem Stuhl verbracht, und der Eindruck war richtig.

Sie betrachtete ihn lange; ihre Augen waren offen, und es fiel ihr schwer zu blinzeln. Ihre Augen schienen ihr größer als je zuvor.

»Bist du wach?« Seine Stimme war nur ein heiseres Flüstern. Der Aschenbecher war randvoll.

Sie nickte. »Ich kann die Augen nicht schließen.«

Er lächelte ihr zu. »Mir scheint, du bist noch high. Warum schläfst du nicht weiter?«

Sie schüttelte nur den Kopf, dann schossen Tränen aus den weit offenen Augen. Auch das nützte nicht, sie konnte sie nicht schließen. »Ich will aufstehen.«

»Was willst du tun?« Sie machte ihn sehr nervös.

»Aufs Klo.« Sie kicherte und schluckte die neu aufsteigenden Tränen hinunter.

»Ach.« Er lächelte brüderlich und müde.

»Weißt du was?« Sie sah ihn merkwürdig an.

»Was?«

»Du siehst elend aus. Du warst die ganze Nacht wach, nicht wahr?«

»Ich habe gedöst. Mach dir meinetwegen keine Sorgen.«

»Warum nicht?« Sie wankte aus dem Bett zur Toilette und blieb in der Tür stehen. »Alejandro, wann kann ich Luke sehen?«

»Nicht vor morgen.« Ihre Erinnerung kam also schon zurück. Er hatte befürchtet, daß er nach der Spritze, die man ihr in der Nacht verabreicht hatte, bei Null anfangen mußte. Jetzt war es sechs Uhr morgens.

»Meinst du heute oder morgen?«

»Ich meine morgen.«

»Warum kann ich ihn nicht früher sehen?«

»Beim Kreisgefängnis gibt es nur zwei Besuchstage. Mittwoch und Sonntag. Morgen ist Mittwoch. So lauten eben die Vorschriften.«

»Schweinehunde.« Sie schlug die Badezimmertür zu, und er zündete sich wieder eine Zigarette an. Er war schon bei seinem vierten Päckchen, seit die Nacht begonnen hatte. Es war eine teuflische Nacht gewesen. Und sie hatte das Geschmiere in den Zeitungen noch nicht gesehen. Edward hatte während der Nacht viermal angerufen. Er hatte die Nachrichten in New York gelesen und war halb verrückt.

Als sie zurückkam, setzte sie sich auf den Bettrand und zündete sich eine Zigarette aus seinem Päckchen an. Sie sah müde, abgezehrt und blaß aus. Die Sonnenbräune war sofort verblaßt, und dunkle Ringe lagen um ihre Augen wie ein zu dick aufgetragener, purpurner Lidschatten.

»Du siehst auch nicht gerade strahlend aus. Du solltest besser im Bett bleiben.« Sie gab ihm keine Antwort, sondern rauchte und ließ einen Fuß baumeln, den Kopf von ihm weggedreht.

»Kezia?«

»Ja?« Sie weinte wieder, als sie sich ihm zuwandte, und sie fühlte sich wie ein ganz kleines Kind, als sie in seinen Armen verschwand.

»O Gott, Alejandro. Warum? Wie können sie uns, ihm das antun?«

»Weil es manchmal anders kommt, als man denkt. Nenn es Schicksal, wenn du willst.«

»Ich nenne es beschissen.« Er seufzte.

»Baby ...« Sie mußte es erfahren, aber er erzählte es ihr ungern.

»Ja?«

»Ich weiß nicht, ob du dich erinnerst, aber die Zeitungsfritzen haben eine Menge Fotos geschossen, als man Luke abführte.« Er hielt den Atem an und beobachtete ihren Gesichtsausdruck. Sie erinnerte sich offensichtlich nicht.

»Diese Scheißkerle, warum konnten sie ihm nicht seinen letzten Rest an Würde lassen? Elende, gemeine ...«

Alejandro schüttelte den Kopf. »Kezia ... sie haben Fotos von dir gemacht.« Die Worte fielen wie eine Bombe.

»Von mir?«

Er nickte.

»O Gott!«

»Sie nahmen an, daß du seine ›Alte‹ bist; ich ließ Lukes Anwalt bei ihnen anrufen und sie ersuchen, die Fotos und deinen Namen nicht zu veröffentlichen. Doch da wußten sie schon, wer du bist. Jemand hat die Fotos gesehen, als sie entwickelt wurden. Das ist eine Menge Pech.«

»Sie haben die Fotos in der Zeitung gebracht?«

»Hier drüben bist du auf der Titelseite. In New York auf Seite vier. Edward hat heute nacht ein paarmal angerufen.« Kezia warf den Kopf zurück und begann zu lachen. Es war ein nervöses, hysterisches Lachen, nicht die Reaktion, die er erwartet hatte.

»Mann, diesmal haben wir es wirklich geschafft, nicht wahr? Edward muß einem Schlaganfall nahe sein.« Aber es klang nicht sehr nach Mitleid. Eher zerstreut.

»Gelinde gesagt.« Der Mann tat Alejandro fast leid. Er hatte so erschüttert geklungen. So hintergangen.

»Nun, man spielt, man zahlt, wie es so schön heißt. Wie arg sind die Fotos?«

So schlimm wie nur möglich. Sie hatte einen hysterischen Anfall gehabt, als die Fotografen sie entdeckt hatten. Alejandro nahm die Abendausgabe des *Examiner* unter dem Bett hervor und reichte sie ihr. Auf der Titelseite prangte ein Foto von Kezia, die in

Alejandros Armen zusammenbrach. Sie zuckte zusammen, als sie es sah, und warf einen Blick auf den Text. »Die prominente Kezia Saint Martin, heimliche Freundin des Ex-Sträflings Lucas Johns, bricht vor dem Gerichtssaal zusammen, nachdem ...« Es war schlimmer, als sie befürchtet hatte.

»Edward macht sich hauptsächlich Sorgen darüber, in welchem Zustand du dich jetzt befindest.«

»Keine Spur. Er hat einen Herzanfall wegen des Artikels. Du kennst Edward nicht.« Sie sprach wie ein Kind, das vor seinem Vater Angst hat. Alejandro kam ihr Verhältnis seltsam vor.

»Wußte er von Luke?«

»Die volle Wahrheit kannte er nicht. Er wußte, daß ich ihn interviewt hatte, und er wußte auch, daß in den letzten Monaten jemand in mein Leben getreten war. Ich nehme an, früher oder später mußte es ja herauskommen. Bis jetzt hatten wir Glück. Es ist aber schade, daß es auf diese Weise sein mußte. Haben die Redaktionen seither angerufen?«

»Einige Male. Ich teilte ihnen mit, daß es keine Story gibt und daß du heute noch nach New York zurückfliegst; sie werden also den Flughafen eifrig bewachen.«

»Und das Vestibül hier.«

Daran hatte er nicht gedacht. Was für eine verrückte Art von Leben.

»Wir müssen den Manager kommen lassen und dafür sorgen, daß wir unbewacht verschwinden. Ich will ins Ritz übersiedeln. Dort werden sie uns nicht aufstöbern.«

»Nein, aber du kannst morgen mit neuen Artikeln rechnen, falls du Luke im Gefängnis besuchst.«

Sie stand auf und sah ihn mit einem eisigen Blick an. »Nicht ›falls‹, Alejandro, sondern ›sobald‹. Und wenn sie dabei aufdringlich sind, dann sollen sie zum Teufel gehen.«

Der Tag verging in einer Wolke von Schweigen und Zigarettenrauch. Ihre Übersiedlung ins Ritz klappte problemlos. Ein »Geschenk« von fünfzig Dollar an den Manager veranlaßte ihn, sie durch eine Hintertür hinauszuführen und dann darüber den Mund zu halten. Das hatte er anscheinend getan. Im Ritz wurden sie jedenfalls nicht angerufen.

Kezia saß gedankenverloren da und sprach nur selten. Sie dachte an Luke, und wie er ausgesehen hatte, als sie ihn abführten... und vorher, wie er in der Bibliothek ausgesehen hatte. Das waren seine letzten Augenblicke in Freiheit gewesen.

Sie rief Edward vom Ritz aus an und führte ein kurzes, qualvolles Gespräch mit ihm. Sie weinten beide. Edward wiederholte immerfort: »Wie konntest du das tun?« Er ließ das Wort »mir« unausgesprochen, doch man konnte es sich gut dazudenken. Er wollte, daß sie sofort nach Hause flog oder daß sie ihn zu ihr kommen ließ. Als sie das Ansinnen ablehnte, explodierte er.

»Ich bitte dich, Edward, um Himmels willen, tu mir das nicht an. Setz mich jetzt nicht unter Druck!« Sie schrie ihn unter Tränen an und fragte sich kurz, warum sie einander unaufhörlich beschuldigten. Wen kümmerte es schon, »wer wem was antat«? Es war Kezia und Luke angetan worden, aber Edward war daran unschuldig. Und Kezia hatte Edward nichts angetan, jedenfalls nicht absichtlich. Sie befanden sich alle in den Klauen einer infernalischen Maschine, und niemand konnte etwas dagegen tun oder sie anhalten.

»Du mußt nach Hause kommen, Kezia! Denk daran, wie sie über dich herfallen werden dort drüben.«

»Das haben sie schon getan, und es steht in den Zeitungen in New York, es macht also keinen Unterschied mehr, wo ich bin. Verdammt noch mal, ich könnte nach Tanger fliegen, und sie würden noch immer einen Bericht darüber haben wollen.«

»Es ist wirklich unglaublich. Ich kann es noch immer nicht fassen... und Kezia... gütiger Gott, Mädchen, du mußt doch gewußt haben, daß ihm das zustoßen wird. Die Geschichte, die du mir von ihm erzählt hast, daß er krank ist... damit hast du doch diese Bedrohung gemeint, nicht wahr?« Sie nickte stumm ihrem unsichtbaren Gesprächspartner zu, und seine Stimme wurde schärfer. »Nicht wahr?«

»Ja.« Ihre Stimme klang so müde, so gebrochen und verletzt.

»Warum hast du es mir nicht gesagt?«

»Wie konnte ich?« Beide schwiegen eine Weile, denn sie kannten die Wahrheit.

»Ich verstehe noch immer nicht, wie du dich darauf einlassen konntest. In deinem Artikel über ihn hast du geschrieben, daß diese Möglichkeit besteht. Wie...«

»Ach, sei doch endlich still, verdammt noch mal, Edward. Ich habe es nun einmal getan. Und hör schon endlich auf, wie eine verdammte Mutterglucke deswegen zu gackern. Ich habe es gewagt, und ich kam unter die Räder, eigentlich wir beide, und glaube mir, es tut ihm verdammt mehr weh, jetzt im Gefängnis zu sitzen.« Es folgte Totenstille, dann kam Edwards Stimme mit einer gezielten Gehässigkeit über den Draht, die ihm eigentlich vollkommen fremd war... außer einmal früher.

»Mr. Johns ist an den Gefängnisaufenthalt gewöhnt, Kezia.« Sie wollte schon empört den Hörer auflegen, wagte es aber doch nicht. Wenn die Verbindung abbrach, würde sie tiefreichende Gefühle verletzen, und sie brauchte diese Bindung noch, vielleicht nur in geringerem Ausmaß, aber sie brauchte sie. In gewisser Hinsicht war Edward der einzige Mensch, den sie außer Luke hatte.

»Hast du sonst noch etwas zu sagen?« Sie sprach beinahe ebenso bösartig wie er unmittelbar zuvor... Sie hatte die Absicht, ihn zu treffen, aber ihn nicht ganz fallenzulassen.

»Ja. Komm nach Hause. Unverzüglich.«

»Ich komme nicht. Sonst noch etwas?«

»Ich weiß nicht, Kezia, was noch notwendig sein wird, um dich zur Vernunft zu bringen, aber ich schlage vor, daß du dich bemühst, so schnell wie möglich vernünftig zu werden. Du könntest es dein ganzes restliches Leben bereuen.«

»Das werde ich, aber nicht aus den Gründen, die du annimmst, Edward.«

»Du hast keine Ahnung, was du alles aufs Spiel setzt...« Seine Stimme verhallte unglücklich. Er hatte einen Augenblick lang nicht zu Kezia, sondern zu dem Geist ihrer Mutter gesprochen, das war beiden bewußt. Nun war Kezia sicher. Nun wußte sie, warum er ihr von ihrer Mutter und dem Hauslehrer erzählt hatte. Nun wußte sie alles.

»Was setze ich aufs Spiel? Meine ›Stellung‹? Mein ›Ansehen‹, wie Tante Hil es ausdrücken würde? Meine Chancen, einen Ehemann zu finden? Meinst du, das kümmert mich jetzt auch nur im mindesten? Mich kümmert Luke, Edward. Mich kümmert Lucas Johns. Ich liebe ihn!« Sie schrie wieder.

In fünftausend Kilometer Entfernung glitten stumme Tränen über Edwards Antlitz. »Laß mich wissen, wenn ich etwas für dich tun kann.«

Es war die Stimme ihres Rechtsanwalts, ihres Treuhänders, ihres Kurators. Nicht ihres Freundes. Ein Kapitel war endgültig zu Ende. Die Kluft zwischen ihnen verbreiterte sich für beide erschreckend.

»Das werde ich tun.« Sie sagten einander nicht Lebewohl, und Edward legte auf. Kezia blieb lange mit dem stummen Hörer in der Hand sitzen, während Alejandro sie beobachtete.

Abschiedstränen rannen über ihre Wangen. Es war das zweite Mal in zwei Tagen. Irgendwie hatte sie die beiden einzigen Männer verloren, die sie seit ihrem Vater geliebt hatte. In einem Leben drei Männer verloren. Sie wußte, daß sie Edward soeben verloren hatte. Sie hatte ihn verraten. Genau das hatte er verhindern wollen, und nun war es doch eingetreten.

Edward saß in seinem Büro und wußte es auch. Er ging ernst zur Tür, schloß sie sorgfältig ab, kehrte zu seinem Schreibtisch zurück, legte den Schalter auf seiner Gegensprechanlage um und wies seine Sekretärin ungerührt an, daß er bis auf weiteres nicht gestört werden wollte. Nachdem er sorgfältig seine Post zur Seite geschoben hatte, legte er den Kopf auf die Arme und brach in herzzerreißendes Schluchzen aus. Er hatte sie verloren ... sie beide verloren ... und an so unwürdige Männer. Er fragte sich, warum der Charakter der beiden einzigen Frauen, die er je geliebt hatte, einen so schweren Makel aufwies ... der Hauslehrer ... und nun dieser ... dieser ... Knastbruder ... dieser Niemand! Er schrie das Wort hinaus, dann staunte er über sich selbst, hörte zu weinen auf, hob den Kopf, lehnte sich zurück und starrte durchs Fenster auf die Aussicht. Es gab Zeiten, da konnte er die Welt nicht mehr verstehen. Niemand hielt sich mehr an die Regeln. Nicht einmal Kezia, und er hatte sie doch selbst erzogen. Er schüttelte langsam den Kopf, schneuzte sich zweimal und beschäftigte sich wieder mit der Post.

Jack Simpson zeigte Verständnis, als er sie anrief. Aber Kezias Agent war keine große Hilfe, denn er war schuldbewußt, weil er sie mit Luke bekannt gemacht hatte. Sie versicherte ihm, daß er ihr das beste Geschenk ihres Lebens gemacht hatte, doch die Tränen in ihrer Stimme waren für keinen von ihnen ein Trost.

Alejandro versuchte, Kezia zu einem Spaziergang zu überreden, aber sie wollte nicht; sie saß im Hotelzimmer, hatte die Jalousien heruntergelassen, rauchte, trank Tee, Kaffee, Wasser, Scotch, aß kaum etwas, dachte nur immer nach, und ihre Augen füllten sich mit Tränen, ihre Hände zitterten. Sie hatte jetzt Angst auszugehen, Angst vor der Presse und Angst davor, daß sie einen Anruf von Luke versäumen würde.

»Vielleicht wird er anrufen.«

»Kezia, er kann aus dem Kreisgefängnis nicht anrufen. Das lassen sie nicht zu.«

»Vielleicht aber doch.«

Es war sinnlos, mit ihr zu diskutieren; es war, als würde sie nicht hören. Und was immer sie hörte, sie nahm den Sinn nicht auf. Die einzigen Töne, die sie vernahm, waren ihre inneren Stimmen und Lukes Echo.

Es war bereits Mitternacht, als Alejandro sie endlich zu Bett brachte.

»Was machst du?« Sie sah seine Gestalt im Stuhl in der Ecke. Ihre Stimme klang merkwürdig gealtert.

»Ich bleibe noch eine Weile hier sitzen. Es stört dich doch nicht?« Sie wollte in der Dunkelheit seine Hand berühren. Sie konnte keine Worte finden, sie konnte nur den Kopf schütteln und weinen. Der Tag war unerträglich gewesen, nicht so angespannt wie der vorhergegangene, aber zermürbender. Die endlose Last des Schmerzes.

Er hörte das gedämpfte Schluchzen und setzte sich auf den Bettrand. »Nicht, Kezia.« Er streichelte ihr Haar, ihren Arm, ihre Hand, während ihr Körper von Schluchzen geschüttelt wurde. Sie sehnte sich nach Luke. »Ach, Baby ... kleines Mädchen, warum mußte dir das passieren?« Sie war nicht darauf vorbereitet gewesen, sie war nicht daran gewöhnt, etwas nicht steuern zu können, und sie hatte so etwas noch nie erlebt. Wieder standen Tränen in seinen Augen, doch sie konnte sie nicht sehen.

»Es ist nicht mir passiert, Alejandro, sondern ihm.« Ihre Stimme klang schmerzlich, vom vielen Weinen ermüdet.

Er streichelte ihr Haar wohl stundenlang, und endlich schlief sie doch ein. Er zog die Decke glatt und berührte ganz sanft ihre Wange. Sie sah im Schlaf wieder jung aus; der Zorn war aus ihrem schmalen Gesicht gewichen. Die Grausamkeit, die einem Menschen draußen in der großen, bösen, häßlichen Welt zustoßen konnte, war für sie ein Schock gewesen. Sie mußte dafür Lehrgeld bezahlen, mit der Ruhe ihres Herzens, mit ihrem Gleichgewicht.

Er hörte sie leise an seine Tür klopfen und hob den Kopf. Es hatte lange gedauert, bis er eingeschlafen war, und nun war es erst fünf Minuten nach sechs.

»Wer ist da?«

»Ich. Kezia.«

»Ist etwas nicht in Ordnung?«

»Ich dachte nur, wir sollten vielleicht aufstehen.« Heute war der Tag, an dem sie Lucas besuchen würde. Alejandro lächelte müde, stand auf, zog sich die Hose an und öffnete die Tür.

»Du bist verrückt, Kezia. Warum schläfst du nicht noch eine Weile?« Sie stand in einem blauen Flanellnachthemd und ihrem weißen Satin-Morgenrock barfuß vor ihm, ihr langes schwarzes Haar hing ihr lose auf den Rücken. Ihre Augen in dem viel zu blassen Gesicht waren wieder lebendig.

»Ich kann nicht schlafen und habe Hunger. Hab' ich dich aufgeweckt?«

»Nein, nein, natürlich nicht. Ich stehe immer um sechs auf. Eigentlich bin ich schon seit vier wach.« Er sah sie tadelnd an, und sie lachte.

»Okay, okay, ich habe schon verstanden. Ist es zu früh, um Kaffee für dich und Tee für mich zu bestellen?«

»Mein Schatz, wir sind hier nicht im Fairmont. Hast du es wirklich so eilig?«

Sie nickte. »Ab wann kann ich ihn besuchen?«

»Ich glaube nicht, daß sie dich vor elf oder zwölf Uhr zu ihm lassen.« O Gott, sie hätten noch volle vier Stunden schlafen können. Alejandro trauerte stumm dem verlorenen Schlaf nach. Er war halbtot vor Müdigkeit.

»Aber wir sind jetzt auf. Wir können ebensogut wachbleiben.«

»Wunderbar. Genau das wollte ich hören. Kezia, wenn ich dich nicht so lieb hätte, und wenn dein Alter nicht so ein verdammter Riese wäre, hätte ich dir jetzt einen Tritt ins Hinterteil versetzt.«

Sie lächelte ihn entzückt an. »Ich liebe dich auch.«

Er setzte sich und zündete eine Zigarette an. Sie hielt schon eine in der Hand, und er sah, daß sie noch immer zitterte, doch davon und von ihrem blassen, spitzen Gesicht abgesehen, sah sie besser aus. Ihre Augen glänzten wieder ein wenig, eine Andeutung von Leben und von der alten Kezia war zu erkennen. Das Mädchen war wirklich eine Kämpfernatur.

Er verschwand ins Badezimmer und kam gekämmt, mit geputzten Zähnen und einem sauberen Hemd wieder.

»Meine Güte, du siehst ja aus wie aus dem Ei gepellt.« Sie war hellwach und an diesem Morgen voller Necklust, weit entfernt von dem Zustand, in dem sie sich am vergangenen Morgen befunden hatte. Es war eine Erleichterung.

»Du suchst heute morgen nur Streit, oder? Hat dir noch niemand gesagt, daß du einem Mann nicht vor seiner ersten Tasse Kaffee auf die Nerven gehen sollst?«

»*Pobrecito!*«

Er drohte ihr mit dem Finger.

»Und jetzt, nachdem du mich aus meinem warmen Bett gerissen hast, wirst du vermutlich zwei Stunden brauchen, um dich anzuziehen.« Er zeigte auf das Nachthemd und den Morgenrock.

»Sagen wir fünf Minuten.«

Sie hielt Wort. An diesem Morgen bewegte sie sich sehr rasch, wie ein Kind, das auf seinen ersten Zirkusbesuch wartet, bei Morgengrauen nervös, zappelig und schon beim Frühstück müde ist. Und sie hatten noch fünf Stunden totzuschlagen, bis sie Luke besuchen konnten.

Jetzt verweilten Alejandros Gedanken unaufhörlich bei Luke. Wie ertrug er es? Ging es ihm gut? Woran dachte er? War er schon bei dem leeren Knastjargon angelangt, bei der kalten Gleichgültigkeit aus Hoffnungslosigkeit, oder war er noch der alte Luke? Und wenn er wieder in den abstumpfenden Gefängnistrott verfallen war, wie groß würde der Schock für Kezia sein? Wie würde sie sich auf den Besuch einstellen? Alejandro kannte den Vorgang nur allzu gut, aber sie kannte ihn nicht. Sie würden durch ein dickes Glasfenster getrennt sein, über ein knisterndes und rauschendes Telefon miteinander sprechen, Luke würde einen schmutzigen, zerknitterten orangefarbenen Overall tragen, der ihm knapp bis zu den Ellbogen und den Knien reichte. Er mußte mit einem halben Dutzend anderer Männer in einer Zelle leben, Bohnen, altes Brot und zerkochtes Fleisch essen, ein entfernt nach Kaffee schmeckendes Gebräu trinken und ohne Toilettenpapier auf den Abort gehen. Es war ein verdammter Ort, an den er Kezia bringen mußte, es würden Zuhälter und Huren, Diebe, verzweifelte Mütter und Hippiemädchen dort sein, die zerlumpte Kinder in den Armen auf dem Rücken trugen. Es würde Lärm, Gestank und Verzweiflung geben. Wieviel konnte sie ertragen? Wie weit würde sie Luke in diese Welt Einblick nehmen lassen? Und nun hatte er, Alejandro, die Last auf dem Rücken. Kezia war Alejandros Baby. Er hatte die Verpflichtung, sich um Kezia zu kümmern.

Jemand klopfte und unterbrach seine Gedanken. Es war wieder Kezia. Angezogen und ausgehbereit.

»Junge, du siehst wirklich verdammt finster drein.«

Anscheinend drückte sein Gesicht seine Gedanken aus. »Der Morgen ist nicht meine beste Zeit. Von dir kann ich es aber nicht behaupten. Du bist für einen Tee bei einem Schnellimbiß für Lastwagenfahrer ganz schön herausgeputzt.« Sie trug, wie gewöhnlich, teure Kleider. Und sie hatte eine übersteigerte Fröhlichkeit an sich, die ihm allmählich auf die Nerven ging. Wenn sie ausflippte, was dann?

»Sollten wir nicht ein Taxi kommen lassen?« Sie hatten auf die Limousine verzichtet, als sie ins Ritz übersiedelt waren, und sich das Schweigen des Chauffeurs wieder mit einem übertrieben hohen Trinkgeld erkauft.

»Wir können zu Fuß gehen, ich kenne ein paar Blocks von hier ein Lokal.«

Sie gingen in der feuchten Luft nach Süden und wanderten Hand in Hand die steilen Hügel hinunter.

»Es ist wirklich eine schöne Stadt, nicht wahr, Al? Vielleicht können wir nachher einen Spaziergang machen.«

Hoffentlich nicht. Er hoffte, daß Luke ihr sagen würde, sie solle ein Flugzeug nach New York nehmen. Zum Wochenende würde Luke im Quentin sein, und es hatte keinen Sinn, daß sie deshalb hierblieb. Sie konnte ihn dort erst besuchen, wenn sie die Erlaubnis dafür erhielt, und das konnte Wochen dauern. Früher oder später würde sie nach Hause fliegen müssen. Besser früher als später.

Der Schnellimbiß für Lastwagenfahrer war gut besucht, aber nicht überfüllt, der Raum war warm und die Jukebox spielte schon. Der Kaffeeduft vermischte sich mit dem Schweißgeruch müder Männer, mit Zigaretten- und Zigarrenrauch. Sie war die einzige Frau in dem Lokal, zog aber nur ein paar gelangweilte Blicke auf sich.

Alejandro ließ sie Frühstück bestellen, und sie zog einen Flunsch. Aber er war unerbittlich. Zwei Spiegeleier mit Speck, Hacksteak mit Toast.

»Um Himmels willen, Alejandro. So viel esse ich nicht einmal zu einer Hauptmahlzeit.«

»So siehst du auch aus. Ein spindeldürres Weib aus den oberen Kreisen.«

»Sei doch kein solcher Snob.« Sie aß eine Scheibe Schinken und zwei Bissen Toast. Die unberührten Spiegeleier starrten sie an wie zwei gelbsüchtige Augen.

»Du ißt nicht?«

»Ich bin nicht hungrig.«

»Und du rauchst zuviel.«

»Ja, Daddy. Sonst noch was?«

»Du kannst mich. Hör zu, du solltest lieber auf dich aufpassen, sonst verpfeife ich dich beim Boß.«

»Du würdest es Lucas erzählen?«

»Wenn ich dazu gezwungen bin.« Ein Funke von Besorgnis zuckte in ihren Augen.

»Hör zu, Alejandro, im Ernst...«

»Ja?« Er lachte, weil sie versuchte, sich herauszuwinden.

»Ich meine es ernst. Du darfst Luke nicht aufregen. Wenn er dieses gräßliche Foto in der Zeitung gesehen hat, ist es schlimm genug.«

Alejandro nickte, wurde sachlich und hörte auf, sie zu necken. Sie hatten beide an diesem Morgen die kurze Nachricht auf Seite drei des *Chronicle* gelesen: Miß Saint Martin war noch nicht nach New York zurückgekehrt; es wurde angenommen, daß sie irgendwo in der Stadt »untergetaucht« war. Es wurde sogar die Vermutung geäußert, daß sie mit einem Nervenzusammenbruch in ein Sanatorium eingeliefert worden sei. Sie hatte auf den Fotos jedenfalls so ausgesehen, als befände sie sich auf dem besten Wege dahin. Man nahm jedoch an, daß sie, falls sie noch in der Stadt war, am Besuchstag bei Luke auftauchen würde, »es sei denn, Miß Kezia Saint Martin hätte ihre privaten Verbindungen spielen lassen, um eine Einzelbesuchserlaubnis bei Mr. Johns zu erwirken.«

»Donnerwetter, daran habe ich nie gedacht.«

»Willst du es versuchen? Es könnte dir Ärger mit der Presse ersparen. Es ist ganz klar, daß sie an Besuchstagen auf dich warten werden.«

»Dann laß sie eben. Ich werde am gleichen Tag hingehen wie

alle anderen und ihn besuchen, wie es die anderen tun.«

Alejandro nickte. Die bis zur Besuchszeit verbleibenden Stunden schlichen quälend langsam dahin. Sie hatten den Eindruck, daß es Wochen dauerte, bis es Viertel vor zwölf war.

28

»Bereit zum Aufbruch?« Sie nickte und nahm ihre Handtasche. »Kezia, du bist wirklich ein erstaunliches Mädchen.« Sie sah aus wie eine überaus hübsche junge Frau, die überhaupt keine Sorgen hatte. Das Make-up trug dazu bei, aber es war die Art, wie sie sich hielt, die Maske, die sie aufgesetzt hatte.

»Danke, Sir.« Sie sah angespannt aus, aber schön, ganz anders als die schluchzende Frau, die er vor zwei Tagen im Korridor des Rathauses in den Armen gehalten hatte. Sie war jeder Zoll eine Dame und vollkommen beherrscht.

Nur ihre zitternden Hände verrieten sie. Wenn dieser Umstand nicht gewesen wäre, hätte sie vollkommen gelassen gewirkt. Das war also das Kennzeichen der oberen Klassen, niemals zu zeigen, was man fühlte, als hätte man nie einen Augenblick Kummer erlebt. Man kämmte sein Haar zu einem eleganten kleinen Knoten, puderte sich die Nase, setzte ein Lächeln auf und sprach mit leiser, gedämpfter Stimme. Dachte daran, immer »bitte« und »danke« zu sagen und dem Portier zuzulächeln. Das Kennzeichen guter Erziehung. Wie ein Zirkushund oder ein Dressurpferd.

»Kommst du, Alejandro?« Sie hatte es eilig, das Hotel zu verlassen.

»Mein Gott, Weib, ich kann kaum vernünftig denken, und du siehst aus, als würdest du zu einer Teeparty gehen. Wie schaffst du das nur?«

»Übung. Es ist eine Lebensweise.«

»Es kann aber nicht gesund sein.«

»Ist es auch nicht. Deshalb ist die Hälfte aller Menschen, mit denen ich aufgewachsen bin, jetzt Alkoholiker. Die anderen leben von Pillen, und in ein paar Jahren werden sie alle mit einem Herzschlag tot umfallen. Einigen von ihnen ist es schon gelungen, abzukratzen.« Sie sah Tiffany vor sich. »Man trägt seine Geheimnisse ein Leben lang herum, und eines Tages explodiert man.«

»Gilt das auch für dich?« Er folgte ihr über die schlecht beleuchtete Hoteltreppe nach unten.

»Ich bin okay... Ich lasse Dampf ab, indem ich schreibe. Und bei Luke muß ich mich nicht verstellen... und jetzt auch bei dir nicht.«

»Bei sonst niemandem?«

»Bisher nicht.«

»Das ist keine Art zu leben.«

»Weißt du, Alejandro«, sagte sie, als sie ins Taxi gestiegen war, »wenn du dich die ganze Zeit verstellst, besteht die Schwierigkeit darin, daß du schließlich vergißt, wer du bist und was du fühlst. Du wirst zum Image.«

»Wie kommt es, daß es bei dir nicht der Fall ist, Baby?« Während er sie beobachtete, wunderte er sich. Sie sah erschreckend kühl aus.

»Ich nehme an, meine Schreiberei ist daran schuld. Sie hilft mir, den Schmerz in meinem Inneren zu betäuben. Durch sie habe ich die Möglichkeit, ich selbst zu sein. Wenn man alles hinunterschluckt, frißt es einem die Seele auf.« Wieder dachte sie an Tiffany. So war es bei ihr gewesen und im Lauf der Jahre auch bei anderen. Zwei von Kezias Freundinnen hatten seit dem Abgang vom College Selbstmord begangen.

»Luke wird sich jedenfalls besser fühlen, wenn er dich wiedersieht.« Das war schon etwas wert. Alejandro wußte, warum sie den elegant geschnittenen schwarzen Mantel, die schwarze Gabardinehose und die schwarzen Wildlederschuhe trug. Nicht Lucas wegen. Um sicher zu sein, daß das nächste Foto in der Zeitung sie vollkommen beherrscht zeigte. Elegant, arrogant und distinguiert. Im Gefängnis würde er keinen Zusammenbruch erleben.

»Glaubst du, daß die Presse anwesend sein wird, wenn wir hinkommen?«

»Ich glaube es nicht, ich weiß es.«

Sie war dort. Kezia und Alejandro stiegen vor dem Haupteingang von 850, Bryant Street aus dem Taxi. Das Gerichtsgebäude. Es war ein unscheinbares graues Haus ohne die Majestät des Rathauses. Vor dem Eingang hielten zwei Reporter vom *Examiner* Wache, bis sie ankam. Zwei weitere gingen vor dem Hintereingang des Gebäudes auf und ab. Kezia hatte eine Nase für sie, wie Luke für die Polizei. Sie hielt sich an Alejandros Arm fest, während sie den Eindruck erweckte, daß sie ihn kaum berührte, und schob sich ruhig die dunkle Brille über die Augen. Auf ihrem Gesicht lag ein leises ironisches Lächeln.

Sie eilte an einem Mann vorbei, der ihren Namen rief, während ein zweiter Reporter in einen Sender von Taschenformat sprach. Jetzt wußten sie, was ihnen bevorstand. Alejandro beobachtete ihr Gesicht, während ein Wachposten ihre Handtasche durchsuchte, doch sie sah erstaunlich gelassen aus. Ein Fotograf machte eine Aufnahme von ihnen, und sie stiegen schnell mit gesenkten Köpfen in der mit lachsfarbenem Marmor verkleideten Halle in einen Fahrstuhl. Während sich die Aufzugstüren schlossen, fiel Kezia auf, daß die Wände die gleiche Farbe hatten wie die Gladiolen bei italienischen Begräbnissen, und sie lachte.

Im sechsten Stockwerk führte sie Alejandro schnell durch eine weitere Tür und über eine merkwürdig zugige Treppe einen Stock höher.

»Vielleicht eine Brise vom Styx?« In ihrer Stimme lag Ironie und Mutwille. Er konnte es nicht fassen. War das die Kezia, die er kannte?

Sie behielt die Brille auf, und er ergriff ihre Hand, während sie in der Reihe warteten. Der Mann vor ihnen stank und war betrunken, die Schwarze vor ihm war dick und weinte. Weiter vorne jammerten einige Kinder, und eine Gruppe von Hippies lehnten lachend an der Wand. Sie bildeten auf der Treppe eine lange schmale Reihe, während einer nach dem anderen oben zu dem Pult trat. Ausweisleistung des Besuchers, Name des Häftlings, dann bekam man einen kleinen rosa Zettel mit einer Fensternummer und einer römischen Zahl, die die Gruppe angab. Sie waren Gruppe II. Die erste Gruppe war schon hineingeführt worden. Die Treppe war voller Besucher, aber es waren keine Reporter in Sicht.

Sie betraten einen Raum mit Neonbeleuchtung, in dem sich ein weiteres Pult, zwei Wärter und drei Reihen Bänke befanden. Dahinter konnten sie eine lange Halle mit Fenstern erblicken, an denen ein Bord entlanglief, auf dem sich in geringen Abständen Telefone befanden und vor dem Stühle standen, auf die sich die Besucher setzten. Es war peinlich und unangenehm. Gruppe I befand sich mitten in der Besuchszeit, die fünf oder zwanzig Minuten dauerte, je nach Laune der Wärter. Die Gesichter waren bewegt, Frauen kicherten und weinten dann, die Gefangenen sahen grimmig und entschlossen aus, dann entspannten sich ihre Gesichter, wenn sie ihre Kinder sahen. Es brach einem das Herz.

Alejandro sah Kezia verlegen an. Sie wirkte unerschrocken. Ihr war nichts anzumerken. Sie lächelte und zündete sich wieder eine Zigarette an. Dann fielen die Fotografen plötzlich über sie her. Drei Kameraleute und zwei Reporter, sogar die Lokalreporterin von *Women's Wear* war unter ihnen.

Alejandro spürte, wie ihn Klaustrophobie überkam. Wie konnte sie das nur aushalten? Die übrigen Besucher waren überrascht, einige traten zurück, während andere vorwärts drängten, um zu sehen, was los war. Plötzlich herrschte Chaos, mit Kezia im Zentrum des Sturms, ihre Brille saß unverrückt, sie preßte die Lippen zusammen, ihr Blick war starr, aber unerschütterlich ruhig.

»Nehmen Sie Tranquilizer? Haben Sie seit der Verhandlung schon mit Luke Johns gesprochen? Sind Sie... Haben Sie... Werden Sie... Warum?« Sie sagte kein Wort, schüttelte nur den Kopf.

»Ich habe keinen Kommentar abzugeben. Nichts zu sagen.« Alejandro fühlte sich neben ihr nutzlos. Sie blieb sitzen, senkte den Kopf, als ob die Reporter verschwinden würden, wenn sie sie nicht mehr sah. Aber dann stand sie unerwartet auf und sprach mit leiser gedämpfter Stimme.

»Das genügt jetzt. Ich sagte Ihnen schon, daß ich nichts zu erklären habe.« Blitzlichter zuckten vor ihrem Gesicht, und zwei Wärter kamen ihr zu Hilfe. Die Presse müsse draußen warten, sie behindere die Besucher. Sogar die Häftlinge, die Besuch hatten, hörten auf zu sprechen und beobachteten die Gruppe um Kezia und die Blitzlichter, die alle paar Sekunden aufflammten.

Ein Wärter rief sie zu dem Pult, während die Reporter und Fotografen widerwillig den Raum verließen. Alejandro trat zu ihr, ihm fiel auf, daß er noch kein Wort gesprochen hatte, seit der Ansturm begonnen hatte. Er fühlte sich in dem Durcheinander verloren. Er war niemals auf die Idee gekommen, daß er mit so einer Situation konfrontiert werden würde, aber sie wurde gut damit fertig. Das überraschte ihn. Sie hatte keine Spur von Panik gezeigt, aber so eine Szene war ja für sie nichts Neues.

Der Wärter beugte sich zu ihnen und unterbreitete ihnen einen Vorschlag. Ein Wärter konnte sie begleiten, wenn sie weggingen. Sie konnten mit einem Fahrstuhl direkt in die Polizeigarage im Keller fahren, wo ein Wagen auf sie warten konnte. Alejandro gefiel diese Idee, und Kezia erklärte sich dankbar damit einverstanden. Sie war noch blasser als vorher, und das Zittern ihrer Hände war in ein ständiges Flattern übergegangen. Der Überfall der *paparazzi* hatte seinen Tribut gefordert.

»Könnte ich vielleicht Mr. Johns hier oben unter vier Augen sprechen?« Sie hatte ihren Vorsatz, besondere Vergünstigungen abzulehnen, rasch aufgegeben. Sie empfand die neugierige Menge als beinahe ebenso lästig wie die Presseleute. Aber ihr Ersuchen wurde abgelehnt. Dennoch wurde ein junger Wärter beauftragt, in ihrer Nähe zu bleiben.

Eine Stimme gab bekannt, daß die erste Besuchszeit zu Ende war, und die Wärter geleiteten die Gruppe I in einen eigenen Raum, in dem sie auf den Fahrstuhl warten konnten, ohne mit der nächsten Gruppe in Berührung zu kommen. Es war merkwürdig, den Unterschied in den Mienen beim Eintreffen und beim Gehen zu beobachten – sie waren jetzt bekümmert, geschockt, stumm. Von ihrem Lachen beim Kommen war nichts mehr zu merken. Frauen hielten kleine Zettel mit Aufträgen, Wünschen in den Händen: Zahnpaste, Socken, der Name eines Anwalts, den ein Zellengenosse empfohlen hatte.

»Gruppe Zwei!« Die Stimme unterbrach ihre Gedankengänge, und Alejandro ergriff ihren Ellbogen. Der rosa Zettel in ihrer Hand war zerknüllt, aber sie lasen von ihm die Nummer des Fensters ab, an dem sie Luke treffen würden.

Dicht daneben, rechts und links von ihnen, saßen andere Besucher, aber der versprochene Wärter stand neben ihnen. Die Wartezeit kam ihnen unendlich lang vor. Aber es waren nur zehn, vielleicht fünfzehn Minuten. Dennoch schien es endlos zu dauern. Dann erschienen die Häftlinge. Aus einer Stahltür kam eine Reihe schmutziger, zerknitterter orangefarbener Anzüge, unrasierte Gesichter, ungeputzte Zähne und breit lächelnde Lippen. Luke war der fünfte in der Reihe. Alejandro warf einen Blick auf sein Gesicht, wußte, daß alles o.k. war und wandte sich Kezia zu.

Sie stand unwillkürlich auf, als sie ihn erblickte. Sie hielt sich sehr gerade, so daß sie größer wirkte, und begrüßte ihn mit einem strahlenden Lächeln. Ihre Augen bekamen Feuer. Sie sah unglaublich schön aus und mußte Luke noch schöner vorkommen. Ihre Blicke trafen einander, und sie hatte das Gefühl zu schmelzen. Bis er schließlich nach dem Telefon griff.

»Warum steht der Hammel hinter dir?«

»Lucas!«

»Also gut, der Wärter.« Sie lächelten beide.

»Um Neugierige fernzuhalten.«

»Schwierigkeiten?«

»Paparazzi.«

Luke nickte. »Jemand hat behauptet, daß draußen ein Filmstar steht, den ein Haufen Reporter fotografiert hat. Ich nehme an, sie haben dich gemeint.«

Sie nickte.

»Ist alles in Ordnung?«

»Prima.« Er bezweifelte es nicht, und sie hätte es ihm nie gestanden, wenn es anders gewesen wäre. Seine Augen blickten einen Moment lang zu Alejandro hin, der nickte und lächelte.

»Dein Foto in der Zeitung war vielleicht eine Gemeinheit, *Mama mia*.«

»Ja.«

»Ich bin direkt ausgeflippt, als ich es sah. Hatte den Eindruck, du hättest einen Schlaganfall.«

»Sei nicht komisch. Jetzt bin ich wieder ganz obenauf.«

»Brachten die Kerle in New York auch den Knüller?«

Sie nickte wieder.

»Du lieber Gott! Edward wird schön wütend gewesen sein.«

»Das kann man wohl sagen. Aber ich werde es überleben.«

»Wirklich?«

Er blickte sie prüfend an, und sie nickte wieder.

»Was hat er gesagt?«

»Nichts, was ich nicht erwartet hatte. Er war nur besorgt.«

»Wie gräßlich für dich, daß du das auch noch mitmachen mußt.« Ihr Gespräch verlief merkwürdig, als säßen sie nebeneinander auf der Couch.

»Unsinn. Außerdem hatten wir bis jetzt wirklich Glück, Lucas. Es hätte noch viel früher eintreten können.«

»Ja, aber wir hätten unter wesentlich besseren Bedingungen zu Presseberichten kommen können.«

Sie nickte und lächelte, dann wollte sie dem Gespräch eine andere Wendung geben. Sie hatten ja nur so wenig Zeit.

»Geht es dir gut, Liebster? Wirklich?«

»Baby, ich bin den verdammten Scheißbetrieb gewöhnt. Ich bin okay.«

»Wir sind noch immer verlobt, Mr. Johns.«

»Kleine, ich liebe dich.«

»Ich bete dich an.« Ihr Gesicht glühte, als sie ihm tief in die Augen sah.

Sie sprachen über juristische Einzelheiten, er gab ihr eine Liste von Anrufen, die sie für ihn erledigen sollte, aber im Grunde hatte er seine Angelegenheiten geordnet, bevor sie zur Verhandlung herübergekommen waren. Er hatte besser als sie gewußt, wie seine Chancen standen.

Der Rest ihres Besuches verging mit Banalitäten, Scherzen, Neckereien, sarkastischen Beschreibungen des Gefängnisessens, aber er sah erstaunlich gut aus. Die harte Realität des Gefängnisses war ihm ja nicht fremd. Er sprach einige Minuten mit Alejandro, dann deutete er wieder auf Kezia. Sie nahm wieder einen Ohrring ab und griff zum Hörer, während Lucas sich einer Stimme zuwandte, die sie nicht hören konnte.

»Ich glaube, die Besuchszeit geht zu Ende. Sie ist so ziemlich um.«

»Oh.« Ihre Augen verschleierten sich. »Luke...«

»Hör zu, Baby, ich möchte, daß du mir zuliebe etwas tust. Ich will, daß du noch heute abend nach New York zurückfliegst. Ich habe es Alejandro auch schon gesagt.«

»Warum, Lucas?«

»Was willst du hier tun? Herumsitzen, bis ich ins Q komme, dann drei Wochen warten, bis ich Besuchserlaubnis bekomme, und mich dann einmal die Woche eine Stunde lang sehen? Sei vernünftig, Baby. Ich will dich zu Hause wissen.« Außerdem war es ungefährlicher. Auch wenn sie sich jetzt nicht unmittelbar in Gefahr befand. Da er auf Eis gelegt war, würden alle feindlichen Parteien besänftigt sein. Kezia war für sie eigentlich uninteressant. Dennoch wollte er, daß sie kein Risiko einging.

»Nach New York zurück, und was dann, Luke?«

»Was du immer getan hast, Kleine. Schreiben, arbeiten, leben. Du bist nicht im Gefängnis, ich bin es. Vergiß das nicht.«

»Lucas, du ... Liebster, ich liebe dich. Ich will in San Francisco bleiben.«

Sie war fest entschlossen, aber er war der Stärkere. »Du fliegst noch heute. Ich werde Freitag nach Quentin verlegt. Und ich werde dort gleich die Formulare für deinen Besuch einreichen. Sobald die Bewilligung da ist, kannst du wiederkommen. Ich nehme an, in drei Wochen. Ich werde es dir schreiben.«

»Kann ich dir schreiben?«

»Scheißt ein Bär im Wald?«

»Lucas!« Die Spannung löste sich in Lachen auf. »Du bist wirklich in Ordnung.«

»Das stimmt. Deshalb sollst du dich auch wohl fühlen. Und sag meinem schwachsinnigen Freund, daß er gut auf dich achtgeben soll, sonst ist er ein toter Mexikaner, sobald ich freikomme.«

»Wie reizend. Er wird begeistert sein.«

Dann war es plötzlich aus. Ein Wärter rief auf Lukes Seite der Glaswand etwas, und ein anderer Wärter teilte es ihnen auf der Besucherseite mit. Sie spürte Alejandros Hand auf ihrem Arm, und Lucas stand auf.

»Das wär's, Kleine. Ich werde schreiben.«

»Ich liebe dich.«

»Ich liebe dich auch.« Die Welt schien bei diesen Worten stillzustehen. Es war, als würde er den Satz mit seinen Augen Wort für Wort in ihr Herz graben. Er drückte Kezia mit seinem Blick an sich, dann legte er den Hörer langsam auf. Während er durch die Tür ging, ließ sie ihn nicht aus den Augen, und diesmal blickte er zurück, grinste fröhlich und winkte. Sie antwortete mit demselben Handzeichen und ihrem tapfersten Lächeln. Dann war er verschwunden.

Der Wärter, der hinter ihnen gestanden hatte, nahm sie nun beiseite und zeigte ihnen den Weg zu dem separaten Fahrstuhl. Ein Taxi wartete schon in der Garage. Es waren keine Reporter in Sicht. Gleich darauf saßen sie in dem Taxi und verließen das Gebäude und Luke. Alejandro und Kezia waren wieder allein, und nun hatte sie nichts, worauf sie sich freuen konnte. Der Besuch war vorbei. Seine Worte klangen in ihren Ohren nach, während sie sein Bild im Geist vor sich sah. Sie wollte mit den Träumen der jüngsten und früheren Vergangenheit allein sein. Der noch neue Aquamarin blitzte an ihrer zitternden Hand, während sie eine Zigarette anzündete und versuchte, sich zu beherrschen.

»Er will, daß wir nach New York zurückfliegen«, sagte sie mit heiserer Stimme zu Alejandro, ohne ihn dabei anzusehen.

»Ich weiß.« Er hatte ihren Widerstand erwartet und war überrascht, daß sie es so offen aussprach. »Bist du fähig zu fliegen?« Es wäre die beste Lösung, wenn sie einfach verschwand und die Lage zu Hause überdachte, nicht im Ritz.

»Ich bin o.k. Soviel ich weiß, geht um vier ein Flugzeug. Sehen wir zu, daß wir es kriegen.«

»Dann müssen wir uns aber verdammt beeilen.« Er sah auf die Uhr, und sie schneuzte sich unauffällig.

»Wir könnten es schaffen.« Ihre Stimme klang, als wäre sie tausend Meilen weit weg, und sie sprachen nicht miteinander, bis sie das Flugzeug bestiegen.

29

Die Stimme am Telefon war ihr vertraut und teuer geworden.

»Ich bin hungrig. Wäre es möglich, daß du mir was zu essen gibst?« Es war Alejandro. Sie waren seit einer Woche wieder in New York. Eine Woche voller fortgesetzter Anrufe von ihm, unerwarteter Besuche, kleiner Blumensträuße, mit Problemen, zu deren Lösung er angeblich ihre Hilfe brauchte, Ausreden und Besorgnis.

»Ich könnte vielleicht einen ›*Thun surprise*‹ zustande bringen.«

»Das ißt man in der Park Avenue? Verdammt, da esse ich lieber in der Stadt. Aber dort ist die Gesellschaft nicht so gut. Außerdem habe ich ein Problem.«

»Schon wieder? Unsinn. Ehrlich, Liebster, mir geht es gut. Du mußt nicht wieder hierherkommen.«

»Und wenn ich gern möchte?«

»Dann werde ich mich freuen, dich hier zu begrüßen.«

»So formell. Und mir doch den *Thun surprise* vorsetzen. Etwas Neues von Luke?«

»Ja. Zwei große, dicke Briefe. Und ein Besuchsformular, das ich ausfüllen soll. Halleluja! Noch zwei Wochen, dann kann ich ihn besuchen.«

»Nur ruhig Blut. Hat er noch etwas geschrieben? Oder nur den kitschigen Schmus, den ich nicht mehr hören kann?«

»Jede Menge davon. Und auch, daß er mit einem anderen Burschen eine vier Quadratmeter große Zelle teilt. Klingt gemütlich, was?«

»Sehr. Sonst noch eine gute Nachricht?« Der Klang ihrer Stimme gefiel ihm nicht. Anstelle des Kummers war nun Bitterkeit getreten.

»Sonst nicht viel. Ich soll dir seine besten Grüße ausrichten.«

»Ich bin ihm noch einen Brief schuldig. Ich werde ihm diese Woche schreiben. Und was hast du heute so alles gemacht? Was über Sex geschrieben?«

Sie lachte. »Ja, ich habe eine sehr sexy Buchbesprechung für die *Washington Post* geschrieben.«

»Phantastisch. Die kannst du mir vorlesen, wenn ich komme.«

Er kam zwei Stunden später mit einer kleinen Topfpflanze und einer Tüte heißer Kastanien.

»Wie geht es im Zentrum? Mmmm ... prima ... nimm dir noch eine.« Sie saß vor dem Kamin und schälte die heiße Maroni.

»Das Zentrum ist nicht übel. Es war schon schlechter.« Aber nicht viel. Doch das wollte er ihr nicht jetzt erzählen. Wie die Dinge lagen, würde er in einem, vielleicht zwei Monaten Schluß machen. Aber sie hatte in letzter Zeit selbst genügend Veränderungen mitgemacht und sollte sich nicht auch noch seine Kümmernisse anhören.

»Was ist also dieses angebliche Problem, über das du mit mir sprechen willst?«

»Problem? Ach, *das* Problem!«

»Du Lügner ... aber du bist ein lieber Lügner. Und ein guter Freund.«

»In Ordnung. Ich lege ein Geständnis ab. Ich habe nur einen Vorwand gebraucht, um dich zu besuchen.« Er ließ den Kopf hängen wie ein gescholtenes Kind.

»Lauter Schmeicheleien, mein Lieber ... ich liebe sie.« Sie warf ihm noch eine Kastanie zu.

Er sah zu, wie sie sich zurücklehnte und ihre Füße am Feuer wärmte. Auf ihren Lippen lag ein Lächeln, aber der Glanz war aus ihren Augen verschwunden. Sie sah täglich schlechter aus. Sie hatte stark abgenommen, war totenblaß und ihre Hände zitterten fast ständig. Nicht sehr, aber doch merklich. Es gefiel ihm nicht. Gar nicht.

»Wie lange ist es her, seit du aus warst, Kezia?«

»Wo aus?«

»Stell dich nicht dümmer, als du bist. Du weißt genau, was ich meine. Aus diesem Haus. Draußen. In der frischen Luft.« Er sah sie an, doch sie wich seinem Blick aus.

»Ach so. Na ja, es ist eine Weile her.«

»Wie lange ist eine Weile? Drei Tage? Eine Woche?«

»Ich weiß nicht, ein paar Tage, vermutlich. Ich hatte vor allem Angst davor, von den Pressefritzen überfallen zu werden.«

»Unsinn. Vor drei Tagen hast du mir gesagt, daß sie nicht mehr anrufen, und sie treiben sich nicht mehr bei deinem Haus herum. Die Story ist tot, Kezia, das weißt du. Was hält dich also im Haus fest?«

»Lethargie. Müdigkeit. Angst.«

»Angst wovor?«

»Darüber bin ich mir noch nicht im klaren.«

»Schau, Baby, für dich hat sich viel geändert, noch dazu sehr abrupt und von heute auf morgen. Aber du mußt zu deinem alten Leben zurückfinden, etwas mit dir selbst anfangen. Ausgehen, Leute sehen, frische Luft atmen. Verdammt, mach doch einen Einkaufsbummel, wenn dich das mehr reizt, aber sperr dich nicht hier ein. Du bist schon ganz grün im Gesicht.«

»Wie schrecklich schick.« Aber sie hatte begriffen.

»Willst du jetzt spazierengehen?«

Sie wollte nicht, wußte aber, daß es für sie gut war. »Okay.«

Sie wanderten schweigend Hand in Hand zum Park, ohne daß sie einmal aufsah. Sie waren beinahe beim Zoo, als sie zu sprechen begann.

»Was soll ich nur tun, Alejandro?«

»Worauf beziehst du das?« Er wußte es zwar, wollte es aber von ihr hören.

»Mein Leben.«

»Laß dir Zeit, dich anzupassen. Dann versuch deine Lage zu begreifen. Die Wunden sind noch viel zu frisch. In gewissem Sinn stehst du unter Schock.«

»Dieses Gefühl habe ich. Als ginge ich betäubt herum. Ich vergesse zu essen, ich vergesse, ob die Post gekommen ist, ich weiß nicht, welcher Wochentag ist. Ich beginne zu arbeiten, aber dann schweifen meine Gedanken ab, ich blicke auf, es ist zwei Stunden später und ich habe nicht einmal den Satz, den ich getippt hatte, zu Ende gebracht. Es ist verrückt. Ich führe mich auf wie eine jener kleinen alten Frauen, die sich in ihren Häusern vergraben und die jemand immer wieder daran erinnern muß, auch den zweiten Strumpf anzuziehen und ihre Suppe aufzuessen.«

»So schlimm ist es mit dir noch nicht. Du hast die Kastanien ziemlich rasch verputzt.«

»Nein. Aber ich bin auf dem besten Weg dazu, Alejandro. Ich fühle mich so unsicher... und so verloren...«

»Du mußt dir nur gut zureden und warten, bis du wieder das Gefühl hast, du selbst zu sein.«

»Ja, und inzwischen betrachte ich seine Kleider im Schrank. Ich liege im Bett und warte darauf, daß er die Tür aufreißt, rede mir ein, daß er in Chicago ist und am Morgen wieder zurück sein wird. Es treibt mich zum Wahnsinn.«

»Kein Wunder. Schau, Baby, er ist nicht tot.«

»Nein. Aber er ist fort. Und ich habe mir angewöhnt, mich in allem auf ihn zu verlassen. Dreißig Jahre lang, oder jedenfalls als Erwachsene zehn Jahre lang habe ich mich nie auf einen Mann verlassen. Aber bei Luke habe ich mich gehenlassen, alle trennenden Wände niedergerissen. Ich stützte mich ganz auf ihn, und jetzt... habe ich das Gefühl umzukippen.«

»Jetzt gerade?« Er versuchte sie ein wenig zu necken.

»Ach, halte doch den Mund.«

»Also gut, ernsthaft. Es ist eine unabwendbare Tatsache, daß er fort ist und du hier. Du wirst dein altes Leben früher oder später wieder aufnehmen müssen.«

Sie nickte wieder, grub die Hände tiefer in die Taschen, und sie gingen weiter. Als sie aufblickte, waren sie bei den Pferdekutschen vor dem Plaza angelangt.

»Das Hotel muß gar nicht übel sein«, sagte Alejandro. Irgendwie erinnerte es ihn an das Fairmont.

»Warst du nie drinnen? Nur auf einen Blick?« Sie war überrascht, als er den Kopf schüttelte.

»Nein. Ich hatte keinen Grund dazu. Das ist nicht gerade mein Viertel.« Sie schob ihre Hand unter seinen Arm.

»Komm, gehen wir hinein.«

»Ich habe aber keinen Schlips.« Die Vorstellung machte ihn nervös.

»Und ich sehe aus wie eine Halbseidene. Aber sie kennen mich dort. Sie werden uns schon einlassen.«

»Darauf möchte ich wetten.« Sie gingen die Stufen zum Plaza so entschlossen hinauf, als hätten sie soeben beschlossen, das Haus aus einer Laune heraus zu kaufen.

Sie gingen an den gepuderten Witwen vorbei, die im Palm Court zu Geigenklängen Torten aßen, und Kezia führte ihn fachkundig durch die geheimnisvollen Säle. Sie hörten japanisch, spanisch, schwedisch, ein bißchen französisch, und die Musik erinnerte Alejandro an die alten Garbo-Filme. Das Plaza war pompöser als das Fairmont und viel lebendiger.

Sie blieben an einer Tür stehen, und Kezia blickte in den Saal. Er war groß, luxuriös ausgestattet und hatte eine endlose Eichentäfelung, der er seinen Namen verdankte. Es gab eine langgestreckte, reichhaltige Bar und eine bezaubernde Aussicht auf den Park.

»Louis?« Sie winkte dem Oberkellner, der lächelnd herbeikam.

»Mademoiselle Saint Martin, *comment ça va? Quel plaisir!«*

»Hallo, Louis. Könnten Sie uns in einem stillen Eckchen unterbringen? Wir sind nicht entsprechend gekleidet.«

»*Aucune importance.* Das ist kein Problem«, versicherte er ihnen so großzügig, daß Alejandro überzeugt war, sie hätten auch splitternackt kommen können und hätten es wahrscheinlich versuchen sollen.

Sie setzten sich an einen kleinen Tisch in der Ecke, und Kezia knabberte Nüsse.

»Gefällt es dir?«

»Es ist beeindruckend.« Er wirkte ein bißchen eingeschüchtert. »Kommst du oft hierher?«

»Nein. Früher schon. Soweit es gestattet ist. Frauen werden nur zu bestimmten Zeiten eingelassen.«

»Ein Herrenlokal also?«

»Du hast es beinahe erraten. Mach dir deinen Reim drauf ...« Sie kicherte. »Schwule, mein Lieber, Schwule. Man könnte wahrscheinlich sagen, daß dies hier die eleganteste Homosexuellenbar in ganz New York ist.« Er lachte und sah sich um. Sie hatte recht. Etliche Homosexuelle saßen vereinzelt herum, ziemlich viele sogar, als er sich noch einmal kritischer umsah. Sie waren die bei weitem elegantesten Männer im Saal. Alle anderen sahen wie solide Geschäftsleute und reichlich langweilig aus.

»Weißt du, Kezia, wenn ich mich in einem solchen Lokal umsehe, weiß ich, warum du bei Luke gelandet bist. Früher habe ich mich das immer gefragt. Nicht, daß etwas mit ihm nicht stimmen würde. Aber ich hätte erwartet, daß du mit einem Wallstreet-Anwalt ausgehst.«

»Das habe ich eine Zeitlang versucht. Er war schwul.«

»Du meine Güte.«

»Ja. Aber was hast du gemeint, als du sagtest, ›wenn man sich in einem solchen Lokal umsieht‹?«

»Einfach, daß ich die Männer deiner Gesellschaftsklasse nicht gerade umwerfend finde.«

»Aha. Ich auch nicht. Das war immer mein Problem.«

»Und was nun? Kehrst du in deine alte Welt zurück?«

»Ich weiß nicht, ob ich es noch kann und warum ich mir die Mühe machen sollte. Höchstwahrscheinlich werde ich warten, bis Luke entlassen wird.« Er antwortete nichts darauf, und sie bestellten noch zwei Scotch.

»Was ist mit deinem Freund Edward? Hast du mit ihm Frieden geschlossen?« Alejandro schauderte es noch immer, wenn er an die halb verrückte Stimme dachte, die nach der Verhandlung im Fairmont angerufen hatte.

»Gewissermaßen. Ich glaube nicht, daß er mir den Skandal jemals wirklich verzeihen wird. Er hat das Gefühl, versagt zu haben, weil er mich sozusagen aufgezogen hat. Aber die Zeitungen haben sich wenigstens beruhigt. Und die Menschen vergessen. Ich bin schon ein alter Hut.« Sie zuckte die Schultern und trank einen Schluck Scotch. »Außerdem lassen mir die Leute eine Menge durchgehen. Wenn du genug Geld hast, halten sie dich für exzentrisch und finden dich sogar amüsant. Wenn du die Piepen nicht hast, nennen sie dich ein perverses Schwein und ein Arschloch. Es ist ekelhaft, aber so ist es eben. Du würdest über manches entsetzt sein, was meine Freundinnen sich ungestraft erlauben. Keineswegs etwas Harmloses wie meine ›schändliche‹ Affäre mit Luke.«

»Stört es dich, wenn die Leute wegen Luke aus dem Häuschen geraten?«

»Eigentlich nicht. Es ist meine Angelegenheit, nicht die ihre. In den letzten Monaten hat sich sehr viel geändert. Am meisten ich selbst. Um so besser. Edward zum Beispiel hatte die Vorstellung, daß ich noch ein Kind bin.«

Alejandro wollte sagen, »Ich auch«, tat es aber nicht. Sie wirkte wirklich so; es hatte mit ihrer Größe und ihrer scheinbaren Zerbrechlichkeit zu tun.

Nach der dritten Runde Scotch verließen sie das Lokal mit leerem Magen, aber voll wie Strandhaubitzen.

»Weißt du, was komisch ist?« Sie lachte so sehr, daß sie sich kaum auf den Beinen halten konnte, aber die kalte Luft hatte sie ein wenig ernüchtert.

»Was ist komisch?«

»Ich weiß nicht... alles...« Sie lachte wieder, und er wischte sich Tränen ab, die ihm die Kälte und das Lachen in die Augen trieb.

»Hör mal, möchtest du vielleicht mit einer Pferdekutsche fahren?«

»Ja!« Sie stiegen ein, und Alejandro gab dem Kutscher Kezias Adresse an. Es war eine bequeme Kutsche mit einer alten Waschbärdecke. Sie krochen darunter und kicherten während der Heimfahrt ununterbrochen; der Scotch und das Waschbärenfell hatten ihnen eingeheizt.

»Kann ich dir ein Geheimnis anvertrauen, Alejandro?«

»Natürlich, ich liebe Geheimnisse.« Er drückte sie an sich, damit sie nicht aus der Kutsche hinausfiel. Es war eine gute Ausrede.

»Seit ich zurück bin, bin ich jede Nacht blau.«

Er blickte sie mit vom Scotch benebelten Augen an und schüttelte den Kopf. »Das ist albern. Ich werde nicht zulassen, daß du so tief sinkst.«

»Du bist ein netter Mann, Alejandro, ich liebe dich.«

»Ich liebe dich auch.«

Sie saßen nebeneinander und schwiegen für den Rest des Weges bis zu ihrem Haus. Er bezahlte die Kutsche, und sie fuhren kichernd im Fahrstuhl hinauf zu ihrer Wohnung.

»Weißt du, ich glaube, ich bin zu betrunken, um zu kochen.«

»Um so besser. Ich bin zu betrunken, um zu essen.«

»Ja. Ich auch.«

»Kezia, du solltest aber etwas in den Magen bekommen...«

»Später. Willst du morgen zum Abendessen kommen?«

»Ich werde pünktlich sein. Mit einer Strafpredigt.« Er versuchte, ein ernstes Gesicht zu machen, aber es gelang ihm nicht.

»Dann werde ich dich eben nicht reinlassen.«

»Dann werde ich pusten und husten und blasen...« Sie brachen in der Küche vor Heiterkeit zusammen, und er küßte sie beschwipst auf die Nasenspitze. »Ich muß gehen. Auf Wiedersehen morgen. Und versprichst du mir etwas?«

»Was?« Plötzlich sah er ernst aus.

»Du wirst heute abend keinen Tropfen Alkohol mehr trinken, Kezia. Versprochen?«

»Ich... äh... ja... okay.« Aber es war ein Versprechen, das sie nicht halten würde.

Sie begleitete ihn zum Fahrstuhl und winkte ihm fröhlich nach, als die Tür zuglitt, ehe sie in die Küche zurückkehrte und den Rest der Scotchflasche hervorholte, die sie am vergangenen Abend angebrochen hatte. Sie war sehr erstaunt, daß der Whisky darin nur noch zwei Zentimeter hoch stand.

Es war seltsam, aber während sie den Rest in ein Glas goß und einen Eiswürfel hinzufügte, sah sie Tiffanys Begräbnis wieder vor sich. Es war eine dumme Art zu sterben, aber die anderen hinterließen ein solches Durcheinander. Das war beim Trinken wenigstens nicht der Fall... nicht wirklich... nicht sehr... oder doch? Es war ihr eigentlich egal, sie trank das Glas in einem Zug aus.

Das Telefon klingelte, aber sie wollte sich nicht melden. Luke konnte es ja nicht sein. Das wußte sie sogar, wenn sie betrunken war. Luke befand sich auf einer Reise... in Tahiti... auf einer Safari... und dort gab es kein Telefon... aber er würde Ende der Woche zurück sein. Das wußte sie genau. Freitag. Warte mal... was war heute? Dienstag? Montag? Donnerstag. Er würde morgen nach Hause kommen. Sie öffnete eine frische Flasche. Diesmal Bourbon. Auf das Wohl von Lucas. Er würde ja bald nach Hause kommen.

30

»Kind, du siehst schrecklich dünn aus.«

»Marina bezeichnete es soeben als ›himmlisch schlank‹. Sie und Halpern sind gerade vorbeigegangen.« Die Hochzeit hatte am Neujahrstag in Palm Beach stattgefunden.

Edward setzte sich neben sie auf die Bank. Es war ihr erster gemeinsamer Lunch seit fast zwei Monaten. Und nun sah sie so verändert aus, daß er erschrak.

Ihre Augen lagen tief in den Höhlen, die Haut über ihren Backenknochen war gespannt, und von dem früheren Feuer in ihren Augen war nicht einmal ein Schimmer übrig. Was für einen Preis hatte sie bezahlt. Und wofür? Er war noch immer konsterniert, hatte ihr aber versprochen, nicht mehr darüber zu reden. Das war die Bedingung, unter der sie seine Einladung zum Lunch angenommen hatte. Er hatte sich so danach gesehnt, sie wiederzusehen. Vielleicht gab es doch noch eine Möglichkeit, das Verlorene wiederzugewinnen.

»Es tut mir leid, daß ich zu spät kam, Kezia.«

»Kein Grund zur Besorgnis, mein Lieber. Ich habe einen Drink gehabt, während ich wartete.« Das war auch etwas Neues. Aber sie war wenigstens noch immer untadelig gepflegt. Eigentlich sogar mehr als sonst. Sie sah beinahe unpersönlich aus. Der Nerzmantel, den sie so selten trug, hing über der Rücklehne eines Stuhles.

»Warum bist du heute so piekfein angezogen? Gehst du nach dem Lunch noch irgendwohin?« Normalerweise untertrieb sie, aber heute war es nicht der Fall, und daß sie ausnahmsweise im Nerzmantel erschien, überraschte ihn.

»Ich beginne ein neues Kapitel in meinem Leben. Ich bin nach Hause gekommen, um mich zur Ruhe zu setzen, wie es so schön heißt.« Lukes Brief war an diesem Morgen gekommen, und er hatte darauf gedrungen, daß sie zumindest versuchen sollte, sich wieder an ihren alten Lieblingsaufenthaltsorten zu zeigen. Es war besser, als verbiestert daheimzusitzen – oder zu trinken, eine neue Gewohnheit, von der er nichts wußte. Doch sie hatte beschlossen, seinen Rat zu befolgen. Deshalb hatte sie Edwards Einladung zum Mittagessen angenommen und den Pelzmantel herausgeholt. Sie kam sich jedoch albern vor. Fast wie Tiffany, die versucht hatte, ihr Unglück mit Pfefferminzbonbons und einem teuren Pelz zu kaschieren.

»Was meinst du mit ›ein neues Kapitel beginnen‹?« Er wagte nicht, die Affäre mit Luke Johns zu erwähnen, sonst wäre sie vielleicht auf der Stelle aufgestanden und weggegangen. Davor hatte er Angst. Er winkte dem Kellner, um ihren obligaten Louis Roederer Champagner zu bestellen. Der Kellner sah beunruhigt aus, deutete aber mit einem Lächeln an, daß er verstanden hatte.

»Ach, sagen wir, daß ich mich bemühe, ein braves Mädchen zu sein und einige meiner alten Freunde wiederzusehen.«

»Whitney?« Edward war ein wenig überrascht.

»Ich sagte, daß ich brav sein, nicht mich lächerlich machen will, mein Lieber. Nein, ich dachte nur, ich würde ›zurückkehren‹ und mich ein wenig umsehen.« Der Champagner kam, der Kellner schenkte ein. Edward kostete und nickte zustimmend. Der Kellner schenkte nun beiden ein, und Edward hob sein Glas zu einem Trinkspruch.

»Dann gestatte mir zu sagen, willkommen daheim.« Er wollte fragen, ob es eine Lehre für sie gewesen war, wagte es aber nicht. Vielleicht war sie klüger geworden ... vielleicht. Ihr kleines Mißgeschick hatte sie jedenfalls reifer gemacht. Sie sah um fünf Jahre älter aus, als sie war, besonders in dem einfachen lila Wollkleid und den wunderschönen Perlen ihrer Großmutter. Dann bemerkte er den Ring an ihrer Hand. Er nickte beifällig. »Eine Neuerwerbung? Sehr hübsch.«

»Ja. Luke hat ihn mir in San Francisco gekauft.« Sein Gesichtsausdruck wurde wieder säuerlich. Vor Bitterkeit. Vor Ärger.

»Ich verstehe.« Er gab keine weitere Bemerkung dazu ab, Kezia trank ihr Glas aus, während Edward an seinem Champagner nur nippte.

»Wie steht es derzeit mit deinem Schreiben?«

»Es geht. Ich habe seit einiger Zeit nichts mehr geschrieben, mit dem ich zufrieden war. Ja, Edward, ich weiß. Aber wenn du mich so ansiehst, wird das verdammt nichts daran ändern. Ich weiß genau Bescheid.« Plötzlich ging es ihr auf die Nerven, daß er ständig die Augenbrauen hochzog. »Es stimmt, mein Lieber, ich schreibe nicht so gut, wie ich sollte. Ich habe zwölf Pfund abgenommen, seit du mich das letzte Mal gesehen hast, ich sperre mich zu Hause ein, weil ich vor den Reportern Angst habe, und ich sehe um zehn Jahre älter aus. Das weiß ich alles. Wir wissen beide, daß ich eine schwere Zeit hinter mir habe. Und wir kennen beide den Grund, also hör doch endlich auf, ein so verdammt schockiertes, mißbilligendes Gesicht zu machen. Es geht mir verdammt auf die Nerven.«

»Kezia!«

»Ja, Edward?«

Er erkannte an ihrem Blick, daß sie mehr getrunken hatte, als er angenommen hatte. Er war so bestürzt, daß er sich halb umdrehte und sie scharf anblickte.

»Okay, mein Lieber, was gibt es jetzt wieder? Ist meine Wimperntusche zerlaufen?«

»Du bist betrunken.« Seine Stimme war kaum ein Flüstern.

»Ja«, flüsterte sie mit einem bitteren, schwachen Lächeln. »Und ich werde noch betrunkener werden. Ist das nicht komisch?« Er lehnte sich seufzend zurück und suchte nach den richtigen Worten, dann sah er sie. Die Reporterin von *Women's Wear Daily*, die sie von der anderen Seite des Saales aus beobachtete.

»Verdammt.«

»Ist das alles, was du zu sagen hast, mein Lieber? Ich werde zu einer Alkoholikerin, und dir fällt dazu nur ›verdammt‹ ein?« Sie spielte jetzt boshaft und gemein mit ihm, aber sie konnte nicht anders. Sie erschrak, als er sie am Arm packte.

»Kezia, diese Frau vom *Women's Wear* sitzt dort drüben, und wenn du etwas tust, irgend etwas, um ihre Aufmerksamkeit zu erregen oder dich mit ihr zu verfeinden, werde ich ... wirst du es bereuen.« Kezia stieß ein kehliges Lachen aus und küßte ihn auf die Wange. Sie hielt es für lustig, und Edward hatte das beklommene Gefühl, daß er die Ereignisse nicht mehr beeinflussen konnte, daß sie außer Kontrolle gerieten. Sie wollte alle reizen; sie wollte nicht »heimkommen«. Sie wußte gar nicht, wo »daheim« war. Und sie war schlimmer, als Liane gewesen war. Sie war viel schamloser, viel härter, zäher, willensstärker ... und viel schöner. Er hatte sie nie mehr geliebt als jetzt, in diesem Augenblick, und er wollte nur eines, sie schütteln oder ohrfeigen. Und dann mit ihr schlafen. Mitten in La Grenouille, wenn es sein mußte. Die Vorstellungen, die ihm plötzlich durch den Sinn gingen, erschreckten ihn, und er schüttelte den Kopf, als wollte er sich von ihnen befreien. Dabei spürte er, wie Kezia seine Hand tätschelte.

»Hab keine Angst vor der blöden, alten Sally, Edward, sie wird dich nicht beißen. Sie sucht nur eine Story.« Er fragte sich, ob sie jetzt gehen sollten, bevor sie gegessen hatten. Aber das konnte auch zu einer Szene führen. Er saß in der Falle.

»Kezia ...« Er zitterte fast vor Angst und konnte nichts anderes tun als ihre Hand ergreifen, in ihre Augen blicken und beten, daß sie sich anständig benehmen und keine Szene heraufbeschwören würde. »Bitte.« Kezia sah den Kummer in seinen Augen; es war, als schütte er heißes Öl in ihre Wunden. Sie wollte seine Gefühle nicht sehen, nicht jetzt. Sie konnte mit ihren eigenen nicht fertigwerden, und schon gar nicht mit seinen.

»Schon gut, Edward. Schon gut.« Sie blickte weg, ihre Stimme klang wieder gedämpft, und sie bemerkte, wie die WWD-Reporterin sich auf einem Schreibblock Notizen machte. Aber es würde keine weitere Story geben. Nur, daß sie gesehen worden war. Sie würde kein Aufsehen erregen. Davon hatten sie alle genug. »Es tut mir leid.« Sie sagte es seufzend wie ein Kind, lehnte sich zurück, und Edward war erleichtert. Das zärtliche Gefühl für sie kehrte wieder.

»Warum läßt du dir nicht helfen, Kezia?«

»Weil niemand dazu imstande ist.« Tränen zitterten an ihren Wimpern. »Versuche nur zu begreifen, daß es verdammt wenig gibt, was du derzeit für mich tun kannst. Die Gegenwart ist so, wie sie ist, die Vergangenheit ist vorbei, und die Zukunft ... die sehe ich jetzt nicht allzu deutlich vor mir. Vielleicht ist das mein Hauptproblem.« Sie fragte sich jetzt oft, ob Tiffany das gleiche empfunden hatte. Als ob ihr jemand die Zukunft gestohlen hätte. Sie hatten ihr den großen Smaragdring und die Perlen gelassen, aber keine Zukunft. Es war schwierig, das Edward zu erklären. Er war in seinen Entscheidungen immer so sicher gewesen. Dadurch war er auch so weit von ihr entfernt.

»Bedauerst du das Geschehene, Kezia?« Aber er sah entsetzt die Reaktion in ihren Augen. Wieder war er ins Fettnäpfchen getreten. Mein Gott, es war wirklich schwer, mit dem Mädchen zu sprechen. Eine Kreuzigung beim Lunch.

»Wenn du Lucas meinst, Edward, bedaure ich es natürlich nicht. Er ist das einzig Anständige, das ich in den letzten zehn oder zwanzig, vielleicht sogar dreißig Jahren erlebt habe. Was ich bedaure, ist der Widerruf seiner bedingten Haftentlassung. Dagegen kann ich aber nichts tun. Niemand kann etwas dagegen tun. Gegen einen solchen Widerruf kann man nämlich keine Berufung einlegen. Es ist vollkommen sinnlos.«

»Ich verstehe. Mir war nicht klar, daß dich dieses... Problem noch immer so sehr beschäftigt. Ich nahm an, daß nach...«

Sie schnitt ihm äußerst verärgert mitten im Satz das Wort ab.

»Du hast eben etwas Falsches angenommen. Und damit du, wenn du es in den Zeitungen liest, nicht an dem Schock stirbst: Ich werde bald wieder nach San Francisco fliegen.«

»Wozu, um Himmels willen?« fragte er *sotto voce*, damit es niemand hören konnte, doch Kezia sprach in normaler Lautstärke.

»Offensichtlich, um ihn zu besuchen. Und ich sagte dir schon, ich will nicht darüber sprechen. Weißt du was, Edward? Ich halte es für unangebracht, dieses ganze Thema mit dir zu besprechen, und dieser ganze Lunch ist unerträglich langweilig. Ich glaube wirklich, mein Lieber, ich habe jetzt genug davon.« Ihre Stimme erhob sich und wurde unangenehm schrill, und Edward spürte, daß ihm sein gestärkter Kragen zu eng wurde. Jeder Augenblick hier war ihm verhaßt. Sie trank ihr Glas mit einem Zug leer, sah sich einen Moment im Raum um, dann blickte sie ihn wieder seltsam an.

»Ist dir nicht gut, Kezia? Du warst einen Moment lang ziemlich blaß.« Er sah schrecklich besorgt aus.

»Nein, wirklich, mir geht es blendend.«

»Soll ich ein Taxi für dich kommen lassen?«

»Ja, vielleicht sollte ich wirklich gehen. Um die Wahrheit zu sagen, es ist eine verdammte Belastung. Diese Klatschtante von *Women's Wear* beobachtet uns, seit wir uns hingesetzt haben, und ich habe plötzlich das Gefühl, daß mich der ganze Saal beobachtet, um zu sehen, in welcher Verfassung ich bin. Ich beherrsche mich nur mit Mühe, damit ich nicht aufstehe und ihnen allen sage, daß sie mich mal können.«

Edward wurde blaß. »Nein, Kezia, ich glaube, das solltest du nicht tun.«

»Verdammt, mein Lieber, warum nicht? Es wäre doch lustig.«

Sie zog ihn wieder auf und war so gemein. Warum nur? Warum mußte sie ihm das antun? Wußte sie nicht, wie sehr er an ihr hing? Daß es ihm das Herz brach, sie so zu sehen... daß er nicht nur aus weißen Hemden und schwarzen Anzügen bestand... daß unter den eleganten maßgeschneiderten Anzügen jemand lebte, ein Herz... ein Körper... ein Mann? Tränen brannten in seinen Augen, und seine Stimme klang rauh, als er ruhig aufstand und Kezias Arm ergriff. Er sah jetzt verändert aus, das spürte auch sie. Die Runde war zu Ende.

»Du gehst jetzt, Kezia.« Sie konnte seine Worte kaum hören, aber der Ton war unmißverständlich. Sie wurde nach Hause geschickt wie ein unartiges Kind.

»Bist du sehr böse?« flüsterte sie, als er ihr in den Nerz half. Jetzt war sie eingeschüchtert. Sie hatte nur spielen... ihn verletzen wollen. Das wußten sie beide.

»Nein. Es tut mir nur sehr leid. Deinetwegen.« Er führte sie zur Tür und hielt sie am Ellbogen fest. Sie würde keine Möglichkeit haben, zwischen Tisch und Tür aus der Rolle zu fallen. Schluß mit dem Spaß. Sie ging merkwürdig unterwürfig neben ihm. Er lächelte eisig nach links und rechts, während sie hinausgingen. Er wollte nicht, daß jemand auf die Idee kam, es gäbe Schwierigkeiten, und Kezia sah schrecklich aus.

Sie standen einen Augenblick in der Garderobe, während er darauf wartete, daß ihm das Mädchen seinen Mantel und den Homburg brachte.

»Edward, ich...« Sie hatte zu weinen begonnen und hielt sich an seinem Arm fest.

»Nicht hier, Kezia.« Was zuviel ist, ist zuviel. Er hielt es nicht mehr aus.

Sie wischte die Tränen mit dem schwarzen Wildlederhandschuh weg und setzte ein frostiges Lächeln auf.

»Wohin gehst du von hier aus? Hoffentlich nach Hause, um dich hinzulegen.« Und dich in den Griff zu bekommen. Das sagte er nicht, aber seine Augen drückten es aus, während er den Homburg zurechtrückte.

»Eigentlich sollte ich heute bei dem Treffen für den Arthritis-Ball aufkreuzen. Aber ich weiß nicht, ob ich dazu imstande bin.«

»Ich glaube es nicht.«

»Ja. Aber ich war schon so lange nicht dort.« Und dort ist Tiffanys Platz als die Trinkerin der New Yorker Gesellschaft frei geworden... diese verdammten alten Vetteln. O Gott... wenn sie das sagte... was wenn... Sie spürte, wie eine heiße Welle über ihr Gesicht lief und die blaßgrüne Farbe ablöste, und fragte sich, ob sie ohnmächtig werden oder sich übergeben würde. Das würde eine feine Geschichte für WWD abgeben.

Edward nahm sie wieder am Ellbogen und bugsierte sie auf die Straße hinaus. An der kalten Luft schien sie munter zu werden. Sie holte tief Atem und fühlte sich besser.

»Hast du eine Ahnung, wie es ist, wenn man dir zuschauen muß, wie du dein Leben wegwirfst? Und für... für...« Ihre Augen suchten die seinen, doch er konnte sich jetzt nicht mehr beherrschen. »Für nichts. Für diesen... diesen Niemand. Um Himmels willen, Kezia, hör jetzt auf damit. Schreib ihm, sag ihm, du willst ihn nicht mehr sehen. Sag ihm...«

Ihre Worte unterbrachen ihn. »Heißt das, daß du mich vor eine Entscheidung stellst?« Sie sah ihn an.

»Was meinst du?« Es überlief ihn eiskalt.

»Das weißt du ganz genau. Muß ich mich entscheiden, Edward? Deine Freundschaft oder seine Liebe?«

Nein, kleines Mädchen, meine Liebe oder seine, aber das konnte er ihr nicht sagen.

»Denn wenn du das meinst... dann sage ich dir jetzt für immer Lebewohl.« Sie streckte den Arm aus, bevor er antworten konnte, und hielt ein vorbeikommendes Taxi an. Es blieb unmittelbar hinter dem Schutzdach mit kreischenden Bremsen stehen.

»Nein, Kezia, ich...«

»Bis bald, mein Lieber.« Sie gab ihm einen Kuß auf die Wange, bevor er sich gefaßt hatte, und sprang ins Taxi. Ehe er sich versah, war sie fort. Weg. »... dann sage ich dir für immer Lebewohl.« Wie konnte sie nur? Und so herzlos, ohne eine Spur von Gefühl in den Augen.

Doch er wußte nicht, daß sie Luke nicht aufgeben konnte. Für niemanden. Auch nicht für ihn. Luke hatte ihr die Flucht aus einer Welt ermöglicht, die sie gequält hatte. Luke hatte ihr den Weg ins Freie gezeigt; jetzt mußte sie bei ihm bleiben. Sie konnte nicht mehr umkehren. Nicht einmal für Edward. Als sie allein im Taxi saß, wäre sie am liebsten gestorben. Sie hatte es getan. Sie hatte Edward getötet. Es war das gleiche, als hätte sie ihren Vater getötet... als hätte sie Tiffany noch einmal getötet. Warum mußte immer jemand daran glauben, fragte sich Kezia, während sie in ihr Viertel fuhr und das Schluchzen unterdrückte. Und warum

Edward? Warum ausgerechnet ihn? Er hatte nur sie, das wußte sie. Aber vielleicht mußte es so kommen. Sie konnte Luke nicht im Stich lassen, und wenn es eine Frage der Loyalität war... Edward konnte damit fertigwerden. Er war so robust. Er würde über alles hinwegkommen, was ihm auferlegt wurde. Darin hatte er Erfahrung. Er verstand sich darauf.

Kezia wußte nicht, daß er den Rest des Tages damit verbrachte, ziellos herumzuirren, in fremde Gesichter zu sehen, fremde Frauen zu beobachten und dabei an sie zu denken.

Das Taxi hielt vor dem Haus in der Fifth Avenue, dessen Adresse Kezia angegeben hatte. Sie kam zu dem Treffen zurecht. Das Komitee begann soeben sich einzufinden. Sie dachte an ihre Gesichter, während sie den Taxifahrer bezahlte... all diese Gesichter... die Nerzmäntel... die Saphire... und Smaragde... und... plötzliche Panik überfiel sie. Der Lunch mit Edward hatte sie mitgenommen, sie war nicht imstande, damit fertigzuwerden. Sie blieb einen Augenblick stehen, bevor sie das Haus betrat. Dann wurde ihr schlagartig klar: Sie konnte nicht hineingehen. Die neugierigen Augen in La Grenouille waren schon schwer genug zu ertragen gewesen. Aber sie mußten wenigstens Distanz halten. Das mußten die Frauen im Komitee nicht, und sie würden alle auf einmal über sie herfallen, mit zynischen Fragen und hämischen Sticheleien. Natürlich hatten sie alle die Fotos in der Zeitung gesehen, wie sie im Gerichtsgebäude zusammengebrochen war, und jedes Wort des Berichts verschlungen. Es war einfach zuviel verlangt, das alles wegzustecken.

Der Schnee knirschte unter ihren Füßen, sie ging zur Ecke, um ein weiteres Taxi herbeizuwinken und nach Hause zu fahren. Sie wollte nur von hier weg. Sie war gedankenlos wieder mit der Sinnlosigkeit ihres Lebens vor der Bekanntschaft mit Luke konfrontiert worden. Selbst ein einziger solcher Tag war ihr zuviel. Von Taxi zu Taxi, vom Lunch zum Komitee, zum Nirgendwo, zum Nichts. Trinken. Betrunken. Sie wunderte sich, was sie eigentlich tat.

Es schneite, sie hatte weder Hut noch Stiefel, aber sie zog den Nerzmantel enger um sich und steckte die behandschuhten Hände in die Manteltaschen. Sie mußte ein Dutzend Blocks hinter sich bringen, wenn sie nach Hause ging, und sie brauchte frische Luft.

Sie legte den ganzen Weg nach Hause mühsam zu Fuß zurück,

die Wildlederschuhe an ihren Füßen waren durchnäßt, ihr Haar feucht, und als sie das Haus erreichte, glühten ihre Wangen, ihre Beine waren eisig und steif, aber sie fühlte sich wieder lebendig und nüchtern. Sie hatte ihr Haar auf die Schultern fallen lassen, wo sich eine Schneemantilla gebildet hatte.

Der Portier lief ihr mit seinem halbzerbrochenen Regenschirm entgegen, als sie aus dem Schneegestöber auftauchte, und sie lachte.

»Nein, nein, Thomas. Mir geht es gut.« Sie fühlte sich wieder wie ein Kind, die nassen Schuhe störten sie nicht im geringsten. Ein solches Husarenstück hätte ihr als Kind tagelange Ermahnungen eingetragen. Totie hätte sie vielleicht sogar bei Edward verpetzt. Aber Totie gehörte jetzt der Vergangenheit an wie Edward. Das hatte sie heute klar erkannt. Jetzt konnte sie die ganze Nacht im Schnee herumgehen, wenn sie wollte. Es spielte wirklich keine Rolle mehr. Nichts spielte eine Rolle. Außer Luke.

Aber das Brummen in ihrem Kopf war wenigstens vergangen, ihre Schultern fühlten sich nicht mehr ganz so schwer an, ihr Kopf war klar. Sogar der Alkohol hatte sich durch die Kälte und den Schnee verflüchtigt.

Die Türglocke klingelte, als sie ihre Strümpfe auszog und ihre kalten Füße unter den Warmwasserhahn in der Badewanne stellte. Sie kribbelten und schmerzten und wurden rot. Sie überlegte, ob sie die Tür öffnen sollte, beschloß aber, es nicht zu tun. Es war sicherlich nur der Fahrstuhlwärter mit einem Paket; wenn es ein Besuch gewesen wäre, hätte man über die Gegensprechanlage angerufen und sie gefragt, ob jemand kommen dürfe. Aber die Glocke klingelte hartnäckig, also trocknete sie sich schließlich die Füße mit einem der großen Handtücher mit Monogramm ab und lief zur Tür.

»Ja? Wer ist da?«

»Cesar Chavez.«

»Wer?«

»Alejandro, du Dummchen.«

Sie öffnete die Tür. »Du lieber Gott, du siehst ja aus wie Frosty, der Schneemann. Bist du zu Fuß gegangen?«

»Den ganzen Weg.« Er sah unglaublich zufrieden mit sich aus. »Ich gewöhne mich doch noch an New York. Jedenfalls bei Schnee. Ist es nicht herrlich?«

Sie nickte zustimmend. »Komm herein.«

»Ich hatte gehofft, du würdest mich nicht im Schnee stehenlassen. Sie haben von unten endlos bei dir angeläutet, aber du hast dich nicht gemeldet. Der Bursche sagte, du bist zu Hause, und ich muß ehrlich oder so total erfroren ausgesehen haben, daß er mich nach oben fahren ließ.«

»Ich habe gerade das Wasser in die Badewanne einlaufen lassen.« Sie blickte auf ihre nackten Füße hinunter, die jetzt fast purpurrot waren, weil die Blutzirkulation nach dem heißen Schock in der Badewanne wieder in Gang gekommen war. »Ich bin auch zu Fuß nach Hause gegangen. Es war einfach herrlich.«

»Was war los? Hast du kein Taxi gefunden?«

»Nein. Ich hatte nur einmal Lust, spazierenzugehen. Es war ein ziemlich verrückter Tag, und ich mußte einen klaren Kopf bekommen.«

»Was ist geschehen?« fragte er etwas besorgt.

»Nicht viel. Ich genoß ein unerträglich feines Treffen mit Edward, und es war verdammt strapaziös. Als Edward erfolglos versuchte, nicht mißbilligend auszusehen, und mich die übrigen Leute anstarrten, ganz zu schweigen von einer Reporterin von *Women's Wear*, die uns nicht aus den Augen ließ... flippte ich vollkommen aus. Um die Sache noch schlimmer zu machen, fuhr ich dann zu einem Wohltätigkeitstreffen und flüchtete, bevor ich hineinging. Da beschloß ich, zu Fuß nach Hause zu gehen.«

»Anscheinend hast du ein bißchen frische Luft gebraucht.«

»Ja. Ich bin einfach für die alten Gesellschaftsspielchen nicht mehr zu gebrauchen. Ich kann nicht einmal wieder mit dem unsinnigen Doppelleben anfangen, und ich werde es auch nicht versuchen. Dieses Leben paßt einfach nicht mehr zu mir. Da bleibe ich lieber allein in meiner Wohnung.«

»Meinst du damit, daß ich mich diskret entfernen soll?«

»Mach dich doch nicht lächerlich.«

Sie nahm ihm den durchnäßten Mantel ab und hängte ihn auf die Küchentür.

»Ich muß zugeben, das Ganze hört sich ziemlich schlimm an.«

»Es ist noch schlimmer... aber Liebling, wie himmlisch du aussiehst, ist das nicht der Regenlook von Cardin ... ach, und dein Ring!« Sie ergriff seine Hand, an der er einen großen, grobgeschliffenen Türkis trug. »Aber der Ring ist natürlich von David Webb, aus seiner brandneuen Kollektion, Liebster? Ach, und natürlich

Segeltuchschuhe von Macy's. Was für eine ausgefallene Idee!« Sie zog eine Grimasse und verdrehte die Augen. »Du lieber Gott, Alejandro, wie kann man unter all dieser Scheiße atmen?«

»Ich schlage einen Schnorchel vor.«

»Du bist unmöglich. Ich meine es ernst.«

»Verzeih mir.« Er setzte sich auf die Couch, nachdem er die Schuhe zu dem Mantel in die Küche gebracht hatte. »Zum Teufel, du hast dieses Leben doch immer recht erfolgreich geführt, oder?«

»Sicherlich. Solange ich mich in die U-Bahn schlich, um meinen Liebhaber in Soho zu treffen, oder zu Luke nach Chicago flog. Außerdem mußte ich dieses ganze Theater wegen meiner Klatschspalte machen.«

»Quatsch. Du ›mußtest‹ es nicht, du wolltest es, sonst hättest du es nicht getan.«

»Das stimmt nicht so ganz. Aber jedenfalls habe ich jetzt genug davon und werde nicht wieder damit anfangen. Außerdem wissen alle, daß ich mich an dem Spiel nicht mehr beteiligen will, warum soll ich also versuchen, ihnen etwas vorzumachen? Aber das Problem ist, was soll ich stattdessen tun? Dort passe ich nicht hin, und Luke ist nicht bei mir, also fühle ich mich ... ziellos. Ich nehme an, so kann man es am ehesten bezeichnen. Hast du eine Idee?«

»Ja. Mach mir eine Tasse Schokolade. Dann werde ich alle deine Probleme lösen.«

»Abgemacht. Möchtest du Brandy hinein?«

»Nein, danke. Ich trinke sie pur.« Er wollte ihr keinen Vorwand liefern, damit sie zu trinken begann. Sie brauchte zwar kaum einen Vorwand, aber vielleicht hatte sie keine Lust, allein zu trinken. Er hatte recht.

»Du bist ein Spielverderber, aber in diesem Fall werde ich auch meine Schokolade pur trinken. Ich habe in letzter Zeit ohnehin zuviel getrunken.«

»Tatsächlich? Wann bist du darauf gekommen? Nachdem die Alkoholiker-Hilfe dir kostenlos die Mitgliedschaft angeboten hat oder vorher?«

»Sei nicht so gemein.«

»Was soll ich tun? Den Mund halten, bis du Leberzirrhose hast?«

»Das klingt ja hoffnungsvoll.«

»Mein Gott, Kezia, das ist nicht einmal komisch. Du machst

mich damit wirklich sauer.« Er sah auch genauso aus, als sie in die Küche verschwand.

Einige Minuten später erschien sie mit zwei dampfenden Tassen heißer Schokolade. »Und wie ist dein Tag so verlaufen?«

»Scheußlich, danke. Ich hatte eine unbedeutende Auseinandersetzung mit meinem Verwaltungsrat. Sie hielten sie jedenfalls für unbedeutend. Ich hätte beinahe gekündigt.«

»Wirklich? Warum?«

»Der übliche Mist. Zuteilung von Geldmitteln. Ich wurde so sauer, daß ich ihnen sagte, ich nehme mir zwei Tage frei.«

»Das muß ihnen aber gefallen haben. Was wirst du mit den zwei freien Tagen anfangen?«

»Mit dir nach San Francisco fliegen und Luke besuchen. Wann fliegst du?«

»Du lieber Gott, Alejandro, meinst du das im Ernst?« Sie freute sich, aber er hatte doch eben erst so viel Geld ausgegeben, als er mit ihnen zu der Verhandlung geflogen war.

»Natürlich, aber nicht Erster Klasse. Bist du bereit, bei den Bauern im Heck der Maschine zu sitzen?«

»Ich werde es überstehen. Spielst du Backgammon? Ich kann mein kleines Brett mitbringen.«

»Wie wäre es mit Poker?«

»Einverstanden. Um die Wahrheit zu sagen, ich bin froh, daß du mitkommst ... heute morgen habe ich an diesen Flug gedacht, und ich habe eine Heidenangst davor.«

»Warum?« Er war überrascht.

»San Quentin. Das klingt so gräßlich. Und ich war noch nie in so einer Anstalt.«

»Es ist nicht gerade ein Erholungsurlaub, aber es ist auch kein Kerker. Du wirst es überleben.« Aber um sicherzugehen, begleitete er sie. Luke hatte darauf bestanden, daß er mitkam. Alejandro wußte, daß er ihn nicht darum ersucht hätte, wenn er nicht einen verdammt guten Grund dafür hatte. Irgend etwas stand bevor.

»Hör mal, kommst du mit, weil du annimmst, ich hätte Schiß, allein hinüberzufliegen?«

»Sei nicht so egozentrisch. Er ist zufällig auch mein Freund.« Sie errötete leicht, und er zupfte an einer Locke ihres zerzausten schwarzen Haares. »Außerdem habe ich nach dem Zauber, den du durchgemacht hast, das Gefühl, du würdest sogar, wenn sie mit M-16 über deinen Kopf hinwegschießen, nur deine Ohrringe fester stecken, deine Handschuhe anziehen und dann ins Feuer marschieren.«

»So fanatisch bin ich?«

»Nicht fanatisch, Baby – beeindruckend. Verdammt beeindrukkend. Übrigens will ich mich, während wir drüben sind, bei einer therapeutischen Gemeinschaft, von der ich dir einmal erzählt habe, wegen eines Jobs erkundigen.«

»Ist das dein Ernst, daß du dich um einen neuen Job umsehen willst?« Dadurch änderte sich einiges.

»Ich weiß noch nicht. Aber es ist der Mühe wert, sich umzusehen.«

»Was immer deine Gründe sind, ich bin froh, daß wir zusammen hinfliegen. Luke wird sich freuen, dich wiederzusehen. Die Überraschung wird für ihn um so größer sein.«

»Wann fliegen wir?«

»Wann kannst du dich vom Zentrum freimachen?«

»Eigentlich wann ich will.«

»Wie wäre es mit morgen abend? Ich habe heute morgen einen Brief von Luke bekommen, in dem er schreibt, daß ich in zwei Tagen die Besuchserlaubnis in Händen halten werde. Also wäre morgen abend genau richtig, jedenfalls für mich. Wie steht es mit dir?«

»Paßt ausgezeichnet.«

Sie lehnten sich mit der Schokolade behaglich in die Couch zurück, erzählten einander alte Geschichten und sprachen über Luke. Sie lachte wie schon seit Wochen nicht mehr, und um Mitternacht verführte sie ihn zu einer Würfelpartie, die fast eine Stunde dauerte.

»Weißt du, womit ich nicht mehr zurechtkomme?«

»Ja, mit den Würfeln. Du spielst lausig, Kleines.« Aber ihr gefiel es, und auch er unterhielt sich dabei sehr gut.

»Nein, halt den Mund. Ich meine es ernst.«

»Entschuldige.«

»Wirklich. Ich komme nur mit etwas nicht zurecht, und das ist der Zwang, sich verstellen zu müssen; die ganze Lebensweise, mit der ich aufgewachsen bin, empfinde ich jetzt als Verstellung. Ich kann nicht offen über Luke sprechen, ohne einen Skandal heraufzubeschwören. Ich kann niemandem zeigen, daß ich leide. Ich kann nicht einmal ich selbst sein. Ich muß die Ehrenwerte Kezia Saint Martin sein.«

»Vielleicht kommt das daher, daß du zufällig die Ehrenwerte Kezia Saint Martin bist. Ist dir das schon mal eingefallen?« Er schüttelte die Würfel in seinen Händen.

»Ja, aber ich bin nicht ›diese‹ Kezia Saint Martin. Nicht mehr. Ich bin ein anständiger Mensch. Und ich befürchte, daß ich einmal damit herausplatze oder jemanden als Idioten bezeichne oder jemandem eine *quiche Lorraine* ins Gesicht werfe.«

»Klingt gut. Vielleicht solltest du es doch einmal versuchen?« Sie lachte schallend, während sie mit untergeschlagenen Beinen vor dem Feuer saß.

»Eines Tages wäre ich vielleicht soweit, es zu versuchen. Aber das wäre das letzte große Finale, mein Freund. Kannst du dir die Meldung im *Time Magazin* vorstellen? Kezia Saint Martin ist am Freitag bei einer Party ausgeflippt, hat mit einer Zitronentorte mit Schlagsahne geworfen und fünf Gäste getroffen. Die Opfer von Miß Saint Martins zeitweiliger Geistesverwirrung waren die Gräfin von ... et cetera, et cetera, et cetera.«

»Serviert man bei diesen Parties Zitronentorten mit Schlagsahne?« fragte er neugierig.

»Nein. Ich nehme an, ich werde mich mit Alaskakuchen begnügen müssen.«

Er streckte die Hand aus und streichelte ihr bereits getrocknetes Haar. Das Feuer hatte es gewärmt.

»Kezia, meine Liebe, du mußt wieder zunehmen.«

»Ja, ich weiß.« Er schüttelte mit glänzenden Augen die Würfel in den Händen, blies darauf und warf sie mit geschlossenen Augen.

»Zwei oder Pleite!«

Kezia kicherte über die Augenzahl, kniff ihn in die Nase und flüsterte ihm ins Ohr: »In diesem Fall, Mr. Vidal, ist es Pleite. Hallo, du Idiot, mach die Augen auf.« Aber statt dessen legte er ihr unerwartet den Arm um die Taille. »Was machst du, bist du total verrückt?« Sein Gesicht war kaum eine Haaresbreite von dem ihren entfernt, und sie nahm an, er mache Spaß. Für ihn war es aber Ernst.

»Was ich mache? Natürlich mache ich mich lächerlich.« Er öffnete die Augen und machte ein Clowngesicht, nahm die Würfel und zuckte die Schultern, aber in seinen Augen lag ein Anflug von Kummer. Wie naiv sie sein konnte! Aber vielleicht war es besser so.

Er stand auf, streckte sich langsam vor dem Feuer, beobachtete die Flammen, die an den Scheiten leckten, und kehrte der noch immer kichernden Kezia den Rücken. »Weißt du was, Kleines? Du hast recht. Auch ich kann den Zwang zur Verstellung nicht länger ertragen.«

»Es ist schauderhaft, nicht wahr?« bestätigte sie verständnisvoll, während sie an einem Keks knabberte. Es war das erste Mal seit Wochen, daß sie den ganzen Abend keinen Tropfen getrunken hatte.

»Ja... es ist schauderhaft. ›Der Zwang, sich verstellen zu müssen‹, wie du es so treffend genannt hast.« Sie nahm an, daß er von seinem Job sprach.

»Ich bin ein Fachmann auf diesem Gebiet.« Aber sie war nicht in der Stimmung, ernst zu sein. Nicht mit ihm; sie hatten einen zu glücklichen Abend zusammen verbracht. »Wieso bist du darauf verfallen?« Die Worte kamen undeutlich wegen der Kekskrumen. Sie sah zu ihm auf, aber er wandte ihr noch immer den Rücken zu.

»Nichts. War bloß so eine Idee.«

31

Sie flogen in der Touristenklasse, und der Flug war langweilig. Den Film hatte Kezia schon mit Luke gesehen, und Alejandro hatte sich Fachzeitschriften mitgenommen, um sie zu studieren. Sie unterhielten sich während der Mahlzeit, aber die übrige Zeit ließ er sie in Ruhe. Er wußte, wie nervös sie war, und diesmal fand er es nicht lustig, als sie die Flasche herauszog

»Ich glaube nicht, Kezia, daß du jetzt trinken solltest.«

»Warum nicht?« fragte sie beinahe beleidigt.

»Trink, was sie dir hier servieren, das sollte reichen.« Er wollte ihr keine Predigt halten, aber es klang sehr entschieden. Sein Ton verwirrte sie mehr als seine Worte, und sie steckte die Flasche wieder weg. Als die Getränke gebracht wurden, bestellte sie einen Scotch und lehnte einen zweiten ab.

»Zufrieden?«

»Es geht nicht um mein Leben, Schwester, sondern um deines.« Er kehrte wieder zu seiner Lektüre zurück, und sie zu ihren Gedanken. Mitunter war Alejandro ein recht merkwürdiger Mann. Er war selbstsicher, ging ganz in seiner Tätigkeit auf, dann wieder gab er sich mit ihr solche Mühe. Sie war beinahe davon überzeugt, daß er die Reise hauptsächlich ihretwegen unternahm, um sicher zu sein, daß sie nicht in Schwierigkeiten geriet, und er hätte dabei seinen Job verlieren können.

Sie hatten Zimmer im Ritz bestellt, und sie war aufgeregt, als sie in die Stadt fuhren. Bei der letzten Kurve zeichnete sich die Skyline der Stadt am Horizont ab, dann waren sie plötzlich mitten in ihr. Die neue, moderne Kathedrale in der Gough Street, die braune Lakritzensilhouette der Bank of America und die von der Bucht hereintreibenden Nebelschwaden. Jetzt erst merkte sie, wie sehr sie sich danach gesehnt hatte, sie wiederzusehen. Die Bucht und die Golden Gate Brücke, Sausalito, Belvedere und Tiburon, die nachts wie ein Wald von Christbäumen blinkten, wenn der Nebel nicht zu dicht war. Und wenn es neblig war, würde sie die Augen schließen, die frische Seeluft tief einatmen und auf das einsame Heulen der Nebelhörner lauschen. Sie wußte, daß auch Lucas sie hören konnte.

Alejandro beobachtete sie während der Fahrt, und ihr Anblick rührte ihn. Sie war so aufgeregt, spannungsgeladen, suchte die Stadt mit ihren Blicken, als hielte sie Ausschau nach etwas Wertvollem, das sie einmal dort verloren hatte.

»Du liebst diese Stadt auch, nicht wahr, Kezia?«

»Ja.« Sie lehnte sich zurück und betrachtete sie voll Freude, als hätte sie sie selbst erbaut.

»Weil Luke dich hierher gebracht hat?«

»Zum Teil. Aber es zieht mich noch etwas anderes her. Die Stadt selbst, nehme ich an. Sie ist so verflucht hübsch.«

»Verflucht, wie?«

»Okay, okay, mach dich nur über mich lustig. Ich weiß nur, daß ich hier glücklich bin.« Trotz der scheußlichen Dinge, die sich hier abgespielt hatten, liebte sie diese Stadt. Sie besaß eine Anziehungskraft, die keine andere Stadt, die sie kannte, hatte. Ihre Gedanken kehrten wieder zu Luke zurück. »Weißt du, es ist unglaublich. Ich bin fünftausend Kilometer geflogen, um ihn eine Stunde lang zu sehen.«

»Und ich glaube, du wärst auch zehntausend Kilometer geflogen, wenn es notwendig gewesen wäre.«

»Vielleicht sogar zwanzigtausend.«

»Sogar zwanzigtausend? Bist du sicher?« Er neckte sie wieder, und das gefiel ihr. Er war ein angenehmer Reisegefährte.

»Alejandro, du bist lästig. Aber nett lästig.«

»Ich liebe dich auch.«

In San Francisco war es ein Uhr morgens, und für sie vier Uhr, aber sie waren beide nicht schläfrig.

»Willst du noch auf einen Drink gehen, Alejandro?«

»Nein. Lieber ein wenig herumfahren.«

»Der Abstinenzlerverein steht auf Abruf zu meiner Verfügung. Wie entzückend.« Sie verzog affektiert den Mund. »Kümmere dich um deinen eigenen Kram. Sobald wir das Gepäck im Hotel abgegeben haben, fahren wir zur Bucht hinaus.« Sie hatten auf dem Flughafen einen Wagen gemietet, und Alejandro fuhr.

»Zu Ihren Diensten, Madam. Du bist doch einen Chauffeur gewöhnt, oder?«

»Ja und nein. Aber eines ist sicher. Du bist wirklich erstaunlich.« Ihre Stimme war weich geworden. »Noch nie hat jemand so viel für mich getan wie du. Nicht einmal Edward. Er hat auf mich aufgepaßt, aber wir haben uns nie so ungezwungen unterhalten. Ich liebe ihn, aber auf ganz andere Art. Er hat von mir immer zuviel erwartet.«

»Zum Beispiel?«

»Ach ... alles zu sein, wozu ich geboren war, und noch mehr, nehme ich an.«

»Und das bist du.«

»Nein, eigentlich nicht. Der Computer muß alles in mir durcheinandergebracht haben. Einige Teile von mir entsprechen nicht seinen Normen.«

»Du gehst am Wesentlichen vorbei. Worauf es ankommt, ist dein Kopf, deine Seele, dein Herz.«

»Nein, mein Lieber, du gehst selbst am Wesentlichen vorbei. Es kommt auf die Parties an, die du besuchst, auf die Kleider, die du trägst, auf die Komitees, in denen du sitzt.«

»Du bist ja verrückt.«

»Jetzt nicht mehr. Aber ich war es.« Plötzlich war sie ernst, aber die Stimmung verflog, als sie beim Ritz ankamen. Ernestine, die einen Bademantel aus grünkariertem Flanell trug, empfing sie mit einem leicht mißbilligenden Blick, da sie Kezia mit Alejandro und nicht mit Luke sah. Aber ihre Einzelzimmer, die durch die ganze Länge des Korridors voneinander getrennt waren, schienen sie wieder zu beruhigen. Sie trottete in ihr Bett zurück, und die beiden gingen hinaus zum Wagen.

»Zur Bucht!« Er war ebenso aufgeregt wie sie.

»Danke!«

»Gewiß, Madam.« Er ließ den Wagen auf der Divisadero Street über die Hügel rumpeln. Sie fühlten sich wie auf einer Berg- und Talbahn, als die steilen Steigungen und Gefälle sie vom Sitz hoben.

»Möchtest du auf ein *taco* gehen?«

Sie nickte lächelnd. »Mich macht die Bucht direkt sinnlich. Dich die *tacos*. Willkommen daheim.«

»Und keine Pizza weit und breit.«

»Gibt es hier draußen keine Pizza?«

Er verzog das Gesicht. »Ja, aber wir halten sie unter Kontrolle. Nicht wie in New York. Nächstens wird ein wilder Haufen von verrückt gewordenen Pizzas die Stadt besetzen.« Er schnitt fürchterliche Fratzen wie die Filmmonster.

»Du bist ein Narr. Meine Güte, sieh dir den Wagen an!« Sie fuhren in ein Drive-in auf der Lombard, und dort wartete ein selbstgebastelter Rennwagen mit hochgezogenem Heck. »Man würde meinen, daß es sehr gefährlich ist.«

»Natürlich nicht. Er ist eine Pracht... wruummm... rrrummm!« Er machte die entsprechenden Geräusche. »Hast du so einen Flitzer noch nie gesehen?«

»Nicht daß ich wüßte – und ich würde mich bestimmt erinnern – außer vielleicht in einem Film. Wie scheußlich!«

»Scheußlich? Er ist eine Schönheit. Paß auf, was du sagst!«

Sie schüttelte lachend den Kopf. »Erzähl mir nicht, daß du einmal so einen hattest! Das wäre ein Schock für mich!«

»Doch, ich hatte einen. Eine besonders niedrige Spezialanfertigung. Mein erster Wagen. Dann verpatzte ich mein Image und kaufte einen übertragenen VW. Mein Leben hatte allen Reiz verloren.«

»Klingt tragisch.«

»Das war es. Hattest du als junges Mädchen einen Wagen?« Sie schüttelte den Kopf, und er riß ungläubig die Augen auf. »Nein?

Mein Gott, alle jungen Leute in Kalifornien haben Autos, sobald sie sechzehn sind. Ich wette, du lügst. Ich wette, du hattest einen Rolls. Komm, sag doch die Wahrheit!« Sie schüttelte heftig den Kopf, während sie fuhren, um ihre *tacos* zu bestellen.

»Ich teile Ihnen mit, Mr. Vidal, daß ich keinen Rolls hatte! Ich lieh mir, als ich in Paris war, einen abgetakelten Fiat aus, und das war alles. Ich habe nie in meinem Leben einen Wagen besessen.«

»Was für eine Schande. Aber deine Familie hatte einen, stimmt's?« Sie nickte. »Aha, und es war ...« Er wartete.

»Ach, einfach ein Wagen, weißt du. Vier Räder, vier Türen, Lenkrad, das Übliche.«

»Du meinst, einen Rolls?«

»Nein.« Sie reichte ihm die *tacos*, die soeben am Fenster aufgetaucht waren. »Es war ein Bentley. Aber meine Tante hat einen Rolls, wenn dich das beruhigt.«

»Sehr. Jetzt gib mir diese *tacos*. Du bist vielleicht fünftausend Kilometer geflogen, um deinen Alten zu sehen. Ich kam wegen der *tacos*. Ein Bentley ... Du meine Güte.« Er biß in seinen *taco* und seufzte vor Entzücken. Kezia lehnte sich zurück und entspannte sich allmählich. Es war beruhigend, mit ihm beisammen zu sein; sie mußte sich nicht verstellen, sondern konnte einfach sie selbst sein.

»Weißt du, was ich komisch finde, Alejandro?«

»Ja. Dich.« Er war bei dem dritten *taco*.

»Nein, ich meine es ernst.«

»Ja? Wieso auf einmal?«

»Ach, stopf dir um Himmels willen noch einen *taco* hinein, dann bist du bis obenhin voll.«

»Nein, ich bekomme davon Blähungen.«

»Alejandro!«

»Doch. Bekommst du nie Blähungen? Haben sie dich anders konstruiert?«

Sie wurde rot. »Ich verweigere die Antwort aus Gründen der ...«

»Ich wette, du furzt im Bett.«

»Du bist gräßlich, Alejandro. Das ist eine äußerst unpassende Bemerkung.«

»Pobrecita.« Wenn er guter Laune war, neckte er sie unaufhörlich, aber das gefiel ihr. Er war im Flugzeug so still gewesen, doch

jetzt war er wieder in fröhlicher Stimmung.

»Was ich Ihnen noch sagen wollte, Mr. Vidal, bevor du unanständige Reden führtest...«

»Unanständig? Wie wird mir?« Er hatte von *tacos* zu Bier gewechselt und nahm einen kräftigen Schluck.

»Was ich dir sagen wollte...« Sie senkte die Stimme. »Das Unheimliche ist, daß ich dich allmählich wirklich brauche. Ist das nicht seltsam? Ich wäre ohne dich vollkommen verloren. Es tut gut zu wissen, daß du in der Nähe bist.«

Er schwieg und sah in die Ferne. »Ja, das Gefühl habe ich auch«, gestand er schließlich. »Mir wird ganz komisch, wenn ich dich ein paar Tage lang nicht sehe. Ich will sicher sein, daß es dir gutgeht.«

»Nett zu wissen, daß du dich um mich sorgst. Mir geht es genauso, und das ist sehr angenehm. Wenn du nicht anrufst, befürchte ich immer, daß dich jemand in der U-Bahn umgebracht hat.«

»Weißt du, das ist eine der Eigenschaften, die ich so an dir liebe.«

»Was?«

»Dein unerschütterlicher Optimismus. Dein Vertrauen in die Menschheit... in der U-Bahn umgebracht. Blödsinn. Warum sollte ich in der U-Bahn umgebracht werden?«

»Das kann jedem einmal passieren. Warum nicht dir?«

»Was du nicht sagst. Feine Aussichten. Weißt du, was ich glaube, Kezia?«

»Was?«

»Daß du im Bett furzt.«

»Da sind wir also wieder beim alten Thema. Du bist ein Flegel, Alejandro. Noch dazu ein grober und unverschämter Flegel! Jetzt fahr mich zur Bucht. Und außerdem furze ich nicht im Bett!«

»Doch, du tust es!«

»Nein!«

»Doch!«

»Frag doch Luke!«

»Das werde ich tun.«

»Wag es ja nicht!«

»Aha! Dann würde er mir die Wahrheit sagen, nicht wahr? Du tust es!«

»Ich tue es nicht! Geh zum Teufel!«

Die Debatte ging in diesem Ton weiter, während er den Wagen aus dem Drive-in lenkte und löste sich schließlich in Gelächter auf. Sie gluckstcn und kicherten und neckten einander während der Fahrt entlang der restlichen Häuserblocks bis zur Bucht, dann wurden sie still. Die Bucht lag vor ihnen wie dunkelblauer Samt, und über ihr hing ein Nebelschleier, nicht tief genug, um den Blick über die Bucht hinweg zu behindern, doch gerade so tief, daß er auf den Brückenpfeilern zu hängen schien. Ein Nebelhorn tutete traurig weit draußen, und die Lichter an der Küste glitzerten.

»Lady, ich werde nächstens einmal hierher zurückkehren.«

»Nein, das wirst du nicht. Du hängst an deiner Arbeit im Zentrum in Harlem.«

»Das glaubst *du*. Dieser Unsinn beansprucht mich jeden Tag mehr, als mir recht ist. Hier drüben werden die Leute nicht so verrückt. Man kann nie wissen, vielleicht wird sich die Vorsprache, für die ich hier einen Termin habe, bezahlt machen.«

»Und was dann?«

»Dann werden wir weitersehen.«

Sie nickte nachdenklich, der Gedanke, daß er New York verlassen könnte, machte sie nervös. Aber es war wahrscheinlich nur Gerede, um Dampf abzulassen. Sie beschloß zu vergessen, was er erzählt hatte. So fühlte sie sich sicherer.

»Bei diesem Anblick möchte ich die Zeit anhalten und für immer in diesem Augenblick verharren.«

»Verrücktes Huhn. Möchten wir nicht alle die Zeit beherrschen? Bist du jemals in der Morgendämmerung hier gewesen?« Sie schüttelte den Kopf. »Dann ist es noch viel schöner. Diese Stadt ist wie eine schöne Frau. Sie ändert sich dauernd, sie hat Launen, sie wird ganz grau, hat Tränensäcke, dann strahlt sie plötzlich auf, und du verliebst dich von neuem in sie.«

»Wen liebst du eigentlich, Alejandro?« Seit dem Tag, an dem sie zum ersten Mal zusammen heiße Schokolade getrunken hatten, hatte sie nicht mehr daran gedacht. Er war fast immer allein oder in ihrer Gesellschaft.

»Das ist eine seltsame Frage.«

»Nein, gar nicht. Gibt es keine Frau in deinem Leben? Eine alte Flamme aus der Vergangenheit?«

»Nichts dergleichen. Ach, ich weiß nicht, Kezia. Ich liebe viele

Menschen. Einige von den jungen Leuten, mit denen ich zusammenarbeite, dich, Luke, andere Freunde, meine Familie. Eine ganze Menge Leute.«

»Und um einige zuviel. Es ist so ungefährlich, eine Menge Leute zu lieben. Es ist viel schwieriger, einen einzigen Menschen zu lieben. Ich habe es nie getan ... bis ich Luke kennenlernte. Er hat mich so vieles gelehrt. Er hatte keine solche Angst davor wie ich ... vielleicht hast du Angst. Gibt es kein weibliches Wesen, das du als Frau liebst? Oder vielleicht ein paar?« Sie hatte kein Recht, danach zu fragen, das wußte sie, aber sie wollte es wissen.

»Nein. Jedenfalls nicht in letzter Zeit. Vielleicht demnächst.«

»Du solltest darüber ein wenig nachdenken. Vielleicht lernst du hier drüben einmal jemanden kennen.« Doch in ihrem Herzen hoffte sie, es würde nicht der Fall sein. Er verdiente die beste aller Frauen, eine, die ihm alles wiederzugeben vermochte, was er ihr gab. Das verdiente er, weil er so viel von seiner Person gab. Aber insgeheim hoffte sie, er würde die Idealfrau noch nicht finden. Sie war noch nicht bereit, ihn zu entbehren. Es war so schön, wie sie zueinander standen. Und wenn er jemanden hätte, würde sie ihn verlieren, das wäre dann unvermeidlich.

»Worüber denkst du nach, Kleines? Du siehst so traurig aus.« Er glaubte, den Grund zu kennen, doch er irrte sich.

»Nur dummes Zeug, das mir so durch den Kopf geht. Nichts von Bedeutung.«

»Mach dir nicht so viele Sorgen. Morgen wirst du ihn ja wiedersehen.«

32

Sie sahen es, als sie auf der Autobahn um eine Kurve fuhren. San Quentin. Jenseits eines Gewässers, eines toten Armes der Bucht, der ins Inland vorstieß, stand es am Ufer, häßlich und unwirtlich. Kezia ließ es für den Rest der Fahrstrecke nicht aus den Augen, bis es wieder aus ihrem Blickfeld entschwand, als sie die Autobahn verließen und eine alte, kurvenreiche Landstraße entlangfuhren.

Der riesige Festungsbau San Quentin raubte ihr den Atem, als sie ihn wiedersah. Das Gebäude ragte ihr entgegen wie ein riesiger

Tyrann oder ein böses Geschöpf in einem schrecklichen Traum. Man kam sich angesichts der Türme und Türmchen, der endlosen, hochragenden Mauern, die nur hin und wieder winzige Fenster aufwiesen, sofort wie ein Zwerg vor. Quentin sah aus wie ein Kerker und hatte die Farbe von vertrocknetem Senf. Es war nicht nur fürchterlich, sondern es verbreitete eine Atmosphäre von Angst und Schrecken, Einsamkeit, Kummer und Verlust. Hohe, mit Stacheldraht abgeschlossene Zäune umgaben das Gebiet, und in allen möglichen Ecken standen Türme mit Wärtern, die mit Maschinengewehren bewaffnet waren. Wärter patrouillierten beim Eingang, und die Leute, die herauskamen, hatten traurige Gesichter, manche trockneten sich die Augen mit Taschentüchern. Es war ein Ort, den man nie vergessen konnte. Er besaß sogar einen langen, trockenen Burggraben mit noch in Gebrauch befindlichen Zugbrücken zu den Maschinengewehrnestern, die die Posten vor möglichen Angriffen schützten.

Während Kezia das Gebäude betrachtete, fragte sie sich, warum es so schrecklich sein mußte. Wer konnte denn von hier flüchten? Dennoch gelang es einem Häftling dann und wann. Und beim Anblick des Zuchthauses verstand sie plötzlich auch, warum die Gefangenen alles riskierten, sogar den Tod, um zu entkommen. Sie konnte verstehen, warum Luke alles Erdenkliche unternommen hatte, um den Männern zu helfen, die er seine Brüder nannte. Um die Gefangenen in einer Haftanstalt wie dieser mußte sich jemand kümmern. Es tat ihr nur leid, daß Luke dafür büßen mußte.

Sie sah auch eine Reihe von sauberen Häusern mit Blumenbeeten im Vorgarten. Die Häuser standen innerhalb der Stacheldrahtzäune, im Schatten der Schießtürme, am Fuß des Gefängnisses. Sie erriet richtig, daß es die Häuser von Wärtern waren, die dort mit ihren Frauen und Kindern wohnten. Sie schauderte bei dem Gedanken. Man mußte das Gefühl haben, auf einem Friedhof zu leben.

Der Parkplatz war voller Schlaglöcher und übersät mit Abfällen. Als sie hinkamen, waren nur noch zwei Parkplätze frei, und ein langer Zug von Leuten schlängelte sich an dem Wachhaus beim Haupteingang vorbei. Es dauerte zweieinhalb Stunden, bis sie an der Reihe waren, sie wurden oberflächlich durchsucht und dann zum nächsten Eingang geschickt, wo man ihre Taschen noch einmal durchsuchte.

Über ihnen stand drohend der Wachturm, als sie ins Hauptgebäude gingen, wo sie sich in einen verrauchten, überheizten Warteraum, der an einen Bahnhof erinnerte, setzten. In diesem Raum hörte man kein Lachen, keine geflüsterten Gespräche, nur gelegentlich das Klirren von Münzen im Kaffeeautomaten, das Geräusch der Wasserleitung oder das kurze Anreißen eines Streichholzes. Jeder Besucher behielt seine Sorgen und einsamen Gedanken für sich.

Kezias Denken war von Luke beherrscht. Sie und Alejandro hatten nicht mehr miteinander gesprochen, nachdem sie das Gebäude betreten hatten. Es gab auch nichts zu sagen. Wie die anderen waren sie zum Warten verurteilt. Noch zwei Stunden auf diesen Bänken ... und es war so lange her, seit sie ihn gesehen, seine Hand, sein Gesicht berührt, ihn geküßt, ihn in den Armen gehalten hatte oder so umarmt worden war, wie es nur Luke verstand. Küsse sind anders, wenn sie aus so großer Höhe kommen, so hatte sie es jedenfalls empfunden. Alles war anders. Er war ein Mann, zu dem sie aus unzähligen Gründen aufblicken konnte. Der erste Mann, zu dem sie aufgeblickt hatte.

Alles in allem warteten sie und Alejandro ganze fünf Stunden, und es war wie ein Traum, als eine Stimme in der Gegensprechanlage seinen Namen quäkte.

»Besuch für Johns ... Lucas Johns ...« Sie sprang auf und lief zur Tür des Raumes, in dem sie ihn sehen würde. Luke stand im Türrahmen. Er befand sich in einem langen, leeren, grauen Raum, dessen einziger Wandschmuck eine Uhr war. Dort standen langgestreckte Eßtische mit Häftlingen auf der einen Seite und Besuchern auf der anderen, während Wärter herumgingen, die ihre Maschinenpistolen deutlich sichtbar trugen. Man konnte einander zur Begrüßung und zum Abschied küssen, und während der Besuchszeit an den Händen halten. Das war alles. Die ganze Szene hatte etwas unheimlich Unwirkliches an sich, als ob es das nicht geben könne, nicht für sie. Luke lebte mit ihr in der Park Avenue, er aß mit einer Gabel und einem Messer, erzählte Witze, küßte sie auf den Nacken. Er gehörte nicht hierher. Es ergab keinen Sinn. Die Gesichter rundum sahen unrasiert und grimmig aus, böse, müde und verbraucht. Jetzt machte auch Luke keine Ausnahme. Etwas an ihm hatte sich verändert. Während sie auf ihn zuging, drückte ihr Angst die Kehle zusammen ... sie hatten sich in dieser Gruft verirrt... doch sobald sie in Lukes Armen lag, fühlte sie sich wieder sicher. Und alles übrige verschwand. Sie vergaß alles, außer seinen Augen. Sie vergaß Alejandro an ihrer Seite vollkommen.

Luke hob sie in seine Arme, und die Kraft seiner Umarmung drückte in einem Atemzug die Luft aus ihrer Brust. Er hielt sie eine Weile fest, ohne seinen Griff zu lockern, dann stellte er sie sanft auf den Boden und suchte noch einmal hungrig ihre Lippen. Er wirkte still und verzweifelt, seine Arme fühlten sich dünner an. Sie hatte an seinen Schultern Knochen gespürt, wo Wochen zuvor so viel Muskeln gewesen waren. Er trug blaue Jeans und ein Arbeitshemd sowie derbes Schuhwerk, das für seine Füße zu klein aussah. Sie hatten die Guccis und seine sonstigen Habseligkeiten nach New York zurückgeschickt. Kezia war anwesend gewesen, als das Paket eintraf, alles war zerknittert und sein Hemd zerrissen. Das gab ihr einen Begriff davon, mit welcher Gewalt es von seinem Rücken gerissen worden war. Nicht von einem Kammerdiener, sondern mit auf ihn gerichteter Waffe. Damals hatte sie geweint, jetzt aber gab es keine Tränen. Sie freute sich zu sehr, ihn wiederzusehen. Nur Alejandro hatte Tränen in den Augen, während er die beiden beobachtete; Kezia überdeckte die Panik mit einem strahlenden Lächeln, und in Lukes Augen lag brennendes Verlangen. Einen Augenblick später streifte Lukes Blick über ihren Kopf hinweg und suchte Alejandro. Es war ein Blick des Dankes, und Alejandro erinnerte sich nicht, ihn jemals so gesehen zu haben. Wie Kezia bemerkte er eine Veränderung an Luke und erinnerte sich an seine dringende Bitte, ihn zusammen mit Kezia zu besuchen. Alejandro wußte, daß ihm etwas bevorstand, wußte aber nicht, was es sein würde.

Luke führte Kezia an der Hand zu einem der langen Eßtische und ging auf seine Seite, wo er sich setzte, während sich Alejandro einen Stuhl neben sie zog. Sie sah zu, wie Luke Platz nahm.

»O Gott, es ist so schön, dir zuzusehen, wie du dich bewegst. Ich habe dich so vermißt, mein Schatz.« Luke streichelte ihr Gesicht mit seiner durch die Arbeit rauh gewordenen Hand. Die Schwielen hatten sich schnell wieder gebildet.

»Ich liebe dich, Lucas.« Sie sprach die Worte betont aus, wie drei einzelne Geschenke, die sie für ihn eingewickelt hatte, und seine Augen glänzten seltsam.

»Ich liebe dich auch, Baby. Tust du mir einen Gefallen?«

»Was?«

»Löse deine Haare für mich.« Sie zog rasch die Haarnadeln heraus. Es gab so weniges, das sie ihm geben konnte, jede kleine Geste bekam plötzlich einen übersteigerten Wert. »So ist es besser.« Er streichelte das seidigweiche Haar und sah aus wie ein Mann, der mit seinen Händen in Diamanten oder Gold wühlt. »Ach, Kleine, ich liebe dich so.«

»Geht es dir gut?«

»Merkst du es nicht?«

»Ich bin nicht ganz sicher.« Aber Alejandro konnte es beurteilen. Er konnte viel mehr erkennen als die beiden, die nur das Bild sahen, das sie sehen wollten. »Du siehst nicht schlecht aus, aber du hast abgenommen.«

»Ausgerechnet du stellst das fest? Du bist klapperdürr.« Aber seine Augen verrieten, daß sie besser denn je aussah. »Du hast mir doch versprochen, Alejandro, daß du dich um sie kümmern wirst.« Er blickte von ihr zu ihm, und endlich lag die Andeutung eines lang vergessenen Lächelns in seinen Augen. Er sah beinahe wieder wie der alte Lucas aus.

»Hör zu, Mann, weißt du, wie schwer es ist, diese Frau herumzukommandieren?«

»Das sagst du mir?« Beide Männer lachten. Lukes Augen leuchteten auf, als er Kezia wieder ansah. Sie hielt seine Hände so fest, daß ihre Finger schmerzten, bis sie empfindungslos waren.

Es war ein seltsamer Besuch, voll einander zuwiderlaufender Schwingungen. Luke schien von einem leidenschaftlichen, hungrigen Verlangen nach Kezia erfüllt zu sein, das sie erwiderte. Doch irgendwie hielt er sich im Zaum. Sie spürte seine Zurückhaltung und kannte nicht deren Ursache. Ein Zögern, ein Sichzurückziehen; dann sagte er wieder etwas, und sie spürte, daß sich die Verkrampfung löste.

Plötzlich war die Besuchsstunde vorüber. Der Wärter rief, Luke stand schnell auf und führte sie zum Ausgang zu ihrem erlaubten Abschiedskuß.

»Liebster, ich bin wieder bei dir, sobald sie mich lassen.« Sie hatte vor, die Woche über in San Francisco zu bleiben und ihn dann wieder zu besuchen. Aber im Augenblick machte sie der Wärter nervös, und Alejandro kam auch schon näher. Dann ging alles viel zu schnell. Sie wollte mehr Zeit mit Lucas verbringen... die wenigen Augenblicke waren dahingeflogen.

»Kleines...« Lukes Augen schienen sich jeden Zoll ihres Gesichtes einzuprägen. »Du wirst nicht mehr hierher kommen.«

»Verlegen sie dich?«

Er schüttelte den Kopf. »Nein. Aber du kannst nicht mehr herkommen.«

»Das ist doch lächerlich. Ich... sind die Papiere vielleicht nicht in Ordnung?« Sie war plötzlich von Angst erfüllt. Sie mußte wieder herkommen. Sie mußte ihn sehen. Sie hatten nicht das Recht, ihr das zu verweigern.

»Die Papiere sind in Ordnung. Für heute. Aber ich streiche dich heute abend von meiner Besucherliste.« Seine Stimme war so leise, daß sie kaum die Worte verstehen konnte. Doch Alejandro konnte ihn hören, und er wußte, was Lucas tat. Jetzt verstand er, warum ihn Lucas gebeten hatte mitzukommen.

»Bist du verrückt? Warum willst du mich von deiner Liste streichen?« Heiße Tränen brannten in ihren Augen, und sie umklammerte seine Hände. Sie verstand ihn nicht. Sie hatte doch nichts Verkehrtes getan. Und sie liebte ihn.

»Weil du nicht hierher gehörst. Das ist kein Leben für dich. Baby, du hast in den letzten Monaten viel gelernt und vieles getan, das du nie getan hättest, wenn du mich nicht kennengelernt hättest. Manches davon war gut für dich, aber das Gefängnis ist es nicht. Ich weiß, was es heißt, was es für dich heißt. Bis ich hinauskomme, bist du ausgebrannt. Sieh dich jetzt an, du bist dünn, nervös... du bist ein seelisches Wrack. Kehre zu deinem alten Leben zurück. Und mach es richtig.«

»Lucas, wie kannst du mir das antun?« Heiße Tränen flossen über ihr Gesicht.

»Weil ich muß... weil ich dich liebe... jetzt sei ein braves Mädchen und geh.«

»Nein, ich will nicht. Und ich werde herkommen. Ich werde... o Lucas! Bitte!«

Lukes Augen blickten über ihren Kopf hinweg Alejandro an, der kaum merklich nickte. Luke bückt sich schnell, um sie zu küssen, drückte ihre Schultern, dann drehte er sich um und machte einen Schritt auf den Wärter zu.

»Lucas! Nein!« Sie streckte die Arme aus, um sich von neuem

an ihn zu klammern, und er drehte sich mit steinernem Gesicht zu ihr um.

»Hör damit auf, Kezia. Vergiß nicht, wer du bist.«

»Ohne dich bin ich nichts.« Sie ging auf ihn zu und blickte ihm in die Augen.

»Da irrst du dich. Du bist Kezia Saint Martin, und du weißt jetzt, wer sie ist. Behandle sie gut.« Dann nickte er dem Wärter zu und war verschwunden. Eine Eisentür verschluckte den Mann, den sie liebte. Er drehte sich nicht zu einem letzten Blick oder zu einem Lebewohl um. Zu Alejandro hatte er kein Wort gesprochen, als er gegangen war. Es war auch nicht notwendig. Das leichte Nicken am Ende der Besuchszeit hatte genügt. Er vertraute sie Alejandros Obhut an. Er würde die Gewißheit haben, daß sie in Sicherheit war, und das war alles, was er tun konnte. Es war alles, was er ihr noch geben konnte.

Kezia stand betäubt in dem Besuchsraum, ohne sich der Blicke bewußt zu werden, die auf sie gerichtet waren. Es war für alle Beteiligten eine qualvolle Szene gewesen. Die Männer waren zusammengezuckt, und ihre Besucher waren blaß geworden. Es hätte ihnen genauso gehen können, aber das war nicht der Fall. Es betraf nur Kezia allein.

»Ich... Alej... ich... könnte...« Sie war verwirrt, betäubt, verloren.

»Komm, Liebes, fahren wir nach Hause.«

»Ja, bitte.« Sie schien in diesen letzten, niederschmetternden Minuten zusammengesunken zu sein. Ihr Gesicht war erschrekkend bleich. Diesmal wußte er, daß es keinen Sinn hatte, sie zu fragen, wie es ihr ging. Es war ihr anzusehen.

Er führte sie aus dem Gebäude und so schnell er konnte zum Haupteingang, denn er wollte sie unbedingt aus dem Gefängnis wegbringen, bevor sie zusammenbrach. Er half ihr vorsichtig um die Schlaglöcher auf dem Parkplatz und schob sie in den Wagen; er war fast ebenso entsetzt wie sie. Er hatte gewußt, daß sich etwas geändert hatte, aber keine Ahnung gehabt, was Luke vorhatte. Ihm war klar, was dieser Schritt Luke gekostet hatte. Er brauchte Kezias Anwesenheit, ihre Besuche, ihre Liebe, ihre seelische Unterstützung. Aber er wußte auch, was für eine Belastung es für sie war. Sie hätte jahrelang gewartet, hätte sich selbst zerstört, sich vielleicht während des Wartens zu Tode getrunken. Luke wußte, es nicht so weitergehen konnte. Kezia hatte es von Anfang an erkannt. Lucas Johns besaß unglaublichen Mut. Alejandro wußte, daß er selbst diesen Mut nicht aufgebracht hätte. Dazu wären verdammt wenige Männer imstande, aber verdammt wenigen Männern stand ein ähnliches Schicksal bevor wie Luke jetzt – an einem Ort zu überleben, an dem sein Leben nicht viel wert war. Und weil Kezia prominent war, hätte man sie zuerst erwischt. Das war immer Lukes ärgste Besorgnis gewesen, aber das war jetzt vorbei. Für Luke war alles vorbei.

»Ich... wohin fahren wir?« Kezias Blick war erschreckend ausdruckslos, als Alejandro den Wagen startete.

»Nach Hause. Wir fahren nach Hause. Und dann ist alles gut.« Er sprach zu ihr wie zu einem ganz kleinen Kind oder zu einem Schwerkranken. Im Augenblick traf beides auf sie zu.

»Ich werde wieder herkommen, weißt du... ich werde zurückkommen. Das weißt du doch, nicht wahr? Er meint es nicht wirklich... ich... ich... Alejandro?« In ihrer Stimme lag kein Mut, nur Verwirrung. Alejandro wußte, daß sie nicht zurückkommen konnte. Luke war ein Mann, der Wort hielt. Noch am Nachmittag würde ihr Name von seiner Besucherliste gestrichen sein. Er würde ihr keine Wahl lassen. Er konnte sie erst in sechs Monaten wieder auf die Liste setzen lassen, und bis dahin würde sich viel geändert haben. Sechs Monate konnten in einem Leben eine Menge verändern. Sechs Monate vorher hatte Kezia Luke kennengelernt.

Sie weinte nicht mehr, saß nur regungslos im Wagen und dann ebenso still im Hotelzimmer, in dem er sie unter der Aufsicht eines Stubenmädchens zurückließ, während er zu dem Vorstellungsgespräch ging. Daß der Termin auch ausgerechnet an diesem Tag sein mußte! Er brachte es so schnell wie möglich hinter sich und kehrte dann zu ihr zurück. Das Mädchen erzählte ihm, daß Kezia sich weder gerührt noch gesprochen hatte.

Voll böser Ahnungen kaufte er Flugtickets für sechs Uhr abends und hoffte, daß der Schock erst abklingen würde, wenn sie zu Hause im Bett lag. Sie war wie ein Kind in Trance, und er würde froh sein, wenn er den Flug hinter sich hatte.

Sie aß nichts von dem Tablett, das die Stewardeß vor sie hinstellte, und nickte verständnislos, als ihr Alejandro die Kopfhörer reichte, damit sie Musik hören konnte. Er setzte sie ihr auf und sah fünf Minuten später, wie sie sie geistesabwesend abnahm. Sie sang kurze Zeit leise vor sich hin, dann verfiel sie wieder in Schweigen. Die Stewardessen betrachteten sie mit erstaunten Blikken, und Alejandro hoffte, daß niemand eine Bemerkung fallen ließ, und betete, daß niemand sie erkennen möge... Sie sah so unscheinbar und aufgelöst aus, daß man sie nur mit Mühe erkennen konnte.

Er hatte es in dieser Situation schon schwer genug und wollte sich nicht auch noch wegen der Presse Sorgen machen. Die Reporter würden sie vielleicht aus der Erstarrung reißen und damit würde die Wirklichkeit über sie hereinbrechen, die vorläufig in der Schwebe blieb, solange sie in diesem Schockzustand verharrte. Sie sah high oder betrunken oder leicht verrückt aus. Der Flug wurde für ihn zu einem Alptraum, nach dessen Ende er sich sehnte. Der heutige Tag hatte das Faß zum Überlaufen gebracht, und wenn Alejandro an Lucas dachte, tat es ihm weh.

»Du bist zu Hause, Kezia. Alles ist in Ordnung.«

»Ich bin schmutzig. Ich brauche dringend ein Bad.« Sie saß auf einem Stuhl in ihrem Wohnzimmer und schien nicht zu begreifen, wo sie sich befand.

»Ich werde dir das Badewasser einlassen.«

»Totie wird es machen.«

Er badete sie sanft, wie vor langer Zeit seine Nichten. Sie starrte auf die als goldene Delphine gestalteten Wasserhähne an der weißen Marmorwand. Es fiel ihr nicht einmal auf, daß er sie badete. Er wollte ihr die Hand reichen, sie halten, aber sie war mit ihren Gedanken weit weg. Sie war fort, irgendwo in einem fernen Erdteil, geflüchtet vor ihrer in Trümmern liegenden Welt.

Er wickelte sie in ein Badetuch, sie zog gehorsam ihr Nachthemd an, und er führte sie zum Bett.

»Jetzt wirst du schlafen, nicht wahr?«

»Ja. Wo ist Luke?« Ihr abwesender Blick suchte den seinen, etwas Bedrohliches in ihren Augen wollte ausbrechen und sich über den Fußboden ergießen.

»Er ist ausgegangen.« Sie war nicht imstande, mit der bitteren Wahrheit fertigzuwerden und er auch nicht.

»Ach. Das ist nett.« Sie lächelte ihm ausdruckslos zu, kletterte ungeschickt, wie es Kinder tun, ins Bett und bemühte sich, unter die Laken zu kriechen. Er half ihr dabei und löschte die Lampen aus.

»Willst du mit Totie sprechen, Kezia?« Er wußte, daß er die Nummer in ihrem Adreßbuch finden würde, wenn es notwendig war. Er hatte sich gefragt, ob er den Namen ihres Arztes heraussuchen sollte, aber alles schien unter Kontrolle zu sein, zumindest für den Augenblick.

»Nein, danke. Ich werde auf Luke warten.«

»Okay. Ruf mich, wenn du mich brauchst. Ich bleibe hier.«

»Danke, Edward.« Es war ein Schock für ihn, daß sie nicht einmal wußte, mit wem sie es zu tun hatte.

Er richtete sich auf der Couch für eine lange Nachtwache ein und wartete auf den Schrei, der einmal kommen mußte. Doch er blieb aus. Stattdessen war sie um sechs auf den Beinen und saß barfuß im Nachthemd im Wohnzimmer. Es schien sie nicht zu interessieren, wie sie nach Hause gekommen war oder wer sie zu Bett gebracht hatte. Und er war verblüfft, als er merkte, daß sie bei klarem Verstand war. Vollkommen klar.

»Alejandro, ich liebe dich. Aber ich möchte, daß du jetzt nach Hause gehst.«

»Warum?« Er wagte nicht, sie allein zu lassen.

»Weil ich jetzt vollkommen in Ordnung bin. Ich bin heute morgen um vier aufgewacht und habe in den letzten zwei Stunden alles überdacht. Ich verstehe, was geschehen ist, und muß jetzt lernen, damit zu leben. Und jetzt ist genau der Moment dafür. Du kannst nicht hier herumsitzen und mich wie eine Kranke behandeln, mein Lieber, das geht nicht. Du hast in deinem Leben eine größere Aufgabe.« Ihr Blick sagte ihm, daß sie es ernst meinte.

»Nicht, wenn du mich brauchst.«

»Das ist nicht der Fall ... nicht so ... bitte, hör zu. Geh jetzt. Ich muß allein sein.«

»Willst du damit sagen, daß du mich hinauswirfst?« Er versuchte leichthin zu sprechen, aber es gelang ihm nicht. Sie waren beide viel zu müde, um einander etwas vorzumachen. Sie sah schlechter aus als er, und er hatte nicht geschlafen.

»Nein, ich will dich nicht hinauswerfen, das weißt du. Ich stelle nur fest, daß du zu der Aufgabe zurückkehren sollst, die du übernommen hast. Und überlaß es mir, was ich tue.«

»Was wirst du tun?« Er war besorgt.

»Nichts Dramatisches. Mach dir darüber keine Gedanken.« Sie sank in einen der Samtfauteuils und nahm eine von seinen Zigaretten. »Ich habe nicht genügend Mut, um Selbstmord zu begehen. Ich will nur für eine Weile allein sein.«

Er erhob sich müde von der Couch, alle Knochen, Muskeln, Fasern und Nerven schmerzten.

»Also gut. Aber ich werde dich anrufen.«

»Nein, Alejandro. Tu es nicht.«

»Ich muß. Ich will verdammt sein, wenn ich drüben sitze und mich frage, ob du schon tot oder noch lebendig bist. Wenn du nicht mit mir reden willst, dann erzähl deinem Beantwortungsdienst, wie es dir geht, und ich werde dort anrufen.« Er wandte sich mit dem Mantel in der Hand ihr zu.

»Warum spielt das eine so große Rolle? Weil Luke es dir aufgetragen hat?« Ihr Blick ließ ihn nicht los.

»Nein. Weil ich es will. Du hast es vielleicht noch nicht bemerkt, aber zufällig kümmert es mich, was mit dir geschieht. Du könntest sogar sagen, daß ich dich liebe.«

»Ich liebe dich auch ... aber ich will, daß du mich jetzt in Ruhe läßt.«

»Wenn ich es tue, wirst du mich dann anrufen?«

»Ja, in einiger Zeit. Wenn ich mich ein wenig gefaßt habe. Eigentlich wußte ich an dem Tag, als er aus der Bibliothek zur Verhandlung ging, daß es vorbei war. Damals hätte es zu Ende sein müssen. Aber keiner von uns war tapfer genug, aufzugeben. Ich jedenfalls nicht. Und das Schwierige ist, daß ich ihn noch immer liebe.«

»Er liebt dich auch, sonst hätte er das gestern nicht für dich getan. Ich glaube, es geschah aus einem einzigen Grund, weil er dich liebt.«

Sie schwieg und wandte sich von ihm ab, so daß er ihr Gesicht nicht sehen konnte. »Ja, und ich muß jetzt lernen, damit zu leben.«

»Wenn du jemanden brauchst, mit dem du dich aussprechen willst ... ruf mich an. Ich komme sofort.«

»Das tust du immer.« Sie wandte sich ihm zu.

Er ging mit gebeugten Schultern zur Tür, seinen Reisekoffer in der Hand, seine Jacke und den Mantel über den Rücken gehängt. An der Tür drehte er sich noch einmal um, und eine Sekunde lang wußte er, was Luke empfunden hatte, als er sie wegschickte.

»Nimm es nicht zu schwer.«

»Ja. Du auch nicht.«

Er nickte, und die Tür fiel leise hinter ihm ins Schloß.

Sie war fünf Wochen lang Tag und Nacht betrunken. Sogar die Reinemachefrau kam nicht mehr ins Haus; und sie schickte ihre Sekretärin in der ersten Woche weg. Sie blieb allein mit leeren Flaschen und den Tellern, auf denen alte Speisereste klebten, und trug immer das gleiche schmutzige Kleid. Nur der Bote vom Schnapsladen kam regelmäßig. Er läutete zweimal und stellte die Tüte vor der Tür ab.

Alejandro rief sie erst an, als die Meldung in allen Zeitungen stand. Da mußte er anrufen. Er mußte erfahren, wie es ihr ging. Sie war betrunken, als er anrief, und er sagte ihr, er werde sofort zu ihr kommen. Er nahm ein Taxi, von der Angst erfüllt, daß sie noch vor seiner Ankunft die Zeitungen lesen würde. Doch vor der Tür lagen die Zeitungen der letzten fünf Wochen ungelesen in der Halle. Er war bestürzt über die Unordnung in ihrer Wohnung. Sie sah jetzt aus wie ein Bauernhof... leere Flaschen... Schmutz... Teller... überquellende Aschenbecher... Chaos und Durcheinander. Und Kezia. Sie war nicht mehr sie selbst. Auf ihrem Gesicht waren Tränenspuren, sie torkelte und war betrunken. Aber sie wußte das Schreckliche noch nicht.

Er nüchterte sie so lange aus, bis sie es begreifen konnte, so gut es möglich war. Aber nach der vierten Tasse Kaffee und nachdem er die Fenster geöffnet hatte, um frische Luft hereinzulassen, besorgten es die Schlagzeilen, als sie die Meldungen überflog. Sie blickte ihm ins Gesicht, und er wußte, daß sie begriffen hatte. Für sie konnte es jetzt nicht mehr schlimmer werden. Es war schon so arg genug.

Luke war tot. Auf dem Hof erstochen, hieß es. »Rassenunruhen... der bekannte Gefangenen-Aufwiegler Lucas Johns...« Seine Schwester hatte die Freigabe der Leiche verlangt; das Begräbnis fand an dem Tag in Bakersfield statt, an dem Kezia die Nachricht las. Es spielte keine Rolle. Es änderte nichts an seinem Tod. Begräbnisse entsprachen nicht Lukes Stil. Genausowenig hatte er für seine Schwester übrig. Er hatte sie Kezia gegenüber nicht einmal erwähnt. Das einzig Unabänderliche war sein Tod.

»Weißt du, wann er gestorben ist, Alejandro?« Die Worte klangen wegen ihrer Trunkenheit noch immer undeutlich, aber er wußte, daß sie klar denken konnte.

»Spielt es noch eine Rolle?«

»Ja.«

»Nein, ich kenne den Zeitpunkt nicht genau. Ich denke aber, ich könnte es herausfinden.«

»Ich weiß es schon. Er starb im Gerichtssaal bei der Verhandlung. Dort haben sie ihn umgebracht. Doch an jenem Tag, an dem er wirklich starb, starb er strahlend, stolz und stark. Er betrat den Verhandlungssaal wie ein Mann. Was sie ihm dann antaten, bleibt an ihren Händen kleben.«

»Du hast recht.« Tränen strömten über sein Gesicht. Er weinte um Luke und um Kezia. Sie war schon genauso tot wie Luke, auf andere Art. Betrunken, schmutzig, krank, müde, von Erinnerungen und nun von seinem Tod gequält. Er erinnerte sich an den Tag in der Gerichtsbibliothek, bevor Lucas den Verhandlungssaal betreten hatte. Sie hatte recht, er war aufrecht und stolz hineingegangen, und sie hatte sich neben ihm so sicher und stark gefühlt. Sie hatten ein Glück erlebt, wie er es nie zuvor gesehen hatte. Und nun war der eine Teil tot, der andere welkte dahin... Es drehte ihm den Magen um. Es war ein Alptraum; sein bester Freund war tot, und er liebte Lukes Frau. Doch es war ihm unmöglich, es ihr jetzt zu gestehen. Jetzt nicht, da Lucas tot war.

»Weine nicht, Alejandro.« Sie strich ihm mit der Hand über die Wangen, um seine Tränen abzuwischen, und dann über sein Haar. »Bitte weine nicht.« Aber er weinte ebenso um sich wie um sie und Luke, und das konnte sie nicht ahnen. Sie zog sein Gesicht zu ihrem heran und hielt ihn so zart umfangen, daß er kaum ihre Hände spürte, die auf seinen Schultern lagen. Sie sah ihm in die Augen, dann beugte sie sich langsam, ruhig vor und küßte ihn vorsichtig auf den Mund. »Das Komische ist, daß ich dich auch liebe. Es ist wirklich eine Verwirrung der Gefühle. Eigentlich liebe ich dich seit langer Zeit. Ist das nicht seltsam?«

Sie war noch immer ziemlich betrunken, und er wußte nicht, was er antworten sollte. Vielleicht war sie durch die dauernden Schocks und den Kummer verwirrt. Vielleicht war sie jetzt wahnsinnig geworden. Oder vielleicht war er verrückt. Vielleicht hatte sie ihn gar nicht geküßt... vielleicht hatte er es nur geträumt.

»Alejandro, ich liebe dich.«

»Kezia?« Ihr Name kam ihm ein wenig fremd über die Lippen. Sie gehörte doch Luke. Und Luke war jetzt tot. Aber wieso konnte Luke tot sein? Und wieso konnte sie beide Männer lieben? Alles war so vollkommen irrsinnig. »Kezia?«

»Du hast mich richtig verstanden. Ich liebe dich. Anders ausgedrückt, ich bin in dich verliebt.«

Er hatte den Eindruck, als starrte er sie eine Ewigkeit an, die Tränen auf seinen Wangen waren noch feucht.

»Ich liebe dich auch. Ich habe dich vom ersten Tag an geliebt, als er uns zusammenbrachte. Aber ich dachte nie... ich wollte nur...«

»Ich dachte auch keinen Augenblick daran. Es ist genauso, wie man es in einem Kitschroman lesen kann. Es ist eine sehr, sehr verwirrende Situation.« Sie führte ihn zur Couch und setzte sich neben ihn, lehnte den Kopf zurück und schloß die Augen.

»Für mich ist es ebenso verwirrend.«

»Warum lassen wir einander nicht eine Weile in Ruhe?«

»Damit du dich ein bißchen schneller zu Tode trinken kannst?«

Seine Stimme klang plötzlich in dem stillen Raum laut und bitter. Sie hatte ihm alles gestanden, was er hören wollte, aber statt sich ihm zu schenken, wollte sie sich zerstören. Was für ein schrecklicher Scherz.

»Nein. Damit ich nachdenken kann.«

»Ohne zu trinken?«

»Kümmere dich doch um deinen eigenen Kram.«

»Dann geh zum Teufel, Lady! Geh zum Teufel!« Er war aufgesprungen und schrie. »Ich will mich nicht in dich verlieben, verdammt noch mal, um dann mitanzusehen, wie du stirbst! Um zuzuschauen, wie du Selbstmord begehst wie eine armselige Trinkerin aus dem Kneipenviertel. Wenn du mit deinem Leben nichts Besseres anfangen kannst, dann laß mich in Frieden! O Gott, Kezia... Gott verdamme dich!« Er zog sie in die Höhe und schüttelte sie, bis sie das Gefühl hatte, daß die Welt unter ihren Füßen bebte, und sie dagegen protestieren mußte.

»Hör auf! Laß mich in Ruhe!«

»Ich liebe dich! Verstehst du das denn nicht?«

»Nein. Das verstehe ich nicht. Ich verstehe überhaupt nichts mehr. Ich liebe dich auch. Na und? Verdammt noch mal? Wir mögen einander, lieben einander und brauchen einander, und dann stürzt der Himmel wieder ein? Wer braucht es, du verdammter Kerl ... Wer, zum Teufel, braucht es?«

»Ich brauche es. Ich brauche dich.«

»Okay, Alejandro, okay ... und willst du mir jetzt einen Gefallen tun und mich endlich in Ruhe lassen? Bitte?« Ihre Stimme zitterte, wieder standen Tränen in ihren Augen.

»Okay, Baby. Jetzt hängt alles von dir ab.«

Er schloß die Tür leise hinter sich, und fünf Minuten später erklang das Geräusch von splitterndem Glas. Sie hatte die Zeitung mit dem bösen Artikel auf der Titelseite mit solcher Kraft gegen das Fenster geschleudert, daß sie das Glas durchschlagen hatte.

»Zum Teufel mit dir, verdammte Welt! Fahr zur Hölle!«

33

Ende der Woche bekam Alejandro das gleiche Foto zu Gesicht wie Edward. Edward sah es voller Schmerz, Alejandro war geschockt. Edward hatte es gewußt. Auch *Women's Wear* brachte das gleiche Bild. Kezia Saint Martin bestieg ein Flugzeug, das nach Genf flog. »Um sich von den Anstrengungen der gesellschaftlichen Saison zu erholen.« Die Zeitungen schienen ihre Liaison mit Lucas schon vergessen zu haben. Wie rasch die Menschen vergessen.

In den Zeitungen stand, daß sie skilaufen wolle, aber nicht wo, und sie hatte den Hut so weit ins Gesicht gezogen, daß Alejandro sie nie erkannt hätte, wenn er nicht den Namen darunter gelesen hätte. Während er das Foto betrachtete, wunderte er sich wieder darüber, daß bei ihrem letzten Flug nach San Francisco und zurück keine Reporter aufgekreuzt waren. In dem Zustand, in dem sie sich damals befunden hatte, hätte sie sicherlich für Schlagzeilen gesorgt.

Er saß lange in dem kleinen Büro mit der abblätternden Farbe an den Wänden und betrachtete das Foto, den Hut, der tief in ihr Gesicht gezogen war; das Wort Genf. Was sollte er tun? Wann würde er wieder von ihr hören? Er erinnerte sich an den Kuß am letzten Morgen, vor wenigen Tagen. Und nun war sie fort. Sein Körper war so schwer, als wäre er an dem Stuhl festgenagelt, am

Boden festgeleimt, ein Teil des Gebäudes kurz vor dem Zusammenbruch. Alles in seinem Leben ging kaputt. Sein Job war ihm zuwider, er haßte diese Stadt, sein bester Freund war tot, und er liebte ein Mädchen, das er nie bekommen konnte. Auch nicht, wenn Luke es so gewollt hatte; Alejandro vermutete, daß es der Fall gewesen war. Lukes dringliche Aufforderung, mit Kezia nach San Francisco zu kommen, gab ihm zu denken. Luke wußte, daß Kezia Hilfe brauchen würde. Aber es sollte nie so kommen. Er wußte es, und Kezia mußte es auch wissen. Es war alles in allem eine sehr verrückte Situation, und er mußte sein Leben schließlich selbst gestalten. Er starrte weiterhin auf das Wort und haßte es: Genf.

»Es ist jemand hier, der Sie sprechen will.« Einer seiner Jungs steckte den Kopf zur Tür herein.

»Ja? Wer?«

»Perinis Bewährungshelfer.«

»Sag ihm, er kann mich mal.«

»Soll ich wirklich?« Der Junge strahlte.

»Nein, nicht wirklich, du Kindskopf. Laß mir noch fünf Minuten Zeit, dann schick ihn herein.«

»Was soll ich während der fünf Minuten mit ihm anfangen?«

»Weiß ich nicht, verdammt noch mal. Tu, was immer du willst. Schlag ihn zusammen, nimm ihn aus, schmeiß ihn die Treppe hinunter. Gib ihm Kaffee... mir ist es scheißegal, was du mit ihm machst.« Alejandro warf die Zeitung von seinem Tisch in den Papierkorb.

»Okay, Mann. Okay. Werde doch nicht gleich so wütend.« Er hatte Alejandro noch nie so gesehen. Er war beinahe zum Fürchten.

Das Hotel in Villars-sur-Ollon eignete sich ideal für ihre Zwecke, hoch oben in den Bergen und in einer Stadt, in der es von Schulen wimmelte. Dorthin kamen praktisch keine Touristen, außer ein paar Eltern, die ihre Sprößlinge besuchten. Sie wohnte in einem riesigen Hotel, das größtenteils leer stand, und nahm bei Geigen- und Cellomusik mit sieben alten Damen den Tee. Sie unternahm lange Spaziergänge, trank viel heiße Schokolade, ging früh zu Bett und las. Nur Simpson und Edward wußten, wo sie sich aufhielt, und sie hatte beiden aufgetragen, sie ja in Frieden zu lassen. Sie hatte bis auf weiteres nicht die Absicht, für die Zeitung zu schreiben, und sogar Edward hatte ihren Wunsch respektiert. Er schickte ihr jede Woche einen Brief, um sie über ihre finanziellen Angelegenheiten auf dem laufenden zu halten, und erwartete keine Antwort von ihr; es war auch besser so, denn er erhielt keine. Es wurde Mitte April, bis sie so weit war, daß sie wieder abreiste.

Sie nahm den Zug nach Mailand, verbrachte dort eine Nacht, und fuhr dann weiter nach Florenz. Sie mischte sich unter die ersten Frühjahrstouristen, besuchte die Museen, schaute in Geschäfte hinein, spazierte den Arno entlang und versuchte, nicht nachzudenken. Auch in Rom hielt sie es so, und dort fühlte sie sich dann schon leichter. Es war Mai. Die Sonne schien warm, die Menschen waren lebhafter, die Straßenmusikanten lustig, und sie traf dort auch ein paar Bekannte. Sie ging mit ihnen zum Abendessen aus und stellte fest, daß der Zwang, aufzuspringen und laut zu schreien, sich endlich gegeben hatte. Ganz allmählich gesundete sie.

In den ersten Juniwochen mietete sie einen Fiat, fuhr nach Umbrien, und zwar nach Spoleto, wo später im Sommer ein Musikfestival stattfand. Dann reiste sie durch die Alpen und schließlich nach Frankreich.

Sie tanzte im Juli in Saint Tropez, spielte im Kasino von Monte Carlo und ging in St. Jean-Cap Ferrat für ein Wochenende an Bord einer Jacht, die Freunden von ihr gehörte; dann kaufte sie sich in Cannes neue Gucci-Koffer. Sie begann wieder zu schreiben, während sie durch die Provence fuhr, und verbrachte drei Wochen in einem kleinen Hotel, in dem die *terrine* ausgezeichnet war, besser als jede *pâté*, die sie je gekostet hatte.

Dort erreichte sie Lukes Buch, das Simpson ihr nach einigem Zögern mit den Kritiken geschickt hatte. Sie öffnete das Paket ahnungslos eines Morgens im Sonnenschein, als sie barfuß im Nachthemd auf dem kleinen Balkon vor ihrem Zimmer stand. Vor ihr lagen Hügel und dahinter Felder; sie saß fast eine Stunde lang mit übereinandergeschlagenen Beinen auf dem Boden des Balkons, hielt das Buch auf dem Schoß, strich mit den Fingern über den Einband und konnte sich nicht entschließen, es aufzuschlagen. Der Umschlagentwurf war gelungen, und auf der Rückseite befand sich ein wunderbares Foto von ihm. Es war aufgenommen worden, bevor sie ihn kennengelernt hatte, sie hatte dasselbe Foto auf ihrem

Schreibtisch in New York stehen. Er ging durch eine Straße in Chicago, trug einen weißen Sweater mit Rollkragen, sein dunkles Haar wehte im Wind, und er hatte einen Regenmantel über die Schulter gehängt. Er zog eine Braue hoch und blickte mit einem Anflug von Lächeln sarkastisch in die Kamera. Sie hatte ihm das Foto abgebettelt, als sie es das erste Mal bei ihm gesehen hatte.

»Wozu brauchst du es denn, zum Teufel?«

»Du siehst darauf so sexy aus, Luke.«

»Mein Gott, bist du närrisch. Hoffentlich denken meine Leser nicht genauso.«

»Warum nicht?« Sie sah ihn ein wenig überrascht an, und dann hatte er sie geküßt.

»Weil ich nicht sexy aussehen soll, sondern intelligent, Dummerchen.«

»Zufällig kann man beides von dir behaupten. Kann ich es behalten?« Er hatte verlegen abgewinkt und war hinausgegangen, weil das Telefon klingelte. Sie hatte das Foto an sich genommen und einen Silberrahmen dazu machen lassen. Es zeigte Luke, wie er wirklich war, und sie war zufrieden, als sie es auf dem Buchumschlag wiederfand. Die Leute sollten ihn so sehen, wie er war... die Leute sollten...

Als sie aufblickte, hatte sie das Gefühl, daß Stunden vergangen waren, das Buch lag noch immer ungeöffnet auf ihrem Schoß, Tränen liefen ihr über die Wangen, ohne daß sie sie spürte, und trübten ihr den Blick. Aber sie hatte in die Vergangenheit geblickt, nicht auf die fernen Felder.

»Gut, Baby, da wären wir«, sagte sie laut und lächelte unter Tränen, dann wischte sie sie mit dem Saum ihres Nachthemdes ab. Fast konnte sie Lucas vor sich sehen, wie er ihr zulächelte. Es spielte keine Rolle mehr, wohin sie ging, sie trug ihn warm und zärtlich immer mit sich. Nicht mit einem peinigenden Gefühl wie früher; jetzt konnte sie seinem Bild zulächeln. Jetzt war er für immer bei ihr. In New York, in der Schweiz, in Frankreich. Er war jetzt ein Teil ihrer selbst. Ein angenehmer Teil.

Sie zuckte leicht die Schultern, blickte weit über die Felder hinaus und lehnte sich, noch immer mit dem Buch in den Händen, an die Stuhlbeine. Eine Stimme schien ihr zuzuflüstern, sie solle es aufschlagen, aber sie konnte sich nicht dazu entschließen, und als sie dann sein Gesicht auf dem Foto wieder betrachtete, beinahe erwartete, daß er die längst vergessene Straße in Chicago entlangging, war es ihr, als würde sein Gesicht streng, und er schüttelte scherzhaft mißbilligend den Kopf.

»Komm schon, Kleine, schlag es endlich auf, verdammt noch mal!«

Sie öffnete es behutsam, vorsichtig, wollte weder atmen noch schauen, noch lesen. Sie hatte ihre Reaktion erwartet, kaum daß sie das Buch berührte, aber hineinzusehen würde schwerer sein. Sie fragte sich, ob sie es ertragen konnte, aber sie kam nicht drum herum. Nun wollte sie es lesen und wußte, daß er es auch gewollt hatte. Er hatte es ihr nie gesagt, doch nun war es so, als hätte sie es immer gewußt. Das Buch war ihr zugeeignet.

Von neuem liefen Tränen über ihre Wangen, als sie die Widmung las, aber es waren keine Tränen des Schmerzes. Tränen der Zärtlichkeit, der Dankbarkeit, des Lachens, der Liebe. Das waren die unvergänglichen Schätze, die er ihr geschenkt hatte, nicht Kummer. Luke hatte nie Kummer geduldet. Er war zu lebendig gewesen, um auch nur den Hauch des Todes zu spüren. Und Kummer ist so gut wie Tod.

> Für Kezia, die an meiner Seite steht, wo immer ich hingehe. Meinesgleichen, mein Trost, meine Freundin. Tapfere Lady, du bist das strahlende Licht an einem Ort, zu dem ich längst unterwegs war, und nun haben wir beide endlich heimgefunden. Mögest du stolz sein auf dieses Buch, denn es ist jetzt das Beste, was ich dir mit meinem Dank und meiner Liebe zu geben vermag.
>
> L. J.

»... und nun haben wir beide endlich heimgefunden.« Es war wahr, inzwischen war es schon Ende August geworden, und sie hatte noch einen letzten Test zu bestehen. Marbella. Hilary.

»Mein Gott, Liebling, du siehst himmlisch aus! So braungebrannt und gesund! Wo in aller Welt bist du gewesen?«

»Da und dort.« Sie lachte und schob sich eine Locke aus den Augen. Sie trug ihr Haar jetzt länger, und die knochige Strenge ihres Gesichtes war wieder vergangen. Sie hatte feine Fältchen zu beiden Seiten der Augen, von der Sonne oder auch ein wenig aus anderen Ursachen, aber sie sah gut aus. Sehr gut sogar.

»Wie lange kannst du bleiben? Dein Telegramm war ja nicht sehr aufschlußreich, du schlimmes Kind.«

Ja, sie war in die alte, vertraute Welt zurückgekehrt. Liebe, geliebte Hilary. Aber es machte ihr Spaß, ein schlimmes Kind genannt zu werden. Zum Teufel, warum nicht? Ihr Geburtstag im Juni war sang- und klanglos gekommen und wieder vorbeigegangen. Sie war jetzt dreißig.

»Ich bleibe einige Tage hier, Tante Hil, wenn du mich unterbringen kannst.«

»Ist das alles? Aber Liebling, wie schrecklich kurz, und natürlich habe ich für dich Platz, wäre ja absurd.« Sie hatte zur Zeit für mindestens vierzehn andere Personen Platz, vom Personal ganz zu schweigen. »Warum willst du nicht länger bleiben?«

»Ich muß wieder zurück.« Sie nahm einen geeisten Tee vom Butler entgegen. Sie standen in der Nähe der Tennisplätze, auf denen die übrigen Gäste spielten.

»Wohin zurück? Meine Güte, Jonathan hat sein Service verbessert, nicht wahr?«

»Zweifellos.«

»Natürlich, wie dumm von mir. Du kennst ihn ja noch gar nicht. Ein unvergleichlich schöner Mann.« Er sah wie eine Kopie von Whitney aus. Kezia mußte lächeln.

»Wohin fährst du also zurück?« Hilary wandte bei einem gut gekühlten Martini ihre Aufmerksamkeit wieder Kezia zu.

»New York.«

»Um diese Jahreszeit? Du bist verrückt, Liebling.«

»Vielleicht, aber ich bin beinahe fünf Monate fortgewesen.«

»Dann kann doch ein Monat mehr unmöglich schaden.«

»Ich fahre zurück, um zu arbeiten.«

»Arbeiten? Welche Art von Arbeit? Wohltätigkeit? Aber um Himmels willen, im Sommer ist doch kein Mensch in der Stadt. Außerdem arbeitest du doch nicht wirklich, oder?« Hilary sah einen Augenblick leicht verstört aus. Kezia nickte.

»Doch. Ich schreibe.«

»Du schreibst? Wozu denn?« Sie war vollkommen durcheinander, und Kezia bemühte sich sehr, nicht zu lachen. Arme Tante Hil.

»Ich schreibe, weil es mir Spaß macht. Sogar sehr viel Spaß.«

»Ist das ein neuer Spleen von dir?«

»Nein, eigentlich nicht.«

»Kannst du überhaupt schreiben? Ich meine, annehmbar?« Diesmal konnte Kezia nicht anders; sie lachte laut heraus.

»Ich weiß nicht. ich gebe mir jedenfalls viel Mühe. Ich habe früher die Martin Hallam Kolumne geschrieben. Aber das war nicht meine beste Arbeit.« Kezia grinste mutwillig. Hilary sperrte den Mund auf.

»Was hast du? Du bist ja verrückt! Du... Gütiger Himmel, Kezia, wie konntest du nur!«

»Es hat mir Spaß gemacht. Und als ich genug hatte, gab ich es auf. Mach doch kein so bestürztes Gesicht, ich habe nie etwas Schlimmes über dich geschrieben.«

»Nein, aber du... ich... Kezia, du setzt mich wirklich in Erstaunen.« Sie nahm dem Butler einen weiteren Martini ab und starrte ihre Nichte an. Das Mädchen war wirklich reichlich exzentrisch. War es immer gewesen, und jetzt das noch. »Auf jeden Fall finde ich, daß es unvernünftig ist, im August zurückzufliegen.« Hilary hatte sich noch immer nicht erholt. »Und diese Kolumne erscheint nicht mehr.« Kezia kicherte, Hilary wollte offensichtlich versuchen, sie zu dem Geständnis zu bringen, daß sie die Klatschgeschichten nicht geschrieben hatte. Aber da war der Wunsch der Vater des Gedankens.

»Ich weiß, aber ich gehe zurück, um über die Bedingungen für ein Buch zu verhandeln.«

»Ein Buch aufgrund von Skandalgeschichten?« Hilary erblaßte.

»Natürlich nicht. Es ist eine Art politisches Thema. Es führt wirklich zu weit, wenn wir im Detail darüber sprechen.«

»Ich verstehe. Ich würde mich jedenfalls freuen, wenn du bleiben könntest... solange du versprichst, keine Intimitäten über meine Gäste auszuplaudern.« Sie kicherte geziert, als ihr einfiel, daß sie selbst so manchen amüsanten Klatsch beitragen konnte. »Wußtest du, daß meine Nichte unter dem Pseudonym Martin Hallam schrieb, meine Liebe?«

»Keine Sorge, Tante Hil, ich schreibe nicht mehr über unsere Gesellschaft.«

»Wie schade.« Ihr dritter Martini hatte den Schock gemildert. Kezia beobachtete sie, während sie ihr zweites Glas Eistee entgegennahm. »Hast du schon mit Edward gesprochen?«

»Nein. Ist er hier?«
»Du wußtest es nicht?«
»Nein.«
»Du hast die ausgetretenen Pfade vermieden, nicht wahr? Wo hast du denn die ganze Zeit gesteckt?« Hilary beobachtete wieder Jonathans Service.
»Äthiopien. Tansania. Im Himmel. In der Hölle. Die üblichen Aufenthalte.«
»Wie nett, Liebling... wirklich sehr nett. Hast du jemanden getroffen, den wir kennen?« Aber sie war zu sehr von Jonathans Spiel gefesselt, um aufmerksam zuzuhören oder sich um Kezia zu kümmern. »Komm, Liebling. Ich werde dich mit Jonathan bekanntmachen.« Doch bevor Hilary sie mit Beschlag belegen konnte, erschien Edward auf der Bildfläche. Er begrüßte Kezia freundlich, aber auch vorsichtig.
»Ich wäre nie auf die Idee gekommen, daß ich dich hier treffen würde!« Es war eine merkwürdige Begrüßung, nachdem sich so viel ereignet hatte und nach so langer Zeit.
»Ich habe es auch nicht angenommen.« Sie umarmte ihn lachend wie in alten Zeiten.
»Wie geht es dir wirklich?«
»Wie sehe ich aus?«
»Genauso, wie ich dich sehen möchte. Braungebrannt, gesund und erholt.« Und auch nüchtern. Das war eine Erleichterung.
»Und so fühle ich mich auch. Es war eine lange Zeit.«
»Ja, ich weiß.« Er wußte, daß er die volle Wahrheit nie erfahren würde, war aber sicher, daß Kezia nahe daran gewesen war, an dieser Geschichte zugrunde zu gehen. Viel zu nah. »Bleibst du eine Zeitlang hier?«
»Nur ein paar Tage. Dann muß ich zurück. Simpson ist dabei, für mich einen Vertrag für ein Buch abzuschließen.«
»Wie ausgesprochen erfreulich!«
»Das finde ich auch.« Sie hängte sich bei ihm ein, um mit ihm spazierenzugehen.
»Komm. Erzähl mir davon. Setzen wir uns dort drüben unter die Bäume.«
Er nahm zwei Tassen Eistee von einem Silbertablett und ging auf einen Aussichtspunkt zu, der weit weg von den Tennisplätzen lag. Sie hatten eine Menge nachzuholen, und zum ersten Mal seit

Jahren schien sie mitteilsamer zu sein. Sie hatte ihm sehr gefehlt, aber die Trennung hatte auch ihm gutgetan. Es war ihm endlich klargeworden, welchen Stellenwert sie in seinem Leben einnahm und was sie niemals für ihn sein konnte. Er war auch mit sich selbst und mit den Leuten, von denen er träumte, ins reine gekommen, so weit es ihm möglich war. Vor allem aber hatte er sich mit seiner Rolle in ihrem Leben abgefunden. Toleranz. Verständnis. Die Züge des Lebens fuhren an ihm vorbei. Der einsame Gentleman stand allein auf der Plattform.

Zum ersten Mal in Kezias Leben tat es ihr beinahe leid, Marbella zu verlassen. Sie hatte in den Monaten, die sie allein zugebracht hatte, mit tausend Gespenstern Frieden geschlossen, nicht nur mit Lukes Gespenst, sondern auch mit anderen. Sie hatte sich sogar vom Gespenst ihrer Mutter befreit. Endlich. Und nun mußte sie nach Hause zurückkehren.

Es war komisch, im Flugzeug, das sie aus Spanien nach Hause brachte, erinnerte sie sich an etwas, das Alejandro vor langer Zeit gesagt hatte. »Dieses ganze Leben ist ein Teil von dir, Kezia. Du kannst es nicht leugnen.« Obwohl sie ihr Leben ändern wollte, mußte sie auch nicht mit Gewalt dagegen ankämpfen. Sie war frei.

Es war ein angenehmer Flug, und als sie ankam, fand sie New York heiß, muffig, schön und voller Betriebsamkeit. Hilary hatte unrecht. New York war sogar im August aufregend. Vielleicht war niemand Bedeutender anwesend, aber andere waren da. Die Stadt war lebendig.

Es gab keine Fotografen, die sie empfingen, nichts, niemanden, nur New York. Und das genügte ihr. Sie hatte so viel zu erledigen. Es war spät nachts an einem Freitag. Sie mußte nach Hause fahren und auspacken, sich die Haare waschen, und am nächsten Morgen würde sie als erstes die U-Bahn nach Harlem nehmen. Als allererstes. Sie war wegen ihres Buches von Spanien nach New York geflogen, aber auch um Alejandro wiederzusehen. Es war jetzt Zeit. Jedenfalls für sie. Sie hatte es schon lange geplant. Und sie war bereit. Für ihn. Für sich selbst. Er war ein Teil ihrer Vergangenheit, aber nicht der Teil, von dem sie sich für immer getrennt hatte. Er war der Teil, den sie sich für die Gegenwart aufbewahrt hatte.

Die Gegenwart sah glänzend aus, und sie empfand es auch so.

Sie war jetzt selbständig und ungebunden, glücklich und frei. Sie war geladen mit der Erregung, die die Erwartung auslöst ... Menschen, Orte, Vorhaben, die sie durchführen, Bücher, die sie schreiben wollte, die alte eroberte Welt zu ihren Füßen und nun neue, zu erobernde Welten vor ihr. Vor allem hatte sie sich selbst zurückgewonnen. Jetzt hatte sie alles. Was hatte sie noch zu fürchten? Nichts, und das war das Schönste an dem Leben, zu dem sie gefunden hatte. Sie gehörte niemandem mehr, war keinem Lebensstil, keinem Mann, niemandem verpflichtet. Kezia gehörte endgültig nur Kezia.

Die Tage mit Luke bewahrte sie in ihrem Andenken auf, sie waren spärlich gewesen, aber ein neuer Morgen zog herauf ... ein silberblauer, von Licht erfüllter Morgen. Alejandro hatte seinen festen Platz in ihrem neuen Tag, wenn er auf sie wartete, und wenn nicht, würde sie lachend und stolz dem Mittag gegenübertreten.